不止于喜欢

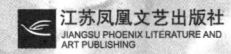

今愉 著

上

江苏凤凰文艺出版社
JIANGSU PHOENIX LITERATURE AND ART PUBLISHING

图书在版编目（CIP）数据

不止你喜欢：全2册 / 今愉著. -- 南京：江苏凤凰文艺出版社，2024.3
　ISBN 978-7-5594-8049-1

Ⅰ.①不… Ⅱ.①今… Ⅲ.①长篇小说－中国－当代 Ⅳ.①I247.5

中国国家版本馆CIP数据核字(2023)第195810号

不止你喜欢：全2册
今愉 著

责任编辑	王昕宁
特约编辑	欧雅婷
出版发行	江苏凤凰文艺出版社
	南京市中央路165号，邮编：210009
网　　址	http://www.jswenyi.com
印　　刷	天津睿和印艺科技有限公司
开　　本	880mm×1230mm 1/32
印　　张	18.5
字　　数	576千字
版　　次	2024年3月第1版
印　　次	2024年3月第1次印刷
书　　号	ISBN 978-7-5594-8049-1
定　　价	62.80元

江苏凤凰文艺版图书凡印刷、装订错误，可向出版社调换，联系电话025-83280257

大鱼
有爱的青春陪伴者

上册

目录 CONTENTS

001
第一章·他叫陈寂

042
第二章·小陆同学

096
第三章·生日快乐啊

138
第四章·我就值十四块钱啊

192
第五章·顶峰相见吧

267
第六章·好久不见

319
第七章·路灯和鸟窝

370
第八章·是的,我有女朋友了

下册

目录 CONTENTS

419
第九章·那我亲你

452
第十章·她抱住了月亮，也抱住了他

493
番外一·陈太太

499
番外二·所谓三则

506
番外三·新婚快乐

534
番外四·新婚夜

557
番外五·妈妈是超人

575
番外六·我爱你

第一章

他叫陈寂

2014年8月末，已经过了立秋，榆阳市气温却仍旧维持在二十八九摄氏度，太阳虽然不那么毒辣，但天气依旧闷热，尤其对于正在军训的学生来说，这太难挨了。

今天是军训最后一天，上午要军训会演，气温飙升到三十二摄氏度，也不像前几日还有个多云的时候，一大早太阳就遥遥挂在天边。阳光透过窗户照进屋内，热意腾腾，将盖了一层薄薄毛巾被的陆时雨热醒。

耳边传来一阵喊口号的声音，声音从远处飘来，很轻。一大早这么热操场上就有人训练了，前几天还没听见过，陆时雨眯着眼睛，还能听到有人跑步时的笑声。

后来她好像听到外面大喊了个人名，陈什么，然后窗外的笑声戛然而止。

陆时雨戴上眼镜，探头往窗外看了看。

她从二楼往外看，恰好看到一队穿运动服的人在操场上跑圈，应该是体育班的。队伍最末尾有个男生差点被老师抬起来的脚踹到，从背影看，这男生个儿高腿长，肩阔背挺，短袖下的肌肉线条若隐若现，小腿紧致，散漫地跟在队伍最后慢跑着。

他都要被踹到了，好像还跟他旁边那老师开什么玩笑呢。

像是个调皮捣蛋的。

陆时雨醒了醒神，身上起了层汗，黏糊糊的。她睡眼惺忪地打着哈欠，打算到浴室去冲个冷水澡。陆时雨刚出房间，反手关上卧室门，就见姑父曹永山拿了家门钥匙，正好要出去，她倏地定住了。她刚到姑姑家住了一个多星期，但是见姑父的次数不多，从小到大除非过年过节，很少见他，他平常在外地工作，只有周末才回来，这周倒是特殊。

曹永山比姑姑陆兆青看上去还要严肃，又加上没什么共同语言，就这么一秒钟，陆时雨觉得颇有些生分，但不说什么又不太礼貌，就轻声喊了句："姑父。"

他淡淡地应了下："嗯。"

等曹永山出门，陆时雨才去洗了个澡。正吃着早饭，家里电话响了，她赶紧接起来，是姑姑陆兆青打来的。

电话一通，陆兆青就叮嘱她："早饭别吃那么少，多带点水过去，厨房柜子里有个一升的大水杯，或者到学校买也行。今天热，你们应该得在操场上站不少时间，我又不在家，你中暑就麻烦了，坚持这最后一上午。"

昨晚姑姑陆兆青提前跟陆时雨说过，要陪姐姐去医院，让她早上自己热饭吃。陆时雨点了点头，乖乖地回："知道了，姑姑，我现在在吃早饭呢。"

电话那头姐姐在喊姑姑，陆兆青交代完便挂了电话。

陆兆青是榆阳一中的语文老师，在一中教学二十余年，家就住在学校旁边的家属院里，下楼就是学校大门。陆时雨慢慢悠悠地吃完早饭，又满满灌了一杯水才换上校服下楼。

学校门口已经停了不少自行车，孔怡然恰好在停车，走读生差不多都是这个点儿到。她锁好车子，一路小跑过来，站定后，第一句话就是吐槽："今天也太热了吧，一大早就这么闷，亏我每天都在网上求雨，昨天还在空间发图，而且还转了好几条说说。"

"你发的什么图啊？"陆时雨问她。

孔怡然"啊"了声："你没看我前几天发的说说？"

陆时雨看她："你忘了？我没手机看不了QQ啊，而且平时也不能用电脑。"

"好惨好惨，那你岂不是都没加咱班同学的QQ？错过了好多啊你。"孔怡然"喷"了一声，忘记陆时雨这个乖乖女家教有多严了，"我发了三张萧敬腾的照片，他可是'雨神'哎，'雨神'也不灵了嘛！"

"你应该直接祈祷他今天坐火车来榆阳，不过最后一天坚持坚持就过去了。"陆时雨看孔怡然两手空空，疑惑地说，"这么热，你怎么不带水啊？"

"学校不是有小卖部嘛，我的车篮前两天撞掉了，还没来得及换新的，拿水骑车不方便。"

"不是吧！"陆时雨讶然道，"你这车才买了不超过一个星期啊！"

一提这事，孔怡然就觉得闷闷的。她解开校服背心最上面的那颗扣子，舒了口气，皱眉说："就前两天晚上我回家的时候，差点撞上人。"

陆时雨茫然地看着她，随即又紧张地打量她全身。

孔怡然叹了口气："人没伤，就是脸丢了。"

当时走的那段路是个下坡路，路边开了家新的饰品店，还挺热闹，门口牌子上写着办会员打折抽奖，孔怡然多看了眼，再一回头，红灯计时倒数，正前方有辆电动车，差一点她就要跟人撞上了。

孔怡然特别大声地"哎哎哎"喊了几下，想躲开，但车子一下子失去平衡，摇晃几下撞向路边草丛，然后"啪"的一声，人仰马翻，车篮也掉了。

人来人往的闹市区自行车道，又赶上下班高峰期，疼不疼是次要的，主要是尴尬。

"太丢人了！"孔怡然懊恼，"当时我前面骑电动车那两个人，还跟咱同一级，穿着一模一样的丑校服。但是他俩个子都挺高的，倒是能把校服撑起来。"

陆时雨无奈地看了她一眼，这种时候了，居然还能关注到人家穿校服怎么样。

不过丑校服这话她倒是赞同，他们学校的校服是不太好看。一中每一届的校服都不一样，但主色调都是黑白，轮到他们时整个变了，主色调由黑白变成了蓝白，偏偏这蓝色还是偏浅的。孔怡然一直吐槽这颜色显黑，而且现在经过军训大部分同学被晒得成了"挖矿的"，穿这色就更显黑了。

陆时雨汗少，一直抹着防晒倒是没有怎么晒黑；孔怡然爱出汗，抹了防晒也不管用,黑了好几度。

"我觉得应该看不清你的脸,"陆时雨笑她,开玩笑说,"毕竟,当时太黑。"

孔怡然跳着脚去教训陆时雨。路过小卖部,陆时雨停下,轻喘着气,阻挡她伸来的手:"好了好了,不闹了,我先陪你去买水。"

今天格外热,更别说两个人刚才还跑了一小段。孔怡然拉着陆时雨就往冰箱的方向冲,还没走到,一大拨穿着运动服的人拥到冰箱前,将一瓶一瓶的矿泉水"哗啦哗啦"地往外拿。冰箱本来就小,这几个人人高马大的,额间挂着不少明晃晃的汗珠,几乎要把冰箱掏空。

有个同学抱了少说得有十瓶,都快抱不住了还在往怀里塞,嘴里还笑着说:"反正卫老板掏钱,他又罚咱们跑了那么多圈,多喝他几瓶水不过分吧!"

其他人附和:"就是!渴死了,跑了一大早上!"

一看这些人的打扮,陆时雨回想起刚起床那会儿的口号声,应该就是这些体育生喊出来的。她悄声说:"去拿常温的吧。"

孔怡然瞪目,这是有多渴,倒也没说什么,转头就要去拿常温的水。

结果刚一转身,门口这边的货架也站了几个男生,怀里同样抱着一大堆水,把常温的也包圆了。

小卖部刚开门,昨天就剩得不多,满打满算也就三十多瓶,供货商还没来补货,矿泉水就被"洗劫一空"。

陆时雨抿了抿唇,刚要说"我带的水多,你先喝我的",小卖部帘子碰撞,伴着一道懒洋洋的声音传至陆时雨耳畔:"哎,你们都是水做的?属河马的啊,喝这么多?"

很干净的声音。

她俩背对着门口站,还没来得及回头,那男生三两步走到她俩前头,目测身高一米八往上,右裤腿挽着,小腿肌肉结实,还粘着几个肌肉贴。

看侧脸,居然是早上那个差点被老师踢到的人。

虽然也是一副懒散样儿,但他和小卖部里其他体育生是不同的,他规规矩矩地穿着校服，显得人格外板正。与她们错过身时，陆时雨甚至看到他校服短袖的扣子都扣满了三颗。

天气太热，男生们都不喜欢扣第三颗扣子，有些同学甚至只扣一颗，为此没少被教官和老师说。如果不是因为军训，平时陆时雨也会把最上面的扣子解开，不然会觉得很闷。

陆时雨盯着他的背影，没发觉自己好几秒没动作了，像个木头人一样。她无意识将第三颗扣子扣上。而后，她拽了拽孔怡然："走吧，你先喝我的。"

这话刚一落地，那个男生又说话了，下巴还往她俩这里点了点："天儿这么热，水全被你们拿了，人家喝什么？"

小卖部里所有视线齐刷刷看向"人家"，好像才发现这里还有等着买水的女生。

陆时雨手上还拿着一个一升的水杯，忽然觉得有些烫手。毕竟这水还是挺多的，足够两个女孩子喝了。

而他们都顶着太阳跑了一早上，看起来很渴的样子。

陆时雨没戴眼镜，依稀辨别出"第三颗扣子"好像正在看她，于是不知道为什么，她拿水杯的手往身后藏了藏。

离她俩最近的一个男生见状放下怀里的矿泉水，一米九的个子蹲在狭小的货架中间把东西摆整齐，显得过道极其拥挤，起身时还差点撞上他身后的货架。他站好后，挠挠头，冲她俩笑了下，看到孔怡然时还愣了一瞬："不好意思啊。"

孔怡然拿了水去结账。陆时雨朝里看了眼，又恰好与正往门口走的"第三颗扣子"对上视线。陆时雨呼吸蓦然间急促，没由来地有些慌乱。

她眼睛近视，离得远了看人模糊，只能看到他一个模糊的外貌，朗目疏眉，瞳色漆黑。这么匆忙一瞥，背在身后的水杯都被她捏得紧紧的。

短暂几眼，陆时雨第一反应是，跟其他体育生相比，他真的白好多。

而且这么一看，这件蓝色校服好像也不是那么丑。

衣服穿上丑不丑，也分人的。

小卖部内，一群人结了账勾肩搭背拿着东西出去。王竞之跟陈寂走在最后，快到门口，看见那些摆得不是很整齐的矿泉水，想起什么似的，猛地凑上前撞了撞陈寂的肩，略带笑意地说："哎，刚那个女生是不是咱们在十字路口碰见的那个？没想到，我们还挺有缘分啊！"

"长得……"王竞之卡壳半天，贫瘠的词汇量让他不知道该怎么形容，"长得还挺好看的，早知道咱那天晚上就倒回去扶一把了。"

陈寂莫名其妙地扫王竞之一眼，王竞之常年在场馆里打篮球，不像他们练田径的在操场风吹日晒，军训这么几天，他皮肤肉眼可见地朝巧克力色发展，再一笑，整张脸只有牙是白的。

他说的那个娃娃头女同学长得白白净净，看着又挺乖巧，站到王竞之面前简直就是美女与野兽。

陈寂收回目光，仰头喝了口水，想起她拿在手里那个很大的水杯，朝这边悄悄看过来一眼。那双眼睛干净澄澈，还怕他看见一样将水杯欲盖弥彰地藏了藏，也不知道藏个什么。

他还是头一回在学校里见有女生拿这么大水杯的。

"噢，那个是吗？"他浑不在意地说。

"是她吧。就那天晚上，在十字路口差点追尾撞上咱俩的女生。"

"啊……"陈寂刚刚跑步的时候因为嬉皮笑脸被老卫说了一顿，老卫又当着他的面跟他妈通了个电话，一大早的好心情全被搅乱了，他随口评价，"我对她没什么印象了。"

可随即，他又补充："但是那个女生的水杯不错，我觉得可以跟老卫提个意见，咱们班人手一个，多方便。"

"你脑子有毛病吧，我跟你说女生，你却跟我说水杯，能不能别老闷头练啊，你快成和尚了，知道吗！"王竞之一口老血吐出来，"咱俩说的不是一个人，我说的是'大水杯'旁边的那个'高马尾'，那个'高马尾'才是追咱俩的！"

学校小卖部的矿泉水基本都是小瓶装的，大瓶装的没剩多少，而且还没进货，刚才又给她俩留了一部分，陈寂顺手从王竞之怀里拿了一瓶小的，但跑了一早上，一瓶小的根本不够他解渴。

陈寂更加觉得那个娃娃头的大水杯非常不错，如果训练的时候带上，就不用考虑喝水的问题了。

旁边王竞之还在吵吵嚷嚷，说那天晚上差点儿被追尾的事。陈寂满脑子全是他妈打电话说的话，也懒得搭理王竞之，心不在焉地出声打断："行了啊，那晚是我骑的车，她过来的时候咱俩已经走出去几米了，人家没真的追你尾，你反倒惦记上了？"

王竞之心里这点小九九陈寂清楚得不能再清楚了，陈寂笑他，拍了拍他的肚子："之之，收起你的那些小小花花肠。"

王竞之忽然噎了一下："滚！你说什么呢，我不是那个意思，我没有那个意思！"

"随你怎么说啊。"他懒懒地回。

陈寂单脚站定在小卖部门口，皱眉抖了下小腿。

见状，王竞之到嘴边的话又拐了个弯儿，盯着他小腿皱眉："你这腿没事儿吧？我见你贴了这东西好长时间了，不行先别训。"

初三毕业时，径赛区级选拔和市级选拔陈寂拿了冠军，后来省级锦标赛也拿了冠军，被挑中去青训营待了一段时间。那个训练营的教练很有名，国家队出身，被他看上的人大多数一路顺利进省队，甚至有些还进了国家队。陈寂好不容易才争取到这个青训营的机会，待了将近半个月，学到的东西是不少，试训的时候差两秒打破省青训营的纪录，但是那教练的训练强度和方法让他有点不适应，再加上军训这几天站了不少时间的军姿，有时候卫琪不满意他们的态度还要留下加跑，小腿是真的有些酸胀。

不远处，操场上已经有不少人在等着集合了，历年都有体育生不老实逃军训，成绩达标但错过推荐名额的，卫琪盯他们也盯得很紧，且他还是个班长，马上就要军训会演，这时候提出休息不太合适。而且他不是半途而废的性子，何况还到结尾了，他将裤腿放下去："没事，马上就结束了。"

两人并肩往操场走，操场入口附近有好几个方队已经站好了队，还有个方队人手一本《高中必背古诗词》。王竞之边走边感叹："我天，这么拼啊，这就是赢在起跑线吗？"

再仔细一瞧，第一排最左边那个，不正好就是追尾的那个"高马尾"？

2014级高一学生一共三十六个班，分三个级部，每个级部前三个班相对来说成绩算是不错的，看每个班军训站的位置，背书的这个正好是二十七班。

陈寂顺着王竞之的目光转过头，恰好看到孔怡然旁边的陆时雨。那个大水杯就放在她脚边，此时她正垂眸看着手里的工具书，两侧的头发微挡住了脸，显得那张脸更小了，嘴里还念着古诗词。

现在操场上这么乱，还没有老师看着，大家哪有心思背书，仔细观察观察，专心学习的没几个，大部分都在走神儿。

就她一直在专心致志地读书，看上去非常认真，两耳不闻窗外事。

闷头学还是适合这种乖乖女，如果角色对调一下，陈寂感觉以他的性格，一秒也坚持不下去，纯学习真不适合他。这么一想，他忽然心情好了很多。

王竞之拽陈寂，眼神望着孔怡然："敢情人家还是个好学生啊！"

陈寂收回放在陆时雨身上的目光，笔直地望着前面："嗯，看上去是个好学生。"

二十七班班主任是三级部级部主任李杰，李杰管理班级一向以严格著称，要求二十七班即使是军训也不能浪费时间，每天都会给学生布置背诵任务。

今天是军训最后一天，李杰是级部主任代表，一来学校就去了主席台。班里没人盯着，孔怡然心思根本就不在背诵上，站好队正四处乱瞟，就看到了刚才小卖部的那几个人。

然后，孔怡然就瞄到了走在最后那两人冲他们班看了过来。

貌似，看的还是她俩这个方向……

主要是王竞之的目光太直接了，下巴还冲她们这里点了点，正好让孔怡然乱瞥的视线捕捉到。

孔怡然低声喊陆时雨，兴奋地拽她袖子。

"时雨！你先别背！小卖部那几个人过来了！"

陈寂和王竞之走到了二十七班队伍中间这里，陆时雨正背到"制芰荷以为衣兮，集芙蓉以为裳"，后面有些忘了。恰好孔怡然出声，她捧着书抬头，看到两个人高高瘦瘦的侧影，稍微高点儿的男生确实是在看着他们的方队，但那个穿校服很好看的男生，却始终没有往她们这里看一眼，桀骜又散漫地往前走。

她眼睛近视，使劲眯了眯眼，那背影却越来越模糊。

直到什么都看不清。

陆时雨低下头："赶紧背书吧，别闹了，今天下午李主任要检查的。"

"我没闹！"孔怡然恨铁不成钢，想拍大腿，"朽木啊朽木！"

早上八点，军训会演正式开始。

校长在主席台上讲话，长篇大论的演讲听得人昏昏欲睡，他用了近一个小时才讲完，后面还有级部主任代表、学生代表、军训总教官……

李杰刚讲完话，陆时雨旁边的女生就有些撑不住了，她伸手抹了把汗，而后直直地朝前倒下去。陆时雨伸手扶了下，但没扶住，跟着她一起跪到了地上。

可能是中暑了，陆时雨只能和孔怡然一起使劲把女生拽起来，教官让她俩带着女生到操场左边的凉亭去休息。陆时雨和孔怡然搀着女生，还没走到凉亭，女生身子一软，往左歪，就要跪到地上。

陆时雨急得冒汗，被压得使不上力。就在这时，身后有个人靠过来，撑着她的胳膊，与她一起使劲把人拽了起来。

背后有一些若有似无的清新薄荷味，夹杂着好闻的清爽洗发水味道，在炎热天气中带给人一丝难得的清醒。

陆时雨转头，但碍于身高差距，最先看到的是对方校服背心的三颗纽扣。她的心不自觉地跳了下，微微抬头。

好巧不巧，又是他。

近距离观察，她才发现他五官极其硬朗，鼻梁高挺，头发不长，恰好将那副深邃的眉眼暴露着，极具少年气。但他眼皮很薄，个子也高，看她时得垂着眸，又透着一股"生人勿近"的凛冽气息。

对视那一眼，她心跳蓦然慌乱。

陆时雨卡壳一秒，磕磕巴巴地对他轻声说了句"谢、谢谢"。

"第三颗扣子"点了点头,一起扶着人走:"赶紧先把她带到阴凉地方坐着。"

有身后的男生在,陆时雨减了一大半的力,但又觉得心跳"怦怦",比刚才好不到哪儿去。

一到凉亭,那女生直接软软地靠在了陆时雨身上。

孔怡然:"我先去拿水。"

"嗯。"陆时雨一边给女生扇风,一边说,"我的书包里有藿香正气水,还有我那个水杯,也一起拿过来吧。"

孔怡然应声,刚要转身跑过去拿,"第三颗扣子"就递来一瓶拆开的藿香正气水。他手指修长,骨节分明,可能是拆包装拆得着急了,药水洒出来,手背上留了浅褐色的药渍,他道:"我这儿有,先给她喝了吧。"

阳光有些刺眼,陆时雨抬头,微微眯了眯眼,折腾这么久,她额发和鬓发都湿漉漉的,鼻尖也渗出一层薄薄的汗。

被阳光一照,少女白皙的皮肤在日光下清透无比。

陈寂往左站了站,为她挡去大半阳光。

炽热的光线之中,那个一丝不苟扣着三颗扣子的男生开口,熟练地指挥:"让她平躺着,最上面那颗扣子也解开,不然会闷。"

不知为何,陆时雨好像有些紧张,只愣愣地说:"哦,好。"随即按他说的,把藿香正气水喂给女生,又和孔怡然把女生放到石凳上,然后解开对方校服的第三颗扣子给她扇风。

两人扇风时,孔怡然冲陆时雨挤眉弄眼,目光往后示意。

陆时雨似乎懂了,她缓了会儿起身,微微捏着上衣衣角,冲男生说:"谢谢你啊……"

她顿了下,看着对方,但不知道这位同学叫什么名字,想问问他却又觉得干巴巴地直接问"你叫什么"有些不太合适,于是她抿抿唇,好几秒之后才说:"同学。"

同学果真是万能的。

说完陆时雨就有些懊恼,忙垂了垂头,怎么感觉不太会说话了……

余光里,对方还是那副波澜不惊的样子,似乎并没有察觉到陆时雨话里的拘谨。

　　他走到一旁体育班的位置上拿了几瓶水走过来，分别放在三人面前，回得礼貌又漫不经心："不用客气，现在天儿太热，会演还得有一会儿才结束，多给她喝点儿水。"

　　想了想，他下巴朝躺着的人点了点说："她一瓶可能不太够。"

　　随后他又望向陆时雨，不夹杂任何情感，只是善意提醒："至少得补充你那一个水杯那么多的量。"

　　三十六班的教官在招呼陈寂："送完赶紧归队！"

　　陈寂放下手里东西就走了，没再多说一句话。

　　他站到队里之后，仿佛被卡住喉咙的两个人才找回属于自己的声音。陆时雨手里还拿着他留下的一整盒藿香正气水，对着他方队的方向发愣。

　　"怎么感觉你有点紧张啊？"孔怡然低声说，"跟我说话，不，跟谁说话也没见你这么腼腆过啊。"

　　后知后觉地，她刚刚好像是有点过于腼腆了，她平常不这样。陆时雨心里一紧："没有啊，刚才太着急了，没想别的，光想着赶紧让中暑的她好受点儿。"

　　孔怡然没再说什么，转而很认真地评价："近距离观察，这位同学长得真不错。一般来说吧，这种长得帅的人通常是那种自恃清高的，你懂吧，咱们初中就有好多。但是感觉，他人还不错，至少挺热心的。"

　　陆时雨点头，表示同意，不仅人好，而且记忆力和眼神也不错，那个大水杯他居然看到还记住了。

　　亏她还欲盖弥彰地藏了藏。

　　"虽然他看上去长得有那么点儿高冷，说话也没什么表情，但确实挺乐于助人的……"

　　炽热太阳的炙烤下，手里这瓶他送来的矿泉水早已变成温热的了，陆时雨轻声反驳："也没有吧，人家说话还挺温和有礼貌的，还给咱们拿了水。"

　　哪里高冷了？

　　孔怡然："时雨，你是不是对'温和'有什么误解？"

　　陆时雨："呃……"

等两人安顿好女同学再回到队伍里，会演已经开始好久了。二十七班的训练成果还可以，拿了个五星班级。

上台领奖时却出了个小差错，有个同学没按主持人念的顺序站队，导致后面所有同学拿奖状的顺序都乱了。校长把奖状发到陆时雨手里，她翻过来看了眼才发现奖状拿错了，她手里的是三十六班的奖状。

陆时雨怔了怔，三十六班，就是那个"第三颗扣子"的体育班啊。

她往左扭头，想看看是不是就自己拿错了，但一转头，隔着六个人，她一眼就看到同样举着奖状，正低头看的男生。

他个子高，侧脸棱角分明，头发不长，薄薄一层，显得那双眉眼更加深邃。少年气热烈蓬勃，扫过一眼就能轻易抓住人的眼球。他显然也发现自己的奖状是错的，正在往身边同学手上的奖状看。

三十六班体育班也拿了五星班级，领奖的正好就是那个男生。

而陆时雨手里拿的，正好就是体育班的奖状。

得知这个结果，陆时雨有些蒙，但又夹杂着一种莫名的雀跃。她盯着左边，在李杰的声音中猛地收回视线。她心跳加速，一下接一下，像是密集的音乐鼓点。

李杰收到几个同学投来的疑惑眼神，低声说待会儿下去再换回来。主持人宣布了军训正式结束，主席台下掌声经久不息，甚至盖过了主持人说可以有序退场的声音。

台上领奖的同学排着队下了主席台，他俩隔着挺多人的，一下楼，如潮涌般的人群就将他淹没了，只是转移了一下视线，再往前看，就看不到他的人影了。

主持人还在维持秩序，李杰扯着嗓子往台下喊："你们自己换换奖状！"

通往主席台的楼梯正对着操场的其中一个出口。此时有几个班从这个出口出去，人太多，陆时雨被挤到一边，奖状被她严严实实护在身前，眼神四处张望着"第三颗扣子"的身影。

周围都是几个同学在换奖状的声音。

她又不知道三十六班那个男同学叫什么，这时候喊"同学"就不是万能的了，毕竟周围都是"同学"。陆时雨有些后悔，早知道刚才就问问他叫什么名字了。

也不知道他手里拿的是不是二十七班的奖状，如果是的话，那就好了。

陆时雨正想着，有个男生举着二十七班的奖状，隔着人群喊道："你是二十七班班长吧？你们班的奖状在我这儿。"

看来不是"第三颗扣子"拿的。

人实在太多了，陆时雨喊了句："三十六班有人在吗？你们班的奖状在这里。"

没人回应。

陆时雨放弃了现在还奖状的想法，准备待会儿去一趟三十六班，顺便把他的藿香正气水还给他。

刚跟着人群走出操场小门，陆时雨就看见她要找的人正站在操场小门对面的教师食堂门口，与他们班班主任说着话。

远远看过去，样子挺散漫的，他似乎一点也不怕他班主任，他俩说话的时候更像是哥们儿。

她站在一旁等了一会儿，结果没等到他俩谈完，倒把李杰给等来了。

她左右挪了挪，发现没地方可躲，这奖状怕是送不出去了。

开学第一天李杰就知道了陆时雨是陆兆青的亲侄女，本来她就是入学时二十七班的第一名，这下还是同事的亲戚，李杰当时就叫陆时雨来了趟办公室，对她寄予厚望，还给了她个班长当。

陆兆青正好来李杰的办公室拿语文卷子，就站他俩旁边，李杰跟陆时雨说话的时候，她就在一边听着。一听李杰让陆时雨当班长，陆兆青顿时就有点儿不太乐意，陆时雨看到陆兆青欲言又止的样子，猜到她不太愿意让自己当这个班长，便跟李杰委婉地说："主任，我以前没当过班长……"

然而陆时雨话还没说完，李杰就说："这么没信心啊？"

刚才他跟她说话还挺温和的，现在这句话语调一下子就掉了下来，有点儿严肃了，陆时雨还真挺怕老师们这么说话的，她摇摇头："没有。"

"那就当。"李杰斩钉截铁道,"多锻炼锻炼就好了。"

陆兆青终于看不下去:"当班长是当班长,该干什么就干什么,别因为这个耽误了学习。"

"耽误不了,"李杰说,"也没什么可忙的,无非就是平时帮着我管一下班。"

李杰跟陆时雨说了句:"你先回班里吧。"

走出办公室时,她听见陆兆青跟李杰说:"她有什么情况你就跟我说。"

李杰回:"没问题。能有什么事儿啊,我还是她班主任呢。"

眼看着李杰走过来,陆时雨虽然有些憷他,但还是没躲,跟他打了招呼。李杰扶了扶眼镜:"怎么还没回教室啊?"

陆时雨把奖状展开,指了指教师食堂门口:"这个还没还回去,三十六班的班长在那边跟老师说话。"

李杰往那边看了眼,摆摆手说:"行了,给我吧,我待会儿给他。回教室通知一下各班班长,十分钟以后来我办公室开个会,顺便统计各班班长的名单和各班总人数。"

陆时雨拿着奖状,其实是想趁这个机会问问三十六班班长的名字再跟他道句谢的。

她沉了沉肩,目光掠过那道颀长身影,把奖状工工整整地递出去:"好,那我先回教室了。"

李杰到办公室时,屋子里站满了人,他问陆时雨:"人齐了吗?"

陆时雨马不停蹄地通知完各班班长,又回班数了数人数,与李杰前后脚到,也才刚刚统计完信息。她把名单拿给他,纸上有十一个名字,就差一个:"三十六班班长还没来。"

她又忘了问三十六班的同学他们班长叫什么,也忘了还他的藿香正气水。

李杰看着名单认人:"先不管他了,待会儿三十五班帮着通知一下,让他们班长放学前把名字和班级人数报上来。这个会主要跟大家说一下发新书的事。"

高一不分文理,文科理科都要学,一共有十八本教材。前六个班负责发两种，后六个班负责一种，下午一上课就要往各个班送书。

上午军训完，卫琪把陈寂留了下来说了说体育班训练时间的事。今天特殊，下午不上课，所以体育班全员训练一整个下午，让他通知班里学生。陈寂说好，正要回教室，卫琪没让他走。

卫琪一这样，陈寂就知道他要说什么。

陈寂手插着兜，面色非常平静，早已司空见惯，轻轻叹口气，漫不经心地说："您就别替我妈劝我了。我妈这人老这样，我要跟她想的一样，我早就走了。"

陈寂和卫琪一回教室，三十五班班长就找来说了说刚才开会的事。卫琪没让陈寂管，一个人包了那一门教材的分发工作。

由于训练时间多了两节课，刚一上课太阳也有些毒辣，陈寂就先跟着篮球队的人打了场篮球热身。

一中篮球队的平均身高都在一米九二，但陈寂一米八几的身高都并没有吃到亏，他重心低，速度快，命中率也很高，有时候拦不住他让他投了一个三分球，对面都能懊恼死。

他好像干什么都可以，无论哪方面，都是个强有力的对手。

可就算是命中率再高，也抵不住明显的身高差距。

陈寂拿到篮板球，队友都被围住了，他观察一圈，决定来个远投。球刚投出去，不知道谁喊了句"盖了他"，而后身边一个球员猛地跑上来给他这个球盖了帽。

一中篮球队的身高"天花板"，一米九五的球员一掌拍走了篮球。

篮球被一股很大的力道拍到篮球场右侧。

而陆时雨，刚好就走到了那个位置。

二十七班要负责发两种书，陆时雨下午一来学校就把教材按照班级人数分好了。李杰把副班长和学习委员找来给她当帮手。副班长和学习委员都是男生，主动揽起往各班送书的活，也就没让陆时雨来回跑。

恰好李杰接了个电话,说文印室复印好的物理卷子好了,他便让陆时雨去一趟文印室取回来。

一中文印室在操场主席台下面,与教学楼一南一北,距离有些远,从篮球场穿过去稍微近一些。

陆时雨抄了条近路,本以为校园里现在应该没什么人,但没想到这个点,篮球场上居然还有不少人在打篮球。

太阳还挺毒辣的,也怕被篮球砸到,她特意紧贴着篮球场边缘阴凉处走。可还没走到一半儿,她就听见篮球场上有人大喊:"盖了他!"

随即,左边似乎有什么东西直愣愣地冲陆时雨砸过来了。球场上有人"哎"了声,朝她跑过来,边跑边喊道:"快躲开!"

陆时雨还没来得及反应,头才偏转了几度,篮球刮过头侧,耳郭带起一阵独属于闷热八月末的热浪,似乎还轻轻刮到耳朵了。鼻梁上架着的那副近视眼镜也被带到地上,只差一点点,篮球就要砸到她的头。

篮球撞上了护网,"砰"的一声又弹回场边。

碰撞的声音还挺大,陆时雨吓了一跳,眨眨眼看向球场内,但什么也看不清。黑色金属框眼镜的镜片掉了一块,她忙蹲下去捡。就在这时,从场内跑来的脚步声由远及近。炎热的阳光被人遮住,她周围覆上一层阴影,有人站在她身侧:"不好意思啊,同学。"

所幸镜片没碎,陆时雨捏着镜片和镜框,抬头一看,刺眼光芒中,眼前的少年穿淡蓝色的球衣,球衣上有个大大的"41"。

他并不白,是很健康的小麦肤色,肩膀处还有长久晒出来的痕迹,额间挂满了汗珠,一双剑眉轻轻蹙起,背对着阳光,弯身用手撑在膝盖上,轻轻喘着气。

明媚日光将他整个人包裹住,眼底还有隐隐约约的打量与担忧。

四目相对,陈寂看到人时也明显一愣,没想到又是这个女同学。他礼貌地朝她伸出手,如同此时明朗日光,扬着声儿说:"同学,没事儿吧?"

这一瞬间,陆时雨想起孔怡然评价他整个人看起来冷冷淡淡的,可她越发不同意孔怡然的观点了。

陆时雨垂眸看向他伸来的手,手指修长,掌心宽大,但她没去搭,自己站起来,摇了摇头:"我没事。"

陈寂收回手，随着她直起身子，指着她手里的眼镜说："不好意思啊，等放了学我赔你一副新的眼镜。"

"啊……没有。"陆时雨仰头看他，空出来的那只手挡在额间遮挡光线，另一只手捏紧了滚烫的眼镜框，"镜片重新安上去就好，不用换新的。"

陈寂回身把球捡回来，径直走到陆时雨左侧站定："嗯。如果你镜片安不上了就来三十六班找我，我叫陈寂，刚才是我们打球没太注意。"

原来他叫这个名儿，陆时雨默念了好多遍。

这会儿没阳光，不刺眼了，她将额间的手放下，捏了捏衣角："没有没有，是我不该在篮球场里随便走动。"

或许是天气太过燥热，陆时雨心里竟有些浮躁，也觉得陈寂的目光都蒙上了一层太阳暴晒过后的滚烫，令她不太好意思去看，整个人都有些紧张无措。

陆时雨感觉脸颊滚烫，她很怕自己的脸烧红了，想找个什么话题转移一下，但脑子忽然一片空白，什么都想不起来，不知道该说些什么。

对上陈寂的视线，她猛然想起今天早上的事，整个人舒了口气："对了，今天早上我们班有个女生中暑，你给我们拿了矿泉水和藿香正气水，忘记跟你道谢了，谢谢你。"

"藿香正气水我们只喝了一支，"心里像装了只兔子一样，跳个不停，她轻声问，"剩下的待会儿我拿来这里还给你？"

球场上一群人都在等着，看这女生应该是没受伤，众人见陈寂跟这女生说了好久也没个回来的意思，便冲他喊了句："陈寂！"

"别催啊！马上来了！"陈寂回头把球扔过去，扬声跟他们开玩笑，"盖帽还是扔炸弹呢？下回轻点儿！"

篮球在地上一弹一弹的，如同陆时雨此刻起起伏伏的心情，陆时雨又默念了几遍他的名字。

他叫"陈 ji"。

陈寂随手抹了把额间的汗，语气又恢复了跟她说话时的正经，漫不经心地说："没事儿，最近榆阳气温一直都高，上体育课的时候留着预防中暑。"

陆时雨应了声"好"，脑子忽然又卡壳了，该跟他说些什么好？搜索好久，经验实在缺乏，她只干巴巴地回了一句："谢谢你，同学。"

第二次听到这句话了,女生好像有些拘谨,陈寂随口说道:"都一个级部的同学。"

刚说完这句话,篮球场门口,二十七班的副班长跑过来对陆时雨说:"班长!李主任让我来帮你拿卷子!"

见状,陈寂说:"那我先过去了。"

陆时雨点点头。看着陈寂转身跑开,大片白灼阳光重新闯入视线,陆时雨忽地愣住了。

她后知后觉地反应过来,刚才那个叫"陈ji"的同学,好像一直在替她挡太阳。

陆时雨摸了摸心口,悄悄望着41号带球过人的灵活身影,他刚回到场上就投中了一个三分球,正与队友开心地撞肩。

原本已经平静的心跳再次一跃而起,明明都是秋初了,但陆时雨却觉得,此时仍如同盛夏般火热令人躁动。

光就在他那个方向,刺眼无比。

除了学校统一订的习题卷,陆兆青又给陆时雨找了不少参考书和卷子。发新书当晚,陆时雨一回家,就看到客厅的茶几上铺满了卷子。

陆兆青在厨房做饭,听见开门声,从厨房探出头:"回来了啊!茶几上的书都是我给你找的,平常做完作业和周末做做。"

背上的书包就挺沉的,然而一看茶几,陆时雨都觉得背上的教科书不算什么,她在心底叹口气,回:"行。"

"今天下午没上课,咱们早点儿吃饭。"陆兆青一边忙活,一边说,"晚上吃饭的时候你可以看一会儿电视,今天是最后一天放松了,开学之后你就不能看了。"

小时候陆时雨特别喜欢在寒暑假的时候边看电视边写作业,播电视剧的时候就看电视,播广告的时候就写会儿作业。以前陆兆元和秦安兰都是睁一只眼闭一只眼,可后来不让了,严厉杜绝了陆时雨这种三心二意的行为。只是因为他俩听陆兆青说,姐姐自从上了初中,就没看过电视,只能在中午吃饭的时候看一会儿《名侦探柯南》。

陆时雨当时还觉得姐姐好可怜,但没想到也轮到自己头上了。

她认命地搬着茶几上的东西往卧室走。姐姐刚好在整理行李箱,陆兆青只有一个女儿,虽然一中家属院是老房子,但两室一厅的格局完全够三个人住。姐姐今年正好高中毕业,是榆阳一中高才生之一,压线考上北大。

姐姐明天就去学校报到,陆时雨正好就住姐姐的房间。

陆时雨把卷子放到书桌上,姐姐收拾完行李,陆兆青在厨房遥声喊:"你跟濛濛说一声你那屋里什么东西不能动,把你东西都放好了。"

姐姐挨个指给她看:"我的漫画书都在这个箱子里,有的已经开胶了容易散,不能动,右边床头柜里的东西也别动……"

陆时雨一一看过去。

姐姐在屋里看了一圈儿,确定没什么东西了:"其他的都可以,我的书桌抽屉里还有碳素笔芯和没用过的本子,还有挺多呢,这些你就不用买了,直接用就行。

"然后书架上还有我高中的笔记,都挺全的,我没扔,你有用的话也可以拿走。"

陆时雨说"好",这个非常有用。

临睡前,陆时雨整理书桌,陆兆青的房门已经关上了,姐姐还在浴室洗澡。

做贼心虚一样,她悄悄从书包里把那盒藿香正气水拿出来放到桌上,提笔在包装盒上写了个"陈","ji"不知道是哪个"ji",她只写了拼音。

陆时雨看了这个名字半天,直到浴室水声停下,姐姐出来,那盒藿香正气水才被她着急忙慌地推到桌角,还往上盖了几本书遮挡,但她觉得太过明显,又把东西放到桌下。

那个"陈ji"说留着。

她会留好的。

高一文理都要学,课程安排得非常紧密,走读生早上六点二十就要到学校上自习,晚上九点半才放学。

二十七班算是个快班，大家自制力都很强，铆着劲学习。班里的中考成绩排名，虽然李杰没说过，但是同学们私底下聊天的时候互相问过，大致心里都有个数。陆时雨的同桌是压着线进的榆阳一中，在班里排倒数第一，她还是个住宿生，每天最早来教室，除了学习就是学习。

李杰好几次在办公室夸过她，陆兆青上来拿卷子也听到过几句，回家跟陆时雨叮嘱："人家肯定不甘心考倒数第一，月考的时候你不能掉以轻心，多跟着她一起学习学习。"

除了上厕所，同桌几乎不离开座位，哪个老师都会夸上几句。旁边坐了个"卷王"，陆时雨没敢放松，怕排名掉下去，不然挨骂的还是她，而且陆兆青也挺丢面子的。

这天陆兆青不在家，陆时雨与孔怡然一起在学校食堂吃的晚饭。两人打好饭坐到位置上，这时门口一阵喧闹，是体育班训练结束，也赶到了食堂。

陆时雨的视线忽然胶着在门口，眼神就没从那些人身上离开过，从第一个看到最后，果然在最后看到了陈寂。

自打陈寂进来，身旁就有不少女孩子往那边看，离他很近的几个学姐眼睛更是快要长到他身上了。

他背着黑色的斜挎包，包的拉链没拉上，露出里面水杯杯盖一角，他正跟王竞之说说笑笑，丝毫不在意这些形形色色的目光。

陆时雨忽然间想起每次晚自习放学时，她偶尔会看到陈寂和他同学一起下楼，手里夹着一个篮球，身边人的目光多半都偷偷放在他身上。陆时雨跟在身后，默默听着那些对他毫不吝啬的夸奖，他就像是簇拥着烈日，无论白天黑夜，好像人往那里一站，就是焦点。

孔怡然也盯着那边，冷不丁道："说真的，咱们这届体育班男生颜值算是最高的了，尤其给咱们送藿香正气水的那个陈寂，你没手机不知道，自打开了学，有多少女生私底下谈论他。咱们学校论坛上还有匿名要他QQ的，胆子大的早就当面要过QQ了。"

学校食堂今晚做的是疙瘩汤，陆时雨不太喜欢吃这个，用勺子来回搅了搅，还是很烫，感觉更没食欲了，她"哦"了声："是吗？"

"就咱们隔壁班那个语文课代表,跟我家住一个小区前后楼的那个,"孔怡然放下勺子,"前两天她去找陈寂了,结果碰了一鼻子灰。"

陆时雨看她一眼,虽然有些好奇,但仍旧佯作淡定地问:"怎么回事啊?"

"那个课代表找陈寂要QQ,陈寂说不好意思不记得,她刚做了个自我介绍,结果说完自己名字,"孔怡然笑,"人家说得赶紧训练,留了句抱歉就走了。

"把她气了好久。而且有好多女生都找过他,但是都没问到QQ,陈寂连介绍都没介绍,拒绝得那叫一个干脆。"

"连名字都没问出来吗?"陆时雨轻声重复,觉得心情畅快许多。

"对啊。"孔怡然"啧啧"感叹,"名字都不给机会问,这是输在起跑线上了啊……那个男生真绝,你还说他温和有礼貌,明明拽得要死。"

碗里的汤好像不烫了,陆时雨端起碗一口气喝完。孔怡然讶然:"你不是不爱喝疙瘩汤吗?"

她嘴边却漾着一抹笑意:"感觉今天的还可以。"

一中每个月都有月考,头一个月课程内容都很简单,李杰没有在一开始就给大家施加压力,学习氛围还算轻松。

但陆兆青却持不同意见,傍晚两人聊天的时候,陆兆青还说:"头个月学的东西都是基础的,打好基础,以后你再学那些难的就不吃力了。这叫赢在起跑线。"

陆时雨从小就被灌输这种思想,起跑线上走好了,后面不会太困难。以前每次寒暑假秦安兰为了让她赢在起跑线,都会给她提前买下个学期要用的书预习。但预习归预习,陆时雨其实觉得对她并没有什么用,因为考场上马虎不仔细,甚至解题思路的错误都会导致她丢掉分数,排名下降。

所以她也很少赢在起跑线。

可这回陆兆青提出要她赢在起跑线上时,陆时雨却觉得干劲十足。

她心思有点歪,觉得自己好像已经在某个起跑线上取得胜利了。

即使这不是什么正经的起跑线。

第一次月考前,李杰召集几个班的班长开了个会,他让陆时雨拿着名单点名，点到最后，又是三十六班班长没到。

陆时雨盯着名单上的名字许久，这回知道了，是陈寂，是寂静的寂。

李杰看了眼表："应该没下训练，先不等他，待会儿三十五班给传个话。"

月考答题需要用答题纸和条形码，跟初中不一样。李杰刚交代完条形码的事，给了陆时雨十二个条形码让她待会儿给班长们发下去方便通知班里其他学生。大家都在低头记笔记，门口有人敲了敲门，喊了声"报告"。

声音干净，少年气息十足，可来人那副表情却偏偏带了几分桀骜："主任，我是三十六班班长。"

陆时雨正写着字，闻言手一顿。

陈寂的运动服还没换，两手空空，额角还挂着闪闪的汗珠，显然是刚下训练就过来了。李杰让他进来找位置坐。

大家都坐在李杰旁边，没什么位置了，他四处看了看，便搬了把椅子坐在门口。而这个位置，恰好就与陆时雨面对面，只要抬头她就能看到对面的陈寂。

她看着陈寂坐好，然后找旁边的男生借了纸笔，随手搭在腿上。

陈寂看向前面那瞬间，陆时雨猛地收回视线，攥紧笔。她感觉陈寂的目光在她的头顶落下一秒，随后移开。

很短促，但对陆时雨来说，很煎熬。

落日余晖的那点儿温度似乎被他带进了办公室，她总感觉原本安静如初的心跳起起伏伏，热意久久难散。

李杰拿了张空白答题纸，跟大家说着注意事项。陆时雨借着看答题纸的机会从笔记本上抬起头，假装认真地盯着那张空白答题纸，手上"唰唰唰"地记着答题要求，但其实注意力早就已经跑了一半。

"大概就这么多。"李杰说，"待会儿你们每人拿一个条形码和一张空白答题纸回去，都把事儿交代清楚，避免因为答题不规范失分。没什么问题大家就可以回班了。"

陆时雨起身，拿着条形码给大家分发。

会议开头有部分内容陈寂没听到，李杰赶着去开级部主任的会，拿上笔记本，叫住陆时雨说："时雨，你再把条形码的事跟他说说。"

幸亏开头那段她认真听了，她打开笔记本准备给陈寂递过去，却发现笔记上，居然有好几个她无意识写下的"寂"。

她慌里慌张地又把本子合上，局促不安地握紧了。她佯作淡定地撕下一个条形码给陈寂，说了说这个该怎么贴。陈寂很认真在听，陆时雨说完，问他："还有什么不懂的吗？"

"没了。"陈寂接过条形码，两人指尖短暂地接触了一下，随即他就收回去，"谢了啊，我赶紧回去跟他们说一声，我们班今天有请假提前回家的。"

说完他转身，陆时雨叫住他："哎，陈……"

陈寂回头看她，黄昏时晚霞最美，夕阳橙黄烂漫，全都照进了走廊里。

陆时雨指尖垂在身侧，稍稍动了动，她刻意重复，带了些"你是不是叫这个来着的"的疑问开口："陈寂？"

"你的答题纸没拿。"

"啊，差点忘了。"陈寂朝她轻点下巴，接过答题纸，大步流星地走向走廊左侧尽头。

陆时雨却松了口气，这个名字第一次亲口喊出来的感觉如同心火烧般，明明她都已经在心底默念过好多次，可一出口还是有着满满藏不住的紧张。

晚上陆兆青有晚自习，没回家做晚饭，陆时雨还是跟着孔怡然一起吃的。一中旁边有条小吃街，她俩选好麻辣烫坐下等着。孔怡然吵吵肚子饿了，赶紧喝了口手里的果茶，咧着嘴说："这家的蜜桃乌龙太甜了吧，'踩雷踩雷'。"

陆时雨掀开手里的奶茶盖子递过去："你尝我的，很好喝。"

"奶茶还不错。"孔怡然说，"以前这家都得排队，今天好不容易大家都在篮球场围观，让我买到了，没想到这蜜桃乌龙这么难喝！"

店里又进来两个女同学，是高二的，聊得还挺开心。走在前面的学姐进门第一句话就是："但是他长得很帅啊！你不觉得吗？"

她们恰好就坐在陆时雨斜后方，说话声音她能听到，她原本没打算去听，但另一个学姐忽然说了句："我找人打听了，那个男生叫陈寂，他旁边那个高个子叫王竞之。"

陆时雨手一顿，心不在焉地吸了口奶茶。

"而且他在三分线外跨过所有人投中一个三分球，冲王竞之挑眉炫耀的时候也太酷了吧！他又不是专业的！"

"确实确实，他算是百发百中，一米九的王竞之都拦不住他，哈哈哈哈！"

"体育班最好看的男生就是他了吧，怎么这样的男生不跟咱一级。"那女生叹了口气。

"你想干啥？高三有个学美术的学姐，就特漂亮的那个，每天都去看他打球给他送水，但每次都被拒了，一段时间后就再也没去看他打球了。"

"笑死了，真的吗？他这么拽啊？"

陆时雨默不作声地听着她们的交谈，戳着奶茶杯底，奶盖都被搅散了。

才正式开学将近一个月，每次晚饭时篮球场都会围不少人，体育班训练完会打一场篮球赛，吸引了不少人去看。

而且几乎都是女生。

陆时雨每晚都得回家吃饭，虽然她也很想去看看，但本来时间就紧张，再去看个篮球赛，那时间就更紧张了，也怕陆兆青多问。

她爱吃辣，麻辣烫的口味都是特辣的，今天却有些食之乏味。邻桌的两个学姐讨论了一整顿饭的时间，话题都是有关陈寂。

她居然从别人的口中，听到了他大部分的事。

比如他从初中开始练田径，现在已经是一级运动员，拿过好多冠军，而且初中还在英语口语比赛拿过国家一等奖，在体育生里成绩常年是第一。

再比如他篮球打得也很好，不输专业的篮球队员，一直打后卫，没打过别的位置。

…………

她忽然觉得知道陈寂的名字不算什么了，因为好多人都知道了，而且知道得比她多，她现在没有任何优势了，陈寂连她叫什么都不知道。

赢在了起跑线又怎么样，后面还是会被无数人超越。

初秋天黑得早，吃过晚饭天色就已经暗了下来，陆时雨和孔怡然两个人挽着手往学校走。

陆时雨始终有些沉默，孔怡然没察觉，揪着刚才那两个学姐的话题往下说：" 一码归一码，虽然她们嘴里谈论得怎么样怎么样，但一中杜绝早恋，我感觉她们也就过过嘴瘾。"

"对啊，学校杜绝早恋，她们也就只能想想吧。"陆时雨像是应和孔怡然，又像是对自己说的。

"不过，我之前见过有男生女生放了学结伴回家，"孔怡然低声道，"应该是高三的学生，那回还让我妈看到了。我当时特紧张，还怕我妈说啥，可是她最后也没吭声。"

"你妈真开明。"陆时雨想起初三那段不太愉快的经历，"如果换成是我，我就惨了。"

孔怡然跟着叹气："也对，秦阿姨对这方面是挺紧张的，我算是见识到了，而且你身边还有人盯着，我一看见你姑姑就害怕。你想早恋，我看是不可能了。"

陆时雨家离一中远，且秦安兰和陆兆元上班没什么空管她，早上让她自己一个人骑那么远的车子上学也不放心，所以把她送到了陆兆青家寄住。

来之前秦安兰反复跟她强调，说不希望看到她做不适合高中学生做的事，还说现在是在姑姑家，让她跟在自己家一样待着，但是陆兆青平常很忙，尽量别给陆兆青添麻烦。

"不过我看你也不会早恋，"孔怡然又加了句，"你眼里除了书本作业，根本没别的好吧。"

陆时雨没说话。

到家一开门，陆时雨发现曹永山在家，她喊了句"姑父"，便沉默地回到卧室里写作业。没多久，家里的门又开了，陆兆青也从学校回了家。

曹永山在跟女儿曹晶打电话，语气高兴得很，跟与陆时雨说话时截然不同。在曹永山的眼里，似乎只有女儿才是最厉害的。陆家从没出过北大的学生，但曹家不一样，曹晶是他们家第三个考上清华北大的，因此他傲慢，总是有些瞧不上别人。

好半晌，屋外的一家三口结束了通话，陆时雨终于能集中注意力解题。

陆兆青买了水果回来，曹永山随手捞起一个苹果，陆兆青跟他说："你去送给濛濛。"

曹永山咬着苹果，含混不清地在陆时雨的房间门口说了句："出来吃点儿水果吧。"

曹永山吃着东西，说话不是很清晰，陆时雨又在埋头做题，一时间没听到他说话。曹永山却推开门，拿着苹果看了眼陆时雨在纸上飞速移动的笔尖。

曹永山："打算考北大呢，这么刻苦？"

也说不清是个什么语气，但在陆时雨听来，令她心里别扭。

陆时雨尴尬地坐在椅子上，心里瞬间就堵了口气，也不知道该回什么好，只好默默放下笔："没有。"

"你吃不吃水果？你姑买水果了。"

陆时雨摇摇头："我不吃了。"

闻言，曹永山便关上了门。

陆时雨深深吐了口气，秦安兰让她把这里当自己家，但曹永山这个态度，真的让她适应不了。

晚自习班长检查各班纪律，今天正好轮到陆时雨，她在年级里转了一圈，走到三十六班，没发现什么问题。

她拿着作业靠在三十六班门口，准备待会儿转一圈再回教室。打开草稿本，她却发现拿错了，把开班干部会用的本子拿来了。

高一教学楼的格局很新奇，楼是椭圆形的，教室的门在讲台两边，陆时雨背靠着墙，背后就是讲台。她忽然联想到，陈寂是班长，晚自习要盯班级纪律，这会儿，应该就在她身后，仅仅一墙之隔。

她翻到今天的会议记录，那几个"寂"没擦，寥寥几个字，却占据她所有视线。

这个字儿，起得不太贴切，陈寂一点也不沉寂。

他明明众星捧月，张扬得很。

静谧万分的教室偶尔传来几声低低的咳嗽，三十六班忽地有人动了动凳子，摩擦声令陆时雨缓过神，她提起步子准备进教室，查纪律的班长是可以进到班里去检查的。

她悄声进到三十六班教室里。陈寂没看到她进来，依旧盯着手里那张卷子。

他睫毛长而卷，头顶的灯光在他眼睫处蒙上一层阴影，浓眉叛逆地向上扬，看看题目往上写两笔，像是有些兴味索然。

再待下去就没理由了。她最后在教室里环视一圈，收回目光时，恰好对上陈寂深邃的视线。

两人对视一眼，陆时雨先转身，走出教室。

月考完要开会，还得在本子上记东西，她停下脚步，慢慢将那张写了陈寂名字的纸撕了下来，整整齐齐叠好后，放入上衣口袋。

高中第一次月考如期而至，陆时雨和孔怡然的考场紧挨着，她俩没有对答案的习惯，但架不住其他同学好奇，才刚刚考完数学，整张数学考卷的完整答案已经被大家讨论出来了。

孔怡然听了一耳朵，垮着脸说："不是吧，我最后两道选择题都不对，我不太确定，蒙的是AC。"

陆时雨想了想，很自信地说："应该就是AC。"

"真的啊？他们讨论得那么激烈。"

陆时雨非常确定："我最后检查的时候算出来了。"

考物理时就没了考数学时那般娴熟了，有几道题陆时雨都是半蒙半猜的，她初中时物理就不是很好，完全没有了写数学时的自信。

九科全部考完，陆时雨对了对答案，都还可以，就是物理稍微差一点。

一中老师批卷子的效率很高，月考第二天晚自习下课，分数差不多就出来了，李杰正在办公室排名。

虽然成绩应该差不到哪儿去，但是陆时雨依旧心神不安，"卷王"同桌真的是铆着力气学的，努力真的有了好结果，跟她预估的分数差不了几分。

学习委员兴冲冲地从办公室跑回来，坐到座位上，低声说："排名出了。"

紧接着，门口来了个同学："找一下你们班陆时雨。"

陆时雨心里"咯噔"一声，这个同学好像是陆兆青班上的。

她提着一颗心问："怎么了？"

"陆老师让你去一趟她办公室。"

提着的那颗心猛然下坠，完了。

陆时雨路过李杰办公室时，往里看了眼，李杰还在电脑前操作，正跟旁边的老师一起讨论体育班的成绩。

她站在门口，咬咬唇，硬着头皮豁出一口气下楼，该来的总会来，但一想到陆兆青那张毫无表情的脸，勇敢的心瞬间就像针扎一样泄了气，脚步也变得慢了下来。

第一次月考就没考好的话，那以后陆兆青对她肯定更严了。

如果陆兆青再跟秦安兰一说，那周末她回自己家更没好日子过。陆时雨想着，要不明天给秦安兰打个电话安抚一下，早知会一声，总比什么都不说等到周末再挨骂强。

陆时雨磨磨蹭蹭走到二级部办公室，还没喊报告，正对着办公室门口坐的陆兆青就看见了她，脸色跟想象中一样，一样的不好看。

她朝陆时雨递去一张空白的月考物理卷子："重新再做一遍，做完给我。"

陆兆青说完这句话之后就没再说别的，想象之中的暴风雨没来，反而很平静。

有点不太对劲。

晚自习放学，陆时雨还一个劲儿逮着孔怡然问物理题。孔怡然物理只比她好那么一点点，两人一边往外走一边讨论，陆时雨说着说着还从书包里往外掏自己的物理卷子，但可能是太着急，有东西掉了出来都没发觉。

直到肩膀被轻轻敲了敲，她才回神，转身。

陈寂拿着她没来得及交到办公室的纪律检查表，垂眸扫了眼："这要是丢了，那不就白瞎我们班今天晚上这几项满分了啊。"

陆时雨心道才不会，接过表格："你们班的我都记住了。"

"拿好了，再丢可就没人给你捡了，得亏我眼神好。"陈寂扯了下唇，懒懒散散地打了个哈欠，跟着王竞之走了。

陆时雨回家赶了赶工，把卷子做完交给了陆兆青。

她没开口提成绩的事，陆兆青也没有，只问了问她这次题难不难。陆时雨斟酌了片刻，说不算很难，但说完这句，又怕陆兆青当下就问她"不难物理为什么还错那么多"。

结果陆兆青也说是，体育班都有单科排名前几的学生，然后叮嘱陆时雨晚上早点睡觉。

但她总觉得，陆兆青已经放了二技能锁定，正等着三技能憋一个大招。

月考排名公布之前，高一年级班主任开了个会，划了下各科年级优秀线。头一个月，看不出什么大的差距，分数还算平均，除了最后一个体育班稍稍差点。

但一中体育班的纯文化分数线也很高，不仅看体育生的专业分数，还看文化成绩。体育班文化成绩还算可以，卫琪拿到成绩单挺满意的，那群人看上去吊儿郎当，但认真起来也值得鼓励，算是这几届体育生里最好的一届了。

他正满面春风拿着成绩单往教室走，冷不丁接到一个电话，掏出手机一看，是个烫手山芋。

田君如——陈寂的妈妈打来的。

刚开学没几天，田君如给卫琪打过几回电话，搞得卫琪在陈寂和田君如之间两头劝，偏偏这母子俩都是倔脾气，谁都不听谁的。

卫琪站在楼道里，接起电话，那边说："卫老师啊，您好您好。"

猜到田君如打电话的意图，卫琪正想着怎么挡过去，她却先开了口："卫老师，是这样啊，我从家校互联看到陈寂这个月月考分数了。"

卫琪知道，她又来劝了。

果不其然，田君如下一句就是："陈寂初中的成绩一向很好，我觉得他练体育，真的是屈才了。

"当然啊，卫老师您别误会，我不是说练体育不好的意思，就是说吧，我感觉陈寂不太合适，他还是踏踏实实走文化课这条路比较好。按他这个成绩，将来好好努把力往上提提分儿，考一个好大学完全没问题，走体育这条路，真的是太让我们担心了。"

卫琪轻轻叹了口气，道："我觉得还是要尊重一下陈寂的意见，这条路还是由他自己走。我也在学校里跟他谈过好几次这个问题，但是陈寂的态度很坚决。他是个很有主见的孩子，如果这条路不行，我相信他自己会做选择，他都快成年了，这些事情我感觉他有自己的判断力，您说呢？"

陈寂长了一副对谁都爱搭不理的模样，但在熟人面前很闹腾，他没少因为这个性格挨卫琪的罚。他虽然是个刺儿头，但是个有分寸有想法的刺儿头，想改变他不是很简单的。

电话那头的田君如不再说什么了，沉默几秒后主动结束了通话。

手里的成绩单瞬间就不那么"香"了，体育生对文化成绩要求不高，如果专业分不那么差，基本上分了文理后，文化成绩达到三百分稳上大学。

陈寂现在英语还是年级单科第二，虽然总分放在其他班是个倒数的菜鸟，但如果他能跟其他同学一样好好上课，提升空间确实会更大。

练体育，练得好了，进省队国家队拿冠军，练得不好，稍有不慎受伤了，很可能会就此断送运动员生涯。

将成绩念完，又在班里分析了两句，卫琪单独叫陈寂出来了一趟。

陈寂手插着兜，走在卫琪身后，不正经地比着投篮的手势。卫琪回头看了他一眼，他立马把手摆正，兜也不插了，反手带上办公室的门。

卫琪看他这个吊儿郎当的样子就不顺眼："你上课又睡觉了？"

"没有啊。"

"当我瞎啊，看不见你那困劲儿？昨晚是不是又跟王竞之打游戏了？陈寂，不是我说你，能不能干点儿正事？你一班长，上课带头睡觉，还去打游戏，生怕老师逮不住你是吧。"

陈寂嬉皮笑脸："下次不了，下次不了。"

"有下次你就别训练了，好好回家睡你的觉去吧！"

卫琪沉默了下，还是不知道该怎么开口。陈寂却早有预料地说："老卫，我妈是不是又给您打电话了？"

卫琪喝茶的动作一顿，两人还真是母子，他无奈："陈寂，其实你这分数，还有很大的提升空间……"

陈寂极轻地"啧"了下，不再玩闹地叫他"老卫"了，而是正正经经地喊了句老师:"我能给我妈打个电话吗?"

田君如没想到陈寂会主动给她打电话,自从他俩在练体育还是学文化课这个问题上产生分歧之后,陈寂就很少主动跟她沟通了。

"哎哟,你居然主动给我打电话了。"她有些生气,话里也带了些阴阳怪气的语气。

陈寂听出她不太开心,开玩笑道:"田总,您消消气。咱先商量个事儿行吗?您别给我班主任打电话了,人家学校里一堆事儿,忙着呢。再说了,人家也有烦的时候,有什么事儿咱俩见上面您跟我说。"

田君如瞬间就炸了毛:"嫌我烦啊?我是为了谁啊?还不是为了某个人,某个人要是能让我省点心,那我也不至于去麻烦人家啊。还说什么见上面,咱俩一个月能见上几次!你这么大腕儿呢,咱俩谈心我还得看你档期?不能理解理解我是吧?"

末了,她又加了句:"豆豆都知道理解我心疼我,豆豆都比你强!"

潜台词是,你陈寂,还不如一只狗心疼人。

"哎,怎么骂着骂着某些人又拐我身上来了?"陈寂拿着学校电话亭的电话,笑得不行,"不带这样的啊,妈,哪有把亲儿子跟狗比的?"

"笑什么笑,我让豆豆往东它就往东,让它往西它就往西。"田君如气道,"你呢?我让你干这个你不,我不让你干这个你偏干,你知不知道你舅舅的腿是怎么没的!"

陈寂背靠在电话亭的挡板上,语气轻松:"我舅那会儿是什么条件,现在都是什么时候了,科技发达了,医疗技术也进步了。"

他拖着嗓音,老成道:"时代不同了。现在好的医生多的是,就算现在没有,以后也会有的。得相信那句老话,阳光总在风雨后。"

田君如:"你气死我算了!我跟你说正经事,你跟我扯别的,我跟你说前途你跟我扯阳光,屁的阳光总在风雨后,我拉上窗帘你永远也别想见阳光!"

陈寂实在没忍住,刚想笑,但旁边那个电话亭的笑声更快响起,很短促的一声。

他站直身子,越过电话亭挡板往隔壁看了眼,对上正尴尬地紧绷嘴角,眼底闪过一丝慌乱，像一只怯生生的小鹿，脸上还带着未退散浅淡笑意的陆时雨。

四目相对，她指了指电话，抱歉地看了陈寂一眼，耳郭泛出红意。

这电话亭的通话音量不能调，陈寂只能任由田君如持续性高分贝输出，一边无奈又想笑地听着电话，一边朝陆时雨耸了耸肩。

他忽然间觉得，有个听众在旁边，听"领导"训话也没那么难挨了。

田君如一股脑把这段时间没骂出来的话全骂出来了，她这会儿应该还在公司上班。田总一向很忙，而且两个人见不上面，多半是因为田总出差。

"某些人"都懒得加直接叫了他名字，连面子都不顾了，可见她这回有多着急。

这个教育人的方式，果然是全天下妈妈独有的。陆时雨左耳听着秦安兰的"仔细点不要马虎，心无旁骛认真学习才是主要的"，右耳听着陈寂妈妈隐隐约约从话筒传出来的"你现在就是好好学习才有出路"，只感觉这两个妈简直如出一辙的一致。

但她哪碗"鸡汤"都没喝进去，而是紧紧攥着手里的电话，有一下没一下地瞟着旁边跟她一样认真听教诲的陈寂。

也不对，从这人那么随意的站姿其实能猜到，他应该没怎么认真听。

秦安兰说了半晌，电话那头没声了，她喊了声："濛濛，听见我说话没？"
陆时雨连忙回神应声："听见了，听见了。"
"我怎么感觉你心不在焉的呢？"
陆时雨心里一颤，蹙了蹙眉："没有，我在听呢。"
"你这个样子听课可不行……"

陆时雨本来都想挂电话了，打电话就是怕没考好回家挨骂，结果从秦安兰口中得知她这回是第一，庆幸之余本以为不用再听秦安兰说教了，结果还是难逃一劫。

她叹了口气，嘴角一撇，又悄悄往隔壁看了眼。听音量，那边应该比她还要严重，不过陈寂倒是没有像她一样显出半分不耐烦。

看这架势，很有可能是被说惯了吧……

他一只手插着兜,一脸淡定地接受着田君如的心灵洗礼,时不时"嗯嗯嗯"应几声。

按田君如的想法,他就应该老老实实去学文化课,报理科班,最好能有几门课是拔尖的,多参加几个数理化竞赛加加分,高考上个顶尖的大学,毕业以后再捧个铁饭碗。

这才是她认为的,属于陈寂正确且完美的人生,而不是去练那个她看来没什么前途的短跑。

陈寂知道她这会儿正着急,胳膊肘往挡板上一撑,整个人懒懒散散的,说的话就显得更加不着调,但顾忌着旁边还有人打电话,声调倒是放低了些:"田总,喝口水吧。"

陆时雨:……还真不怕死啊。

"您都说了快十分钟了,今天不开会了?某些人大课间一共二十分钟,"他甚至还看了眼表算了算时间,"说话的时间还没超过一分钟,您自己占了快十九分钟了吧?时间如生命还是您跟我讲的,现在正是高中生的某些人的时间就更宝贵了,某些人本来还想好好谈谈,得,这下好了,宝贵生命没了。"

还真是油嘴滑舌、油腔滑调。

陆时雨想,如果不认识陈寂,单看长相,也不怪孔怡然说他冷淡。陈寂这人不笑时显得格外不好惹,眼皮很薄,眼尾向下,五官锋利,整张脸透着一股疏离的感觉。你不跟他说话,会觉得他凶。但谁能想到,他一说话居然是这种"画风"的。

如果她用这种嬉皮笑脸的样子跟秦安兰说话,秦安兰估计能把鼻子气歪了。

"陈寂!我真是跟你说话费劲,我说的这些,你能不能往心里记记,我还会害你吗?"田君如真是恨铁不成钢,她吧啦吧啦说了一大堆,他估计又没往心里放,全跟着呼出来的二氧化碳跑了,"别在这儿给我扯开话题!说话怎么就不能给我着点儿调啊?好好跟我聊聊你的事,你能掉块肉?"

"啧!"陈寂终于站直身子,"那我好好说,我觉得练体育挺好,我也挺喜欢。你看人家刘翔,正儿八经的体育生,奥运冠军,咱们不是还把他海报贴家里了,您不也挺喜欢他的?"

"人家十六岁进的国家队！你呢？"

陈寂："那行，咱换个人，苏炳添，十八岁进的省队，二十岁进的国家队。"他又不要命地加了句，"跟我练的还是一个项目。"

旁边一心二用的陆时雨都替他捏把汗。

但他是真的勇敢，敢为了自己喜欢的东西跟家长较劲，换作她，一定不会。

田君如气极反笑："你非狡辩是吧？

"行，国庆你给我等着，我陪你狡辩个够。我倒要看看你能不能改改你这想法跟态度。"

陈寂这会儿可能也被骂疲了，无所畏惧地说了句结束语："改不了，我就这样，您是我妈你还不知道？行了妈，某些人不浪费您时间了。"

陆时雨那边，秦安兰有病人找，她最后嘱咐了两句，说"国庆放假你回来再说吧"，随即也挂了电话。

两人同样面对着电话，一个很明显地舒了口气，心道终于结束了；一个看似无所谓地拔下电话卡，但陆时雨却察觉到陈寂目光略微有些低沉。

她放好话筒，抿唇，悄悄看向陈寂，他刚好也放了话筒转头。两人视线猛然对上，陆时雨有些手脚无措，在想该怎么开口道歉，毕竟是她偷听在先。

而且刚刚她还偷看了。

两只手放在身前交缠，她尴尬地开口："不好意思啊，刚才我不是故意要听你打电话的。"

他俩本来就不是很熟，况且只是她认识陈寂，陈寂连她名字是什么都不知道，见面的次数一只手都数得过来，也只是一起开过几次会的关系，这样冒昧听他打电话还笑了，她不是有意要去听墙脚的，所以觉得这样挺没礼貌。

而且，他对她的印象可不会好到哪里去。

"没事儿。"陈寂毫不在意，反而跟她解释，"打电话的是我妈，她嗓门一向很大，骂我的时候声音就更大，跟个喇叭似的。我还怕她吵着你打电话呢。"话是带着笑意说的，很明显。

"没有，没有。"陆时雨摆手，目光落在他嘴边浅浅的弧度上，"我也跟我妈打电话来着，她正数落我呢，嗓门也挺大，挺吵的。"

刚才她那边电话里头什么声音都没有,她回话时也是细声软语的没什么脾气,哪儿吵了。陈寂感叹:"天底下的妈还真都一个样儿。

"但是我没想到啊,你妈还数落你?考这么高的分数,成绩又这么好。"而且还乖。

这话说完,陆时雨愣了,不可思议地看着陈寂。

什么叫考这么高的分数?

陆时雨心跳加速,如擂鼓般一下跟着一下,不给她任何喘息的机会。

她仍保持着仰头的动作,似乎忘了接下来该怎么做,那双大眼睛直勾勾盯着他,惊讶、激动,甚至还有些小窃喜一闪而过,但只一秒钟,就被她平淡目光遮掩下去。

她以为他不知道的。

他们之间,似乎不再那么生分了。

心里那个想法呼之欲出,为了印证自己心里的那个猜想,她看着他的侧脸,试探性地回了句:"是吗?"

两人一块儿走到教学楼,陈寂一手拉开门,掀着帘子,等她进了门又慢慢放下:"肯定啊,要是把成绩单上'陆时雨'三个字换成'陈寂'——"他看向陆时雨,"按我妈的脾气,她早放鞭炮了。"

一锤定音。

把陆时雨换成陈寂。这是她第一次听他叫她名字,原来他知道。

她不仅在起跑线赢了,第一圈弯道还甩开后头的人几十米,马上第一圈就能拿冠军了。

这种只有陆时雨自己明白的愉悦一直持续到回教室,甚至持续了一整天。

人是心事重重出去的,却是满面春风回来的,孔怡然好奇地问:"咋回事?给你妈打电话乐成这样?你妈跟你说什么了?"

陆时雨弯唇,没怎么深入回忆,随口一说:"她让我现在仔细一点不要马虎,心无旁骛好好学习。"

孔怡然:"没了?"

多余的,陆时雨根本没心思往心里记,自从陈寂接通电话说的第一句,她飘飘忽忽的注意力就没了。

"不是吧。"孔怡然摸了摸陆时雨的额头,"这么长时间,就说了这么一句?"

她讶然道:"而且你居然还这么高兴?"

"啊,还有,我这回成绩没退步,"陆时雨扯了个谎,"主要是这个。"

孔怡然舒一口气:"怪不得呢。"

她戳了戳陆时雨的后背,悄声说:"那你今晚总有心情了吧,放学陪我去篮球场看体育班打球去!"

脑中一闪而过一个身影,陆时雨几乎是毫不犹豫,脱口而出:"好啊。"

陆时雨总分排年级第五,班里第一,语数化三科都是单科第一,就是物理拉了分。

那张重做的物理卷子,陆兆青亲自从头到尾给批改了,卷子回到陆时雨手里,已经布满了红笔的痕迹。

晚自习下课,她一脸愁容地看着卷子,正琢磨该怎么整理。孔怡然背上书包追出来,看见她手里的东西:"走这么快干吗?我的天!这是你姑给你改的?她不是教语文的吗?"

"不知道啊,她比我……还认真。"

孔怡然同情地拍了拍陆时雨:"你姑没骂你吧?"

"骂倒是没骂。"她摇头。

——陆兆青跟陆时雨说:"有的基础题不该丢的分都丢了,后头大题,还有没按照答题步骤来答的,真是不应该。怎么你其他科目都还可以,到物理这块却走下坡路了?"

陆时雨也很想问问自己,这些题后来再看,其实都很简单,人家是数理化三科都好,到她这里把物理落下了。

当时陆兆青说的话,总结下来就是这么着可不行,得想想办法。

孔怡然听完,说:"啊,她不会是要给你加量吧?"

走到一楼,陆时雨刻意放缓了脚步,眼神不经意向右瞥,又烦躁又没出息地一心二用。

陈寂今天没拿篮球，他周围又是一堆男生，"拉帮结派"地一起往外走，他没看到陆时雨，忙着跟他们扯东扯西。

夜色深深，陆时雨的目光毫无顾忌地放在陈寂的背影上，看着他给自己的车开锁，而后消失在一中街。

直到看不见陈寂，陆时雨才叹了口气，她屋里还有一堆辅导资料呢，有些不想回家面对那些资料了："再加我写到高二也写不完。"

"我还说国庆的时候约你出来玩呢，商贸中心新开了个小火锅店特好吃。不能看电视，不能玩手机，不能玩电脑，周末还得多写卷子，"孔怡然"啧"声，"你可真是太惨了，高一就这样，等到了高三呢？还能有别的约束招数吗？"

她猛地一拍手："国庆七天，不会是要给你再找个辅导班吧！"

陆时雨心底一颤。

这极有可能就是三技能大招。

国庆高一放七天假，放假前一天不上晚自习，下午开完班干部会就能离校。陆时雨已经很久没回过家，一下课就兴奋地准备冲到家属院里收拾东西，还在一旁催了孔怡然两句。

孔怡然知道她着急，一边往书包里塞卷子，一边说："你别着急呀，等等我。"

陆时雨刚收拾好书包和孔怡然出了教室，陈寂从隔壁办公室出来，恰好与陆时雨打了照面。

陆时雨瞬间停下步子，连带着孔怡然也被迫停下了脚步。

陈寂单手插着兜，怕撞上人，往后退了步，眉眼寡淡地看向两个女生。

这段时间李杰没开几次会，体育班训练完也很少打球了，除了晚上检查纪律，陆时雨很少能跟陈寂说上话。

着急回家的劲头瞬间没了一半儿，陆时雨发觉他脸色不是很好。

她瞬间不想走了。

出于她是年级主任班上的班长，要乐于助人，陆时雨上前问："怎么了？来找李主任吗？"

陈寂点头，将手里的卷子拿给她看："这英语卷子印错了，我找主任换一份新的。"

李杰不在办公室，陆时雨抓着书包带，带子勒得单薄的肩膀有些疼，她稍微动了动："你只缺这一科是吗？"

她抿抿唇，犹豫道："那我帮你拿吧。"

孔怡然在两人之间来回看了看，这会儿陆时雨倒是不着急了。她冲陆时雨不怀好意地笑笑："那我先去骑车，楼下等你。"

陆时雨忽略那个笑，跟陈寂进了办公室。李杰好像把剩下的卷子放到他桌子底下了，她蹲下身子去找，刚蹲到一半儿，肩上的重量一轻，舒服多了。

陈寂拽住她的书包，将人拉起来。陆时雨愣了愣，只见他下巴往旁边的凳子轻轻点了点："在桌子下？我来。"

他手还保持着提着她书包的动作，陆时雨小碎步倒退着，脚后跟撞到凳子脚坐下，他才松手，到桌子底下去找卷子。

找得倒是认真，看来他还是很重视英语这一科的。体育班平常训练，学习时间比其他班同学少很多，这样都能考单科第二，足以见得他基础很不错。

前两天陆兆青还在家里说过体育班单科排名靠前的同学，说一中招体育生的文化分数线也很高，如果人家努把力，肯定能挤下去不少人，现在看来，好像确实如此。

但上回陈寂跟他妈打电话时说过练体育挺好的，也不太可能转走。

"你要是有要紧事就先走，我知道放哪儿就行。"陈寂埋头找卷子，闷闷的声音从桌下传来。

胡乱飘摇的想法被打断，陆时雨盯着他的背影，他好像真的不太高兴。

每天晚自习下课，陆时雨永远都是最快收拾好出教室的那个，下了楼，正好就能碰见陈寂。他每次都是一脸愉悦地跟别人插科打诨，不在意周围直接的目光，我行我素，偶尔看见陆时雨时，也会抬手很淡地打声招呼，虽然面色很淡，但也没有这会儿这么低气压。

本来想等他找到再走，他这么一说，陆时雨也不好意思再待下去了，站起来踌躇片刻，才说道："好，那我先走了。假期要做的所有多余卷子都在这里，你缺什么自己拿就行。"

陈寂应声，"嗯"了下，回头："谢了啊。"

陆时雨背着沉重的书包下楼,这书包好沉,他刚才那么一掂,轻松许多,现在感觉背着越来越不舒服了。

她摘下书包抱在胸前,此刻也不着急了,慢慢悠悠地走在走廊上,似乎忘了孔怡然还在楼下等着她。

英语卷子还有,不会找不到啊,他怎么找了这么长时间,她都要走到楼道口了。

走到楼道口,她停下来,要是陈寂还没出来,那就回去帮他找找。她刚往办公室门口看了眼,陈寂恰好出来,步子很快。

陆时雨只感觉,他手里那张英语卷子好像都要被他捏坏了。

陆兆青不是班主任,下午也没有她的课,她一早就回家等着了。陆时雨刚一进门,强压着兴奋喊了声"姑姑",而后转身就回卧室去收拾东西。

陆兆青跟进去,抬手阻止她往书包里放那些辅导资料的动作:"这回别拿那么多了。你们作业挺多的吧,先把作业做完,主要把数理化的拿回去就行,一科可以多做一点。"

"行!"

陆时雨点点头,心下又是一阵激动,只有数理化,九科少了三分之二的任务,她爸妈医院里都忙,假期肯定不会出门旅游,国庆没准儿可以跟孔怡然一起出去玩。

但下一刻,她对假期的憧憬却被打碎——

"你姐有个高中同学,是她的好闺蜜,人家学习也特别好,是北大物理系的。我跟你妈商量着,这回放假让你姐拜托人家给你补补物理。"

陆兆青说的话让陆时雨瞬间从天堂摔了下来,整个人骨头都酥了,想哭却又觉得欲哭无泪,像是哑巴吃了口黄连,脑子"嗡嗡"的,国庆放七天假的那种愉悦瞬间被一扫而空。

"把她当个家教就行,每天都得给人家课时费。那个姐姐叫朱晓雅,挺温柔的,你回家了联系联系人家给对方商定补课时间,到时候直接上她家里去,或者让她到你们家去也行,尽量别多耽误人家时间。"

陆兆青把写有朱晓雅的联系方式的字条递给陆时雨,陆时雨伸手去接,只感觉心在滴血，手上的纸好像有千斤重。

虽然放假前就隐隐约约猜到会是这个结果，有些心理准备，但不情愿是真的，更主要的是，她也没办法张口说不。本来秦安兰生气就挺可怕的，再加一个陆兆青……

况且这都是秦安兰和陆兆青的一片苦心，既然都已经安排了，没办法，她只有接受。

她将字条收进书包，轻声应下："好，我知道了。"

今天晚上姐姐要回来，陆时雨把屋子收拾干净，准备出门前又折返，把桌上的藿香正气水和那张叠得整齐的字条放到买来的盒子里，塞到桌下。

"那我先走了，姑姑，同学还在楼下等着我呢，我们结伴一起回家。"

"你俩怎么回去？坐公交车啊？"陆兆青从包里掏出公交卡递给她。

"不用不用，她骑了车，我俩骑车回去。"

陆兆青送她出家门："路上注意安全啊，骑车慢点，到家了给我打个电话或发个短信。"

"行！"陆时雨一边往下走，一边说，"您赶紧进去吧。"

"放假别光顾着玩，该完成的任务认真完成。"

陆时雨已经走到了下一层，闻声抬头，有些无奈地笑着回："别担心啦！"

陆时雨出门时一脸沮丧，见状，孔怡然满心的八卦又全部咽回到肚子里。

孔怡然骑车的技术不太行，带人就更不行了，两个人推着车往十字路口走。路上她唉声叹气，可怜陆时雨高一就这么忙。

两人商量着，先去商贸中心把那个新开的小火锅店吃了饭，要不冲她被找家教的架势，国庆就没什么时间了。

火锅店里人很多，陆时雨和孔怡然坐在店外等着叫号。孔怡然拿手机连上店里的网络，跟陆时雨一起刷 QQ 空间。

陆时雨没手机，自从上了高中，这些东西根本都没看过，甚至就连自己班里的同学都没有加上好友。大家还问她怎么不给通过好友申请，陆时雨只好一个一个解释，她没手机。

这些动态她看得津津有味，还发现有几个住宿的同学晚上熄灯后发了动态。

她颇有些惊讶，指着屏幕说："学校不让学生偷偷带手机进校，他们不怕被老师发现啊？"

孔怡然："他们敢发就不怕，你就是胆子太小了。"

"啊，对了。"说到胆子，孔怡然一脸揶揄，"你跟陈寂什么时候这么熟的？"

"熟吗？"陆时雨愣了下，随即反应过来，"就那样吧！"她佯作淡定地摆了摆手，"李主任给班长开会的时候见过，年级里的班长我都认识，跟大家都一样。"

孔怡然看着她无比真诚的眼睛，一想也是，时雨这个朽木，心里只有学习，还被家人盯得死死的，她是名副其实的乖乖女，担心成绩还担心不过来，怎么可能动歪心思。

最重要的是，她姑姑可是本校老师。

陆时雨再次强调，但心里早已捏了把汗："你别多想啊。"

孔怡然也就打消了某个念头，手机再往下翻，是一中校友发的九张图片，并配文：求高一（36）班陈寂的QQ。

九张都是要他QQ的，底下的评论将近一百条，大部分都被折叠了，看不全。

陆时雨眼神暗了暗，指尖在屏幕停滞一下，刚要点"展开"，店里服务生叫了她俩的号，孔怡然关了手机，跟服务员往里走。

那一串串文字极其刺眼，她稍稍落后些，心里有些酸涩，猛然间发现，自己好像错过了好多。

第二章
小陆同学

到家时是晚上七点多,陆时雨一早就借了孔怡然的手机跟父母说了在外面吃饭的事儿,秦安兰特意调了班等着陆时雨回来。

有陆兆青盯着,陆时雨学习上的事儿,秦安兰不怎么操心。在她看来,女儿的成绩还可以,只是物理差了些,反正找了家教,她只叮嘱了几句别掉以轻心,继续保持。

这些话陆时雨早就在陆兆青嘴里听过八百遍了,她一边"嗯嗯嗯"地应答着,一边回自己房间收拾书包。

她屋里的电脑已经蒙上了一层灰,初三那会儿家里就断网了,一直到现在,电脑都没人用过。桌子上还有部老旧的按键手机,是之前秦安兰为了方便联系给她买的,只能打电话发短信,QQ有,但是手机卡没有流量也玩不了。况且秦安兰根本不会给她往手机卡里充流量的机会,手机也很久没有交过话费了。

陆时雨找出陆兆青的电话打过去,果然已经欠费了。

她无奈,猜到秦安兰不会给她交费,于是找秦安兰借手机。

"妈,我用一下你手机。"

秦安兰正把她的校服外套往洗衣机里放,闻言直起身子,直视她:"要手机干吗?"

陆时雨解释:"给我姑打个电话说我到了。"

打完电话,秦安兰还在收拾衣服,她把手机递过去,跟秦安兰商量道:"妈,能不能把我那部欠费的手机交上话费啊?"

卫生间的门被关上，"哗啦哗啦"的水声一下子就小了许多，少了噪音秦安兰不太开心的语调就显得更加不乐意："交话费干吗？你现在也用不上手机。"

"你平常在你姑姑家，有事儿你跟她说，她直接就能跟我说，用手机多浪费时间啊。"

陆时雨耐着性子，轻轻蹙眉："手机也没流量用，我平常就打个电话，联系谁也方便嘛。"

"你要联系谁啊？"秦安兰反问了一句。

"我……没有啊。"陆时雨一噎，喉头发哽。她只是想有什么事能方便联系，就不用再借别人的手机来回传话了。

"是看人家笑笑用手机，你眼馋了？"秦安兰似乎觉得自己摸透了女儿的心思，也已经看穿了她所有想法，"人家笑笑用手机，照样能上重点高中，能进重点班，你呢？我要是不好好看着你，像你初三那样，你早就不知道去哪个普通班上课了。"

陆时雨低垂着眉眼，忽地生出一种想哭的感觉。即使她很想说不是，很想反驳，但再说不出什么了，多说一句都会被认为是顶嘴。

话至此，她也十分不愿再去听，自从初三发生了那件事，秦安兰就变得异常敏感。

"我知道了。"陆时雨强忍着泪意，眨了眨眼，"姑姑给我找的家教姐姐，我还没跟她沟通上课时间，还得打个电话过去问问人家。"

一说正事，秦安兰比谁都积极，把手机递过去："尽量就着人家的时间来，但是也别太晚了。"

约好的补习时间是每天下午五点到六点，就在离湘南嘉园不远的甜品店里。第二天下午，秦安兰早早就催陆时雨出发，让她带着物理书和所有的作业到店里等着。

朱晓雅到得也很早，从厨房端出一块草莓蛋糕给陆时雨，带她上二楼。

"店里新品，你先尝尝吧。咱们先不着急补课，还有一个同学也要来一起补课，时间我会往后延一下的。"

聊天的时候陆时雨才知道，这家甜品店的店主就是朱晓雅的妈妈，店才刚开了几个月，生意很火爆，一楼坐满了人，二楼还没有装修好，暂时不开放。

草莓蛋糕很好吃，陆时雨都快吃完大半块，另一个同学还没到。朱晓雅看了眼表："都过了十分钟啦，我再去催催他，应该是路上耽误了吧。"

打完电话再回来，朱晓雅说："他马上到店里了。这个同学也是你们一中的，跟你是同一届。"

"这么巧啊！"陆时雨挖了一口蛋糕，"那他是哪个班的？"

"他是我家甜品店房东的儿子，房东也没仔细跟我说，"朱晓雅说，"听说好像是，一中体育班的吧？"

陆时雨重复了一遍，微微睁大眼睛："体育班的？"

微甜的草莓果酱在口中化开，久久不散，陆时雨倒吸了口气，蛋糕渣呛进嗓子里，她猛地捂着嘴咳嗽了几下。

朱晓雅递给她一杯水，点了点头还没应声，随即，楼道传来脚步声。朱晓雅一笑，朝前打招呼："来啦，快过来吧。"

身后，一道熟悉的男声响起："不好意思啊姐，我来晚了。"

陆时雨手中的勺子还停在嘴边，一听这声音，她机械地转过头去，看见来人时，只感觉自己"咚咚"作响的心脏即将冲破阻碍，像是马上要从嗓子眼里跳出来。

陈寂一只手里随意地拿着几本书，连个书包都没拿，似乎是着急赶过来。头发被风吹得有些凌乱，他肆意又张扬地向后拢了下，浅蓝色卫衣的帽子也有些歪了。

原本她对"被强迫"补习这件事还有些不太开心，但那些不开心大概在一瞬间全都被另一种感觉代替了。

陆时雨没想到，要跟她一起补习的另一个同学，是陈寂。

他俩，即将在一起学习一整个国庆假期。

两人隔空对视，陈寂淡然散漫的表情滞了一下，他略带惊讶地看陆时雨，似乎也没预料到会在这里看见她。

朱晓雅坐陆时雨对面，陈寂自然就拉开了陆时雨身旁的椅子坐下，陆时雨也随之坐正身子，放下手中还没吃完的蛋糕，把盘子往里推了推，双手规规矩矩地放在桌上，有一下没一下地抠着书角。

"我先去拿东西，稍等一会儿。"朱晓雅说完，便离开了。

空荡的二楼转眼只剩下了他们两个人，陆时雨坐得板板正正，佯作认真地翻开物理书，乍一看挺正常也挺放松，但只有她自己知道，此刻的她有多么紧张，手脚都不知道该怎么摆合适了，呼吸放得很轻很轻。

陈寂坐得很随意，身子微微向后靠着椅背，靠近陆时雨那一侧的腿笔直地放着，另一条腿则大刺刺地放在桌外，这么小的位置，身边又多了一个人，好像都放不下他的腿。

空气萦绕着浓浓的安静。

终于，陈寂先撇过头，开口打破沉默："陆时雨？"

陆时雨转过头，一板一眼地回："陈寂同学。"

"叫得还挺正经。"他轻声低喃，看了她一眼，笑着递来一张卫生纸，"这么巧啊，你也来补习？"

陆时雨听到了他的低喃，红着脸说："嗯，听说晓雅姐姐物理很厉害，高考理综快二百八十分呢，而且高考还是全市前三名，所以我妈和我姑姑就给我找了晓雅姐补习，想让我提提分。"

她一紧张，话就变得有点多，连他名字都险些叫错："你也是来提分的吗？小……陈寂。"

说完，她局促地红着耳尖去看陈寂，但陈寂仍然举着手，耐心十足，完全没有不耐烦的样子："晓雅姐这么厉害啊！啧，那她给我补习真是屈才了。"

陆时雨这会儿才发现陈寂递来一张卫生纸。

他给她递纸巾做什么？

难不成是自己脸上有东西？陆时雨抬了抬手，在自己脸上摸了下，她也没干什么啊，怎么可能有东西？

那难不成是他要自己帮什么忙？陆时雨当下没明白他是什么意思。

就在陆时雨脑子里天人交战，不明所以地看着陈寂时，他指尖捏着纸停在半空中好久，但她杏眼里好像还是透着些淡淡的茫然，抬手迟疑地去接他手里的卫生纸。

陈寂忽然间起了玩闹的心思，指了指自己的嘴角，很恶劣地挑了下眉梢，开玩笑说:"不是吧,小陆同学,等着我给你擦啊?"

补完课已经到了晚上七点多,陈寂一开家门,半个月没见的田君如正和他爸陈宗铭破天荒地一起在沙发上悠闲地看电视。

上一回两人一起这么悠闲地看电视,还是在他中考结束,一心一意要报考体育班的时候。

找物理家教补课这事,田君如一个字都没跟陈寂说过,放假前一天临放学时他才知道这件事,原本国庆期间安排的训练任务全被打乱了。对于田君如的先斩后奏,陈寂挺无奈的,又有些着急,但还是按照她的意思上了课,其他实在没什么话可说。

"爸妈,我回来了。"他打了声招呼,手里捏着两本书往卧室走。

田君如叫住他:"哎,等会儿。"

"有档期了,还不跟我好好聊聊?"

躲不开这个鸿门宴,陈寂只好拿着东西坐下:"聊,您说吧。"

"课上得怎么样啊?"

"挺好的。"

田君如扫了眼他手里的课本:"陈寂,我告诉你啊,人家晓雅是很认真地在帮你,你过去了就好好学,不好好学别过去给人家捣乱。"

一听这话,陈寂苦笑了声:"妈,在您眼里我除了捣乱不会别的啊?"

说他捣乱,可真是冤枉他了。

他这回听得比谁都认真,甚至都跟上了年级第五的节奏。

"你认真学就拿这么两本书去啊?"

"这是教材。"陈寂扶了扶额角,笑道,"我物理基础差您又不是不知道,拿多了去有用吗?"

田君如一想也是:"反正你认真对待就行,老话不是说'英语好的,差不了''学好数理化,走遍全天下。你不是爱跟我说老话吗,妈说的这老话没错吧,儿子?"

"对,您说得对。"陈寂点了点头。陈宗铭在一边也不搭腔,装模作样地换着频道,看来也帮不了什么忙。看田君如这架势,往后还有一个小时的老话等着他呢。

他岔开话题:"我妹呢?滑冰还没回来呢?"

"别管你妹,先管管你自己,物理补完了我再给你找化学老师。"

"您不说我都忘了,"陈寂起身,"晓雅姐留作业了,九点之前交,我赶紧回去琢磨了啊。"

田君如想拦,陈宗铭无声地说了句"行了行了",拉住她胳膊。等陈寂进了屋,他才低声劝道:"让他自己写去,少念叨他几句吧。"

"就你会当好人!"田君如瞪他,"你看不出来他故意躲我呢?你看他这样,有一点专心学文化课的心思吗?"

"那你说他一顿他就专心学了?要这么说,你以前也没少说他啊。"

田君如气得不行,指着陈宗铭的鼻子说:"你们父子俩,一个比一个能怼我,连带着你闺女都不听我的,我真是上辈子欠了你们家的!

"他学什么不好非得练体育,但凡他学个艺术类的我都不会这么着急。我跟你说啊,你以后必须跟我统一战线,不然我真连你一块儿治!"

陈宗铭只能默默为陈寂点了根蜡烛,迅速站在田君如这边:"行行行,听你的。"

回卧室后,陈寂仰靠在椅背上,盘算着该怎么躲过田君如后面要给他安排的补课,但觉得似乎躲不过去,她这回是真铁了心要让他放弃体育了。

陈寂烦躁地捋了把头发,翻开物理书,对着笔记琢磨没写完的几道题,结果一看就更烦了,也感觉有些过意不去。

他将来肯定要继续练下去的,夯实基础适合他,但不适合陆时雨。要不是他在,朱晓雅今晚也不会讲一个晚上的基础知识,人家也不会跟着听一晚上,白白浪费了时间。

对她来说,应该是毫无意义的吧。

陈寂一目十行扫过书上的笔记,视线停留在一行公式上,是陆时雨给他讲题时用铅笔写上去的,后来忘了擦。

这题他已经彻底懂了,他尝试着自己做一道,提笔往书上写过程时,顺手将那行公式擦去。

铅笔字迹很浅，他都没使力，橡皮只是轻轻在纸上一蹭，那行小字就消失了。

躲得过初一躲不过十五，他想，田君如让他学，那他就学好了。

十一假期结束，开学当天，秦安兰早早就开车送陆时雨回了一中，这会儿离上早自习还有三十分钟，学校里人稀稀落落，教学楼的灯都没开全。

陆时雨打着哈欠往教学楼走，路过操场时，看见陈寂正在独自跑圈。

她在原地站定，目光遥遥望去，随着陈寂的身影而移动。

他俩一起补了七天课，当了七天同桌，陈寂似乎很怕拖慢她的进程，一直让朱晓雅不要总按他的程度来，而且第一晚在甜品店补习时找她帮忙讲了几道题之后，就再也没有过。

那一个小时的补课时间，也只有沉默沉默再沉默，陆时雨有意打破沉默，却总在张口的前一秒退缩。而陈寂除了问个他不知道的公式，更多的是无意打破沉默，好像并不在乎要不要说话这件事。

所以并没有发生什么值得回忆的事。

如果说最让人忘不掉的，也仅仅只有最后那次补习，他们约定在朱晓雅家里，陈寂迟到了十分钟，来时拿着两块蛋糕给她俩赔礼道歉的事了。

那两块蛋糕，放到朱晓雅面前的是提拉米苏，但放到她面前的，是一块草莓蛋糕。第一天补习的草莓蛋糕她没吃完，陈寂来了后，那蛋糕就被她推到了一边。

蛋糕被陈寂放到面前时，陆时雨愣了一下，偷偷去瞥陈寂，好几秒后她才缓缓道了声谢。她克制着不去想，陈寂给她草莓蛋糕，是不是注意到她上次没吃完。

最后这个问题也没想出答案，被陆时雨抛之脑后，但她记得很清楚，那块蛋糕的草莓果肉与醇厚的奶油非常搭配。

只是一块蛋糕，却让她念了好久好久，后来的很长一段时日里，她感觉吃到的任何草莓蛋糕，都没有陈寂送的这个微酸香甜，让人上瘾。

这届高一的军训推迟了几天，原本应该在国庆放假之前就举办的运动会也跟着推到了国庆假期后。

李杰特意在班会课上说这周四就要办运动会了,让班委多组织组织。课间,体育委员张罗着项目报名的事,孔怡然跟人从学校小卖部回来刚好被体育委员叫住,说还有几个项目没人报名。孔怡然也不好意思拒绝,把项目表来来回回看了好几遍,在铅球那一栏画了个钩,而后把陆时雨要的水果硬糖放她桌上。

体育委员在班里转了一圈,还有几个项目没人报名,她焦头烂额地拿着单子找到陆时雨:"班长啊,报个项目吧,还剩好几个没人呢。"

报名表上只剩下三个长跑项目和撑杆跳没人报了,陆时雨纠结了一秒,正要报八百米和四百米,没承想,体育委员却抢先一步提笔画钩:"呀,这两个我打算报的,你换一个吧。"

孔怡然脸色眨眼间就淡了,她翻了个白眼,这体育委员倒是挺会为自己打算。她与陆时雨对视了一秒,刚想替陆时雨说不报了,陆时雨却径直在最后那个三千米后打了个钩,而后直勾勾地看着体育委员:"还有别的事吗?"

陆时雨也不是什么好拿捏的软柿子。

一看她这眼神,体育委员拿在手里的另一张短跑接力赛报名表没来得及递出去,尴尬地停在半空:"没了没了,我赶紧给老班交过去。"

"你干吗这么傻啊!"孔怡然低声怒道,"一共就三个长跑项目,她把两个短的选走了,给你留个最长的,你还选它干吗?"

"那我能选撑杆跳吗?这个我一时半会儿也练不会啊。"陆时雨无奈地说。

"三千米啊,我听着都发愁,你又不是擅长跑步的人。"

"我对自己要求不高,"陆时雨嚼碎糖,草莓味溢满口腔,她忽地想到,一中运动会历来都是体育班的学生当助理裁判,"能跑下来就行,跑不下来我就慢慢走完,不求名次。"

周三晚上,李杰把所有运动员的名册和号码牌给了陆时雨,让她把号码牌分下去。

陆时雨回到班里时已经开始上第一节晚自习了,她把小册子放到桌子上,上面压了几本练习册,没去找自己的号码,而是先翻到最后,看了一百米短跑的参赛名单。

体育班不跟其他班一起比，会在所有项目结束之后单独比赛。

一百米短跑第一个运动员，13001 号，是陈寂。

三千米长跑结束后，紧接着就是一百米短跑的比赛。

长跑和短跑决赛都安排在最后一天，三千米长跑是在下午。午饭陆时雨都没吃多少，秦安兰一直跟她念叨三千米的事，倒没反对她报项目，只是说，锻炼耐力挺好的，而且成绩好的人都有耐力。

听完这番话，原本不紧张的陆时雨就感觉心里有些紧张。临去检录之前，孔怡然还专门从医务室买了一盒葡萄糖让她拿着。一看这盒葡萄糖，陆时雨心跳更快了，说什么也不带着。

跑三千米的排着队在跑道一边等着检录，体育班的人正拿着花名册核对参赛人员，陆时雨跟孔怡然说话去晚了，急匆匆地跑过去站到队伍末尾。

站定后，陆时雨还有些喘，她拍了拍胸脯，给自己顺气，但刚拍了没两下，自身后伸出一只手，手掌修长，掌心上放了几个黄澄澄的小金橘。

陆时雨浑身僵硬，微微扭头去看，只见陈寂已经换好了短跑运动服，站在她身后说："没事儿，别紧张。"

"跑完以后再吃。"陈寂在她眼前晃了晃手，示意她拿走手里的金橘，"三千米不求快，慢慢晃悠下来都行，一会儿就结束了。"

他开玩笑说："调整好呼吸，你一直看着终点，那还有点儿盼头。"

注意力回到队伍里，陆时雨恍然间发现自己好像已经成了队里的焦点，就连检录的几个体育班的助理裁判都朝她看过来，十几双眼睛盯在她身上。但陆时雨并没理会这些形形色色探究的目光，毕竟刚才跟她说话的，是陈寂。

她原本紧绷的脑子里只循环着一句话——

你一直看着终点。

终点处有盼头。

校服兜里还装着那几个小金橘，她拿出一个紧紧握在手上。等着哨声响起，心里那股躁动忽然就消失不见，悸动万分，也不觉得接下来的几圈有那么难熬了。

她三千米跑完，刚好可以在终点看到准备跑一百米的陈寂。

操场上只有运动员和裁判可以进，其他人一律得在观众席上观看，陆时雨跑了一圈又一圈，开始还记着陈寂交代的事，但后来都被抛之脑后，只会一味地大口喘着气，原本摆动的两只手也不摆了，使力掐在腰两侧。就连手里的小金橘被捏扁，酸涩的汁水沾满手心她都没发现。

跑过起点时，裁判老师掐着秒表跟陆时雨说还剩最后一圈，但她什么也没听见，口干舌燥，浑身上下所有的水分好像都被抽干了，胃里也一抽一抽的，步子越来越沉重。

她的腿无意识地软了一下，脚尖陷进塑胶跑道内圈的排水口里，而后一下子绊倒在跑道上。

直到坐到地上，陆时雨头还是晕晕的，天旋地转间根本没意识到发生了些什么。

手里已经被捏得有些扁的小金橘在地上旋转几圈滚到一边，被身后追赶上来的运动员一脚踢开，眨眼间就不知道被踢到哪里去了。

孔怡然刚刚偷溜进操场，就看见跑道上陆时雨摔倒了。她也不管这会儿会不会被人撵出去，跺着脚喊道："哎，怎么摔了，帮忙扶她一下呀！"

然而就在孔怡然往跑道这边过来的时候，陆时雨已经被赶来的两个女同学扶起来了。此时她也意识到了她在众目睽睽下摔在了跑道上，而且孔怡然那么大的嗓门，整个操场差不多都能听到她叫什么了吧……

来扶陆时雨的两个人还拿着对讲机，好像是有人在说话，但信号不太好，里面"刺刺啦啦"的电流声持续许久都不见有说话声传来，她俩干脆对着对讲机说："班长，我们马上把她扶回去，你别管了。"

陆时雨喘着粗气，蹙眉往终点看，但没戴眼镜什么都看不清，身体里的不适与尴尬一起涌了上来，令她本来就微白的脸色更白了。

"你脸色不太好，"刚刚过来的体育班两个女生一边一个站在她身边，"号码牌摘下来，咱们慢慢走回去吧。"

陆时雨立马抬手阻止："不用了，谢谢你们。"

她松开两人的手,轻声说:"让我跑完吧。"

孔怡然站在场边想拦陆时雨,陆时雨遥遥地冲她看了眼。就这么一眼,孔怡然便放弃了劝她的念头,陪着她慢慢跑完剩下的几百米。

距离终点越来越近,陆时雨反倒有些害怕了,原本对于跑过终点线的那种期待完全消失,眼神都不敢乱瞥一分,尤其不敢往右看。

陈寂应该已经准备检录了吧。

她还是头一回觉得这么丢人。

此刻她开始后悔,要是跑之前喝一瓶葡萄糖就好了,现在也不至于没什么力气。

孔怡然在终点等着,陆时雨一过线就一把搂住了她。陆时雨感觉浑身都绷成了一条紧紧的线,小腿像灌了铅。

虽说她摔了一跤,但也不是最后一名,三千米真的有人几乎全程走下来的。周围不断有人过了终点线坐到跑道上,整张脸涨得通红,张大嘴呼吸,体育班的助理裁判纷纷上去递水给她们。

陆时雨一想自己现在可能也是这副模样,连忙把头往孔怡然的颈窝埋了埋。

但没过一秒,她又把头抬起来:"我脸红不红?"说着还强撑着往边上走了走,生怕被看到似的。

"不红啊,死白死白的。"

"你是不是头晕啊?"孔怡然焦急道,"先前跟你说让你带着葡萄糖你不听,你中午又没吃多少东西,低血糖了吧?"

陆时雨没工夫回答,她现在还没缓回来,就想找个地方坐一会儿。看一旁的几个女生在地上坐着,她也管不了这么多了,微微往下蹲了蹲:"累死了,让我先坐一会儿。"

就在她膝关节弯了弯时,有人拽住她的胳膊,陆时雨只感觉一股很大的力量将自己往上拽。她有点烦躁,怎么想坐会儿都不行吗,于是扭头看了眼,眼神里还带着些"怎么了,我现在只想休息不要来烦我"的意味。

人要是累着了,不管做什么表情都是恹恹的,陆时雨都没意识到,她现在的眼神多么没有杀伤力,整张脸只透露出一个字:累。

轻皱着的眉眼倏地松开，尴尬的感觉油然而生，她没想到，越想躲着的人，反倒越躲不过，她这会儿肯定好看不到哪里去。

"低血糖了吧。"陈寂扫过她苍白的面孔，坚持跑了下来，倒是很有毅力，"现在不能坐。"

他松开她的胳膊，后退一步："刚跑完步，就算很累也不要立马往地上坐。"而后对孔怡然说，"带她走几圈。"

她哪儿还有力气走。

道理她都懂，刚运动完不能立马坐，但长久不锻炼，跑前还没有拉伸，乍一比完三千米她整个人都虚脱了，陆时雨忙道："先别先别，让我先歇会儿。"

陈寂扯了扯嘴角，刚想跟她详细地科普一下跑完步立马坐下的危害，旁边几个坐在地上的女同学被其他助理裁判扶起，其中有个女孩子很瘦小，赖在地上不起来，助理裁判见状硬生生地将她架起来走路，边走还边说："我告诉你呀，跑完立马坐下，腿会变粗。"

另一个助理裁判说："而且，屁股还会变大！"

被搀走的女生"啊"了声，惊恐地问："真的吗？"

我读书少，你别骗我，怎么没听说过还有这个说法。

几个女同学越走越远，气氛一时有些尴尬，陆时雨探究性地偷偷看陈寂，却发觉他此刻一脸"你听到了吗？不好好听我这个专业运动员的话，你就会变成那个样子"的表情。

对视几秒，陈寂清了清嗓，似笑非笑："那可不是我说的啊。

"是会对身体造成一些影响，但不是那种影响。"

陆时雨也不知道该回什么好，只好一本正经地点了点头："噢。"

真信了啊。这一句"噢"，一个点头，陈寂差点没绷住笑，他忍了忍："喝支葡萄糖或者吃块糖，上场之前我给的那几个金橘现在也可以吃，补充好糖分就行。"

一说到金橘，陆时雨明显愣了愣，她握了握拳，手上的东西没了，取而代之的是一手黏腻感。她摸了摸上衣口袋，竟然空空如也。

陈寂将她这一系列动作看完，刚要说些什么，就听见卫琪站到一百米短跑比赛的起点，吹了声哨，他指了指场边体育生放衣服和水杯的地方："金橘在帐篷的桌子上，自己去拿就成。"

陈寂说让她们自己去拿，但似乎觉得这样可能不太好，也怕给陆时雨带来什么误会，最后给她们送来金橘的还是王竞之。

而且这回，跑完三千米在休息的女同学都有。

后来陆时雨还是听了陈寂的话，没坐，慢慢走了一会儿。

孔怡然挽着她的胳膊，止不住八卦之心，故意问："什么金橘啊？他上场之前还给过你金橘？"

"给过啊。"陆时雨大大方方地承认，还往嘴里塞了几个刚刚王竞之送来的金橘，"大家不都有？"

孔怡然追着问，再次强调："上场之前，大家都有？难道你不是独一份吗？"

酸甜微涩的汁水在口中迸开，陆时雨反倒有了一丝无厘头的甜蜜想法。她微垂眼睛，低头看手心："当时他可能看我太紧张了，想让我放松一下吧。"

这话乍一听，有些答非所问，但实际已经承认了"独一份"这个事实。

陆时雨连忙转移话题："还不都是因为你，如果你不让我拿葡萄糖，我也不会检录的时候迟到啊！"

"行行行，都怪我。"孔怡然揶揄，"怪我，让你拿到咱这一届独一份的小金橘。

"不，应该是全校独一份吧！虽然你给弄丢了。"

是不是朋友了，怎么净往朋友心口插刀？

陆时雨遥遥看向摔倒的地方，也不知道还能不能找到金橘。

这会儿，准备跑一百米的所有人已经在起点准备了，裁判在一旁看着时间，场上瞬间安静下来，连噪音都小了很多，似乎风都静止了，陆时雨竟也跟着紧张起来，比自己跑三千米还紧张。

哨声响起，陈寂起跑速度很快，像一匹荒原猎豹，终点就是他的猎物。秋风猎猎，午后阳光下尘埃浮动。陆时雨特意戴上眼镜，还没来得及反应，陈寂就已经撞破终点线了。

孔怡然晃着她的手臂:"哇!太快了吧,一溜烟儿就没影了,比黄鼠狼还快!"

陆时雨无语地撇头看了她一眼:"你这是什么破形容。"

"才11秒!"孔怡然自顾自地说,"看大屏幕!好像破纪录了!"

陆时雨从陈寂身上挪开去看大屏幕,11秒35,破纪录了。

终点处,陈寂不知道冲着谁扬了扬手。

看台上这会儿不再安静了,老老实实地坐在座位上的没几个,似乎全世界都在为他鼓掌。

"哎哎哎,"孔怡然扯着陆时雨往前,拿来一瓶没开封的矿泉水塞到陆时雨手上,"你快过去,过去找他!"

"我过去找他?"陆时雨有些无措,慌乱道,"我过去找他干吗?"

"咱得有礼貌知道吗!你去道谢啊!送水啊!人家给你送小金橘,礼尚往来,你不得送个东西回去?"

十月份的榆阳已经入秋,昼夜温差有些大,午后两点还很热,但傍晚时已经需要穿上长袖校服外套了。操场上,要比赛的运动员依旧穿着短袖短裤,似乎并不惧怕秋风带来的这股冷意。

陆时雨的汗意已经全部落下去了,她穿上长袖外套,拿着矿泉水在孔怡然的催促中走下看台。

这会儿正好是体育生们在比赛,比一般项目有看点,几乎没人挪动,目光全在场上的体育生身上。操场外没有什么人,她循着印象,往操场东门走。

刚才陈寂好像是往那个方向去的。

他下了赛道,冲看台某个人招了招手,意气风发,脸上带着他一贯的傲气,随后跟他教练说了会儿话,连衣服都没有换,就急匆匆往东门走了。

他跟教练说话那会儿陆时雨还在犹豫,到底要不要去给他送水。孔怡然仿佛猜透她的想法,一直在她耳边念叨,一会儿说人家比赛前还特意跟你说跑完不能立马坐,一会儿说人家还给过你两回小金橘,不道句谢怎么行,最后还来了句:"看看,人家多关心你!"

体育班的任务就是帮助这些不擅长运动的同学,不止她,其他女同学也是,陈寂是体育班班长,还是助理裁判的组长,不帮着点没道理。

这点自知之明,陆时雨还是有的,她怕孔怡然多想,也怕自己多想。

礼尚往来,是该去道句谢。

一中绿化做得很好,操场外的小路上种了两排枫树,昏黄夕阳穿过细细密密的树叶缝隙洒落在地上。隔着一堵厚厚的墙,场内的人声鼎沸几乎听不到,显得小路上更安静了,所以一切声音听得格外清楚。

还没等陆时雨走到东门,她就听到了陈寂的声音,他说:"田总,您看见了吧,11秒35,新纪录。"

声音从花坛那边传来,陆时雨心道:他居然还在这儿偷偷摸摸给他妈报喜呢。

看来他挺高兴。

不过确实该高兴,破校纪录了,11秒35呢,而且还是高中三个年级的体育班一起比的,短跑纪录多难破连她一个外行都知道。陆时雨记得她曾看过的一篇报道,国家队的运动员在陈寂这个年龄段也差不多是这个秒数,再加上他状态不错,应该很容易出成绩。

她深吸了口气,刚要过去,却听见另一道女声说:"11秒35,是很好了。可是陈寂,你快十七岁了,提升空间还能有多大?"

陆时雨怔了怔,抬起的脚又收回去,这句话的火药味儿,看似没有,但经不起深思。

"就算破纪录了,那也只是学校的纪录,你是专业的你比我清楚,一个短跑运动员想把成绩提高一秒有多难,这需要付出千百倍努力。"

"可是现在呢,你还在长个子啊。你身高本来就高,练短跑不占优势,长一厘米你舍弃的东西就会更多,还按这个法子练,你腿以前受过伤,是真不想要了?陈寂,往长远想想,就算破了这一个纪录,往后你还能破什么纪录?不是我泼冷水,你看看现在的大环境,短跑有结果吗?"

话里意思很明显,你以后接着练,成不了事儿。

陈寂沉默了几秒,仅仅隔了一个拐角,陆时雨却觉得这里从没人存在过,只有枫树上几只鸟雀偶尔经过时留下的枝丫晃动声,树枝沉沉向下弯,影子簌簌闪动，静得让人心慌。

陆时雨莫名生出一丝烦乱，陈寂明明那么喜欢短跑。

她蓦地捏紧了水瓶，塑料瓶身深深凹陷出几个坑。

为什么要这么说？破了纪录，不应该是件开心的事吗？哪有这么打击人的。

但她没立场替陈寂这么想。

看来现在不适合找他，身前拿着水的手又无力垂下，放在身侧，陆时雨刚要转身，打算回去。陈寂却忽地开口，长久沉默后，他似乎连声线都蒙上一层嘶哑，也没了刚才的意气风发，只是低沉地说："行，我知道您什么意思了。"

陆时雨心颤了下。

她还没来得及有什么反应，就听见陈寂跟他妈说了声："走了。"

陆时雨猛地回神，腿上的酸胀感恍然消失，她用最快的反应速度躲到旁边小卖部里。

等她小心翼翼挪出小卖部再探出头去看，早已不见陈寂的影子了。

水没送到，被陆时雨一直拿在手上。她特意坐在看台上最高的位置往下找，但茫茫人海中，没找到陈寂的影子。这会儿已经到傍晚了，最后一个项目也已经比完，体育班正在收拾设备，各班同学也在退场了。

孔怡然见她回来后跟丢了魂儿一样，没敢仔细问是什么情况。陆时雨一个劲儿说没事，说她没去送水。但没去送还一直拿在手上，不是没找到人，就是人家没收。

看陆时雨这副样子，没收的可能性大一些，没想到刚才跑完陈寂帮忙的态度那么好，这会儿他架子倒挺大的，孔怡然想。

孔怡然坐到陆时雨身旁，顺着她的目光往操场看："看什么呢？散场了，回教室啊。"

"啊，没看什么。"陆时雨摇摇头，"你先回去吧，我借电话卡给我妈打个电话。"

等操场上的人稀稀落落走得差不多，陆时雨才起身离开。

刚才她一直看着，先前她摔倒的那里没人去收拾。陆时雨直奔场边，仔仔细细地找散在地上的小金橘。

月亮隐隐约约挂在半空，落日垂在一侧，天变成深蓝色。陆时雨摸着黑蹲在地上，弯腰看了半天，到最后腿都蹲麻了，才找齐滚落的所有金橘。

都坏掉了，陆时雨用纸将它们包起来，一阵一阵的可惜涌上心头。

她拿着金橘转身，却看到看台观众席的最高处，有一个模模糊糊的身影。

那人很突兀地坐在那里，偌大的观众席将他衬得更寂寥。

那身影高高瘦瘦的，连黑色运动服都没换。

陆时雨一手拿着没送出去的矿泉水，一手捏着纸巾，静静在原地站了一会儿。

此刻，天已经完全黑透了。

陆时雨再次来到看台上时，连自己都没反应过来居然就这么横冲直撞地上来了，可上来又能怎么样呢。

她有些犹豫，皱皱眉，转身。

但想了想，就送个水而已，没什么好忸怩的，于是她又转过去，往前迈了几步。

朦胧月光下，观众看台上亮着大大的白炽灯，一道颀长身影斜斜地覆盖而来，陆时雨抬头，发现陈寂已经下来了，两人仅仅几步之隔。

纯白色的灯盖过月光，给他周围镀上一层光晕，他侧脸轮廓很流畅，那双眉眼尤其深邃，在灯下就显得更加明显了。

陈寂脸上完全不见任何沉闷，反而主动"哎"了下："你有东西落到看台上忘拿了？"

陆时雨把拿着矿泉水瓶的手往身后悄悄藏了藏，攥着一团卫生纸的手也捏紧了些，她细细观察他，顺着他的话点头："嗯，嗯，对，有东西忘拿了。"

陈寂左右看了看："丢什么了？重要吗？这么晚了，要不明早再过来看看？"

"啊，也行。"陆时雨心道：反正什么也没丢，不找就不找，"就手表找不到了，反正也坏了，明天再说吧。"

陈寂没再说什么，走下楼梯，与她并肩转身。

十月份的夜晚，温度已经有些低了，晚风透着凉意，他却还是穿着一件短袖，下楼时甚至还可以听到钉鞋磕到地板上发出的沉闷声响。

可人看上去却十分正常，要不是她碰巧听见那番谈话，她真的会以为无事发生了。

"今天第一节晚自习李主任是要开会吧？"陈寂忽地说，"但我应该会晚点儿到。"

陈寂摊了下手："得先换身衣服，而且正好轮到我查纪律。"

陆时雨点了点头："我知道了，我帮你跟主任说一声。"

空气似乎又陷入寂静，只有稀稀落落的几声蝉鸣，声音已经很微弱了，却依旧不肯停。

"今天下午——"陆时雨轻声开口。

陈寂转头看她，陆时雨接着道："跑完之后，谢谢你的小金橘，很甜。"

好像除了这句谢谢，她也没对陈寂说过其他什么话，在他面前，"谢谢"都快成她的口头禅了。

"哦，跑完之后那次啊。后面那次我让王竞之分给大家的小金橘还挺甜的。"话头一拐，他又说，"你谢这次啊？"

陆时雨满头问号。

什么意思？

跑完之后那次？谢这次，啊？

"之前的太酸，倒牙。"陈寂故意"呲"了下，盯着陆时雨看，"不过你是不是丢了来着？"

她没吃到，他以为她丢了。

陆时雨移开目光，他是在说……上场之前那次，她还没道谢吗？

还挺讲究，陆时雨默默评价，也有些想笑。

于是她又补充："哦，还有上场之前，也——"

话还没说完，陈寂笑道："见不见外啊。你不用老跟我说谢谢，刚才我那是逗你。幸亏你没吃，真挺酸的。"

他在跟她开玩笑。

陆时雨微不可察地勾起嘴角，望着陈寂的目光渐渐大胆起来，不经意间，手上的力气太大，金橘汁水隔着纸渗出，她摸到湿润感。

这会儿，两人已经走到操场东门了。陈寂要去换校服，刚要开口道别，陆时雨却抢先一步。

"其实，下午落到操场上的小金橘，我找到了。"她紧跟着又解释，"怕弄脏操场，大家不好收拾。"

陈寂有些意外地看向她。

陆时雨摊开手，已经扁得不行的几个橙黄小金橘堆在手心里。

"为了不辜负某些人的好意，"陆时雨弯着眼，"我打算把它埋到土里，虽然已经坏了，但是万一它努努力能长出来呢。"

她直视他："所以，你要不要帮我个忙？"

暮色四合，操场这边没什么人，一时间静谧如深夜。

陆时雨鼓起很大的勇气说完这两句话，但其实她说完就已经打退堂鼓了，因为这期间，陈寂一直没开口。

她忽地有些尴尬，心像被狠狠攥起来，又渐渐沉下去，似被水淹没，充斥着窒息感。也像吃了一口坏金橘一样，不小心咬到了果核，于是苦涩盖住了所有味道。

她是不是有些莽撞了……

学校小卖部门口的灯忽明忽暗，光影一闪一闪地打在陈寂的侧脸上，让他整个人显得更加冷硬，侧脸轮廓棱角分明。

灯泡似乎是坏了，老板娘从店里出来，站到板凳上踮着脚伸手去拧灯泡，于是灯光闪得更厉害了。

陆时雨恍惚了一下，好像有些看不清陈寂的表情。她轻蹙眉，越过陈寂高瘦的身子往后看，这会儿竟有些一心二用，一边琢磨着该怎么结束这个话题，一边望着老板娘换灯泡的身影担忧——她没有关电源，万一触电了怎么办……

而就在陆时雨偷偷瞥老板娘的这几秒钟里，陈寂忽地扭头，将她飘忽的心思全都拉了回来。

陆时雨眼神黯淡几分，很懊恼地张了张口："我自己……"

陈寂出声打断："等我一下。"

而后他径自转身，阔步朝小卖部的老板娘走过去。

陆时雨眨了眨眼，这是什么意思？

站得有些远，她没听清陈寂跟老板娘说了什么，但随即，陈寂关了灯，站到板凳上去拧灯泡。

一明一灭，灯泡终于不再闪动，陈寂一手捞起板凳跟着老板娘进屋。

陆时雨拿着那些坏了的金橘站在门口等了会儿，等到有些着急了，她才走到小卖部门口，想说"快上课了，下次再说"，就看到陈寂拿着一个簸箕，兜着一袋子矿泉水出来。

"你……"陆时雨怔了怔。

"速战速决。"陈寂说，"这儿没有挖土的小铲子，凑合着用这个吧。"

陆时雨跟着陈寂往花坛走，此时才反应过来他刚才是去小卖部借工具了。她偷偷盯着陈寂高大的背影，极轻地笑了下，连忙跟上。

她把手里的东西放到花坛边，挽了挽袖子刚要伸手去拿簸箕挖土，陈寂先她一步拿走簸箕："你在边上等着，这土不好挖。"

陆时雨两手空空，"哦"了声，站到一边看着陈寂忙活。

深如墨色的夜空之下，一个一米八的大小伙子拿簸箕挖土，还穿着一身黑，这番场景倒有点好笑。

陈寂三两下挖开一个坑后，转头，恰好看见陆时雨背着手站在一边冲着他笑。他看了看自己手里拿的东西，又看了看自己这身打扮，挑了下眉梢，语调有些懒散："不是吧，小陆同学——

"你怎么还玩过河拆桥呢？"

"过河拆桥"是这么用的吗？

陆时雨敛起笑，也不好意思再让他动手了，毕竟是她请人家来帮忙。于是她摸了摸鼻尖，有些心虚地凑过去，略有些狗腿地说："我来，我来。"

把小金橘挨个放到坑里，又利落地填好土用簸箕压了压，陈寂紧跟着拧开一瓶矿泉水往土上浇。陆时雨在一旁喃喃自语："希望能长出来。"

陈寂默默听着陆时雨的呢喃，也没出声打破这个有些不切实际的希望。

这个时间种金橘，确实有些不合时宜了，陆时雨原本不抱什么念想，但一想到白天这里发生的事，到嘴边的话一脱口就成了高大上的心灵鸡汤，她笃定道："我觉得肯定可以长出来。这花坛里这么多花，土里肯定有不少养分，而且阳光也充足。

"只要它想长，那就能长出来，我觉得至少不该放弃。"

她别有深意，话里有话，不信陈寂听不出来。虽然他并不知道那场争执中还有第三个人的存在，但陆时雨觉得，他不该就这么放弃了。赛场上的陈寂意气风发，他努力了，就应该收到鲜花与掌声，就应该被追捧着簇拥着走向领奖台。

"所以，你给点儿力呀，我会来浇水的，"陆时雨俯身，双手覆在膝盖上，冲着花坛说，眼神却是看着陈寂的方向，"不然可浪费了小陈同学的几个小金橘。"

陈寂终于回过神，轻轻扯了扯嘴角，似是听懂了陆时雨跟他说的那几个死去小金橘的"童话"，不怎么明显的那股子紧绷也跟着消散了，转身回去还簸箕。

没时间回去换校服，陈寂只随手抓了校服外套穿在身上。两人跑到教学楼，铃声刚好响起来，陈寂得赶紧就位检查纪律。陆时雨想了想，应该没什么时机比这时候更加合适了。

"哎，陈寂，"虽说有些忐忑，但也没有白天那么紧张了，她出声，将手里拿了一天的水递过去，"那个，谢谢你刚才帮我啊。"

陈寂早就看见她拿着的这瓶水了，倒没多想，伸手接过来，但是嘴上不饶人："行，我这苦力就值一瓶水。"

这话怎么听着这么嫌弃呢……

陆时雨思索几番，稍微画了个"小饼"："那要不，我请你吃零食？"

陈寂从门口摘下一张登记表："有点可惜，我们得少吃零食。"

铃声戛然而止，耳畔恢复宁静。陈寂想了想，夹着登记表插着兜上楼，略略有些懒散的声线传来："先欠着保留一下，再说吧，我还没想好。"

饼没画成，反倒被人轻描淡写画了一个，勾得陆时雨现在就隐隐期待。她跟在陈寂身后，微微仰着头直视着他的背影。

"不过，看在你这瓶水的份儿上，"陈寂停顿了下，转身，翻开手里的三级部登记表,"我悄悄用个特权。"

陆时雨蒙蒙地看他。

"今儿晚上不记你迟到。"

说着他还往二十七班"迟到"那一栏上特别潇洒恣意地画了个钩,甚至那个钩都快把二十八班的地方给占了,画得那叫一个爽快。

那样子就像是在说:看看,哥多大度,你用一瓶矿泉水感谢哥,哥还给你画了个大钩。

陆时雨到底还是没忍住,眼底浮现笑意。

但自从那日之后,陈寂再没找过陆时雨说这件事,似乎是忘了他自己说的先欠着。

陆时雨也没机会再提。

只是,她感觉那晚之后,陈寂似乎更加肆意了,训练时快了一秒都兴奋得不行,打球投篮时都要飞起来,丝毫不愧对他这个"业余但不输专业的得分后卫"的名号,走起路来发丝都彰显着一股子张扬。围绕着陈寂的话题一波又一波,当事人却浑不在意。

而她与陈寂,好像也不再似从前那么生疏了。刚接触他这个人时,他客气礼貌,但不会跟你多说一句话,一旦熟悉起来就不一样了。甚至有次上晚自习他又迟到了,还给了她一大包巧克力,请她用个特权。

虽然疑惑他怎么有这么多巧克力,他们练体育的不是不能多吃这些东西吗,但陆时雨还是没问。

直到后来,陆时雨才从孔怡然的嘴里听说有个女生一直给陈寂送巧克力,一开始陈寂不收,后来那女生索性托人将巧克力偷偷放到陈寂的课桌里——她猜到陈寂不会收,就等着陈寂亲自去找她还。

但那女生怎么也不会想到,那包巧克力现在在她手上。

两人偶尔会在班干部会上聊两句别的。那天陈寂因为训练,开会时来晚了些,散会后陆时雨拿着会议记录给他重复会议内容,两人一边往办公室外走,一边说着话,突然有个男生从旁边跑过来,没看路,踩了陈寂一脚。

过后陈寂盯着脚上的那双球鞋,心疼得不行。喜欢打篮球的高中男生,都对球鞋比较爱惜。陈寂对脚上这双就更爱惜了，《灌篮高手》联名，限量款。

鞋挺好看的，黑白相间，鞋外侧还画着一个动漫人物，陆时雨不认识。

她盯着那个人物看了几秒，问："这是哪个人物啊？"

陈寂说："你没看过啊？《灌篮高手》里的三井寿啊！"

三井寿是陈寂比较喜欢的一个动漫人物。陆时雨没看过《灌蓝高手》，对这些"热血番"不怎么感兴趣，她小时候喜欢看《守护甜心》这类的"少女番"，所以对陈寂说的这些都不太了解。但听他的描述，她忽然间感觉"热血番"也不错，可以好好看看。

十月份榆阳要举办成人高考，一中正好是成人高考考场，所以这个周末放假，也正好赶上孔怡然生日。

她打算那天叫朋友出来吃顿饭，第一个叫的人就是陆时雨，又怕陆时雨出不来，所以琢磨着要不去陆时雨家附近吃。

秦安兰是知道女儿和孔怡然关系好的，出去给孔怡然过生日没问题，但是肯定会说不能玩得太晚。陆时雨想了想，说："我能出来，但就得看我爸我妈当天会不会值班，如果值班的话，我肯定得早点回家。"

"唉，那好无聊啊！"孔怡然说，"我还打算去KTV唱歌呢。"

这么说着，她又像是做贼一样，凑到陆时雨耳边神秘道："而且，你绝对猜不到，我叫了谁跟咱们一起。"

陆时雨浑不在意地问了句："谁啊？"

"体育班的王竞之。"

"啊？"陆时雨好像没听清一样，高声反问了一句，举在唇边的冰激凌化了都没察觉。

"对，就是你想的那个。"孔怡然一派淡定。

陆时雨简直不知道该说什么好了，第一反应不是这两人到底是个什么情况……而是孔怡然请了王竞之，那陈寂呢？

她还欠陈寂一个人情没还。

可转念一想，孔怡然跟陈寂又不熟，陈寂怎么会来。

没等陆时雨问，孔怡然率先交代，捋了捋耳边的碎发："王竞之两个星期前刚搬到我家隔壁,我俩成邻居了,但你说神不神奇,我俩之前就是没碰过面儿。"

陆时雨用纸巾擦干手,扔掉融化的冰激凌,没发现孔怡然说这话时眼中一闪而过的不自然,也没去体会她说这话时的不对劲,只是拐着弯儿打听:"就他一个体育班的吗?"

"对啊,我就认识他一个,只能叫他啊。"

陆时雨刚松了口气,一丝难掩的失望又冒了出来,然后听到她说:"但是,我跟他说了,可以带朋友来。

"不知道他会不会叫上陈寂,不过我跟陈寂不怎么熟。"

秦安兰周六要在医院值班,陆兆元在家。对陆时雨出去给同学过生日一事,他睁一只眼闭一只眼,只叮嘱陆时雨别玩得太晚,还多给了她零花钱,让她给孔怡然选个好点儿的礼物。

陆时雨心道:还是老爸好,不仅给钱给得爽快,还给了她宽裕的时间。出门不带手机挺不方便的,但陆时雨没敢找陆兆元要,犹豫再三,还是把那部老式按键手机放到包里带出了门,偷偷往里面充了些话费。

出门之前,陆时雨在衣柜里挑了半天衣服。她平常买的是一些牛仔裤背带裤,很少穿裙子,孔怡然也见惯了她的朴素打扮,勒令她不许再穿牛仔裤出门。

陆时雨觉得穿裙子很麻烦,不过她今天倒是挺听话,拿出压箱底的裙子在身前比了比。这是一条白色的蓬蓬裙,是她初三过生日时陆兆元给她买的,但是她没穿过几次。

好像有些太隆重了,陆时雨摇摇头。

剩下的两条,一条黄色的、一条蓝色的,她思来想去,最终穿了那条过膝的蓝色长裙,外面搭了件厚厚的长款外套。

出门经过路口的便利店时,陆时雨站定,看了眼玻璃门窗上自己的倒影。

头发好久没剪了,现在已经快到肩膀上,她拿了个皮筋随手扎了个半丸子头。蓝色长裙,白色外套,她禁不住自我夸赞了一番,应该还不错吧,这条蓝色裙子真好看。

太好看了。

到地方还没坐下，一见陆时雨这打扮，孔怡然眼睛亮了亮，低声夸赞："好看啊！你那些肥裤子赶紧收拾收拾扔了吧！这腿不露出来，简直暴殄天物啊？"

陆时雨不知这是夸她还是糗她。

她把礼物递到孔怡然手里，快速环视一圈，屋子里都是熟人。她坐到孔怡然身边，问："大家都到了吗？"

这边孔怡然刚接起她妈打来的电话，没听清陆时雨说了什么。

"蛋糕还得等会儿！"孔怡然朝电话说了句，"你麻烦人家干吗呀？"

谁问你蛋糕了啊？

真是聋子会打岔！

陆时雨在心底叹了口气，但想想也是，陈寂怎么可能会来。

结果没等她叹完这口气，包间的门被推开。

最先入目的是一个包装得很精致的蛋糕盒子，陆时雨抬眼瞧了下，以为是来送蛋糕的，还感叹送蛋糕的这人，个子还挺高……

孔怡然起身，略带些不好意思："我妈真是的，她还真让你捎过来了。"

王竞之进门，一手把蛋糕放桌上，一手递给她一个纸袋："阿姨说不打扰咱们小年轻聊天。"

这王竞之个子怎么这么高啊，把后面挡了个严严实实，陆时雨一边这么吐槽，一边把身子稍稍往左挪了挪，去拿桌上的茶壶。

她只是想借接水时顺便再看看还有没有人进来，可还没碰到茶壶，玻璃桌旋转，那个茶壶慢悠悠地转到了她眼前。

陆时雨愣了几秒，缓缓转过视线，去看这个好心人。

陈寂稍稍进来得晚一些，修长指尖还停留在光滑的玻璃圆桌上。这段时间体育生在备赛，每天的训练量挺大，他瘦了些，但没怎么变黑，外套里面那件蓝色的卫衣显白。

他收回手，将礼物递给孔怡然，样子虽然稍显冷淡，但还算温和地说了句："生日快乐啊。"

孔怡然也惊了，蒙着一张脸接过来。她就是那么一说，没想到王竞之还真把陈寂带来了，她压根儿没想到他会来："啊，谢谢。"

屋里的同学全是陆时雨和孔怡然的初中同学，差不多都考上了一中，对于陈寂的到来也都感到很意外，说话的声调明显降了下来，盯着陈寂肆无忌惮地看。

他隐隐蹙了下眉，觉得这样不太好，怕抢了风头，便默默挑了个最角落的位置坐下，说："不介意我拉上窗帘吧，待会儿吹蜡烛有感觉。"

没想到这人还挺懂，孔怡然当然没意见，但其实现在她脑子还有些没转过来弯儿："行啊，拉上吧。"

一句话，众人的心思归位，今天是个生日宴。

陈寂说完这句话，伸手拉上窗帘，他坐的那个位置就更暗了。见他没有再说话的意思，众人也就收回了形形色色的目光，屋子里的低喃瞬间小了些。

孔怡然看了眼身边的陆时雨，后者正气定神闲地往自己的水杯里倒水，然后抱着杯子"咕咚咕咚"喝，喝完一杯，又倒了一杯。

相比其他女孩子掩盖不住的花痴与激动，陆时雨这股子淡定显得非常与众不同。

孔怡然默默叹口气，还真是个朽木啊。

正巧，又进来几个男生，是隔壁高中练体育的，和陈寂他们在比赛上见过，几句话后就熟络起来，屋内气氛重归热闹。

陆时雨又喝完一杯水，压了压心里的躁动，却怎么也压不住。她一只手放在桌下，攥着蓝色裙子的裙角。

她准备去倒第三杯时，身子探出没几寸，突然发觉好像有人在看她，于是她转头，对上陈寂那双似笑非笑的眼睛。

他已经脱了薄外套，懒懒地靠在椅背上，那件蓝色卫衣在那群体育生黑白灰的运动服之中显得格外扎眼。

一时不知道该说什么好，也说不清他这目光中的深意，陆时雨眨了眨眼，撇过头没再看陈寂，她松开手里的茶壶柄，手指移动桌子，茶壶缓缓移动到陈寂眼前。

陈寂没个正形似的坐着，黑眸看了眼茶壶，又看了眼陆时雨。

一瞬间，似乎所有人的目光又都聚焦到了陆时雨身上，在她与陈寂之间来回流转。

身旁的孔怡然眼球更是要掉出来。

陆时雨看了眼自己身上穿着的蓝色裙子，后知后觉地发觉大家在看什么，陈寂又在看什么。

他俩都穿着蓝色的衣服。

且她的蓝色裙子是简洁款，没有多余的花纹图案，陈寂的蓝色卫衣也是，没有多余的缀饰。

包里的手机"嗡嗡"作响，陆时雨低头，孔怡然发来一条短信：*我天！牛啊！比情侣装还情侣装啊！*

宴会主角是孔怡然，大家没过多注意不该注意的事情，陈寂也很自然，若无其事地跟旁边那些体育生有一搭没一搭地聊着天。

陆时雨也就存了点儿侥幸心理，大大方方的，没再披外套，不然会显得有些欲盖弥彰。

两人就这么巧合地穿着其实不是情侣装，但是很像情侣装的衣服吃完了整顿饭。

2014年，鬼屋还不怎么流行，但榆阳是个一线城市，有几家鬼屋刚开业，一群人吃完午饭，打算去鬼屋玩一圈儿。

好多朋友吃过午饭就走了，剩下的七个人里四男三女。孔怡然和陆时雨倒是不害怕，但另一个女孩子就显得有些紧张。不过她看了眼陈寂和王竞之，发现他们并没有要走的意思，也就硬着头皮应了下来。

这点陆时雨也挺奇怪的，刚才孔怡然说要去唱歌，王竞之说了句算了吧，孔怡然居然就这么算了，以她的性子，太奇怪了。

她没往那方面去想，但再迟钝，也有些懂了。趁几个男生去买票，她拉着孔怡然问："你跟他什么情况？"

孔怡然无奈地望天："他是我妈派来的奸细。"

陆时雨："嗯？"

"我才知道他妈跟我妈是认识几十年的老同学。"

怎么跟绕口令似的?

陆时雨:"所以?"

"我妈不会做饭,他妈老请我妈去他们家吃饭,"孔怡然撇撇嘴,"为了回报,我妈让我给他讲题。请注意,是全科的题,而且还让他监督我不要在学校里'为非作歹'。

"唉,我原本不想让他来的,但是我妈非得让他跟着我,我更没想到让他带朋友他还真带朋友了。"

正说着,几个男生买完票回来了,陆时雨连忙拽了拽她衣袖。

王竞之把票递过来,孔怡然看了眼,满脸嫌弃,吐槽:"怎么是微恐的啊?不是买最恐怖那一个吗?"

王竞之这会儿倒真的像是个家长派来的小卧底了,他指了指门口的易拉宝:"最恐怖的不推荐小孩子玩。"

"瞧不起谁?谁小了?"孔怡然哼了哼,"我生日,我做主!要玩不得玩个刺激的!"

"你说的啊,到时候别哭。"王竞之淡淡看了她一眼。

"才不会呢!濛濛,咱们走!"孔怡然说着,拉着陆时雨去换票了。

三个女孩子全程手拉着手。一开始没什么可怕的,孔怡然还装了会儿蒜:"别怕姐妹们,都是假的,哪有什么害怕的东西啊。"

结果这话刚说完,左边突然伸出来一只手,仿真硅胶的,上面还挂着红红的血滴,很逼真,孔怡然"哇"的一声叫出来。她这一叫,进来的几个人都被她吓了一跳,女生三人组牵着手的队形"哗啦"就散了。

身边两个女生不知道跑哪儿去了,鬼屋里昏昏暗暗的,时而有丝微光时而没有,陆时雨咽了咽口水,试探性地开口喊了声,回应她的只有"呜呜呜,别过来"……

陆时雨壮着胆往前走,却感觉脚脖子一凉。

她浑身鸡皮疙瘩都起来了,汗毛倒立,血液好像忽然凝滞。随后,她喉头一松,抑制不住的尖叫声脱口而出,整个人也不受控制地往后跳了一下,还往左边踹了两脚。

正打算踹第三脚的时候，她的身子却撞到一堵温热的"墙"，有人扶住她的胳膊，不过这会儿她没空搭理，正一门心思地踹"鬼"。

身后的"墙"忽地开口，话里隐隐带了些笑意，他调笑地说："行了，是个鬼都被你这矫健身手吓死了。"

听到这声音，陆时雨浑身的力气一松，由害怕转为愣怔，紧接着是紧张。

她靠着陈寂呢。

陆时雨猛地往前走了一步，在模模糊糊的光线中，似乎看到了一缕蓝色。

陈寂往前走："害怕个什么劲。你身手这么好，遇见鬼上手就行，深藏不露啊，小陆同学。"

陆时雨腹诽：那个我解释一下，其实我平常不这样。

"没有，我这就是应激反应，你别误会。"

周围不断有尖叫声传来，陆时雨缩了缩身子，却发觉身边的人似乎走慢了些，她的肩膀蹭到了陈寂的胳膊。

鬼屋似乎也没那么可怕了。

"啊，理解。"他懒懒散散地回。

"你都不害怕吗？"刚才她好像还隐隐约约听见几个男生的叫声来着……

"害怕啊。"陈寂说，"过来之前也没说有这个环节。"

这还叫害怕啊，一派气定神闲。陆时雨正大光明地往右看，在黑暗中，凝视着他的方向："那你还来……"

陈寂"啧"了下："我这不是想着，某个陆姓同学是不是还欠我一个人情来着，看来是忘了？"

她以为是他忘了。

陆时雨使劲摇头，但发觉他可能看不到："没有没有，没忘，你说吧。"

头摇得跟个拨浪鼓似的。

陈寂无声地笑了笑："帮我写个总结？我语文不太行，文笔不好。"

两人走到鬼屋出口等了一会儿，那几个人还是没有要出来的意思，陆时雨便给孔怡然发了条短信，随后就跟陈寂往楼下的文具店走去了。

据陈寂说，总结要得还挺急，今儿下午五点就得给他班主任看。这么紧急，陆时雨就问了句："那你怎么不上网搜一搜？"

结果陈寂特别正义凛然地说："你怎么能这样呢，小陆同学，怎么教人投机取巧啊？那多没诚意。"

行吧，是她格局小了。

陆时雨在文具店逛了一圈，拿了一摞信纸和一支黑笔去结账，路过手账区的货架时，一个特别精美的手账本吸引了她的注意力。

封皮上有两个正在跑步的人，一男一女，都穿着蓝色运动服，还写着"别惹我，我跑起步来我自己都害怕"。

看到那个封皮上的男生，她一瞬就想到了陈寂，封皮上的两个人儿都穿着蓝色，而她今天穿的裙子也是蓝色的。

但是有陈寂在，她没好意思去买，只看了一眼就走了。

排队结账的队伍还挺长，陈寂从陆时雨手里接过东西："你去找个地儿坐着，待会儿我去找你。"

陈寂结完账过来时，服务员刚好把陆时雨点的两杯饮料送来。陆时雨低声跟服务员说了句谢谢，又把另一杯饮料放到他面前。

体育班写总结要求还挺多，美其名曰培养他们的文学素养，写个总结都得咬文嚼字，不过陆时雨看作文素材看多了，这类文绉绉的话张口就来。

两人刚讨论完结尾该怎么写，孔怡然的电话就打过来了，两人说了几句。

陆时雨挂断电话，说："王竞之说要来这儿找你。"

她顿了下："你们，要走了啊？"

陈寂盖上笔帽，往纸上点了点，语气透着些无奈："没办法。"

还挺遗憾，晚上大家约了一起烧烤呢。

他们还没下来，陆时雨和陈寂并肩在门口等着。这会儿，她才发现陈寂手上还提了一个东西，好像也是在文具店买的。

二楼电梯口，孔怡然冲陆时雨招了招手。来不及多想，陆时雨抿了抿唇，抓着背包袋子的五指收紧："那我走了。"

还没走出一步远，陈寂叫住她。

陆时雨回头，陈寂将手里的袋子递来："谢礼。"

然而她第一反应，这居然是给她的？

她第二反应，给谢礼还给得这么拽，简直没谁了。

这会儿是下午四点，太阳早早地落下，整个商场大厅笼罩着浓烈的橙黄色。因为有光在折射，似乎都可以看到空气中浮动着的些许细微金黄的小尘埃，包装袋上也映着一层耀眼的光。

王竞之跑了下来。

陈寂似乎没什么耐心了，抓过陆时雨的手，把袋子塞到她手上："走了，小陆同学。"

手腕上似乎还留有他掌心的余温，伴着暖洋洋的日光肆意生长，像一只张牙舞爪的野兽，让人瞬间丧失了反应能力。

陆时雨低头看了眼袋子里的东西。

里面静静躺着一个本子，上面写着"别惹我，我跑起步来我自己都害怕"。

十月底榆阳市有一次全市联考，一中不出意外地拿下了这次联考的第一名，全市前一百名占了一半儿多，但语文成绩相对来说却是较差的，没有单科第一，平均分也只排第三。

为此，学校特意安排了一些语文老师外派培训。

这天，陆时雨放学回家，刚一进门就看见摆满了一沙发的答题卡，陆兆青正在旁边蹙着眉头，一份一份地看。

她只教高二年级三个班的语文，也不至于有这么多的答题卡啊。

陆时雨没敢多问，怕引火烧身，主要是这回，她作文写得有些跑题了。

但陆兆青可不会给她逃脱的机会，从那一摞答题卡最下面拿出几张没用过的，叫住她："每天练一篇，马上就有全国性质的作文比赛了，你作文老跑题怎么行。"

陆时雨只能默默接受。

陆兆青应该是帮其他班的语文老师代课了，但不知道是哪几个班，这几天几乎都有晚自习，陆时雨便在食堂随便买了碗粥，带到教室一边喝一边把今天的作文写了。

晚自习上课前二十分钟，陆时雨刚好写完。

她拿着答题纸下楼去找陆兆青，忐忑不安地把答题纸交到陆兆青手上。陆兆青接过来看了一会儿，没什么表情地说："还算可以，就是例子用得不太好，有点不贴合你这论点。"

陆时雨站在一边，背着手默默听着，有点后悔来这么早，要是剩十分钟上课的时候再送过来就好了。待会儿还得上英语课，英语老师最喜欢按学号抽查单词，她学号恰好排第一，她还有几个单词没背完呢，不会踩着点儿进教室吧。天哪，来个人救救她吧……

正当她许愿走神儿的时候，陆兆青却忽地将手中的答题纸放下，头往右一歪，越过陆时雨的身子向后说："你是来找我的？"

看样子是有人来找姑姑了，陆时雨心道"终于可以歇会儿了"，双手悄悄背在身后抻了下，又小幅度抖了抖站得有些僵硬的腿。

下一刻，身后的人开口，嗓音略低，没有熟悉的不着调，反而一板一眼地说："陆老师好，我是三十六班班长，您今天让我晚自习之前收一下我们班这次联考改过以后的答题卡。"

陆时雨原本放松的身子又有些紧绷，抻到一半儿的手也不抻了，老老实实地垂了下去。

"哦，那你拿来吧。"陆兆青整理了一下桌上杂乱的各班作业，"这教的班太多，我都搞混了。

"你叫，陈寂是吧？"

身旁有人站过来，与陆时雨隔着一拳距离，她却感受到了强烈的暖意，似乎十月底那点儿不可多得的日光都被他带在了身上。

陆时雨微微偏头，但仅仅一秒就摆正，目不转睛地看着陆兆青，只听陈寂说："对，我是陈寂。"

这会儿陆兆青也没空再给陆时雨开小灶了，冲她说了句："先回去准备上课吧。"

陆时雨应声，出了办公室，没再看陈寂一眼。

晚自习下课。

陆兆青把没批改完的作业和卷子带回家了，她还有一小部分没来得及批改,一到家就放下包,进了卧室。

厨房"咕嘟咕嘟"烧着水,听声音要烧开了,陆时雨连忙关了电热水壶,倒了一杯热水晾着,又给陆兆青泡了感冒药。她一忙起来就爱忘事,感冒还没好利索,却老是忘记吃药。

"姑姑,把药喝了吧。"陆时雨把杯子递给她。

"呀,我都忘了。"陆兆青连忙一口气喝下,把杯子递远了些,"你别靠我太近,不然把你给传染了。"

陆时雨失笑,把电热水壶放她桌边:"行,您记着喝水。"

刚要转身出去,陆兆青嘟囔着:"哎,我还有一摞呢,怎么没见着,没带回来?"

陆时雨往客厅探头看了眼:"在茶几上呢,我去拿过来吧。"

茶几上还有一摞卷子和一小部分答题卡,陆时雨拿给了陆兆青,再一出来,却看见地上安安静静躺着一个条形码,似乎是刚才拿的时候散落出来的。小小的条形码白色光面与地板颜色格格不入。

陆时雨凑近,捡起这张条形码。

犹豫片刻,在还给陆兆青和自己收着之间,她选择了后者。

屋子里安静得很,偶尔可以听到隔壁屋子里翻书页的声音,陆时雨悄悄关上房门,从书桌抽屉里拿出那个手账本。

当时她一眼就看中了封面上这两个穿着蓝色运动服跑步的人,看到这幅插画她就想到了陈寂,很想买下来,却怕这秘密的小心思被发现。只是她没想到,陈寂支开她,是为了给她买这个手账本当谢礼。

她还没有往上写过字,总觉得无论用来写什么都有些不太合适,就连名字都没有写。

陆时雨盯着封面看了会儿,忽然提笔,翻开,在扉页右下角写下——

谢礼
2014 年 10 月 31 日

那个属于陈寂的条形码,就粘在"谢礼"下。

周一晚上本来轮到二十七班的卫生委员检查三级部各班卫生，但她今天请了病假，所以检查卫生的任务也一并落到了陆时雨的头上。

晚自习上课铃刚响，陆时雨便开始从二十七班检查。走到三十六班时，发现陈寂破天荒地没在讲台上坐着，换成了他们班另一个班委。陆时雨在教室里环视一圈，没发现陈寂的身影，大家都在认认真真上自习，她也没好意思在他们班明目张胆地问。转了一圈查完卫生，她走到教室门口，拉开教室门看了眼。

门后头也挺干净，不像有些班门后堆了好多扫把，陆时雨往表上写了个数字，打算离开，转身时，不经意扫过三十六班的课表。

楼道里针落可闻，静悄悄的，陆时雨边走边回忆了一下陈寂他们班上语文课的时间，周一周三有语文晚自习。

她默默盘算着周一周三该什么时候去给陆兆青交作文。思考到一半儿，左侧楼道口的声控灯亮起，陆时雨偏头，看见陈寂拎着校服外套上来，她立马将本子扣到胸前，轻轻咳了一声。

陈寂随即抬头，校服单手挂在肩上，食指勾着一角，他"啧"了下，整个人显得痞里痞气的："这么不巧，被抓了个正着啊。"

怎么迟到了他还挺理直气壮呢？

陆时雨笑笑，刚要搭腔，走廊前面，二十七班旁边的楼梯上来一个人，好像是来检查的老师。她心里一紧，职业病犯了，指着陈寂肩上的校服说："你先把校服穿好。"

她一紧张就变得严肃，也不知道怎么了，她脑子里突然就崩出来这么一句话，此刻她声音稍显几分肃意："站有站相，坐有坐相。"

可能她这语气听着有些太正经了，跟平日那副好脾气不太一样，陈寂愣了下，随即把校服拿下来，但他自己都没发觉自己浅浅弯起的嘴角。

"哎，但我是真有正事，"陈寂下意识听她话穿好校服，往上走了几级台阶，站到她面前解释，"真的，我被我们老班留下来收拾大会议室了，特别重要，过两天还得在那儿开会呢，到现在还没收拾完。"

陆时雨没多想，往右看了眼，那老师进了某个班里，她随即松了口气：

"啊，这样啊。

"那好吧，我也用个特权。"

说着，她模仿陈寂，在三级部登记表上画了个大大的钩，又把覆在表格上的卫生表往左挪了挪，没仔细看，在最下面检查人那一栏，写下自己的名字，邀功似的看了他一眼。

陈寂个子高，稍微一低头就能看到。他垂眸，忽而笑了下。这好像是他那张检查单，上面应该还留着他独创的"陈草"。

再抬眼，他指尖往纸上轻轻戳了下："特权吧，得用对，用不对地方也不行啊。"

登记表都是固定时间换一批新的，因此这个大文件夹里有好多已经记录过的表格。

她好像忘了翻到她检查的那一张，所以名字写在了一张用过的表格上。

陆时雨脸颊一红，装大度都能装"翻车"啊……她在陈寂含笑的目光中低头，把卫生表拿到一边，然后看见她名字边上，写的是陈寂。他的名字偏左，被挡了个严严实实，她没看到。

两个名字并排挨在一起。一个写得龙飞凤舞，像草书，但又不像，还是可以清晰地辨别出字形的，字如其人，和他这股子狂劲儿差不多。另一个娟秀，规规整整，是很漂亮的楷书。

虽说字体差距很大，但陆时雨莫名觉得，有些合衬。

"你这字儿挺好看啊！"陈寂欠揍地说，"唉，可惜了，要是写对地儿就更好看了。"

这两天晚自习数学作业布置得挺多的，大家都在奋笔疾书，书写时"唰唰唰"的声音格外整齐，但除此之外，还有个不同的声音——

陆时雨写了一会儿题，翻开文件夹看一眼，写一会儿看一眼，"唰唰唰"的声音断断续续。

身后的孔怡然觉得挺奇怪，一下课就凑过去，好奇道："看你一会儿瞄一眼，不就是个检查纪律的登记表吗？有这么好看？"

她连忙把书压在文件夹上，手紧紧扣着："没有，我就看看咱们班这段时间都在哪儿扣分了。"

她转移话题:"收拾好了吗,走不走?"

孔怡然:"走走走,等我再拿几本书回去。"

陆时雨带着文件夹走到班门口等着孔怡然下楼,等了一会儿忽地想到什么,她翻到写错的那一页,提笔准备画掉自己的名字,但又觉得不太合适。

这么好看的字儿,画了多可惜。

于是她悄悄背过身子,把这一页从文件夹里扯出来,小心翼翼地对折,装进书包里。

一中有国际班,国际班每年都会参加英文场的"模拟联合国"。沾了国际班的光,其他班也有机会参加模联。一中对这方面还挺重视的,还有外教老师特意在广播里说了模联招新的事情。

陆时雨英语成绩还可以,但是口语不行,用英语对话就跟挤牙膏一样往外蹦单词,因此她参加模联的心思并不是很强烈,但又有些犹豫。

孔怡然是班里的英语课代表,李杰让她负责这个事。晚自习上课前,孔怡然还特意在讲台上问了问报名人数,给大家分了分模联的笔试题,顺便给自己报上名。

陆时雨百无聊赖地在写物理卷子,孔怡然下了讲台问她:"你真不跟我一起去啊,每周四后两节课开会呢,但是我听学长学姐说就是去玩一个下午,不用上课啊!没准还能见到其他级部的帅哥!"

对这个陆时雨就更没兴趣了:"后两节本来不就是活动课嘛,不都一样啊。"

孔怡然说:"那能一样吗!活动课咱们班也是上自习,这个是去大会议室玩啊!"

陆时雨笔尖一顿:"去哪儿?"

"大会议室啊。"孔怡然说,"启明楼那个,那是模联根据地。"

是大会议室啊。

见陆时雨没说话,孔怡然整理了一下名单,准备报上去了,陆时雨却忽地扯住她的衣袖:"其实我觉得,大会议室好像是比教室好玩一点。"

陆时雨从孔怡然的书桌上抽出一张笔试题："你说呢？"

笔试题挺难的，刷下去将近一半儿的人，然后就是模联的指导老师和一些学长学姐亲自面试，最后三个年级通过面试的加起来也不过三十余人。

孔怡然、陆时雨非常幸运地被选中了。

正式见面那天是周四，陆时雨特意早早就拉着孔怡然去了大会议室，坐到靠门口的位置。

周四全校上活动课，如果没有强制要求，不用上课，就连体育班也不会训练。

没一会儿，大会议室差不多就被占满了，只剩零零散散几个位置没人坐。

陆时雨旁边的位置是空的，但她把校服搭在了椅背上，大家都以为这里已经有人了，就没往这里来。

还差两分钟开始，这会儿体育班也应该下训了啊。

会议室里人声鼎沸，老师一看没什么人进来了，便让门口的同学把门关上，准备开始。

陆时雨有些失落。她以为这个活动，陈寂会来参加的，毕竟他英语还不错，而且之前还收拾过这个会议室。

讲台上，指导老师调了下音，"喂"了几声："大家安静一下，咱们准备开会。"

这话刚说完，大门被人轻轻推开一条缝，屋外投射来暖橙色的余晖，见缝插针地往会议室里钻。

陆陆续续又进来几个人，陈寂走在最后。

他朝会议室看了眼，眸色漆黑，背对着光，整个人耀眼而瞩目。他没穿校服，又是一身纯黑色运动服，看上去极具少年感，但眉眼处又能窥见几分不属于这份少年气的凌厉感。

全场的目光聚集到门口。

陈寂丝毫没觉得不好意思，面色平静，甚至并没有把那些目光当一回事，神色淡淡地冲讲台上的老师点了点头示意抱歉，随后看了圈，打算找个位置坐。

陆时雨默不作声地收回目光，将搭在一旁的衣服收起。

陈寂脚步在她旁边停顿了下。

陆时雨觉得呼吸都有一瞬凝滞，她克制着坐正身子，摆正自己的视线，笔直地看着讲台上的老师。

然后就感觉到陈寂坐在了她身旁的位置上。

这个位置在会议室最左边，离门口最近，旁边就是过道，进进出出也方便，是个绝佳的位置。

放着这么好的位置不坐满场乱跑，那不就成傻子了？

陆时雨心底有些庆幸，运气还挺好的，位置选得也不错。

她赌对了。

即使没有转头去看，她也知道，现在有不少目光都聚集到了陈寂身上。

顺带着，也看到了陈寂旁边的她。

仔细去听，还能听到几声带着"陈寂"大名的窃窃私语。就连右侧的孔怡然也蓦地蹭了下她的胳膊，很惊讶地冲陈寂瞥去一眼。

陆时雨心中泛起一丝涟漪，很难做到完全忽略他的存在，可偏偏当事人好像置身事外，低垂着眉眼整理了一下手表带，样子见怪不怪。

"你看吧。"陈寂整理完手表带，忽地出声。

陆时雨心里一跳，偏了偏头："啊？"

"我真是有正事儿，没骗你。那晚我收拾的就是这个屋儿，讲台上那块红布还是我铺上的。"

"你那特权用得不亏。"

陆时雨干笑了两声，想起自己耍帅"翻车"的事，有些不好意思："我本来也没有不信你啊。"

陈寂"哦"了下："我以为你生气了。"

认识这么久，他好像还没见她那么严肃的模样。

陆时雨蒙蒙地看着讲台，蹙眉想了想，实在没想出来什么时候冲陈寂甩过脸，让他产生了她生气了的错觉。她不经意扫了陈寂跷着的二郎腿一眼，扭头去看他，想张口问问。

陈寂却将腿放下，似笑非笑："站有站相，坐有坐相，我懂。"

二郎腿放得倒是挺快，但这两条大长腿大剌剌地敞着，甚至有一条都伸到了过道上，怎么，腿长了不起啊。

他的坐相其实有些轻佻散漫，脸上也实在看不出有什么悔改之意。

她那是看见有老师来了，才下意识提醒，如果被老师抓到没穿校服，那就不止扣一分那么简单的事情了。原本是好意，却被他误以为是生气了，陆时雨有些无语，自己本来不是容易生气的性格，但被陈寂这么一说，她感觉自己都快成一个爱生气的"母夜叉"了……

思及此，陆时雨觉得有必要替自己正个名，话到嘴边还没说出去，陈寂后头的同学给他递了张字条，浅粉色的纸，陆时雨瞄了一眼看到上面写了个"TO陈寂"。

她嘴角紧抿了一下，撤回视线，咽下想说的话，心里起伏不定。

十几岁的人了，怎么还会有人写这种东西呢。

陈寂打开字条看了眼，又原封不动地折好塞到兜里，仿佛见了什么平常事。

不过也很正常，陆时雨沉默地抠了抠手指，陈寂这人嘛，天之骄子，可能早就众星捧月惯了，怎么会对这些事情感到惊讶。

她也没再去看他，可就是克制不住，余光里还可以看到他垂在腿上的手，腕骨上那一块黑色的机械表衬得肤白。不知道是不是错觉，陆时雨总觉得他这手腕的青筋有些过于明显了。

陈寂忽地动了动，陆时雨连忙收回余光。她靠在椅背上，样子很轻松，看上去注意力都在讲台播放的"一中模联精彩集锦"上。

孔怡然忽地又拍了陆时雨一下，她整个人被吓了一跳，身子稍微颤了颤，悄然攥紧腿上的校服外套，但只有短暂一秒，回过神后，又烫手似的松开。

孔怡然："怎么了？这么大反应，你想什么呢？"

陆时雨心事重重地舒了一口气，凑到她耳边低声道："没事啊，我看白板看得太投入了，感觉去外省开模联会议还挺有意思的。"

"哦。"

孔怡然没在意，伸手将陆时雨往自己这边拽了一下，想说两句悄悄话，但又怕打扰到别人，于是她掏出一支笔，飞速地在本子上写了一句话：你这个座位，选得挺好啊。我还说你怎么不穿校服外套……

字还没写完，陆时雨猛地把本子压下去，身子也往前挡了挡，怕被孔怡然追着问来问去，提笔写：我没有要给他占！我也不知道他会往这里坐啊！

孔怡然其实压根儿没想说这个，话题也还没到陈寂身上。她接着没写完的那句话往下写：中间和右边不知道是谁开了空调，教室里也没这么冷吧，开得温度还挺高，他们热得都把校服外套脱了，我还心说靠门口挺凉快的。

陆时雨放眼往会议室看了圈，中央空调正不合时宜地运作，"呼呼"送着令人躁动的风。

她觉得耳根一热，似乎也被这股子风吹得面红耳赤。

再一偏头，孔怡然正用一种"你不说我还不知道，你一说我就知道这位置是你特意替他占的了"的表情看她。

孔怡然无声地说了句："欲、盖、弥、彰。"

陆时雨撇开视线。

"好了，同学们，"讲台上，指导老师关了视频，"咱们开始开会，很高兴大家进入模联社团。"

陆时雨神色讪讪地坐正身子，没再解释，也没让孔怡然继续往下写，不然就更欲盖弥彰了。

正当她刻意躲避孔怡然的目光时，余光里那只手又搭在了椅子扶手上，下一刻，陈寂靠过来几厘米，陆时雨耳边传来一声低低的"小陆同学"。

耳朵麻了一下，陆时雨一边骂自己没出息，一边又扭头去看他。

陈寂转了下右手腕，轻蹙了蹙眉，随后指了指大门口："我有事，得提前走，有任务的话主任开会的时候你告诉我一声。"

陆时雨盯着他的手腕，点了点头："好。"

陆兆元和秦安兰都是学医的。秦安兰是个外科大夫，家里有很多相关医书，再加上他俩经常性地科普医学常识，陆时雨从小就耳濡目染，依稀可以分辨出某些常见病的症状。

比如腱鞘炎的症状。

陈寂的手腕青筋好像有些鼓，看他的样子，转手腕时应该还有点疼，没准是出问题了。而且体育班也需要练推举，这段时间备赛，练得过量或者练的方式错了，都有可能把手腕弄伤。

但她不是专业的，这些全靠猜测。

模联会议结束得早，离晚自习还有一个半小时，陆时雨左思右想，算了算时间，先回教室拿了书包，又简单吃了个晚饭，然后跟孔怡然借了车子，跑到药店里买了两条护腕带。

当时药店里只有一个药师，陆时雨排了会儿队，怕迟到，付完钱抓起护腕带往兜里一塞，就赶紧骑着车子回了学校。

可当她到了校门口，准备拿钥匙锁车时，伸手往后背一摸，只摸到了一手空气。

陆时雨一愣，心里"咯噔"一下，完了，包落在药店的柜台上了。

天色已经完全暗了下来，星星遥遥挂在天边，晚风微冷，陆时雨额角的细微汗意被风一吹都有些泛凉。

她却有些躁动不安，没觉得有多冷。

那个包里塞了几张卷子，还有那个手账本，那晚粘完条形码她顺手就装到了里面一直忘了拿出来。

卷子可以补，但手账本不能丢啊……

陆时雨眉头紧皱，急得脸色都有些发白，下唇咬得紧紧的。学校大门上的电子表显示现在还剩十七分钟上课，一中周围有不少商圈，下班高峰期车流又大，她骑自行车绝对回不来，迟到是没跑了。

孔怡然从小吃街回来，刚好看到陆时雨推着车子往外走，她举着一个甜筒过去："你买完东西没？怎么不进去啊？"

陆时雨焦急道："我忘了拿包。"

"啊？"孔怡然惊得手里的甜筒都掉了一块，她看了眼手表，"重要吗？不重要下课再去拿。"

陆时雨顿了顿："我有证件在里面。"

"那完了，你现在去肯定得迟到呀。"孔怡然也蹙着眉，"今晚第一节还是咱们主任的课。"

她建议:"要不,你跟他说一声然后去拿?"

李杰要是知道了,那陆兆青也就知道了。陆时雨攥紧兜里的两条护腕带,摇了摇头:"不行啊……"

正当她俩着急的时候,陈寂和王竞之正好骑车过来。

原本陆时雨垂着头在思索该怎么办,没看见过来的陈寂,直到他俩走得近了,电动车响了两下喇叭,她才抬头,而后猝不及防地对上陈寂的眼睛。

此时,陆时雨还是皱着一张小脸。

陈寂把车停在一边,插着兜过来,垂眸看了陆时雨一眼,随后捋了把不怎么长的头发,话语间有些微不可察的无措:"哎,还生我气呢?"

什么叫"还生我气呢",孔怡然眼珠子转了转,接话道:"她书包落在药店忘拿了,里面还有证件呢。"

陆时雨立马瞥了孔怡然一眼,干吗跟陈寂说这个呀,他怎么会管这个。她怕从陈寂嘴里听到"这跟我有什么关系"这样的话,刚想说下课再去拿,却没想到陈寂开口,问:"哪个药店?"

一旁的路灯昏黄,陆时雨略带些错愕地抬眼,光影下,陈寂显得格外模糊。他耐心地重复:"你书包长什么样?"

陈寂漫不经心地又把王竞之刚锁好的电动车开锁,骑上去,"啧"了下:"快点儿啊,待会儿回不来了,迟到了你又得用特权。"

陆时雨连忙说了地址,陈寂拧了下把手:"先回去等我。"

晚风其实不是很大,但陈寂敞着怀的校服被风吹得一鼓一鼓的,他骑得很快,没一会儿就消失在陆时雨的视线里。

临上课还有两分钟,陈寂才轻喘着气三两步跑上楼,一米八几的大个子手里却拿着一个属于她的,小巧的粉红色包包,看着格外奇妙。他将包递给陆时雨:"是这个包吧?"

陆时雨欣喜地接过来,双眼一瞬就带了光:"是这个!谢谢你了!"

陈寂站定,缓了口气,说:"你看一眼,里面没少东西吧?我去拿的时候拉链是开着的。"

陆时雨心里紧了一下,里面其实没有证件,但那个手账本还在里面。

她抬头，陈寂随即说："我没看。"还摆了摆手。

"怦怦"跳动的心渐渐平复下来，她检查完包，又笑了下："没关系，没丢，谢谢你。"

见她笑了，陈寂才舒了口气，眉目舒展，手插进兜里，懒懒道："真看不出来你还有丢三落四这个毛病呢。

"如果是重要的东西得拿好，这可不兴丢啊。"

听出他话里的调侃，陆时雨嘴角弯了弯，嘟囔："我这是第一次。"

陈寂也无声地笑："行，那我先回去了。"

"哎，陈寂——"陆时雨一手抱着包，一手插进上衣兜里。

陈寂回身，陆时雨拿出一条护腕带，紧紧握在手里，缓缓递到他面前，轻声说道："给你。"

陈寂看了看护腕带，又看了看陆时雨，眼中闪过些许意外。

陆时雨的视线就没从他脸上离开过，自然也捕捉到了那抹意外。她轻叹了口气，心道自己果然还是太直接了，便解释道："我最近写字太多，这是我姑姑买的，但是我都快好了，留着也浪费，你们练体育会经常用到这个吧，而且我听说你们不是快有比赛了吗？就当谢谢你了。"

她想了想，又刻意补充了句："只是，你别嫌弃就行。"

十一月份，凉意渐显。这会儿忽地刮起了风，窗外树枝飘荡，树叶"沙沙"作响，路灯下的树影斑驳婆娑，似乎是要变天了。

但楼道里却温暖如春夏。

陆时雨原本站在风口处，捏着那条护腕带，心里的紧张感快要将一切感官湮灭，也没发觉此时风乍起，吹散了她的短发，只是下意识地瑟缩了一下，感觉裸露着的皮肤汗毛都要竖起来了。

散乱发丝拂过眼前，视线受阻，陆时雨短暂地闭了下眼，鼻尖满是樱花香。

再一睁开双眼，陈寂没有去接那条护腕带，而是冲着她走近了几步。

陆时雨捋了下耳边的碎发，克制着急促的呼吸，佯作淡定，不明所以也有些不知所措地跟着他往后撤了几步，不懂陈寂走这几步的意思，也似乎忘记了这会儿该干什么，手仍旧保持着递东西的姿势。

风好像停了，樱花香气若有似无地在空中飘荡。同时，陆时雨的后背贴上一堵冰冰冷冷的墙壁,她已经站到了背风的位置。

陆时雨微微仰头看着陈寂,心跳得像是要溢出胸腔,在她身体里肆无忌惮地横冲直撞。

所以,陈寂往前走,是因为自己怕冷吗?

陈寂伸手,扯了下护腕带的一端,但没扯动。

他挑眉,但也没松手,说:"后悔了?舍不得给我啊?哪有你这样的,小陆同学?"

这张嘴啊,给点阳光就灿烂,怎么这么不饶人。

但她也乐意给这阳光。

陆时雨也没反驳,反应过来,垂眸看了眼。他牵着护腕带的一端,她则攥着护腕带的另一端。

除去这条碍眼的护腕带,四舍五入两人算是牵手了吧。

被自己脑子里闪现的这个想法吓了一跳,陆时雨连忙松开手,有些羞赧:"没有没有。这条我其实没用过,买来的时候顺手一起拆开了。"

陈寂点点头,想把护腕带收进上衣口袋里,动作却忽地一滞,摘下腕表,随后将其径直套上自己的右手。

这几天因为加了重的推举,右手手腕有些发疼,起初只是细微的疼痛,以为过几天就好了,可这种情况愈演愈烈,今天他去医务室看了眼才知道是腱鞘炎了。医生让他少练,还开了几盒药,医务室里没有护腕,医生还叮嘱他去买一条。

这护腕带还挺舒服,送来得也挺及时。

陈寂难得没跟陆时雨插科打诨,戴着护腕的右手张开五指,在她面前晃了一下:"谢了啊,挺合适的。"

喧闹的铃声与陈寂的说话声一同响起,楼道里四处都是往教室跑的同学,还挺吵的,陆时雨没听清陈寂说什么,往他眼前凑了凑:"嗯?你说什么?"耳朵还朝他的方向侧了侧。

距离眨眼间缩短,还是刚才那股淡淡的樱花香,陈寂手插进兜里,懒懒散散地站在原地,垂眸去看那颗凑过来的小脑袋。

陈寂抬手，一时没忍住，轻轻拍了拍陆时雨的头，力度很轻很轻，几乎感受不到。但没碰两下，陈寂就收回手，又插进兜里，什么都没发生过一样，说："我说，下周六我在体育馆比赛，来看吗？"

陆时雨还从没有被一个男孩子这样碰过头，一时间有些愣怔，异样的情绪像是一条小溪流，流淌至全身。

片刻，铃声停了，她才找回自己的声音："好啊。"

天气预报说，预计今晚有雨，这还是十一月份第一场雨，陆时雨刚哆哆嗦嗦地回到家，窗户上就有了细如丝的雨滴。

茶几上摆了一盘黄澄澄的小金橘，陆兆青也刚从超市回来："见你前两天挺爱吃这个，我就多买了点，已经洗过了，你拿去你屋里吧。"

陆时雨端着盘子进屋，关上房门。她从包里拿出那本"失而复得"的手账，同时一条黑色的护腕带掉了出来。

陈寂那条是白色的。她当时一慌，给错了。

小金橘的皮稍微有些涩，以前她不爱吃这个，也是最近才觉得这个还挺甜的。她捏起一颗放进嘴里，橘香满溢。

窗外细雨绵绵，挺冷的，陆时雨想到陈寂特意朝她走来的几步，又想到他伸手摸她头发那一幕，笑了笑，提笔在手账本上写——

　　接了，是白色那条。

——"我说，下周六我在体育馆比赛，来看吗？"
我会去的，一言为定。

最近市里有秋季选拔赛，第一名可以拿到名额代表市里去参加省赛，因此体育班都是铆劲着劲儿去练，陈寂是一百米必派的选手，就更不敢松懈了。

操场上，因为刚下过雨，跑道上湿漉漉的，踩过的地方留下一个又一个鞋印，陈寂只穿一件纯黑色T恤正在绕圈跑步，像是感觉不到冷。

空无一人的跑道上，那抹黑色的身影不厌其烦地绕圈，手腕上那条白色的护腕带格外明显。

王竞之拿着球走出篮球馆时，陈寂还在慢跑。

他叫住陈寂："少跑几圈没事儿，你这小腿有伤你自己又不是不清楚。"

陈寂气喘吁吁地停下，弯身扶着膝盖："这几天练不了推举，我不得多跑几圈练练下肢力量啊。"

"你还知道你练不了推举呢？"王竞之瞥了他一眼，冷哼，阴阳怪气道，"早跟你说是腱鞘炎让你戴个护腕，看来我说话不顶事儿啊，医生给你你就戴了。"

陈寂喝了口水，掀了下眼皮看他："不是医生给的。"

王竞之不甚在意地回："那是谁给的？

"啊！对，那天晚自习回来就见你戴着了。"他这会儿才反应过来，八卦之心熊熊燃起，"谁给的？"

他扫过陈寂的手腕："还是条白的。你什么时候买过白的东西啊？别跟我说是你自己买的，我不信。"

两人并肩出了操场，陈寂摘下护腕，脑子里蹦出的第一个画面是那晚他去摸陆时雨的头，当时真是被鬼迷了心窍了，只觉得她头发还挺好闻。

然后他就上手了。

她当时看他的眼神都愣了，那么明显，傻子才看不出来。

陈寂面无表情地走神儿，人家不会以为他是个流氓吧。

"不会是哪个女生送的吧？"王竞之瞪大眼，像发现新大陆一样，"你居然还收了！"

见陈寂不说话，王竞之更加印证了自己的猜测，神神道道地说："还真是女生送的啊？你跟人家什么情况？"

陈寂蹙眉"咝"了下，瞥了王竞之一眼，把水砸到他怀里："你这张狗嘴里吐不出象牙来。"

"你跟人家没情况，你又对人家没意思，那你还收护腕？"王竞之把那瓶水砸回到他怀里，严厉地谴责他，"你这不是流氓行为吗？"

"跟谁耍流氓了你。"

怎么就流氓了啊？

不就摸了一下她的头吗？

陈寂仿佛被戳中心事，攥了攥左手，似乎还能感觉到那种毛茸茸的感觉。他仰头一口气喝完水，喉结上下滚动，下颌线绷得很紧，随后将矿泉水瓶随手一投，"咣当"一声，落入垃圾桶。

选拔赛就在市里的田径体育馆里举办，陆时雨怕秦安兰不同意她出去，特意拽上了孔怡然说要一起出去写作业，临走前还往书包里塞了不少卷子。

直到进了体育馆大门，孔怡然才知道她俩要在体育馆写卷子。

而且陆时雨还真的在写卷子。

孔怡然无语地看了眼正埋头写卷子的陆时雨："哎，我说，你到底是来看比赛的，还是来写卷子的？"

陆时雨停笔，抬头往场上看，但没看到陈寂的影子。她不好意思地冲孔怡然笑笑："我妈今天估计得检查，我跟她说咱俩出来写作业了。"

孔怡然无语。

好吧，她也不说什么了，转头又去看大屏幕上的赛程。

因为是全市范围的选拔赛，所有高中都参与，观众席上坐了不少人，哪个学校的都有，扫一眼过去还能看到一中的几张熟面孔，但是大家手里拿的不是横幅就是彩带，拿卷子的只有陆时雨。

孔怡然一目十行，选拔赛几乎涵盖了所有田赛和径赛的项目，她目光转到最后一项上，一个高高瘦瘦的男生忽地挡住了她的视线。

咦，王竞之？

怎么哪儿都有他？哦，不对，这是体育比赛！

孔怡然见鬼似的去看陆时雨。

她怎么会突发奇想来看体育比赛？

王竞之显然也看到了孔怡然，眼神还往她身侧偏了偏，看到了正奋笔疾书的陆时雨。

他整个人先是愣了愣，随后从路过的同学搬的箱子里拿了两瓶柠檬汁，长腿三两步迈开，就走到了吹胡子瞪眼的孔怡然面前。

"哟，来看比赛啊？"

这人老是跟她妈打小报告，她上回去网吧找人就被他看到了，明明没干坏事，连电脑都没碰，进去五分钟就被他拎出来了，他当时还教训她："你知道这网吧里都是什么人吗！"

搞得她像是进了狼窝一样，最后还被她妈教训了一顿。

孔怡然没什么好气，也没接他的柠檬汁，呛声道："不然呢，来写作业啊？"

这不真有人在写作业吗？

王竞之懒得理她，侧身去给陆时雨递水，但心里却哀叹，管女孩子真不是人干的活！这还是一个女祖宗！

听到动静，陆时雨抬头，眼前递来一瓶柠檬汁，她接过来："谢谢啊。"

王竞之冲她说："没事，反正是陈寂掏的钱。"

一听不是王竞之给的，孔怡然一把拿过柠檬汁，拧开瓶盖喝了口，而后脸一皱："这么酸啊？"

陆时雨准备拧瓶盖的手一顿，看了眼瓶子，而后将柠檬汁放在自己身侧，没喝。

离百米短跑比赛开始还有不到十五分钟，跑道上，运动员们已经在准备了。

这个位置有些偏，陆时雨只能模模糊糊看到一个侧影。陆时雨莫名开始紧张，不是她比赛她也紧张，连卷子也没心情写了，潦草地收到书包里。

"要不跟我一块儿去那边坐吧，一中大部队都在。"王竞之指了指某个位置，"那儿视野好，待会儿一块儿给陈寂喊加油啊，我们班不少人有比赛。"

孔怡然刚想说不去，陆时雨却猛地按住她，含笑道："好啊。"

比赛开始前。

王竞之把她俩带到体育班占好的位置上。

这个位置视野确实不错，可以看清楚场下每个人的表情，场下的人也可以一眼看到场上每个人的表情。

因此当陆时雨的视线遥遥胶着在陈寂身上时，他忽地转身，直愣愣地对上陆时雨澄澈的双眼。

陆时雨呼吸紧了紧，眼神也跟着乱了。

体育班的同学见陈寂看过来，纷纷喊加油。陆时雨安安静静地坐在位置上，只见陈寂缓缓抬起右手，手腕上白色的护腕带格外显眼。他冲观众席竖了个大拇指，一副胸有成竹、志在必得的模样。

"陈寂牛！"他同学冲场上喊，其他人也都看了过来。

"低调！"陈寂也不觉得尴尬，高声回。

还真不害臊啊。陆时雨浅浅地笑了下，这会儿才觉得，这好像才是真正的陈寂，他不畏惧任何目光，欣然接受任何夸奖，更不遮掩任何情绪，只做自己就好了。

陆时雨一瞬间就放松了，觉得陈寂一定会赢。她轻声开口："加油。"

陈寂放下手，转身就位时，却又兀自回头看了眼，不知道冲什么方向懒散恣意地笑了下，还说了句什么话，完全看不出紧张。

周围人没在意，正举着手机等着录视频。

观众席上的陆时雨却口干舌燥，心里如同小鹿乱撞。陈寂刚才说的那句话，口型是："知道了。"

这是冲她说的吧。

A组决赛选手的实力不是盖的，大家都很强，就为了拿下这仅有的一个名额。看选手信息，只有陈寂是高一的，旁边的对手不是青训营的冠军就是市里的冠军，听王竞之说，陈寂旁边那个跑道的男生是今年进省队的种子选手。

闻言，孔怡然感叹了下："那他这回很难赢啊。"

陆时雨没作声，只是默默地看着跑道，心里却不认同孔怡然的说法，也没有她脸上的那种担忧，总感觉陈寂不会输。

可饶是看上去再放松，她还是察觉到了陈寂眼中那种细微的紧迫感，也替他捏了一把汗。

他面临的压力可想而知。

场下，运动员们已经蹲下身子准备了，一时间世界似乎都被按下了静音键，几乎所有一中的学生都从位置上起身站到围栏旁，陆时雨也"噌"地跟着站起来，双手紧紧交叠放在胸前，猛烈的心跳声横亘在耳畔。

哨声响，场馆内瞬间沸反盈天，百米赛时间很短，但也就是这么短短的时间里，陆时雨眼睛一眨不眨地盯着跑道，像是坐过山车，一下子从最底端升到最高，又准备从最高处猛地往下落。

陈寂个子高，其实并不占优势，起跑比其他选手慢，但他却近乎奇迹般地追了上去，然后牢牢占据了第一的位置，像一匹荒原上最凶猛的猎豹，不达目的不罢休，每一步都很坚定，周遭的人都像是陪衬一样被他甩在身后。

陆时雨遏制不住情绪，一直在深呼吸，心里的紧张劲儿刚达到顶端，陈寂就撞线了。

他身后排第二位的那个男生跟他只差了仅仅半个身位的距离，陈寂个子高腿长，这会儿优势倒是出来了，两人在时间上也只差了零点几秒。

紧张一下变成了兴奋和激动，从喉咙里迸发，她没忍住，欢呼了一下。紧接着，一中的同学们炸开了锅，陆时雨也跟着鼓掌，还从未用过这么大的力气，掌心都拍红了。

单人百米短跑项目结束，下午只剩下一场百米接力赛要参加，其实陈寂的任务已经完成了一大半儿，至少已经稳稳拿到了寒假省赛的入场券。

他跟同组的选手一起上来，那男生也挺豪爽，虽然只拿了个第二，但遗憾了没多久就转悲为喜，夸陈寂跑得不错，节奏把握得很好。

男孩子之间的夸赞很纯粹，陈寂也不吝啬："你也不错，爆发力很强。"

"爆发力强也输了。"那男生无奈，"大你两岁的我，对你来说我这算老胳膊老腿儿了吧。"

陈寂单手把背包挎在肩上，也没骄傲，谦虚道："哪儿啊，是我正巧手长了点儿。"

那男生笑着拍了拍陈寂的肩，似乎也明白他为什么会赢了。

在这个圈子里，谁跑得好谁跑得不好大家有目共睹，谁是什么脾性也能大概了解几分，传闻中的陈寂很张扬，他这人看上去心气也高，就冲上场前那句"低调"，大家也都觉得这是个高傲的人，但实际上人家走的是踏实路线，狂是有，但恰到好处，内里一点也没有那种无边的狂妄。

他输得心口口服："行，改天训练不忙，一起出来打球。"

陈寂应声，勾着他的肩："没问题啊。"

两人在楼梯口分开，陈寂刚回到位置上就被人围住了。王竞之笑着去捶他的肩膀，他也笑着接住了，没躲。

王竞之又去看他刚拿的那块金牌，宝贝得跟自己拿了冠军一样，摸来摸去，恨不得戴到自己脖子上。

陈寂一把拿过来："哎，行了啊，想要自己拿去。让我稍微歇会儿，水还没喝一口呢。"

随后他从包围圈里出来，往观众席上看了眼，就看到孔怡然喝了口柠檬汁，皱着脸对陆时雨说了句什么，然后陆时雨摇了摇头，孔怡然就跑去找王竞之了，留她一个人坐在那里。

后面还有标枪比赛，体育班有三个人出场，大家也都没有再围着他说话了，三三两两散去。

但这拨人刚走，陈寂转身刚放下包，又来了几个女生。

陆时雨看到了，她不着痕迹地收回视线，从书包里往外掏皱了的卷子，而后一边支着下巴做题，一边不自觉地耳听八方，眼观六路。

"你好啊同学，我是八中的，我叫周橙音。"

打头的女同学跟陈寂打招呼，长得挺好看，披着长发，脸上似乎还化了淡淡的妆，嘴唇颜色也挺好看，亮晶晶的，涂了唇油。

陆时雨轻抿了抿唇。

周橙音给陈寂递去一瓶水，维C功能饮料，透明塑料瓶里装着淡粉色的饮料。

可她还没说话，陈寂就从自己的单肩包里掏出一个黑色的一升容量的大水杯，"咕咚咕咚"喝了两口，将瓶子冲她晃了下，不咸不淡地说："不好意思啊，我这儿有了。"

周橙音也不觉得尴尬，又将饮料往前递了递："没关系啊，你喝完这瓶水了再喝嘛。"

陈寂心里"啧"了一下，这样的好意要怎么拒绝呢。

正琢磨着，他的视线不经意瞥过一边做卷子一边"看好戏"的陆时雨，随后他眉梢微挑了下，侧身弯腰把水杯收回到单肩包里，又拿出一条白色的护腕带戴在右手。

周橙音又开口，言语间满是关切："啊……你手腕有伤吗？我们那里有喷雾和药膏，我拿来给你用呀。"

陈寂制止她，礼貌地道谢："谢谢，不用了。"

下一刻，他接过周橙音的饮料。

周橙音脸蛋红扑扑的，眼里带了光。

陆时雨脸色沉了沉，攥紧手里的笔，笔尖在卷子上画了长长一道。她没什么表情地拿出橡皮准备擦掉，陈寂却三两步走到她面前，把饮料递给她。

草莓味的维C功能饮料。

这下，换成周橙音的脸色发沉，陆时雨的脸蛋微红了。

她悄悄看了眼脸色青成菠菜的周橙音，有些不明所以，也没伸手去接。

"快点儿啊。"陈寂抖了抖手，催促，示意她拿过去。

陆时雨仰头看了他一秒，心说"你怎么跟人家说话这么有礼貌，跟我就这么狂啊"，但她还是伸出手。

那个周橙音重重地哼了一声，扭头就走了，似乎没想到陈寂是这样的人。她散着的头发在风中飞舞，张牙舞爪的，从背影也能看出生气了。

陆时雨目送她的背影，又偏头去看陈寂，抿了抿唇："你……给我干吗？这是人家给你的。"

陈寂坐在她旁边，举起右手，模样懒懒散散，支使人支使得非常熟练："我手疼，你给我拧开。"

居然让她拧瓶盖。

拿她当工具人了呗。

人家女孩子给你的水你让另一个女孩子给你拧瓶盖！陆时雨手上一用力，瓶盖轻松就被拧掉了，像是拧掉了陈寂的头。

她一声不吭地把饮料递到陈寂面前，目光笔直地望着前方。

谁知人家把她放着没喝的柠檬汁拿起来了，然后在她迷茫的目光中，右手轻松一转，拧开了瓶盖。

陆时雨一顿。

他不是手疼吗？

她举着草莓味的维C饮料，眨了眨眼。

陈寂把她手上的饮料推回到她眼前："你不是喜欢草莓味？喝吧。"

她愣了几秒，浑身有些僵，又看了眼瓶身上画着的红彤彤的草莓，一时间不知道该说些什么好，手背上似乎还有余温，仿佛横冲直撞地闯入她的心房。

"不好吧，这是给你的。"她攥着瓶身说。

陈寂有一口没一口地喝着柠檬汁，掀了下眼皮去看她："我乐意借花献佛不行啊。"

我谢谢你啊！

心口小鹿乱撞，陆时雨双手握着饮料，只抿了一小口，没想到还挺甜。她没忍住又喝了一小口，总算压住了那快得不可理喻的心跳声。

这会儿，参加标枪比赛的同学也赢了，一个拿了金牌一个拿了铜牌。拿铜牌的同学可能是太高兴了，领奖的时候摔了一下，膝盖上磕出了一块瘀青。陈寂闻声赶紧过去看情况，走得太着急，把身旁摆放着的包都带到地上了，里面的水杯、计时器什么的滚了一地。

陆时雨连忙蹲下身去捡。

铜牌同学摔得不是很严重，擦个药休息几天就行。王竞之上到观众席去自己的位置上拿跌打喷雾，路过陆时雨的位置时，却不经意看到她敞开着的还没来得及收拾的书包。

里面静静躺着一条护腕带。

黑色的，跟陈寂是同款。

他猛地回头去看陈寂的手腕，又低头看陆时雨的书包，来回反复看了几眼。

他觉得自己好像发现了什么大事情。

秦安兰当晚果然检查了卷子，见女儿完成情况还不错就没说什么，又加上女儿最近表情还不错，秦安兰破例，让她想干什么干什么。

家里断网，陆时雨想干什么也无法，她百无聊赖地在手账本上写东西，写完之后最后一丝乐趣也没了。

她坐在椅子上，思考待会儿干点儿什么，往前翻了翻手账本，想到那个种下的小金橘已经很久没去浇过水了，等下周开学了该每天去浇浇水，即使它很有可能长不出来。

这样想着，她目光掠过书架时，却忽地想起那部充了话费的老人机。

秦安兰让她想干什么就干什么，那她买个流量不过分吧。

应该不过分。

陆时雨关上房门，喜滋滋地买了五个G的流量，在这部老人机上登录QQ。

她很久没有登录过QQ了，先是同意了班里同学的好友申请，又跟孔怡然瞎聊了两句，随后搜索了一中表白墙的账号，发过去好友申请。

没一会儿，"表白墙"同意了。

她紧跟着打开动态。

虽然是老人机，QQ界面也挺原始的，但神奇的是空间动态都能看，就是图片有些加载不出来。

陆时雨一条一条往下翻，在看到表白墙某条说说时，视线顿住，有三条都是一样的内容。

陆时雨以为是网络卡了，退出重进了一次，没想到居然是真的。

而且这三条不是一中的学生投的稿，是那个八中的周橙音发的，她似乎连昵称都是自己的名字，怕陈寂不知道是她一样，头像也没要求打码。

底下的评论都是凑热闹的，说什么的都有。

图片好半天加载不出来，陆时雨等了好久，没再往下看，就想看看这个周橙音到底说了什么。

图片加载了四分之一，只露了一个头，周橙音先是介绍了一下自己，随后又说：*陈寂同学，我只是想说，咱们可以先交个朋友……*

后面的看不到。

八中学生的作业这么少吗？课这么少吗？这个周橙音同学怎么回事？是最近没吃溜溜梅吗？

陆时雨越来越心急，退出又点进去，反复刷新了几次，最后一次刷新，却猝不及防地刷新出一条新的评论。

评论很简短：*多没劲，再执着就没意思了啊，周同学。*

这语气……陆时雨看一眼就认出了这个昵称是"CCCCC"的人是谁了。

即使没看完周橙音说了什么，但她忽地有些可怜周橙音了。

除了陈寂，谁说话会这么欠揍又直接啊？

第三章
生日快乐啊

　　田君如除了不支持陈寂练体育，其他方面都挺随意的，尤其是使用电子设备方面，压根儿就没有设过什么限制，陈寂生日时她还送了他某个牌子最新款的手机，但陈寂平常不怎么上QQ。

　　主要是每天都有不是他好友的陌生人发来的打招呼信息，还有不少的新朋友申请，一打开页面，小红点看得人头晕，不分时段响起的提示音"嘀嘀嘀"也搞得人很烦，他索性把QQ通知提醒给关了。

　　下午比完百米接力赛，陈寂跟王竞之他们一起吃了顿火锅，回到家里身上都沾满了火锅味儿，他放下包就先去洗了个澡。

　　洗过澡出来，他一边擦着头发，一边去拿包收拾东西，手机还没往外掏，就听到包里传来一阵"嗡嗡嗡"的响动。他单手将手机拿出来，电话刚好被挂断，是王竞之打来的。

　　他点开QQ看了眼，擦头发的动作都停滞了一下。

　　好家伙，这消息炸了啊。虽说陌生人打招呼还是有的，但就这么短的时间没看，王竞之快把他的QQ打爆了。

　　陈寂正琢磨着是什么事儿，王竞之又发来一条新消息，他还没来得及点进去，就见王竞之说：你这个"渣男"！

　　看上去还挺咬牙切齿。

　　陈寂一头雾水。

他怎么了？怎么就莫名其妙成"渣男"了？

陈寂点开和王竞之的对话框，也没往上翻聊天记录，就径直拨通了他的电话号码。王竞之几乎是电话响了一秒钟就接起来了，而后劈头盖脸就是一顿骂："陈寂，怎么着？不拿我当兄弟了是吧。那个叫周橙音的在表白墙上找你，我怎么不知道还有这号人啊？这么大的事儿你都不跟兄弟说一声？"

什么周橙音啊？

陈寂听得一阵蒙，随意地将毛巾甩到旁边，往椅子上一坐，也不着急，只是有点哭笑不得："她怎么了？我真不知道啊。"

"你自己去看看表白墙！"王竞之好像在拍大腿。

陈寂压根儿就没加一中表白墙，把手机从耳边拿下来，没挂电话："你把表白墙推给我。"

随后他将扔到一边的毛巾重新拿到手里擦头发："哎，不是，人家找我，你怎么着急得跟什么似的，皇上不急太监急真是。"

王竞之满肚子委屈，今天发现陈寂那护腕好像是二十七班那个大学霸陆时雨送的，他吃饭的时候忍着没说，想着给陈寂留点儿隐私，回家再八卦。毕竟陈寂可是块香饽饽，平常都是冷着脸拒绝不熟的女生的，讲话也很直截了当，眼里只有百米短跑。

结果他还没张口问，这儿又来了一个。

他刚要再问，陈寂出声："先挂了啊，申请同意了，待会儿再说。"

陈寂进到表白墙的空间，第一条动态就是周橙音那条"交友帖"的说说，再往下是一模一样的，再往下还是一模一样的，这叫重要的说说发三遍是吗？

最新那条说说底下的评论已经有上百条。

他点开图片粗略地看了眼，说什么你不回应我我每天都会来发一条，直到你回应为止。她胆子还挺大，还带了自己的大名和学校。

这是"社牛症"吧。

以往不是没有遇到过这种情况，但人家看他态度那么冷淡，就都放弃了，这个周橙音还是头一个被甩了冷脸还这么来劲的。

陈寂稍微有些后悔，早知道就不接她那草莓饮料了，他带到体育馆那一箱子饮料里又不是没有草莓汁，跑一趟拿给陆时雨就好了。

不该给的念想就不该给。

思及此,他在这条动态底下留言:多没劲,再执着就没意思了啊,周同学。

第二条:我本人不是很想跟你交朋友,不好意思啊。

天色已经不早了,窗外车水马龙逐渐停息,偶尔有几声汽车鸣笛声,屋子里很安静很安静。陆时雨愣了会儿神,一边笑一边同情,后来猛地发觉自己有些多管闲事了,同情个什么劲啊。

人家至少敢说敢做。

她又刷新了一次手机,那个叫"CCCCC"的人又发了一条评论:我本人不是很想跟你交朋友,不好意思啊。

想到下午周橙音离开时脸色绿成菠菜色的样子,和那一头在风中凌乱的头发,陆时雨轻轻笑出声,这陈寂说话好直接啊。

陆时雨点了下"CCCCC",他空间加了锁,什么都看不到,空间背景是默认的一片蓝色。

她指尖在"加好友"上晃了晃,最终还是没点下去,却早已在心里把他的QQ号码背得滚瓜烂熟了。

陈寂发完评论,没再去管,退出空间转而又拨通了王竞之的电话。

王竞之仿佛行走在"吃瓜"第一线,一直在"瓜田"里没出来过,看到陈寂留的那两条评论,直咂嘴:"你真够可以的,不给人留面子啊。"

"'渣哥',"陈寂说,"我不直接,你替我跟她交朋友?那我绝不拦着,你尽管去交这样的朋友。"

王竞之:"滚你的,叫谁'渣哥'呢?那这样的话还是算了,发三条说说跨学校交到的朋友我屎,她后来没再加你私聊?"

陈寂正翻看着好友申请,别说,还真有。他没犹豫,直接点了拒绝,随后一条一条地往下拒绝。

积攒了好多天没看QQ,一时间陈寂点拒绝点得竟有些烦。

他喝了口柠檬汁,翻旧账:"我问你,我怎么就成'渣男'了?"

真好,这话茬他自己提出来了,也省了自己主动问。王竞之清了清嗓,煞有介事地说:"你那白腕带,到底哪儿来的啊?"

陈寂眼睛往包里瞥了眼:"你怎么这么关心我的腕带啊?"

王竞之没搭理他:"你猜我今天看到什么了?"

神神道道的,陈寂没耐心了:"'渣哥',别娘们唧唧的,有屁赶紧放。"

"我在陆时雨的包里,看到了你这护腕带的同款!她那条是黑的!"

陈寂沉默了下:"你变态啊,还看人家女生的包。"

王竞之:"重点是这个吗?重点是你俩的护腕带是同款!

"你不是说你准备跟短跑过了吗?"

"你这智商也太感人了,开玩笑的话你也信?我服了。"陈寂说。

活了将近十七年,王竞之没别的优点,就爱碎嘴,就爱打破砂锅问到底。陈寂没办法,他要是不说王竞之指不定去骚扰谁,别到时候再把人家给打扰了。

他如实说了,最后反倒教育起王竞之来了:"你还说是不是兄弟,那我问你,我这人你是真不了解还是假不了解啊,好兄弟?我要是真的有什么情况,我至于藏着掖着不告诉别人?"

末了,他没忘插科打诨:"说真的,你问这么多,我都怀疑你是不是有什么非分之想了,如果你——"

"如果我要是个女的,你就怀疑我是不是要来追你?"王竞之接话。

陈寂是想这么说来着,不过这话从王竞之嘴里一说出来,他瞬间就觉得有点恶心。

不过他就是嘴欠:"一米九的女生跟我不搭,还是算了吧,之之。"

王竞之鸡皮疙瘩掉一地,挂电话前骂他:"滚啊你!"

时至半夜十二点,陆时雨不知道怎么回事,失眠了。

家里没人,秦安兰和陆兆元今晚上夜班,不在家。她索性坐起身,也不睡了,打开床头灯看物理题,但也没怎么看下去,她又把物理题放到一边,从床头柜里拿出手机。

鬼迷心窍一样,等她回过神来,她居然点开了添加好友。

她脑子里一直有串数字在回荡,像是一道催命符咒,总感觉不输进去睡不好觉一样。

陆时雨稳了稳心神，最终还是一个数字一个数字地将陈寂的 QQ 号输进搜索栏里，然后一咬牙，她点了"加好友"，验证信息那一栏，她想了下，写道：我是陆时雨。

心里的重石好像没了，陆时雨舒了口气，握着手机等了会儿，没等到陈寂的回复，倒把她自己给等睡了。

再次醒来，陆时雨是被短信的提示声吵醒的，某个陌生号码给她发了条骚扰短信，她迷迷糊糊删掉之后，打开 QQ。

深夜灯光朦朦胧胧，橙黄色灯光给屋子里蒙上一层静谧的感觉。

陆时雨却觉得手脚僵住，那股困劲儿也全都消失不见了。

QQ 通知显示：CCCCC 拒绝了你的好友申请。

也不知道是怎么回事，刚给手机充的那几个 G 的流量跟流水一样，"哗啦哗啦"就没有了。

在中国移动通信发来短信，提示流量已经用完，超出流量按照 0.29 元/MB 计费时，已经是陆时雨即将返校的前几个小时，手机话费余额也已经不足十元了。

见陆时雨一直拿着手机鼓捣，陆兆元也没说什么，他还是有些宠女儿的，家里掌权的人不在，那他还是稍微可以做一做主的，甚至开口提出陆时雨可以把手机带走。

陆时雨有些吃惊，但转而没精打采地强笑了下，把手机关机，也没心情再去交话费，欠费就欠费吧。

"不用了，爸爸。"

她将手机扔到抽屉里，整颗心一下子随着手机的下落也坠到了谷底。她顿了一秒，佯作淡定地低声说："我应该用不到了。"

她情绪有些不易察觉的低落，一路上都怏怏的，看着窗外一闪即逝的街景发呆。

陆兆元早上要赶着去医院交班，没来得及让陆时雨在家里吃早饭，送她到学校门口时还特意叮嘱她先去食堂吃个早饭，也知道她又该月考了，以为她压力太大，最后还说："有事给爸打电话，月考啊正常发挥就行，不用对一个小考太紧张。爸上高中的时候地理二卷考十七分都没怵过你奶奶，数学总分五十多的时候更是没怕过谁，你也不用怵你妈。"

陆时雨终于笑出声："好。"

到学校时还很早，天色泛灰，雾蒙蒙的。榆阳是出了名的没有春秋只有冬夏，十一月底就要加一件厚厚的羊毛衫，陆时雨怕冷，还要在校服外面再套一件外套。清晨冷风轻轻一吹，本就快掉完的银杏树和枫叶全都簌簌下落，顺着风散落四处。

学校里枫叶掉了很多，但因为早上湿气大，叶子都软趴趴的，踩上去也没有"咯吱咯吱"那种脆生生的声音。陆时雨低着头踩了几片，觉得没什么意思，但再一抬头，却发觉自己都快要走到操场附近了。

泛黄的枫叶有几片落在了操场的跑道上。

陆时雨站定，顺着看过去，望见一抹高瘦的身影，是陈寂一个人又在跑道上跑步。

他真的很拼，是真的拿短跑当成人生中很重要的事情。

陈寂穿得单薄，头发被风吹得全都向后，上身只有一件黑色的运动款长袖卫衣，她隔着这么远都可以看到陈寂跑步时呼出来的白色雾气。

陆时雨搓了搓自己的胳膊，替他觉得冷。

但她没搓两下，又把手放下。

人家都拒绝你的 QQ 好友申请了。

可她禁不住又抱着一丝幻想，万一是手滑点错了呢，万一是加他的人太多他根本看都没看就拒绝了呢？

陆时雨心里很复杂，不知道该不该生气，像是堵了块石头一样，要上不上，要下不下。

他拒绝她，但她一见到他，还是忍不住把目光放到他的身上。

他即使拒绝了她，她也还是没出息地放不下。

食堂就在操场小门对面，陆时雨也不想吃早饭了，主要是不知道该怎么面对陈寂。

遥遥望了眼陈寂的背影，陆时雨的目光暗淡下来，最后转身往教学楼走了。

每次月考前级部里都会开一次会，给大家发考场号和考场安排，而且每次都跟体育班训练的时间撞上，因此陆时雨时常会单独再给陈寂说说他没听到的事。

那会儿她还挺庆幸。

这次开会也不例外，陈寂迟到了十分钟。

散会后，陈寂如往常一样去找陆时雨问，但刚凑到她面前，她却递来一张纸："我都写在上面了，你看一下，应该挺清楚的了，如果有不清楚的再问我……"

话头一顿，她又说："问主任。"

"嗯？"

陈寂眉梢扬了下，有点儿愣。

他细细打量陆时雨，但她脸色如常。他刚要再说些什么，陆时雨说："那没什么事的话，我先回教室了。"

说完她就像兔子一样，甚至比兔子跑得还快，脚下生风一样，三两步就头也不回地走出了办公室。

像躲瘟神一样。

留下"陈瘟神"一个人捏着纸，和嘴里没来得及出口的话："我有问题……"

后来，考完试拿扫描过的答题纸、卷子，即使两人打了照面，陆时雨也只是很克制很礼貌地告诉陈寂这个卷子该数多少份、那个答题纸已经分好了等。

多余的没有说一句，说完就立马回教室，分寸感拿捏得正好。

陈寂偶尔会数错东西闹个笑话出来，即使很想笑，但陆时雨一想到他拒绝了她的好友申请，就立马笑不出来了。这件事就好比卡在喉咙里的一根细软鱼刺，鱼刺不硬，用不着大费周章去医院，但吃口馒头喝口醋又咽不下去，要上不上要下不下，横在她喉咙里。

也不知道是因为还在生气，还是因为别的什么。

如果是因为生气，那她太没有资格了，她不是他的好朋友，更不是他的谁，她只是一个年级主任的班长，拒绝谁的好友申请是陈寂的自由，她没资格生气。

陆时雨最近有些不太对劲，陆兆青没发现，各科老师没发现，但孔怡然发现了。

她最近做题做得有些不太正常，甚至连去参加一周一次的模联大会都打不起精神了。

周四，广播里通知，下午让所有模联成员都去活动室集合。今天有个模拟，这还是她们第一次参加模联的大型活动，孔怡然很是兴奋，一上午都在说这事。但对比第一次参加模联大会提前好久来占位置，陆时雨这次却显得过分平静，甚至过去的路上还有些磨磨蹭蹭的。

一想到陈寂也会去，她就有点说不清道不明的情绪。

活动室不大，只能容纳几十个人，教室中间有一张大圆桌，孔怡然这会儿有点神经大条了，进了门就径直拉着陆时雨坐下，她却"噌"地又站起来，指着最角落的位置："去那儿坐。"

孔怡然蒙蒙地被她拉过去坐。

陆时雨这回没往自己旁边的位置上放衣服了，还将凳子往后扯了扯，就差把"这里没有人"贴在板凳上了。

没多久，屋里陆陆续续进来不少人。老师坐在黑板前，大多数人选在了离老师近的位置坐，陆时雨旁边的位置看都没人看。

马上就到开会时间，陈寂还没来，应该是还没下训练，眼见屋子里的空位渐渐被填满，身边还没人坐，陆时雨一直盯着门口看，心里犹豫又踌躇，将凳子又往外扯了扯，又悄悄往里推了推，来回反复几次。

终于，有个高二的学长进来，在门口环视一圈，而后朝陆时雨的方向走过来。

"这里没人吧？"

陆时雨缓缓收回手，却没有觉得心里松了口气，闷闷道："没人。"

活动室没位置了。

陆时雨垂下目光，翻开笔记本准备记东西。

活动室的门却猝不及防被人推开，迟到的人丝毫不见羞愧，只是冲老师轻轻点了点头："不好意思啊，老师，我们刚下训练。"

陈寂头偏转几分，陆时雨连忙低下头，直觉告诉她，他正在看她的方向，她捏紧笔，在笔记本上默写文言文，心脏"扑通扑通"，手劲儿也有些大，写字时手都在抖。

老师说："快找位置坐吧，别站着了。"

陆时雨低着头，看不到陈寂的表情，只听到他语气有些无奈："啧，没位置了，老师。"

"帘子后面还有几张折叠椅，你拿出来擦擦坐吧。"

老师顿了几秒，忽地说："哎，我还找你呢，泽川你怎么坐那么远去了，过来过来，待会儿你还得给他们讲，坐到前面的黑板这儿。"

身边的凳子向后挪，凳子与地板摩擦的声音格外清晰，陆时雨猛地抬头，只见旁边的学长起身，笑得温和："我来的时候也没什么位置了。"

陆时雨攥着笔，僵硬地看着学长起身离开，紧接着，那边挪了挪地方，空出来两个位置，学长搬来两张折叠椅，递给陈寂。

陈寂却没接，手插在兜里舍不得拿出来，但还是十分礼貌地说："谢谢学长，不用了。"

随后，他下巴一点，冲着陆时雨旁边空出来的位置说："我坐那儿。"

陆时雨对上他的视线，浑身一僵，他这是什么意思？

直到陈寂走过来，坐到陆时雨身旁，她心头恍然间纾解。

陈寂坐了过来，她居然有一丝期待，刚才学长坐过来时的闷闷不乐，好像找到理由了。

陆时雨又开始矛盾，真是没出息啊没出息。

他都拒绝自己的好友申请了！

一时间，两个人谁都没有开口，陈寂与陆时雨不过一只小臂的距离，陆时雨却生出一种窒息感，有些手足无措。

陈寂却显得格外放松，靠着椅背，搭在膝盖上的手指还有一下没一下地点着膝盖。

那个叫泽川的学长很优秀，拿过上届模联的最佳个人代表奖，人很是斯文温柔，笑起来时，嘴角还有两个酒窝。孔怡然几乎一眼就着了迷，散了会陆时雨东西还没收拾完，她就屁颠屁颠地跑到前面去问人家学长要QQ了。

没了孔怡然，这会儿只有陆时雨跟陈寂在气氛就显得更加奇怪了。

她没敢转头，生怕陈寂说句什么，但又隐隐期待他说句什么。

她慢腾腾地收拾东西，准备起身了，身侧的凳子忽地又往前拉了拉，伴随着陈寂懒洋洋的一道声音："哎，怎么回事儿？"

陆时雨不用转头，余光就可以看到陈寂正盯着她看。

她不看也得看了："啊？"

"第一，我不姓瘟，姓陈。"

陆时雨："嗯？"

"第二，我不叫神，叫寂。"

陈寂的腿跟无处安放一样，踩着她的凳子腿，只是轻轻一踩，却让陆时雨感觉到了压迫感。他这架势跟审犯人一样，抱臂说："躲我啊？"语气却又莫名带了点儿无辜。

有点反差。

陆时雨噎了噎，没想到他这么直接，也没想到他居然还能这么理直气壮地问出这句话。

怎么，他是失忆了吗？

情绪纷至沓来，陆时雨有点儿生气，不是失忆的话，他怎么能如此无辜地倒打一耙？

思及此，陆时雨没什么好气，淡淡地说："没有啊。"

陈寂只是看着她，半晌，掀了下眼皮："小陆同学，我情商还没那么低。"

很快，大家都转移到隔壁的机房里搜集资料去了，活动室只剩下老师在和三三两两的同学说话，外加一个在泽川旁边叽叽喳喳的孔怡然。

角落处很安静，也压根儿没人注意到他俩，在陈寂说完那句话之后，这里安静得有些不正常。

陆时雨一时间都不知道该怎么接陈寂的话，她捋了捋耳边碎发，微垂着头，眨了眨眼睛。

见她不说话，陈寂踩着她凳腿儿的脚一勾，没使什么力气，就轻易把陆时雨往他的方向挪了挪。

陆时雨重心不稳，身子晃了一下，惊呼着扶了扶桌子，瞪他。

"你看你看你看，"陈寂似乎是抓到把柄，"瞪我啊，还说对我没意见？"

这人怎么这样啊，他到底是来干什么的？明明应该是他做解释，现在反倒成了她不对了，而且，他怎么还威胁人刑讯逼供呢？

"陈寂！明明是你！"她回怼，语调瞬间高了一个度。

陈寂抱臂，好整以暇地看她，听她接着往下说。

"明明是你先勾我凳子的……"

她气势又弱了下去，总觉得如果还是刚才那个音调，又得被人家倒打一耙说"你怎么还吼我呢"。

"我也没想瞪你。"陆时雨轻声嘟囔。

这篇掀过去，陈寂大义凛然地原谅了她，说："那行吧，暂且算你这回没想瞪我。"

陆时雨噎了噎。

"你还知道我叫陈寂啊，我以为你不知道了呢。"他嘴角忽而弯了下，笑得漫不经心，挑挑眉，又回到前面的问题，直白又直接地问，"那你为什么躲我？"

陆时雨知道逃避没用，索性也不再躲了，光明正大地与他对视。

他这个人，性子直爽又直接，向来有事说事，直截了当，从不藏着掖着，也不屑于藏着掖着，光明磊落地摆到台面上来才是他一贯的作风。这是优点，但也是缺点，有些太直接了，拒绝人的时候，丝毫不给面子，现在来"兴师问罪"的时候也是，打直球路线，不给人思考反应的机会。

他一直压着陆时雨的凳子，似乎今天必须从她嘴里听出一个所以然一样，不然不会善罢甘休。

陆时雨捏着手里的笔记本，抠了许久，封皮上好像都被她抠掉一块。

许久，她在心里轻轻叹了口气，能怎么办？说呗。

陈寂眼眸漆黑，眼神很淡然，神情算得上坦荡，窗外落日西斜余晖照进来，映照在他脸上，陆时雨看到陈寂眼里泛着些细碎的光。

他是不是不知道他拒绝了她的好友申请？这个想法又突然冒出来，且肆意生长。

陆时雨心跳渐起，勇气跌跌撞撞地涌向四肢百骸，她攥紧手心："也没有，就是……是我自己的原因。"

她斟酌着该怎么说，又有些犹豫要不要把事情说出来，"我加了你的QQ，可是你拒绝了，所以我才难过的"这种话，她真的说不出口。

"最近不是要月考了嘛，我怕排名掉下去，每天都特别焦虑。"陆时雨抬眸，清了清嗓，掩饰自己那点儿因撒谎的不自在，"现在我的书桌上还有几十套卷子在向我招手，写完了他们还会给我找新的，不知道要写到什么时候去，真的没什么空余时间了，哪还有空想别的，光顾着做卷子了……"

这倒是真话，她是真焦虑，万一被人超过了，那家里指不定有什么等着她。

"而且，我妈还把我手机停机了。"她偷偷看陈寂，滴水不漏地换了话题，"连网都上不了，想在QQ上找孔怡然问个题都不能。"

为求真实，她还轻轻蹙着眉，一脸愁相："唉，好烦，我连我们班同学的好友申请都没加全，手机就没了。大家要是问起来，这多尴尬啊……"

说完这些，陆时雨舒了口气。

她都想给自己颁个奥斯卡奖了，反正对未来还没什么规划，要不高三毕业直接考电影学院吧。

同时，她悄悄打量陈寂，也不知道他能不能听出这番话里的意思来。

陈寂看她都快哭出来的模样，完完全全地信了。这下换成他不知道该说什么好了。

是该同情她呢？还是该安慰她两句呢？

"啧，身在福中不知福啊你。"陈寂摇摇头，"没手机多好，多清静。"

学习上的事儿他无话可说，不知道该劝什么好。陈寂选择卖惨："点两个你至少手指头不抽筋，我上周点了好久，大拇指都快抽筋了，腱鞘炎差点又犯。"

陆时雨沉默了下，他在这儿炫耀什么？不过总归是把话题引到她想问的问题上了。

"啊？那你为什么点了这么久啊？"

"没办法啊，我太火了。"陈寂懒洋洋地说，"两百多个陌生人的好友申请，我总不能白让人家等着吧，不得一个一个回复一下？"

两百多个？陆时雨惊了一瞬，但一看他这嘚瑟的样子，真的很想给他两拳。

陈寂看出她心里正骂他呢，便朝她抬了抬手："哎，可别造我的谣，我不是'渣男'。"

"哇，日理百机，"她干笑，改成赞扬，"你还挺有礼貌的啊。"

陈寂赔笑，也不害臊："过奖过奖。"

"当天晚上点得我头晕眼花，后来连人名都不看了，谁是谁都不知道，"陈寂看她，"你想体验一把吗？"他说着就往兜里掏，裤子口袋里像是装着手机。

"那还是算了……"陆时雨心里的重石彻底碎成了粉末，随风飘飘摇摇到天涯海角，她连忙摆手，同时下意识地按住他的胳膊。

一时间，两个人都愣住了。

"这里有监控，学校不让学生带手机。"陆时雨撤回手，耳尖发热，"你……你小心我记你违纪。"

陈寂哂笑，瞥了她一眼："陆长官，我是遵纪守法的好学生。"

他说着，从兜里掏出一个东西，是一个笔记本，他做会议记录常用的。

"你说吧，"陈寂翻开崭新一页，转着笔，抬眸，"QQ多少，咱俩加个好友。"

陆时雨只感觉心跳漏了一拍，还未作声，紧跟着，又听见他说："表白墙上有人挂了我的联系方式，还是有偿的。有这商业头脑，怎么不去当阿里巴巴总裁？"

"所以我的QQ还挺值钱呢。"陈寂还挺骄傲，模样也挺大度，带着不正经又散漫的笑，"一般人加，都是要收费的，你知道吧，但咱俩谁跟谁啊，我就不收你钱了。"

陆时雨无语。

两周后陆时雨再回家，干的第一件事就是先从抽屉里翻那部老人机交上话费，又充了足够的流量，随后忐忑地点开QQ。手机按键"咯噔咯噔"的声音连续不断，像发电报一样，但不知道是上次返校的时候扔的力气太大还是什么原因,手机按键有些不太灵敏了,时不时会点进别的选项里去。

第一条好友添加通知就是陈寂,她盯着这条申请看了好久,而后点了同意。手机跳转到两人的对话框,手机屏幕突然暗了下去,还没手掌心大的一块屏幕,却映出她挂着笑意的脸。

这时,房门把手忽地被人拧了下。

陆时雨一慌,连忙把手背到身后,手还不自觉地按了下手机,立马低头去看桌上的书。

秦安兰最近挺高兴的,主要是陆时雨这两回考试成绩都很不错。

她靠在门口,笑着问:"濛濛,马上到你生日了,是我们去你姑姑家接你,咱们在家里过,还是爸妈跟你出去吃顿饭?"

陆时雨一看日历,现在才十五号而已,离她生日还有一周呢。她没什么想法,便说:"我都可以啊。"

她无所谓,这事还得看秦安兰和陆兆元,他俩工作都忙,电话一打过来就得赶回去,最后吃饭的人总会由三个人变成两个人,甚至剩下她一个人的那种情况也有。

思及此,陆时雨试探性地问:"妈,我可不可以跟我同学一起出去过啊?上回笑笑就是大家陪她一起过的,感觉还不错,而且那天我们也不放假,干脆就在学校附近好了。"

秦安兰心里闪过一百个不放心,进到她屋子里,坐在床上。

陆时雨的心跳得要飞起来了,猛然想起来手机还没调成静音,她侧身靠在转椅椅背上挡着,另一只手悄悄绕到身后凭记忆找出静音键按了下,甚至身子还向后压了压。

"别担心我们,都是高中生了。"她劝道。

秦安兰怕他们一群孩子出去吃不健康的东西,怕他们去不该去的地方,脸上担忧尽显,但一看陆时雨期待的模样,话头一松:"也行,跟朋友们出去注意安全,别吃不健康的东西,钱不够就跟我们说。"

见她在学习,秦安兰没过多打扰,临走前反复叮嘱她:"那天得吃饺子啊,我们不给你包了,你就自己在外面买着吃。哎,要是你们自己会包就好了,自己做的多放心啊。"

陆时雨点点头:"好。"

"记着别吃羊肉的。还有,找家干净的店吃啊。我记得之前你们学校附近有家饺子馆……"秦安兰想了想,"叫什么来着?"

"哦,对了!陈记饺子馆。对,就是这个陈记,挂着羊头卖狗肉!太没良心!"她强烈谴责。

陆时雨附和,使劲地点头:"确实确实!"

2014年那会儿,榆阳食品安全还是个问题,羊肉成本太高,有些餐厅挂着羊头卖狗肉,说是羊肉饺子,实际掺的是羊肉香精,要不就用不新鲜的肉。秦安兰医院接到好几起食物中毒的病例,而且这几起病例都关顾了一中附近那家叫陈记饺子馆的店。

房门被关上,陆时雨舒了口气,感觉自己都被吓出一身冷汗,结果她从背后拿出手机一看,冷汗更是一茬一茬地往外冒。

手机按键有些失灵了!她怎么发了语音给陈寂!还是两条!第二条足足有二十多秒!

陆时雨慌慌张张地打开第一条语音,但还没听,陈寂的消息就紧跟着发过来。

CCCCC:我挂人头,不卖肉。

CCCCC:陈寂没良心?你怎么又造我的谣?

陆时雨内心哭唧唧,要不你还是把我删了吧。

幸亏现在两人没有面对面交流,不然陆时雨真的会尴尬得脚趾抠地。

她颤颤巍巍地打开第一条听了听,一句模糊的、低低的"马上到你生日了……"传出来,还算正常。

结果第二条,因为她背过手调音量,但忘了手机按键有些失灵了,实际她按到的不是静音键,而是语音键,那句"就是这个陈记,挂着羊头卖狗肉!太没良心"格外清晰。

陆时雨"噼里啪啦"按键,也不知道先回他哪个,只好先否认三连:我不是!我没有!那不是我说的!

CCCCC:哦。

好冷漠哦。

CCCCC：也不知道那句"确实确实"是哪只小狗说的，当我傻听不出来？

他怎么还骂人呢？

陆时雨：真的，那是我妈说的，我妈在说咱们学校附近那家陈寂饺子馆！我就纯属附和一下，而且手机误触了，老人机不太好用，我也不知道会给你发过去！

她打字太着急，"陈记饺子馆"都打错了，于是又纠正：不是！我太着急了，是陈记饺子馆挂羊头卖狗肉……

正当她急得上蹿下跳，怕陈寂再误会什么的时候，他发来。

CCCCC：行，等毕了业吧。

陆时雨：啊？

CCCCC：我就在他对面开个陈寂饺子馆，让他再败坏我老陈家的名声试试！

陆时雨失笑，他这脑回路还真跳脱。

陆时雨：行！我举双手支持！

隔了半天，陈寂又回了一条语音，他似乎在忙，有窸窸窣窣的声响，紧跟着陆时雨似乎听到了《灌篮高手》的声音，很低很浅。

他说："光说不做假把式，你不准备参个股啊？"

陆时雨知道他在开玩笑。好像陈寂参加比赛，是有奖金的，虽然不多，但多次累积着，存着存着，也许毕业后真能有开店的资金呢。

陆时雨想了想，反正这会儿也没事干，她也开玩笑地回：那我参个服务股，给你端几个月盘子？

陈寂又发来一条语音，这回声音也挺清晰，话音含笑："那凭咱俩的交情，我不可能让你只当一个服务生。"

陆时雨：[撒花期待.jpg]

陈寂懒懒的语调像是穿越流动的空气传至她耳畔："我怎么也得给你一个服务生小组长当当吧，到时候他们无论多大年纪，见着你全都得鞠躬点头哈腰喊姐，多有面儿啊，你说是吧。"

那不还是服务生吗？狗嘴里吐不出象牙来，陆时雨心道：我真的谢谢你啊。

陈寂那张嘴很能叭叭，十句里面至少九句不着四六，常常让人想揍他一顿。

但陆时雨脾气好。

他俩加上QQ那晚还聊了挺长时间，过后再翻翻聊天记录，陆时雨觉得这些话很没营养，跟小学生斗嘴一样，多半是陈寂插科打诨，她就当他在放屁，也不觉得有多么生气，就是觉得很好笑。

不过，这好像才是真的陈寂，她似乎离那个最真实的陈寂越来越近了。

那晚她都是抱着手机睡着的。

陆时雨的生日很好记，每年12月22日，冬至日。

榆阳靠北，冬至向来是吃饺子。小时候陆时雨不爱吃饺子，秦安兰还说"冬至不端饺子碗，冻掉耳朵没人管"，吓得陆时雨每年都老老实实地吃饺子。

后来她大了，知道这些俗话都是假的，但是习惯保留了下来。

转眼快到冬至，孔怡然比自己过生日还兴奋，问陆时雨要怎么过。陆时雨说了要跟大家一起，但有些犹豫要不要叫陈寂一起来。

那两条语音，第一条说了她快生日了，但没说是什么时间，陈寂后面也没提这个事，好像不在意。

一中周围都是一些小吃店，店面不是很大。她俩快把这条街的小吃尝了个遍，也没找到适合过生日的地方。

陆时雨想了想："就买个蛋糕在那家串串香吃饭？"

孔怡然："那怎么行，本来你就是在学校过的，已经很没意思了，不再找个好玩的地儿热闹热闹？"

说到热闹，孔怡然问她："你都准备叫谁啊？"

陆时雨："就咱们班的一些……同学吧。"

孔怡然不怀好意地笑笑："你确定吗？不叫陈……"

还没说完，李杰进了教室："好了好了，安静一下，咱们说个事。"

陆时雨立马坐正身子，孔怡然也不说话了，只见李杰笑眯眯地说："明天就冬至了吧。"

大家纷纷点头应和，看他这表情，以为有什么好事："对啊对啊！明天是不是要放假啊，老师！"

李杰推了推眼镜，"嘿嘿"一笑，背着手说："想得美，少睡会儿觉吧，孩子们。"

李杰又道："但是，考虑到咱们有好多同学住宿，而且明天还是活动课，所以，学校准备让大家冬至一块儿活动活动。

"明天活动课，食堂给大家准备了食材，可以自己过去包饺子吃！只有高一才有的待遇，他们高二高三都没这待遇，大家都去参加参加，算个实践分，不会包的正好借这个机会学学。"

还挺人性化啊，陆时雨念头一转，回身跟孔怡然说："要不，咱们一起在食堂过吧，一起包饺子！"

"有意思倒是有意思，"孔怡然皱着脸，"可是真的吗？你会包饺子啊？"

虽然不会，但是可以学啊，而且这个活动大家都参加，天赐良机啊。陆时雨心道。

虽然挤占了活动课的时间，但二十七班的同学们还是很开心的，也挺新奇的。

秦安兰昨晚提前打了电话，说会给陆时雨送来一个蛋糕。

陆时雨上活动课之前先和孔怡然去校门口拿了蛋糕，到食堂时人已经不少了。

食堂工作人员在每个桌子上都给大家准备了面团和饺子馅，还把各班的位置划分好了，二十七班和三十六班，一个在最左边，一个在最右边，一个靠里一个靠外。

人头攒动，食堂里人声鼎沸，看不到三十六班是什么情况。

不多时，跟她们一桌的几个女孩子也赶过来了。孔怡然虽然不会包饺子，但人菜瘾大，已经上手开始揉面团了。陆时雨也没再看三十六班，兴致勃勃地加入包饺子大军。

小时候只有在过年的时候，陆家才会一起包饺子，陆兆元和面，秦安兰负责调肉馅，陆时雨负责擀饺子皮，几人一起包。

那会儿陆时雨还小，手不会捏，包出的饺子歪歪扭扭，丑得不行。秦安兰还常常笑她，说以后长大了嫁人，包的饺子这么丑可怎么行。陆兆元就会出言反驳秦安兰，说他女儿不会包就不会包，又不是过去伺候人的。

秦安兰瞥他，说："就你会惯她，那以后万一她自己住呢，不会做饭天天下馆子啊？"

再后来，她就开始跟陆兆元拌嘴了，每次都是陆兆元甘拜下风，其实都是让着她，不愿计较。

可每次陆兆元都说："没事儿啊闺女，不会包饺子没事儿，带女婿来家里吃，爸给你们包。"

都嫁出去了，想吃饺子还得回娘家，这叫什么事儿啊，于是陆时雨那会儿就有了个小要求，以后找个做饭比她好的当老公，至少得会包饺子，不然浪费了她擀得这么好的饺子皮。

一张桌子六个人，总有会包的，陆时雨那个"卷王"同桌盛昕至心灵手巧，包的饺子非常好看，陆时雨便跟她学了学，但还是有些不尽如人意。

包得差不多，盛昕至端着盘子拿给食堂阿姨去煮，临走前说等饺子熟了就切蛋糕。

孔怡然不老实，包到半途就不知道跑到哪桌玩去了。盛昕至走后一会儿，她回来了，脸上还一脸惊讶，凑到陆时雨身边，悄悄地说："你猜我看见什么了！"

陆时雨正钻研手里的饺子该怎么捏得像盛昕至包的一样好看，不甚在意地回了句："什么啊？"

孔怡然像见了鬼一样："原来还有男生这么会包饺子啊！"

陆时雨莫名其妙地看了她一眼。

刚要再说什么，盛昕至端着大盘子过来了："好了好了！咱们准备切蛋糕吧，时雨！"

孔怡然止了话头，找食堂叔叔借了打火机，插了蜡烛准备点火，手却忽地顿住了。

陆时雨顿了一秒，顺着她的目光偏头，却看见王竞之朝这边走来，他身后还跟着端了一盘饺子的陈寂。

她发愣的时候，王竞之和陈寂已经站到她们桌子旁边了。

陈寂将手里的盘子放到桌上，里面盛了不少圆鼓鼓的饺子，样子很好看。

"我们没来晚吧。"陈寂单手插着兜，看了眼还没点火的蜡烛，"还好赶上了。"

"生日快乐啊，陆时雨！"王竞之坐下，"你怎么也不跟我们说一声，不够意思了啊。"

"啊，谢谢你们……"陆时雨捏着手里的筷子，显然还没从惊讶之中回过神来。所以，他俩是穿越了整个食堂，特意来给她说生日快乐了？

不仅陆时雨惊了，这张桌子的其他五个人也惊了，特别是孔怡然，盯着陈寂端来的饺子，又盯着陆时雨来回看，嘴张得快要塞下去一整盘饺子。

陆时雨抿抿唇，指了指陈寂放到桌上的盘子，说："这个是？"

"来得匆忙，"陈寂说，"训练也紧了，没来得及准备礼物。"

盘子被他往陆时雨面前推了推，他痞痞地笑了下："陈寂饺子馆第一单生意，不收你钱，特供。"

话头一转，他格外认真地说："给你当生日礼物啊。"

原本王竞之不知道陆时雨生日这事儿，对一起包饺子也没什么兴趣，但大家都来，今天又是冬至，晚上食堂只有饺子吃，他也就跟着一起了。

不过他本人，既不会包饺子，也不会擀饺子皮，体育班这一桌都是些糙老爷们儿，就没有一个会的。陈寂被教练留下了，还没过来。

王竞之又转念一想，等陈寂干吗？他也不像是会包饺子的人。

没办法，王竞之刚要求助班里的女同学，结果陈寂就过来了。

陈寂在旁边洗了洗手，拿纸巾擦干手上的水，见他们这一桌没人动，于是"哇"了声："不是吧兄弟们，还没动手呢？待会儿没吃的了啊。"

见他这么说，王竞之一想有戏呀，便狐疑道："你会？"

陈寂坐下，将袖子挽起来，撇嘴笑了下："会？我简直不要太会了好吗！"

于是接下来他行云流水一顿操作，还顺带着教了教他们这帮菜鸟，把桌上的人都看呆了。王竞之给他鼓掌，从来都不知道他有这个技能："你跟谁学的？"

王竞之捏起一个饺子看："你这跟我爸妈包得一样！"

陈寂瞥了他一眼，不怀好意地浅笑："那叫声爸听听。"

王竞之："滚！给点阳光你就灿烂。"

有其他人的帮忙，速度就快了些。

饺子煮好端上来，陈寂没吃，慢条斯理地一个一个地往自己的盘子里夹，甚至还在摆盘，摆得还十分好看。

旁边狼吞虎咽的王竞之含混不清地道："你干吗呢？还准备拍个照留纪念啊？"

陈寂拿走王竞之的筷子，拍了拍他肩膀，起身："给人说句生日快乐去。"

王竞之抹了抹嘴："谁啊？"

"陆时雨。"

王竞之一顿，意味不明地看了眼陈寂，略带了些鄙夷："你自己去得了呗，还非得带上我？"

陈寂说："你那篇总结是抄我的吧？"

"对啊！"王竞之有些不明所以，"怎么了？"

"我的那篇是人家陆时雨帮我写的，"陈寂偏头看他，"你不该说句谢谢？"

这都猴年马月的事儿了啊，都能扯出来？他要是想给人家说生日快乐自己去就得了呗，还非得拉个电灯泡？他倒挺会使唤人。

不过，问题的关键是，陈寂居然找一个女生帮忙写总结？而且这个女生，还是陆时雨？

王竞之："你怎么回事儿啊？你怎么找人家帮你写啊？你们老早就那么熟了？

"你是不是对人家有意思啊？不然你怎么知道人家生日啊？你端盘饺子给人家当生日礼物，全天下没第二个人跟你一样了吧？真够奇葩的，陈寂，你是不是喜……"

陈寂回身，虽然个子比不上王竞之，但气场很足。

他简直要被王竞之这个直男思维和傻劲儿给气死了，说句生日快乐很简单，但大庭广众之下他自己一个人过去给她过生日算怎么回事。他气笑了："礼尚往来都不懂？你话怎么这么多？"

王竞之噎住。

陈寂和王竞之很打眼儿，他们往这边一站，不少同学纷纷看过来。

陈寂一说是生日礼物，孔怡然没忍住，低头挡着脸笑了一下。桌上其他人也一样，显然是被这份生日礼物给惊到了。

原计划应该闭嘴的王竞之添油加醋："哎，别嫌弃别嫌弃，这可是陈寂亲手包的，而且都是他自己摆的盘……"

陈寂往后靠了靠，默不作声地盯着王竞之，王竞之忽地感觉后脖颈一阵凉意，于是闭嘴了，冲着陆时雨点头微笑。

陈寂手指尖在膝盖上敲了两下，说："送礼物呢，不得正式一点？"

陆时雨低头看了看饺子，确实能看出来是仔仔细细摆过的，不得不说，这是她见过的上桌最整齐的饺子了。

她心虚地瞥了眼自己盘子里那几个歪歪扭扭的饺子，对比一下陈寂包的，简直是相形见绌。

以前她还曾说要找个会包饺子的人当男朋友，当然，即使到现在，她也是这么想的。她眼热了一下，心也跟着热了一下。

孔怡然"啧啧"感叹，看了眼陆时雨，与她咬耳朵："拿饺子当生日礼物，绝对够让人难忘。完啦，濛濛，你惨啦，这么独特呀，你一辈子都忘不啦。"

陆时雨瞪了她一眼，才对陈寂说："谢谢，饺子包得好好看。"

旁边盛昕至终于回过神了，推了推鼻梁上的眼镜："快没时间了，那我们……点蜡烛？"

孔怡然捏着打火机："哦，来吧来吧！"

她给陆时雨戴上生日帽，但帽子尺寸有些不太合适，她忙着点蜡烛，便说："你自己调一下尺寸。"

任务完成了，陈寂也没有再待下去的必要了，而且周围越来越多的同学在往他们这边看，神色奇怪，窃窃私语。

"这打火机不行，火太小了。"孔怡然站起来，凑到蛋糕前，"而且咱们靠窗户，有风啊，老点不着。"

桌上其他几个女生纷纷站起来，围到蛋糕前："我们给你挡着点儿。"

蜡烛点完前，陈寂起身走到陆时雨身前，说："今晚多吃点儿，那我俩就先回去了，还得早点把校服换回来，不然等会儿时间不够。"

"啊，行，那你们快去吧。"

陆时雨正抬手调整生日帽，陈寂忽而在她身边站定，把走在他前面一步的王竞之往左边扯了下，王竞之的身子猝不及防地往左歪了歪，一米九的个子把他和陆时雨挡得严严实实的。

然后陈寂伸手，给陆时雨把生日帽调整好，又重新给她端端正正地戴上，低声说："生日快乐啊。"随后若无其事地插着兜走在前头。

王竞之跟上去，也不说话，就是一个劲儿盯着陈寂笑。

笑得陈寂浑身起鸡皮疙瘩："你怎么回事儿？"

王竞之笑得更欢了，满面春风地说："陈寂，我又发现了你的一个优点了。"

陈寂直觉他没憋什么好话，于是说："谢谢，我不想听。"

王竞之偏不："我发现，你这人还真是有点东西，哄人一套又一套的啊。"

陈寂无语。

十二月的月考提前了，陆时雨做题做得异常顺利，不出意外地又拿下了二十七班的第一名，而且年级排名也一直维持在前五。

这回二十七班整体成绩不错，尤其是英语，在年级里排名第一，单科最高分也在本班。英语老师一高兴，为了犒劳大家这段时间的努力，说周六周日晚自习不上课了，带大家在班里看电影。当然，如果有想学习的同学，可以自己去找个空教室学习。

周六周日，刚好是平安夜和圣诞节，大多数同学全当凑个热闹，私下给自己放松放松。

班上同学老早就在讨论这个节日了，学校外头的礼品店里摆满了圣诞节的礼物。

晚自习上课前，孔怡然拉着陆时雨往礼品店跑了一趟，说要看看买点儿新奇的东西。

店里头人还挺多，分两个区，一个是买给女生的礼物区，另一个则是买给男生的礼物区。

孔怡然一进门就立刻被这些花花绿绿的小玩意吸引了。陆时雨一个人在店里转了转,给孔怡然挑了个东西,打算去结账,在路过男生礼品区时,被一个手办吸引了注意力。

是《灌篮高手》三井寿的手办。

英语老师找了《小鬼当家》系列的前两部给大家看。

平安夜当天,班里好多同学互相送苹果,陆时雨的桌子上都摆了好多朋友送的苹果。

孔怡然跟陆时雨去买晚上看电影吃的零食,其实这部电影她们初中的时候就已经看过了,但既然这是老师给他们班的奖励,她俩决定好好珍惜。

"哎,收银台前面还有平安果呢!那盒子真好看。"

孔怡然刚要去拿,陆时雨制止她:"你还嫌不够吃啊?"

"也是啊,架子上还有一包山楂糕,快去拿,我跟你说那个特好吃。"孔怡然说着就往那个货架走。

东西拎在手里还挺沉的,孔怡然边走边说:"今天晚上我不会就把这一大兜的零食吃光了吧,主要是这电影咱都看过了,感觉有点无聊,讲什么我都能复述出来,要是看个别的就好了。"

陆时雨觉得无所谓,反正不上课,干什么都行。

"那你出去学习?"

"我又不是傻子,"孔怡然摇摇头,"当然选看电影啊。哎,但是明天市中心那块有活动哎,本地新闻都出了,听说会放烟花,咱们操场上能看到!"

"又不是过年,"陆时雨说,"而且这周末好像有雪。"

孔怡然:"有雪也能放啊!下雪跟烟花简直不要太配了!哎,濛濛,如果不下雪的话,咱们就去操场看看?"

她拉着陆时雨走到货架前,手刚伸出来,旁边有只修长的手率先拿走了那包山楂糕,再一扭头,居然是陈寂。

陈寂瞬间松了手,看了眼她俩手里的零食:"你俩买这么多啊。"然后从旁边拿了包糖,转身去结账了。

孔怡然拿走山楂糕,陆时雨回身跟上去:"我们班晚自习看电影,今晚不是平安夜嘛。"

陈寂看了眼收银台的电子表，上面显示今天是12月24日，是平安夜了啊。他今儿白天一天没去上课，跟着卫琪去了隔壁学校一趟，到晚自习才回来。

"这么幸福啊！"他又从收银台的货架上拿了几个平安果递给收银员，"看什么电影？"

陆时雨想了想，也跟着拿了一个平安果，然后结账："《小鬼当家》。"

"那看这个还挺适合。"陈寂点头，往袋子里装东西，"这电影还挺好看的。"

陆时雨："确实，但我俩都看过了。"

王竞之在门口等着陈寂。

四人并肩往教室走，孔怡然叽叽喳喳的，说明天市中心放烟花的事，吵着想出来看："对啊，看都看过了，反正老师说可以出去学习，那咱就出去呗。"

陆时雨有点无语，但其实她也挺想看的："你是出去看烟花，不是学习。"

"明天不是有雪吗？"王竞之接话，"还能放烟花？"

孔怡然跳着脚说："有雪怎么了！有雪才好玩，是初雪哎！初雪！去嘛去嘛，陪我去看看！"

其实她这话是对陆时雨说的，王竞之却以为是对自己说的，顺嘴接了话："聒噪，去去去！你别念叨了。"

孔怡然瞥了他一眼，刚想说"谁跟你说话了"，但眼珠一转，眼巴巴地看着陆时雨。

陆时雨："好吧，好吧。"

于是三个人又不约而同地看向没说话的陈寂。

好半响，他好像才发现该自己发表意见了，往左一偏头，刚好看到陆时雨清澈的目光："行啊，我没意见。"

王竞之腹诽：也不知道是谁刚才来小卖部的路上还说看烟花幼稚的！

到楼梯口，孔怡然是英语课代表，着急去找老师要U盘在讲台上投影，但走得太着急，袋子断了，里面的东西掉了一地。

她忙蹲下身去捡，王竞之嘴上说着这么麻烦，但还是老老实实地在孔怡然瞥来的眼神之下帮忙。

陆时雨扭头看蹲在地上的他俩斗嘴，轻轻弯起嘴角，头摆正时，面前蓦地出现一个粉红色盒子包装的平安果。

是陈寂递来的。

陈寂："今儿不是平安夜？"

陆时雨愣了愣，攥紧手里的塑料袋，这里面也有一个平安果。她佯作淡定地笑了下："你还信这个啊？"

"你不也挺信的？"他视线往陆时雨提着的塑料袋看了看。

陆时雨心里一紧，接过他的平安果，犹豫着要不要把袋子里的平安果给他。结果这时，孔怡然把东西捡好了，着急去办公室，她把东西往陆时雨怀里一放："时雨，先帮我带回去！"

这下也给不了了，陆时雨抱着两大袋子零食，言语间有些不易察觉的遗憾："那我先回去了。"

陈寂点头。

她刚走，王竞之一脸"你居然送她平安果了，你刚才还说这个幼稚的，你这个狗东西"的表情，朝陈寂走过来。

陈寂十分淡定地从袋子里掏出另一个平安果扔到王竞之怀里，又拍了拍他肩膀："之之，千万别吃醋啊。

"我是你爸，千变万化。"

然后他转身朝三十六班走，边走还边嘚瑟地唱："我是你爸爸真伟大，养你这么大。"

2014年那会儿大家没什么娱乐活动，学校也不让带电子设备进校，大家就靠这些节日热闹热闹了，尤其是平安夜和圣诞节，平安夜送平安果，圣诞节送圣诞礼物，在高中还非常流行。

陆时雨平安夜收到的平安果，如果按照一日三餐各吃一个的话，那她可以连吃一个星期。

这些多半是班里的女孩子送的，有几个是男班委送的，还有一个，没有姓名，只听同学说，是一个外班男孩子特意拜托人放到她桌上的。

作为班长，陆时雨平常说话办事态度好，性格也温柔，主要是好说话，没架子，所以在班里人缘还不错，大家都挺喜欢她。

除了班上同学，比较熟悉的就是各班班长了，其他的一概不熟，所以这个没署名的苹果是哪个男同学送来的，她一时半会儿还真猜不准。

陆时雨没再往下想，把这些平安果的包装盒拆掉，将苹果放到了袋子里。陈寂送她的那个，她还没拆，在小卖部买来想送陈寂的那个，也没拆，一起放到了书包里。

盛昕至从小卖部回来，看到陆时雨桌下红彤彤的苹果，随后摇了摇头："你可是没见到，太可怕了。"

陆时雨："怎么了？"

"有个女生把平安果包圆了，"盛昕至一脸不可思议，"那么多呢，全都买了。"

"可能是给他们班里的同学买吧，有好多班委都在班里发平安果。"

"不是！她还从外头礼品店买了不少东西呢，她旁边不少小姐妹给她拿着东西，那架势太夸张了。"盛昕至说，"我听那女生说，是要送给陈寂的。真可怕啊！"

陆时雨想起现在正躺在她书桌抽屉里那个三井寿手办。

"哎，我跟她前后脚上来。幸亏她送苹果的时候没遇上老师，不然要是老师问起来，"盛昕至低声喃喃，"这不就被当场抓住了？前两天咱主任不是还说了杜绝早恋的事啊。唉，还是老老实实学习吧……"

孔怡然要来U盘，打开了电脑准备放电影，教室前排的灯已经被关上，气氛很到位。

陆时雨收回视线，轻轻叹了口气，又把没送出去的苹果拿在手上，低头，看向抽屉里的包装盒。

陈寂都送她平安果了，礼尚往来懂不懂。

况且这有什么可紧张犹豫的，就是一伸手一句话的事。

但等她冷静下来，脑子里毫无预兆地出现了陆兆青那张脸，紧接着又出现了秦安兰那张脸，然后又想到了给陈寂送礼物的那些人。

她莫名觉得，其实陈寂应该也不缺这一个平安果，他桌子上的平安果和礼物堆成小山，不差她这一个。

陆时雨揉了揉头发，紧紧抿了抿嘴角，把手办和平安果一同塞回到抽屉里。

自从进入十二月，榆阳就没多少天晴的时候，天总是阴沉着，寒风刺骨地吹，但圣诞节当天却是个大晴天，虽然风仍是凉的，可有太阳的地方却很温暖。

到了傍晚，落日西斜挂在天边一角，天色突然变成了淡紫，像是一幅很美的油画。

教室里在播放电影，陆时雨和孔怡然借口说看过电影了想出来学习，便随手拿了两本书，穿着厚厚的羽绒服坐在操场看台上，孔怡然还带了昨晚没吃完的零食。

她抬头看了眼天："今儿不会不下雪了吧？这种日子不下雪挺没劲的。"

"他们会不会来啊？"陆时雨把手揣在兜里，"操场上都没人，好像就咱俩来了，万一他们不来，那多尴尬啊。"

而且陈寂昨天说来的时候似乎很勉强，他好像并不热衷于看烟花看初雪这些不切实际又幼稚的事。

孔怡然往嘴里塞了块糖："放心吧，王竞之昨晚回家的时候还问了我今天几点见面，说他俩准时到。"

陆时雨点了点头："啊，那就行，我还怕陈寂不想来呢。"

孔怡然没听清她说了什么，"嗯"了下："你说什么？"

"我说，咱俩坐这儿太显眼了，万一有老师过来看见多不好啊。"她起身，"到下面找个暗点儿的地方等他们吧。"

孔怡然疑惑地看了她一眼："你刚才说的好像没这么长一串？"

陆时雨："吃你的糖吧你。"

她翻开孔怡然的袋子，准备拿两块糖出来，却看到几个苹果："你怎么还带苹果出来了？"

孔怡然："顺手放的。"

说到这儿，孔怡然忽地想起陆时雨那个不知谁送的平安果，这一天光想着烟花的事她都忘了八卦："那个苹果，你知道是谁送的了吗？"

陆时雨摇摇头："不知道啊。"

"哇，都什么年代了，还搞偷偷送礼物这一套。不会是欣赏你的人吧……"

陆时雨心里一紧，"暗恋"这个词儿在她脑海里反复循环。她打着马虎眼儿:"什么啊!怎么可能!没准儿是有人买多了随手送的。"

"骗鬼呢。"孔怡然才不信,"我猜啊,绝对是有人暗恋你很久了,借着平安夜送一个苹果过来,连名字都不敢写,胆小鬼。"

几乎句句踩在陆时雨的心尖上,她不敢送平安果,不敢送手办,她是一个彻头彻尾的胆小鬼。

她一时不知道该怎么回话。

"这男生真尿啊!胆小鬼!"孔怡然吐槽。

刚说完这话,身后有人出声:"说谁胆子小,说谁尿呢?"

陆时雨吓了一跳,回身,看见陈寂和王竞之过来,两人一人手里还拿了两瓶饮料。

孔怡然说:"当然是在说那个男生给时雨送苹果但没写名……"

陆时雨猛地捂住孔怡然的嘴,偷偷看了眼陈寂。发现他好像没听见一样,陆时雨心脏忽地"扑通"一下往下坠,他果然没反应啊。

陆时雨略带警告地瞪了眼孔怡然,松开她:"别听她瞎说。"

王竞之把手里的饮料塞到孔怡然手里,孔怡然看了眼,说:"谁大晚上喝咖啡啊!"

"又没让你喝,"王竞之看傻子一样看了眼孔怡然,"爱要不要。"

他俩一见面就掐,也不知道是不是天生不对付。

陈寂也把手里的热咖啡递给陆时雨:"看烟花就看烟花,别到时候把自己看进医务室,我身娇肉贵的,可不能进医务室。"

瓶子是热的,在寒冷冬日里从手心向全身传递着源源不断的热意,陆时雨将它焐在手心里:"谢谢。"

她看了眼陈寂的打扮,大冬天的,他穿一件长款的黑色羽绒服,敞着衣服,里面只套了一件圆领卫衣,露着脖子。

风轻轻一吹,陆时雨都打哆嗦。

她别有深意地看了眼陈寂敞着的衣服,有句话没经思考便脱口而出:"你到底是身娇肉贵还是死猪不怕开水烫啊?"

陈寂垂眸看了眼自己的衣服,又抬眼似笑非笑地看着她。

陆时雨尴尬得想咬掉舌头，懊恼道："不是不是，我的意思是你不冷吗？"

"没事，"陈寂笑笑，"我死猪不怕开水烫。"

陆时雨干干地笑了下。

"怎么还不开始啊？"王竞之跟孔怡然吵完架，现在冷静下来感受到了冷，他跺了跺脚，"是七点半开始吗？"

孔怡然看了眼表："还有一分钟呢。"

他们四个人并排站着。

孔怡然在倒数，数到十的时候，烟花忽地放了，满天都是绚烂的色彩，整个天空几乎都被照亮。

陆时雨不自觉地出声："哇，好好看啊！"

就在这时，她觉得鼻尖上好像有一丝丝凉意。

"下雪了！哇，居然下雪了！"孔怡然在一边兴奋地说。

陆时雨伸出手，有几片雪花飘落在手上，且越来越大。

"快许愿，快许愿，"孔怡然说，"不是说初雪许愿会实现吗！而且今天还是圣诞节！"

王竞之吐槽："这你也信？幼不幼稚？"

孔怡然立马斜了他一眼："我现在就许愿！许愿王竞之单身一辈子！"

王竞之气得跳脚："行！我也许！我许愿孔怡然单身一辈子！"

陆时雨笑着摇了摇头。

陈寂忽地出声："这两个人一个比一个幼稚，半斤八两。"

"那你许不许？"陆时雨问他，"万一能实现呢？"

陈寂看她："你要许啊？"

他显然不信，陆时雨想了想："心诚则灵，未来谁都不知道会怎么样，但我要许的肯定是我最希望实现的，我想让它实现，那我肯定愿意做任何事。"

陆时雨劝他："你试试嘛。"

烟花还在放，一朵又一朵，璀璨耀眼。陆时雨眼睛弯弯，烟花在空中炸裂，倒映在她眼中像是里面藏了星星。

陈寂撤回视线，闭上眼："哎，那就暂且信一下吧。"

死鸭子嘴硬。

陆时雨含笑看着陈寂闭上眼许愿，短短几秒，他睁开，陆时雨连忙收回目光。

她呼了口气："希望我高中成绩稳定，考的都会，蒙的都对，然后物理成绩好一点，作文不跑题，数学把数算对……"

陈寂靠着墙壁，笑了下："哎，累不累？你就没别的愿望啊？人生能不能有些追求？"

陆时雨眨了眨眼，心道早就许完了，但嘴上还是说："除了这个还能许别的？"

陈寂下巴朝那边正在吵架的两个人点了点："像他俩许的一样。"

"这是可以许的吗？"陆时雨轻声问，眼中全是他。

陈寂："嗯，怎么不能呢？"

"都有男生给你送苹果了，怎么不能呢？"他笑说，"想干就干呗，哪有那么多可以不可以？"

"就像你说的，未来会怎么样谁都不知道，但是还不能有点幻想了？"陈寂顿了下，"不趁这个时候有点不切实际的想法让自己高兴高兴，那等我们这群人长大了，眼里不就只剩现实了啊，老给自己那么大压力干吗？"

陈寂望着夜空，又侧头看陆时雨，一如既往的散漫，却透着一股坚定："该天马行空时就别搞老气横秋那一套，懂不懂？"

陆时雨忽然懂了，她习惯循规蹈矩，陈寂是想告诉她，十几岁的少年，就该活得潇洒恣意一点，想做的就做，敢或不敢，迈出那一步就敢了，鲜衣怒马少年时，这才叫青春。

烟花持续了大概十五分钟，雪却一直在下，没过多长时间，视野里就变成了白茫茫的一片。

王竞之和孔怡然还在拌嘴，从许愿对方一辈子单身，到对方吃包子没有馅、喝牛奶没有吸管。

孔怡然叉着腰，耳尖红红的，也不知道是被冻的还是气的，最后撂下一句："我！许愿！王竞之打《英雄联盟》，永远上不了黄金！队友全是'天菜'！玩上单下路送人头中路送人头，打野不来抓上，辅助是个笨蛋！"

好家伙，连人家打《英雄联盟》都知道啊。

陆时雨含笑看陈寂："他俩……还挺有意思的。"

陈寂也一副看戏的表情："小学生斗嘴，王竞之说不过她。"

果然，男人打游戏的尊严不能被随意践踏，王竞之"你你你"了半天也没说出一句完整的话来。

孔怡然笑说："哎，没词儿了吧。"

嘴笨说不过她，王竞之索性闭嘴，顺手从旁边捞了把雪泄愤。结果这幅画面在孔怡然看来，就是"天呀他说不过别人就要动手了"，于是她也从地上捞了把雪，三两下团成一个雪球："你还想武力攻击我？"

话一出口，雪球就砸到了王竞之的身上。

他"嘿哟"一声，大手团了一个大雪球。

见状，孔怡然"哇哇"叫着跑走了，边跑还边拉着陆时雨，说："时雨！给我冲！"

王竞之追着孔怡然跑远，扭头冲陈寂道："上上上！敌方都到家门口了！"

陆时雨捧了一手雪，冰得直哆嗦，牙齿打战。她捏了个雪球，看着被王竞之强行拉进这场战斗里的陈寂。陈寂拍开王竞之的手，略带嫌弃，样子有些意兴阑珊。

她深呼吸几次，雪球在两只手里来回倒，不太敢扔出去，怕得不到他的回应，但看着王竞之和孔怡然正打得不亦乐乎，相处异常熟稔，说不羡慕是假的。

她的手一哆嗦，雪球直直冲着陈寂过去，"啪"的一声，白雪在他纯黑的色羽绒服上绽开。

陈寂显然也被这一个雪球打出了兴趣，缓缓蹲下身，也抓了把雪，朝陆时雨走过去。

陆时雨松了口气，嘴边漾出笑容。见陈寂过来，她知道跑不过他，便迈着小碎步缓缓往后退，顺便往自己手里"装武器"："我我……我没想打你啊，谁让你是敌方队友呢！"

"你躲什么？"陈寂站定，"我又不打你。"

陆时雨也跟着站定，疑惑道："真的？"

陈寂把手里的雪扔了，却又往前走了几步，笑说："真的，咱俩先休战。"

就在陆时雨思考他这句话几分真几分时，陈寂却忽地提速，像只兔子一样瞬移到她身边。

陆时雨张口惊呼："啊！你是兔子精啊！"然后转身刚要躲，陈寂伸手，抓着她后脖颈，活活像一只想榨干人血的吸血鬼。

"你还想跑啊？"陈寂出声。

不过，预料之中的凉意却没有感受到，陈寂似乎用那只没拿雪的手抓的她，像抓一只小鸡崽。

陆时雨浑身一紧，感觉鸡皮疙瘩都起来了，心里又紧张又兴奋，全部的注意力都在陈寂抓着她后脖颈的手上。他掌心如此温暖，是这冬夜里不可多得的暖意。动作也轻柔柔的，她心尖也跟着"扑通"一下软了下去，攥紧拳垂在身侧："我这次不敢了。"下次还敢。

"啧，你下手倒挺快，也不看清阵营，"陈寂说，"你误伤队友了知道吗！"

陆时雨愣了愣神："啊？"

陈寂放开她，欠揍地说："你俩比得过一米九的人？"

还挺体贴，陆时雨刚想夸他，陈寂随即便道："不得靠靠我？这才叫2v1知道吗？"

陆时雨腹诽：论自恋，陈寂说第二，没人敢排第一。

她仔细想了想，陈寂算一个，她跟孔怡然加起来，也算一个。

好瞧不起人哦，你才弱鸡！

"哎！你俩站那儿干吗呢！"王竞之说着，朝他俩甩过来一个雪球。

陈寂往陆时雨身前站了站，顺手抓着她胳膊把她往自己旁边拽了拽，把她挡在身后，雪球落在陈寂脚下。

陈寂抓了把雪，往王竞之那边跑。

王竞之还傻傻地以为好队友陈寂终于来救他于水火，助他一臂之力了，结果陈寂二话不说把雪球砸他身上。

王竞之往后退了下，好像被炸弹砸到一样，捂着心口说："你到底是哪头的？是不是别人不伤心就拿别人当傻子啊！"

陈寂嫌恶地闭了闭眼："巧了，我专治傻子。"

王竞之骂了句："你还真的胳膊肘往外拐！我白养你这么多年了！"

陈寂回头，冲陆时雨说："愣着干吗？靶子来了还不赶紧扔？"

这场大雪洋洋洒洒，密集的雪花中，陈寂黑色的身影在其中矫健穿梭着，吸引陆时雨全部视线。

她想不到她会有跟陈寂一起打雪仗的这一天。

冰天雪地的圣诞节，初雪日，纷纷扬扬的雪花落地，他们四个人像是感觉不到冷，头上、身上都蒙了一层白色雪花。

雪花落在脸上，陆时雨睫毛都起了层白雾，这会儿也顾不上谁是谁了，简直盲打一通。

本该万籁俱寂的操场，却多出一份热闹。

四个人生生打出了一个班的架势，这瞬间，好像天下都是属于他们的。

初雪之后，榆阳隔三岔五地下雪。陆时雨喜欢赖床，尤其冬天，早上醒来根本不愿意动，闹钟响了也是按了，接着闭眼。等陆兆青的房间有动静，她才"噌"地坐起来穿衣服。

然后拉开窗帘，就会看到操场上，陈寂穿着运动服绕圈跑步。

学校操场上随处可见大家堆的雪人，体育班也不在室外训练了，全都改成了室内，又加上还有不到一周的时间就要期末全市统考，他们训练量少了一半。同学们都在紧张地复习，每天都得发十几张卷子，但陈寂还是会自己在学校里晨跑，他像是感觉不到冷一样，有时连模联大会的活动也不去了。

一中模联跟其他学校有合作，可以跟外校的同学合作打比赛，每年都有机会，今年也有，但是还没有定具体的城市，只说还在商量，等到大家考完期末考试再统一通知。

每周开班干部会做总结的时候，陆时雨便会跟陈寂说说模联的事，问陈寂寒假要不要报名参加，他几乎没有犹豫便说不行。

寒假就要在明安比赛，似乎没有多少时间留给他了。这个比赛跟市里的比赛性质不一样，他又那么想拿成绩出来，肯定不会轻易就这么过去。

有好几次晚上，陆时雨在食堂吃过晚饭，路过体育器材室时还能看到陈寂一个人在练下肢力量，上晚自习都迟到了好几次，也不知道是不是每天都迟到，反正陆时雨检查那天，他绝对晚来。

第一次撞见他，他还掏出一把糖给她，什么糖都有，各种各样的，跟刚从糖果屋里打完劫回来一样。陆时雨刚开始还义正词严地拒绝他："你怎么能贿赂我呢？"

陈寂理直气壮地回："别造谣，这叫关照。"

陆时雨便用了好多次"特权"，没记陈寂的名字。

但总有"翻车"的时候。

陈寂这回迟到，正赶上李杰在级部里值班，两人在楼梯口不期而遇，陆时雨转完一圈想回教室，恰好看到这个修罗场。她一脸无奈地冲陈寂轻轻叹了口气，一副"神仙都救不了你"的表情。

只见李杰推了推鼻梁上的眼镜，背着手问："干什么去了？"

陈寂看了眼陆时雨，说："老师，训练去了。"

"训练去了？"李杰嘴角一撇，一脸"你当我傻"的表情，"这个点儿体育班早就结束训练了。"

"我给我自个儿加练。"他老老实实地回，"寒假就要比赛了。"

李杰是一中老教师了，什么学生没遇过，一眼就能看出对方是不是在撒谎。他一看陈寂，后者一脸淡定，不像是撒谎，但好歹陈寂还是个班长，带头迟到可怎么行，于是他朝陆时雨伸手："检查表呢？"

陈寂随即掀了下眼皮去看陆时雨，两人视线交汇，陈寂玩味地淡淡笑了下，陆时雨忽地想逗逗他，作势低头去翻文件夹。

陈寂脸色一变。

两人用口型交流。

陈寂："啧，没良心啊你。"

陆时雨："兔子精，主任找我要，这能由着我吗？"

陈寂："真行，我那兜糖喂小狗了？嗯？某陆姓小狗？"

陆时雨心里一抖，那些糖确实都进她肚子里了。

她抿了抿唇，似乎还能感受到太妃糖的香醇，于是对李杰说："这些是没来得及换的表，我先记到白纸上，待会儿挪到表上。"

"那行吧。"李杰特意指了指陈寂："一会儿把他记上啊。"

他转头又教育陈寂："比赛固然重要，但也不能耽误学习啊。"

陈寂点头："是是是，您说得对。"

"行了，别在这儿敷衍我了。正好说到这儿，那你就立个目标吧，"李杰像一个指点江山的大 BOSS，点到谁谁就得去做，"联考打算考多少名？"

陈寂原本没什么目标，被逼着懒懒散散地说了个名次。李杰看他胸有成竹的样子，"嗯"了下："行，还有五天，看你的了啊。"

期末联考还挺重要的，而且高一下学期结束就要分文理科，联考的题还算比较有代表性，基本上能检验出大家这一学期学得到底怎么样。虽没有成文的规定，但大部分同学会在这次联考结束以后决定到底是要学文科还是理科，然后下半年专注学自己想学的。

分文理这件事，陆兆青没有问过陆时雨的意见，秦安兰更没有，复习阶段，陆兆青压根没提政史地的事儿，让她把重心往理化生上放一放。

这摆明了就是要她选理科。

但陆时雨仍旧没有一个明确的想法，对于学理科也没有很深的执念，甚至觉得学历史也不错，可她仍对未来迷茫，便按照陆兆青和秦安兰的安排，把重心放到了理科上。

她向来是这样的人，按照大人的安排生活，按照大人的想法往前走，十几年，一直如此。

联考考完当天，大家收拾好东西就放寒假了，成绩会在七天之后发在家校互联上。所有人都很兴奋，叽叽喳喳地说放了寒假要去哪儿哪儿玩，有好多人还约了一起出去吃饭。

整栋楼都在复位桌椅，桌子与地面摩擦发出"刺刺拉拉"的声音，教室里很吵，就连广播的声音都听不清。孔怡然被老师叫到办公室了，陆时雨帮她把桌椅搬回来复位。

刚摆好桌子，孔怡然拿着几张纸兴冲冲地回来说："寒假模联的地方定下来了。"

陆时雨其实并不是很想去，寒假里她肯定要上补习班的，而且如果地方太远的话，秦安兰没准儿也不会同意。

她收拾着搬出去的书，头也不抬地问："在哪儿比啊？"

孔怡然说："在明安。学校统一组织我们过去，我待会儿就问问咱们班这几个人要不要报名，报名表待会儿就得交上去。"

陆时雨手一顿，直起身子，没听清一样，又问了遍："在哪儿？"

"明安。"孔怡然重复。

这瞬间，十六年来，陆时雨第一次生出反骨。

就算秦安兰不同意，她也想去。

"在明安？这么远啊！"

秦安兰说完这句就没再问别的，坐在沙发上，双手交叉抱臂，直直盯着电视看。

电视里播的是最近大火的《父母爱情》，正好播到江德福、安杰相亲，江德福紧张得要死，洋相百出，眼神都不知道该往哪里放，陆时雨仿佛在电视里看到了自己。

唯一不同的是，江德福是因为喜欢安杰，对她一见钟情，这是他们幸福的开始，而她还不知道幸福在哪里。

陆兆元不在，也没人能帮她说话。

她已经反复强调了模联的好处，能锻炼她的口语能力，还能练胆，也不知秦安兰到底有没有听进心里去。

从小到大，秦安兰从来没有同意过女儿独自出远门的要求。初中时英语口语竞赛，陆时雨过了初赛，复赛地点在隔壁市，因为这个，秦安兰没同意她参加，且口语竞赛对中考没帮助，她只能放弃。

客厅忽然陷入沉默之中，陆时雨感觉自己像个气球，被人揪着气球嘴，一会儿打一下气，一会儿泄一下气，整颗心七上八下的。

秦安兰不说话，陆时雨也不敢吱声，只能备受煎熬如坐针毡地坐着。

没多久，电视里江德福和安杰相完亲了，这明明是一个很有意思的桥段，但分坐在沙发两头的人谁都没有笑。

好半晌，秦安兰才开口，轻蹙着眉头问："去几天啊？"

"算上来回，一共三天，在学校集合统一出发。"

安全这方面倒是没问题，秦安兰又问："你们班报名的人多不多？"

二十七班进模联的同学一共八个，但交了报名表的人算上她才五个人。陆时雨没敢说自己已经报名了，犹豫道："我们班有四个报名的。"她随即跟着补充，"人已经算多的了，笑笑也报了名。"

"四个女生啊？"

陆时雨点点头："对。"

"行，我再考虑考虑吧。"秦安兰松开交叉的手臂，"我还说让你上补习班呢，那会儿寒假班刚开始，落三天课不容易跟上。"

陆时雨心总算落下来一点，秦安兰这么说，就有戏，她便试探地说："妈，那我先跟笑笑说一声，她等着给老师交名单呢。"

秦安兰还不知道女儿给老人机充上流量了，便把自己的手机递给她。陆时雨假意点了几下屏幕，往自己的对话框里敲了一段乱码，然后将手机递回去，同时说："报上了。"

见秦安兰还有些犹豫，她心一狠，等了一会儿，看了眼手机，鼓起勇气，摆明态度说："妈，这次我是真的很想去，我有信心，不会对我的成绩产生影响。"

秦安兰偏头看她。

"而且笑笑说，我们老师通知大家报了名就尽量不要取消，学校里要看人数订车票和酒店，还挺麻烦的。"

她这么说，就是木已成舟了，秦安兰再不愿意也得愿意，又看她一脸期待，心里还是一软，松口道："那行吧，走的那天带点儿书，在车上看，我托寒假班的老师给你录课程视频。

"到地方别乱逛，有事给我跟你爸打电话。"

出发之前，陆时雨给手机充了足足的电，又充了不少话费，这下就不怕流量不够用了。

她打开QQ，挂在消息列表的第一个头像仍是灰的。

自放了寒假，陈寂就很少上QQ。他的比赛和模联被安排在了同一天，他应该在准备训练，陆时雨也不好意思去找他说话，每天来来回回翻看他俩那几条聊天记录。

　　却数次在点进他QQ空间的那瞬间按下"返回"，因为看他空间会留下痕迹。

　　为了消磨时间转移注意力，陆时雨一直在网上找关于模联的资料，还打印出来一部分，带到车上看。

　　盛昕至到得早，帮二十七班的几个人占了位置，就在大巴最后一排。

　　寒假高一年级去明安参加模联有二十个人，高三不参加，算上高二的学长学姐和指导老师也一共才三十个人，学校订的大巴是五十座的，所以车里很多座位是空的。

　　车里开着空调，很暖和，陆时雨本来在垂着头看手里的资料，顺便跟孔怡然一起啃面包喝牛奶，早饭解决完，再加上身体暖和，看着看着就眼皮打架，昏昏沉沉，脑袋止不住地点啊点。

　　从榆阳开车到明安，走高速需要五个多小时，学校要求他们清晨六点钟集合，现在外面天还没亮。

　　陆时雨头一天兴奋得睡不着觉，忍不住在手机上搜明安一中和明安市体育馆，想看看这两个地方距离远不远，但老人机按键不行，浏览器也非常难用，根本查不到什么有用消息，但她意外地有耐心，一直到深夜一点多才睡着，早上五点多就起来了。

　　现在困意上来，挡也挡不住，她索性把资料放进书包里，搂着沉重的书包，靠着孔怡然说："我先睡会儿啊，困死我了。"

　　孔怡然正在玩手机，精神得很，闻言往她那边凑了凑，肩膀抵着她的头。

　　"睡吧。"

　　陆时雨这一觉睡得意外地沉，连汽车发动都没感觉，就是感觉走着走着，忽地有什么东西托了托自己的脸，不像是孔怡然那件毛茸茸的外套，却依旧温热。她无意识地蹭了蹭，劈天盖地的困意再次袭来，她也没多想，动了动身子接着睡了。

　　再次醒来时，是因为大巴进收费站刹车，车子猛地停了下，所有人的身子不受控制地向前扑。剧烈的晃动打断了陆时雨跟周公的约会,她迷糊了一会儿,紧接着,就感觉有双手横在自己身前,挡住了她的晃动。

陆时雨靠着椅背垂眸,嗯?孔怡然什么时候换衣服了?而且还换了件黑的?她的包为什么不见了?

她眨了眨眼,正愣神的时候,身侧有人开口,音色低沉,略带了丝哂笑戏谑:"这位同学,冬眠完了啊?"

就这么一句话,令陆时雨差点从座位上摔下去,她硬生生地把到了嘴边的惊呼憋回去,捂着嘴,直起身子,杏眼瞪大,像见鬼一样看着自己旁边的人。

救救我救救我救救我!

似是有些不太确定,感觉像是在做梦一样,她想确定一下,于是疑惑地开口:"你……你是孔怡然吗?"

陈寂瞥她一眼,淡声道:"你清醒一点。

"她已经不在这个座位一百年了。"

陆时雨:"嗯?"

老天!这是什么情况啊!能不能有个人来告诉她一下!

她眨巴眨巴眼,还没从震惊中恢复过来。

陈寂收回撑在前座的右手,动了动左边胳膊,姿态慵懒地靠回到自己的位置里,示意大巴最前面:"孔怡然坐大巴晕车,我跟她换位置了。"

陆时雨顺着他的目光转头,就看见大巴最前面的孔怡然,正跟身边的男同学说着什么。

"吃过晕车药了。"陈寂说。

看样子她人好多了,不然也不会有力气跟旁边的男同学说说笑笑。

陆时雨在车里看了一圈,座位都满了,原来体育班和模联一趟车啊。

她放下心,收回视线,却又不知道该看哪里,僵着身子坐回来,这会儿好像感觉到了一些不适,不过不是晕车,而是紧张,又隐隐带着些雀跃,那丝雀跃叫嚣着要吞没那股紧张。

她居然靠着陈寂睡了这么久。

陆时雨红着脸,悄悄瞥向陈寂的胳膊。

一瞬间，铺天盖地的羞赧使她整个人如同被架在火上炙烤。

她整个人好像都是悬浮着的，一颗心飘飘摇摇，但又不敢表现出来。

"你……什么时候过来的啊？"陆时雨清了清嗓。

陈寂："你打呼噜的时候。"

"啊？"陆时雨一下子就慌了，"打呼噜？"

她有些不可思议："我吗？"

她从小到大睡觉安静，睡姿都不会变，从不说梦话，更别提打呼噜了。

完蛋了，"社死"了"社死"了，没人比她更"社死"了，在陈寂面前打呼噜，这简直尴尬死了。

陆时雨脸上的表情瞬息万变。

陈寂忽地笑了下，眉眼放松："这你也信啊。"

真欠揍！

陆时雨动了动唇，最后憋出一句："你烦不烦！"

陈寂正色，敛起笑："逗你的，我不笑了。"

他给她递来耳机和手机："听首歌，消消气？"

陆时雨没作声，但也没客气，点开APP随便点了个今日推荐，而后想了想，把其中一只耳机递给陈寂："听吗？"

陈寂将耳机戴上左耳，陆时雨戴上右耳，她点开播放。

前奏音乐舒缓又悠长，非常好听。

像是周杰伦的歌曲。

听到高潮部分某句歌词时，陆时雨身子一滞，微微尴尬地扭头去看陈寂。

他也正好整以暇地看着她，像是在等一个解释。

陆时雨按了下home键，只见锁屏上是周杰伦的海报，左上角写着——

《算什么男人》

周杰伦

歌词再次唱到"你算什么男人，算什么男人"……

陈寂扯下耳机，陆时雨以为他要说些什么，结果陈寂什么也没说，只是支着车窗，手托着下巴，朝她轻哼着什么。

陆时雨在脑子里思索了一番，忽地有些无语，无语死了，真的无语死了。

陈寂哼的是《算你狠》的高潮部分——

"我说算你狠，善用无辜的眼神。

"谎话说了两次我就当真。"

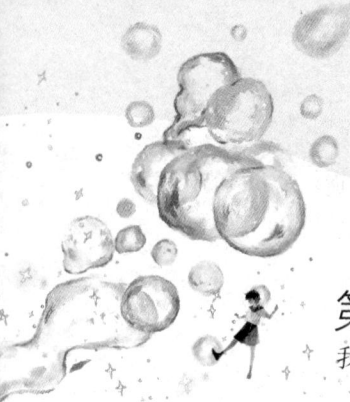

第四章
我就值十四块钱啊

大巴里空气不太流通,好在陆时雨一上车便睡了两个多小时,所以此时不算太晕,但放眼望过去,车上没几个清醒的。

陆时雨压低声音说:"这真是我随便放的!"

陈寂哼着《算你狠》,仍支着下巴,撇头看她,看得陆时雨耳根发热。

她捋了捋头发,遮盖住已经泛红的耳朵,只听陈寂说:"算了。"

她刚舒了口气,陈寂又说:"我给你当了两个小时免费支架用,对其他人我可是要收钱的。"

陆时雨抿了抿唇,脱口而出一句话:"那,谢谢你免费让我用。"

陈寂眉梢微挑,收回手,改成抱臂了,似笑非笑地看着陆时雨。

陆时雨一时没反应过来,迟疑地想,怎么,有哪里说错了吗?

她清了清嗓,又一本正经地说:"那要不,我给你钱?"

怎么感觉他被调戏了?

不过看陆时雨那双眼透露着浓浓的认真,陈寂也没好意思再去逗人家,摆了摆手,拿腔拿调地说:"不必了,我收费太贵,你付不起。"

陆时雨老老实实地"哦"了声。

陈寂笑笑,拿着耳机:"还听不听?"

哪还好意思听,《算什么男人》和《算你狠》都出来了,底下还不知道会有什么乱七八糟的歌,她摇摇头:"不了。"

陈寂收回手机,打了个哈欠,像是很困的样子。他个子高,坐最后一排好像有点憋屈，两条腿大刺刺地敞着，甚至很倨傲地占了她面前的一小块空地。陆时雨往左边稍微挪了下，生怕挤到他，但盯着他伸来的腿，沉默了几秒，又悄悄把自己的腿挪回去。

陈寂摆弄着手机，陆时雨也不知道找个什么话题跟陈寂聊，也怕说错什么话给他压力。

这时，同一排的盛昕至迷迷糊糊地扭了扭身子，看了陆时雨一眼便接着睡了。陆时雨噤了声，转而去找自己的书包。

她左看右看，才发现书包被陈寂放到了行李架上。

行李架上放满了行李箱，虽然模联要求大家穿正装，但大家还是带了其他衣服，行李架上空位很少，她的书包被卡到了两个大箱子中间。

她悄悄起身，伸手去够自己的书包，但奈何身高不够，她数次踮脚却连书包的边角都没摸到。

正当陆时雨满眼都是自己的书包，并为之努力奋斗的时候，陈寂却忽地起身，站在她背后，两只手轻易地把书包拿下来，递到陆时雨的怀里。

陆时雨怔怔地站在原地，有些没缓过神来。大巴过道拥挤，时不时有坐在外侧的同学把腿伸到过道上，陈寂拿书包的时候都是轻轻蹭着她的背的，两只手臂就放在她脸颊两侧，她鼻息间也尽是陈寂身上清清爽爽的味道。

这种感觉，她说不上来。

就像是，他从背后抱着她一样。

思及此，陆时雨"噌"地感觉热意笼罩。心脏"怦怦"跳，胸膛微微起伏。她慌乱地想把这个想法抛之脑后，却没能如愿，转过身时，却对上孔怡然那张写满了八卦的脸和那双充斥着好奇的眼睛。

寒假模联的主办方是明安市第一中学，明安这边给榆阳一中参加模联的同学统一订好了酒店。榆阳一中为了方便管理，便给体育班也一起订到了这个酒店。

到酒店门口，外面已经停了不少车，其他学校的车也都到了。

下车时，陈寂还没醒，孔怡然精神抖擞地背着自己的包，顺便拿了陆时雨的衣服在大巴车门附近等着。

体育班的同学在前面收拾东西，陈寂还没有要醒的样子，陆时雨犹豫片刻，将拉好的书包拉链又拉开，拉开又拉上，反复几次之后，轻轻拽了拽陈寂的衣袖。

陈寂没有起床气，但刚睡醒时表情仍旧称不上好，淡着一张脸，语气却莫名很柔和："到了？"

陆时雨点点头："快下去吧。"

两个人前后脚下车。

孔怡然见状立马提着包凑上来。

陆时雨整个人是被孔怡然拽着往前走的，直到离陈寂很远很远，她才忍不住惊喜地说："他刚才，是在抱你哎！"

陆时雨眉头一跳，被孔怡然这句话弄得差点心梗。她下意识往陈寂的方向瞥了眼，急匆匆道："他在帮我拿包！"她转移话题，"你还好意思说，你晕车为什么不把我叫醒？还换位置了。"

虽然她挺开心的，但睁开眼听到陈寂说话那瞬间，她还是被吓了一大跳。

"我也不知道我晕车啊，头一次坐大巴。"孔怡然瞥她，"再说了，你睡得那么香！"

话头一转，孔怡然一副不可思议的表情："而且，我也不知道陈寂会跟我换座位。不过他那个位置在最前面，位置大，视野也开阔，挺好的。"

"那你也应该叫醒我跟我说一声啊！"陆时雨忽地有些不好意思，说话声音越来越小，"要不我也不会靠着他睡觉了……"而且她好像还一直抓着他的胳膊来着，就跟抓孔怡然一样，还蹭了蹭。

"你脸红什么？"孔怡然忽地出声，"哦，对了！陈寂过来跟我换位置的时候，还用手托着你的脸了！"

她一脸揶揄，跟陆时雨站在大堂里往外看，还不忘调侃道："多贴心啊，还怕你醒了。感觉怎么样啊？说实话，我还挺'嗑'你俩的……"

陆时雨一边听孔怡然说话，一边默默盯着陈寂的身影，胸腔内涌着一种说不清道不明的情绪。

她正出神地想着，那边快要走到酒店门口的陈寂忽地被人拦了下来。

是个女孩子，个子高挑，身材纤瘦，穿着一身黑色的工装，脚踩一双黑色的马丁靴，剪着微短的头发。

是一个很酷的女孩子。

陆时雨心一沉，眼睫颤了颤，像是坠入无底深渊。

单单看打扮，她与陈寂很像，都是穿黑色衣服。

快要得出来的答案却又沉默地收回来，她似乎搞懂了什么，陈寂发给周橙音的那两条评论一下子重新出现在她的脑海之中，将心底那些飘飘摇摇根本站不住脚的想法一层又一层深深封锁住。

陈寂好似心情不错，与那个女生说话时，脸上都带着浅淡却舒心的笑意。不知道他俩说了什么，那女孩子举起拳头作势捶向陈寂。陈寂侧身躲开了，但脸上的笑容更大了。

这两个人貌似很熟悉。

这还是陆时雨第一次见陈寂跟某个女生这么热络。

孔怡然看了看陆时雨，发现陆时雨没什么表情，似乎并不在意，就跟看到与自己无关的事情一样。她又看了看说笑着的陈寂、酷女孩两个人，撇了撇嘴，嘟嘟囔囔道："哎，好吧，我'嗑'错了。"

第二天模联才开始，头天晚上，指导老师给他们每人发了一份议题。这份议题答得好不好，将决定他们明天分配到的代表团好不好，如果题答得好，那分到的肯定是一些综合实力比较强的国家。

陆时雨收拾好行李，便埋头在这份议题里，构思该怎么去写。文件很多，中英文夹杂，而且她报的是英文场，所以这些文件大部分是英文，看起来非常吃力。

孔怡然报的是中文场，压力相对来说较小，又因为晕车白天没怎么吃饭，晚上饿得不行了，便问陆时雨要不要下去吃饭。

陆时雨不想下去，心里有道声音阻止她挪动。

她摇了摇头："我不去了，还不是很饿，你先去吧，我这个太难写了，得好好看看。"

孔怡然："那要不要给你带饭上来？"

"不用了，我待会儿饿了自己下去。"

不是饭点的话，就不会碰见他了吧。陆时雨现在心里有点乱，她清楚地明白自己现在的状态不对。这么长时间接触下来，陈寂也并没有那个意思，而且，现在也不是时候。

但她就是没出息地控制不了自己的心。

晚上九点时，陆时雨才大概读懂了这份入门题，然后后知后觉地感觉到一丝饿意。

孔怡然在洗澡，陆时雨敲了敲浴室门："笑笑，我去楼下便利店看看，你有没有要吃的东西？"

"没有！"孔怡然关上水，"你等等我，我跟你一起。"

"不用了，我一会儿就回来，我带着手机下去。"

她拿上手机，裹了裹围巾下楼。

明安比榆阳要冷得多，一出酒店就有冷风见缝插针地钻进她的衣袖中，陆时雨哆嗦了一下，快步跑进便利店。

她快速选了几种速食。

收银员帮她加热后，她索性坐到便利店里吃。

吃了没两口，店门口的玩具猴子出声："欢迎光临。"

听见声音，陆时雨不经意朝大门口看过去，却看见那身黑色长款羽绒服，而后，陈寂转头，两人目光正好对上。

陆时雨瞬间就想到了白天发生的事，心没由来地堵了一下。而且，她这会儿嘴里还有饭呢，腮帮子鼓得像金鱼。

她立马低下头，认认真真地吃饭。

陈寂拿了碗泡面，又加了个三明治，递给收银员结账。

收银员扫了码："一共十四元。"

陈寂一掏左边口袋，空的，他又掏右边，还是空的。

他一摸裤子口袋扁扁的，只捞了一手空气。

就在这时，一双手递来十四块钱，陈寂侧身，看见陆时雨。

她说:"我替你付吧。"

陈寂扯了扯唇:"这怎么好意思啊。"

陆时雨:"没事,就当还你让我免费用了。"

陈寂忽地笑了下,漫不经心、懒懒散散地说:"噢,原来,我就值十四块钱啊。"

陆时雨差点没把饭喷到他脸上。

明安下起了薄薄的雪,便利店的玻璃上结了一层水雾,外面很冷。

陆时雨却感觉脸颊滚烫,被陈寂这句话堵得一时无言,她盯着玻璃上缓缓下落的水滴,干巴巴地笑了笑,没正面回答,也没去看他:"有点儿冷,快点吃完回去休息吧,免得老师担心。"

陈寂倒是听话。

他吃饭速度很快,跟他性格一样,三两下就解决了面和三明治。

陆时雨虽然饿了,但胃口并不是很好,那点饿意在来便利店的路上消失了,有些饿过劲儿的感觉。

她一口接一口地吃着米饭,只想快点逃离这个地方。

陈寂在旁边也不说话,陆时雨总感觉有口气横在自己心里,更没主动搭腔。

倏忽间,陈寂起身,什么也没说,快步朝便利店外走。

陆时雨这才抬起头。

他走得很急,背影匆匆,但出了门,就不知道他往哪里走了,眨眼间就没了人影。

陆时雨轻轻叹了口气,那股横亘在心里挥散不去的浊气似乎被呼出去了,但好像又没有。

她这会儿也没了食欲,有一下没一下地戳着米饭。

怕浪费,最后陆时雨还是慢慢吞吞地把饭吃光了,而后收拾了桌子上的垃圾,准备回酒店。

外面的积雪已经挺厚了,眼前白茫茫一片,放眼看过去,雪地上都没几个脚印,可便利店右边的脚印却略显凌乱。

再抬眼一看,墙边倚靠着一个人,此时正盯着地面,不知道在想什么,手里还打着电话，但没作声，只是安安静静地听着。

四周没光，只有便利店散出的朦朦胧胧的光笼着他。

陈寂身了半明半暗，感觉有些低气压。

原来他没走啊。

似乎是察觉到了陆时雨的目光，陈寂扭头看过来，朝电话里最后"嗯"了两声，没什么情绪道："知道了，先挂了吧。"言语间带着些微不可察的无奈与烦躁。

走得近了，陆时雨盯着陈寂的眉眼才发觉，他少了刚才那股不羁散漫，多出来几分少见的失神。

"怎么？"陈寂张口，"身价只值十四块钱的人就这么稀奇啊？"

他特别大度，神色也重归轻松，吊儿郎当地开玩笑说："那没事，你多看两眼，我没准就能涨涨价，真的做梦都想涨价。"

怎么这个事儿还过不去了呢？

身后的便利店里，收银员姐姐不知道在看什么，电脑里传来某段熟悉的音乐，陆时雨也不知道哪里来的勇气，好像是身后的梁静茹给的，她顿了顿，语重心长地说："陈寂，梦想和痴心妄想，还是有一定区别的。"

陈寂挑着眉梢看她，却没有生气，也压根不想生气，意料之外地有些想笑。当然，最后他也痛痛快快酣畅淋漓地笑了一会儿，觉得电话里田君如对他这次来明安先斩后奏的指责也没什么了，大不了回家再挨顿结结实实的骂，来都来了，没个结果，他是不会走的。

雪花簌簌下落，细小冰花落在陆时雨的眼睫上，她下意识地眨了眨眼，后知后觉地反应过来，她刚才是不是怼了陈寂？

梁静茹不唱《勇气》了，她也没了勇气，怕陈寂语出惊人，率先换了话题问他："你怎么没走啊？我以为你已经回酒店了呢。"

"你吃饭怎么这么慢？"陈寂却没答，反问她，边说着边往前走。

陆时雨一愣，连忙跟上他，片刻才回："吃饭不得细嚼慢咽啊。"

陈寂没作声，似笑非笑地瞥了她一眼："哎，也不知道是谁刚才吃米饭的时候跟饿死鬼投胎一样。"

饿死鬼陆时雨被噎了下，嘴硬道："我那会儿确实是饿了嘛。"

晚上九点多，仍有不少人从酒店里出来，但如果只有她一个人，她还真的有点害怕。

思及此，似乎有根线在脑中串起来，陆时雨步伐稍缓，落后几步，望着前面陈寂的背影，心跳忽地有些不可抑制。

他是不是特意在等着跟她一起回去的？

陈寂回头，轻蹙着眉，右腿隐隐作痛，似乎是着了凉："干吗？我在外面站了那么半天，腿都冻僵了，想赶紧回去。"

他按了电梯："你住几楼？"

陆时雨："八楼。"

陈寂按了个"8"。

密闭的电梯里只有他们两个人，空气似乎都有些不流通了。她解下围巾，默默呼了口气。

一时间，两个人都没有说话。陈寂在摆弄手机，陆时雨则在偷偷祈祷电梯上升得慢一点，再慢一点。

可天不遂人愿，陆时雨只觉得眨眼间，电梯好像就到八楼了。陈寂没再往前走，站在电梯口："你回去吧，我也回去了。"

陆时雨点点头，抱着自己的围巾转身，犹豫一下，却又正对着陈寂，轻声说："你，比赛加油啊。我那天得下午五点半才结束，没办法到现场给你加油了。"

陈寂还握着手机，打字的手滞了一下，随即十分肯定又志在必得地说："放心，我来就是为了拿奖牌回去的。"

陆时雨眉头舒展，"那我回去了。"

陈寂忽地叫住她："你报的是英文场？"

陆时雨："对啊。"

"行！"陈寂朝她摆摆手，"早点儿睡吧。"

陆时雨走到房间门口，掏出房卡，视线往右转，刚好看到陈寂回到电梯里的黑色外套衣角。

他是等她拿出房卡打开门才转身回到电梯里的。

屋子里有播放电视剧的声音，孔怡然正拿着手机准备给陆时雨打电话，听见开门声，起身："怎么这么晚啊？我还给你打了一个电话，你没接，我还说下去找你呢。"

陆时雨："我直接在便利店里吃了，吃得有点儿慢。"

"嗯，没事就好。"孔怡然舒了口气，抱着零食接着看电视剧。

陆时雨也不想看那些英文材料了，索性跟着孔怡然一起看电视。这片子正火，放假之前班里就有不少人讨论。

这会儿正好播到刘世美和都敏俊在餐厅里见面的桥段，千颂伊拍了下桌子。

孔怡然捏着一片薯片说："你看，她吃醋了。"

"看都敏俊跟别的女生关系好，她吃醋了。"孔怡然"啧啧"感叹，"瞧瞧这醋劲儿，在回家的车上，这嘴还一直'叭叭叭'，这么能吃醋啊，满脸写着'我吃醋了我吃醋了'，其实人家都敏俊跟刘世美根本就没什么好吧，就是她自己多想了。唉，恋爱中的女人啊，醋都是一缸一缸地喝。"

陆时雨摸了摸自己的心口，只感觉心跳异常快，仿佛被说中的人是她一样，原来这就叫吃醋吗？

可是她吃醋，都没有一个合适的身份啊，都敏俊喜欢千颂伊，他们是双向奔赴。

她呢？

原计划模联是进行三天，但明安这边临时调整了，他们需要在这边待四天。到明安的第一天体育班就被带到体育馆封闭训练了，陆时雨则是从早到晚泡在会议室里培训，又讨论了一下午的议题。

英文场模联代表团，陆时雨抽到了法国，会议材料送来了一摞又一摞。这个领域她很陌生，不得不投入百分之百的精力。第一天没有别的任务，就是熟悉自己场内的代表团，再有就是根据议题写文件。下午五点，培训会结束。

陆时雨吃过晚饭，一边翻材料，一边等电梯。她从会议室出来得晚，外面几乎都没什么人了，走廊里非常安静，但她太投入，连身边来了人都不知道。

她正皱着眉头琢磨着某句话该怎么写，纸上蓦地多出来一只骨节分明的手，指着一个单词："这个拼错了。"

陆时雨猛地抬头，陈寂还在看她写的文稿："英文场这么难啊。"

她收起文件，像一只耷拉着耳朵的兔子，语气之中带了些自己都没发现的撒娇："确实有点难啊，上午八点半就开始了，我第三个就得上。"

电梯到了一楼，她跟陈寂一起迈进去。陈寂在心里盘算了下时间，还是先按了"8"，而后说："都一个水平，你难大家都难，他们也不见得写得有多好，而且这个又不看你写得好不好。万一，我说万一啊，你忘词儿了，那终归不还是靠嘴？""陈老师告诉你啊，能把死的说成活的，"陈寂插着衣兜，一脸老成地说，"而且关键，脸皮得厚，脸皮一厚——那最佳代表非你莫属。"

陆时雨忍不住笑了下，陈寂说："别小瞧人，好歹演讲什么的我还是干过的，这两招绝对没错。"

她憋着笑意："我没小瞧你。"

她弯着双眼看陈寂："我就是觉得，你支的这两招，跟你还挺相符的。"

一是能把死的说成活的，二是脸皮厚。

陈寂不轻不重地笑了下，勾了下右小腿，似乎有些不太舒服："狗咬吕洞宾啊你。"

陆时雨偏头时，刚好看到他勾腿的动作。她轻轻蹙眉，看了他一眼，没说什么。

电梯到了八楼，陆时雨抱着文件走出电梯，眨了眨眼，像一只狡猾的小狐狸，用最无辜的语气说："陈老师，为人师表，你怎么说这种话呢？"

电梯门只剩下一条缝时，陆时雨举起拳头："陈老师，好好休息，加油啊！"

门关上了，陈寂气极反笑的表情被门缝阻隔。

陆时雨轻轻咧着嘴进门，孔怡然正好从洗手间出来，莫名其妙地看了她一眼："这么高兴啊？"

陆时雨敛起笑意："没有啊，我就是想起来《来自星星的你》了，以前没怎么看过韩剧，千颂伊这个角色还真好玩。"

"你这两天不对劲啊，"孔怡然说，"比以前话多了不少。"

陆时雨："我以前话不多吗？"

/ 147 /

"你说呢？"孔怡然斜她一眼，"而且你以前都不怎么开玩笑，更别提看韩剧了，真是奇怪奇怪……"

陆时雨往孔怡然嘴里塞了块饼干："接着看你的都教授吧！"

陈寂下了楼，没着急回房间，他跟别人住一间房，做什么总归不太方便。田君如今天又给他打了几个电话，半威胁半诱哄地叫他回去。

陈寂也不知道田君如为什么这么反对他练短跑，如果单纯是因为舅舅，可现在的医疗环境与训练环境跟舅舅练体育的时候不一样。

陈寂在门口等了会儿，走到安全通道里，拨通了爸爸陈宗铭的电话，他来明安这事儿，陈宗铭知道。

安全通道里温度低，穿堂风刮过，让人浑身起鸡皮疙瘩，小腿的痛意更加明显了，他特意加了条裤子，痛感比之前减轻了些。

电话接通，陈宗铭语气有些焦急："喂，陈寂？"

"爸，我妈好点儿没？"

"你妈就是性子太急，气儿没顺过来，"陈宗铭说，"没大事，但是你这回有得哄了。"

陈寂扯唇笑了："我怎么听着您的语气还有点儿幸灾乐祸呢？"

"别瞎说，我跟你妈是一头的，"陈宗铭说，"你妈可不好哄，我提前告诉你。"

"行吧，行吧，"陈寂揉揉眉心，顿了顿，说，"您帮着劝劝我妈吧，我来这么一趟，总不能空着手回去吧。"

陈寂从来没有这样说过话，但田君如强硬的态度让他逐渐有些松动。当一个运动员，家里的支持也很重要。

"别提了，"陈宗铭叹了口气，"你妹妹也吵着要去江城的冰场训练，你妈劝都劝不住，够糟心的了，我再提你这事……"他哼了哼，"除非我以后不想回家了。"

陈寂："老陈同志，您就不能做回主？家里就没有个事儿您能做回主？"

"能做主。我跟你妈早就商量过了，小事你妈做主，大事我做主，"陈宗铭非常遗憾，"但是很不巧，咱家都是小事。

"你这事儿也不例外。"

陈寂挂了电话，走出安全通道，卫琪刚好从房间里出来。

卫琪："哎，正好，跟你说个事儿，你给他们转达一下，我就不再开会说了。明天百米接力的小组赛提前了，咱们上午九点就得过去。"

陈寂皱了皱眉："明天上午九点队医还得给大家看腿。"

卫琪也跟着想了想："我跟他沟通一下，尽量让他早点来。"

"行。"陈寂点点头，往回走，"我赶紧跟大家说一声。"

"等会儿，"卫琪叫住他，往下看他的右腿，提醒道，"明天是小组预赛，不是小组决赛，你别忘了你还有个人项目。"

陈寂蓦地想起电梯门关上前，陆时雨冲他举起的拳头和那句加油，他眸色更黑，冲卫琪扬扬手："老卫，你担心我，还不如担心担心别人。"

陈寂这是老毛病了，右小腿的伤痛最严重。腿伤如果不好，很容易影响到后续的训练，正因如此，自从进了高中，陈寂就已经非常谨慎了。

只是这次入冬痛意好像不同，吹了凉风会疼，稍微跑得多一些，或者跑步用的力气太大了也会疼。教练组给他及时调整了训练，保证他比赛不会出什么岔子。

比赛头一天，陈寂没敢再跑步，他心里没由来地有些慌，但很快，便被压了下去。

他这个人向来会自我调节，心理承受能力很强，这是优点，他引以为傲的优点。

临上场前，队医照例给参加百米接力的四个人看腿，到陈寂这儿，队医给他贴上几条医用膏药，问他感觉怎么样。

陈寂默默将裤腿放下来："还行，我昨天没加练，现在不怎么疼了，很正常，跑下来没问题。"

队医："如果感觉不舒服，一定得告诉我一声。"

陈寂点头。

他脱下厚厚的外套，换上钉鞋。一旁的手机忽地闪了闪，有田君如给他发

/ 149 /

的短信,有王竞之给他打来的 QQ 视频电话。

看着田君如的短信,他犹豫片刻,点开。

田君如:我知道你今天就正式比赛了,你要跑就跑,我不管你,也管不住你,儿大不由娘。但前提是你得对自己选的路负责,把身体放到第一位。只要你不后悔,那你想干什么就干什么。

田君如:陈寂,这些话我只说最后一次,也不是我跟你说丧气话,你的路是你自己走出来的,结果是好是坏,是酸甜是苦辣,你都得自己咽下去,没有人会替你消化这些。你跑出成绩我们都替你高兴,但是你没拿到理想结果,这种感觉我们都没办法感同身受,这句话是我的真心话。

田君如:你既然想做,那就铆着劲往前冲,就别让人瞧不起你,也别让我们跟着一起担心。

最后一条,沉重得有些突兀:你舅舅那会儿,确实是没现在的医疗手段发达,但如果他好好听我们的话,也不至于走到截肢这一步。他脾气倔,在练短跑这方面跟你简直一样,我不理解你们这股倔是从哪里来的,但是我不允许你跟你舅舅一样。如果这样的事真的发生,陈寂,我就是给你转学转班,就算是送你出国,不惜一切代价,我也一定不会让你再碰一下跟体育相关的东西,我这回说到做到。

看完,陈寂一愣,沉沉地吐出一口气。

他舅舅以前就是体校的短跑运动员,本来前途一片光明,却在盛年从体校退役,没多久,那条腿就保不住了。

小时候,他觉得舅舅走路很正常,跟普通人一模一样,长大了他才知道,舅舅有条腿是假肢。

关于原因,家里没人说,他只隐隐知道是因为舅舅年轻那会儿练短跑练的。田君如闭口不提,陈寂小时候不懂事问过一次,田君如就黑了脸。

这事在陈家似乎成了禁忌。

田君如最后发的这条短信,意思很清楚了,他舅舅没了的那条腿,是因为他自己的倔。他陈寂但凡出一点差错,就跟体育无缘了。

体育馆空空荡荡,虽开着中央空调,但依旧有寒风见缝插针地钻进来,陈寂被这股冷风吹得回过神。

他垂眸，出神地去看自己贴着膏药的右腿。

百米接力小组赛，一中是第三组上场，抽中了第三跑道，卫琪安排陈寂跑第四棒，负责冲刺。

比赛正式开始。

一中的速度很快，几乎前两棒都在第一领跑的位置上。陈寂扭着头，笔直地注视着二三棒交接，如果不出意外，一中绝对拿下小组第一。

但是，赛场上永远不是一帆风顺的。

二三棒交接时，第三棒的运动员却忽地没有接稳接力棒，陈寂蹙了蹙眉，不清楚没交好棒的原因，但好在第三棒往前赶了，可线路和速度还是受到了影响。

陈寂做好起跑姿势，第三棒正在找机会加速反超，快接近二十米接力区时，渐渐地赶到了第二位。

二十米接力区内，陈寂的左手一边朝后张开着，一边控制线路和速度往前跑，可预想之中的接力棒却没有到自己手上。右侧的选手突然乱道，眼见就要朝陈寂撞过来，他躲了下，钉鞋摩擦太大，紧跟着，小腿泛起一阵剧烈的疼痛。

这选手是故意犯规的，没准儿在二十米交接区二三棒交接不稳也是他们搞的鬼。

陈寂心里骂了句脏话，冷汗冒了一茬又一茬，咬着牙紧追了上去。

英文场的模联会议一共分四个部分，一天两个部分，第一个部分主要是让大家根据组委会发布的议题写文稿，其中穿插某些代表团的发言。

这个规则是今年新加的，随机抽人，难度更大，挑战性也更大，考研选手随机应变的能力。

好巧不巧，第一个议题发布完，陆时雨代表的法国被抽中了第三个发言，时间大概安排在上午十一点左右。

陆时雨擅长写文件，虽然不太熟练，可总归很顺利。但上台发言，尤其对着三十多个身着正装、一言不发盯着台上的人发言，陆时雨还是感觉到了紧张。

她花了十五分钟拟稿。

个人习惯使然,陆时雨总是会按照自己计划好的东西按部就班地去做,面对打好的草稿,她努力把这些东西的细节都装进自己的脑子里,但效果甚微,有些话死活记不住,一到关键位置就卡壳。

她蹙着眉头起身,想出去透口气缓缓,可刚一转身,蓦地在旁听席看到了一丝不苟地穿着正装的陈寂。他眸色深深,懒散地坐在那里,跟那一群认真听讲的人坐在一起,显得格格不入。

陆时雨差点没认出来,更没想到,陈寂会来旁听。

他是特意来旁听的吗?

毕竟他连西装都穿上了。

模联会给大家发了西装,给没带西装的同学以备不时之需,但模联准备的西装又肥又大,款式还挺老的,只是穿到陈寂身上,却莫名地有些合适。

愣神间,陈寂也起身,朝门口歪了歪头,用口型无声地说:"不是要出去?"

陆时雨回神,随即跟了上去。

孔怡然恰好在外面大厅里用电脑查资料,陆时雨看了眼陈寂,他正在自动售卖机前买饮料,远远看过去,倒真还有点成年人的感觉。他个子高,穿西装显得他整个人格外笔挺,肩宽背直,少年感之中,有种不属于他这个年纪的成熟感。

陆时雨没过去,遥遥看了陈寂一眼,靠着桌子,问孔怡然:"你怎么出来了?没到你发言呢。"

"哎呀,我紧张死了。"孔怡然皱着一张脸,"他们都好强哦,感觉不像高中生。"

陆时雨这才收回视线,深有同感地点了点头:"英文场更离谱,我们是随机抽人,而且议题也是新发的。"

"不是吧,这么夸张啊。"孔怡然咧了咧嘴,"我以为中文场已经够'卷'了,我一想待会儿面对三十多个穿正装还盯着你的人发言就打哆嗦。"

她刚说完,陈寂拿着橙汁走过来,毫不犹豫地补刀:"这么尿?"

孔怡然立马回头瞪他:"说谁尿呢?是是是!满场就您老人家不尿!你又

没参加,真是站着说话不腰疼。"

陈寂把橙汁放到她桌上,语气凉凉道:"你说对了,我真不腰疼。不就是用汉语说几分钟嘛,那我可真不怵。"

孔怡然咬咬牙,气焰已经被陈寂点起来了。

她瞥了他一眼,刚要开骂,陆时雨立马按住她:"哎,消消气,消消气。公众场合,注意点儿形象。"

陈寂一脸无辜。

孔怡然没再搭理他,资料也不查了,着急进去证明自己不怵,不就是说几句汉语嘛。

她拿着资料,这会儿底气忽然就足了:"我进去了!看我不拿个最佳代表晃瞎某人的钛合金狗眼!"

有钛合金狗眼的陈寂淡笑道:"慢走不送。"

这招激将法用得还挺好。

陆时雨从孔怡然的背影上收回目光,去看陈寂,却发现他好像也要对她用激将法了,便先说:"你别激我,我进去以后说的不是汉语。"

陈寂递来橙汁:"你不用。"

陆时雨一愣。

不只是因为橙汁是热的,还有那句"你不用"。

他说这句话时,眼底全是肯定,就好像她不会掉链子一样。

"你怎么知道……"她小声嘟囔,"大家都很厉害。"

"那他们说的什么你能听懂吗?"

"啊?"陆时雨迟疑了下,摇摇头,"其实……也不太能听懂。"

陈寂靠着桌沿:"那不就行了?上台以后想到什么就说什么,你说的他们没准儿也不懂。"

陆时雨喝了口橙汁,不适感减了几分:"可是我稿子都已经打印好了,但就是背不下来。"

陈寂嗤笑:"傻不傻,计划赶不上变化懂不懂?到时候真上去了,要是想不起来就自由发挥。既然能写出来,大不了当场再拟一次稿,无非就是时间久了点儿。"

"而且变故多了去了,你还能在做每件事之前都列好条条框框按计划做啊?累不累?"陈寂说,"况且没有一点变故,那老天对你也太好了。"

陆时雨沉默了下,心道:您还真是站着说话不腰疼。

陈寂忽地动了动身子,换了下支着的腿。

陆时雨忽地想到他的比赛:"你小组赛跑完了?怎么样啊?"

"那还能怎么样?"陈寂扬着眉头,"一切都在计划里。"

陆时雨腹诽:就不能好好说句"我赢了"?

"你这不也有计划吗?"陆时雨反驳,"按你计划,你也赢了啊。"

陈寂"啧"了下,直起身子,掀了下眼皮,懒洋洋地说:"那必须赢啊,老天爷待我不薄,我都叫他爷了,他还能不给我这个纯正炎黄子孙一点儿面子?"

台下气氛依旧紧张且胶着,陆时雨和陈寂回到会议室里时,第二个同学已经说了一半儿,本来应该是很顺利的一场发言,但这个同学卡壳了。

而后满室寂静,针落可闻。她停顿了不短的时间,站在台上低着头,似乎是在回忆自己的稿子。

几十双眼睛盯着台上的人,陆时雨大气都不敢出一下,替她紧张。

风雨欲来前夕,往往都是云淡风轻的宁静。

近乎窒息的几分钟里,台上的人放弃了,没什么逻辑地说了几句话结尾,随后安静地下了台。经过座位时,陆时雨似乎还听到低低的几声抽泣。

陆时雨为自己捏了把汗,深吸了口气,拿着议题文稿上台。

底下黑压压的一片,在中间围成了一个圈,陆时雨快速在会议室里环绕一眼,视线掠过旁听席时,在角落里,看到了陈寂。

他似乎往外挪了挪,正好在灯下,身影很显眼,还是那副吊儿郎当的样子,单手支着下巴,没个正形似的坐在椅子上,西装外套脱了下来,露出里面的白衬衫,没打领带,衬衫纽扣开了两粒。

随后,陈寂远远地朝她竖了个大拇指。

陆时雨忽地想起进会议室之前,她跟陈寂说的最后那几句话。

对方拿下小组赛第一,她该道声贺,但看陈寂那个嘚瑟劲儿,到嘴边的恭喜，就变成了："那为了赢，你也挺不容易的，还得当一回孙子。"

陈寂盯着她看了好一会儿，无声笑了笑，而后别开视线，低调却又张狂地说："你懂什么？先穿袜子后穿鞋，先当孙子才能后当爷。"

思及此，陆时雨不自觉地弯起眼睫，刚才没觉得好笑，现在后知后觉地有些想笑，憋得眼角都冒出一点泪意。

她绷了绷嘴唇，抑制住笑意。那些紧张的情绪戛然而止，就此消散。

她清了清嗓子，从容地开始演讲，坚定有力又清晰的声音通过话筒，传至会议室的每一个角落。

陆时雨没按照自己打好的草稿来，中途有一部分还是忘记了，陈寂说得对，变故都是有的，计划有时候真的赶不上变化。

说完最后一句话时，陈寂紧跟着站起身，轻轻地拍了两下掌，在偌大的会议室里，显得格外突兀，甚至有几个同学回头看了眼他。

陈寂也不见得有多尴尬，收起手，若无其事地坐了回去。

会议室里没人把这个插曲当回事，唯独陆时雨，她呼吸好像都有些急促了，猛然间觉得，这里不是会议室，而是一个空旷又寂寥的剧场，她是一个无名演奏者，落下最后一个音符时，回应她的本该是沉默。

却有人远远为她鼓掌。

很奇怪，发言时她内心没有什么太大的起伏，却在听到陈寂的掌声时，心兀自开始跳动，一下又一下，随着渐起的呼吸起起伏伏。

他会是她忠实的听众。

至少，现在，在这里，他会是她唯一的忠实听众。

听完陆时雨发言，其实上午的session（会期）1也到了该休息的时候，指导老师没做什么点评，只告诉大家下午的session2结束之后，会有一个舞会，晚上七点开始，十点结束，地点就在酒店的餐厅里。

陆时雨遥遥望了望陈寂的方向，却发现他还没走，也不知道他会不会去。

说是舞会，其实就是给大家交朋友的机会，才一天的接触，陆时雨没遇到什么说得上话的人，她性格比较慢热，倒还有些不适应这样的场合。

相较于她，孔怡然就显得极为兴奋了。

幸亏有陈寂的激将法，她自我感觉发言还可以，又因为她这个性格，才正式开会半天，就已经跟中文场的人混熟了。

午饭时还有不少人跟孔怡然打招呼，有个明安本地的男同学还请她在模联闭幕式以后去明安新开的大型游乐场玩。

那男同学给她看了游乐场的宣传图，连带着陆时雨也看了眼，那些宣传还挺吸引人，游乐场刚开业，营业到晚上十点钟才关门。

陆时雨从小就喜欢去这种地方玩，她叹口气，忽然间起了份贪念，心想要是今天的舞会开在这个游乐场就好了。

舞会晚上七点钟开始，老师还要求大家签到，陆时雨几乎是踩着点儿到的。她签了到，在会场里转了一圈。

不知道是不是错觉，陆时雨总觉得英文场里好像都是学霸，来参加舞会还带着材料，甚至有人安安静静地找了个座位写文稿。

果然跟预想之中一样无聊。

她百无聊赖地坐到角落里，拿了一杯果汁，边喝边给孔怡然发消息。

孔怡然久久没回，似乎是玩嗨了。

陆时雨慢悠悠地走到了中文场那边。

这里还真是比英文场热闹，不过陆时雨也不觉得有多好玩，人太多了。

孔怡然跟人聊得正欢，显然没注意到陆时雨。陆时雨没事干，准备回房间接着看《来自星星的你》。走到电梯门口，她打开孔怡然发给她的游乐场宣传图，看了一遍又一遍，还是好想去。

正翻到摩天轮这一页，电梯门"叮"的一声打开，陆时雨没抬头，忽然听见头顶传来一声："哎，你怎么没去舞会啊？"

陆时雨猛然抬头，陈寂和王竞之站在电梯里，准备往外走。

她有些疑惑："王竞之，你怎么来了？"

陈寂接话："没办法，他太想我了。"

王竞之皱眉骂他："滚。"随后脸色一变，冲陆时雨温和道，"我爸妈来明安旅游，他俩过二人世界去了。"

他在陆时雨身后望了望："就你一个人啊？"

"嗯，我觉得没什么意思就回来了。孔怡然在中文场那边，玩得还挺'嗨'的，好多男生跟她说话，"陆时雨淡笑，"我没好意思叫她。"

"啊，这样啊。"王竞之瞥了瞥陈寂，又看了眼陆时雨，"哎，那你要不跟我们一块儿出去吧，我们正想着去哪儿转转呢。"

陈寂抬起胳膊杵了杵他，用口型说："你有毛病？两男一女，你觉得合适？"

王竞之没搭理他，径自跟陆时雨说："你们这舞会计不计成绩？不计成绩的话，把孔怡然也叫出来，好不容易出来一次，还不好好玩玩？"

陈寂抱臂斜了他一眼，原来醉翁之意不在酒啊。陈寂垂眸看了眼陆时雨仍旧亮着的手机屏幕，似乎是什么宣传海报。

"去不去？"陈寂低声问她。

陆时雨"啊"了声，反正她也不想在舞会里待着，回去一个人看电视剧又没意思，那还不如……

见她不说话，陈寂又道："反正我跟王竞之也无聊，要不你跟孔怡然一起来？"

他这么说，陆时雨没办法拒绝，更不想拒绝，于是当机立断，把正身处花花世界迷人眼的孔怡然揪出来。

孔怡然一看面前的王竞之，人都傻了："你从哪里冒出来的？"

王竞之没回她这问题，往中文场的舞会厅里看了眼："我告诉你啊，阿姨让我监督你。"

孔怡然无语。

陆时雨识相地往旁边让了让，挪到陈寂身边，衣袖蹭着他的衣袖："去哪儿啊？"

陈寂："你们想去哪儿？"

她偏头看陈寂："不是你俩要出去吗？"

"我俩要选地儿的话，那就去游戏厅。"陈寂说，"你去？"

陆时雨连忙摆了摆手："那还是算了。"

她犹豫片刻，把宣传海报给陈寂看："那要不，去这个游乐场？是新开的，人还挺多。"

陈寂低头扫了眼："旋转木马啊，这么幼稚。"

陆时雨以为他不想去，认真地想其他地方："那要不我们去逛逛明安的景点，或者去市内的小吃街什么的也行……"

没承想，陈寂却忽地点了点她拿手机的手："再给我看一眼，刚没看到订票电话。"

陆时雨杏眼微微瞪了瞪，顺从地举起手机给他看，说："你……不是觉得幼稚吗？"

陈寂一边输电话号码，一边说："你不是想去？"

心脏像是被砸中，陆时雨觉得耳边好像消了音，只剩下陈寂那句"你不是想去"在反复回荡。

她默默收回手机，耳根发烫，忙把围巾往上围了围，遮住发红的耳朵。

愣神间，陈寂已经打电话订了四张票，冲还在斗嘴的那两个人说："订了明安游乐场的票，去不去？不去你俩就回去睡觉去。"

孔怡然回身："去去去！必须去！"

"游乐场？"王竞之吐槽，"你幼不幼稚啊？"

陈寂迈腿往门口走："你话多不多，嫌幼稚别去，不去拉倒。"

这个游乐场确实人挺多的，他们四个赶到的时候已是晚上八点多。

孔怡然本来就挺想来这里玩的，一进去就跟出了笼的兔子一样满场跑。有几个比较刺激的项目晚上玩不了，陆时雨和孔怡然几乎玩遍了全场最刺激的项目，最后来到了云霄飞车前。

刚才玩海盗船时，陆时雨坐在最后一排，现在还没缓过来，一看云霄飞车心里就打哆嗦。

"不行不行，这个我真的不行了。你们三个去吧，我就不去了，在下面等着你们。"

见状，陈寂也说要去买水，最后只剩王竞之和孔怡然去排队。

玩云霄飞车的人挺多，排队还得一会儿，这边陈寂买完水，陆时雨、陈寂两人便在游乐场里闲逛，不知不觉就逛到了摩天轮前。

这里人不多。

陆时雨多看了眼,虽然挺高,但是速度不快。

陈寂插话:"你想坐这个啊?"

陆时雨点点头:"有点儿。"

"那走吧。"陈寂走过去。

摩天轮转一圈二十分钟,越来越高,看到的风景也越来越美,像是把整个明安尽收眼底。

陆时雨拿着手机拍了不少照片,兴奋过后,看到对面的陈寂也正出神地看摩天轮窗外。

摩天轮光影明明灭灭,在蓝色的夜空衬托下,陈寂的侧脸忽明忽暗,光晕晃过,漆黑的瞳孔中像是有星星在闪烁。

四周安安静静的,影子是虚幻的,只有他是真的。

陆时雨悄悄举起手机,冲他拍了一张。

陈寂忽地回头,支着下巴,似笑非笑:"拍我啊?我可是要收费的。"

陆时雨"噌"地放下手机:"没拍你啊,我在看照片呢。"她甚至还把拍的夜景给他看了一眼。

他身子转过来,大刺刺地靠在椅背上:"没事,你现在也可以拍,我给你打对折。"

陆时雨瞪了他一眼。

陈寂眉头舒展,笑意跃然脸上:"行了,不闹了。"而后轻轻嘟囔了句,"真不禁逗。"

安静了一会儿,陆时雨看了眼时间,好像快到最高点了:"好像快到最高点了。"

陈寂也撇头:"嗯。"

"你知不知道,如果在摩天轮最高点许愿,愿望会成真的。"

陈寂眉头刚挑了一下,陆时雨似乎知道他想说什么,率先说:"你不许说幼稚啊。机会都是自己抓住的,而且你不是还有比赛嘛,我还是那句话,心诚则灵,你试试啊。"

到嘴边的"这你也信"又被咽了回去，像上次圣诞节一样，陈寂还真不知道这也算是机会。

不过他也没打算搅了这番好兴致。

小组赛，他是侥幸，才能崴着一条腿跑了第二，第一名犯了规，被裁判取消了资格，他们才有机会进到小组决赛里。

不过他的腿扭了一下，百米接力的决赛是参加不了了。教练连今晚的训练也给他停了，他只能把重心放到后面的个人赛上。

尽管及时做了处理，但现在，他的小腿还是有些酸胀。

田君如给他下了最后通牒，如果这回真出了事，那今后他就只能跟体育说再见。

陈寂心里沉了沉，撇头，恰好看到陆时雨双手合十，闭着眼，脸上挂着笑。

月亮破云而出，月光柔柔，悉数洒在她脸上，像是蒙着一层朦胧的月影纱。

陈寂好久没说话，盯着她弯起的唇看了几秒钟，没由来地笑了下，还挺迷信。

那就许许吧。

虽然心里不太相信，但他随着陆时雨的动作，双手合拢。

如果说以前打算一直跑下去，那么现在，他就是很确定，从没有像现在一样确定过。

再睁开眼，陆时雨刚好也放下手，摩天轮在渐渐下降，陆时雨笑意盈盈，一双杏眼都弯成了月亮一样。

虽然不知道能不能实现，但心诚则灵，她总是信奉这句话。

陆时雨觉得，她已经很诚恳了，圣诞节许愿是，这次也是，以后每次都是。她许过的愿望，无外乎都关于一个人，她不会奢求太多，愿望很简单，希望上天可以满足她。

"行了，现在老天爷听到你的祈祷了。"陆时雨笑说，"再给老天爷当一回孙子，他保佑你愿望成真，拿冠军。"

在明安的这四天还算圆满，最后一天上午危机解密之后，紧跟着就是模联闭幕式，中文场和英文场一起颁奖。对于拿奖，陆时雨倒不抱什么希望，第三天的 session3 和 session4 的议题比第二天的还要难，不仅角度刁钻，而且无论怎么答都感觉像是在针对其他代表团，稍不小心就会被扣上一顶"自私"的帽子。

她自我感觉说得不算好，可也不算不好，中规中矩。

好在她一场都不紧张，就算是有瞬间卡壳，也很快就调整好了。因为每当她站到台上，似乎还可以看到旁听席上那个正懒散坐着的人。

陈寂后来没再来旁听，他的个人项目要在两天内比完，自从那晚从游乐场回来，她就再没见过陈寂。

台上，明安模联的指导老师正在做总结，半中文半英文，听得陆时雨云里雾里。她索性拿出手机，百无聊赖地翻着在摩天轮上拍的照片，大部分是夜景，夹杂在一张张夜景之中，还有一张陈寂的照片。

就匆忙拍了他一张照片，还是糊的，而且还被抓包了。

不过模糊的画质中，还能依稀窥见那双似点漆的眸。

她盯着照片，无声地弯了弯嘴角。

这个点儿，陈寂那边大概正在比赛了吧，也不知道他个人项目怎么样了。

正当陆时雨看着照片出神时，秦安兰突然给她发来短信：今天就回来了吧？我跟你爸得值班，家里没人，你自己先收拾收拾，明天准点儿去上补习班，上午上数学，下午上化学。落下的几节课我托老师给你录好了，就在咱家电脑桌面上放着，你抽空看了。

陆时雨心里一沉，微不可察地叹了口气，给秦安兰回过去：我知道了。

秦安兰：桌子上有钱，别在家里吃方便面，自己去小区外面吃，也别买那些没营养的东西，喝点儿粥什么的，省得上火。最近咱们家这边太干，病了就麻烦了，又耽误学习又耽误时间。

陆时雨无语。

她这话跟陆兆青说的一模一样，估计又是跟陆兆青学的。

以前她姐曹晶生病的时候，陆兆青就是这么说曹晶的，生了病赶紧喝药打针，什么好得快就干什么，省得耽误了学习。

陆时雨还没回话，秦安兰又紧跟着发过来一条：晓雅下周才能回来，物理下周再补，补习时间到时候你自己跟她沟通吧。

还要补物理？

她眼神一定，补物理的话，那陈寂……

正走着神，周围忽地爆发出一阵掌声，孔怡然还冲她喊了一声。

陆时雨吓得一颤，满目茫然地看着孔怡然。

只听她说："愣着干啥！你拿奖了！厉害啊你！"

陆时雨有点不可思议，看着台上的幻灯片上有自己的名字，才反应过来，她好像真的获奖了。

是最佳代表。

直到拿着奖杯坐回到位置上，陆时雨心里还像是石头入湖一样，激起一层又一层涟漪，久久不能恢复宁静。

她本来没什么信心的。

回过神，她给这奖杯拍了张照片，首先点开了陈寂的对话框，打算给他发过去，却在即将点"发送"时，手指滞住。

陈寂头像是灰的，这会儿发过去，他还不一定什么时候能看到，而且也不知道他比赛结果怎么样。陆时雨一想，还是算了，又退出与陈寂的对话框。但她没忍住又点了进去，再退出，反复几次，也没什么心情去听老师宣布中文场的获奖名单了。

就在她盯着陈寂的头像时，他的头像却忽地亮了起来。

陆时雨愣了愣，紧跟着心下一喜，把拍好的照片第一时间发给他。

CCCCC：不错啊，你看我说什么来着，听陈老师的，绝对包你拿最佳代表。

陆时雨回了个笑脸儿，说：啊，对了，那这么说，这奖杯还有你一半呢。

CCCCC：那还是算了，这么贵重我可受不起，这么着吧，你喊声陈老师，我勉为其难接受就行。

陆时雨笑笑，把一直没改的陈寂的昵称备注改成"陈老师"，随后说：那还是算了，我不太想让你勉为其难。

陈寂回复：［微笑.jpg］

看语气，他好像心情不错，还能这么插科打诨，就说明他拿到好成绩了。

陆时雨放心大胆地问：那你呢？是不是很顺利？

陈寂发来一条语音，陆时雨悄悄弯身出门，在空无一人的走廊里点开这条语音。

场馆内好像很嘈杂，隐隐约约传来几声嘹亮的广播——

"请10041号运动员，陈寂，到主席台领奖。"

随后，语音里传出衣物摩擦的声音，紧接着，陈寂的声音传来，很清晰。他的声线非常干净清澈，语气里全是张扬，陆时雨似乎都能想象出他发这条语音的动作与表情。

他应该是挑着眉梢，目若朗星，阔步朝主席台走，狂而不傲。而后他盯着那块奖牌，冲话筒里张扬地说："哎，听见没，没办法，本来想着低调点儿，谁知道主办方是拿大喇叭通知得金牌的运动员领奖。"

陆时雨回到榆阳，还真有些不习惯，不仅不能再舒舒服服地看剧了，而且还得跟上课一样按时按点去上补习班。

不得不说，秦安兰在对待她学习这方面，毫不含糊，电脑桌面上那几个录好的教学视频，足足有几个G，给她报的补习班，就连过年那几天都有作业，就只大年初一和大年初二两天休息。

休息了一晚，陆时雨第二天一早就收拾好作业准备准点去上课了，还没出门，恰好碰到秦安兰值班回来。

秦安兰一晚没睡，眼下乌青很明显。

一说要去补课，秦安兰就没多问。

陆时雨推开家门时，准备回卧室去睡觉的秦安兰却忽地制止她："你先等会儿。"

陆时雨回身："怎么了？"

秦安兰审视着她，朝她伸手："把你那老人机给我看看。"

陆时雨心里陡然有些慌乱，这真的打了她一个措手不及，不知道秦安兰要看什么，但光是她相册里那一张陈寂的照片，她今天就别想出门了。

她局促不安，犹豫一秒，但还是佯作淡定地把手机递给秦安兰："怎么了？"

"你是不是给这手机卡充过流量啊？"秦安兰接过手机，一边翻她QQ，一边说,"我给你交话费的时候查了查账单。"

陆时雨没办法隐瞒,不过她充流量那两回不是同一个月,也不知道秦安兰查了多久的账单。她总感觉胸腔里溢满了紧张,轻轻"嗯"了声:"去明安之前充的。"

秦安兰看了一遍她QQ里的联系人,又大概看了眼聊天记录:"充了流量就好好干点儿正事啊,别总想着玩。"

秦安兰把手机递回去:"上课去吧,中午早点儿回来。"

陆时雨重重地舒了口气:"行。"心底止不住庆幸,幸亏把陈寂的备注改成了"陈老师",幸亏妈妈没翻相册。

幸亏。

出了家门,陆时雨仍觉不放心,秦安兰连账单都查了,难保以后不会查别的。

她越想越不踏实,骑自行车经过一个甜品店时,被门口的自助照片打印机吸引了视线。

陆时雨推着自行车,在路边看了几秒,最终还是推着车子走过去。

不过这自助照片打印机得用智能手机才能操作。

陆时雨皱皱眉,她手里这老人机……也不太行啊。

这几天陆时雨老老实实地上课下课,没敢用手机,连QQ都很少上,生怕秦安兰一个突击,看到什么不该看的。

就这么战战兢兢地过了一周,到补习物理的时间了。

下了化学课,陆时雨正准备联系朱晓雅,顺便旁敲侧击一下,是不是只有她一个人上物理课,一整天都没上过的QQ却忽地响起消息通知。平常除了孔怡然,没什么人会给她发消息。

消息提示音"嘀嘀嘀"响了好几下。

孔怡然平常就爱这样,一次性发一大堆,一句话分好几条发,陆时雨每次都得一条一条地回,搞得像是皇帝批奏章一样。

这回她以为孔怡然又有什么要吐槽的事了,想也没想就点开会话框,回了条语音过去,开玩笑地说:"朕现在忙着呢,没空理你,待会儿等朕再来宠幸你啊，爱妃。"

手指一松，语音"咻"的一声发送出去，陆时雨找到朱晓雅的电话打过去。

两人商量好上课时间和地方，准备挂断前，她又叫住朱晓雅，吞吞吐吐地问："姐姐，明天……还是给我一个人补习吗？"

朱晓雅"嗯"了下："不是，还有一个人，上次那个陈寂，你还记得吧？你俩一个高中一个年级的。"

闻言，陆时雨弯着眼睛，笑道："行，那明天不见不散！"

安心打完电话，陆时雨才想起来被她遗忘到角落里的"爱妃"，准备打开QQ"宠幸"一下，结果点进QQ对话界面……

嗯？为什么"陈老师"的对话框是第一个？为什么孔怡然是第二个？

陆时雨蒙了，她颤颤巍巍地点进和陈寂的对话框，看到一条语音静静躺在最低下，上面还有四五条她没看到的消息。完了，她刚才说了什么来着？

就在陆时雨在心里暴跳如雷时，陈寂又发来一条新消息：吾皇，我是正经人，虽然卖艺，但真不卖身，真的。

在陈寂发来这句话之后，陆时雨捧着手机彻底陷入沉默。

人生十七载，她从没有像现在一样这么想逃离地球。

陆时雨有点想"摆烂"了，也不知道从哪句话开始解释，这貌似已经是第二回了，她在陈寂面前的个人形象毁于一条语音，整个人又羞又恼。

就在这时，QQ消息提醒就像是一道催命符，让陆时雨整个人都灵魂出窍了。

CCCCC：哦，在后宫日理万机，所以都没空回我了？

陆时雨：……没有，刚才那语音真不是发给你的！我是要给孔怡然发的……

CCCCC：我长得跟孔怡然就那么像？像到连QQ都能认错啊。

CCCCC：行，等我给你带两张我的照片，你有空看两眼就行。

陆时雨脑袋在桌子上磕了两下，破罐子破摔地回：政治必修四课本上说过"人不能两次踏进同一条河流"。

CCCCC：所以？

陆时雨垂着眉眼，一字一字地敲：你也可以理解成，现在的我和刚才的我不是一个我。忘记刚才的我，和现在的我愉快说话，可以吗？

对话框最上面的"正在输入中"断断续续闪了好久，陆时雨也盯着"正在输入中"看了好久，但最后，陈寂什么也没发来，只回了她一条语音。

夜里寂寥安静，静到连呼吸声都能清楚地听到，陈寂的声音低沉，像是刻意压低说的，却又带着一丝嘲弄玩闹："哇，真不愧是你，诡辩论你都能说出花来，那请现在的陆时雨往上翻翻刚才陆时雨的聊天记录，可以吗？"

陆时雨这才反应过来，红着脸往上翻了翻聊天记录，好半晌，才回陈寂：行，我知道了。

朱晓雅从学校回来得晚，离开学还有不到一个月，二月份本来就短，她走得也早，要赶着回去参加比赛，补习满打满算也只有二十多天。

时间紧任务重，陈寂这回没好意思再迟到，而且比陆时雨到得还早，专门等着她来，给他讲讲基础知识。

陈寂很有自知之明，知道自己基础差，得找个人帮自己捋捋，不然补习根本就是浪费钱，而且田总也学聪明了，他从明安拿回金牌之后，她倒是不反对他接着练体育了，唯一一个条件就是把学习同时抓上去。

对于田君如这个要求，陈寂也不是不知道她什么意思，无非存着他不走体育这条路的想法。

这个想法一时半会儿也改不了，陈寂也不想再跟她作斗争了，拿成绩说话比什么都强。

老老实实学了二十多天，收获还挺大的。陈寂安静的时候就跟不存在一样，陆时雨听课听得也挺入迷，就怕到时给陈寂讲题的时候说不明白。毕竟这是她头一回当小老师，还是给陈寂当小老师。

她适合题海战术，讲完一遍知识点会刷很多题，一刷刷好久，常常忘记时间，每次做完题脖子都是酸痛的，揉着后脖颈来回晃着。朱晓雅提醒过她好几次，但每次她一忙就忘。

每当这个时候，陈寂就拿着题过来了。

她便会放下手边的卷子，去看陈寂的练习册。

不过，她常常要被陈寂气死。

深入接触以后，她发现他真不是一般的皮，当他的老师可真不好当，这人思维跳脱得不行，也挺会倒打一耙，装"绿茶"有一手。

一道经典的力学题，明明按照常规做法能解出来，陈寂非要问："加速度还能变？你要不试试先求它做的功？"

开始陆时雨还挺有耐心，会耐心跟他解释："当然在变，因为对物块的拉力是恒等于F，不变的，而且物块在下落啊，它受的合力在变小，加速度当然也在变小。"

陈寂指着题上的动滑轮："不是，这为什么拉力不变？"

"物块的重量不变，向下的拉力不变，这是固定的。"陆时雨抿了抿唇，无奈地看他，"你不是说我刚才讲的你听懂了？"

陈寂点了点头："懂了啊，我这不是举一反三呢？"

陆时雨呼了口气，气得想捶他，但还是压着脾气说："你还是先把这个一搞懂吧。"

陈寂眉头一皱，侧着身子，左手支着头看她，很笃定地说："陆老师，你怎么讲着讲着还急眼了呢？"

陆时雨瞬间眉头一松："我没有啊……"

陈寂面无表情地睨了她一眼，轻飘飘地叹了口气，比她的语气还无辜："唉，算了，我还是自己琢磨去吧，到时候省得变成陆不理。"

论胡搅蛮缠，没人比得过陈寂，这倒打一耙真是打到她心里去了。

偏偏陆时雨还是个吃软不吃硬的性子，她心里一软，喉头一松，哄道："哎，好了好了，我再给你讲一遍，用另一种方法。"

给了台阶就下，该多好，陈寂偏不，非得装成一副"算啦，我要不还是不打扰你了吧"的样子，然后再把习题挪到她眼前，得了便宜还卖乖："别勉强。"

因为教了陈寂物理题，陆时雨感觉她对学生可以无底线地纵容了。

年夜饭家里亲戚长辈不可避免地问了问陆时雨成绩，然后照常夸夸夸，说她瘦了不少，也变好看了。

秦安兰随即就会说："哎，现在不是管漂不漂亮的时候。"

亲戚打量陆时雨几眼，接着又夸："看着也开朗了不少，比小时候话多。"

这点秦安兰真没发现，她太忙，一个月见不了女儿几面，便打着马虎眼过去了。

陆时雨却记在了心里，她似乎是变得有些话多了，好像是从上了高中开始的。孔怡然也曾说过，她话变多了。

陆时雨想了想，她最近确实胆子大了些，不过都是为了怼陈寂练出来的，她在陈寂面前，好像真的不太一样。

后来一屋子人又聊起陆时雨将来的职业，问她想干什么，她还没来得及回答，秦安兰便抢先说考个公务员什么的。

亲戚又说："当医生也不错啊，跟你们两口子一样。"

陆时雨也以为，秦安兰会这么想。可没想到，秦安兰摇了摇头："不太想让她将来当医生，可以当老师，考教师编，有寒暑假，多好啊。"

原来陆时雨不喜欢当老师，她总觉得当老师也会变得像陆兆青一样严厉，每天操心这个学习操心那个的学习，太累。

不过现在，陆时雨觉得，当老师也挺好的，她就不信能遇上比陈寂还难搞定的学生。

这倒是可以放到将来的职业规划里。

三月份开学。

年级里有不少人已经开始偏科学习了，孔怡然很坚定地想选理科，不太想背那么多东西，觉得那样太痛苦了。

过年那会儿陆家还专门开了个小型的家庭会议，由秦安兰主持，主题是关于陆时雨文理分科的讨论，一家三口，毫无意外地全票通过选理科。

当然，陆时雨是被迫投票的，不过她也无所谓，文理都可以。如果她不选理科，那免不了又是一番鸡飞狗跳，她不太想让家里过年都不得安宁。

因此，开学以后，陆时雨也把自己的重心放到了理科，物理成绩总算不再拖她后腿了。

当然多半是陈寂的功劳，她的基础知识已经扎实得不能再扎实了。

天气转暖，体育班的训练也陆续恢复。陈寂拿了省赛冠军，开学去校外的训练营训练了，不止他，王竞之也跟着去了校外更专业的训练营训练。

自高一下学期起，月考也变了变形式，不再是学校单独出题，而是和市里的其他八所高中一起联考，考完后不仅有学校排名，还有市排名。

而且不仅有学生排名，也会有学校排名。

在自己学校考这么点分儿还不算，非要把人丢到市里去。

为了避免考差排名低而丢人，孔怡然明显比以前沉稳不少，吃饭的时候都在跟陆时雨讨论题目。食堂里依旧热闹，但似乎少了点儿什么。

孔怡然默默背完一遍公式，百无聊赖地喝着粥，忽地说："体育班还有人没回来啊，他们要是不能参加考试的话，那不得拉低咱们平均分啊。"

陆时雨头也不抬："他们能回来啊，拉不了。"

"啊？"孔怡然一顿，"他们最近都没来过学校，王竞之已经好长时间没上过线了，你怎么知道的啊？"

陆时雨被粥呛了一下。

开学前最后一天补习，她看见陈寂的集训报名表了。

陈寂那天刚好拿了报名表再去上课的，陆时雨一过去就看见他在填报名表，认认真真一笔一画，上面还贴了他的蓝底证件照。

那天陈寂意外地没有跟她抬杠，"陆老师"讲课还挺顺利，但是陈寂这张欠揍的嘴是改不了的，他似乎是仗着自己开学以后去不了学校，那天又是最后一次见面，所以肆无忌惮地跟陆时雨开起了玩笑——

下了课，朱晓雅去给他俩打包蛋糕了，陆时雨在座位上收拾东西，陈寂就带了几本书，拿在手上就能走。他盯着陆时雨有条不紊的动作，忽地来了这么一句："哎，忘了件重要的事啊。"

陆时雨以为他今天又要问什么气人的"举一反三"的问题，立刻警觉地停下手上的动作，心道该来的还是来了，不过嘴上还是温温柔柔地问："怎么了？"

陈寂遗憾地叹了口气："我忘了给你拿我的照片了。"

陆时雨疑惑地看着他："我要你的照片干吗？"

"还能干吗？"陈寂说，"怕你又把我当成孔怡然啊。不过……咱俩都当二十几天同桌了，你不会再认错了吧，毕竟你记忆力这么好。"

还真是哪壶不开提哪壶。

陆时雨刚要怼陈寂两句，他识相地抓起书就跑："走了走了，回见啊，陆老师。"

目送他的背影消失在楼梯口，陆时雨才笑着收回视线，临走前整理桌椅时，突然看到陈寂掉在桌下的那张报名表，他似乎是填错了，最底下那一栏画了好几道叉。

陈寂的字向来飘逸，都说字如其人，还真是这样，他的字跟他的人一样，大气磅礴，龙飞凤舞。

但是他居然这么粗心。

这上面还有他的照片呢。

陆时雨拿手机发消息告诉他：跑这么快，你报名表掉地上了。

陈寂回了条语音，似乎还能听见"呼呼"的风声："那个扔了吧，我写错了。"

陆时雨回：好的。

想了一下，她又说：友情提示，行车不规范，亲人两行泪。这条免费提示，不用回。

陈寂挺听话，就没回。

陆时雨把他的报名表折了折，准备扔到垃圾桶里，手都已经抬起来了，却又在扔东西的那一刻停滞在半空。

她顿了顿，展开报名表。

证件照上，陈寂穿着白衬衫，不知道是什么时候照的，头发比现在要稍微长一些，稍稍遮盖住那对浓浓剑眉，脸上没什么笑意，眉眼深刻，眼窝很深，眼角微微下垂，透着些生人勿近的硬挺感。

难得见他这么正经。

他还说忘了拿照片。

陆时雨轻轻呼了口气，轻轻触碰那张小小的一寸证件照，她指尖挪动着，而后小心翼翼地把他的证件照撕下来，牢牢夹在自己那本手账里。

证件照，也是照片啊。

陈寂整整一个月没来学校，他俩最后的聊天记录，是她发现有个地方，补课的时候她给他说得不太准确，便又跟他解释了一大堆。不过他没回，再往后就是一片空白。

他似乎从那以后就没再用过QQ了，陆时雨也不好意思打扰他训练，但每天依旧忍不住翻翻聊天记录。

这天，陆时雨写完作业，照常把老人机开机，准备逛一圈空间，才翻了没两下，就看到陈寂发了条说说，还配了两张照片。

照片上十余人，有男有女，都穿着训练基地统一的运动服，她一眼就看到了陈寂。他站在靠右的位置，个子高挑，很打眼，眉眼深邃，目若朗星，左手臂搭在旁边男生的肩膀上，脸上挂着明媚又畅快的笑容。

陆时雨盯着他的笑眼看了好久，等她反应过来的时候，已经把照片保存下来了。

第二张，陈寂仍站在那个位置，只不过不再跟旁边的男生勾肩搭背了，换成了在跟明安见过的那个短发女生交谈。

女生隔着人群偏头看着陈寂，似乎是正在说什么话就被拍下来了。陈寂的左手插在兜里，板板正正地站在原地，留给镜头的只一个流畅的侧脸和爽朗的笑。

那女生依旧很酷，气势完全能比过在场大部分男生，陆时雨一个女生看着都对她生出好感。

何况陈寂。

而且两人似乎还练着同一个项目。

陆时雨一时间觉得心里似乎堵了团棉花，没有到闷得呼吸不了的地步，但不拿出来，也足够让她堵得难受好久。

他俩之间没有共同语言，不像他与她。

这下没心情再看照片了，陆时雨点开相册，找到刚刚存下来的照片，指尖挪到删除键，停顿了好久，最终还是叹口气，没出息地关了手机。

她没有勇气。

不仅没有像那女生一样的勇气，也没有删除照片的勇气。

开学以后王竞之倒是断断续续回来过两三次，每次休息的时候就得让孔怡然帮他补一次课，而这时候孔怡然就会拽着陆时雨一起出来。

每次补课，一开始是两个女生坐在桌子的一侧，王竞之单独坐在另一侧，但补着补着就变成王竞之和孔怡然坐一起，陆时雨一个人在另一边闷头看书了。

饶是陆时雨再迟钝，也知道这时候不该插嘴打扰他俩讲题。即使两人讲不了几道题就吵，一个说对方没耐心，一个说对方脑子像是"没褶皱"。

第三次给王竞之补习，这两人又因为一道题开始吵了，吵得陆时雨头痛，她莫名就想到了她给陈寂讲题的情形。

陈寂也爱瞎叨叨，他跟王竞之还真是蛇鼠一窝，明明当下的题还没懂呢，就非得想着"举一反三"的事，这么一想，陈寂似乎要更气人一些。

不过她不像孔怡然这样会怼人，陆时雨觉得，她还真是能忍，脾气太好了。

她这边正走着神，那边孔怡然已经面如土色，"噌"地从王竞之身边站起来："看题啊看题啊你！三角形向量法则我都给你写上了，你睁开眼睛做题吧！"

气氛一时有些尴尬。

陆时雨看了看孔怡然又看了看王竞之，当和事佬，弱弱地跟孔怡然说："你不是说要喝芋泥啵啵奶茶吗？我也挺想喝的，这会儿人不多，要不你去买，我给他讲这道题。"

孔怡然也觉得自己话说得似乎有些重，此刻一副欲言又止的样子，瞄了王竞之两眼。她清了清嗓子，想问他要不要喝奶茶，但一看王竞之抱臂好整以暇的表情，到嘴边的话又咽了回去，风风火火地跑到吧台买奶茶去了。

陆时雨把书推给王竞之："你哪里不懂？"

对着陆时雨，王竞之不好意思插科打诨，老老实实地指了指某道题。陆时雨看了两眼，便在草稿纸上写下解题步骤，给他说思路。

讲完她问他懂了没。

王竞之刚要说话，手机却响了。他拿出来，看了眼来电人，随即接起来：

"干吗？忙着呢，有屁快放。"

那边的人说了什么后，王竞之说："就咱学校旁边一中街的奶茶店里坐着呢。"

陆时雨安安静静地坐在位置上，等着孔怡然回来。

"我能忙什么？忙我的学习大计呗，咱总不能当那个拖后腿的吧。"

他手机外放声音还挺大的，陆时雨依稀听到，电话那头好像是个男生。她默默攥了攥拳，耷拉下去的耳朵又竖起来，嘴角紧紧抿了抿。

有时间打电话，有时间拍照片发说说，就是没时间回她说的那两道题是吧。

"少瞎叨叨，谁逗她了，我那是正经学习，"王竞之往椅背上一靠，"而且我又不是光她一个老师。"

陆时雨的心都快蹦到嗓子眼里了，紧接着就听王竞之郑重地介绍她："那还有谁，陆时雨陆老师呗，比她态度好得没边好吧。"

这会儿，孔怡然刚好举着两杯奶茶回来了，一脸兴奋地说："这一家芋泥啵啵是新品啊，还送小奖券了！你快看看写的什么？好像有'再来一杯'或'第二杯半价'！"

孔怡然放下奶茶，展开奖券。

"哈哈哈，我中了！第二杯半价！"孔怡然高兴得蹦起来，兴冲冲地又返回，去吧台兑奖了。

陆时雨也从杯子上取下那张券，展开一字一句低声地念："想要一杯芋泥啵啵奶茶，不要芋泥不要奶茶……"

刚说到这儿，嘴边忽地递来一部手机，零点零一秒之内，陆时雨看到手机屏幕上刺眼的"陈寂"两个字。

不知道前面那些他听见了多少，陆时雨立马刹住，将奖券上最后一句话憋了回去。

王竞之把手机塞到她手里，起身去找孔怡然了。

像是拿着一块烫手山芋，陆时雨深吸了口气，尴尬道："喂，怎么了？"

陈寂拖着尾声，很折磨人：""陆老师'没学习啊？"

都听见念广告词了他还问。

她声若蚊蚋，那种对于他不回消息的不舒服似乎冲散了一些，可心里还带着几分别扭:"你有什么事吗?"

陈寂听出她话里的不对劲了,扯皮道:"听说你给王竞之辅导数学,等我回去能不能麻烦'陆老师'再跟我单独讲一回?我最近忙得不行,没空回去。"

忙得不行你还笑得那么开心?还有空发照片?

陆时雨佯作平静,但仍旧有些细微的不耐烦透露出来:"陈寂,你的嘴要是不要,我现在可以给你捐了。"

电话那头沉默了好久,陆时雨也发觉自己态度不是很好。她刚要起身把手机递给王竞之,电话里蓦地又传来一声低叹。陆时雨又把手机放到耳侧,怎么声音突然这么大了呢?她也没放大声音啊。

大得就像陈寂在她身边说的一样,而且还如此真实。

思及此,陆时雨汗毛都竖起来了。

她抬起的身子又缓缓坐下去,随后像机器人一样扭过头,看到陈寂举着手机,面无表情地看着她,带着些隐隐的打量。

"你怎么……来了?"

"训练营提早结束了,我后面在学校备赛。"

陆时雨刚才怼他的气势瞬间就没了。

其实她知道自己挺没立场生他气的,更不该乱发脾气,语气便软了几分,捏着奶茶上的奖券说:"喝不喝?第二杯半价。"

陈寂挑了挑眉梢,凝视着她,忽地笑了下:"喝不了。

"某人嫌我烦,给我把嘴捐了,我嘴都没了,怎么喝?"

陆时雨一噎。

"而且王竞之比我还烦,也不知道某个'陆老师'为什么态度天差地别。要不你考虑考虑给我把嘴拿回来?"他走过来,坐在陆时雨侧面的位置,装可怜,"我这辈子都没这么拼命过。"

"为了我的嘴。"他补充。

陆时雨感觉一阵无语,他还真会胡搅蛮缠。

她只好说:"我没那么说。"说着,又把自己那杯没喝过的芋泥啵啵奶茶递到陈寂眼前,权当道歉,"喝吧。"

陈寂垂眸扫了眼。

"你喝不喝？"陆时雨到底还是瞪了他一眼，她还没跟他计较不回消息的事，他反倒上纲上线了。

陆时雨极少瞪人，虽然瞪了，气势也是软绵绵的没什么力度，但陈寂也懂见好就收，她给台阶，他便下了。

不过奶茶他没喝，原封不动给陆时雨推了回去："这玩意儿我喝不惯。"随后一只手把玩着响了一下的手机，一只手从桌上拿了听可乐，食指抠着拉环一气呵成单手打开，仰头喝了一大口，喉结上下滚动。

陆时雨连忙别过头，吸了口奶茶。

陈寂妹妹给他发了条消息，说已经到江城了，那边冰场特别大，吧啦吧啦说了一大堆，话里全是高兴。

陈寂回她：陈韵溪，你收敛点儿吧，爸同意了不代表妈同意了。我跟咱爸可都帮你瞒着呢，早点练完早点回来，夜长梦多懂不懂？

末了他又加了句：注意安全，别傻练。

说完他还是不太放心，陈韵溪的脾气他太了解了。他又退出去找到蒋锐洲，让对方看着点溪溪。

叮嘱完，陈寂随后划了下消息页面，才在一堆小红点里发现陆时雨那两条未读消息。

他一边点开，一边说："你还给我发消息了？"

陆时雨瞥了他一眼，心道：你反射弧还真长。

陈寂看完她那两条消息，诚恳道："我没看见，消息太多了。"

陆时雨没忍住，酸了他一句："是，您日理万机。"

"你别冤枉好人啊，"陈寂给她看手机界面，一大堆红点晃得人头晕，"马上到重点赛季了，我天天被教练折磨得要死要活，哭还来不及，谁能管得上这个？"

陆时雨又想起那两张照片了，于是一个没忍住，指着某个群头像，轻飘飘道："你这不笑得挺开心的？"

陈寂往她指的地方看了眼，这头像是他发说说的那两张照片的其中一张，训练营的教练给拍的，当时测试赛他成绩不错，很高兴。拍完后，教练把这个当成了群头像。

只是这么小的一张照片，她都能看出来他在笑啊？陈寂愣了下，但没多想，有模有样学着她刚才凶他的语气说："你眼睛要是这么好使，可以捐给我。

"你拿了第一不高兴不庆祝啊？别人跟你说恭喜，你还哭着给人说谢谢？"

陆时雨怔了怔，所以，他在笑，是因为拿了第一？是因为那个女生在祝贺他，不是因为别的？

别扭的情绪似乎消失了，陆时雨心里一下畅快许多，想笑但又不能笑，克制着没在脸上表现出来。

她喝了口奶茶压了压躁动，十分正经地说："那你不会已经把寒假学的东西全忘了吧，但现在看到也不晚。后天就月考了，这题你赶紧改过来就行了。"

话题总算归于正常，陈寂看她不那么呛人了，才靠回到椅背上，恢复了平时的懒散："我记忆力还算可以。"

说话间，王竞之和孔怡然也回来了。

这会儿已是傍晚，昏黄落日将街景铺满金色，一中街的车流也逐渐多了起来，不少摊贩推着小推车出来摆摊，红豆饼的香味似乎都传到了店里，烟火气满满。

他们四个人也无心学习了，商量着一起去吃饭。

2015年的时候烧烤大排档还是有不少的，一中街就有四五家。陈寂似乎对这片很熟，带着他们走走绕绕，来到巷子深处的一家大排档。

露天的苍蝇小馆，人却不少，空气里弥漫着辛辣的孜然香气和酒气。

陈寂找好位置："别看这儿环境不太好，但是味儿正。"

秦安兰管陆时雨管得严，这种地方她压根儿没来过，正好奇地四处打量。陈寂以为她不习惯，抽出桌上的纸巾，把两个女生面前的凳子擦了擦。

王竞之见状，问道："你为什么不给我擦？"

陈寂推开他："你别恶心我成吗？"随后冲她俩说，"吃的东西都在冰箱里，自己拿。"

孔怡然放下包便去了，陆时雨不挑食，便坐在这里看着东西。

陈寂拿了瓶橙汁过来，拧开后递给陆时雨。

陆时雨喝了口橙汁，满眼全是新奇，问："你怎么找到这儿的？我还从来没来过。"

"一中街就这么大，挺好找的。你没来过啊？"陈寂有些惊讶。

陆时雨放下橙汁，沉默了下，无奈地耸耸肩，笑道："我妈从不让我往这里走，她老是怕我自己一个人出事儿。"

知道她乖，但不知道她这么乖，陈寂扯唇："我妈也不让，我还不是来了？她不让我练短跑，我不也拿了好几个冠军了？"

"有时候父母的话不一定对，在保护好自己的情况下，总得叛逆一回吧，不然怎么发现这地儿啊。"陈寂慢条斯理地给自己打开一罐可乐，接着道，"感觉你挺听你妈的话。"

陆时雨点点头，不知道该怎么说："确实，也不敢不听。但我妈也是为我好。"

一谈这个话题，似乎就有些沉重了，陆时雨知道，陈寂的妈妈似乎并不支持他练短跑。这种不支持，就好像是秦安兰不喜欢她喜欢的东西一样。

所以她感同身受。

但她做不到像陈寂一样争取。

"你自己的人生，不还得你自己走啊。"陈寂轻嗤了下，"你自己觉得好，那才叫好，他们觉得好那是他们的事，跟你又没关系。"

说得还挺对。

陆时雨却觉得无所谓了，平静道："我从小到现在，上什么学校、放学干什么、假期干什么、上什么辅导班、兴趣班，都是我妈规划好了的，所以我都习惯了。"

"那以后呢？"陈寂难得正经地问了句，"你打算干什么？"

这可问到点子上了。

陆时雨顿了好久。

她没有明确的目标，秦安兰让她选理科，她就选理科；秦安兰说她可以当老师，她觉得也还可以接受。

片刻，陆时雨才沉沉地吐了口气，愣愣地道："我不知道。"

"那也没事儿啊，反正现在还早着呢。"陈寂随口说，开玩笑一样，"没到那一步，你不会知道自己到底想干什么。

"你不知道，我小时候的梦想不是运动员，我那会儿喜欢看《走近科学》，看电视里改装车，我就也想当个改装汽车的。但是汽车我又拆不了，所以七岁那年我自己拿着螺丝刀和钳子把我们家所有的小自行车给拆了，一辆不剩，后来发现装不回去，被我妈拿扫把揍得不轻。她揍我，我就往街上跑，也不知道我妈从哪儿又搞来一辆自行车，骑上就去追我，追着我七拐八拐跑了好几条街，愣是没被追上。

"但我觉得我没错，我那会儿喜欢改装，喜欢就要去改。她揍我，我也得拆，那会儿好奇心多重啊，要是不满足那点儿好奇心，我得难受死。"

陆时雨笑得不行。

陈寂倏地认真起来。

夜幕降临，街边流光溢彩，小巷里的霓虹灯一闪一闪，大排档的橘黄照明灯像是给他笼了一层光影。光影里，陈寂眸似点漆，眼中带着光，像是炽热的火焰，眼中盛得下这个大大的世界。

陆时雨忽地想到一句话——

"他的目光能看得到未来吗？"

周围是各种说话声，有人吵闹着让同伴喝酒，有人谈论自己的领导气人，有人说同事是势利眼，有人说自己看中了一个姑娘……有宣泄不满，也有语带小雀跃。

满满的都是现实。

只有眼前的少年，恣意又潇洒坚持，活力满满地说："所以啊，未来还长着呢，慢慢来吧，我觉得咱们不能一辈子光听大人的，你总得自己选一次。"

陆时雨忽然觉得，他的目光是有温度与颜色的，全是生活与未来，是他自己选出来的生活与未来，带着重重光芒。

人来这世上走这么一遭，是为自己而活的，少年总得向阳而生，眼底不仅得装下当下的黄昏落日，还得盛着未来的初升朝阳。

四月初，榆阳市气温回暖，体育班调整了训练节奏。

陈寂的小腿之前在明安受了小伤，再加上他寒假冬训有些劳损，起跑速度受了一定影响，因此教练组打算让他先进调整期。

调整期内没有太激烈的训练项目，基本就是负重、慢跑，防止他体能下降。

陈寂并不觉得腿多么痛，只是偶尔会泛酸，平常训练赛跑步很正常。负重和慢跑基本都是之前的常规训练项目，这么一来还相当于给他减了负。

这样空余时间就多了，但陈寂不是个能闲得住的人，也怕被田君如发现他因为腿伤调整训练的事，每次自己都会再练上几百遍起跑，结束后还会再跟篮球队打会儿篮球。刚开春的四月其实算不上多暖和，可他身上每天全是汗意，有时候穿件短袖就在学校里晃。

2015年新赛季，高中生短跑室外锦标赛会在五月中旬开始，离开赛还有不到一个月的时间，照理说，伤筋动骨一百天，即使陈寂没伤着筋没动到骨，但他长时间过度用腿，伤筋动骨也是早晚的事。

但最近几次测试，陈寂的成绩还可以，小腿看上去恢复得不错，卫琪才让他开始正规的训练。

如此一来，陈寂就没空再去打篮球了。陆时雨好几天晚饭后没在篮球场见到陈寂，操场上也没看见人，而且自从高一下学期开了学，体育班检查纪律的人就换成了他们班副班长，陈寂晚自习也没再查过纪律。陆时雨还以为他又去什么地方封闭训练了，还是某个周四把笔记本忘在模联会议室，返回去拿笔记本经过器材室时，才发现陈寂下了训练之后在这里。

他背对着器材室的门口，正直立着身子举着杠铃做手臂弯举，上半身只穿了一件黑色短袖，发力时手臂紧绷，肌肉紧实但并不夸张，肩胛骨向外扩张，肌肉曲线很美，力量感十足。

忽地，陈寂放下杠铃，侧过身子，撩起短袖衣角抹了把额头上的汗，隐隐露出了腹部流畅凌厉的线条。

很养眼。

陆时雨不过才瞥到一眼，就连忙背过身往旁边躲了躲，不知所措。

她一边祈祷陈寂没看到她，一边祈祷他赶紧接着练。

可天不遂人愿，陆时雨刚刚深呼吸了几次，打算悄悄抬脚往会议室走，刚一转身，却猝不及防地看到正倚着门边的陈寂。

陆时雨被吓得硬生生倒退了好几步，杏眼瞪大。

陈寂已穿了外套，正拿着毛巾擦额头和后脖颈上的汗，对已经"石化"的陆时雨开口："你在这儿干吗？"说着，把外套拉链拉上，把自己遮了个严严实实。

陆时雨佯作淡定："我路过，去会议室拿东西。"

看他一副遮遮掩掩的样子，脸上全是"我看你怎么解释"的表情，陆时雨就更加确定，他肯定看到她站在门口看见他撩衣服了，不过她也就是晃了一眼而已。

陆时雨索性心一横，决定先下手为强："你怎么不关门啊？"

陈寂抱臂，耸了耸肩，一脸无辜："我又不知道放了学还会有人来这儿。"他顿了顿，"还正大光明地站到门口。"

听他这么说，说到底还是她不该看了呗。

陆时雨有些不敢直视他，很尴尬也很无奈。

他四处看了看，像是确定这里没人来，便很明显地收紧手臂，存心想逗逗她，开玩笑说："你看，没人吧。"

陆时雨直勾勾盯着他的动作看了两眼，随后别过眼神，满脸无奈："陈寂，你正常一点。

"你这样，像个受了气的小媳妇。"

陈寂愣了好几秒，才反应过来陆时雨说了什么，她居然说他像小媳妇儿！

可以，怼人功夫见长。

角色代入一下——

他被人看了腹肌，被看了之后还捂了件衣服，竟然真就像是个受了气的小媳妇。

再反观给他"气"受的"女大佬"，人家坦坦荡荡，丝毫不别扭。

气氛一时有些尴尬，空气像是凝滞了一样。

陆时雨想了两秒钟，觉得还是跳过这个话题比较好，于是硬着头皮跟陈寂扯东扯西："啊，对了，老师说五月底模联要搞一次内部赛，中文英文都有，还发了参考议题，你参不参加？"

这话题跳得还真生硬，陈寂轻轻扯了下唇，思考一番："五月底可以，你把议题给我吧。"

"行，老师发的是电子版，我回头QQ上发给你。"

"哎，别，我QQ被盗了，现在还没找回来呢。"陈寂说，"我拿U盘找你拷过来吧。"

陆时雨点了点头："那你为什么不重新申请一个啊？"

"这个号都用了快十年了，熟人挺多，换了没法儿联系，等我回头有空了加个密保吧。"

陆时雨一边从钥匙串上拆自己的U盘，一边说："那我先把U盘给你，你拷完再给我吧。"

U盘的孔比较小，她的钥匙圈又紧，想拿下来还挺费劲的，陆时雨使了下力气，没想到力气太大，U盘被甩到地上了。

陆时雨忙蹲下身去捡，手指将要碰到小小的金属U盘时，却和陈寂下意识伸过来的手蹭到了一起。

只一下，宛如烈火燎原。

陆时雨连U盘也没顾得上捡，猛地直起身子，笔直地站在原地，好像在站军姿一样，双手垂在裤缝线处，被蹭到的那只手紧紧揪着自己的裤子，大拇指指腹轻轻摩挲着自己的小拇指。

陈寂把U盘捡起来，放到自己的口袋里，缓缓直起身子。不同于陆时雨的反应，他整个人优哉游哉，插着兜说："明天给你。"

陆时雨："行。那我先去会议室拿东西了，待会儿还得回去查纪律。"

"你好好练吧，比赛加油。"

陈寂点了点头。

陆时雨走后，他才将右手从兜里拿出来，掌心躺着那枚银色的U盘。他手掌的温度似乎很高，比刚才还要高，原本带着些凉意的金属U盘没几秒钟就被他焐热了。

四月底，一中办小组测试联赛，附近几所高中体育班的学生都来参加，陈寂恢复了一个月，身体机能还不错，一中高中三个年级里，陈寂的短跑成绩是最好的，教练给他把目标往前定了定，尽量让他在这个赛季把自己的成绩再提高一点，至少破了他自己的纪录。

田君如这段时间总算是不再念叨他学习了，似乎是看他势头挺猛，也就放心大胆地去管他妹妹了。他妹妹这会儿也在参加花滑的比赛,马上就到关键期,花滑的危险系数也挺高,田君如难免分身乏术。

小组测试赛陈寂的成绩还是中规中矩,虽说拿第一没问题,但还是没办法破自己的纪录,不能达到十秒内。

百米短跑想要提高一两秒不是简单事,历来的短跑项目里,黄种人不占优势,再加上陈寂的个子高,在相同时间内比他个子矮的选手步幅要比他稍稍大一些。

陈寂只能在起跑和下肢力量上下苦功夫,上肢训练相对来说薄弱了些。

五月初,陈寂按照教练组给他定的计划,每天均分上下肢训练时间。教练也没给他太大压力,让他锦标赛正常发挥,不必纠结跑到十秒的问题。

陈寂嘴上不说,但心里还是拧着一股子劲儿,甚至做梦时都在想办法给自己提速,还想过要不要趁现在身体机能没问题,换一下自己的起跑脚。

他将这个建议跟教练组一提,就被教练组否定了,现在换起跑脚指不定需要多长时间磨合,少则几个月多则几年,一旦没磨合好就完了。

陈寂就没再起这心思。

为了给陈寂加油,王竞之带领一中四人组又去了趟一中街的那家大排档。陈寂得控制饮食,赛前不能随便吃东西,这顿晚饭他几乎是看着他们三个吃的。

这家大排档味道确实不错,陆时雨口味比较重,但陆家口味偏淡,平常连辣椒都不沾,她一下子没控制住自己吃多了,辣得口水直流,嘴唇殷红,脸颊也像是涂了层浅浅的腮红。

她正辣得到处找水时,陈寂递来一瓶苏打水:"合着我就是来伺候你们仨吃饭的。"

陆时雨喝了口苏打水,总算缓解了一点辣意,但依旧辣得冒汗。陈寂见状,说:"行了行了,你想今儿晚上胃痛呢?"

桌上这三个人,不能吃辣还非得点辣的,简直又菜又贪吃。陈寂起身:"我去旁边粥屋买个粥,你们都喝什么?"

王竞之:"小米粥!"

"我要八宝粥!"孔怡然说,"不不不,紫米粥吧!"

陆时雨张了张嘴，抬头望向陈寂毫无表情的脸，也跟着起身："那我跟你一起去吧。"

一中在榆阳老城区里，路不是很宽阔，小巷子里还有老人扎着堆儿下棋，路边满是各种叫卖的小摊，晚上出来散步的人比比皆是，但这么窄的路，居然还有人开车过来。

陈寂把陆时雨往里挤了挤，自己走在外面，看她依旧殷红的唇畔，忍不住笑了下。

陆时雨莫名其妙，白了他一眼："你笑什么？"

"我头一回见香肠嘴，还真是红得跟火腿肠一样，不能吃辣不会跟王竞之说一声？他这人就爱胡闹，孔怡然说什么就是什么。"

陆时雨轻声说："我也想吃嘛。"

粥屋的人也挺多，陈寂跟服务员点了几碗粥，两人站在门口等着。最近的天气一直不错，天黑得晚了，星星却很早就出来，遥遥挂在天边。

"噢，说是给我加油，结果你们仨比我这个当事人吃得都'嗨'。"陈寂叹了口气，"还得让我跑腿给你们买粥。"

陆时雨笑得不行："你加油你加油，我们都觉得你没问题。"

"对我这么有信心啊？"

"那是。在我眼里，你就是最牛的短跑运动员。"她看向他，"所以，尽力就行了。"

面对陈寂，陆时雨总是会不自觉地就扯起歪理："而且'感情深一口闷'，我们都闷了好几口了，你还看不出来我们对你的感情？"

陈寂笑笑："那真是谢谢你们了。"

锦标赛开赛前一周，陈寂和他教练就到了比赛地点，得先提前熟悉熟悉场地，调整一下训练方式。

这里没有杠铃，练不了手臂杠铃弯举，教练便找了卧推让陈寂练上肢，但这里的卧推比一中的要沉一些，陈寂做不了多久就感觉有些吃力。

教练显然也发现了这个问题，给他减了减量。

第二天再做卧推时，教练帮着他一起做了几个，这个杠铃比一中的沉了几公斤，教练其实压根使不上什么力，多半还是陈寂自己用臂力在推。

教练小心翼翼地松开手，但半个身子还是俯在陈寂身侧："调整呼吸，慢慢来，没劲了就说。"

陈寂深呼吸，上半身发力，浑身紧绷，但就在某一瞬间，他手臂抬起来的角度太大，用过了劲儿，随后肩胛骨一松，双肩没稳住，大杠铃的重量似乎全压了下来。

左肩膀一阵尖锐的刺痛，整个手臂像是被人反拧着转了三百六十度。

陈寂浑身冒了冷汗。教练心里一惊，连忙给他把杠铃挪走："怎么了？扭到了？"

陈寂低低地骂了句，紧蹙着眉心，右手握着左手臂，极少见地流露出一丝慌乱。

他左手臂动不了了。

像是提前入了夏一样，这几天天气非常燥热，最高气温能到33℃。学校外，孔怡然在一中街排长队买了杯冷饮，和陆时雨在饮品店门口消食。

这家饮品店以前都不用排队，今天却很多人，她俩排了半个小时的队。

孔怡然贪凉，眨眼间一杯加了冰的饮料就少了一半儿，陆时雨举着杯热奶茶看她："你少喝点儿，待会儿肚子疼。"

"今天我出了一身汗，"孔怡然抖了抖衣服，"我妈还非得让我穿长袖，热死了。"

陆时雨给她把衣服往下揪了揪："春捂秋冻，晚上也冷，好好穿着吧。"

闻言，孔怡然一副见了鬼的样子："你怎么跟王竞之那个傻子说一样的话？"

陆时雨撇头看她，眼中带了些调笑和审视，刚要开口调侃两句，就看到王竞之和他那帮体育班的同学从饭馆里出来。

陆时雨几乎是下意识地就在那群人里找陈寂的身影，但想起来他现在在外省参赛，目光随即淡了些，下巴往那边点了点："哎，你看，说曹操曹操就到。"

孔怡然一扭头，恰好跟王竞之对上视线。

她回头，低声骂了句："错，这叫阴魂不散。"

王竞之跟同学说了句什么，随后，就阔步朝她俩走过来，不过没跟孔怡然说话，只是看了她一眼，好像也懒得搭理她，而后从自己的衣服口袋里，拿出一个U盘递给陆时雨："陈寂说他忘记给你了，一直在他包里放着来着，今天翻到了，让我晚上抽个空捎给你。"

　　陆时雨都快把这个U盘忘了。陈寂上次说第二天还给她，但似乎他也忘了，连她自己都忘得一干二净。

　　她恍了恍神，又细细品味了一番王竞之的话。

　　这事儿都过去多久了，难道王竞之现在才想起来拿给她吗？但又有些不合理啊，他们俩昨晚还在食堂里见过面。

　　难道陈寂在榆阳？这不可能。

　　思及此，陆时雨疑惑道："'今天翻到了'？陈寂回来了吗？他怎么不自己拿给我？"

　　王竞之神色复杂，顿了下，随后说："陈寂在医院，一时半会儿回不来。"

　　陆时雨只感觉脑子"嗡"的一声，空白了一瞬间。

　　她整个人愣住了，甚至怀疑自己是不是在做梦，但奶茶流到手背上的触感却在提醒她，她听到的全都是真的。

　　"他现在不是应该在外省参加比赛吗？"陆时雨一肚子疑问，又伴随着铺天盖地的紧张，蹙眉颤声道，"怎么会突然回来呢？又为什么会进了医院……"

　　"我上午放学刚跟陈寂见了面，他训练的时候肩膀拉伤了，"王竞之叹了口气，"比赛估计是没戏了，现在在医院里进一步检查呢，不过身体应该没什么大事。"

　　他又微不可察地吐了口浊气，低沉地说："伤筋动骨一百天，就是可惜了那场比赛。"

　　孔怡然听完，也觉得有些不是滋味，手里的冷饮也不香了，悄声说了句："那他人……怎么样啊，没事吧？"

　　王竞之："还能怎么样啊，他可是一中短跑的王牌，夺冠种子选手，心里肯定不好受，情绪低落点儿也正常，不过以后又不是没机会比赛了，教练一直在医院里劝着他呢。"

　　气氛一时间有些凝重。

陆时雨垂着头，拿着那杯奶茶，手背上的奶茶渍都已经干涸了，散着些奶香味，黏糊糊的。她也没有要擦手的意思，只是呆呆地看着自己的鞋尖。

她不知道该怎么形容心里的感觉。

遗憾吗？她不是陈寂，没法感同身受。

可惜吗？不能这样想，他才十七岁而已，他还有大好的未来。

陆时雨只是替他难过，替他失落，也有浓重的心疼，即使不是她自己参加比赛，她也感觉无比心焦。

她简直不敢去想陈寂现在是什么样的心情，他有多努力，大家都看在眼里，他甚至天天给自己加那么大的训练量，不敢在赛前乱吃一口东西，就算不比赛也会刻意控制自己的饮食。

"不过也没大事，陈寂修复能力好着呢。"王竟之一看这两人安安静静的样子，忽地意识到自己是不是话多了，毕竟她们可能没接触过这种事，"体育生多少有些磕磕碰碰的，这都是常事，好好养养伤，还能接着来。"

可惜这番话并没有起到安慰的效果。

晚风渐起，陆时雨拢了拢校服外套，手上发凉，心里也跟着发凉。她说："先回去吧，现在忽然有点冷。"

刚迈了一步，另一只没拿东西的手握了握拳，陆时雨深呼了口气，脸上总算不再那么紧绷了，但眉头始终皱着："那他什么时候回学校？"

王竟之："明后天吧，调整一下就回来。他未来两个月不能训练了，但课还得好好上。他已经落了不少文化课了，得找老师专门给他补。"

陆时雨没说话，点了点头，路过垃圾桶时，把那杯排了半个小时的队才买到的奶茶扔进垃圾桶。

现在没心情喝了。

第三天早上，陆时雨起得有些晚了，昨晚没太能睡着，导致早上闹钟响了之后她还赖了一会儿床。起床后她着急忙慌地洗漱，怕迟到，没来得及在家里吃饭，抓了个大肉包就出门了。

走出单元楼时，她正大口大口咬着包子，脸颊鼓鼓的，像条金鱼。她觉得有些噎，扭身从书包里拿出水杯打算喝一口时，就迎面碰到了陈寂和王竟之，他俩居然是一起来的。

陈寂坐在王竞之的车后头，没穿校服外套，上半身只穿着一件校服短袖，一只手戴着固定带。

陆时雨嘴巴都忘了动，手上还拿着半个包子和水杯，细细盯着陈寂的左手臂出神，心里紧了紧。

忽地，陈寂转身，看着不远处那条"金鱼"，脑袋微微歪了下，似乎是在想她这是什么操作。

他就跟没事儿人一样，脸色一如往常，丝毫看不到这场意外给他带来的任何沉闷消极情绪。

陆时雨立马挡了挡自己的脸，心里偷偷舒了口气，却还隐隐存着些担忧。

王竞之已经锁好车，看见陆时雨这副样子也是一愣，陆时雨又赶紧嚼了两下。

陈寂抬头，看了眼学校门口电子钟上的时间，又看了看陆时雨。

还不走，等迟到啊？

陆时雨回过神，窘迫地飞速咽下包子，结果噎住了。她一边进门，一边拧杯子，一开盖发现，居然没水。

忘记接水了。

陈寂从王竞之包里拿出一瓶没开过的水，脚步特意放慢，等着后面的陆时雨上来，将水递到正噎得捶胸的她眼前。

陆时雨眨了眨眼，看了看陈寂受伤的左手，似乎明白了什么。他上回手腕腱鞘炎，为了赶周橙音走时也是这么让她拧的瓶盖。

梅开二度了。

陆时雨单手接过矿泉水瓶，将包子叼到嘴里，两只手没用多大力气就拧开了瓶盖，而后，把嘴里的包子拿到手上，又举着手把矿泉水递到陈寂眼前。

陈寂眼皮撩了下，看了面前这只细白的手腕一眼。陆时雨皮肤很白，手腕上青蓝色的血管很明显，指甲修剪得很整齐，但拧瓶盖的拇指和食指指侧有些红，像是被瓶盖上的凸起磨到的。

他又偏头，面无表情地凝着陆时雨。

陆时雨："嗯？"

实在有些无语,拿他当温室花朵了?陈寂插着兜,"啧啧"两声,无奈地说:"瓶盖我还是拧得动的。"

陆时雨"啊"了声:"真的吗?"

她一想到刚才是王竞之骑车带他来的学校,就有些不相信:"可是你连车子都骑不了哎。"

"我最近在外面住,车子不在身边。"陈寂顶着满头黑线解释,忽而又扯唇笑了笑,不咸不淡的,令陆时雨一阵茫然。

只听陈寂又说:"哎,我手是暂时受伤,又不是一辈子不能动,没必要拿我当娇花。"

陆时雨一听这话,眉头一蹙:"不行不行。"

陈寂:"嗯?"

"你快'呸呸呸'!"陆时雨一脸正经,似乎有些着急,她关注点有些奇怪,"说什么一辈子不能动,这种话是可以瞎说的吗?"

继圣诞节烟花许愿、摩天轮许愿之后,说呸呸呸去晦气又再一次刷新了陈寂对陆时雨的认知。陈寂扬了扬眉,觉得挺新奇:"'陆大仙',你一重点班大学霸,还信这个?"

没等她说话,陈寂沉了沉肩膀,把水推给她:"水给你的,怕你上学路上因为一个包子上社会新闻。"

想到这儿,陈寂笑了下:"'高中生上学路上吃包子噎进医院'——这标题,你绝对火。"

陆时雨这下彻底放了心,他拿得起,也放得下,就是这么个爽朗的性子,少年如劲草,火烧不尽,风吹不倒。

就冲他这狗嘴里吐不出象牙,给个水还一副死傲娇的样子,多半已经没事了。

见她不吭声,眼中盛满打量,陈寂心底微微叹了口气,轻启唇道:"呸呸呸。"言语中带了些藏得很深的妥协,他自己都没发觉,"行了吧,陆大仙。"

陆时雨怔了下,被他这个"呸呸呸"惊得错愕,更没想到他会听她话说出来。她有些无措,只好吃包子掩盖自己的意乱心慌。

没多久,她消灭完包子,喝了几口水。前面的王竞之不知道为什么走那么快,他本来腿就长,这会儿已经进到教学楼里了。

陆时雨清清嗓子,顺了顺气:"你怎么不在家里住啊?自己住,你这手不是更不方便?"

陈寂又瞥了她一眼:"怎么听这话我还像个没自理能力的人了呢?"

陆时雨一时无言,她真没那个意思。

有些事说不出口,陈寂沉默了几秒,开玩笑般地说:"我受伤这事儿,瞒着我妈呢。哎,都快是个成年人了,还得跟自己亲妈躲躲藏藏的,说出去都让人笑掉大牙。"

遗憾归遗憾,这回手臂受伤是个意外,始料未及的意外。只是陈寂没办法让自己沉溺在可惜之中,没关系,他反复劝自己,以后还有机会,他正处于黄金年龄段,再者,还有个田君如在后头"虎视眈眈"呢。

所以他也就允许自己颓了一天。

陆时雨不好多说什么。

他俩一前一后上楼,陆时雨盯着陈寂高瘦的背影,没由来地觉得陈寂有点太过平静了。

其实不难想到,陈寂他妈妈不支持他练体育,如果真要让她发现了陈寂受伤的事,那后面还真不知道会怎么样。

突然,陈寂站定在台阶上,回头。

陆时雨鼻尖撞到他硬挺温热的后背,扑鼻而来的全是陈寂衣服上清清爽爽的气息。

陆时雨揉着鼻子,捋了捋头发,挡住发热的耳尖:"你干吗?"

"别碰瓷啊你。"陈寂居高临下。

陆时雨放下手,面红耳赤的感觉被他这句话击散。

她没什么攻击力地瞪了陈寂一眼。

陈寂这才不闹了,正色道:"有件事跟你说。这周五,我生日,叫上王竞之和孔怡然一块儿吃个火锅?大家都得训练,不然就我俩也挺没劲的,你说呢?"

"之前赛前得控制饮食,我都馋好久了。"

陆时雨不知道他快生日了,也没想到后天就是,更没想到他会邀请她。该送个什么礼物好呢？这么短的时间，也不好挑了，这可是第一次送他礼物，得好好选一下吧，陆时雨脑子一时有些乱。

陈寂出声："去不去，给个话。"

陆时雨重重地点头，握紧书包带："去啊，当然去啊。"

陈寂恢复期要两个月，这段时间他也乐得自在，不用每天起早贪黑地训练了，他不是在上课，就是在补课的路上。

他生日那天，陆时雨送了他落下的全科笔记，一共九科，笔迹工工整整，他总感觉不好好学习都对不起小陆老师的笔记。

这两个月里，因要忙他妹妹的事，以及陈宗铭帮忙打掩护，他真就没见到田君如。

但田君如是何等聪明的人，商场上摸爬滚打几十年，什么样的人没见过，什么样的谎没拆过。又一次没见到陈寂的面，她紧赶慢赶熬了几个大夜提前一周结束项目回了家，脑子昏昏沉沉"嗡嗡"作响，本以为回来以后家里会有人迎接她给她递杯水，但屋子里空无一人，就连陈韵溪也不在，这也不是上学的点啊。

她觉得不对劲，心里打鼓。

当下，田君如走入陈寂的卧室。

他的卧室向来整洁，门上贴了几张运动员的海报，跑步机和篮球规规整整地收好放在一旁。

床上的被子叠得四四方方，书桌上《灌篮高手》的光碟整齐地码着，旁边还有厚厚一沓体育刊物。田君如顺手拿起一本翻了翻，没忍住皱眉吐槽："比课本还厚，桌上连个课本卷子都没有，说学习纯粹就是敷衍人。"

她把那本刊物"啪"的一声扔到桌子上，鼠标被碰到，而后电脑屏幕亮起，电脑桌面上，电脑管家提示：您已经 58 天 19 小时 23 分没关电脑了。

田君如的汗"哗"一下就冒了出来，陈寂不会这么久不关电脑，除非这段时间都不在家里。

她颤着手点开浏览器，在看到历史浏览记录停留在两个月前时，眼前黑了一瞬。

58 天!

寒意从脚底蹿了上来,当年她弟弟就是这样……

田君如颤颤巍巍地掏出手机,给陈宗铭打电话。

电话接通,那边"老婆"还没喊完,她打断,直截了当地沉声问:"陈寂为什么不回家?

"陈宗铭,你给我说实话。"

第五章
顶峰相见吧

这两个月里,陈寂没怎么参加训练,大部分时间都在跟着老师学习。陆时雨送他那些笔记他都认认真真看过了,某些知识点虽然理解得不是很透彻,但应付五月份的联考肯定没问题。

周四模联大会,陈寂特意拿着笔记去的,还专门在手机上跟陆时雨说了声,给她和孔怡然占了位置。

现在不用训练了,陈寂早早就到了会议室。

黄昏时分,会议室里洒满了橙黄色刺眼的光,陈寂找了个逆光的位置,百无聊赖地翻着笔记本。

陆时雨笔记写得很认真,每一本的第一页都写着一句"生日快乐"和一句"梦想成真"。

每个字写得都像是印刷体,娟秀工整,字如其人,却又透着一股大气,和她乖乖巧巧的模样倒是不太一样。

不得不说,"梦想成真"这四个字,他每每看到都像注入一剂强心针。他现在没办法正规训练了,康复阶段不能有大动作,但他又心急,面上看着云淡风轻,实际上心里早就打鼓了,一个运动员的黄金期能有几个两个月。

所以他甚至连操场都不想靠近,但这四个字就像是刻在他脑子里,反复循环,就这么放弃,那真不是男人。

长这么大,陈寂还从来没收到过这样的礼物。

也不知道她写了多久。

下午头两节课二十七班地理模拟考试，陆时雨写得很快，抬头一看时间，离下课时间还有二十分钟。她仔仔细细检查了一遍，确定没什么问题，才提前交了卷。

在座位上收拾东西时，后面的孔怡然拽了拽她袖子，偷偷摸摸地说："你写那么快？都不等会儿我？"

陆时雨看了眼讲台，老师恰好出去了，她低声说道："可是我干等着也没意思啊，提前去给你占地儿。"

"陈寂不是说给我们占了啊？"孔怡然用气声说，"着什么急啊你？"

真不知道是该说孔怡然傻还是说她聪明，她简直是该聪明的时候不聪明。

"快写吧你！"陆时雨拿了笔和本子，着急走。陈寂既然提前占了位置，那多半是有点什么事情。

孔怡然皱着一张脸，指了指卷子上某道题："到底选什么啊？西五区是几点！伦敦到底是早上八点还是早上九点啊！"

老师刚好进来，陆时雨一慌，哪敢当着老师的面作弊啊，再加上也着急去会议室，于是飞速地说："自己想！"

无情！孔怡然吐槽。

平常也没见她对模联这么积极啊！

现在还没下课，到会议室时，屋子里只有陈寂一个人。

会议室的窗帘没有拉上，微风吹拂，蓝色窗帘轻轻晃动，他坐的那个位置逆光，光束透过玻璃照进屋子里，窗外树影斑斑驳驳全都笼在他宽阔的肩膀上，一切都是那么暖洋洋的。

他垂眸看着桌上的本子，右手还转着一支笔，笔像是粘在他手上一样，飞速地旋转也没有掉下来。

陆时雨轻手轻脚地走过去，刚凑到陈寂身边，眼睛往他身侧瞟了一眼。

他怎么没在凳子上放东西占位置啊？

她正犹豫坐哪个位置，陈寂便抬眼，发现了她。

他莫名其妙地打量了陆时雨一眼，似乎没想到她会这时候来，顺手给她拉开自己左侧的椅子，一本正经地说："你怎么还逃课呢？"

"我们下午考试！我提前交卷出来了！"陆时雨瞥他。

陈寂："牛。"

陆时雨："彼此彼此，你以前月考考英语的时候不也老是提前交卷出考场啊？"

话说完，陆时雨心里"扑通"一声，陡然有些呼吸急促，说漏嘴了。

每次她和陈寂的考场都相邻，她的考试座位固定，靠着窗。陈寂几乎每次英语考试都会提前交卷，然后微微弯身趴在考场门口的栏杆上，等着王竞之出来。

每每这时，她便勾着头，悄悄看向他，他应该是不知道的。

陆时雨的视线缓慢地落到陈寂身上，而他倒没什么意外的感觉，好像没多想她那句话，脸上仍挂着些懒懒散散的笑，显得整个人牛气哄哄："我英语确实不错，但其实吧，我每一科都能提前交卷。"

陆时雨很给面子，艳羡道："那你还挺厉害的。"

"别拍马屁啊，"陈寂嗤笑，"大部分不会，写完会的就能出来。"

陈寂又说："你羡慕？你要是羡慕的话，让你体验一下被自己亲妈骂哭的感觉。"

还挺了解她。

陆时雨沉默了下，关注点有些奇怪，她只见过陈寂跟他妈因为练跑步的事儿吵架……她诚心诚意地发问："那你妈每次骂你，你真的都哭吗？"

还真是哪壶不开提哪壶。

"我每次都哭，"陈寂破罐子破摔，一脸"你想不到吧"的表情，靠在椅背上，"我妈骂得我五体投地涕泗横流。"

少来，哪次他不是难过几秒钟之后就立马变得吊儿郎当的。

一听他这么说，陆时雨便知道了，在陈寂这里，除了因为练体育的事挨骂会难受一些，其他事情挨骂根本都不算是事儿，称不上是骂。

心还真大啊。陆时雨心道，怪不得说他狗嘴里吐不出象牙来，嘴里简直没点正经话。

不过她还是选择配合陈寂出神入化的表演，一言难尽地看着陈寂，回复他刚才的回答:"噢,那你还挺……

"柔弱的。"

陈寂腹诽:我这张嘴就是贱。

被反将一军,陈寂真被气笑了,撩了下眼皮,定定看着陆时雨:"你最近嘴皮子很溜啊,我还真有点说不过你。"

陆时雨一怔,把别在耳后的头发放下来,莞尔一笑,不声不响地避开陈寂灼热的目光,好像还真是这样,她之前没这样过,唯独对他不一样:"过奖了。"

下课铃响,楼道里开始有脚步声,陈寂从她脸上收回视线,不打算再跟她拌嘴,他把笔记本翻到某一页,推到她眼前:"这礼物还挺新奇,写这玩意儿挺浪费时间的吧。"

"我是默写下来的,当复习,没浪费时间。"陆时雨摇摇头,一脸认真,"所以,里面可能也有不对的地方。"

陈寂愣了愣。

"可以。"他莫名其妙地说了句,随后一眼不眨地扫了扫密密麻麻的文字和符号,要笑不笑地说,"我这几天都拿这个学的,你现在跟我说这可能有错?"

陆时雨眼睫弯了弯,话说得一脸无害:"所以我在第一页写了'一切以课本为准',我都写了这句话了呀,给你提醒了。课本很重要的,这些东西得你自己对照课本和课本的例题吃透才行,你没看课本吗?"

他还真没看,光等着吃现成饭了。

陈寂强笑道:"嗯,看了。"

他似乎是咬着后槽牙说的,每个字都像是蹦出来的一样,毕竟现在有求于人:"但是还有几个地方不太懂,陆老师,您给解答一下?"

还真让她猜到了,果然他占位置是有点事。陆时雨愉悦地看了眼表:"但是马上就该开会了,散会之后再讲?"

"那会儿不行,我得上医院检查胳膊。"

"能拆掉固定带了?"

陈寂点头,眼底浮现一丝一闪而过的快意。

陆时雨也没再浪费时间,能看出来他有多期待拆掉固定带了:"行,那你后面训练的时候多注意些吧，等你恢复好，金牌还不是大把大把的？"

她笑笑，掏出笔来，柔声说："你是哪里不懂？"

陈寂跟卫琪请了晚自习的假，陈宗铭知道他今天来医院，也特意从学校接上他跟他教练，一块儿往医院去。

陈宗铭没带司机，自己开着车，一路上都在跟陈寂的教练聊天。专业性的问题，陈宗铭也不懂，陈寂这胳膊受过伤，也不知道会不会影响后续的比赛和训练，陈宗铭便问了教练。

教练说："这个只要做好恢复训练，慢慢来，就能跟以前一样，不碍事。况且他这胳膊不是老旧伤，年轻人尤其他这大小伙子，恢复得快。只是陈寂小腿那块问题还是比较严重，陈旧伤得注意点儿。"

陈宗铭转方向盘的手一滞，抓住了重点，满眼讶然，从后视镜看陈寂，眼神仿佛在往他身上扎针，低沉地问："他小腿有陈旧伤？"

他以前是伤过腿，但他跟家里说不严重，怎么就成陈旧伤了？这事儿陈寂从来没跟家里提过半个字。

陈宗铭心里霎时间就有种不太好的预感。

教练："对啊，他没跟你们说？他这腿得好好保护。"

陈寂紧抿了抿嘴角，好半晌，才吊着眉梢说："我肯定得好好保护啊，我就靠这吃饭的还能不好好保护？"

"得了吧你，"教练扯了扯唇，"你老老实实听教练组的话，比什么都强。"

陈宗铭没说话，紧握着方向盘。

到医院，刚停好车，陈宗铭说："直接去医生办公室，他等着呢。"

推开门下车，陈宗铭又准备给人民医院的骨科大夫打个电话，这大夫是他同学，他打算请对方再给陈寂好好检查检查小腿。

他跟陈寂说："你先去缴费处排队，等会儿开个单子给你那条腿拍个片子。"

陈寂："真不用，我这腿现在好着呢。"

陈宗铭板着脸："陈寂，你真以为我这么容着你，是为了给你机会让你给我胡闹添堵的？"

陈寂微微叹了口气，去缴费处排队。

陈宗铭刚给同学打完电话开了拍片子的单子，手机屏幕上就跳出"老婆"的来电。

陈宗铭只感觉自己都快心肌梗死了。

他看了看四周，立马接起来："喂？老婆……"

那头的人打断他，语气生硬、冷淡，单刀直入："陈寂为什么不回家？"

陈宗铭内心：救命！

他真的不想被扫地出门！他真的想回家！

陈宗铭心乱如麻，冷汗都出来了。

"陈宗铭，你给我说实话。他房里的电脑快两个月没关，"田君如快哭了，"你真以为我傻？"

排着队的陈寂转头见陈宗铭蹙着眉听电话，视线沉沉地落在他身上。

父子俩一对视，就什么都懂了。

陈寂好半天没动，这一瞬间想到了很多很多，从前那些顶着风雨顶着灼日站在跑道上的画面一幕幕出现在眼前，随后又一帧一帧地远去。

田君如见陈宗铭久久不出声，情绪忽然崩溃，对着电话破口大骂："你们都瞒着我是吗！你帮你儿子闺女瞒着我！"

这一刻，去他的儿子闺女，都没媳妇儿重要。陈宗铭低声哄她："君如，你别着急，注意身体。"

陈寂走到陈宗铭身边，知道这事瞒不住了。

他似乎可以预料到后面将要发生的事，整个人出奇的冷静成熟，不像是一个十几岁的少年。

"爸，您说吧。"

四十五分钟后。

田君如打车赶到人民医院，精致的盘发也散落几绺，眼下乌青非常明显，眼眶红红，脚上的拖鞋都没来得及换，手里还捏着一把从榆阳到江城的车票。

陈宗铭等在医院门口接她："你先听我说，陈寂没事，他就是胳膊受了点儿小伤。"

田君如现在根本听不进任何话，满脑子全是她弟当年进医院的画面，那之后，腿就没了一条，她弟整个人颓了好几年。

她拂开陈宗铭扶她的手，冷声问："陈寂在哪儿？"

陈宗铭揪着一颗心带她去找陈寂。

这会儿陈寂胳膊上的固定带已经拆了，拿着片子在骨科办公室看腿。

教练已经走了，陈寂自己拿着片子在跟医生说话，他回头看了眼田君如，又重新坐回去，一派平静。

田君如怒着一张脸坐到一边，她现在脸色苍白，也没什么力气骂陈寂了。

医生冲陈宗铭打了声招呼，又转身去看片子，皱着眉，问陈寂："你这腿刚好没多久吧，之前伤过几次？"

感受到身后的目光，陈寂心里犹豫了一秒，但还是实话实说："记不太清了，最后一次受伤是寒假那会儿。"

后面他俩一问一答，田君如都没太能听清，脑子里只回荡着一句话，是大夫说的——

"肌肉看上去挺结实的，没什么问题，但你这问题不在肌肉，韧带是不是拉伤过几次……你才十七岁，这腿怎么跟三四十岁的腿差不多了，最好还是别再折腾了……"

看完医生，田君如一言不发地走出办公室。

等陈寂出来，她才耐着性子，说："陈寂，别练了，听话，咱们转班吧。"

陈寂攥着 X 光片，心里异常不是滋味，但早已预料到的结果，他也没多大波动，只是沉默地听着。

他小学五年级那会儿在学校里参加运动会，被一个体校的教练说适合练跑步，从那时起，到现在，将近五年的时间，他一门心思地扑在这上面，夏天顶着大太阳在操场负重跑，冬天即使是零下的温度也出来晨跑，从未想过放弃。

即使长大以后，大家都说他个子太高，不再适合短跑，但他依旧没有过放弃的念头。

但不合适，好像真的就是不合适。

田君如红着眼眶，头一次在他面前哭："你舅舅当年偷跑到外省去训练，那无良教练害他，把他的腿练坏了，我们劝他别再练了，他不听，自己攒钱改志愿瞒着我们报体校。"

她顿了顿，似乎有些站不住，坐在一边的椅子上，边哭边说："上了体校以后，他为了争参赛名额，为了进省队，没日没夜地练。临比赛前，腿伤了，他不敢跟我们说，上了赛道跑了倒数第一，韧带断了。"

陈寂听得浑身紧绷，脸色前所未有的冷。

"你知道他为什么会截肢吗？"田君如淡声道，"他觉得自己没用，从医院偷跑出去，把腿撞断了。"

"你舅舅当年不止断了腿，他因为输了比赛，后面好几年没从抑郁症里走出来。"

走廊陷入沉默，这种沉默化作利器，扎进在场每个人的心里。

她颤声道："陈寂，如果是你变成这样，我会疯的！难道你想在十几岁的时候就靠打封闭上场吗？那你的腿还要不要了？现在你都瞒着我，跟你爸一起瞒着我，那是不是等你真出了大事，还准备瞒着我？你是想看你妈疯吗？"

田君如感觉自己越来越累，胃里一抽一抽，脑子混沌，浑身疼，她最后问了陈寂一句："你是选出国，还是选留在一中普通班？陈寂，你别逼我。"

说完这句话，还没来得及听到陈寂的回答，她只觉得一阵天旋地转，眼前一黑，身子一歪，不受控制地往地上倒，没了意识。

陈宗铭一般不抽烟，除非生意场上遇到棘手的事，才会点上一根，点上之后也抽不了几口，就只是默默看着烟燃尽。

今天也不例外。

田君如办了住院，疲劳过度加急性肠胃炎，还有点儿发烧，现在挂了水还没醒过来。

陈宗铭独自走到医院外头，拿了根烟点着。

病床上，田君如眉头紧锁，脸色苍白，唇色尽失。陈寂默默在床边站了几分钟，给她披了披被子，随后也出了医院。

陈宗铭靠在车身上，指尖夹着一根烟，陈寂默不作声地走过去，抬头看着漫无边际的天。

今天是个大晴天，夜晚也是明月高悬。

陈寂忽地想到，曾经有个人告诉他："你对着天空许愿，星星也能听得见。"

是陆时雨告诉他的。

她还曾说，心诚则灵。

可能他的心还不够诚吧。

"陈寂。"陈宗铭突然喊了他一声，打断了陈寂飘摇的心思。

陈寂回眸，等着陈宗铭的下文。

陈宗铭把烟拿起来递到嘴边，想抽，却又没抽。

见状，陈寂嗤笑了声，双手插着兜，懒懒散散地靠在车上，直勾勾盯着那点星火："爸，你这烟当摆设的啊？"

陈宗铭瞥了他一眼，见他看着烟，问："你什么意思？看你这样子还挺想尝试啊？小兔崽子，未成年不许抽烟！"

他又叹了口气："是你妈不让我抽。"

陈寂早猜到了，陈宗铭这辈子没怕过什么，唯一怕的就是田君如生气。

"我跟你妈当年刚结婚那阵，还没你呢，那会儿我天天晚上出去应酬，熬夜加班，加班的时候就靠烟提神，基本上一天一盒，后来身体就出毛病了。医生让戒烟，我戒不掉，"陈宗铭顿了顿，说，"你妈就跟我吵了一架。你妈脾气火暴，我脾气也挺冲，最后没吵出个所以然，她就说陪着我一块儿抽，我抽多少她抽多少。"

陈寂目光虚了焦距，似乎没想到田总这么刚。

他淡淡地望着天空，不知道在看什么地方，似乎也没有在看什么地方。

"因为这个，你妈抽烟抽进了医院，我就再没抽过烟。"

陈宗铭按灭烟蒂，扭头对陈寂道："你妈这个性子难改，不讲道理，有时候胡搅蛮缠，风风火火的，也不怕事，看中的东西就算再难办她也得想办法办到。她这样办事可能一时间让人受不了，但是，她出发点是好的。就算看上去再不讲道理，那也都是一片好意。"

道理陈寂都懂，因为恐惧，所以她不敢轻易让身边人再次遇上那种事，世间有太多太多意外了,你永远不会知道意外哪天来。

他仍旧倚在车上,眼皮耷拉着,也不知道有没有听进去。

陈宗铭是个开明的父亲,对陈寂是放养的态度,但现在的情况,放养似乎并不可行了。

半晌,他胳膊肘顶了顶陈寂:"哎,你不是嫌我在咱们家做不了主吗?"

陈寂偏头,笑道:"不是啊,咱家大事儿听你的,小事儿听我妈的,但很不巧,咱家都是小事儿。"

陈宗铭拍了拍陈寂的肩膀,神色一瞬间变得认真起来:"陈寂,男子汉大丈夫,就得拿得起放得下。

"现在你爸可以做主了,你这事儿,是大事儿。

"我现在不让你做选择,等这学期结束,你自己选,反正高二就该分文理科,你是选学文化课,还是选体育,看你自己。

"陈寂,你是个大小伙子了,我不在家时,家里两个女同胞就靠你保护,你得顶天立地,不能意气用事了。我以前没跟你说过这些话,总觉得你还小,但有些话早点说也没事,将来你也要成家立业,意气用事要不得。梦想重要,但现实更重要,你得往前看,你活这一辈子,得踏踏实实地踩着脚下的地活。"

"那然后呢?"王竞之满脸焦急,眼底全是无措,"你跟你爸怎么说的?你妈后来骂你没?"

桌上四个人,除了陈寂,都一副如临大敌的表情。

陈寂扫了眼,忽地扯唇笑了下:"别啊,你们仨哭丧呢?"

陆时雨一时间心乱如麻,没想到出来吃个晚饭,会听到这么一件揪心的事,也没什么心情说话。

相较于他们仨的沉重,陈寂脸上带着笑意,就像这件事不是发生在他身上一样,他像是个局外人。

陆时雨紧抿着嘴角,揪着膝盖上的校服,凝视着陈寂脸上的神情。陈寂把两杯香草奶盖推给她们。

陈寂出声,话里藏了万般无奈,夹杂着不易察觉的妥协:"行了行了,没那么沉重啊,就是做个选择的事,不夸张地说啊,我到哪儿都能混得风生水起。"

一听他这么说，陆时雨心里又沉了沉，他这话不是真心的。

陈寂从前是多么骄傲的一个人，一提短跑眼里带光，像是藏满了星星，但现在，星星似乎没了，光也弱了一半。

他并没有在笑，只是在装。

"趁现在我还是个学渣的时候，你们抓紧时间拿错题往我脸上摔，该骂就骂。我说万一啊，万一有机会，我文化课成绩提上去了，跟你俩碰巧在重点班成了同学，"陈寂视线落在陆时雨和孔怡然身上，吊儿郎当地说，"那你俩可就没机会了。"

孔怡然刚刚还有点同情陈寂，现在发现他根本不需要同情，于是翻了翻白眼："你先把你那五十多分的数学考及格了再说吧。"

"哎，你可别瞧不起人，"陈寂压了压身子，手肘抵在膝盖上，胸有成竹，"拭目以待啊，到时候别惊讶得说不出来话。"

孔怡然哼了哼，跟他开玩笑："你别考不出来偷偷躲墙角哭。"

"那不好意思得让你失望了，我眼泪早哭没了。"陈寂淡声道。

他说这话，陆时雨是信的。

陈寂脑子好用，虽然跳脱，但是很聪明，他要是想追上来，费点力气完全可以。

香草奶盖没喝，她原封不动地提回了学校。

越到夏天，一中街越热闹。

晚上七点钟时，天色还没有完全黑下来，将暗未暗，路灯却早早开了，往下垂直照着，洒在陈寂头顶。

陆时雨悄悄瞥向陈寂，他神色一如往常，只是整张脸半明半暗，眼下投射出一片阴影。

或许是陆时雨目光太直白，陈寂察觉到，扭头，对上陆时雨的双眼。她微微仰着头，眼中亮亮的，干净清澈。

"干吗？"陈寂收回视线，很努力地调节气氛，欠欠地说，"你这样看我，我会忍不住收费的。"

陆时雨也不再看陈寂了，既然他想翻篇，那她就不应该阻止他翻篇，坎儿总得跨过去，不能让他永远停留在坑底。

她想了想，问："其实，我有个小小的疑问。"

陈寂："什么疑问？"

陆时雨："可能有点不太合时宜，但是，我还是想问问，就是——

"你真的很能哭吗？不然为什么眼泪哭没了。"

陈寂被噎住了，好半天没憋出一句话，非常佩服陆时雨的脑回路，也不知道该说什么，只是低低地笑，刚开始是被气笑了，后来越想越好笑，简直要乐死了，于是整个人无声地、发自内心地扯唇笑了十多秒，才说："你真行。

"陆时雨，我墙都不扶，就服你。"

他轻轻舒了口气，心里的郁结仿佛少了点儿。

陆时雨偷偷弯起嘴角，微微垂头喝了口香草奶盖，甜丝丝的味道从舌尖遍布全身："你笑什么，我就是好奇，我小时候都没怎么哭过。

"九岁那年我四个后槽牙全都有了虫洞，脸肿得像是塞了馒头一样，补牙的时候医生不给打麻药，疼得要死我都没哭。旁边的小朋友还没开始补牙就哭，我那会儿特别淡定，医生都夸我勇敢。"

"那你还真是厉害呢。"陈寂朝她竖了个大拇指。

阴阳怪气，别以为她听不出来。陆时雨沉默了一秒："我说真的，我小时候特爷们儿。"

"哎，不是，我是哪里给了你一种陈寂很能哭的错觉啊？"陈寂"啧"了声，意有所指，"你记住，陈寂不是娇花。"

陈寂不是娇花，他是一株向阳的挺拔又茂密的松木，永远立在高处，有太阳就晒，晒一下就葱茏，没太阳也没事，迎着风也能生得茂盛。

陆时雨听懂了，重重地点了点头："噢。"

空气寂寥几秒钟，片刻后，陈寂忽地咳了下："谢了啊。"

陆时雨："什么？"

"还演上瘾了你，陆影后。"陈寂"哧"了声，"知道你安慰我呢，我现在挺高兴的。"

陆时雨一怔，他倒是真不傻。

"我没有安慰你，我觉得你根本就不需要我的安慰。"

陈寂似乎有些出乎意料，眼中带了些讶然。

"要是你钻牛角尖，那我安慰你也没用啊，"陆时雨浅浅笑了下，"所以我没安慰你，是你把自己说服了。"

陈寂眸光闪了闪，心里忽地柔软几分。

高一下学期似乎过得很快，时间如梭，一眨眼就是一天。

陈寂仍坚持训练，训练完照常跟着篮球队打打篮球，偶尔不打篮球的时候跟王竞之他们一起出去吃顿饭，似乎从来没有发生过恼人的意外。

他还是一如既往的潇洒，浑不懔似的，打篮球时投中个三分能嘚瑟好久，气得王竞之满场堵他。短跑测试赛上没跑到十秒钟也不懊丧了，会摆着手跟教练嬉皮笑脸地说"再来再来"。早上晨跑照样插科打诨，而后每次都会挨卫琪的一脚踹。模联大会也不逃了，会上组织辩论赛的时候每次他都用他那三寸不烂之舌满场怼，阴阳怪气的功力无人能敌，气得孔怡然也抓耳挠腮，简直跟王竞之一模一样。

没人问他将来打算怎么办，他似乎早就有了打算。

转眼就到期末考试。

陆时雨还是老位置，陈寂也是老位置，隔着窗户就能看到旁边考场是什么情况。乏味枯燥的高一生活快要画上句点，大家都很躁动，考完也不复习了，计划着暑假干点儿什么。

楼道里喧闹无比，陆时雨捧着本书，但也没心思复习，站在栏杆边跟孔怡然闹，没承想，闹着闹着，后脑勺挨了一下，不重，就是把她拍愣了。

陆兆青拿着答题卡从她身后走过，路上的学生整齐地向她打招呼。

陆时雨也不敢闹了，孔怡然也不敢不老实了，两人在嬉笑打闹的楼道里仔仔细细地复习。

好几分钟后，孔怡然低声问："你姑下去了没？"

陆时雨悄悄往四周看了眼，舒了口气："下去了。"

"吓死我了，吓死我了。"孔怡然拍拍胸脯，"虽然她拍的是你，但我也怕死了。"

陆时雨摆正视线，不经意抬头朝对面看了眼，却发现陈寂趴在栏杆上，似笑非笑地盯着她俩，随后撇撇嘴，摇摇头，十分同情地用口型说："好好复习吧。"

考完最后一科，跟着大家一起回家的还有分科志愿单，学校要求大家在出成绩当天返校，将表交到班主任手里。

孔怡然想也没想，就在理科那里画了个钩，三两下签上自己的名字。

她写完，陆时雨还没动笔。

"你选什么啊？"

陆时雨回神："我还能选什么。"说完，便在理科下画了个钩。

2015年，一中取消了重点班和普通班之分，从他们这一届开始，往后不再有重点班了。高二一开学，学校就会根据志愿和成绩给大家重新分班。

返校拿成绩单当天，陆时雨在家里睡过了头，着急忙慌来学校时，在校门口遇到了陈寂。

他自己骑着车来的，连书包都没背，穿着一身休闲运动服，黑T恤，灰色运动裤，手里只拿着一张志愿单。

也不知道他最后到底选了什么。

陆时雨还没来得及跟他说话，门口保安便催促："赶紧进去吧，快迟到了。"

陆时雨这才抓紧时间往教室跑，今天她得帮李杰收志愿单。

二十七班一大部分同学选了理科，而且大家成绩都很不错，因此很有可能被拆开打乱，分到其他班里。孔怡然还挺怕自己跟陆时雨分开的，惴惴不安地交了志愿单，拿了成绩单就开始碎碎念，还说暑假一定要多出来玩，不然怕以后没机会了。

两人挽着手下楼，在教学楼门口，恰好碰见王竞之跟陈寂出来。

王竞之神色不太自然，没了往常的咋咋呼呼，很是沉闷。

四个人碰上面，孔怡然一脸吃惊："你怎么了？怎么今天蔫儿了？"

王竞之没答,看了眼陈寂。

陈寂无语地瞥了王竞之一眼,勾上他的肩膀,安抚性地拍了拍:"爸爸要离开儿子了,儿子能高兴?"

他这么开玩笑,王竞之也只是抬脚踹了他一下,不轻不重的,真像是霜打的花。

陆时雨看陈寂。

楼外艳阳高照,炽热的太阳毫不吝啬地散发灼热的暑气。陈寂抬手挡了挡刺眼的光线,没几秒钟就放下手,直面盛夏,说:"人生总得有点别的追求吧,不能在一棵歪脖子树上吊死——

"没准下学期,咱真就成竞争对手,真成同学了。到时候请多指教啊。"

四个人并肩往外走,听陈寂说完这话,大家都没反驳。打乱顺序分班,没准几人还真的有可能分到一个班里,虽然概率不是很高。

而且,陈寂够可以了,他平时看着吊儿郎当,但只要一用心学,进步很大。期末联考他从年级倒数吊车尾,升到了年级中下游,即使仍旧是只菜鸟,但其实越靠后,提升空间越大。

地面温度炙热,隐隐约约还可以看到空气热浪。陆时雨悄悄望陈寂,他真的好喜欢黑色,这么热的天气,他居然还穿着一件纯黑色的T恤,勾着王竞之的肩膀,嬉皮笑脸的,完全感觉不到热一样。

但谁又知道这笑里有没有藏着遗憾。

乍一从阴凉处往外走,阳光刺眼得很。孔怡然没拿遮阳伞,太阳晒得人睁不开眼睛,她抬手遮了遮,抬头一看面前那两个男生,就这么大摇大摆地暴露在阳光之下,都不抬手挡一下的。

她眼珠一转,拽了一下王竞之的衣角,把他往自己身前扯了扯,挡住太阳。

这边,王竞之刚刚知道陈寂高二决定转学文化课,他正郁闷着呢,整个人猝不及防被抓过去当遮阳伞了,飘摇的想法一下子被孔怡然揪了回来,想骂却又忍了忍:"你倒是真会找地儿躲啊。"

孔怡然笑眯眯道:"巧克力皮肤我王哥,你又不怕晒,借我挡一下怎么了。"说着,还冲陆时雨招招手,"时雨快来!真的跟遮阳伞一样!"

"不了不了。"陆时雨哪好意思过去,摆摆手,"晒晒太阳挺好的,补钙。"

见状,陈寂放慢了脚步,低头点着手机屏幕,逐渐跟陆时雨靠近。

前面两个人一边闹一边走,速度还挺快。

太阳太毒辣,晒得人懒洋洋的,陈寂正低着头,陆时雨没开口跟他说话,也没走太快,抬手挡在眉际,耐着酷暑慢慢悠悠地往门口晃,心里盘算着待会儿出门一定要买杯加冰的奶茶。

就在这时,阳光似乎减弱了些,陆时雨缓缓抬眼,陈寂不知道什么走到了她眼前,他身形高大,几乎将刺眼的日光挡了个严严实实。

原来孔怡然的快乐是这样的啊。

陆时雨紧紧盯着面前为她挡住盛夏似火骄阳的人,似乎有些说不清道不明的情绪正在翻涌。他与她不过一步的距离,只要她往前迈一步,就可以与他并肩了。

仅仅一步就好。

但就是这仅仅一步的距离,陆时雨却做了好久好久的心理准备,才慢吞吞地迈出去。

陈寂还在看着手机,似乎并没有对身旁与他并肩的人产生什么多余想法。

两人隔着两拳的距离,陆时雨却觉得他身上炽热的温度似乎都将她半个身子烘到了。

陈寂恰好关掉 QQ,体育班班群里说要跟他一起吃顿饭,就当送送他。

以后抬头不见低头见的,还是在一个学校里,其实真没什么,他自己早就想清楚了,不过还是没辜负大家一番好意,应了下来。

收起手机,见陆时雨不躲太阳了,陈寂将手插进兜里,步幅又小了些,问她:"哎,暑假补不补物理?"

陆时雨愣了下,才回:"得补,但晓雅姐姐不是说暑假不回来了?我妈给我找了别的补习班。"

陈寂:"那你推荐给我。"

见陆时雨不说话,只是顶着刺眼的烈日蒙蒙地看他,一脸"你怎么转性了"的表情,陈寂颇为无奈道:"大学霸,我以后也是一个正儿八经的理科文化生。"

陆时雨还真不太习惯,他每次补习都是被他妈逼着过来的,这转变也太自然了。

她"噢"了声，打量陈寂的脸色，同时低声问道："你……你真的准备好了？"随即又补充，"你别误会啊，我没有别的意思。"

陈寂不轻不重地笑了下："没误会你，我也没那么娇弱吧。"

"有没有准备好，那肯定准备好了，我不做没把握的事，"陈寂一派淡定，目光坦然，笔直地望着前方，"而且男子汉大丈夫，拿得起就得放得下。"

田君如住院那晚，陈宗铭在外面跟他说了两个小时的话，他们爷俩扯东扯西，甚至连当年他跟田君如相亲的事儿陈寂都知道了。

陈家小辈多，陈寂有四个姑姑，他爸排最后，从小被家里惯大的，自己上了学进了社会，人情世故都不太懂，高中的时候招飞，家人想让他当飞行员，他嫌苦嫌累没去，大学的时候又不好好学习，毕了业又不找工作，陈爷爷气得没再管他。

在家里蹲了几年，当然会被左邻右舍当茶余饭后的话题说。

陈宗铭便从那时起决心找工作，天天碰一鼻子灰，后来一着急说要自己创业，陈爷爷就给了他几千块。

陈宗铭拿着几千块钱，来到榆阳，一步步走到现在，那时候为了省钱一天吃一顿饭，甚至不吃。

陈宗铭跟他说，陈寂，现在干什么都不容易，你现在还小，想做个选择很简单，总比我那时候强，我那时候想好好学习都来不及了，一边后悔为什么没当飞行员，一边后悔为什么在大学时不好好学习。

但是人总得朝前看，拿得起就得放得下，这才算得上是个男子汉。

这番话并没有立马消除陈寂心里的遗憾和对金牌的渴望，他还记得，2004年雅典奥运会看跨栏比赛的时候，刘翔披着国旗在赛道上高声振臂的那幅画面。当时田君如激动得抓着他胳膊与他一起在客厅里欢呼，陈寂那会儿小，人还懵懵懂懂的，情绪被田君如带动着，直到刘翔领奖牌时，升国旗唱国歌，田君如哭了，他也哭了。

自那以后，他老是看径赛，成为一名拿金牌的运动员，也成了他的梦想和信念。

可事实就是事实，它会在人生失意时把你拉出谷底，也会在人生得意时给你重重一击。

　　高一结束前的最后一段日子里，陈寂忘了所有要做的选择，该干什么就干什么，也就是在这短短时间里，他恢复了训练，却发现，似乎找不到以前的状态了，似乎没了那股冲劲儿，愣着脑袋使劲跑的劲头也磨灭了。

　　他太喜欢踏上跑道的感觉了，却有些操之过急。

　　这样的他，称不上是一名优秀的运动员，太浮躁了。

　　思及此，陈寂舒了口气，似乎把郁结通通舒了出去，浑身轻松："哎，这就叫条条大路通罗马。"

　　陆时雨眼睫颤了颤，垂首盯着似火烧的水泥地面。

　　学校的花坛里土壤干裂，树叶也无精打采的，但总有那么几棵向阳而生，顶着灼日昂扬。

　　"走哪条路不是路，"陈寂扬着声说，"换一条路也没什么，不当运动员还可以干别的。哎，你别说，有一回王竞之拉着我去咱学校门口买汉堡，人家老板看了我一眼，就收了我俩一份的钱，还非得加我QQ。你说就我这个体格，这个模样，适合干什么？"

　　陈寂说这话时表情格外不正经，他倒是知道自己这张脸有多么招蜂引蝶。

　　陆时雨好笑地看了他一眼。

　　陈寂又扬着眉梢说："你给提个建议，好好提，认真提，结合我的情况。"

　　"嗯……"陆时雨顿了顿，上下扫了眼陈寂，忽地起了玩闹的心思，"你条件还可以，干什么都行，就是——

　　"陈寂，得干正经事，你自己说的，卖艺不卖身。"

　　陈寂噎住。

　　陆时雨失笑："你们周几去买的汉堡啊？"

　　陈寂："周二。"

　　陆时雨了然地点了点头："噢，那家汉堡店周二搞活动，奥尔良鸡腿堡买一送一。"

　　她一言难尽地看陈寂："陈寂，你似乎，是那个送的。"

　　陈寂再次噎住。

陆时雨笑着补刀:"你不常看动态吧,那个商家每天都在动态里发'今日特惠'。"

陈寂淡淡瞥了她一眼,一言不发地掏出手机。

陆时雨问:"你怎么了呀?"

"没怎么,"陈寂说,"我把老板QQ删了。"

陆时雨笑得不行。

陈寂冷飕飕地扫她:"开心吗?"

她紧绷着嘴角,将笑意憋回去:"好了,不开玩笑了。我说真的,陈寂,你干什么都行,反正最后还不是你自己要去做。即使当不成运动员,你也可以从另一方面去接触这个行业啊。"

"比如当个医生。"

陈寂摇摇头:"算了吧,医生不适合我,你这样比较细心的还可以。"

"那还有很多选择啊,你可以当后备力量,当不了运动员,但是给运动员做点儿事,也算是尽到你的力了。哎,反正还早呢,你可以好好想想。"

说着话,四个人就走到了学校正门口。

陆时雨刚笑完陈寂吃瘪的模样,"人生鸡汤"刚刚讲到了一半,走在前面的孔怡然忽地转身,拽着她的胳膊:"你妈的……你妈的——"

陆时雨蹙眉:"好好说话。"

"你妈的车在外头呢!她怎么来接你了?"孔怡然说,"那咱俩待会儿就去不了那家饰品店了!"

陆时雨心里一紧,秦医生也没说要过来啊,这个点儿,她今天不值班吗?

秦安兰的车果然在路对面停着。

陆时雨松开孔怡然,跑过去,打开车门坐进去。

"妈,你怎么来了?"

秦安兰说:"今天我们科室有医生跟我换了班,顺道过来接你。把笑笑也叫上来吧,我送她回去。"

有大佛在这儿杵着,陆时雨不敢造次,下车叫了孔怡然,招呼都没跟陈寂打,只是远远望了他一眼。

车上开了空调，已经很凉快了，孔怡然虽然没坐在空调口的位置，但胳膊依旧起了层鸡皮疙瘩——

这股冷气，多半是来自于秦医生的气场。

"报的理科吧？"

陆时雨点头："对。"

"知道是哪个班吗？"

"还不知道呢，得等开学前几天才知道。"

秦安兰淡声道："没事，到时候问问你姑姑。开了学以后就没重点班了，但是你可不能松懈啊，保证自己的成绩不下降。我跟你姑姑说了，到时候可以的话，能不能把你转到她班里去。"

陆时雨与孔怡然对视一眼，脸上全是绝望。

"笑笑要是跟着濛濛一起就好了，在一个班里互相有照应，也能比着学，那才有劲头。"

一听这话，绝望的人变成了孔怡然。

陆时雨脸色蓦地淡了淡，出声道："比着学倒不至于，我俩不看那个。"

秦安兰一副"你懂什么"的语气，说："不看那个看什么？你们现在的任务就是学习，看别的都没什么用。"

陆时雨往座位上靠了靠，不想再说了，秦安兰的思维总是一根筋，再说下去绝对会吵。

送完孔怡然，秦安兰才开始说教："刚才你们怎么跟两个小男生一块儿出来的啊？"

陆时雨猛地从后视镜中看向驾驶座。

秦安兰那双眼睛一直很温柔，但温柔之下藏着另一种严厉。

陆时雨捏紧衣角："不是，我们班主任开会，大家一起出来晚了。"

"噢，我说呢，"秦安兰松了口气，"也没在你们班里见过那两个男生啊。"

陆时雨不知道该说什么，只好附和："对，他们不是我们班的。"她抿了抿唇，"我们，不是很熟。"

"下学期开了学别老是瞎掺和别人的事儿啊，尤其别老跟坏学生在一起玩儿。濛濛，妈妈不希望看到像你初三那样的事再发生。"

那事儿都过去多久了，没想到秦安兰还记着。

初三时，陆时雨跟自己班里学习不太好的一个男生多说了几句话，那男生摸了下陆时雨的头，被秦安兰当场抓住了。

当时秦安兰一副疯了的样子，以为她在家里拿手机是要跟他聊天，但陆时雨真的没有，连那男生的联系方式都没有，手机里只存着家人的联系方式和孔怡然的联系方式。秦安兰指着孔怡然的联系方式硬说是那个男生的，要陆时雨当着她跟陆兆元的面给那个男生打电话，不管陆时雨怎么哭着解释，她根本不听。

电话打过去，是孔怡然接的。

秦安兰客套了几句，挂断电话，也没道歉，只是说不希望她现在分心，于是这件事就这么稀里糊涂过去了。

自那以后，秦安兰就带着种有点风吹草动就敏感的神经质。

陆时雨微微叹了口气："我知道了。"

"平常多看几本书学习，你现在主要任务就是学习，别的不许多想。"秦安兰蹙了蹙眉，"当班长事儿多不多？要不行的话，下学期就……"

陆时雨心底忽地有点不耐烦，连这都要管吗？

她出声："妈，不忙，我觉得当班长挺锻炼人的，不用觉得耽误我学习。"

秦安兰沉默了几秒："行。"

临开学前，还没等秦安兰问陆兆青分班结果，她倒先把结果发给秦安兰了。

文科一共八个班，剩下的二十八个班全是理科班，陆时雨还在二十七班，班主任还是李杰。

还好还好，陆兆青没给她调班。

陆时雨心惊胆战了一个暑假的事终于过去。

陆时雨跟陈寂在一个物理补习班，收到秦安兰短信的时候，陈寂刚好在旁边，也看到了她的分班结果。

陈寂没头没脑地问了句："那这些老师还都是原来的老师吗？"

"是吧，我姑姑说应该不会变。"

"那还可以，我还挺喜欢你们班……二十七班这些教师的。"陈寂认真地评价了一番,"我觉得二十七班的老师讲课都乐呵呵的,挺有意思,也没什么压力,尤其咱李主任,看着严肃,实际上是性格多随和一小老头啊,我还挺喜欢他的讲课风格。"

"虽然李主任秃顶了,但是,他才四十岁。"陆时雨无语,"叫人家小老头不合适吧。"

"大家私底下都这么叫他,就你两耳不闻窗外事。而且,你看他一出现,教室里都不用开灯,那脑门儿亮得啊。"陈寂忽然间摇了摇头,"哎,以后我可不当老师。"

陆时雨盯着他茂密的黑发看了看,脑补了一下陈寂秃顶的样子,还挺好笑的,一个没忍住,笑了出来。

陈寂一看她这样就知道她没想什么好事。

"你笑什么?"

陆时雨摇了摇头:"没什么,我就是想到,你可不能秃顶,你要是秃顶,那学生们都不用开灯了,你这个身高,晚上站到月亮底下就能充个灯泡。"

陈寂哑口无言。

八月底,正式开学。

由于有走读生和住宿生,新二十七班定在下午三点钟开第一次班会。

暑假过得无波无澜,就是在日复一日的补习中度过的。唯一还有点波澜的就是给陈寂讲题,其余都是乏善可陈,再加上秦安兰和陆兆元又忙,所以没什么好回忆的。

因此还没等到开学,秦安兰早早就把陆时雨送到了一中家属院,陆兆青也早早找好了高二一整年的习题卷,摆在她屋里的书桌上等着她。

家里实在是有些压抑,陆时雨没办法心平气和地对着如山一般的卷子和练习册,又加上二十七班还没有定下班委人选,陆时雨便主动请缨,提前来学校里帮忙,顺带着也叫上了孔怡然。

李杰是年级主任,有所有班的花名册,给各班发新书时,陆时雨翻了两页,没看到有陈寂的名字。

临开学前一周,最新的分班结果就已经通过家校互联发到家长的手机上了，当天孔怡然就打了电话过来。陆时雨接电话时还在补习班里，就孔怡然这个嗓门，不用开免提陈寂也能听到。后来孔怡然越说越离谱，甚至扯到了王竞之，而后不可避免地提到了陈寂，开始幸灾乐祸。

孔怡然说："幸亏咱俩没在你姑姑班里，你姑姑太严肃了！我还是喜欢李主任。哎呀，也不知道陈寂在哪个班，我打听了一下，新二十七班大部分都是咱俩的熟人啊，剩下二十几个学生不知道是谁，这概率太小了！"

陆时雨偷偷歪了歪身子，悄声说："你小点儿声说话吧。万一他真的在呢。"

"他如果真的跟咱俩一个班，那可太牛了，比我生吃一颗柠檬的概率还小，真这样的话，我都敢吃柠檬了！要是他在你姑姑那个班里就好了，哈哈哈哈，火星撞地球啊简直是，想看你姑姑整陈寂，哈哈哈！"

还真敢大放厥词。

陆时雨"噌"地挂断电话，小心翼翼地扭头，去看陈寂。

陈寂侧身背微弓，单手撑着头，若有所思，显然是听到了孔怡然的话，但又有些无言以对。

田君如拿到分班结果是不是还问过他要不要调班来着？好像是。

看陈寂这副表情，陆时雨还真以为他就在陆兆青的班里，下意识地就有些遗憾，但紧接着脸上就浮起一层怜惜："你不会真的在我姑姑的班里吧？"

陈寂没答，反问："孔怡然为什么不吃柠檬？"

"她觉得太酸，所以从来不吃任何柠檬味的东西。"

"啊，她对柠檬不过敏吧。"陈寂又问。

陆时雨心道"你问这个干什么"，但还是答："不过敏啊。"

陈寂点了点头，坐直身子，懒懒散散地靠在椅子上，嘴角撇了撇，看上去还有点不知所措："你姑姑，真那么可怕啊？"

"还好吧。"陆时雨一看他这么问，那种怜惜感就更加浓烈了，与遗憾参半，两种情绪相交织。

她叹了口气，琢磨怎么掏心掏肺地劝陈寂，决定先让他对姑姑有个好印象："虽然我姑姑性格有些古板，但她就是外冷内热。她挺负责的，一般不发脾气，除非大家做得真的很过分，你别搞大乱就行，平时陆老师很好说话，也很随和，你放心！"

"真的,我们家陆老师是个老教师,经验特别丰富!"

随和?好说话?

陈寂忽地想起之前陆兆青当他们班代课老师,他收了答题纸给她送到办公室里那次,正巧偶遇了陆时雨在接受精神洗礼。他站在旁边等了好久,久到从背影就能看出陆时雨那份局促不安和好想逃却逃不掉的心。

他这才出声打断了陆老师的滔滔不绝,顺带着,解放了陆时雨。

她当时整个人肉眼可见地松懈了下来,满脸全是"终于结束了",还真是能忍。

如果这叫好说话、随和,那这世界上就真没严肃的老师了。

这么一对比,他家田女士太随和了,偶尔有些胡搅蛮缠,但哄哄就行。他嘴皮子这么溜,就是从小嘴甜,哄田君如哄出来的。

陈寂有些同情陆时雨,又打心底里多了几分佩服,据说她妈妈也挺厉害的,怪不得她这么乖,怪不得她学得这么好,如果换成是他,他估计会憋死,也会把家长气个半死。

两个人各怀心思,都冲对方微微叹了口气。

照理说,开学第一天见面,大家都应该来得很早,毕竟是新班级,还是开学第一天,但总有几个踩点儿过来的。班主任建了新的班级群,但还有人没加进来。

二十七班几个同学分好新书,挨个和其他班进行交换,陆时雨送完最后一摞书时,还差三分钟上课,她还得赶回教室问问大家的新书有没有缺页漏印的,正急急忙忙往教室里跑,经过靠近三十六班的楼道时,却猝不及防地对上匆匆赶来的陈寂。

他拎着一个黑色的包,风尘仆仆的,额前微长的头发都吹到了两侧。

陆时雨愣了愣,这会儿铃声响了,盖过了陈寂说话的声音,她没听清陈寂说什么,以为陈寂走错教室了,只扯着嗓子撂下一句:"十九班不在这儿!陈寂,你清醒一点,现在换新教室了。"说完,拔腿便往教室里走,没等陈寂张口。

所幸大家的书都没问题,但讲台上还多出一份教材,陆时雨问了问台下的同学："大家都有书了吗，这里怎么还多一份？"

大家摇了摇头，没人说话。

好奇怪，每个班的教材都是按人头算的啊，她发之前都仔仔细细核查过一遍，但班里又没人缺书。

陆时雨以为是自己数错了，便拿起这摞沉沉的教材，打算搬到办公室去。

陆时雨刚走到教室门口，怀里的书上落下一只指节分明又细长的手，手背上青筋明显，腕上还戴了一块纯黑色的手表。

那手一使力，她怀里的这摞书就被人拿走了。

紧接着，一股熟悉的气息扑来，像是那款草莓味的薄荷糖，和军训会演时闻到的味道一样。

等等，这手表……

还挺眼熟啊。

短短几秒之间，还没等她反应过来，耳畔传来熟悉的音色，有些低沉，却又带着几分调笑："哎，拿着我书往哪儿走啊你？"

陆时雨双眼一瞬间瞪大，脑子空白了几秒钟，随之而来的就是铺天盖地的惊讶与雀跃，又有几分不可置信。

噢，原来没进群的那个人就是陈寂啊。他QQ号不知道是什么情况，隔三岔五被盗号，换密码也无济于事。

亏她当时还掏心掏肺地给陈寂做心理建设！他不是在陆兆青那个班里吗？天！她不是在做梦吗！

陆时雨悄悄掐了下自己的手心，指甲在嫩嫩的皮肤上留下紫红色的痕迹，痛感太真实了。余光里看见靠近门的位置上这几个同学一个个蒙住的模样，和孔怡然张得可以生吞一个拳头的嘴时，她才意识到，是真的，都是真的。

她是真的在极低的概率里，和陈寂成了同班同学。

陆时雨心如擂鼓，缓了缓，转头。她屏住呼吸，直直盯着眼前的人看。

陈寂已经数好了自己的教材，确定自己的书没问题，才把视线转移到一脸讶然的陆时雨身上。

他微不可察地弯了弯嘴角，往教室里环视了一圈，瞄到最后一排的空位，还没忘记冲孔怡然"善意"地点了点头，收回目光时，陆时雨仍是瞪着那双杏眼盯着他看。

"你不是，在我姑姑那个班里吗？"

她眼睛本来就很大，陈寂都可以在她清澈的眼中看到自己的身影："从头到尾，我都没说过我在陆老师班里。

"陆时雨，你清醒一点，我没走错班。"

陈寂斜倚着门口的墙，转移话题："你猜猜我这包里是什么？"

"嗯？"

陆时雨还没从陈寂成为她同班同学这个事实中走出来，紧跟着又听到一个莫名其妙的问题，她"啊"了声，一双杏眼里全是迷茫："什么？"

她将耳朵都凑过去了，陈寂却只是无声笑了笑，还挺拿腔拿调："秘密。"

陆时雨顿住。

第一次班会课结束后，四人小分队再次集结到一中旁的奶茶店里。

孔怡然简直不知道该说什么好了，这么低的概率，居然也能让她俩碰上。陈寂这招蜂引蝶的本质在这儿，看来以后二十七班不太平了……

还没等她感叹完，面前就多出一个橙黄的柠檬。

只是看柠檬皮，闻着扑鼻的柠檬香，孔怡然就已经开始倒牙了。

陈寂拉好自己背包的拉链，好整以暇地坐在位置上，视线往柠檬上瞥了瞥，冲孔怡然说："送你的。"

他居然听到了！孔怡然立马看陆时雨，陆时雨耸了耸肩：我都跟你说小点儿声了。

所以她为什么要嘴贱说那句话？

孔怡然干巴巴地笑了笑："陈寂同学，以后多多指教，咱都是一个班的，有事儿您说话。"

陈寂也笑了笑，笑得人畜无害，但仔细看还能看出笑里藏刀："多指教多指教，有事儿我肯定找你。"而后又点了点柠檬，倒没想让她真吃，就是吓唬吓唬她，"赶紧吃了吧。"

孔怡然腹诽：……小肚鸡肠！心眼比针鼻儿还小！

李杰原本是想让陆时雨接着当班长的，毕竟她有经验，但被陆兆青特意打了"招呼"。

最后，陆时雨还是班委，但从班长变成了团支书。

为了让陈寂尽快熟悉班里的人，李杰把班长的位置给了他。

宣布班委会名单时，大家都挺惊讶的，毕竟陈寂跟大家都不怎么熟悉，看上去是真的很拽。

担任班长这事对陈寂来说不是问题，跟大家不熟也不是问题，他只花了不到半天的时间就记住了班里所有人的名字，并且拥有了一群新的小迷弟——

主要是他篮球打得好，完全惊艳全场的那种。

没了重点班，各个班的水平都挺平均的，有成绩拔尖的同学也有稍微落后一点的同学，李杰还特意在班里强调过，让大家互相帮帮忙，下了课别老闹着玩，多看书学学习。

理科题主要靠理解，基础学不好就没戏，陈寂虽然补了一个暑假，应付简单题还可以，但凡再难一个档次，就把他难住了。

虽然陈寂已经转了文化课，但这段时间田君如依旧提心吊胆，现在陈寂的问题解决了，紧跟着就该解决陈韵溪的事，但对女孩子又舍不得骂，陈韵溪倔起来比陈寂还倔，田女士打不得骂不得，只能寸步不离地跟着陈韵溪，对于陈寂也没办法跟他当面谈。她怕他学不好，也怕他转班会有抵触心理。

陈寂真的完全没有什么逆反状态，田女士完全是过度担心，他早就过了那个年龄段了，现在信奉的是"不做就不做，要做就做最好"。

既然已经选择了，那就什么都不要想，只要心无旁骛地把眼前的事做到极致就好。

解题思路原来陈寂没有好好研究过，而且他旁边的同学成绩都相对较差，除了陆时雨和孔怡然，他基本上也没好意思去麻烦别人，照他的话说就是他这个班长的高大形象绝不能毁在几道数学题上。

所以能问的，只有这两个人。

孔怡然是个急性子，对着陈寂讲一道题超过三遍就隐隐有些发火的意思。如果陈寂好好听话，按照步骤走，她也挺乐意教的，但关键是，陈寂这个人思维太活泛，从不按常理出牌，而且嘴又欠，她要是冲他瞪一次眼，他有一百句话等着怼。

常常把孔怡然气个半死。

每每这个时候,"陆老师"就如救星一般登场了。

久而久之,他俩似乎形成了一种莫名其妙的默契,陈寂一拿书陆时雨就知道他要问什么题,顺带着在脑子里多琢磨几种解题思路,避免陈寂找碴。

陈寂倒听她的话。

他默写《逍遥游》写了一堆错别字,李杰让他抄十遍课文他都没抄过,可陆时雨说,写错一道数学题抄十遍,他就不敢不抄。

孔怡然直呼厉害,打心底里佩服陆时雨的脾气,真的,能忍受陈寂的,全班也只有陆时雨一个人了吧。

九月底一中办运动会,跟往年不一样的是,今年新加了篮球赛。

李杰虽然个子小,但心里一直有个篮球梦,"教师杯"篮球赛,他还代表高二年级拿了个二等奖。对于学生的篮球赛,他就更加积极了,于是从选人就开始张罗,陈寂是班长,篮球打得好,成了二十七班篮球队队长。

隔壁班班主任是个女老师,还搞了啦啦队和加油词。李杰一看,这怎么能输呢,随即叮嘱陆时雨找加油词,找了五十条,又组织啦啦队给班里篮球队加油。

他比学生还兴奋,恨不得亲自上场。

好在二十七班争气,一路过五关斩六将,杀到了年级前八强。

八进四的时候,二十七班对上了文科八班。

一中文科班的男生少,基本上一个班就十二三个男生,而且会打篮球的也不多。

八班已经很不错了,基本全靠两三个有实力的主力,再加策略和战术一直撑到八进四。

但对上二十七班,就该他们出局了。

陈寂常年跟体育班的篮球队一起打球,水平已经很不错了,再加上二十七班篮球队的平均身高要比八班的篮球队高一些,其实这场比赛可以说是没有悬念的。

赛前，陆时雨和几个班委搬着水和横幅在球场上占了个靠内场的位置，方便给自己班的球员递水。

陆时雨和几个班委一趟一趟来回跑，好不容易搬完了桌子和水再回到场上，却发现二十七班占位置的东西被人挪到了一边，有几瓶水还滚了出来，散在地上。

旁边站了几个八班的女生在整理东西。

这会儿又没风又没雨，一看就是八班女生的杰作，孔怡然上去就找她们讲道理了。陆时雨正在清点东西，拉都没拉住。

孔怡然走过去，就看到对面的负责人。

是熟人，原来二十七班的体育委员沈晓茜。

了解沈晓茜的都知道，她有"公主病"，且蛮不讲理。

孔怡然到现在还记得她给陆时雨硬塞三千米的事，便也没什么好脸色："晓茜，这好像是我们班的位置吧。"

沈晓茜"啊"了声，无辜道："我们来的时候这里没东西啊。"

孔怡然翻了个白眼，吐槽对方"绿茶"功夫见长。

"噢，那照你这么说，我们班的东西是自己长了腿跑到地上的是吗？"

"啊？你怎么这么说啊？"沈晓茜摆了摆手，"我没那个意思，要不你们搬过来，咱们一人一半。"

孔怡然被气笑了，抢位置就抢位置，还装出一副大度的样子。她可受不了："搬什么搬，这原本就是我们班的位置，你们要是想一起坐可以大大方方地说啊，我们又不是把这块买下来了。"

孔怡然是一个人过来的，人家这边可不止一个女生。

当下，沈晓茜旁边的几个女同学开始七嘴八舌地指指点点。

文科班女生多，聒噪，孔怡然可算是体会到了。她捋了捋头发，刚准备唇枪舌战，陆时雨跑过来，拉住她："别吵架，待会儿还得比赛，他们在热身呢，马上就开始了。"

"看咱们这位置好就占咱们的，占了还倒打一耙，"孔怡然蹙眉，满脸怒意，"有这样的事儿吗？"

/ 220 /

"这是咱们的位置，咱们凭什么走！不行！要走也得别人走！"说完，她还瞪了眼沈晓茜。

这边聚集的人越来越多，多半是八班的女生，少部分二十七班的同学跟着陆时雨一起过来了。

沈晓茜仗着人多，也不怕孔怡然，她这自私劲儿上来，才不会跟人讲道理，反而指责孔怡然欺负人。

局势差点控制不住时，八班居然来了几个男生，特意来给沈晓茜撑场面了。还有个男生站到沈晓茜旁边，瞪着一双眼睛，冲陆时雨冷冷来了一句："你想干什么？"

沈晓茜一脸花痴地看他。

简直欺人太甚！陆时雨不惹事，但也不怕事儿，刚要出声，蓦然间响起一阵跑步声，她身后忽地伸出一双手，拽住她的胳膊将她拉到身后，把那些恶意的视线挡了个严严实实，给人一种实打实的安全感。

陆时雨一抬头，黑色篮球衣的背上写着明晃晃的"陈寂"两个字。

陈寂仍抓着她的胳膊没松，力道不重，但十分有存在感。

他把陆时雨和孔怡然往自己身后推了推，淡淡扫了眼沈晓茜，随后，垂了下眼，视线不轻不重地落在八班那个男生身上，轻飘飘的，似乎没把对方放到眼里，整张脸透着一股冷冽。

陈寂比沈晓茜旁边那男生的个子高，单单看胳膊上的肌肉线条，陈寂完胜。而且现在他整个人浑身上下透着不好惹的气息，还没说话，就已经在气势上毁灭性地压倒对方了。

好几秒过去，陈寂还是没说话，只是散漫地瞥着对面。盯到对方心里发毛的时候，他才凉飕飕地开口，眼里像是带了刀子，冲那男生淡声说："你有事儿吗？"

那男生一下子就怂了，准备撤了。

"等会儿，"陈寂叫住他，冷声道，"给人道了歉再走。"

道歉？

那男生也不服气。

"听不懂普通话啊？"陈寂也没耐心了，"还是说你根本听不懂人话？"

憋了半天，那男生才灰溜溜地朝陆时雨不情不愿地道了句歉。

吓跑对方，重新占领了自己班级的位置，陈寂才松开陆时雨的手腕。

她手腕上似乎还存留他手掌心灼热的温度。

孔怡然朝陈寂竖大拇指："干得漂亮！气死我了，那男的刚才还冲时雨瞪眼，一双绿豆眼瞪得还挺急，欺负我们没人是吧！"

陈寂垂眸看她："他还瞪你了？"

陆时雨其实没太注意，现在满脑子都是陈寂挡在她身前的画面。

她轻轻握住刚才陈寂拉过的手腕："好像，是瞪了吧。"

"别怕，"陈寂说，"你眼睛大，一双眼顶他几十倍。下回你只管瞪回去，有我在呢。也不看看谁是班长就敢随便瞪。"

陈寂转身，往球场里走，感觉气势汹汹的。

陆时雨拽了拽他的衣角："你别冲动啊。"

陈寂看了眼她的手，扯了扯嘴角："放心，咱得讲道理是吧，我又不是什么胡搅蛮缠的野蛮人。"

陆时雨放心地点了点头，但下一刻，陈寂却说："我本来还打算让让他们，给他们留个面子。"

"现在感觉没必要了，他们不需要我给他们留面子。"他漫不经心地拢了把头发，仰头喝了口水润嗓子，狂妄地出声，"要不直接剃个'光头'吧。"

自从组了篮球队，陈寂就尽心尽力地跟大家一起训练，时不时练几个战术。他的目标是第一名，不做就不做，要做就做最好，总之不能给二十七班丢面子，而且他们气势昂扬的李主任也丢不起这个人。

之前跟别的班打比赛，陈寂还是收着力气的，一场球下来，对方怎么也会拿不少分，不至于太丢人。

可换作八班就不一样了，陈寂真就差点给他们班剃了个"光头"。这么多场比赛下来，八班是第一个上场这么久还拿零分的。

最后一次叫暂停，李杰抬了抬眼镜，心底喜滋滋的，但还是严肃地低声劝道："你总得给人家留点儿面子吧。"

陈寂接过陆时雨递给他的毛巾擦了擦汗，很认真地说："我给了啊，主任，您没看我篮板球都没去争，机会都给了。"

"他们接不住，"陈寂扯扯唇，仰头喝了口功能饮料，颇为无奈，"这我也没办法啊。"

李杰看出来他不想让了，半威胁道："那我不管，你最后一节不能给人零封，该怎么让球，你自己看着办。"

留下这句话，李杰便背着手，带着笑意找对面班主任聊天去了。

陈寂喝完水，陆时雨给他把瓶子放到位置上，看八班同学垂头丧气，他们班主任也淡着一张脸，实在是感觉隐隐有些担忧。

"要不，你再让让他们吧，拿零分是不是真不太好啊。"

"那他们欺负你这事儿怎么算？"陈寂只问了这一句。

"也没真欺负，"陆时雨摇摇头，"没对我造成什么影响，不过就是瞪了一眼，不轻不重的，其实不仔细看还真看不到他眼睛。"

闻言，陈寂也就没再执着于给他们弄个"光头"，可分数不能让他们这么轻易地就拿走，最后一局该让的还是会让。

裁判吹哨，暂停时间结束了，陈寂顺手把毛巾也递给陆时雨："那行吧，就勉为其难让让他们。"

从短袖换到长袖，将近一个半月的篮球赛结束，二十七班毫无意外地拿下了高二篮球杯的第一名。

这是新二十七班拿下的第一个集体荣誉，大大的奖状挂到教室里，大家别提有多高兴了。

经此一战，陈寂这个班长的地位在班里直线上升，也没人对他拘束了。他这个人，不熟的时候会觉得他冷淡，一旦混得熟了，玩笑随便开，也没什么架子，好相处得很。

不仅在班里是这样，在年级里也是。

他从前在体育班里老是训练，神龙见首不见尾，经常不在教室里待着，但自从来了二十七班，他天天露脸，自然会被一些女生抓住机会。

从前他在体育班，不知道是什么样的，但跟他在一个班里之后，陆时雨见到的信不在少数，各种颜色各种样式，几乎每天都有。

陈寂似乎已经司空见惯了，对这些东西见怪不怪。

陆时雨每每收作业，或者上课瞥过他位置时，看见那些东西就觉得心里涌出一股酸楚，也不敢多看一眼，更不想多看一眼，只佯作冷静地淡定转身，离开。

这天大课间跑完操，孔怡然和陆时雨上来得早，就看见二十七班教室门口站了个格外漂亮的女生，长发高马尾，睫毛卷翘，凑得近了，还能闻到她身上淡淡的香味。

这女生的校服裤子是改过的，改得很瘦很瘦，脚上踩着一双漆皮的厚底黑色玛丽珍鞋，显得她整个人高挑又纤细。

"哎，这是不是咱们年级那个学播音的艺术生来着？叫什么冯泽溪？"孔怡然拽了拽陆时雨的胳膊，低声问。

陆时雨见这个女生的第一面就知道她是来干什么的，陆时雨情绪忽地有些不太好，涌起一股烦躁，没什么好气道："我哪知道。"

三人迎面撞上，那女生大大方方地冲她们淡淡笑了下，眼睛弯弯，像一弯月牙。

是个美女，孔怡然好心肠地问了句："同学，你找谁？"

陆时雨偏头，视线落在热心的孔怡然身上，松开挽着她的胳膊，抬脚往班里走，而后听见冯泽溪说："我找你们班班长陈寂，他还没回来吗？"

孔怡然看了眼教室里的陆时雨，两人视线对上，她无奈地摇了摇头，这招蜂引蝶都引到班门口来了，她咂嘴说："还没，各班班长还在楼下开会呢，你得等一会儿了。"

冯泽溪顿了顿："那好吧，谢谢你。"

临上课，陈寂还没回来。下节课是语文课，陆时雨去李杰办公室把他的U盘拿了过来，提前在班里把白板打开。冯泽溪还没走，还在等陈寂。

陆时雨经过她身边，刚要进教室，却被她叫住。

"哎，同学。"

"可以麻烦你帮我把这个给你们班陈寂吗？"

音色轻柔甜美，音调饱满，吐字清晰，真不愧是学播音的。

陆时雨低头，面前摆了一张报名表，是校园文化艺术节主持人的报名表，和一张折叠起来的纸。

本不想接的，但一看这张主持人报名表，陆时雨还是接了下来："好。"

陈寂和李杰是踩着点进的教室，陈寂回座位经过陆时雨时，她的手都放在那两样东西上面了，只犹豫了一秒钟，陈寂便从她身边走过去了。

陆时雨只好把东西放回抽屉里。

这时，讲台上的李杰开口："刚才跟各个班班长开了个会，有几件事儿跟大家交代一下。现在是十月中旬，大概十一月初的时候，学校要办一个校园文化艺术节。待会儿陈寂你把艺术节的要求给大家贴到前边来，想报名的找陈寂报个名，明天早上把名单给我，然后大家就可以准备节目了……"

校园文化艺术节？

陆时雨抽屉里的这张报名表是主持人的报名表，那个叫冯泽溪的是播音生，所以，她给陈寂报名表，是想让陈寂跟她一起搭档做主持人？

倏忽间，陆时雨开始胡思乱想，她甚至想到了艺术节当天，陈寂和冯泽溪穿着礼服站在耀眼舞台上的画面了。

画面只持续了短短几秒钟，很快便在脑海之中烟消云散，却令陆时雨心里有点不舒服。

"好了，大概就这么个事儿，开始上课。"

李杰说完，陆时雨也回过神，慢吞吞地翻开语文书，心不在焉地读着面前的文言文。

下了课，她从抽屉里拿出报名表和字条，手指收力，紧紧捏着。

她想，她为什么不可以自私一些，再卑劣一些，仅仅自私卑劣这么一次就好，不会多求。

她恶劣地想，不要给他送，就当这些不存在，那该有多好。

可是怎么可以那样呢。

做足了心理建设，她才拿着那两样东西，挪步到陈寂的位置前，刻意控制着自己有些低落的情绪，把东西递到他眼前。

陈寂只是扫了眼，调笑道："有事你就跟我说，这都什么年代了还跟我搞小字条这一套？"

陆时雨抿抿唇："这不是我给你的，大课间有个叫冯泽溪的女同学叫我给你。"她还特意咬重了"女"字。

陈寂想了一秒钟，事不关己地说："谁？不认识。"

不认识都敢来找他当搭档啊，也太勇敢了。陆时雨的心又沉了沉，心道：你倒是接过东西看一眼再说啊！

她无奈，只能解释："人家好像是来给你送这次艺术节主持人报名表的。"她将手上的报名表往前送了送。

陈寂想都没想便拒绝，报名表连接都不接："我当这玩意儿干吗？没劲，不想去当。"

陆时雨有些意外。

她愣了愣，心底的不舒服少了大半，然后没由来地有些欢喜雀跃。

即使这对冯同学来说，似乎好像不太道德。

"你真不去？"陆时雨把报名表放他桌上。

陈寂视线往自己桌上那堆卷子扫了眼，没有丝毫兴趣："我看起来那么闲啊？"说着，还把报名表扯了过来，往上画了个函数图，"正好，问你道题。"

报名表送到了，任务就圆满完成。看陈寂这架势，他是不会参加了，而且那字条写的什么他也没去看。

后来，这两张纸随着他那堆废掉的草稿纸一起，进了垃圾桶。

一顿操作如同行云流水，看得陆时雨一阵心花怒放。

一中艺术节不仅有唱歌跳舞，还有语言类的节目，最后还会由评委老师给这些节目打分，评比奖项。

孔怡然最爱凑热闹，而且排练节目就不用上课了！这么好的机会，不凑热闹就是傻子。

她对陆时雨吹了好半天的耳旁风，软磨硬泡，各种招数都使出来了，终于把陆时雨这个倔脾气说动，参加艺术节。

暑假那会儿，有个男歌手叫岑野，因为一首抒情曲一炮而红。陆时雨粉了他好久好久，一直到现在还喜欢他的歌，几乎每天都循环播放好几遍才能安安心心学习。孔怡然知道她喜欢岑野，便提议艺术节她俩一起唱岑野的歌。

陆时雨直接拒绝了："不行，岑野的歌一般人唱不出感觉来，男生翻唱都不好听，何况女生啊！不行不行，不能毁我的白月光。"

孔怡然："那……跳个舞？唉，还是算了，别丢人了。"

孔怡然托腮想着。

"要不咱俩多叫几个人排练一个小品？"孔怡然说，"语言类的节目，不费什么事，背背词写写稿子就行。"

陆时雨一想，这可以。

两人一拍板，一个拉人，一个去报名。

陈寂去找王竞之打球了。

晚饭时间，教室里没什么人，陆时雨便填好了报名表，一边在教室外吃着东西等陈寂，一边构思剧本。

她百无聊赖地翻着语文卷子，忽地被一个画图作文吸引了视线。这个作文的标题是"奖惩之后"。

没多久，一个故事梗概就已经在她脑子里形成了。

孔怡然吃完晚饭回来，陆时雨把剧本大概说了说。

孔怡然一喜，觉得非常好："改编一下还挺有意思啊，主要是有教育意义，大概得几个人啊？"

"七个吧。"陆时雨想了想，"按我剧本的设定，得两对夫妻，一个男学生一个女学生，外加一个老师，只能多不能少。"

"两对夫妻？会不会太单调啊？如果咱来个反串儿呢？反正学校发的通知上说一切内容让学生自由发挥，"孔怡然眼睛一亮，"男反串女，或者女反串男，这样笑点也有了。而且你看这作文的图上，有个小男生脸上还有个唇印，如果是女孩子亲的话不太好吧。"

陆时雨有点犯愁："反串可以，女生好说就不用考虑了，但是男生差两个，找谁反串演夫妻啊。"

正想着从哪儿找这两个男生，王竞之和陈寂就忽地出现在楼道口，他俩刚打完篮球回来，外套搭在手臂上，如救星一般闯入陆时雨的视线中。

两人对视一眼，觉得好像有戏，但是陈寂……陆时雨蹙了蹙眉，他参加的概率应该不大吧，毕竟连主持人都拒绝了。

不过试试吧。

孔怡然叫住他俩，笑眯眯地说："帮个忙呗。"

她一这样，王竟之就知道她肚子里又有坏水儿了："不帮。"

她又把目光转向陈寂，还没开始笑，陈寂便说："没空。"

"你俩一点同情心都没有！"孔怡然叉着腰，"都没听我说什么就拒绝，这回是好事儿！真的好事儿！"

王竟之看向陆时雨："你说的我不信，陆时雨你说，你说的我信。"

孔怡然拽了拽陆时雨，示意她好好说，必要的时候撒娇。陆时雨眼皮一跳，朝那两人道："我俩想参加艺术节语言类的节目，剧本已经有故事线了，但是还缺两个男生。"

陈寂挑了挑眉，没想到一向闷头学的大学霸也会参加艺术节。

把报名表和剧本递给他，陆时雨用最诚恳的语气说："真的就只差两个男生了！"

孔怡然又抓了她一把，上啊！撒个娇！没人会拒绝！

陆时雨眨了眨眼，颇有些俏皮，眉眼中却又透着一股真挚，眼神清澈，让人舍不得拒绝。

陈寂默默收回视线，垂眸看剧本，眉头松了些。

陆时雨一看有戏，也不管三七二十一了，乘胜追击："帮人帮到底，送佛送到西。您意下如何？班长！大班长！陈大班长！"

对！就这么撒娇！孔怡然在旁边添油加醋："这两个角色简直就是为你们量身打造的！除了你们谁都不合适！"

自古英雄难过美人关，这一声声把人喊得实在不好意思说"不"，半晌，陈寂应了下来："哪两个角色是我俩的？"

王竟之腹诽：见鬼了，也不知道是谁说没空的。

陆时雨脸上漾出一抹笑意，整个人都舒展开来，嘴角勾起，那双笑眼很耐看。

孔怡然接话："放心，这角色保准抓人眼球——"她的视线在对面两个男生之间来回转了转,"有反串!"

陈寂一听,脸色"唰"地就淡了,又无语又无奈,好不容易被陆时雨掰过来的想法又有了回心转意的趋势。他把剧本还回去,清了清嗓子:"臣妾真的做不到啊!"

这下,在场的三人都笑了。

孔怡然笑说:"你看你看,多合适啊!"

王竞之也笑得不行:"陈皇后,你是真有潜力!"

"之之,你想当女的吗?"陈寂冷冷地扯了扯嘴角,皮笑肉不笑。

"反串不行,"陈寂很有底线,但没因此拒绝,反而好声好气地跟陆时雨讲道理,"一米八几的大老爷们儿反串,不会让人把隔夜饭吐出来吗,你确定你们是去拿奖而不是去恶心人的?"

最终,经过多番商讨及讨价还价,他们最终还是放弃了反串。

故事里的主角是一男一女两个学生,但最吸人眼球的还是那两对"夫妻",尤其他们又没有反串,只能让一男一女演一对夫妻,这在高中里,还真挺有话题的。

因此谁演夫妻,是个问题。

在场七个人里,已经有一男一女决定演学生了,剩下五个人,两男三女。盛昕至一看男演员,便果断地选了老师这个角色,谁说也不换。

四个人不用说也就自动组队分好 CP 了。

陆时雨和陈寂扮演好学生的父母,王竞之和孔怡然扮演坏学生的父母。坏学生的父母一脸不自在,NG 了好几条,相较于他们的拘谨,好学生的父母就显得轻松多了。

陈寂真的把这个当演戏认认真真对待,完全入了戏,陆时雨便陪着他一起认真演。

但只有陆时雨自己知道,她对着陈寂说台词的时候会深呼吸无数次,手心里会一直冒汗,脸颊发烫,心如擂鼓。

每次他俩的"儿子"对着她叫妈妈,对着陈寂叫爸爸时,她心底有多么紧张,她贪恋这声并不属于她与他的称呼,贪恋在舞台上的这几分钟,甚至还产生过一种不该有的想法，想让这样的时间长一些，再长一些。

如果能够长长久久，就好了。

故事很简单，主角是一男一女两个学生。男同学成绩很好，第一次考试考了满分，父母奖励了他一个吻，但第二次考试比上次退步了两分，父母便给了他一巴掌。

女同学成绩不太好，第一次考了五十五分，父母给了她一巴掌，第二次考了六十分，父母给了她一个吻。

排练那天，到亲儿子的环节了，由于他俩的"孩子"是儿子，陆时雨不能亲，便在场上示意陈寂：你来亲。

陈寂半晌没动，眼底有些复杂。凭空多出来这么大一个儿子，他是真的有点亲不下去。

底下的钟表还在计时，不能浪费时间啊！陆时雨便又看他：你怎么还不亲？

陈寂没招，手插着兜，妥协又自然道："来吧儿子，你妈让我亲你。"

陆时雨耳郭一红，猛地盯着陈寂的背影。他这话说得，跟真的似的，悄无声息地砸中了她的心。

"咔咔咔！"盛昕至在底下叫停，"陈寂你怎么还乱加词儿呢？"

陈寂一脸淡定："我下意识就说了，不好意思啊，重来吧。"

陈寂做足了心理建设，但一看自己"儿子"的脸，又泄了气，"摆烂"说："真亲不下去。"

他还是头一回打退堂鼓，想了想，决定换种方式："换拥抱算了，一家三口拥抱，总比孩子他妈在一边站着看父子俩比较好。"

"孩子他妈"陆时雨一怔，他说一家三口拥抱。

"孩子他爸"撇头看陆时雨，征求她的意见："你觉得呢？"

"孩子他妈"能不同意吗，当然会同意。

重新开始拍，"儿子"考了满分，"父母"都上来鼓励他。陈寂个子高手臂长，他一只手环在"儿子"的肩膀上，半搂着"儿子"，靠近"老婆"的那只手插在校服口袋里。陆时雨也紧跟着拍了拍"儿子"的肩膀，随后放下手，垂在身侧，轻轻揪着校服裤缝线，感觉手脚无所适从。

台下，"盛导演"出声："哎，'孩子他妈'，你这没感情啊！你得凑他俩近点儿！不能只拍'孩子'一下就放手，显得有点敷衍啊！"

陆时雨轻轻"噢"了下，盯着陈寂校服外套的扣子，又往他的方向挪了挪。陈寂闻到了那股淡淡的樱花香，眼神飘忽了一下，带了些不自然，也不敢随随便便乱动一下。

陆时雨结结实实地往"儿子"的肩膀上拍了好几下，而后对导演说："这样可以了吧？"

"盛导演"比了个"OK"，示意他们继续。

台上三个人，除了"儿子"，"爸爸妈妈"之间的气氛有些奇怪。

"孩子他妈"正老老实实盯着地面，僵着身子像一根竹竿伫立在原地时，头顶，陈寂忽地出声，略带了些笑意，轻轻叹了口气说："咱这节目不拿奖，真说不过去。

"你们说是吧，'儿子'、'儿子他妈'。"

《奖惩之后》演出效果还不错，一路绿灯闯进决赛。这个剧本陆时雨写得不错，"包袱"很多，能让人从开头笑到结尾，最后还来了个升华：成绩并不是进行奖惩的唯一标准。

而且他们这个团队的演员都非常尽心尽力，全是演技派，演得出神入化，再加上陈寂跟王竞之的参与，《奖惩之后》毫无意外地成了当天最有人气的节目之一。

有人气是好事，他们代表二十七班拿了语言类节目的二等奖，班级德育分能加不少，但除此之外，陆时雨唯一感觉到的就是，放在她身上探究又嫉妒的目光似乎多了起来。

她走在大路上，也能看见有人指着她低声道："哎，这是不是就是那个跟陈寂演夫妻的女生啊！"

陆时雨向来不喜欢当出头鸟，这些不太善意的目光即使令她不那么舒服，但也并没给她带来什么消极影响，充斥在她心里更多的还是小窃喜和满足，她很幸运，比任何人都要幸运。

但，陆兆青审视的目光像是一座五指山将她压住，也曾数次提醒她，什么叫作限。

陆时雨守着那条界线，一步都没敢跨过。

艺术节的照片只会在宣传栏上公布一部分，每个节目一张。这次艺术节的总导演就是指导他们小品的音乐老师杨老师，因为陆时雨在这小团队里算是个编剧，跟杨老师的接触还挺多的，便找她要了一份艺术节所有节目的视频片段和照片。

其中有张大合照，《奖惩之后》参演人员站在偏舞台右侧的位置上，四个男生站在后头，三个女生在前，陆时雨挽着盛昕至和孔怡然，笑意浅淡温婉，满眼灿烂。

照片上，陆时雨在回头看陈寂，陈寂在冲着镜头扬声高呼。

她记得当时前面有几个高个子男生把她们仨挡住了，孔怡然说了说，他们也没动，她便踮着脚去找镜头，结果根本站不稳，站在原地晃晃悠悠想往旁边歪时，胳膊上蓦地多出一抹温热。

她偏头，看见落在小臂上的那双手，缓缓放平了脚，但落地还没站稳，却又悄悄将脚尖踮了起来，始终没拂开陈寂的手。

陈寂宽大的掌心握着她的小臂，防止她身子不稳。同时，他往前走了一步，陆时雨只感觉她整个人与陈寂的距离在拉近，她只要往后稍稍退半步，后脑勺就贴上他肩颈处了。

陈寂左手仍支着她，右手臂伸出去，拍了拍前面挡着她的男生。她耳畔传来陈寂沉沉的一句话，声线干净清澈，使她耳畔也有些发热："哥们儿，麻烦蹲一下身行吗？"

面前的视线开阔起来，陈寂也松开了她的胳膊，退至原来的位置。

手臂上，却还残留着陈寂手掌心的余温。

孔怡然和盛昕至重新挽住她，前面摄影老师冲大家喊："都准备好啊，待会儿一二三喊茄子！"

"二"字落地时，陆时雨下意识地微微偏头，身后人懒散地一只手搭着王竟之的肩，另一只手插着兜，两人目光对上的那刻，"三"字恰好落地，陈寂拍了拍她的肩膀，示意她往前看，同时在这一刻高声喊"茄子"，照片定格下这瞬间。

"再来几张啊！"

陆时雨面向镜头，扬起一抹笑意。

陆时雨将照片传到了手机上，除了她看陈寂那张，和他们"一家三口"拥抱的那张，她挑出来《奖惩之后》的所有照片和视频，发给了团队里的人。

给陈寂发过去之后，她忽地想起陈寂已经很久不怎么用QQ了，便打算拷到U盘上去学校时告诉他一声。结果当晚快十一点钟的时候，陆时雨一边打着哈欠，一边迷迷糊糊地做力学题，旁边手机忽地响了下，是一道特殊的提示音，她眼神一亮，把手机解锁，屏幕上陈寂的头像亮起来，发来消息。

CCCCC：收到，陆sir。

陆时雨秒回：你账号找回来了？不是被盗好久了吗？

CCCCC：这么晚你还没睡啊？

CCCCC：我换了个密码。

陆时雨有点无语，早告诉他加个密保加个锁：你这都换多少个了啊，别记串了，加个设备锁吧。

CCCCC：有用我还换哪门子密码？但是你别说，我还真的记串了，差点就登不上来，试了五六回才行。

这位盗号者还真是执着，专盯陈寂这一个号盗，神奇的是他换了密码还能被盗，而且这人盗了号也不干什么，既不发小广告也不到处骗钱，还真是对他"情有独钟"。

陈寂懒得打字了，直接发来一大串语音。

家里有人，陆时雨关上自己房间门，调低声音，钻到被窝里点开他的语音："这号这么火，等我不用了就挂到网上卖了，拍卖形式的啊，价高者得。你到时候给我当个托就成，卖了钱咱俩对半分。"

陆时雨笑笑，掀开被子一角透了口气，跟他扯闲篇：那万一没人买呢？

陈寂说："那不可能，有你当托呢，你夸得天花乱坠点怎么会卖不出去。"

还真自信。她从自己书包夹层里翻出手账本，一边往本上记，一边给他打字：行吧，那说好了，五五分成。

他应该是在翻照片和视频，翻到最后，问："这些全不全啊，我怎么觉得不全呢。"

差点忘了，这一份她是给团队里其他人发的，所以把合照和"一家三口"去掉了，给陈寂的恰好也是这一份。

她想了想，心虚地看了眼那两张照片，还是没给陈寂发：没少吧，大概就这么多。

陈寂没多想，把照片和视频保存下来。看了眼表，他刚刚写完几张卷子，还有几道题没琢磨明白，这会儿已经半夜十一点多，挺晚的了，他打字道：赶紧睡吧，不早了。

陆时雨随即回：睡不了呢，作业写完了，现在在写练习卷呢。

陈寂一看自己手头画得乱七八糟的过程图，拍下来给陆时雨发了过去：那紧急求助一下，第三问，用定理解不出来。

陆时雨没想到陈寂在写数学卷子，点开图片看了看，其实他差一点就做出来了，他现在的解题水平提得很快，每次都在进步，有时候她做不出来的题陈寂可以做出来。

陆时雨：这个讲起来有点麻烦，得套好多公式。

几秒后，陈寂问：那打个语音电话？

陆时雨：行。

屋外静悄悄的，陆时雨偷偷打开门留了个缝，确定对面的卧室已经关上了灯。陆兆元和秦安兰今天好不容易在家，工作缘故，他俩睡眠很轻浅。

陆时雨拿着草稿纸裹着衣服躲到阳台上，陈寂刚好拨来电话，她接起来："从头开始讲吧。"

…………

挂断电话，已经是零点了。

陈寂又发来消息：小陆老师，卖我 QQ 的钱你九我一，回头请你喝奶茶，芋泥啵啵。

阳台温度有些低，她吸了吸鼻子，还是没忍住蹲在原地笑了会儿，这都过去多久了他还记着呢。

陆时雨：晚安。

十二月份榆阳市突然爆发了一波流感，医院里忙不过来。

一中有不少学生也中了招，二十七班已经有将近二十个同学发烧回了家。

陆兆青怕陆时雨生病，每天要求她喝定量的水，吃饭也比平常多了不少，生怕她因为流感耽误上课。

在陆兆青的悉心照料下，陆时雨还真就顺利躲过了这一劫。

孔怡然生病回了家，好几天没来上课。教室里空空荡荡的，陈寂就光明正大地坐到了孔怡然的位置上学习，好跟陆时雨讨论数学题。

他之前在体育班的时候，冰天雪地都得训练，因此身体素质比较好。

除了学习，陆时雨偶尔侧头时会看到陈寂趴在桌上"浅眠"，安安静静。他好像每天晚上都熬夜，这会儿在监控底下睡得像个睡美人。

陆时雨也当没看见，睁一只眼闭一只眼。

好不容易流感过去，学校突然宣布要给高一高二年级组织一场远足活动，从学校徒步到离市区很远的体育运动公园。

出发这天，天气不是很好，阴沉沉的，风虽不大，但还挺冻人的。

所有班在操场上列队集合，陈寂拿着二十七班的班旗，在队伍最前面，看上去一副没睡醒的样子，哈欠连连，耳朵稍微有些红，一直不怎么系上的外套拉链也拉了一半。

集合时间太早，很多人来不及吃早饭，且陈寂还得点名、搬东西，很可能没时间吃饭。

陆时雨原本只给陈寂买了一份，但想了想又多买了一些，班里其他搬东西的男生可能也没时间吃早饭。

她带了一大包早饭给搬东西的男生们分了分，最后，才走到陈寂面前问他："你吃早饭了吗？"

陈寂摇摇头，一边打哈欠，一边说："没吃呢，没什么胃口。"

陆时雨拿出一杯热豆浆："要走好几公里呢，先垫垫吧。"

陈寂接过来，喝了三两口，居然有点饱了。

他蹙蹙眉："喝不下去了，不太饿。"

"不行。"陆时雨态度坚决，活像个整治不听话病人的医生，"不吃早饭会低血糖的。"

陈寂无奈道："行行行。"

体育运动公园跟森林公园差不多，树木葱茏，只是时值隆冬，枝丫干枯，只剩下松树还郁郁葱葱的。

远足距离太长，有几个同学体力不太行低血糖了，幸亏出门前陆兆青给陆时雨塞了好多糖和巧克力，这会儿全派上了用场。陆时雨和几个女班委把这些东西分了下去，一路上都在照顾大家。

她的书包里连暖宝宝都有，照顾人照顾得细致入微，面面俱到。

大家有三十分钟的时间在这里休息，体育公园的景色还是非常不错的，李杰说完注意事项，"哗啦"一下，大家都散开了。

王竞之和几个体育班的同学过来找陈寂，再加上几个二十七班的同学，男生们商量着去爬爬这里的假山。见状，孔怡然也挺想去的，拉着陆时雨和几个女孩子跟了上去。

路上，陈寂走得不似从前那样快，慢吞吞的，跟王竞之说话都没精打采，一副没睡醒的样子。

陆时雨以为他是熬大夜了没睡够，便没多想，但走了一段再回头看他，发现他精神又差了些，就松开孔怡然的胳膊："我先系个鞋带，你先走。"

她蹲下身子，慢慢悠悠地系着鞋带，系好了又松开，反复两次，陈寂终于走到她身旁。

陆时雨适时直起身，不经意间打量，近了看，他脸色确实不是很好，不止像是没睡够。

她悄声说："要不要歇一会儿？"

陈寂偏头看她："你累了啊？"

陆时雨刚想说没有，瞬间又改了口："嗯，有点。"

陈寂便朝前喊了句："你们先走，我们待会儿跟上去。"

"陈寂，你是不是不舒服啊？"

陈寂摇摇头："没有，可能是没睡够吧，昨晚打了会儿游戏。"

还是觉得不太对劲，她朝他摆摆手："你弯下来点儿。"

"干吗？"

"别管，你快低一点。"陆时雨抬着手，又朝他摆了摆。

陈寂一脸莫名，缓缓弯了弯腰。

陆时雨伸手，搁在他额头上。

陈寂怔了怔，盯着陆时雨近在咫尺的眉眼，似乎还可以看到陆时雨脸侧细小的绒毛。

"感觉有点烫啊，可能是我手太凉的缘故，但你看着确实有点虚……"

话音戛然而止，陆时雨目光微转，恰好对上陈寂的视线。

两人离得很近很近，陈寂那双眼睛跟她在一条水平线上，"轰"的一声，陆时雨就感觉脸颊泛起了热意，他确实很热，正在源源不断地传递着灼热的温度。

她还从未这样看过陈寂。

太近了。

她"噌"地收手，挪着碎步稍稍往后退了一下，不然猛然间紧促起来的呼吸就要喷洒到陈寂面前。

"我有点虚？"

"呃……"

陈寂挑挑眉："小陆医生，下回把话说全，是虚弱。"

陆时雨手心好像也开始发烫，像是被他传染了一样。她握了握拳，眼睛都不知道该往哪里放，只好把书包拿下来，翻找温度计，清清嗓子说："你先量下体温吧。"

"你还带了体温计啊？"陈寂直起身子，颇有些惊讶。

陆时雨把体温计递给他，示意他坐到凳子上："每次有这样的活动我都会带，以防万一。"

陈寂意外地看了她一下，接过体温计甩了甩，照她的指示坐到石凳上。

气氛似有些尴尬。

陈寂没说什么，但陆时雨仍旧有些紧张，她把包放下，说："我上去跟他们说一声，你在这里不要乱动，五分钟以后看看温度是多少。"

陈寂还挺听话，眼里带了些笑意，很少见陆时雨这么严肃的样子。

"知道了，小陆医生。"

乍一听这称呼，感觉还挺奇妙的。

陆时雨追上大部队，跟大家说了声，让他们别担心，而后转身就往回跑。

陈寂还老老实实地坐在石凳上，旁边放着她的包，姿势都没动，样子乖乖的。

"烧吗？几度啊？"

陈寂微叹了口气："38℃。"

"这么高？"陆时雨讶然道，"你都没感觉到吗？"

"我是真一点没感觉到，"陈寂说，"就是困，不想吃东西，我以为我没睡够呢。"

"先去跟老师说一声。"她没带退烧药，包里只有几包感冒冲剂，"你嗓子疼不疼？只是头晕吗？感觉冷不冷？"

劈头盖脸的问题砸过来时，陈寂愣了愣，说："哇，厉害啊，你还挺专业啊，小同学。"

都什么时候了，还有心情说笑，陆时雨一瞪眼，陈寂立马回答："不疼，就是感觉有点头晕，困，也有点冷。"

"那可能是最近你熬夜熬太多了，作息不规律，再加上冻着了。"陆时雨冷静理智，"你先握一个暖宝宝，待会儿我去找老师给你拿药。"

吃了校医给的药，喝了一杯热水，陈寂才感觉稍微有些缓回来。

他以前生病，因为有比赛所以不敢吃药，每次都是这么硬抗过去的。

退烧药很快见效，回程的路上陈寂就发了汗，满血复活了，后知后觉地感觉肚子有些饿。

陆时雨恰时递来早饭："已经凉了，你凑合吃吧，多喝点儿热水。"

陈寂是真没想到，陆时雨照顾人这么细致，跟个百宝箱一样。

"今天谢谢我们二十七班认真负责的小陆医生了。"

他认真道:"哎,我忽然觉得你挺适合当医生的。你一冲我瞪眼,我真不敢乱说话。"

"我有这么凶吗?"陆时雨轻声说,"那还不是因为你老瞎闹。"

"倒不是凶,你知道吧,就是那种气质,由内而外散发医生气质,你在假山下问我的那几句话,不就跟医生问诊一样啊。"

他吸了口牛奶,随口道:"所以我觉得你还挺适合当医生的。"

陆时雨沉默了下,握着书包带,眼底带着浓浓的认真,轻声问:"真的啊?"

"我什么时候说过假话?"陈寂说。

自从远足那天及时发现了发烧38℃的"病人"陈寂,陆时雨"小陆医生"的名号就在班里传开了,是陈寂最先开始这么叫的,久而久之,大家也都知道了她的书包跟哆啦A梦的百宝箱一样,感冒药有,温度计有,润喉糖也有。

这是陆时雨从小养成的习惯,陆家两个家长都是医生,从小便给她普及医学知识,这些东西在陆家是常备物品。

被大家这么叫着叫着,陆时雨也觉得"小陆医生"这个称呼还挺顺耳的,慢慢就听习惯了。

不得不说,这种感觉她很喜欢。

转眼又到冬至这天。

今天是陆时雨生日,活动课一下课,一中四人组再次聚到了一中街,时间太短也没办法走远,便简简单单吃了顿饭,吃了生日蛋糕。

孔怡然早早就准备了礼物,王竞之送的礼物像是跟孔怡然一起挑的,连包装袋都一样,陆时雨都挺喜欢的。

轮到陈寂,大家都挺好奇他会送什么礼物。

陈寂从旁边拿出一个盒子,包装还挺精美,拿着也挺沉。陆时雨面上一喜,听陈寂说:"绝对比他俩的实用。"

陆时雨笑意盈盈地打开盒子,只看见里面静静躺着一本《牛津大词典》。

孔怡然差点想给他鼓掌了:"这简直是我见过的最特别的礼物。"

陆时雨呆呆地看着陈寂，不知道说什么好。

陈寂说："你那本不是缺页了吗？这多实用啊，不比手链和项链实用啊？"

"你真奇葩。"王竞之笑得不行，"哪有送礼物送饺子送词典的啊！我们确实比不过你！"

他俩送礼物还真是没怎么正常过，她送他笔记，他送她词典。陆时雨也觉得有些好笑："确实挺实用的。"

简单过完生日，四人组打道回府，却在半路上遇到一个不速之客。陈寂、王竞之去给两个女生排队买果汁的时候，恰好碰见了之前艺术节邀请陈寂当主持人的冯泽溪。

王竞之端着果汁过来了，留陈寂一个人在那里跟冯泽溪说话。他把果汁递给她俩，开玩笑说："'桃花'又来了。"

陆时雨一手握着果汁，一手抱紧了陈寂送她的《牛津大词典》。

没多久，冯泽溪便走了，来时是欢天喜地过来的，走时却是寡淡着一张脸走的。王竞之仿佛已洞察一切："又把人拒了。唉，他真不懂得怜香惜玉啊。"他摇了摇头，"这位女同学这么有气质，当个朋友也不错啊。"

陈寂走过来，恰好听到后半句话，睨了王竞之一眼，淡声说："我还是那句话，要交朋友你去。"

王竞之连忙摆了摆手，把果汁递给他。

两人并肩往前走了，边走边讨论晚上打会儿游戏。

陆时雨挽着孔怡然，跟在他俩身后，盯着那本厚厚的《牛津大词典》出神。

他们，是朋友。她觉得无比庆幸，但又觉得无比失落。

因为他们，是朋友。

只能是朋友。

无论是老二十七班还是新二十七班，整体英语成绩都不错。冬至日，晚自习时，在课代表和一众学生的诉求下，英语老师答应，再次给他们放电影看。

"后面的同学往前坐坐，"英语老师指挥，"待会儿把灯关上，这节课看《百万英镑》，英语课本上有一部分原文啊，趁现在拿出来看看。"

话音落，教室里都是翻书、挪椅子的声音。

陆时雨坐中后排，陈寂坐最后一排，他抬着椅子，"砰"的一声放到陆时雨旁边："趁现在没关灯，问你道题，下午忘了问。"

孔怡然从后探出头，一脸无语。

他俩时不时凑一块儿讨论题，而且，陆时雨快成班里第二个数学老师了，后排的几个男生有题不会都来问问她，她都不会讲烦的吗？

孔怡然："麻烦这位陈寂同学，你最好快点问完，电影马上就开始放了。"

陈寂没回头，手朝后比了个"OK"："速战速决，我就问个思路。"

飞速审了遍题，在草稿纸上给他写解题步骤，但这题比想象之中麻烦，她还没写完，灯就被英语老师关掉了。视线里昏暗一瞬，陆时雨胳膊一停，桌子旁边有个什么东西掉了下去，在地板上发出清脆的碰撞声。

她下意识侧着身子弯腰去捡东西，由于旁边有陈寂在，她没有转头，视线仍放在前方，右胳膊盲目地往地上摸，但手指还没碰到地板，就猝不及防地触到一只温温热热的宽厚手掌。她下意识地蜷了蜷手指，似乎还可以感受到他手掌心的纹路。

也不知道是不是因为后排的同学们都搬着椅子往前凑了过来，导致她座位的位置变小了，再加上她弯身的姿势又过于奇怪，陆时雨总感觉空气都变得有些稀薄燥热起来。

电影已经开始放了，片头有个人在敲钟，一下接着一下，钟声悠长醇厚，这一刻，全世界似乎都很寂静。

教室里有窸窸窣窣打开食品包装纸的声音，很细微，电影背景音乐更是给此刻平添了另一种宁静。

他们靠得很近，肩膀处的衣物摩擦，陈寂怕影响到大家看电影，用仅有他们两个人能听到的声音咳了咳。

陆时雨拉回神思，缓缓收回手，直起身子。

她整个人有些心不在焉，指尖稍稍屈着，端端正正坐在自己位置上，盯着白板，双臂交叉搭在身前，坐姿有些僵硬。

她右手轻轻攥着拳头，又松开，似乎还冒了细微的汗意，心跳快得似是要蹦出身体，轻轻咬着嘴唇，下意识紧张地咽着不怎么存在的口水。

要死了，刚才她居然触到了陈寂的手，而且还捏了一下！捏了一下！然后她是不是还抓着陈寂的手愣了几秒来着？

后排同学都搬着椅子坐到了前排过道上，把陈寂的退路挡了个严严实实，他只好坐在陆时雨旁边。

相较陆时雨状似冷静实则起伏的心情，他就显得极为淡然了，缓缓抬起手臂，把她碰掉的东西放到桌上。

陆时雨将左手覆在右手上，似乎还可以感觉到陈寂手背的温度。她拇指下意识摩挲着手背，飞快地扫了眼右边，声若蚊蚋道："谢谢。"

陈寂没作声，好整以暇地看着她交缠着的双手。

真行，明明被拉手被捏的人是他好吗，怎么她倒忸怩起来了。

见陆时雨一脸平静，没再跟他搭话的意思，陈寂便也把目光转移到白板上，左手搭在膝盖上，看电影也不老实，指尖有一下没一下地敲着膝盖，像是敲在陆时雨心上。

余光里，那只修长的手不住地晃动，陆时雨其实根本没想去看他，可这双手扎眼得很。

尽管这样想着，虽然她是兴奋的，但陈寂好像并不是，他就跟没事儿人一样，可看上去也并不抵触。

余光中陈寂再度凑过来，陆时雨还是没出息地感觉到手足无措。他还没张口，陆时雨就跟受了惊的小鹿一般，往左边歪了歪身子，眨着眼睛看陈寂。

陈寂本来还想与她讨论讨论剧情什么的，以往看电影他有插两句感受的习惯，但这会儿却没倾诉的欲望了，只剩下无语。

他朝陆时雨弯了弯手掌，等她缓缓再靠回来时，就低声说："what extraordinary creatures women are."

发音纯正，短短一句话还说得抑扬顿挫，那么有感情。这人说英文跟他平常说话格外不一样，再加上此刻特意压低了声音，就显得他音色更加低沉饱满了。

陆时雨第一时间也忘了去思考他说的这句话是什么，再回忆一遍，也只是略略有个整体印象，她蒙蒙地回："啊？"

/ 242 /

陈寂不再答了，拿腔拿调地说："好好看电影。"

陆时雨一脸莫名地把视线转移到电影上。

教室里断断续续有几个同学起身出去上洗手间，白板上闪过几个人影，把画面遮住了，这会儿恰好放到一个片段，主人公说了句台词，她没看清楚是什么桥段，只听到主人公说——

"what extraordinary creatures women are."

陆时雨一怔，再一看屏幕，这句话的翻译是：女人真是很难琢磨的动物啊！

她猛然间转头去看陈寂，两人目光交织，她一脸疑惑，这句话是从何而来，她又是怎么背上"难琢磨"这个称号的？

陈寂却打量她一眼，最后，目光落在她右手上。

他点了点头，对电影里这句话表示同意。

陆时雨有些无语。

这副好嗓子，怎么就不用在正道上？

下了晚自习回到家，陆时雨还是没能明白陈寂这话的意思。都说女人心海底针，女人的心思你别猜，她默默叹了口气，怎么觉得男人心也如海底针呢，陈寂真的跟个小姑娘一样戏多，他的心思她也别猜。

推开家门，陆兆青正坐在沙发上打着电话，陆时雨换拖鞋，她打电话的声音传来——

"那可真不应该，不过也别说得太厉害了，女孩子都好面子……曹晶没那样过，她还挺听话的。"

陆时雨把自己的鞋摆整齐，准备进卧室，陆兆青却忽地抬手，示意她坐到沙发上。

她端正地坐在陆兆青旁边，听陆兆青对着电话说："那不可能，曹晶在我眼皮子底下，她有没有搞对象我还不知道？"

怎么讨论到这个话题了？

"哎，现在的小年轻主意都大着呢，说她没用你就给她转个学校，总得给她把这个念想断了，要不以后耽误的是她自己，人家男生可不受影响。"

话都已经说到这个份儿上，陆时雨也明白是在讨论什么话题了。

"行了，挂了吧，好好劝劝她，好好说孩子也听。"

挂断电话，果不其然，陆兆青下一句话就是："你柔柔姐给班里男生写信，被你小表姑给发现了。"

陆时雨没由来地有些心虚，也不知道该说什么好，更不敢直视陆兆青的眼睛，只好没什么情绪地淡淡"啊"了声，拿了个苹果准备削皮。

陆兆青放下手机，微微叹了口气，看架势是要跟她促膝长谈了。

"你可不能学你姐啊。"

"嗯，"陆时雨垂眸，低声道，"我知道。"

"也不是说不让你们谈恋爱，就是现在不是时候，你们现在还是十几岁的孩子，主要任务是学习，有了好的前途才能考虑未来自己的人生大事，对吧濛濛？"

长长的苹果皮断了，陆时雨将果皮扔到垃圾桶里，重重点头。她不得不承认，陆兆青的话句句在理，句句都是对的。

"对。"

"连个好大学都上不了，就算现在在一起了，那以后也不会很好过，什么年纪就该干什么年纪该干的事儿。"陆兆青说，"这些事情，完全可以在大学去干啊，那会儿你们也有时间了，想干什么就干什么。

"哎，也不对，不能想干什么就干什么，"陆兆青义正词严，"女孩子得保护好自个儿。"

…………

离期末联考还有半个月，本该是加紧复习的时候，一中却莫名多出来好多年级通报批评。这些通报多半在自己班里解决了，没有过度张扬，具体是因为什么，年级里没有细说，但小道消息早就已经在学生里传开了。

十个里面有一半是因为男女生"接触太密切"。

课后，孔怡然从其他班八卦回来，一脸惊讶地揪了揪前面两个人的袖子，神神道道地说："咱们主任，太狠了！"

盛昕至推了推眼镜："他不是一直都挺狠的吗？"

"不是！"孔怡然悄声说，"这回真的绝了啊，你们绝对想不到是什么情况！"

孔怡然："咱们主任，晚自习下课居然穿着校服潜伏在学生堆里抓早恋！"李杰个子矮，晚上天色暗沉，穿件校服，戴个帽子，不仔细看脸真看不出这是个高二年级年级主任。

李主任最近战斗值惊人，一旦被他抓着就立马在班主任群里通报批评了。

陆时雨心下一惊，李杰也真绝啊，为了杜绝早恋，还真是什么招数都能使出来。

"据说，还翻出来小字条了。"孔怡然咂嘴，"写得那叫一个腻死人。"

陆时雨一时无言，默默看了眼最后排拿着个篮球晃过来晃过去的陈寂，他每天都这样，不是打球就是做题，偶尔上课打个盹儿。

他似乎过得很简单，简单到只有这些。

成绩，篮球，游戏……

就像是在夏日里拥有了一朵娇艳欲滴的玫瑰，却只能偷偷藏到深夜里，等到它枯萎，凋谢。

高二上学期的期末联考如期而至，考完最后一科，所有人都解放了，假期无论长短，只要有就令人期待。

尤其今年的寒假，还有陆时雨最爱的歌手岑野的演唱会，举办地就在榆阳市体育中心。

陆时雨一早便跟秦安兰说了想看演唱会的事，秦安兰答应了她，前提是这回整体分数提高二十分。

考完联考，陆时雨心情还不错，自我感觉答题答得挺好的，不出意外应该可以拿下演唱会的票。

收拾好寒假作业，班委得留下来整理桌椅进行大扫除，他们走得比较晚，偌大的校园里显得空空荡荡。

路上，他们几个人有一搭没一搭地聊着天。王竞之今年冬训去得晚，还有十几天的休息时间，他放假也没事干，自己一个人又无聊，便提议大家一块儿出来玩。

孔怡然说:"要不你俩跟我们一块儿去看演唱会吧,岑野的,时雨特别喜欢他,就在体育馆,19号。"

"岑野?"陈寂出声。

陆时雨点点头,说:"对啊,他的歌很火的,而且他就是榆阳本地人,机会很难得的。"

"那去吧,"王竟之说,"反正也无聊。"

陈寂他们家有一位追星女士,就是田君如,每年陈宗铭都会带着她去看一场她偶像的演唱会。陈寂小的时候,田女士会捎带着他去,每次陈寂都会被迫戴上一些乱七八糟花里胡哨的东西,甚至有一次戴了个兔子头灯,还被当成了小丫头。

那年他六岁。

给幼小的陈寂心里留下了难以磨灭的印象。

他心底其实是有些不愿意的,但一看几个人期待的眼神,尤其陆时雨一提到"岑野"放光的眼睛,还是松口说:"随便啊。"

19号当天,一中四人组聚到体育馆门口。

真不愧是岑野,门口的粉丝数不胜数,人挤人,把体育馆围了里三圈外三圈,如果是个后排的位置,视野真的不算太好。

好在,他们买的票算前排。

当然这是陈寂的功劳。

其实分数出来之后,秦安兰就打算去给陆时雨买票了,但QQ上,陈寂发来消息,说已经买好了,位置靠前。

几人碰上头准备排队进去,陆时雨却看到大门口侧面有一家卖周边的小店,上面摆着应援灯和头箍,各种各样的都有,她当即拉着孔怡然过去选东西了。

给自己买了个应援灯,又买了个紫色的恶魔头箍,一看旁边等着的两个男生,陆时雨心念一动,盯着小翅膀头箍看了几秒,把这个也结了账。

陈寂插着兜,一脸无奈,这比跟田女士来看演唱会还夸张,女孩子们尖叫声聒噪得很,他刚从体育馆门口收回目光,眼前忽地多出一个头箍。

黑色发箍，上面还带了两个白色翅膀，甚至羽毛还逼真得很，冷风一吹，羽毛一抖一抖的。

陈寂眉头一跳："干什么……"

陆时雨："给你戴呀。"

陈寂蹙了蹙眉，又想起自己被叫"小丫头"，被说"这小丫头长得真好看"的那幅画面了。他摇了摇头："这么幼稚，我不戴。"

"别呀，来都来了，"陆时雨说，"你看大家都拿着呢。"

陈寂梗着脖子，用实际行动表达自己的抗拒，扯唇笑了下："都是女生戴的，你看见哪个大老爷们儿戴这个？"

话刚说完，戴着一个粉色兔子耳朵的王竞之就拍了拍他的肩膀，要笑不笑，欲哭无泪："这儿。"

他不能自己一个人戴，不能没有同伴，王竞之咬牙切齿道："寂妹妹，你还不快点儿啊，别耽误时间，待会儿演唱会开始了。"

陈寂撩起眼皮，甩了他一个眼刀："……不说话没人拿你当哑巴。"

陆时雨："你低头。"

陈寂瞥她，到嘴边的"不"还没递出去，陆时雨举着头箍一沉肩，狡黠道："寂妹妹，快点儿低头，我手都举累了。"

万般无奈，陈寂只好不情不愿地弯下身子，把自己的脑袋凑到陆时雨跟前，一个字一个字从牙缝里蹦出来，似笑非笑："陆时雨，逼良为娼，有你的。"

陆时雨笑得一脸无害："陈寂，你可别乱用词，不然李主任要气死的。"

体育馆里人声鼎沸，应援声不绝于耳，到处是举着单反的追星女孩。场馆里淡紫色的应援灯像是组成了一片连绵不绝的汪洋大海，甚至在岑野唱到这场演唱会的主打歌时，身旁有不少人直接从自己的座位上蹦了起来。

陆时雨也不例外。

这是她第一次如此近距离地看到自己的偶像，难免激动，也顾不上陈寂在旁边坐着，整场下来只顾着看台上的岑野了。

陈寂实在是对追星没什么感触，除了觉得歌挺好听，几乎没怎么关注台上的人长什么样子，目光全被穿着白色羽绒服，戴一条红色围巾，样子像只企鹅的陆时雨吸引了。她还有这么活泼的一面,他以前真没发现。

台上的人忽地说了句"送给你们的歌",然后陆时雨就抱着孔怡然跳起来了,连连说着"啊啊啊,也太帅了吧"。

显而易见的兴奋。

周围也全是尖叫的小女生,陈寂面无表情地看了眼台上的人,白色衬衫黑色西装裤,很普通的打扮啊。

这都帅?陆时雨不是近视眼吗,能看到他现在什么样子?

见她这样痴迷,陈寂便悄悄地把头上的小翅膀头箍摘了下来。结果他刚把手放到头箍上,陆时雨就跟后脑勺长了双眼睛一样,猛地回头,吓了陈寂心里一哆嗦。

他忍着即将脱口而出的脏话,一脸老实地冲陆时雨笑了笑,手上大力摇晃着淡紫色的灯,头上的白色羽毛也随着他的晃动而飞舞,整个人莫名乖巧得很。

虽无奈,但又没办法。

最后一首歌唱完,台上的人说了结束语,跟大家告了别,但台下久久不能平复,仍有许多人对这场冬日里的狂欢恋恋不舍,一步三回头。

老人机像素实在是太差了,陆时雨只顾着翻手机里的照片和录像,低头跟在孔怡然身后,翻着翻着忘记了此刻的人流有多大。

所有人都拥到出口,排队等着出去,这里人挤人,陆时雨回过神时,早已看不见三个同伴的身影了,她在人群中四处张望左顾右盼,几乎是被人群带着往前走的。

周围都是陌生人,男男女女夹杂,陆时雨一时有些不太习惯。

正焦急地寻觅时,身旁,忽地有人抓住了她的肩膀,陆时雨只感觉肩上一沉,随后她整个人就落入一个宽阔的怀抱。

陈寂虚虚地把手拢在她身后,把她和后面的人隔开了些距离。

她手上的手机被抽走,他垂眸扫了眼她的手机相册,只一秒钟就按下锁屏键,凉凉道:"这么大的眼睛是用来看路的,不是用来犯花痴的。"

现在毕竟有求于人,陆时雨也没反驳陈寂,点了点头,跟着他往前走。

身侧不断有人蹭过来,挤得陆时雨不得不往陈寂的方向靠。

他往前走了一步,朝后伸出一只胳膊:"拉着我。这得挤到什么时候去,我带你走,快点儿。"

陆时雨略一愣神,眨眨眼,看了看陈寂伸来的胳膊,目光又默默移到他修长有力的五指上,一时间没了动作,问了个特别不该问的问题:"我抓哪儿啊?"

陈寂回头看她,嘴角隐隐带着一抹意味不明的笑意,"啧"了声:"随便你,但抓不对地方,要罚款的。"

陆时雨瞥了陈寂一眼,指尖先是揪住了陈寂羽绒服的袖子,随后才缓缓用力,把整个手掌心都覆上去,紧紧抓着他的胳膊,盯着陈寂高瘦的背影,跟着他往前走。

周围人潮拥挤,但陈寂却伸着一只手臂保护着她,安全感十足。

演唱会一散场,孔怡然就跟小鸡一样被王竞之拎出了场馆,两人一齐在门口等着陈寂、陆时雨出来,左等右等,他俩总算出来了。

陈寂伸着一只胳膊,陆时雨一只手搭着,从远处看,就好像是她挽着他一样。

王竞之没多想,举着手机,朝陈寂跑过去,焦急道:"电话怎么打不通?赶紧给你爸回个电话,他有急事找你,找不到你人都给我打过来了。"

演唱会声音太大,陈寂没发觉自己手机响了,这会儿才拿出手机,一共二十几通未接来电,有陈宗铭打的,也有他妹打的。

他连忙给陈宗铭拨过去电话,还未出声,那边先开口,语气里带着细微的急促:"陈寂,赶紧来医院一趟,你妈住院了,医院里就你妹妹一个人,我现在赶不过去,你赶紧过去一趟。"

陈寂赶到医院里时,田君如还在手术室里没出来。

门口的绿色灯亮着,让人头一回觉得绿色也这么叫人心慌。

陈韵溪坐在椅子上低声抽泣,眼眶红红,显然吓得不轻。

他踱步到陈韵溪身边,揉了揉她的头,坐在她身边:"别怕啊,哥在这儿呢。"

手术时间还挺长,期间也没有一个医生出来,陈寂只知道田君如是严重胃出血，其余的也没问出来。

没多久，陈宗铭便风尘仆仆地过来了。

"你妈还没出来？"

"没呢。"

陈宗铭拍了拍陈韵溪的背安慰她。

这时，医生恰好从手术室里出来，摘下口罩，蹙眉道："情况不太乐观，出血量太大，送来的时候还呕了血，血压一直在降，需要输血。"

…………

所幸最后手术顺利，陈寂给田君如输了血，在一旁坐着，没想到这回这么严重，田君如胃出血居然已经到了呕血的地步。做完手术之后，她面色苍白，说话都没什么力气。

之前十二月初的时候，陈韵溪参加滑联的比赛，需要飞到国外去，田君如性子急，立马向单位请了长假，也跟着一起去了。她肠胃本身就不好，去国外前还因为肠胃炎住过院。其实医生建议没恢复好的话不要舟车劳顿，但她没听，没怎么恢复好就满世界乱跑了。

陈韵溪从国外回来以后，训练重心就全部挪到了江城，准备长期定居在江城。榆阳虽然也有冰场，但是冰场条件不如江城，冰场情况也不稳定，不适合陈韵溪的专业训练。

田君如便一直在江城、榆阳两头忙，江城那边有江城的训练进度，耽误一天都是浪费时间，练花滑的每天都是黄金时间，田君如又不放心她一个人在那边训练，毕竟年纪太小了，毛头小丫头一个，实在是放不下心。再加上公司里业务也多，难免照顾不到身体。

这才导致她这次严重到吐血这个地步。

田君如绝不能再那么折腾了，再三思量之下，陈宗铭还是决定跟她一起去江城。他工作时间灵活，自己就是老板，想在哪里办公就在哪里办公，搬到江城两头都能顾到，但要是这样的话，唯一比较难办的就是陈寂。

未来很长一段时间里，估计要留陈寂一个人在榆阳了。

陈寂表示没问题，他一个十八岁的大小伙子，总不至于照顾不了自己。

高三一整年是总复习与周而复始的模拟考试，所以高二下学期是关键期，要把高中三年的课程收尾。

田君如还挺担心的。

她说这些的时候，陈寂给她掖了掖被子，示意她别担心："田总，杞人忧天了啊。我又不是陈韵溪那小丫头，男子汉大丈夫一个，而且现在我又不练体育了，有什么照顾不好自己的。"

最终，田君如还是点头了，交代陈寂注意身体。

二月中旬，田君如跟原来的公司提交了辞职申请，这些年为公司鞠躬尽瘁，她准备好好调养身体，也好好照顾陈韵溪。

几人收拾好行李，准备离开榆阳是在陈寂开学之前没多久。

陈寂送他们出的门，田君如一个劲儿叮嘱："晚上早点睡觉，不能熬大夜，少吃泡面，不会做饭就自己挑个干净的馆子出去吃。"

陈寂听得耳朵都长茧了，摆摆手说："行了行了，赶紧上车吧。"

后视镜里，陈寂的身影越来越模糊，田君如微微叹了口气："老这样也不行，他下半年高三，正是紧张的时候，总不能老让他一个人待着吧。"

陈宗铭宽慰她："你别紧张了，他生命力顽强着呢。"

"有你这么说话的吗！"田君如斜了他一眼，"要不咱在江城那边物色物色房子跟学校，以后就在那儿住吧，反正溪溪也走不了。"

陈宗铭："再说吧，这边的房子还得转手处理，那边找学校买房子办手续还得有一会儿。"

于是，陈寂过上了"爽嗨"的独居生活，他生日的时候还准备在陈家办个小型的聚会。

马上就高三了，高二暑假要提前开学补课。在乏味疲惫的高三生活来临前，这似乎是他们的最后一次狂欢。

陈寂生日是在五月份。

晚上，一群人坐在陈寂家的院子里露天烧烤。

最近天气一直很好，夜空中星辰闪烁，有一场金牛座流星雨刚好是在今天。

几个人拿着望远镜，一边吃烧烤，一边等着流星雨。

流星雨一般是在山区里看得清楚，城市里到处都是高楼大厦，不被挡住的话也只能看见个尾巴，还有很大可能看不到，但陈寂也没多嘴扫兴，甚至流星雨许愿这事儿，还是他提出来的。

话一出，他自己都愣住了。

被陆时雨带偏了。

院子里热热闹闹。

此时，他们在玩"真心话大冒险"，陆时雨不怎么感兴趣，在一边看着。陈寂连输了几把，被迫抱了几个男生，做了不少俯卧撑，输太多他自己也觉得没意思，便也站到了一旁观战。

手机上，田君如给他发了消息，转了个大红包，让他过好生日，紧跟着，还有一张新房装修的照片。

但陈寂没看到这些。

玩得正投入，浓如墨色的天空中忽地闪过一道银丝，陆时雨愣了愣，拍了拍旁边的陈寂，随即兴奋道："流星！真的有流星！"

陈寂似乎也有些不可思议。

这下所有人的目光都被夜空吸引了，仰着头纷纷感叹。

不知道是谁先说了句："流星！你让我赶紧上高三吧！我要解放！"

"我想上大学！"

"我想自己出去玩！"

"我想大大方方地打游戏！"

…………

晚风醉人，即使没喝酒，这些人也跟醉了一样，一个两个都冲着天空高声许愿，天马行空，又不切实际。

未来的事，谁又说得准呢？

王竞之踢了踢脚地下的易拉罐："我要正大光明地喝酒！"

陈寂笑他："就这点出息啊你？"

"你有能耐，你想干什么？"

陈寂还没作声，不知道又有谁喊了句："高考毕业！我表白！搞对象！我看谁还敢拦着！李主任，你就等着我带我对象找你去吧！"

一时间，院子里安静了一瞬，几秒后，大家又都纷纷笑了。

这些现在不敢做的事情，终于快迎接来一个合适的年纪了。

陆时雨凝视着陈寂的侧影，灯光将他的影子拖得很长很长，一直蔓延到她脚尖前。

陆时雨往前挪了挪，两人的影子互相依偎，谁也没发现。

众人喊累了。

一中四人组靠在桌边，孔怡然喘了口气，说："我听说现在特流行毕业旅行，要不咱们毕了业，一块儿出去玩吧。"

"行啊，"陆时雨点头，"虽然现在说早了点儿，但是可以提前记上。"

王竞之说："那再记一项，旅行的时候来一场路人王篮球赛，早就想去了，去哪儿比都行，我比，你们给我加油就成。"

"咱怎么也得算是一中后卫王吧，到时候绝对一展雄风。"他指了指陈寂，手比成一把枪的样子，"到时候让你看看哥的威风！"

"王八……"陈寂短促地笑了一声，"真敢说啊你，还一展'雄风'，什么'熊'啊？"

"这个也可以有。"陆时雨连忙点头，含笑说。

她扭头看陈寂："你呢？"

"什么啊？"陈寂想了想，仰头喝了口饮料，"你们干什么我就干什么啊，但我其实有挺多想干的。"

"比如？"她好奇道。

陈寂歪头，目光中带了些狡黠，反问道："那你呢？"

"我也有很多想干的啊，比如，留长发，及腰的那种，再比如干我以前想干但是不敢干的事——"

陆时雨顿了几秒，收紧抠着桌沿的手指："希望能有机会吧。"

陈寂轻嗤了声，显然不赞同她的这份小心翼翼："都考完了，想干什么就干呗，谁还能拦着你不成？"

陆时雨心头微动。

院子里闪着五彩灯，颜色斑斓，她借着光去看陈寂，从现在就开始期待一年后了。

"好吧，你说得对，"陆时雨笑笑，"你还是没说你想干什么啊？"

"第一个……"陈寂插着兜，偏头道，"一块儿去毕业旅行？"

陆时雨弯起眉眼，点头："一言为定。考完就去。"

天气一如既往的燥热。

又一届高三生高考完，校园里空空荡荡，平时饭点儿都要去抢饭，现在慢慢悠悠地走到食堂也还会有好多出餐口空着。

教室里，老旧的电扇在头顶"嗡嗡"作响，缓慢地运转着。期末联考来临之前，大家似乎并不怎么紧张，反正再紧张，也没有高三来得紧张。

为了让陆时雨安心复习，应对接下来的补课和高三生活，秦安兰特意带着陆时雨去剪了头发。陆时雨喜欢长发，但秦安兰不喜欢她留长发，说耽误时间。

她上高中之后一直是齐肩长发，但现在及耳，这还是在陆时雨极力要求下，要不她的发型就要跟男孩子的一样了。

剪了短发，令人觉得格外不适，孔怡然适应了好几天才适应过来。

陈寂就更是了，看见陆时雨的发型愣了好久，看得陆时雨心里发怵。

"真这么难看啊？"

其实还好，陆时雨是娃娃脸，现在下巴稍稍有些尖，可能是压力太大太累了，原先齐肩的头发适合她的脸形，如今头发稍一短，乍一看还真有些不习惯。

陈寂现在收敛了许多，不怎么怼她了，可能是说不过了就选择了"闭麦"，也有可能是懒得跟她"对线"。

"陈寂，"陆时雨叹了口气，"你说实话吧，我受得住。"

"看久了就习惯了。"陈寂嘴角勾起，中肯地评价，"我还是觉得你长发好看。"

联考当天，除了王竞之，一中四人组另外三个都在同一个考场。陈寂现在完全称得上是学霸了，能在所有理科班里，拿下数学单科第一，有时候英语能拿到全年级第一。

他们也没什么心情复习，靠在考场门口的栏杆上扯东扯西，商量着待会儿考完一起吃个饭。一中街新开了家螺蛳粉店，两个女孩子挺想尝试尝试的。

陈寂真受不了那个味道，但架不住陆时雨的言语攻势，立马就倒戈了。

监考老师拿着密封袋走过来，招呼他们进考场。他们仨互相说了句"好好考"，就全身心地投入到了这场考试中。

考完试，几人在校门口碰头。

正准备去吃螺蛳粉时，陈寂的手机猝不及防地响了起来。

是陈宗铭打来的。

陈寂接起来，听了没一会儿，脸色忽地变了变，脚步也停住了。

好半晌，他都没说话，只是一言不发地盯着面前的三个人看。

电话里，陈宗铭说："陈寂，给你办好了转学手续，转到江城来吧，这边的学校给你联系好了。"

…………

夏日晚霞灿烂，远远挂在天边，像是一幅绚丽多彩的油画。

榆阳已经很久没有这么好看的晚霞了。

这会儿是七月底八月初，晚上七点钟天依旧很亮。即使已经放了暑假，一中街仍旧繁华似锦。

一中四人组又约在那家大排档吃饭，落日余晖悉数洒在在场的每个人脸上。

陈寂此刻正对着橙黄色的霞光，周身镀上一层模模糊糊的光晕。

让人忽然感觉他整个人有些虚无缥缈。

那晚考完试，螺蛳粉没吃成，陈寂接了个电话就急急忙忙回家了，陈宗铭和田君如给他留了个期限，高三开学之前搬到江城去，他可能还没得到这次联考的分数就得走了。

他极为安静地听完电话，期间没发表一句话，有些蒙了，似乎被打了个措手不及。他知道田君如在江城买了房子，但以为是为了陈韵溪方便才买的，可没想到，连他也要过去。

而且最令人无措的是，他在榆阳的学籍已经没了，田君如再一次先斩后奏，已经托人将学籍改到了江城。

他把这个消息告诉大家，其他人都愣住了，以为自己听到了什么不可思议的事，以为自己是在做梦。

陆时雨一句话都说不出来，脑子里"嗡嗡"作响，只直勾勾地盯着陈寂，也顾不上他会不会再调侃了，根本不敢再去回想她刚才听到的到底是句什么话。

她无法抑制地开始害怕。

被打得措手不及的不止陈寂一个人，她感觉，她压在心底的无法接受，甚至比陈寂要多得多。

王竞之嘴张得可以吞下一个鸡蛋，眼睛瞪得像铜铃，抓着陈寂胸襟前的衣领，连连"什么什么"了好几声，以宣泄自己的惊讶。

可陈寂真的没有骗人，他不会拿这种事情开玩笑。他扯着唇，特别无奈地抓着手机，任由王竞之晃着他的身子，沉声笑了，感觉自己像是看见什么极度无语的事却又没办法吐槽。

离别总是这么猝不及防，有句话说得好，"生活很操蛋，人的世界里没有容易两个字"，后面好像还有句什么，陆时雨想不起来了。

陆时雨忽然觉得这句话说得很对，你看这个生活，下雨连预报都不给你，明明是晴天，却依旧不管不顾兜头给你浇一瓢雨水。

管你是喜是悲，过后自己消化就对了。

可她似乎无法消化。

真的真的没办法理解。

跟平常一起吃饭的时候不一样，尽管陈寂和王竞之如常般不着四六，但看上去就是在刻意为之，没了以前那种由内而外的轻松与畅快。

大家都清楚，这有可能是陈寂搬到江城之前，他们四个人最后一次聚餐了。

田君如不可能放任陈寂不管，尽管他已经十八岁了，只"高三"一个理由，就可以否认所有。

而陈寂没有能力说不，田君如身体不好，而且他现在花的每一分钱，都是从田君如和陈宗铭的腰包里掏出来的,他一个花钱的,还指望跟给钱的提要求?

不可能的。

空气里弥漫着浓重的酒味与肉香,老板把烤好的串端上来,笑眯眯地道:"不够再说,今儿哥给你们打折!"

"还加不加喝的?"老板指着冰箱,"刚放进去几瓶啤酒,这会儿来一瓶最爽了。"

陆时雨顺着他的手指看了看冰箱,里面一水儿的啤酒,蓝色的好像是雪花,绿瓶的是崂山,还有几瓶不知名的黑啤。

他们一起出来吃饭,从来没有喝过酒。

陈寂摆了摆手,出声:"算了,哥,现在喝不了酒。"

他们都是老顾客了,跟老板很熟,特别是陈寂。

两人称兄道弟,尽管差了很多岁,但陈寂就是有这能力,无论跟谁,只要是他想认识的,就能聊开,甚至连一中的保安每次看见他都会跟他拉拉家常。

活像个"交际花"。

王竞之抓起一把肉串:"怎么回事,知道这顿意义非凡啊?特意给你送行来了?"

真是哪壶不开提哪壶。陆时雨慢吞吞地嚼着羊肉,忽地感觉有些食之乏味,羊肉串也不想吃了。

陈寂坐姿慵懒,一只手大大咧咧地搭在椅背上,向后微微仰靠着,另一只手拿着一杯饮料,"咕嘟咕嘟"灌了一大口,捏一下瓶身,又复原,再捏一下,再度复原,看上去挺无聊的,但他捏得不亦乐乎。

"送什么行,今儿我往会员卡里充了不少钱这顿才打折。"陈寂说。

"这地儿居然还有会员卡?"王竞之惊了,转头看他——都要走了还充钱?

王竞之带了点儿"你是不是神经病"的表情看陈寂,有些话有个词儿他非常不想说,但此时此景,似乎所有事都在催他说那个词儿。他叹了口气,将手里的东西往盘子里一扔:"充了多少啊?"

陈寂比了个数。

陆时雨看着只觉得肉疼,他们又不是猪,吃到撑死也吃不了这么多。

"老板说了,这回充了这个数,所以后无论什么时候来都打折。""嗖"

的一声，空了的易拉罐被他投到垃圾桶里，他收回手，"多划算。"

王竞之睨他，到嘴边的话换了又换，委婉地说："你充这么多，要用到猴年马月？"

陈寂从包里掏出会员卡，放到桌上说："这简单，你们多来几回呗。"

"你以为高三跟现在一样想出来就能出来？"王竞之说，"时间表早换了，你不……"话音戛然而止，一晚上憋着，克制着没说的话，终究还是没控制住，他猛地紧紧抿了抿唇。

陈寂笑着撸了把王竞之的后脑勺，手感实在算不上好，板寸扎手。

他笑道："哎，行了啊，大老爷们儿叽叽歪歪的干什么，不是不能提，走了又不是见不到了。"

陆时雨沉默地看着手里的易拉罐，酸涩感在此刻达到了顶峰，她甚至想，今天其实不该来的，但不来，又不圆满。

陈寂静静地看着对面，陆时雨垂眸，整晚都在闷头吃东西，孔怡然也不咋呼了，兴致不是很高，显而易见地有些兴尽意阑。

"老话说来日方长，"陈寂又开了罐美年达，举起来，"碰一个吧，今儿晚上光吃了，还没聊聊呢。"

除了陆时雨，所有人都抓起面前的易拉罐，举杯。她没动，手握着易拉罐，用力捏了捏。

几秒后，她抬头，头一次这么勇敢，有这种强烈的欲望："要不要换一种别的？"

她指了指冰箱："喝那个菠萝味的。"

陈寂有些意外，觉得陆时雨像是变了一样，散伙饭还催人善变啊。

他微叹了口气，问她："你不是挺爱喝美年达的吗？那个第一回喝可能喝不习惯。"

陆时雨今晚头一次露出笑容，很淡，却莫名坚定："今晚好歹是咱高中最后一回一起吃饭了，换个新的吧。"

陈寂二话没说，起身去拿。

这个饮料的气更足一些，喝起来还有小麦芽发酵的味道，好多人不喜欢这个味道。陆时雨也不矫情，拿着杯子就喝了一口，微酸，但是不难喝。

陈寂见陆时雨没什么异样,才给自己倒满。

四人举起杯子,玻璃杯碰撞在一起,发出清脆的一声。

"说点儿什么吧,"陈寂说,"随便说。"

王竞之清了清嗓:"矫情个什么劲,还说点儿什么,那说两句就说两句——"

他迟迟没开口,眼神黯淡一瞬,打心底里有些不舍,但男子汉不能哭,不然多丢面儿。他嘴硬道:"儿子,到江城千万别想你爹。"

陈寂无奈地摇摇头,轻声嘟囔了句:"智障啊你……"

孔怡然举着杯子,思考几秒,还是决定给陈寂留个好印象:"好好学习,天天向上。"

"你俗不俗?"王竞之嘟囔了句。

孔怡然瞪了他一眼,在桌下又踹了他一脚,才说:"当然这个是肯定的,再有的话,那就祝你前途一片光明,苟富贵,勿相忘啊!"

陈寂应声:"一定。"

轮到陆时雨,她感觉自己已经晕了,尽管才喝了两口,但这会儿脑子里乱七八糟的。

沉默许久,她想跟他说,以后常联系,也想跟他你以后常回来看看,更想跟他说,陈寂,你可千万别忘了我啊。

还有,她其实很想说,我有点喜欢你,也不能说是有点,应该说是我喜欢你。

但他们现在才多大呢,十几岁的年纪,谈什么喜欢,又谈什么未来,他们现在没能力可以支撑他们谈论喜欢,更没能力面对这份不成熟的感情。

她很清楚地认识到这一点,忽然间感觉十分酸楚。

陆时雨扯唇笑了笑,硬生生地将泪意憋回去,于是这些话到了嘴边,全都变成了一句简简单单的:"来日方长。"

她抬头,对上陈寂墨如点漆的眸,笑着重复:"陈寂,来日方长。"

吃过晚饭,时间还早,他们并不想这么早就说再见,又在外面晃荡了一个多小时,从一中街东头走到一中街西头。他们走得很慢很慢,见证了晚霞退散,月亮挂起。

孔怡然问陈寂："我听说江城大学还挺牛的。你要是过去了，要上江大吗？要不是太冷了，我也想去江大。"

陈寂摇了摇头，插着兜说："谁知道啊，还有一年呢，早着呢。"

王竞之勾着陈寂的肩膀，说："我是肯定要去体大的，首都体大，陈寂，你记着。"

陈寂拂开他："你醒醒吧，别矫情了。"

"你现在觉得我矫情，"王竞之捶他，"等你过去那边，满眼都是陌生人的时候可别哭着想我。"

陆时雨接话："他可能不会哭吧，娇花才会哭，陈寂又不是娇花。"

她看陈寂："我说得对吧。"

陈寂朝她竖了个大拇指："了解我。"

他低头，下意识压了压身子，问陆时雨："那你呢，你去哪儿上大学？"

陆时雨想了想："没想好去哪个大学，但是我应该也去首都，也想好要干什么了。"

这倒让人挺意外的，上次他俩聊人生聊未来的时候，她还没想法，一脸迷茫，这会儿倒是很坚定了。

陈寂收回视线："行啊，都有想去的地儿了，那就努力呗。人往高处走，咱们顶峰相见。"

陆时雨感觉眼眶一热，使劲眨了眨眼，用力掐着自己的手心，忍着哭腔"嗯"了声："顶峰相见。"

高三一如想象之中的无聊、枯燥、乏味，也感觉空空荡荡的，每天面对着的除了卷子就是卷子。

大家知道这是最关键的一年了，都收了心，所有人好像在一夜之间褪去了那份属于高一高二的青涩玩闹，取而代之的是日复一日的埋头苦读，没人讨论八卦了，也没人关注学习之外的东西了。

尽管这样，陆时雨也没觉得有多么充实。

于是她就做更多的卷子，看更多的书，成绩始终名列前茅，节节高升，从来没掉过链子。

李杰不愧是年级主任,现在天天住在学校里面,督促学生们学习,甚至还在教室里贴满了标语,天天晚自习前让大家高声宣誓——

"宁可少活三年,拼命也要拿下高考大油田!"

"今夜寒窗苦读,必定有我,明日独占鳌头,舍我其谁!"

二十七班人不多,但教室大,有空位,陆时雨还是会时不时地往后看一眼,寻找陈寂的影子,但现在看过去,那里是一堆杂物。

这个人仿佛并没有在二十七班出现过,就好像他只是短暂地在大家的记忆里停留了那么一瞬间,班里没人再提陈寂了,那些晦涩难懂的数理化公式占据了高三所有时日,也强势地将属于陈寂的那一页掀去。

进了高三,体育班明显也加紧了对文化课的学习,王竞之是文科,除了训练、去外省参加比赛,其余时间都是在办公室和教室里度过的。

陈寂离开以后,他就是体育班的班长,同时也是体育班成绩拔尖的人,体育班教学组抓他抓得很紧。

除了吃饭的时候,陆时雨和孔怡然很少见到王竞之,但高三的每一天,他们仨都会一起吃晚饭。

一开始的时候,王竞之还用手机给陈寂打电话,但他后来去封闭训练了一段时间,回来以后手机卡就欠费了,欠得还不少,号直接被注销了。

没了电话,他跟陈寂有时候就打打视频,可陈寂这个 QQ 被盗得还是很厉害,他又坚持不肯换,说什么为了情怀,用了十年舍不得,列表里头的人太多了又很重要,他懒得通知,仍旧坚持隔段时间换个密码。

陈寂走之前,还跟陆时雨说,有时间上网聊,没准还得问个题什么的。

陈寂在榆阳市的最后一次联考成绩早就出来了,他是全市数学单科第一,一中数学教研组的老师看见他这分数还连连惋惜,太可惜了,这要是参加竞赛,绝对能拿奖回来。

但是可惜又有什么用呢,人都转学了。

所以,他其实不用问什么题的,现在都得陆时雨问他。当然她也不会拒绝,会时不时给陈寂发 QQ 消息，尽管他有时回得不是很及时。

过年那两天，他俩还打了电话。

也不知道是不是电话音质的原因，早过了变声期的陈寂，声线似乎又变了变，更加低沉有力，虽然还是那股漫不经心又吊儿郎当的样子，但仿佛多了几分成熟。

那通电话还没说几句话，就被突然闯进来的秦安兰打断了。现在高三，秦安兰别提有多紧张了，陆时雨就更不敢出差错了。

那通电话之后，两人就再没有通过电话。而且，她的手机卡也被秦安兰给收了，现在，那部老人机就是空壳一个。

但也不是没有办法，她偷偷用压岁钱买了个能连 Wi-Fi 的老人机，但没有 SIM 卡，除了上 QQ，别的什么都不能干。

每次上线，陈寂除了讲讲陆时雨发给他的那些题，还会说些别的东西，他自恋地说他在江城那边也很牛，屁股后头整天跟一群小弟，跟社会老大哥一样，逗得陆时雨直笑。

陈寂还说他参加数学竞赛了，不知道能不能拿奖。

陆时雨也参加了数学竞赛，秦安兰和陆兆青还给她报了物理竞赛。原先陆时雨物理不好数学好，但现在调了个儿。她并不打算走竞赛这条路，一来竞争太大，二来太费脑子，真的顾不过来。

出乎意料的是，她居然考得都还可以，数学和物理，哪样都不差。

她当即便跟陈寂说了这事儿，陈寂回得很快，意料之外，似乎是一直在线上：厉害啊你[赞][赞][赞]。

陆时雨问他：你呢？成绩出来没？

陈寂回了一条语音，他这个不愿意打字犯懒的毛病还是不改："出了，正常水平吧，跟这边参加竞赛的人差得还远着呢，我也不打算走竞赛这条路，走竞赛的话，保送的大学我不想去。"

还挺狂啊，有个保送就不错了。

陆时雨说：保送到哪儿啊？你都能保了还挑，这不就不用奋斗了吗。

陈寂说："保送到江大，我可不想留在江城。作为一个十八岁的高中生，陆时雨，你能不能有点儿朝气，这就不想奋斗了？别'摆烂'啊。"

陆时雨没跟陈寂计较，又问：那你想去哪儿啊？

陈寂说："还没确定好。下回吧，下回我告诉你，这两天江城这边的学校刚好在搞择校规划。"

那日两个人如往常一般停止了对话。

陆时雨一直等着下回，还想着下回一定要问他想去哪儿，要跟他说别忘了毕业旅行，没几个月了。

但人永远不知道，意外和下一次，哪一个先来。

自那以后，陈寂仿佛失联了一般，王竞之换过一次手机，又没存着陈寂和他爸的联系方式，陆时雨那张卡也被秦安兰没收了。等她要过来插到手机里头，却发现陈寂的电话号码已是空号。

一中家校互联留的是田君如的电话，王竞之找到电话打过去时，听到的是冰冷的机械女声提示手机已停机，最后那一丝缥缈的联系，上天没能留给他们。

QQ 没人回，头像没亮过，个性签名也再没换过，他的时间仿佛停滞在了 2016 年，杳无音讯，就像是他们的生活里，从来没有过这个人。

榆阳到江城，大几百千米的距离，全靠手机联系着，但高考前几个月，这个线断了，随风消失在人海里面。

陆时雨坚持不走保送，她这个成绩想要保送得一直往竞赛的方向靠，但陆时雨不想这样，保送的学校和专业都不是她想要的。

为此，她还跟秦安兰大吵了一架。

秦安兰那时说："你怎么这么不听话！我们都是为你好，我还能害你吗！明明你努努力就可以做到的事情，为什么不努把力，一鼓作气争取保送呢？你觉得你这样做对吗？做错了事儿还不让人说，你真是长本事了啊！"

"我努力了啊，但是你们看到了吗？"

陆时雨情绪也很激动，头一次跟秦安兰生气，陆兆元劝都劝不住。

"你们只看到我的分数，我但凡低一分，妈，您有哪次没骂我的？

"我不是没努力，我已经尽力了，现在每天晚上做梦都在做卷子。我以前从来不做梦也从来不说梦话，但是现在我每天都睡不好觉，半夜吓醒过无数次，你们知道吗？你们不知道，你们只会看到我考的分数低了，然后跑过来指责我！你们觉得你们这样做就对了吗！"

秦安兰喜欢的不是她喜欢的，陈寂说得对，她记了好久。

"好啊，好啊，你觉得我说你说错了是吧，好，我以后不管你了！你爱怎么样怎么样！我就当没你这个闺女！"说完，秦安兰就摔门回屋了。

陆时雨顿了顿，站在客厅里，红着眼睛说："你们都以为我在姑姑家有多么多么好，但你们都不知道我压力有多大！姑父对我冷嘲热讽，说我再怎么努力也考不上清华北大，因为我姑姑替我交了补习费，他说我姑姑在做没用的投资，那个时候，你们都在哪儿呢？"

寄人篱下，哪里好过了？她被迫敛起所有锋芒，别人有的勇气她没有，只为做一个懂事的孩子，但有时候，会哭的孩子才有糖吃。

秦安兰蓦地推开门，眼底湿润一片，盛满了震惊、不可置信与十足的恼怒。

后来还是秦安兰败下阵，妥协。

那天秦安兰第一次在陆时雨面前哭，她也跟着一起哭。

到最后，听陆时雨说，她将来要当个医生时，秦安兰在沙发上愣了好久好久，头一次这么清晰地感觉到，女儿也是这么有主意的人。

高考那天，榆阳市下了一场很大很大的雨。最近天气总是阴晴不定，好像在宣泄着高考生所有的不满，今年是大年，大年题难。

陆时雨考完数学，是哭着出来的。

她从未有过如此挫败的感觉，既害怕功亏一篑，又害怕该来的来不了，害怕该得到的得不到。

好在情绪来得快去得也快，高考最忌讳的就是大悲大喜大起大落，考完数学没多久，她便专心投入到理综和英语这两科上。

考完以后，孔怡然问陆时雨要不要复读，她毫不犹豫地说不。学校租的大巴里，所有学生都在欢天喜地谈着明天该干什么。这是期盼许久的自由，陆时雨不想轻易回到高三。

她不可避免地想到了陈寂，他这会儿也考完了，不知道考得怎么样，不知道他最后选的大学是在哪里，不知道是什么专业，有太多太多，她不知道，但很想知道的事了。

可她没办法知道。

高考完,所有人聚到教室里,李杰最后一次开班会,即使他没煽情,但大部分学生都哭了。陆时雨也没控制住,垂眸擦着泪水。

"高兴点儿啊孩子们,都结束了,现在毕了业想干什么就能干什么了,不用被我点名批评,不用担心玩手机被没收叫家长了。我以前老跟你们说,你们是我带的最差的一届,但是我现在可以很负责任地说,你们是我带过的最好的一届毕业班。在我心里你们每个人都很优秀,以后你们就是大人了,进了大学就相当于进了半个小社会,多学学为人处世,学着怎么去做人,怎么独当一面。好了啊,都别哭了,二十七班所有同学,我批准你们一个长假假条,以后想回来就回来,不想回来就不回来!都高高兴兴的,准备玩去吧!咱们有缘再见!"

孔怡然哭得上气不接下气,红着一双眼睛,抱着班里的女孩子哭。等她们告完别,又商量着今晚一起出去"嗨皮",不到十二点不回家。

陆时雨没去,说太累了,想先回家睡一觉。

一进家门,雨又开始下了,豆大的雨点拍打在窗户上,雨势越来越大,模糊了人的视线。

屋子里十分安静,只有潺潺雨声。

陆时雨又拨了遍陈寂那个号码,虽然知道是空号,但还是抱着一丝不切实际的幻想。

不出所料,回应她的只有机械的冰冷女声。

打开许久不用的手机QQ,老式手机速度缓慢,她等了一会儿,QQ才打开,陈寂的头像仍旧是暗着的,所有东西仍旧一动不动,是真的没有联系了。

得知这个结果,陆时雨鼻头一酸,忽地很想哭。家里没人,她也就放声哭了。

高三终于结束了,按原计划,她本应该有一个毕业旅行的,本应该跟陈寂在外面一起吃饭一起玩的,本应该鼓起勇气,说出她三年来最想跟陈寂说的那句话,可现在什么都没有了。

这操蛋的生活,永远都不会停止。

她不勇敢，这就是这操蛋的生活给她的惩罚。

陆时雨从床头柜最底层抽出那个手账本，已经非常鼓了，里面每一页都有字，还夹了不少照片和字条。她刚刚打开，里面的照片就"哗啦哗啦"掉了下来。

捡起其中一张，是她在明安的摩天轮拍下的陈寂。照片清晰度不高，当时路过照片自助打印机，她请老板帮了忙，才将这照片从老人机导入到智能机，又打印出来的。

原来都已经过了这么久了，照片的白边都有些泛黄。

本子第一页写着"谢礼"，"2014年10月31日"上面还有陈寂的条形码。已经多久没有看到这个名字了？

陆时雨记不太清，好像已经很久了，久到她有那么一瞬间觉得陌生。

她把这个承载了她青涩暗恋的手账本从头翻到了尾，到最后一页，恰好空白。

好像就是在说，这段单方面的感情没有结果，是空白的一样。

陆时雨不太满意。

她提笔，顿了很久很久，却忽地想到，陈寂走之前，他们吃的最后一顿饭，那会儿她只觉得"生活很操蛋，人的世界里没有容易两个字"，后面那句话她忘记了，但现在，她十分清楚地想起了后半句话。

暗恋太苦了，她不够热烈，有的只是胆怯。

陆时雨沉默了下，在空白页仔仔细细地写下最后一句话，算是对这场无疾而终的三年暗恋，来一个正式的告别——

> 一杯奶茶加点糖，夜深人静感受甜，深吸一口气，生活还是要继续。
> 这回真的，来日方长。
> 我不看月亮，也不说想你，这样月亮和你，都被我蒙在鼓里。

落下最后一笔，纸上的字迹蓦地被水滴洇染，陆时雨拭去泪珠，抬头望向窗外。

窗外雨停了，天光大亮，明媚日光拨云而出，晴光潋滟。

阴晴不定的天，也会放晴的。

有爱的青春陪伴者

不止步喜欢

今愉 著

下

江苏凤凰文艺出版社
JIANGSU PHOENIX LITERATURE AND
ART PUBLISHING

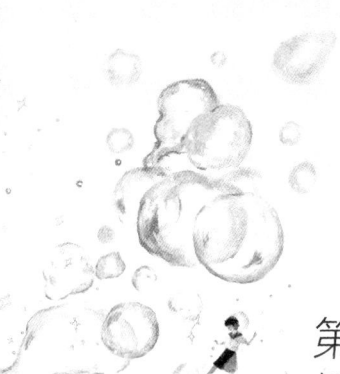

第六章

好久不见

　　太阳东升西落，与明月交替而出，生活还得继续，尽管你刚被泼了一瓢冷水。

　　高考过后各自飞，天南地北，大家去哪里的都有。现在回头想想，高中三年好像过得真的很快，仿佛刚刚结束了军训，紧跟着他们就毕业了。生活之中没了作业卷子，猛一下倒还真让人觉得有些空虚。

　　青春始于一场烈日骄阳的盛夏，也在这场盛夏之中退去温度，奔赴下一段人生。

　　这场青春没有轰轰烈烈，没有刻骨铭心，却也足够让人难忘。

　　陆时雨高考考了当年榆阳一中的理科第三名，如愿拿到了首都某顶尖医科大学的录取通知书。

　　都说"劝人学医，天打雷劈"，当初秦安兰是强烈反对的，但自从两人吵过一架之后，秦安兰的态度就变了，学医虽苦，但贵在坚持，好在陆时雨身上就有这股韧劲儿。

　　孔怡然也不差，去了东部沿海城市的王牌大学学新闻。她也不知道自己一个理科生为什么会选这个专业，原本是想学法医的，但她家里不同意，后来跟王竞之出去了一趟回来，她就放弃了学法医的想法。具体是个什么过程，陆时雨也不知道，两人谁都不肯说。

　　这年，一中体育班的上线率创历史新高。王竞之以体育生的身份，顺利进了首都体大，跟陆时雨一个城市，而且现在在榆阳当地还算是个小有名气的篮球运动员，每次比赛都拿MVP。现在跟他吃个饭，还得约时间。人是真的牛了。

人往高处走，好像还真是这样，别人怎么样不知道，但他们仨，真的是一直在往高处走，往顶峰走。

但唯一遗憾的是，期待了一年的毕业旅行没去成。

那时候，陆时雨摸到江城一中的"表白墙"发过几次匿名帖，但并没有激起什么水花。陈寂转过去时是高三，他那个班都是学霸，一半学生能保送，大家除了学习就是学习，压根儿就没人关注"表白墙"。等过后看到她发的帖子反应过来班里有这号人时，已经毕业许久了，没人留着联系方式。

偶尔，想起毕业旅行王竞之还会提起陈寂，每次揪出来这个人名，他便痛心疾首地骂两句，骂完就立刻叹气，说这"狗东西"别是真飞黄腾达然后失忆了。

后来就连王竞之也很少提起陈寂了。

他们仨谁都没有再说毕业旅行的事，这个话题好像被他们遗忘在时间长河里一样，连同陈寂一起，被留在了2016年的仲夏夜。

换季之后的首都有些干燥，秋天不仅干而且还冷，比榆阳不知道冷多少倍。

陆时雨自从不在校学生会当部长之后就很清闲，平时又不太爱运动，基本就是宿舍、教室、医院三点一线，宅女一个，活动也很少参加，身体素质也不太行，每到换季就生病，这回感冒了好久还没好利索，从九月末的时候开始咳嗽，一直到十月份还没完全好，时好时坏的。

医学院有些忙，尤其她是大四，课程虽然不算太多了，但是乱七八糟的论文和跟诊遇到的病例就够她琢磨好久，再加上生病，因此大四国庆那七天假期，陆时雨没回家。

得知陆时雨不回家，孔怡然还专门打来电话问她。自从上了大学，她们之间的联系怎么也比不上从前上高中的时候了，陆时雨忙，两人的时间经常对不上，就只靠着假期这点时间见见面了。

孔怡然大四毕业不准备考研，她妈早就给她找好工作了，一毕业她就要回榆阳，因此现在除了毕业论文，没什么可以让她烦恼的事，她整个人闲得很，就盼着陆时雨回家。

可没想到陆时雨国庆不回去。

"你真不回家啊？"孔怡然说，"我自己在这边都无聊死了，我舍友回家的回家,跟对象出去玩的出去玩,就剩我一个孤家寡人。我本来还说,你也单身狗一个,咱俩刚好凑个伴儿。"

"那你也赶紧找一个吧,"陆时雨说,"找一个你就不无聊了,要求别那么高行不行,免得成为大龄剩女。"她顿了顿,狡黠道,"王竞之,没联系你?不能吧。"

"你别老瞎说啊,"孔怡然吞吞吐吐,"我俩就是铁哥们儿、好闺蜜——而已!"她强调,"就跟你和……"

电话两头都安静了。

陆时雨反应过来:"行行行,你俩是铁哥们儿、好闺蜜。"

孔怡然哼了哼,反击:"那你为什么不找啊?四年了,你都二十多了,秦阿姨不会还拦着你吧。"

"没有,"陆时雨淡声道,"她没拦我,是我自己不想找而已。"

"那你这四年在学校里,就没碰上什么看对眼儿的人?一个都没有?"孔怡然又问。

医科大旁边就是医科大附属医院,陆时雨接电话时刚跟完诊,正徒步走回学校。这条街很热闹,除了医科大还有工大,放眼望去,穿白大褂的学生藏在人群里,很扎眼,他们夹着书本,步履匆匆,每天医院、学校两点一线,周而复始。

她一直以来都是这样的,让自己忙忙碌碌,才能没其他心思考虑别的。

陆时雨举着手机,慢吞吞地走着。

恍恍惚惚间,她似乎瞥见一抹黑色,在一个身穿白大褂的学生旁边,一黑一白,极为明显。

这人穿着黑色长款风衣,显得人笔挺修长,他微微侧了些身子,看不到脸,单手插着兜。

陆时雨错愕地定住了脚步,呼吸骤然间急促了起来。

后来这人转身,是一张生面孔,她从未见过。

心底无可遏制地涌上失望,人潮汹涌的街头,她仿佛被按下了暂停键,凝视着阔步而来的人看了好久,才又提步,似乎觉得喉咙处憋了一口气,有些发痒,她轻咳了几声:"真没什么想法,我现在头都大了,学医真的掉头发,你敢信?我都想去植发了,可我还没过二十二岁生日呢!"

"那谁让你当时非要学医啊。"孔怡然说,"谁劝也劝不住。"

穿黑色风衣的男生与陆时雨擦身而过,周身带了细微的烟草气息。

陈寂从不抽烟。

陆时雨忽而自嘲般地笑了下,觉得酸酸涩涩的。

"你不回来,王竞之也不回来,"电话那头,孔怡然叹口气,"那干脆我也不回了。要不我去找你们玩几天吧,反正我也没事干,正好逛逛你俩的学校。"

"行啊,我没意见,得看人家王大后卫的时间。"

王竞之也不回去陆时雨倒是不知道,虽说他俩在一个城市,坐十五分钟地铁就能到体大,但平常没事陆时雨也不会去打扰他,两人都忙,一个忙比赛一个忙学习,也没怎么见过面。

人家现在已经不止在榆阳火了,打CUBA的谁不知道首都体大有个叫王竞之的后卫啊,首都第一后卫可不是盖的。

事实上,他自己也能吹得很。

国庆时,他仨在首都吃饭,这是王竞之亲口说的。大一刚开学没多久,他这个愣头青就靠打球的这股子猛劲儿出了名,还说学校里不少女生看他打篮球,眼睛恨不得长到他身上。

他说这话的语气别提多嘚瑟了,就跟他高中没被小女生看过一样。

据他自己说:"咱现在这水平已经很牛了啊,陈寂当年赢我的时候那么嘚瑟,要是现在再来一场,就陈寂,早就在我脚底下被碾压得连渣都不剩了好吧。"

说到陈寂,满桌寂静。

上一次提到他,是什么时候来着?陆时雨喝了口啤酒,仔细搜索了一番,不记得了,怎么也有两三年了吧。

王竞之得控制饮食,不能喝酒,他端起水杯就灌了一大口水,跟喝酒的架势一样,末了,"砰"的一声放下杯子,骂街似的:"没良心的狗东西!"

"多少年了,我到现在都舍不得删跟他的合照,"王竞之像是喝醉了,蹙着眉头，对着一个玻璃杯说，"像个傻子一样。"

他拍了下桌子，怒气冲冲地说："别让我再见着陈寂，不然我百分之百捶死他！"

心尖忽地像是被针扎了一样，密密麻麻地疼着，陆时雨没说话，只是给自己又倒了满杯的酒。

陈寂的照片她也没丢，连同那个手账本一起，现在还在宿舍的抽屉里锁着。

要说起来，她似乎比王竞之还要像个傻子。

快到学期末的时候首都下了场雪，整个世界银装素裹，外头冷得很，陆时雨赖床的劲头又出来了，除了上课、跟诊，平时基本不出门，连图书馆都懒得去了。

宿舍里没人，陆时雨开的视频声音外放，叶可心一推开门，就听到了央视女解说字正腔圆的解说词，她正在滔滔不绝地夸赞中国"溪洲"组合的短节目。

"连跳接后外点冰三周接外点二，第一跳简直很完美！"

…………

"中国选手陈韵溪、蒋锐洲，这套短节目发挥得太好了，全场都起立向他们表示祝贺，我希望他们今天可以顺利地拿下短节目的最高分。"

陆时雨点开弹幕，看直播的观众一起在屏幕上留了句"好棒啊！[加油][奖杯]"，同时歪头："回来啦？"

"累死了，"叶可心放下书包，揉了揉酸痛的肩膀，"跟着老师跑一天太累了。"

叶可心坐到陆时雨旁边："哎，他们开始比赛啦？我感觉都好久没见你看过花滑比赛了，他们拿冠军了没？"

陆时雨关掉弹幕："没呢，才刚刚比完短节目，后面还有自由滑，不过他俩向来技术分很高，抛跳捻转都很好，我感觉拿冠军应该板上钉钉。"

"虽然跟你看了那么多回花滑比赛了，"叶可心耸耸肩，"但你说的这些我还是云里雾里的。你什么时候开始看花滑的啊，感觉你都可以当个裁判了。"

陆时雨表情凝滞一瞬，定神睇着手机上笑意明媚的女孩，沉默了几秒。

他们很像很像，那种在赛场上的自信，尤其那双眼睛里透出的白信与坚定，简直如出一辙。

回过神,她淡淡笑了下:"我也是高中毕业才开始看的,当裁判倒不至于,还差得远呢。"

下一组选手出场了,是俄罗斯双人组合,陆时雨却关掉了直播。叶可心有些疑惑地问:"你怎么不看啦?还没结束呢。"说完,她忽然间发现,每次跟陆时雨一起看比赛,看的都是中国这一对,其他选手从来没看过,她原来没多想,现在似乎才发现了什么,"你是陈韵溪和蒋锐洲的粉丝啊?"

应该算是吧,陆时雨点点头:"对。"

"怪不得呢。"叶可心换了件厚外套,"吃饭了吗?要不一块儿去食堂吃个饭?"

陆时雨起身,去找外套:"走吧。"

还没下楼,宿舍里另外两个舍友就带着行李箱回来了。她俩都是本地人,大四不住宿舍,大三下学期就住到家里了。这两人是双胞胎,姐姐叫杨楚仪,妹妹叫杨奕情。

她们都有男朋友,杨楚仪的男朋友也在首都,就在隔壁工大。大一聊天的时候她们就总说,以后无论谁有了男朋友,都一起吃个饭认识认识。但因为杨楚仪后来不住校了,她与她男朋友都交往一年了,她们都没见过她男朋友。

杨楚仪从包里拿出来一大包红豆饼递给路时雨:"你跟心心不是特爱吃这个吗?我回来的路上顺路买了点儿。"

"哇,谢谢,"陆时雨有些惊奇,"你俩怎么回来了?最近也没太多课啊。"

"跟学院提交了申请,换了个跟诊的医院,换到咱们附属医院了,回宿舍住还方便些。"她甜甜蜜蜜地弯了下嘴角,"而且沈枭最近也得住校了,还不如我也搬回来呢,这样离得稍微近点儿。"

叶可心笑着打趣她:"楚楚,你怕不是为了你男朋友才回来的吧。"

"才不是。"杨楚仪憋着笑意,"是我自己想回来,而且他是真的有正事,我听他说,他们宿舍要一块儿组个项目参加创业比赛呢。"

"下回说'才不是'这句话之前,麻烦把你花痴的表情收收行吗!"叶可心一脸无语,"在我跟时雨这两个单身狗面前,你也太伤'狗心'了吧。"

陆时雨往旁边站了站，跟她拉开些距离，毫不犹豫地补刀："别误会，伤的只有你这只单身狗的心。"

叶可心："你……"

无语是挺无语的，但叶可心非常好奇一件事，陆时雨当年大一一进学校就挺多人追她的，且她还在校学生会当部长，各个专业的人都认识，人缘也不错，最主要的是脾气好，性子温和，而且人长得好看，瓜子小脸，不化妆也唇红齿白，杏眼澄澈，长发一披整个就一气质古典女神。

但这么漂亮的一个女孩子，成绩也不错，居然单身了四年不找对象，追求她的男生都被她给拒绝了，居然没一个能入她眼的。

还真是温柔刀，刀刀致命，拒绝人也让人没办法生气。

"真不伤心啊？你可别跟我说你打算打一辈子光棍，医学院啥样的男生没有啊，你都不喜欢？"

杨楚仪也搭腔："就是啊，你到底喜欢啥样的，我找机会给你介绍几个。"

陆时雨对此实在没什么心思，看别人成双成对的她也不觉得羡慕。去年有个高她一级的学长追了她好久，学长戴一副眼镜，人很温柔，且每学期绩点一直保持在第一，是学院里公认的温文尔雅，他会在下雨时打伞接她，会在晚上送她回宿舍，平时相处也非常照顾她的感受，总之能面面俱到地照顾她。

但很可惜，陆时雨还是没感觉，她曾以为自己会心动的，可是并没有。

学长越是照顾她，她就越觉得心里堵得慌，好像没什么位置可以容纳得下他了。

跟学长说清楚那天，首都刮着大风，即使她拒绝了他，他依旧没有多大情绪波动，反而还温温柔柔地把她带到背风处，怕她被吹到。

一瞬间，陆时雨就想到了在一中教学楼的楼梯口，陈寂朝她逼近几步，只是为了给她挡风。

随之而来的就是铺天盖地的难过。

她总以为，是医学院太忙了，这个细胞组织那个实验报告每一项都让人焦头烂额，所以她才没心思去谈恋爱。

但看来，似乎并不是这样。

见陆时雨没说话，杨楚仪又道："真的，我还真认识几个挺好的男生，沈枭的舍友都还单身呢，听说人都很不错，而且，最重要的是都很帅！有一个帅得惨绝人寰的那种！"

陆时雨不甚在意地问了句："有多好多帅啊？"她不太想麻烦杨楚仪，于是提高要求，"我要求还挺高的，得长得又高又帅，得会做饭，还得喜欢运动，不要太闷的，最好活泼一点，平常能跟我一块儿呛两句，年龄也得比我大。"

"……怪不得你找不到呢。"杨楚仪咂嘴道。不过，陆时雨自身条件也非常好，名牌大学名牌专业，长得又好看。

"现在哪个男的会做饭啊？"

不过，虽然嘴上这么说，但杨楚仪还是极为负责地当起了红娘，在手机上问她男朋友：宝宝，你舍友会不会做饭呀？

男朋友：[？？？.jpg

杨楚仪：别误会，我舍友啊，你知道的，她不单身嘛，想找一个会做饭的男朋友，我就想着把她介绍给你舍友。你不是给我看过你们宿舍的合照吗，我感觉他们颜值都还挺高的，跟我舍友看上去还挺般配。所以，他们会做饭吗？

男朋友：你等我问问。

没多久，收到回复的杨楚仪说："还真有会做饭的，不过他会做的不多。"

陆时雨没想到还真有，随口回："那他会什么啊？"

"沈枭说，有两个会做鲁菜，还有两个会包饺子，据说其中一个包得还挺好的。"杨楚仪眨眨眼，"这些在你这里算不算会做饭啊？"

陆时雨有片刻愣怔，包饺子？

不过会包饺子的男生多了去了，难不成全世界只有陈寂一个人会吗？

肯定不是的。

杨楚仪的男朋友给杨楚仪发来一张他们宿舍打篮球时的合照，杨楚仪拿着手机就要给陆时雨看，手还没递出去，陆时雨便叹了口气，说："饿了，去吃饭吧。"

十二月份，首都有一个程序设计大赛，医科大的学生不关心这些，隔壁工大的学生对此倒很是踊跃参加。

其实这比赛跟大创差不多，唯一不同的是，这是会有投资的，如果有大公司看上了，会投资这个项目或是直接买下来。

杨楚仪每天早出晚归，即使她专业跟计算机差了十万八千里，不对口也帮不上什么忙，但依旧像是这团队里的一分子一样。

晚上快到门禁时间，杨楚仪紧赶慢赶赶了回来，一推开宿舍门就开始叹气："烦死了。"

"怎么了？唉声叹气的，"陆时雨摘下耳机，盖上笔帽，小心翼翼地问，"跟你男朋友吵架啦？"

"没有，"杨楚仪摇了摇头，"我俩感情好着呢，没问题。就是发愁他这比赛和创业，他们现在还得写毕业论文，时间本来就少，现在又遇到瓶颈了，我们每天都忙不过来，说实话，让人有点儿心疼。"

她嘴唇都干裂了，陆时雨给她倒了杯水："你别太着急了，慢慢来吧。"

"他们宿舍六个人，加我七个人，编程我不会，就只能在别的地方帮帮他们，"她又叹了口气，"可是实施起来也太难了。"

"那你们再找找别人一起合作呢？"

杨楚仪："找了呀，已经发了找合伙人通知，但是加进来的人要不就划水摸鱼想混个证书，要不就太独断专行了，都不太合适，要找个认真负责的人还真不太……"

话一顿，杨楚仪就看到了陆时雨摊开着的解剖图谱，上面密密麻麻的全是笔记，字迹娟秀。

她怎么把这大学霸给忘记了，这可是他们专业年年拿奖学金的人啊！

"亲爱的濛濛！"她猛地握住陆时雨的手，"咱俩是不是好朋友！"

陆时雨直觉不太好，缓慢地点了点头："是……吧？"

"把'吧'去了。"杨楚仪说，"咱俩是。"

她眨巴眨巴眼睛，可怜兮兮地说："你愿不愿意帮你最可爱最喜欢的楚楚大宝贝一个忙？"

杨楚仪想，自己可真是太聪明了！找了一个好帮手不说，没准还能趁这机会给这好帮手悄悄组个相亲局，沈枭的舍友人品真的都很好，万一陆时雨能看上某个男生呢。

红娘杨楚仪怀着促成一段姻缘佳话的心思,把陆时雨带到了他们经常在一起讨论的根据地。

是个咖啡店,他们在这里包了个包间,杨楚仪特地打过招呼了,让沈枭叮嘱他舍友,好好打扮打扮,今儿会带个美女过来。

"程序猿"一般都不怎么打扮自己,虽然有底子撑着,不至于太不像话,但为了这个局,真得好好打扮打扮才行。

可没想到,好家伙,一打扮就打扮了这么久,马上就到约好见面的点儿了,还没见他们人影。

"不好意思啊,濛濛,"杨楚仪尴尬道,"没想到他们这么磨叽,我就是跟他们说有美女,谁知道还打扮个没完没了的。"

陆时雨失笑:"没事儿,没到时间呢,再等等吧。"

马上到晚饭点儿了,店里人逐渐多了起来,她俩在包间外头坐着,周围三三两两坐了人。

老板一见人多,打开了店里的音响循环放歌,第一首是孙燕姿的《遇见》,音色潺潺,缓缓流淌至人心里。

浓郁的咖啡香伴着香甜的栗子蛋糕味道,传至店里的每个角落,陆时雨一时间感觉有些饿,便起身:"有没有想吃的?我去点些东西吃。"

"不用了,我再催催他们。"杨楚仪有些过意不去,低头摆弄手机。

陆时雨走到吧台,看了看菜单:"你好,要一个草莓蛋糕,再加一杯巧克力奶茶。"

取了号码牌,陆时雨就坐到了吧台一旁,等着蛋糕端上来。

店里的装修还不错,吧台有一种森系的感觉,放的歌曲也很温情,让人感觉到一种莫名的沉静,怪不得他们会把大本营选在这里。

《遇见》放完了,紧跟着就是一道低沉的男声,是陈奕迅的《好久不见》。

陆时雨静静坐在吧台上,手指下意识打着节拍,一下又一下,情不自禁地跟着低声哼了起来。

我来到你的城市
走过你来时的路

…………

　　那边，座位上的杨楚仪忽地起身，朝陆时雨跑来："他们来了！哎呀，可算是来了！"

　　老板把草莓蛋糕、巧克力奶茶放到柜台上，陆时雨还没拿，跟着杨楚仪转身面向咖啡店大门口。

　　门口挂着风铃，随着开门关门带起的风轻轻晃动，发出清脆的声音，悦耳动听。

　　走在最前面的应该就是杨楚仪的男朋友沈枭了，杨楚仪跑过去，挽住了他的胳膊撒娇。不知道她说了句什么，沈枭抬头朝陆时雨看了眼，友好地点了下头。

　　跟在沈枭后面的就是他那些舍友，正如杨楚仪说的，确实都还挺养眼的，每个人都很精神，看上去很好说话，正气十足。

　　陆时雨拿了蛋糕、巧克力奶茶，准备回座位了。杨楚仪跟上来，冲她低声说："还有一个呢，去停车了。我跟你说，最后这个人就是我跟你说的帅得惨绝人寰的那个。当然，我家沈枭最帅！"

　　陆时雨一手端着蛋糕，一手拿着奶茶，打算看看这个帅得惨绝人寰的人到底有多帅。

　　风铃再次响起，玻璃门被人轻轻推开，冷风不管不顾，呼啸而入。

　　陆时雨回头，只这么一眼，就感觉这一刻，心里涌上一股莫名的难以言喻，铺天盖地的全是讶然，整个人似乎被这股冷风冻在了原地。

　　她脑子里忽地一片空白，什么都忘却了，心跳仿佛停滞了一瞬，乱了节拍，整颗心七上八下的。

　　她觉得自己可能看错了，但是双眼闭上再睁开，她还是会看到长身直立在门口的人。

　　这个梦，似乎比以往要真实。

　　来人穿着随意，一身运动服，舒适简单，一点也看不出来是"打扮"过的，经典款黑色长款羽绒服及膝，拉链没拉，里面穿了件黑色的圆领卫衣，看着就冷。

　　还是那么死猪不怕开水烫。

他还真是一点儿没变。

门口那盏灯的光投射下来,在他眼睫投下一层阴影,眼尾向下,眉眼清晰深邃,时间似乎没在他身上留下什么痕迹,打眼看过去,还是那么倨傲又轻狂恣意。头发比以前更短了,好像瘦了些,倒显得人比从前成熟。

身后的音响,见缝插针地放着歌,一点儿不给人喘息的机会。歌声缠绵,细腻婉转,诉说着满腔情意——

> 你会不会忽然的出现
> 在街角的咖啡店
> 我会带着笑脸挥手寒暄
> …………
> 对你说一句,只是说一句,好久不见

明明是很抒情的一首慢歌,却令陆时雨此刻有些躁动了。

她总觉得情绪翻涌,如同台风来临时海上的浪潮,咆哮着,叫嚣着,想要吞没她一切理智。

大学期间,陆时雨不乏追求者,每天以各种名义来找她聊天的人很多,加上加入校学生会,事儿多,她每天都很累,几乎躺到床上就能睡着。但每次睡着睡着,就会梦到陈寂,梦到他缠着她,问她数学题,问完数学问物理,问完所有问题之后,他会跟她说,明儿再来找你。

后来听孔怡然说,频繁梦到一个人,就代表那个人正在忘记你。

于是陆时雨就不敢做梦了,她每天都希望陈寂不要在梦里跟她说"明儿再来找你"这句话了,可她又无法控制自己的梦境,因此在很长一段时间里,陆时雨都睡得很晚,陷入深度睡眠后,就不会再有梦境了吧。

但事与愿违,没做那个梦后,百转千回的梦中却开始出现她与陈寂重逢的画面。

有时是在一中校园,他回去看老师,她也回去看老师,两人偶遇在楼梯口。

有时是在一中街那家陈记饺子馆,他拿着一摞钱甩在老板的脸上,狂妄地说:"你别丢我老陈家的脸,拿着钱赶紧给我滚蛋。"

有时是在一中街巷子深处那家苍蝇小馆里,老板依旧会笑着问他:"喝不喝酒?刚放到冰箱里,现在来一瓶很爽。"

可所有的幻想里,从来没有出现过首都这个地方,从未出现过这个街角的咖啡店。

四年,整整四年,他们居然就在同一个城市,同一条街上,相隔不到一千米,步行仅仅不到十分钟。

所以当暌违许久,再度见到陈寂的这一刻,陆时雨脑子里下意识的第一反应,很震惊很错愕,这种感觉劈头盖脸朝她砸过来,呼吸骤然间变得很轻很轻,像是做梦一样。

可这并不是梦。

隔着三三两两经过的人,陆时雨很清楚地看到了陈寂眼底闪过一丝如她一般的讶然,不可置信。

两人谁都没有先开口,只是一动不动地站在原地,静静看着对方。

这一瞬间,陆时雨又忽然觉得,还是有什么东西变了,或许是因为四年时间太久太久,他们都不是青涩的高中生了,因此尽管她在脑海中演练过无数次重逢,可如今真真切切见到了陈寂,那种抵挡不住的惊讶过后,就是完完全全的生涩感,再没了往日的那种熟悉。

身后,音响里那首《好久不见》唱到了结尾,就像是为了烘托此刻这个折磨人的气氛而添了一把柴,轻飘飘地落下一句"好久不见"。

两人同时回过神。

陈寂微挑了下眉梢,掩盖住眼底翻涌的情绪,似乎也在想,到底该怎么开口。

已经四年了啊,面前的人已亭亭玉立,五官精致了许多,以前的婴儿肥也没了,整个人纤细高挑,眉眼像是被雕刻出来的,头发及腰,发丝蓬松,气质温婉柔和,脸上未施粉黛却也明艳动人,真是变了不少。

但似乎也没变,眼底的干净澄澈一如从前。

他怎么也没想到,沈枭口中他女朋友说的美若天仙、想找一个会做饭的人当男朋友的舍友,居然是陆时雨。

喉结上下滚了滚,又干又涩,陈寂终于迈了步子,一步一步朝陆时雨走去,但轻颤着的呼吸透出一丝紧张。

在陈寂朝她走来的那几秒光景里,陆时雨捏紧手里的纸杯,里面的巧克力奶茶溢出来,有几滴滑落到她的手背上。她用力克制住内心停不下来的暗潮,所以重逢之后,是不是应该带着笑脸,挥手寒暄,然后再跟他说一句"好久不见"呢?

这是重逢的常规操作啊。

可没想到,陈寂却只是站到她面前。

两人距离猛然间缩短,隔着一步的距离,陆时雨甚至闻到了陈寂身上那种久违的淡淡薄荷味,似乎还加了些木质香气。她心脏蓦地提了起来,什么也没说,只是神色复杂地看着他。

陈寂垂眸,扫了眼陆时雨手里那块点缀着一颗红艳艳的草莓,撒了粉色糖霜的奶油草莓蛋糕,忽而又笑了下,欠欠地说:"哎,还看?还看我是要收费的。"

熟悉的"配方"熟悉的味道。

确定是陈寂无疑了。

陆时雨心头的重石猛然间放下,是他没错。

从前她每每看陈寂时,他总是会这么嚣张地来一句,说完这个,紧跟着就说做梦都想涨涨自己只值十四块钱的身价。

然后她是怎么回的呢?她会说:"陈寂,梦想和痴心妄想,还是有一定区别的。"

可此刻,陆时雨并不想像从前那样跟他开玩笑了,她压根儿就笑不出来。陈寂可以坦坦荡荡地同她开玩笑,她却没办法坦坦荡荡地做到,时间真的相隔太久了。

陈寂见陆时雨不说话,当下就有点儿急了。他微微叹了口气,从旁边抽了张纸巾,扫了眼她手里的东西,随后捏着纸巾轻轻蹭着她的手背,给她把奶茶渍擦去,动作温柔至极,同时还半哄半笑着说:"免费免费,不收你钱,行不行?"

这个场景也好熟悉,那会儿补课的时候,他只是将纸巾递了过来,即使她长久没接,他也只是开玩笑地说一句:"等着我给你擦啊?"

思及此,陆时雨心里的酸胀感似乎又浓了些,好像在回忆的只有她一个人。

陈寂小心翼翼地问:"你……是陆时雨吗?榆阳一中三级部二十七班语文课代表兼团支书,拿过校园艺术节语言类节目的二等奖。"

末了,他又强调:"演'孩儿他妈'。"

"你清醒一点,"陆时雨吸了口气,抬眼,笔直地对上他的视线,"我不是,你是?"

"那你认不认识我?"陈寂指了指自己,又问,"陈寂,二十七班班长。"

陆时雨强压着波动的情绪,淡声说道:"我们班没班长,只有一个副班长,叫盛昕至。"

这是生气了。

陈寂想解释解释,但向来严密的语言逻辑和语不惊人死不休的口才却好像在此刻出现了故障。

他蹙了蹙眉,带着些无奈:"不是,时雨,你听我解释……"

旁边,桌上的几个人翘首以盼等着他俩过来,余光里,杨楚仪的眼睛瞪得都是从前的两倍了,待会儿免不了得挨一顿"拷问"了。

陆时雨忽然觉得心里有点儿乱,没什么心情听,又怕让大家等着,便端着奶茶和蛋糕转身:"到时间了,就先开会吧。"

他们这个团队参加的是软件程序方面的项目,需要设计出一个具体的APP或者程序,APP或程序的受众不限,类型不限,看上去挺简单的,但其实真正实践起来,需要考虑的现实因素还很多。来的路上,杨楚仪没说那么详细,所以陆时雨只知道他们团队开发的程序与医疗方面有关,这就更不能马虎了。

由于陆时雨是新加进来的,他们团队又把团队理念以及这个项目的背景给她复述了一遍。

陆时雨这才知道,这个软件是给退役运动员或者残疾人设计的。

没想到也包括了退役运动员。

一想到陈寂是团队核心,那就怪不得了。

通过沈枭的介绍,陆时雨明白了他们这个软件到底是要做什么,也明白了自己在这个团队里将起到一个什么样的作用。

基本搞清楚这些事情之后,陆时雨也有了几个问题,软件是给有残疾的人群或者退役运动员提供最直接最合适的医疗服务,治疗康复一条龙,但一般造成残疾的原因不尽相同,可退役运动员的残疾部位基本集中在上下肢,而且因为现在越来越正规严密的体育训练手段,运动致残的人占极少数,普通的残疾伤应该是要比运动伤要多一些的,但根据项目计划书的内容来看,这个软件的重点,却是放在退役运动员身上的,如果真的成功做起来,在陆时雨看来,似乎有些顾小失大。

对于这个问题,大家其实也是有疑问的。一群理工科男生,对医疗知识懂得不多,就会闷头写程序,除了陆时雨,大家都不约而同地望向了团队负责人——陈寂。

他们已经挪到了包间,长长的桌子摆满了文件和电脑,陈寂坐在桌子那头,陆时雨坐在桌子这头,两人刚好面对面。

他脱了外套,露出里面款式简洁的圆领卫衣,即使微微歪了些身子靠在靠背上,但依旧显得人精气神十足。

见众人都在看他,陈寂右手转着笔懒懒散散地搭在桌子上,隔着不算太远的距离,视线稳稳地落在全场唯一一个没看他的陆时雨身上。

短短几秒钟内,空气似乎都凝滞了,气氛有些安静。

奇怪,奇怪,真是太奇怪了。

杨楚仪看看陆时雨又看看陈寂,垂眸,悄悄在桌下给沈枭发微信:你舍友,认识濛濛?

沈枭:我哪儿知道啊,不过看这样,他们似乎是认识。

杨楚仪:我怎么感觉他俩的"离婚感"很浓呢?他不会是个四处留情的"海王渣男"吧!

沈枭:不可能,我俩在一起四年我还不知道?工大追他的女生可不少,但是他这张嘴不把人伤得体无完肤就不错了,拒绝的话说得一点儿不留情。

杨楚仪:我天,他这点跟濛濛好像啊。

对面投来的目光很炽热,陆时雨硬着头皮继续看手里这份厚厚的项目计划书,默默低头等着回答。

即使现在再度见到了，但她也并不是那么高兴。

最终，还是陈寂败下阵来。

她在跟他较劲，但几年未见，她真不是温室花朵了。

陈寂："你说得对，现在医疗技术发达了，训练方式也更科学了，运动员伤残可以大大减少。"

"但是，"手里的笔不转了，失去平衡，"啪"的一声掉落在桌子上，却衬得此时更为安静，陈寂一字一句道，"我曾经是个运动员，我知道场上场下，意外随时都在。"

"那些因为意外而受伤的运动员，如果伤得轻，或许只差一个良好的康复环境和医疗检查咨询，就能重新站到赛场上为国争光。我当运动员那会儿，没拿金牌为国争光还挺遗憾的，"说到这里，陈寂忽地坐正了，双手交叉握拳，胳膊肘放到桌上，身子向前趴了些，目光炯炯，似是夏日骄阳，"可我还能从另一个方面，去接触这个行业。"

陆时雨一顿，不自觉地抬起头，撞进陈寂直白的眼中。

"这是有个人告诉我的，"陈寂扯唇，散漫地笑了下，"也不知道她忘了没。

"所以，这个一定不能删改，我是肯定要做出来的。"

虽然这软件重心在运动致残的人群上，但根据陈寂的解释，该有的医疗咨询和常见病例，以及相关康复训练都不会少，所以做起来，还真的挺费时间的，也需要陆时雨跟杨楚仪这样专门学医的医学生提供理论支持。

送走新成员和女朋友，沈枭回到工作室包间，陈寂还坐在位置上，有一下没一下地翻着手里那份项目计划书，一看就不专心，也不知道在想些什么。

沈枭扯了把椅子，为了完成女朋友交代的任务，坐到陈寂身边问："认识啊？"

"谁啊？"

"少跟我装，"沈枭说，"我又不傻。"

陈寂把玩着手机，也没回避，直说："高中同班同学。"

"你高中不是在江城念的啊？"沈枭疑惑道，"我对象她舍友是榆阳的，榆阳与江城隔了十万八千里，八竿子打不着，她怎么就是高中同学了？"

"有没有一种可能,我曾经转过学?"陈寂平静地说。

沈枭:"那你认识这么好一合作伙伴怎么不早说啊?我听说人家当年高考的时候可是市前三名呢,在大学还年年拿奖学金,大学霸一个。"

陈寂忽而盯着他看了眼,话题有些跑偏:"你怎么知道?"

"我女朋友的成绩单我都看过……"

"不是大学,"陈寂说,"她高考前三名那事。"

"我女朋友跟我说的呗。我女朋友这不是想给她介绍个对象啊,跟我说了说她的大致情况,还说她在医科大还挺多人追的。用我女朋友原话说就是长得不错,成绩也不错,难怪追的人多,但怪的就是不搞对象,这方面跟你还挺像的,"沈枭笑了下,笑得格外张扬,"单身就那么爽啊?"

陈寂又不咸不淡地扫了他一眼,一句话说了三个"我女朋友",就差把这四个字刻脸上了,天天炫耀,乐此不疲。他简直不太想搭理沈枭,反问:"搞对象就那么爽啊?"

"你试一试就知道了。"沈枭笑说,"女朋友是这个世界上最可爱的人,干什么都可爱,开心也可爱,生气也可爱,一哄就哄好了。你这只单身狗,现在没办法体会我的感觉。"

陈寂:"……滚。"

"跑偏了,跑偏了。"沈枭把话题拽回来,"既然是同班同学,你俩高中不熟?怎么看人家对你那么冷淡呢?"

陈寂一时没说话,感觉心底似乎钻出一丝无措。他自认,他俩高中的时候关系挺好的,在榆阳那两年里,女生中,他跟陆时雨接触是最多的。

他心里也跟明镜一样,清楚这种冷淡从何而来,又是因何而起。但这事儿真挺复杂的,一句两句真说不清楚,也不知道说出来陆时雨会不会信。

他耷拉着眼皮,沉默好半晌,才又说:"问你个事儿。"

"你女朋友生气了,你一般怎么哄她?"

白天上了一天课,又写了好长时间的论文,下午陆时雨和杨楚仪帮陈寂他们团队找了找资料,她整个人累得很,感觉脑细胞快死光了。恰好周末晚上,校学生会要办内部联谊,请了陆时雨这个老部长过去,她就没推托,出门前,还化了个简简单单的淡妆，总不至于显疲态。

其实今晚，杨楚仪还要跟沈枭他们见面整合一下资料，然后再趁晚上的时候一起吃顿饭，照理说陆时雨也应该去，她便在手机上跟陆时雨说了一声，但陆时雨没回复。

杨楚仪回宿舍告诉陆时雨的时候，陆时雨说已经有约，改天吧。

陆时雨穿了件驼色的大衣，里面是件打底衫，脖子上有条米色的围巾，长发飘飘，脸上还化着浅淡的妆。

她平时不喜欢化妆，一来太忙，二来嫌麻烦，就算是她们宿舍出去团建，大家多多少少描个眉、涂个口红，她却还是素面朝天。

简直仗着底子好，恃美行凶。

杨楚仪已经很久没见过陆时雨化妆了。

"干吗去啊？你怎么终于舍得把自己化成大美人儿？"她给陆时雨捋了捋耳边碎发，别到耳后，露出光洁的脸蛋。

陆时雨收拾了一下包，挎到肩膀上："校学生会内部联谊，我过去一趟。"

"必须去？"杨楚仪纠结道，"我刚给你发微信，今晚陈寂和沈枭说，一块儿吃个饭商量一下计划书的事儿呢。"

去干什么啊？去尴尬去生气吗？

陆时雨眼底闪过一丝不自然，但很快便消散。她说："我已经答应人家了，不太好拒绝，你们去吧。计划书不是咱俩一起弄的吗，就是得麻烦你多说说了。"

"嗐，这倒不是问题，"杨楚仪也不好再说什么了，"那你别太晚回来，别像大二那样跟人喝太多酒，他们让你喝你就躲，实在不行就给我打电话。"

"放心吧。"陆时雨失笑，"我都大四了，谁敢灌我？今晚我早点儿回来，咱们把没讨论完的那部分再细化一下。"

历年校学生会的内部联谊都在医科大旁边的那家餐厅里，校学生会好像跟他们有外联合作，老板跟大家都挺熟的。

陆时雨到得早，但现场已经有学弟学妹在布置场地了。现任校学生会主席安雨菲也在跟着一起布置，完全没有任何架子，跟旁边的学弟学妹说说笑笑。

陆时雨从前跟安雨菲是一个部的，两个人性格比较合得来，关系算是最亲近的了，而且竞选校学生会主席的时候，安雨菲本来说她们两个人要留就一起留，不留就都不留，最后还是让陆时雨给劝住了。

她实在不太适合当主席，几个部门的部长一起争这么几个职位。都说大学是半个小社会，她算是见识到了，钩心斗角，好比一出宫斗戏。

陆时雨走近，放下背包，也拿起一个气球帮着打气，笑着说："菲菲姐姐还是这么招人喜欢。"

"呀！你来啦！"安雨菲放下手里东西，抱了抱她，"好久不见好久不见，你可太难约了！"

陆时雨："我课多，你又不是不知道。"

"少来，你都大四了能多到哪儿？"安雨菲拉着她坐到位置上，开始大倒苦水，"你就是懒得出来，一'退休'就神隐，当时要是咱俩一起留下就好了，你不知道，我跟孙文洲搭伙干活儿有多累。就上回跟咱们学校所有学院一块儿办校园歌手大赛的时候，他把人全给得罪了，到头来害得我去给他收拾残局擦屁股。"

孙文洲，文艺部部长，现在也是校学生会主席团成员之一，当年那出"宫斗戏"，他一个人挑大梁拿了主角剧本，到头来却还是只得了个副主席。

人刺儿头得很，陆时雨大二被人劝酒就是孙文洲干的，陆时雨脾气已经很好很好了，但跟他搭档办活动也能被气得半死。竞选主席那会儿，陆时雨只是给想要竞选部长的学妹传授一些经验，就被孙文洲扣上了一顶"主席训话"的帽子。

想想就起鸡皮疙瘩，所以这就导致，孙文洲跟陆时雨和安雨菲挺不对付的。

可没办法，人家好歹也是主席团成员之一，在学弟学妹面前，最好别撕破脸。陆时雨抚慰她："公道在人心，他做得好不好大家都能看出来，你别拿他当回事儿就行了，反正你是主席的。"

"真是气死我了！还有这回联谊，我说咱就在这儿办得了，离学校近还能打折，这个人不听啊，非得跑到什么轰趴馆去轰趴，想带着大家出去通宵。当然最后我一票否决了，他那会儿指不定在背后怎么'赞美'我呢。"

陆时雨竖了个大拇指："服了服了……他还这么小心眼儿呢。"

安雨菲刚张了张口，想再说句什么，陆时雨却忽地拽了拽她的袖子："说曹操曹操到，人来了。"

话音刚落，孙文洲稍带了些阴阳怪气的腔调便传过来："哟，我还说这是谁呢，这不是上届办公室主任陆主任嘛，好久不见啊，陆主任。"

陆时雨回头扫了他一眼。

这人的装扮就没变过，头发喷发胶，梳成大背头，自从认识他到现在，四年了，都是这个大背头行走天下，身上还喷着浓烈的男士香，陆时雨屏着呼吸，觉得有些刺鼻，淡淡地回应了句："好久不见。"

"最近忙啥呢，大学霸，"孙文洲坐到了旁边，"上回让你帮忙写个文件也没空，我还以为你忙着赚钱快成富翁了呢。"

提到这个陆时雨就更无语了，自己不会写去麻烦已经不是这个组织的人，真是够奇葩的。

恰好此时手机亮了下，陆时雨低头点开微信，一看微信消息，本来还挺生气的情绪烟消云散。她攥了攥手机，就更没什么心情回孙文洲的话了，没好气道："没忙什么，也就写写论文上上课，就是不太想管乱七八糟的闲事浪费时间。"

孙文洲不傻，当然知道她是说给谁听的，当下，脸一下就黑了，干巴巴地留下个"怪不得呢"，然后就找借口溜走了。

新老部长坐一桌，安雨菲叫了挺多"旧日同事"，一张桌子刚好坐满。大家商量着今天男生少喝酒，女生不喝，但孙文洲酒量好，就得拉着人跟他一起，陆时雨喝水还不行，他总找机会来报刚才的仇。

酒喝到半路，他又开始作妖，往这桌添了把椅子，说待会儿还有人来。

安雨菲蹙眉问他："咱这儿人差不多齐了，该叫的我都叫了，你还找谁过来了啊？"

孙文洲不怀好意地看了眼陆时雨："等人来了不就知道了？"

他亲自出去接的，回来时身后跟了个人。桌上的人定睛一看，是他们上届"退了休"的主席。

同时，也是追求过陆时雨的那个学长。

安雨菲一看就蒙了，低声说："早知道我就不叫你来了，孙文洲这个傻子干的都是什么事。"

陆时雨注意力本来也不在学长身上,包里的手机一直在亮,亮得人根本无法注意到别的。

她最终还是点了通过验证,跳转到聊天页面,好家伙,几十条打招呼消息,让人不能忽视。

陈寂:我是陈寂。

陈寂:不是同名同姓,是二十七班那个陈寂。

陈寂:你舍友嘴里帅得惨绝人寰,而且还会包饺子的陈寂。

陈寂:知错就改但希望给个机会的陈寂。

…………

真是不忍直视,陆时雨收起手机。

面对学长,她很淡然。当时她拒绝他时说得很清楚了,没什么可心虚尴尬的,这应该就是孙文洲特地来恶心她的。

她说:"没事,我待会儿早点走就好了。"

好在学长坐下来,也没主动跟陆时雨说话,孙文洲又张罗着大家喝酒。

包里的手机一直在振动,"嗡嗡"作响,陆时雨没管,一顿饭吃得心不在焉。

大家举杯,陆时雨象征性地抿了一口,就见孙文洲跟学长说了句什么,而后学长朝她看过来。

陆时雨放下酒杯,跟安雨菲说:"菲菲,已经九点多不早了,我先走了。你少喝点,早点回宿舍,到了给我发个消息。"

安雨菲:"我送你下去。"

陆时雨按住她:"我自己走就行,两步就到了。"

刚出了包间的门,身后似乎有人跟了出来,陆时雨还没来得及反应,下一刻胳膊就被人抓住了。陆时雨轻蹙眉,回头。

是学长。

"怎么走了?"

陆时雨轻轻挣了下,竟没挣开。她心底涌上一股烦躁,淡淡地说:"还有点儿事没忙完。"

"是论文吗?我可以帮你梳理梳理思路。"

沉默几秒,陆时雨直截了当道:"其实是不太喜欢孙文洲,不太想喝酒,而且,我也没想到他会叫你来。

"学长,我以为,我那时候说得已经够清楚了。"

整条走廊似乎只有两个包间是有人的,陆时雨不太想跟他在这种场合纠缠不清,那边指不定什么时候有人出来。

学长戴着眼镜,走廊上的光被镜片折射,陆时雨有那么一瞬间看不清他眼底的情绪。

但很清楚的是,他喝酒了,而且,他抓她的力度越来越大。

意识到这一点,陆时雨忽地觉得有些麻烦,颇有些无奈。学长以前明明不是这样的一个人,这可算是露出来真实面目,露出狐狸尾巴了。

跟一个酒鬼,有什么道理可说的。

与此同时,隔壁包间,陈寂他们谈完要紧事,也准备送杨楚仪回学校。

几人收拾好东西,杨楚仪一看时间:"都这么晚了啊。"

她一边出门,一边轻声嘟囔着:"也不知道时雨回宿舍没有。"

结果刚一出门,就看到了前面楼梯口,拉拉扯扯纠缠不清的两个人,陆时雨背对着他们,看不清是什么表情。

再仔细一看那男生,不正是陆时雨拒绝过的学长嘛!

杨楚仪轻轻惊呼了一下,又退回到包间里把人堵得严严实实,也不知道这会儿适不适合过去。

沈枭问:"怎么了?"

"时雨在外头呢!还有那个曾经追求过时雨的学长,但是被她拒绝了,他俩居然在外头。"

说着,杨楚仪又悄悄往外探头,想看看他俩走了没,但往外一看,就看到陆时雨在挣脱学长的手,却没挣脱开。

她刚要上去,身侧却有人抢先一步,风一般地出了包间的门,步伐很快,目标很明确,直直冲向陆时雨。

杨楚仪再次震惊了,这哪里是陆时雨口中不熟的高中同学啊,不熟人家会这么着急?就跟想上去找学长干架一样。傻子才信他们不熟。

她与沈枭对视一眼，小傻子情侣不约而同得出一个结论："有猫腻。"

长长的走廊上铺着地毯，走在上面没声音，陆时雨注意力全在被抓着的胳膊上，完全没注意到自己身后有人靠过来了。

直到被人从背后环住，鼻息间尽是淡雅的木质香，陆时雨才发觉——

来人是陈寂。

背靠着他，陆时雨看不到他的表情，但凭学长那副呆滞的样子，也能猜出现在陈寂的表情有多么凶。

学长抓着她胳膊的手被陈寂狠狠甩开，他轻轻握着陆时雨的手腕，没使多少力，却令陆时雨像是被按了暂停键。

他拇指在她手腕上摩挲一下，陆时雨心猛地一颤，似乎漏跳了一拍。

陈寂一只手握着她的左肩，另一只手抓在刚才学长抓着的地方，轻轻一转身，就把她拉到了自己身后。

他牵起陆时雨那只手，给她把衣袖往上捋了捋，看见她手腕上落下一圈红痕。她皮肤白，这圈红格外明显，看完了这只手，他又看另一只。

好在那只手腕没有红痕，陈寂嘴角紧绷了下，抬起眼看她，还化妆了啊。他语气实在算不上温和，但还是尽量和颜悦色："不会叫人？"

陆时雨有点愣住，对于突然出现的陈寂还没缓过神来，一时间没说话，睫毛似蝴蝶振翼，颤了颤。

陈寂没忍心再教训她，轻轻叹了口气，好像觉得自己刚才语气太冲了，现在他可不是什么随随便便就能冲她牛气哄哄的人设，人还没哄好呢怎么可以造次，他便又柔着声线问她："疼不疼？"

"没事。"陆时雨摇摇头，手腕上的温度源源不断地传来，陈寂还没松开，不知道是没意识到还是其他原因。

她往回抽了抽手，却没能挣脱。

陈寂给拽回来了。

她又往回抽了抽。

陈寂再拽，还看了她一眼。

陆时雨也当仁不让地看着他。

"你是谁？"被遗忘了许久的学长终于张口质问陈寂，看着两人亲密无间的动作，细微怒意上头。

他喝多了，这回抓陆时雨的手可以说是酒壮尿人胆，再加上他平时性格真的是太温柔，这句质问对陈寂来说根本不算什么。

陈寂就像是没听到一样，冷冷地扫了眼满身酒气的学长，整个身子隔绝了学长看向陆时雨的目光，把她护在身侧下楼。

学长又不依不饶地问了句什么，陈寂依旧没答，只是问陆时雨："看见我微信没？"

她莫名有些心虚，其实知道他发微信了，但是她没回。陆时雨垂眸，盯着脚下的楼梯，别别扭扭地说："没看到。"

"没看到就没看到，"陈寂又重重叹了口气，"毕竟要你微信可不容易，就连好友申请我可都给你发了不下四十次吧。"

这话多多少少有点委屈在里头。

他明明才发了三十九次申请，少在这儿装了。陆时雨假装听不出来他话里的委屈。

"要说不容易，我哪儿比得上你，你 QQ 那么值钱，想加还得排队掏钱。"

"哟，怎么还翻旧账呢，"陈寂说，"你就说，你掏钱了没？"

还真没有，那会儿 QQ 也是他主动加的她，她隔了好久才通过，而且通过之后，也是陈寂先跟她说的话，第一句是"真不容易啊等你加上我"。

"没掏吧。"这会儿他俩已经出了餐厅，夜晚寒气重，冷风刺骨，陆时雨的手瞬间就凉了。陈寂意识到，牵着她的手，揣到她大衣兜里，而后自己的手又抽出来。

"而且咱俩到底谁不容易啊，我说四十多句话你都不回我一句，可怜的到底是谁？"

他说了四十多句，三十九句是打招呼消息，剩下的几句才是正儿八经的消息，她不过才几句话没搭理他。但高三那会儿，陆时雨给他发的消息可不止几句，这样算算，陈寂有几十句话没回她。

这么算真挺幼稚的，都是大人了，搞这一套做什么，陆时雨也没打算这样上纲上线，可听陈寂的语气，他反倒兴师问罪委屈起来了，这就让她觉得气不打一处来。

这样想着，她还是没忍住，直勾勾地盯着他，面上温温柔柔的，可态度和语气都像这室外的天气一样冷，冲得很："那你呢？"

"你觉得你就好买了吗？"

就算再傻，陈寂也能听出这话里的深层含义来，他 QQ 登不上去，电话打不通那几年里，估计陆时雨没少联系他，他没回的话要比她没回的话多得多。

是他欠她的。

陈寂这聪明劲儿，一看陆时雨那双眼睛，当下就知道触到老虎胡须了。饶是他有三寸不烂之舌，插科打诨无人能比，现在也是手足无措。他犹豫片刻，手抬起又放下："哎……真不是，我没那意思。"

此刻的态度算不上不好，但也算不上好，陆时雨只是呼出一口气，被陈寂塞到衣兜里的那只手轻轻握了握拳，顿了几秒，淡声问："那你什么意思？"

都给台阶下了，不下那纯属就是傻子。

陈寂深深看了她一眼，她能给台阶下，就好。

当即他往周围看了看，指了指一家饺子馆，说："去吃个夜宵？"

说完他也没等陆时雨给出什么反应，就不管不顾地牵着她的臂弯走了，生怕陆时雨说不。

杨楚仪和沈枭出了门，就看见陈寂拽着陆时雨走了。

回头看见跟上来的众人，陈寂回头说："你们先走，待会儿我送她回去。"

被留下的众人在寒风刺骨的夜晚中你看看我我看看你。

那两人一个脚下生风，一个走得慢吞吞的。走了没两步，似乎是特意为了照顾走得慢的女生，脚下生风的男生特意将脚步放缓，配合着女生的步伐慢悠悠地朝对面走。

远远看过去，男生身材高挑，女生虽然个子也不低，但是往男生身边一站就显得人格外娇小，而且他俩都穿的驼色系大衣，不知道的，还以为是一对呢。

杨楚仪眼睛一亮："你觉得，他俩有没有戏？"

沈枭揽着她，漫不经心地答道："谁知道呢，陈寂这人，谁知道他是怎么想的。"

"你们不是同学四年了嘛，还不了解他喜欢什么样的不喜欢什么样的？他到底谈没谈过？"

"虽说如此，但我还真不太能摸透他的心思。"沈枭盯着陈寂的背影，"尤其谈恋爱这方面，他压根儿就没主动跟我们提过，也有可能是他不想让人猜透。但陈寂不是个拐弯抹角的人，谈了的话那绝对专一，不可能瞒着人。"

"唉，好吧，那再观察观察。如果他不喜欢时雨这样的，那我趁早让她跟陈寂保持点儿距离，别一不小心栽他这儿出不来了。我总感觉他不太好相处，当然，也有可能是我们不太熟悉的缘故吧。"

沈枭忽地不轻不重地笑了下，捏了捏杨楚仪肉肉的脸颊："这你就别操心了，人家自己的事儿让人家自己解决，而且，谁栽到谁手里还不一定呢。"

店里非常暖和，落地玻璃窗覆着一层水汽，看不清窗外的场景。陆时雨用手指在玻璃上随手画了两下，玻璃上立刻就有了水痕。

"砰"的一声轻响，桌子上被放上一杯冒着热气的水，陈寂坐到对面，说："手不冷啊？"

陆时雨双手捧着杯子，热意源源不断地自手心传递至身体的每个角落，她抿了口热水，觉得身体回了温。然而陈寂还是没有要开口的意思，他以前可不是这么磨磨蹭蹭的人，陆时雨蹙了蹙眉，刚要开口，陈寂便把自己的手机推了过来。

备忘录亮着，上面密密麻麻的全是数字和英文字母，一整页都没放下，往下划似乎还有，但她没动。

陆时雨不明所以地看了陈寂一眼，听他说："这是我换过的所有 QQ 密码，换过几次手机，但是这些我一直没删，每次换手机都重新挪一遍。"

一时间，这些字符好像是有了魔力，让人无法移开视线。

只听陈寂又说："我 QQ 经常被盗，你应该知道的，我走了以后还有人盗，最后一次我改密码，好像给记混了，手机上这些每一个我都试过，但是登不上去。后来登录太频繁系统还把我 QQ 暂时锁定了，所以我才回不了话。"

他强调："真不是故意不回的，我没那么无聊。"

现在，那个 QQ 已经自动注销了，就算是他想起来密码，但是想登录也已经没有账号了。

"那手机呢？"陆时雨垂眸，喝着杯子里的水，心里仍旧憋着一股劲儿，"王竞之说他给你打过不少电话。"我也打过。

陈寂叹了口气，语气之中略带了些无奈："这个我就更冤枉了，我高三下学期去省外参加竞赛的时候，手机被人给偷了，就在火车站被偷的。当年要不是学校承包吃住费用，我差点就露宿街头了，好在这小偷还给我留了个路费，也算是心疼我。"

"等我比完赛再回去已经是三天后了。"陈寂看着她，"我那手机号还是拿我妈的身份证号办的副卡，营业厅说不能补办，这真没办法了。那会儿光用QQ联系，我没专门记王竞之的电话号，用我爸手机给他回过去才发现他换手机号了，所有人电话我都没记，谁知道会忘记QQ密码啊。"

杯中的水喝完，陈寂特别有眼力见儿地又给她倒了一杯，还真有点"伏低做小"的意味在。陆时雨心道都是糖衣炮弹，你没了QQ没了微信不会回去看看啊，高考结束三个月的假期，就不信你没时间。

陈寂似乎是看穿了她的想法，倒完水随即就说："高三毕了业我回过榆阳，一中那会儿没什么人，整个高三年级的老师都由学校组织送去旅游了，这你应该也知道，李主任的人影我都没看到。去江城以后跟我联系比较多的也就你们仨了吧，但王竞之搬了家，搬到哪儿我也没问出来，你俩住哪儿我就更不知道了。后来大学的时候我也回去过，每次也只能等着假期，见不到咱老师，好不容易见着老卫想找他要王竞之的电话，结果一中早就不用家校互联了，咱们那会儿登记的家长信息也都没了，我没能要到你们的联系方式，真的，我每年有空都回去过。"

谁能想到这事儿这么戏剧性啊，反正她陆时雨想不到，但陈寂还能拿这事儿骗人？他可没这么闲得慌。

"我对天发誓好吧，陈寂说的每个字都是真的，'表白墙'、微博，这些我都翻过了，咱们高中没有微博、贴吧，只有'表白墙'，关键咱们毕业太久了，发帖子也没人回我，而且你俩不是都不玩这些嘛，有一回我还被人当成骗子了。那时候也不是不着急，我知道你跟王竞之来首都，也留意过那年大一新生，但人实在是太多了。"

他们家情况又算特殊，他妈病刚好利索他妹就受伤了，那会儿田女士经常背地里哭，有好几次都让他发现了，但田女士表面上依然笑眯眯的，这就让陈寂更不放心，不过这些他还是没说，总感觉没有必要。

她只需要知道，他从没忘记过他们。

"我真不是替自己开脱什么，"他甚至还竖起三根手指，"但凡有一句假话，那我出门立马被车……"

在听到他说这话时，陆时雨忽地抬起眼，冲他微微摇了下头，带着些"不听老人言吃亏在眼前"的语气说："我早跟你说，让你加个密保换个QQ号了。"

王竞之全国到处飞，她宅女一个，想想也确实是。

服务员端来两盘热气腾腾的饺子，陆时雨今晚确实没怎么吃东西，一看饺子胃口大开。

陈寂一边给她拿筷子，把盘子往她面前推了推，示意她赶紧趁热吃，一边有些小心翼翼地问："那你信不信？"

陆时雨心里还是有气，隔了会儿才说："我可以不信吗？"

"你不可以。"陈寂终于放了心，心情一下子畅快了许多，盯着她的头顶看了一会儿，感觉终于把心里压着的一块重石砸碎了，他瞬间就恢复了平常的那种散漫，看着陆时雨低头吃饺子，手里把玩着自己的手机，转过来转过去，还是有些低声下气地问她，"那你以后能回我微信了吗？"

陆时雨埋头吃着饺子，腮帮子鼓鼓的。

还生气吗？说不气是假的。但高兴吗？也是高兴的。她曾以为，他们只是对方生命中的过客，也曾以为，在怀念的只有沉溺在过去的她。

但似乎，并不是这样。

这么短短的几秒钟时间，陈寂却感觉上天入地走了一圈，心里七上八下的。

"别高兴太早。"陆时雨没说回不回，抬眼看他，"王竞之骂了你好几年，他还说要是再见到你，会捶死你。现在人就在首都体大呢，坐地铁没多长时间，要是想的话，他现在就可以过来捶死你。"

陈寂舒了口气，靠在椅背上，揉了揉额角，春风得意又欠欠地说："没想到我在之之心里的地位这么高，唉，不过今晚还是算了吧，我还想见见明天的太阳。

"体大我也去过几次,但大学里那么多人找个人也不简单,我总不能在他们学校门口挨个儿抓着人问'你认不认识王竞之'吧。"陈寂说,"我脑子还算正常,不太能丢得起这个人,再说了,王竞之好哄。"

陆时雨瞥了他一眼:"你还真有自信,到时候见了面他要是揍你,我绝不拦着,还会在旁边给他递凶器。"

"这么狠啊?"陈寂"啧啧"两声,意味不明地笑了下,"成吧,那我也认了。但是先说好啊,到时候你别给他递刀子,递的时候注意点儿别被误伤,然后记得提醒他别打脸,千万别打脸,破相了可就不好了,咱这项目还得答辩路演竞标呢。"

狗嘴里吐不出象牙来,这个毛病就没变过,陆时雨懒得附和他这贱嘴,又往嘴里塞了个饺子:"你俩见了面,看他揍不揍你就完了。"

"哎,"他一脸狗腿样,给她加了碟醋,"咱都是这么多年……"他顿了一秒,"朋友了,你不帮忙谁帮忙啊?你说是吧?"

陆时雨默不作声地喝了口水,说不上来是什么感觉。如果不是他亲口说,她都忘记了,她跟陈寂是朋友。

这几日,天气总算好转,每天都艳阳高照,虽然温度不高,但是有阳光就让人觉得舒服。

陆时雨也不怎么赖床当宅女了。学院里的老师找她和其他几个同学一起做项目,让他们围绕某个课题做研究。她白天泡图书馆,到时间了再去跟诊,晚上跟杨楚仪一起去工作室,直到快十点多再回宿舍。

生活平平淡淡,却多出一些其他的事情来,这种生活倒很充实。

项目雏形已经差不多出来了,陈寂他们没日没夜地写代码,好在这个项目顺顺利利过了初赛,就等着二十号在复赛上答辩了。如果过了复赛,这些项目就可以到各个公司的投资人手里。

临复赛前,他们熬了几个大夜,陆时雨和杨楚仪也有几个晚上没回宿舍,跟着在工作室通宵。

陆时雨平时作息规律,到点儿就犯困,每次不知不觉就趴在桌子上睡着了。

醒来时往往都到了后半夜，她动动身子，再抬眼一看，大家都在对着电脑奋战。杨楚仪靠在沈枭的怀里睡着了，陈寂一边翻看资料，一边记东西。

睽违许久，再次见到陈寂埋头写东西的这幅场景，一时间还真有些陌生。他做起事来很认真，百分之百投入到这件事里时，是一种截然不同的状态，封上嘴的陈寂似乎比张着嘴的陈寂要更加稳重一些。

不过也就是看上去而已。

自从他俩加上微信，陈寂每天献殷勤，有时候说得陆时雨都不知道该回他哪一句，后来索性当看不到他那些废话，只挑正事儿回。

但陈寂还是每天发，也不觉得烦。

每每想到这儿，陆时雨就会笑笑，然后爬起来接着整理。

复赛前最后一次熬大夜，陆时雨又睡着了。醒来时，身上披着件厚重的黑色呢子大衣，陆时雨轻轻嗅了嗅，清淡木质香萦满鼻息。

陆时雨看向陈寂，他靠着椅子，就这么仰头闭着眼睛，似乎是睡着了。工作室里很安静，只有敲击键盘的声音。她轻手轻脚地走到陈寂身边，弯下身给他把衣服往身上搭了搭，手还没退开，却忽地被他抓住。

陆时雨一愣，弯着身子没动。

陈寂一只手抓着她，另一只手往她脸前挥了挥，而后，手就这么触到了她的脸颊，温热一片。他缓缓睁开眼，四目相对，两人呼吸都是交缠着的，陆时雨心跳蓦地加速，一下接着一下。

陈寂盯着陆时雨看了一会儿，又闻到了那股久违的樱花香，似乎是在醒神儿。半晌，还是陆时雨转了下手腕，脸稍微侧了侧，躲开他的手："你穿得太薄，我怕你这么睡冷。"

"没事。"陈寂像是回过神，不自然地轻咳了声，放开她，"你怎么不睡了？今儿没太多东西要写了。"

陆时雨直起身子，怕吵醒睡着的人，用气声说："不困了。"

陈寂拿上他俩的外套，推了推陆时雨："去外面说。"

阳台上很冷，风一吹过来，人立刻精神，丝毫没有任何困意。陆时雨穿上外套，拢了拢衣襟，见陈寂推开阳台门，一手拿了杯奶茶，一手拿了杯浓咖啡。他把奶茶递给她："喝点儿暖和暖和。"

陆时雨盯着他杯中苦兮兮的黑咖啡，蹙了蹙眉："少喝点黑咖啡吧，你等下可以补补觉？"

陈寂抿了口咖啡："我也不困了。"

"我动作太大把你吵醒的吗？"陆时雨颇有些后悔，早知道刚才就不管他了。

"不是。"陈寂趴在阳台栏杆上，意味深长地盯着她看了眼，视线扫过她头发，嘴角噙着一抹笑意，"你头发挠我痒痒，其实我早就醒了，就是那会儿太困，不想睁眼。"

陆时雨垂眸看了眼自己的长发，他这人，早就醒了还不睁眼，刚才还装出一副醒神的样子。

她忽地有些羞赧，喝了口奶茶压了压惊："那我下回扎起来。"

"用不着，"陈寂摆摆手，笑着说，"这个比拍我管用，拍我一下我还真不一定能醒过来，这么着就能立马醒过来，还挺管用的，下回接着这么干。"

他认真的吗？用头发挠他痒痒叫醒他吗？

陆时雨感觉耳郭似乎又生出一丝热意，她别过头，没去看陈寂，但也接下了他这话："那下回不挠你痒痒了，我直接拿头发往你脸上甩。"

十九号晚上，把所有资料全都准备好，一群人早早就去外头吃饭了。

大家最近都累得不行，尤其这些男生，熬大夜编程写代码。都说"程序猿"不怎么爱收拾自己，看来是真的，陈寂这几个舍友，仅仅只是第一次见陆时雨时收拾打扮了一下，后面这几天，基本都是一种"摆烂"的状态，衣服几天换一次，胡子也懒得刮了，但碍于有女生在，头发还是一天一洗的。

除了他们几个，剩下的沈枭和陈寂，因为有杨楚仪在，沈枭每天就很正常，衣服一天一换，发型也很精神。

但陈寂每天学校、工作室两点一线，整个人却也光鲜亮丽的，不知道打扮给谁看。其实每次熬夜熬到最晚的是他，但他精神满满，完全不见疲态。自从说开了那些事以后，他这个骚包的性格又张扬出来了，但很多时候陆时雨懒得搭理他。

到餐厅时，店家刚好往店门口挂了个宣传单——"冬至暖心套餐"。

这么快啊，都到冬至了。

陆时雨只是盯着宣传单看了眼，就进了餐厅。陈寂走在最后，隔了一会儿才进来。

进来时，大家已经点好菜了，几个人说今晚一定要大吃一顿，明天好上战场。

忽然，陈寂说："等复赛结束，咱们一块儿出去玩一圈，我掏钱，去哪儿都成。"

舍友程周煜问他："哟，陈老板今儿怎么这么大度了！那就明天答辩结束吧，下午咱去郊区那儿泡个温泉吃个晚饭啥的。"

其余人附和："可以可以，我觉得那里不错。"而后七嘴八舌地说那个山上的温泉怎么怎么样。

陈寂却偏头问陆时雨："行不行？"

陆时雨一怔："大家怎么样我就怎么样，我没关系的。"

"那可不行，你想去哪儿就去哪儿，"陈寂说，"给你过生日，你是主角，你做主。"

他瞥了眼那边叽叽喳喳在讨论的人："他们说的算什么。"

冬至当天学校里不放假，复赛答辩陆时雨和杨楚仪去不了，但是她俩头天晚上回宿舍之前就说了，会早点儿去一趟工作室，大家最后再一起过遍流程。

陈寂还说她们不用来了，他们几个在工作室里凑合着睡一个晚上，所有正装也都带到了工作室里，让他们自己准备准备就行，早上温度太低，她们走过来还得冻一路，万一再感冒就不好了。

但陆时雨坚持要去，顺便给他们带个早饭什么的，过流程也要不了多久，二十分钟就可以。越到这种重要时刻，她就越不想因为一些不该出现的事情掉链子。

最终陈寂还是没拧过陆时雨。

但是陈寂还怕她太紧张，发语音安慰她说："没事儿啊，说成什么样就什么样，你还不信我？"

陆时雨回他：不是不信你，我第一次参加这类比赛，难免兴奋紧张。之前在我们学校参加大创，但是都没见过证书和奖杯，奖金就更别提了，最近唯一的愿望就是能顺顺利利通过，然后拿奖。

陈寂语音回过来："这好说啊，奖杯和证书都交给你保管。"

陆时雨却摇摇头：算了，比起奖杯和证书，我还是喜欢奖金。

陈寂笑她："以前没发现，小财迷啊你。"

陆时雨放下手机，轻声说："你没发现的事儿多了。"

复赛答辩早上八点半准时开始，得去一个写字楼，离医科大和工大还挺远的，到了之后还得抽签做准备。陈寂他们打算开车过去，但首都堵车很严重，陆时雨怕时间有点紧张，早上不到七点就醒了，醒来时窗外天还是黑的。

虽然她自己不上台，但心脏依旧"扑通扑通"跳个不停。毕竟，这是第一次跟陈寂正儿八经的合作。

她在床上辗转反侧，怎么也睡不着了，再一看手机，才七点。昨天她睡得早，好多消息没看到，此刻微信消息提示亮着，孔怡然和王竞之一前一后在半夜给她发了句"生日快乐"，还有其他朋友发来的祝福。一家三口的群里，秦安兰和陆兆元一人给她发了个红包。

她轻手轻脚地换了衣服，拿着手机，去卫生间挨个回了消息。

回复王竞之的消息时，陆时雨犹豫了一秒，但陈寂让她先别告诉王竞之，他会亲自告诉王竞之，然后等着王竞之过来踹他。

消息一条一条回到最后，陈寂的消息和他们团队微信群的消息被压到了最底下。在零点的时候，陈寂给她私发了一句"生日快乐"，紧跟着，群里的人也七嘴八舌地来了句祝福，聊天记录她没怎么仔细翻，大概扫了眼。这群人简直太能扯了，从她生日扯到生日礼物该送什么，又从生日礼物扯到要不去爬个山，说着说着爬山又扯到了温泉是怎么形成的，泡温泉对身体有什么好处，还艾特了她和杨楚仪，聊到了半夜两点。

最后还是陈寂的一句"长手没？泡温泉对身体有什么好处自己搜去，不想睡就起来接着写咱们另一份代码。我看你们也不困，反正生前何必久睡死后必会长眠"，才堵住了众人的嘴。

陆时雨记得回宿舍之前，她还特意叮嘱陈寂他们，晚上别熬夜了，养足精神，陈寂当时应得那叫一个爽快。

结果深夜两点钟还在群里说话。

喊，男人的嘴，骗人的鬼。

陆时雨洗漱非常快，她刚推开卫生间的门，杨楚仪就站在门口，睡眼惺忪地揉了揉眼角："你怎么起这么早啊？"

"不太睡得着了，"陆时雨轻声说，"我先下去买早饭，待会儿在楼下等你。"

杨楚仪往脸上浇了把凉水，立刻精神抖擞："行，我马上就下去，你穿厚点儿。"

晨间的气温比较低，陆时雨穿了件厚厚的白色羽绒服。据说今天降温，她出门前又戴了顶小熊帽子，毛茸茸的，上头还有两只熊耳朵，帽子两侧还有个带手套的围巾，是前几年生日叶可心送她的礼物。陆时雨还挺喜欢的，每到冬天都戴着御寒。

还没走出宿舍楼就感觉到了寒气。

一楼大厅开着门，温度确实还挺低的，陆时雨把衣服拉链拉到最高，又戴上帽子上的手套。

刚出宿舍楼，她就看见宿舍楼前停了辆黑色轿车，接着就看到了屈腿倚靠着车身，正在看手机的陈寂。

陆时雨怔了怔，以为自己看错了，揉了揉眼睛却发现没看错。

陈寂穿着正装，衬衣最上头的两粒扣子没扣上，外头套了件纯黑色大衣，头发收拾得还挺利落，全都向后拢着，身材笔挺高挑，眉眼深邃，腕表也不再是那块电子表了，换成了一块金属表。远远看过去，他倒真像是个大老板了，商务风满满，感觉人很凌厉。

可那两粒没扣的扣子，和散漫不羁的站姿，给这份成熟添了几分少年气。

恍然间，陆时雨好像又看到了当年高一在明安参加模联时，陈寂穿西装的那幅画面，那时候他头发还是垂着的，脚上也没穿皮鞋。

时间真的很神奇，是把杀猪刀，也是剂良药。

但对陈寂来说，似乎什么都不是，他依旧一如从前，无论个性，还是脾气。

陆时雨缓缓提步，朝他走过去。

陈寂闻声，目光从手机上抬起，就看到了裹得严严实实、戴着顶熊帽子的陆时雨。

此刻天还不算太亮，熊帽子上还有两只熊眼睛，黑黢黢的，带了些闪闪的亮光，再往下看，帽子底下那双眼睛更黑更亮，像耀眼的黑宝石。

他眉头挑了挑，没记错的话，他表姐家那个今年快五岁的小外甥女有顶一模一样的帽子，就是尺码比她这个小。

他外甥女拿那顶帽子宝贝得不行，谁也不让戴。他之前假装戴帽子逗她，小屁孩儿话还说不利索，就会奶声奶气地冲他生气道："舅舅！这是宝宝戴的帽子，你不可以戴的！我要把你记在我的记仇本上！舅舅你居然跟宝宝抢东西！坏蛋！"

思及此，陈寂忽地很想笑，他忍了忍没笑出声，给陆时雨打开车门："外头冷，上车吧。"

"你笑什么？"陆时雨眨眨眼睛，莫名其妙地看了他一眼，摆摆手说，"不了，我是下来买早餐的，你怎么过来了？"

"没笑什么。"

她的大眼睛忽闪忽闪，睫毛轻颤，如蝴蝶舞翼。陈寂下意识摸了摸她毛茸茸的头，而后绕到驾驶座，示意她跟过来。他弯身从副驾驶座上拿出一杯热豆浆塞到她手里："沈枭去给杨楚仪买早餐了，上车吃吧，你的我买好了。"

陆时雨还戴着小熊帽子上附带的手套，愣愣地捧着他买的热豆浆，忽地有些说不出话来。

所以，他是特意过来，在楼下等着她的吗？

"愣着干吗？不冷啊你？"

回过神，陆时雨钻进副驾驶座，陈寂也跟着上了车。

车里开了空调，暖洋洋的，陈寂觉得挺热，但转眼一看陆时雨，她那帽子还戴着，手套也没摘，两只手捧着豆浆喝，真的活脱脱一只熊宝宝。

还挺可爱的，怎么越长大，还越可爱了呢。

狭小的密闭空间里，驾驶位上忽地传来一声短促的低笑。

陆时雨转头，看见陈寂脸上还带了些未退散的笑意，正直勾勾地盯着她头上的小熊帽子。

　　陆时雨也看了他几秒，而后一只手放到帽子上。这可不兴戴啊，他头大，而且这是可心送她的生日礼物。她冲他摇摇头说："陈寂，这是女生戴的帽子，你不可以戴的。"

　　好家伙，除了称呼不一样，她这话跟他那小外甥女说的话一字不差。

　　但那会儿他小外甥女还说了后半句来着……

　　陈寂指尖微动，缓缓朝她的帽子伸出"魔爪"，在陆时雨讶然的目光中，他把她那帽子拿到了自己手上。

　　果不其然，陆时雨下一句就是："我要把你拉黑！陈寂你居然跟女生抢东西！坏蛋！"

　　陈寂没把她的帽子还回去，拿在手里端详片刻，才漫不经心地说："看看你帽子还不行了？大早上这么冷，我还跑过来给你买早餐。"

　　吃人家嘴短，豆浆她都喝了一半了，她看着自己面前这一大堆早饭，心头微动，说："你几点来的啊？"

　　"七点到的，"陈寂扭头看她，"穿这身衣服可把我冻坏了，又冷又困。"

　　陆时雨："来这么早，你怎么不多睡会儿？而且是谁说不熬夜，结果大半夜的还在群里说话？谁让你不在手机上跟我说一声的。"

　　他瞥了她一眼："没良心啊你，你这不看手机是个什么毛病？"

　　"我要不是为了卡零点给你说句生日快乐，我早就睡了好吧。"陈寂捏了捏陆时雨脸颊的肉，恨铁不成钢，"咱这一片苦心，结果被当驴肝肺了。"

　　脸上不疼，反倒酥酥麻麻的，陆时雨感觉这会儿确实是有些热了，她把拉链拉开了一些，身子像是僵住了，一动不动。

　　她在卫生间洗漱那会儿回了他那句"生日快乐"真就没再看手机了，这会儿才把手机拿出来一看，陈寂确确实实给她发微信了，而且之前，也经常是陈寂说一大串，她隔几个小时才回一句。

　　倒真像是个"渣女"。

　　"你说说你，这拉不拉黑有什么区别？"陈寂欠揍地说，"您还真是日理万机。"

　　这话听着怎么这么耳熟。

"我真没看见，"给个台阶下就得了呗，陆时雨说，"你小心我真把你拉黑。"

"唉，我真是纯纯一个'大冤种'！"陈寂叹了口气，满是无奈地说，"给人家送早饭，人家还嫌我不告诉她。我说拿帽子暖和暖和吧，还要拉黑我。你说说，还有没有良心了？我真的难过了啊，伤心了啊。"

"你还是吃早饭吧。"实在是不忍直视，陆时雨也给陈寂拿了杯豆浆，他端着架子，没接。

陆时雨一着急："少装腔作势，赶紧吃。"

陈寂扭头，淡着一副表情盯着她："嗯，还骂我是吧，现在不仅要拉黑我，还骂我。"

过了好几秒，陆时雨才开口，叹了口气说："What extraordinary creatures men are."

"可以，都学会以'陈寂之道还治陈寂之身了'是吧……"他笑了下，"什么都别说了，你直接拉黑吧，我以后绝对不在手机上骚扰你。"

陈寂心道：不在手机上，那你就等着我来找你吧。

陈寂的幺蛾子多的是，她真招架不住。

男人心海底针，男人的心思你真别猜，男人至死是少年。

无论多大都得哄着点儿。

陆时雨帮他把豆浆打开，吸管插进去，递到陈寂嘴边，语气中略带了些诱哄："我不拉黑你，真的。"

陈寂左手支着下巴，歪头看她，懒懒散散地说："就这么点儿表示？"

陆时雨真没招了，她思考几秒，说："给你置顶，行了吧。"

陈寂下巴往她手机上点了点："动手吧。"

群里的聊天记录陆时雨也从头到尾仔仔细细翻看过一遍了，半夜的时候他们在群里讨论送她什么生日礼物，但讨论了半天也没讨论出个所以然来，说送什么的都有，但都被陈寂一票否决了。

他说，进复赛，拿到复赛最高分，把奖金给拿回去，对咱们队里某个小财迷来说比什么都强。这就是最好的生日礼物，对吧？

这句"对吧",后面没人回。

陆时雨嘴角不自觉地勾起来,笑意越发浓烈,她心跳"怦怦",指尖往下划,想要赶紧驱散这种感觉,但怎么都觉得好像有些消散不了。

她又划到陈寂说的那句话看了看,而后,选了他这条消息下面,程周煜说的"泡温泉可以活血……吗?"的问题回复了一下:对。

陆时雨心道:你说的我看到了。

下午四点,陆时雨还在图书馆里写论文。电脑右下角,微信的图标忽地闪动起来,她手机锁屏了,看不到消息,陆时雨便赶紧把手机开锁,打开微信,就看见陈寂给她发了张图片。

是比赛现场公布的答辩成绩。

他们拿了第一,毫无疑问的第一名,比第二名足足高了将近十分,这在高手云集的比赛里,可太不容易了。

陆时雨正打着字,陈寂就又立马发来微信:收到没,生日礼物。

她飞快地收拾东西出了图书馆,给陈寂打了电话过去。出门的步子有些快,她还拿着电脑,结果电话刚一拨通,陈寂就说:"慢点儿,跑那么快干吗?你电脑不沉啊。"

陆时雨脚下一停,举着手机机械般地向左转身。陈寂远远站在那里,而后阔步朝她走来,把她手里所有东西都接到自己手上。

陆时雨挂了电话,陈寂扫到她仍看着那张拿第一的照片,倨傲又张扬地说:"看吧,陈寂说到做到。你想要这礼物,我就能给你拿回来。"

几乎是一出结果,陈寂就立马赶回来了。

他们宿舍合伙买了两辆二手车,陈寂和程周煜、胡子奇开一辆,但是答辩一结束,陈寂就自己一个人开着车一溜烟儿跑没影儿了。他身上抽签的号码牌和证件信息都还没来得及摘,着急得跟要投胎一样,留下五个大老爷们儿挤一辆车,气得程周煜和胡子奇在群里直骂人。

他们几个还说陈寂到底有什么着急事儿走这么快,结果沈枭把车开到咖啡店门口,五个大老爷们儿就看见陈寂和陆时雨一块儿下了车。他左手还拿着浅粉色的电脑包，右手提着一个乳白色的保温杯，乖乖巧巧地跟在陆时雨身后。

这还是陈寂吗？

原来他不是赶着投胎，是忙着接女孩儿去了。

开咖啡店门的时候，明明陈寂走在后头，他还非得往前走一步，赶紧站在人家女生身后，殷勤地给人把门打开。

酸死人了，人家女生也不是没手，用得着他开啊？而且从后头看，就跟陈寂抱着女孩一样，这样的陈寂，细腻到一定地步了，简直没眼看。

五个男生跟陈寂在一个宿舍里住了将近四年，什么时候见过陈寂跟某个女生走得这么近啊。

就连面对一个大美人，陈寂都不带和颜悦色的。

之前中文系的系花姜妍慈追陈寂，跟在他身后晃了将近几个月，那会儿也赶上他们院系篮球赛，系花自掏腰包给他们买了好多维生素饮料，还拉了个大横幅，比赛结束之后，陈寂这人硬生生让人家自己将这些从篮球场搬回宿舍，愣是没主动上去帮忙，心狠得不行。自从那次之后，系花再也没来过，应该被伤透了心。

陈寂这人就是这样，不喜欢一个人，丝毫机会都不会给。

"你们说……"程周煜若有所思地盯着那个浅粉色的电脑包和白色的保温杯，"电脑包加一个水杯，真的很沉吗？"

胡子奇挠了挠头："是啊，你说，真这么沉吗？"

沈枭握着方向盘，意味深长地朝前面一男一女的背影淡笑，楚楚真是猜错了，谁栽到谁手里还真不一定。

半晌，沈枭才懒洋洋地看了眼后视镜："哎，待会儿你俩自觉点儿，上了车就坐到后座上，给人把副驾驶腾出来，然后有点儿眼力见儿什么的，别乱说话。"

程周煜沉默了下，看向胡子奇："我觉得沈枭这车挺大的，不多我一个人，我可以挤后座，要不还是你跟陈寂他们一辆车吧。"

"滚你的，"胡子奇骂他，"你不想当电灯泡，我也不想。"

"我也是有对象的人好嘛，"沈枭说，"你们怎么就乐意当我的电灯泡啊？"

程周煜嫌弃道:"你们这对都给我们喂了多少'狗粮了'?早见怪不怪了好吧。但是陈寂不一样啊,这哥'万年寡王'好像有开窍的迹象,况且人家这还没谈上呢,你不得给人家创造点儿空间啊。"

胡子奇应和道:"为兄弟两肋插刀,这活儿我乐意干。我就委屈委屈我自己跟你们挤挤吧。

"等吃席的时候,一定得让陈寂给我留主桌。"

"有没有一点生活常识,你以为主桌你想坐就能坐啊,起码得捞个伴郎当当吧。"

"那伴郎份子钱给多少啊?伴郎是不是不用给份子钱啊?哎,我真是头一回想这些事儿。"

"我也是,那咱要是给份子钱,给几份啊?这两人咱都认识,给一份还是给两份?"

沈枭都要笑死了:"他俩八字还没一撇呢,甚至第一笔都还没开始写好吗。"

"我觉得有戏,他俩光看脸和身段,简直绝配啊。这事儿旁观者清,你知道吧,所以咱这些兄弟得提前谋划着,而且现在咱也都到结婚年龄了啊。对了,等你跟杨楚仪结婚的时候,我们也得这么计划,一回生二回熟,没准儿下回就有经验了,提前练个手。"

沈枭:……真服了你们这几个"老六"。

当然,沈枭的车再大,挤六个人也是不可能的,因此程周煜先下手为强,几个人收拾好东西刚一出门,他就率先坐到了沈枭的车里。

等到胡子奇出来时,沈枭的车已经坐满了,他如果再上去,也只能坐到后座三个男生的腿上。

胡子奇正站在车前鄙视程周煜时,陈寂站在他车前头,开着驾驶座的门:"还不上来干吗呢你,待会儿天黑了。"

没办法,胡子奇只能愤愤地去当电灯泡了。

他这电灯泡很有自知之明,主动坐到了后座,还坐到了后座最中间。陆时雨负责锁工作室的门,走到车前时,看了眼车后座,这也没办法坐到后座啊……系里有个老师正催她改论文,她也没多想,犹豫片刻,还是打开了副驾驶座的门坐了进去。

论文要得急，改一小部分就行，陆时雨坐好连安全带都没系上，就开始低头在手机上打字。

陈寂发动汽车，找了导航，看了眼陆时雨，老父亲一般叮嘱道："系好安全带，不然不安全。"

陆时雨头也没抬，应了句："行，我马上就好了。"

车刚刚转了个弯儿，还没开出十米，陈寂就靠边停车，松开了方向盘，猛地俯身往副驾驶的方向一歪，就直直朝人家陆时雨凑过去了，而后他一只手撑着座位，另一只手去找安全带。

扑鼻而来的木质冷香令陆时雨指尖滞了一下，她抬眼，就看到面前出现了一张放大的脸，鼻子高挺，下颌线凌厉，眉眼深邃到过分，只一眼似乎就能叫人沉溺其中。

陆时雨不自觉地屏住呼吸，觉得口干舌燥，而后视线乱瞟，慌乱无措间不知怎么就落到了他那张薄唇上。他唇色偏深，唇型很好看，都说薄嘴唇能说会道，好像还真是这样。

意识到自己现在在想什么，陆时雨心脏突然开始"扑通"乱跳，像只小鹿驰骋，毫无章法可言。

她随即就从陈寂的唇上移开视线，垂眸看着自己手机上不知道什么时候敲出来的一串乱码，僵住了。

陈寂给她把安全带拉出来，扣好，但只是微微退开了一些，单手撑在她的座椅靠背上，说："道路千万条，安全第一条。你说的，忘了？"

当然没忘，这是她亲口说的，却没想到陈寂能记这么久。

他说话时，喉结上下滚了滚，陆时雨此刻只觉得耳郭很热很热，似乎要起火，真庆幸她现在是长发。

陆时雨连忙清了清嗓，平复下自己的心情，伸手拍了拍他扶着她座位的胳膊说："你赶紧开车吧，楚楚他们都走好远了。"

陈寂这才退回到原位，稳稳发动汽车。

后座，胡子奇瞪着大眼。

没眼看啊，人家又不是没说待会儿系上，你着什么急！都系好了为什么不赶紧坐到你位置上？想跟人家凑近点儿说话就直说！

而且后座这里还有个大活人呢好吗！救命啊！他为什么要在这里？为什么不在车底？

沈枭他们已经快要开到外环了，陈寂紧跟在后面。这温泉山庄在首都郊区的山里，中间得经过一段小路。

小路两旁是村庄，他们走到一半的时候，忽然就堵车了，前面围了一大堆人。

"前面什么情况？"陈寂停下车，冲陆时雨说，"你在车上待着别下来，我下去看看。"

胡子奇也跟着下去了，他俩钻进人群里，没多久就回来了。

陆时雨问："怎么了？"

陈寂站在副驾驶座外："前面有个阿姨晕倒了，不知道什么情况，救护车马上到，咱得等一会儿了。"

闻言，陆时雨当即解了安全带："我下去看看。"

陈寂刚想拦，但陆时雨解开安全带就打开了车门，他的手抓了个空，只略略蹭到了她的小拇指。

一下车，陆时雨的鼻尖瞬间就冻红了。她下车太着急，围巾被带到了地上，但这时候她也顾不上戴围巾了，捡起来顺手扔到了副驾驶上，而后对陈寂宽慰一笑，语气温和但掷地有声："没事，我是学医的，你放心。"随后脚步匆匆，朝人群中跑过去。

郊区风很烈，冰冷且刺骨，陆时雨的大衣被风吹得一鼓一鼓，长发全都向后飘扬着，背影瘦弱单薄，可脚下的每一步都很明确。

她一边绑着自己的头发，一边拨开围得水泄不通的人群，眨眼间就看不见人影了。

陈寂指尖微动，无意识地搓了搓，拇指和食指上似乎还留着那种蹭过细嫩皮肤的触感，似羽毛轻轻拂过心湖，掀起一圈又一圈涟漪。

陈寂看向副驾驶，她那条围巾还扔在这里。几秒后，陈寂抓起围巾，也紧紧跟了上去。

阿姨五十多岁，身材偏胖，躺在地上没反应，身子微微抽搐，嘴边有呕吐迹象。周围有人想扶起她，陆时雨大喊了句："先别碰她！"

说着，她冲人群挥了挥手，冷静道："大家往后站站。"

陈寂拿着围巾过来，都被她拦在了后头。

随后陆时雨半跪在地上，听了听阿姨的心跳，已经非常微弱了。她脱下大衣，给阿姨垫在脑后，让阿姨的头侧向一边。

她有条不紊地做着急救。

过了没一会儿，救护车来了。护士把这阿姨抬到担架上去，陆时雨跟随行医生简单说了说阿姨的情况，随行医生表示了解，随即跟陆时雨道了谢。

事情告一段落，周围的人鼓起了掌。

陈寂也跟着鼓掌，不自觉地漾出一抹笑，视线就没从前面的陆时雨身上离开过。

冬日寒风刺骨，陈寂却觉得心里莫名有股暖流划过，随之涌上来的是一种异样的情绪。陆时雨看着温温柔柔的，但干起正事来绝不含糊。

陈寂忽地想到高二远足，她那会儿发现他发烧，也是丝毫不含糊，耐心负责又认真，整个人透着一股坚定，叫人无法拒绝。

他那时就觉得，陆时雨很适合当医生，如今看来，确实是这样，在他心里，陆时雨这个医生比谁都要优秀。

送走救护车，陆时雨身体随之松懈下来，这会儿就感受到了冷风在呼啸倒灌，膝盖又冷又疼又麻。

她在原地站着，腿都不太迈得开，刚才跪的时间太久了。

缓了会儿，她搓了搓肩膀，又弯身揉了揉膝盖，一转身，就看见陈寂拿着她的围巾在等她，嘴边挂着一抹浅淡的笑意。

他朝她竖了个大拇指，甚至表情比她还要骄傲，不知道的还以为救人的是他。

陆时雨笑了笑，缓缓朝他走了过去。

人群熙熙攘攘，她一边冲身旁夸赞她的人点头道谢，一边朝陈寂缓步而来。

一般遇到这种情况，大家都不敢贸然冲上去，但尽管社会复杂，依旧有人单纯。

比如陆时雨，她就是为了救人。

盯着她走来，陈寂忽然间有种她走的每一步好像都踩在他心尖上的感觉，一下接着一下。

眼前这个女孩子，已不再是高中时那个温暾的小同学了，她大气、沉稳，却又不失纯粹。

陈寂忽地迈开步子，大步走到她身前，而后脱下自己身上的大衣，手一伸，将她裹得严严实实，连大衣扣子都一丝不苟地给她扣好了。

两人距离骤然间缩短，陆时雨的鼻尖甚至都撞上了陈寂坚硬的胸膛。

陆时雨脑中有一瞬间是空白的。

他……现在是在抱着她。

陈寂低头一看，陆时雨的脸冻得发白，抱着她都感觉她在冒寒气，整个人浸了冰似的冷，显然是冻得不轻。

陈寂蹙着眉，想骂两句，但又不忍心骂，只好给她把围巾裹了一圈又一圈："还冷不冷？下回别这么傻，别脱自己衣服。"

两人面对面站着。

陆时雨眨了眨眼，似乎觉得暖和了一点，她安安静静地窝在他的怀里，贪恋这份温暖："那我拿谁的啊？当时不是紧急情况嘛。再说，我干了件好事，你都不夸夸我啊？"

"行，夸夸我们人美心善的小陆医生，你确实很棒，做得非常好，我佩服。"陈寂眼含笑意。

夸完之后，他却又瞪了她一眼："别打岔，还嘴硬，就没别的可用了是吧，你自己冻坏了值当吗？"

陆时雨刚想说话，可喉头一痒，咳嗽了一下。

见状，陈寂又往前凑了凑，按着她的后腰把她朝自己的方向压了压："还冷啊？"

还没等陆时雨开口，一看她苍白的小脸，陈寂心道问了也是白问，便侧着身子，将她紧紧搂到怀里："赶紧上车吧。"

陆时雨愣愣地被他抱着往前走了一步，可他走得太快，她半条腿现在还是凉的，而且酸麻劲儿还没过去，双腿无力地向下弯了弯，还好陈寂用力抱住了她。

他微叹了口气，向下扫了眼陆时雨的膝盖，随后二话没说，一手穿过她的腿窝，把她公主抱了起来。

身子一下子失重，陆时雨轻轻惊呼了一下，双手下意识紧紧揽着他的脖颈，一瞬间有些怔忪。

她结结巴巴道："我自己可以走……你放我下来吧。"

她揽着他的力气似乎松了些。

没承想，陈寂拢着她背的手一使力，陆时雨便又往陈寂的颈窝靠了靠，不得不用力揽着他。

额头上蓦地感觉到一丝温热气息，是陈寂说话时呼出的气喷洒在她额头上。他说："算了吧你，老老实实地揽着我啊，小心我把你摔了。"

复赛答辩结束之后，大家的工作量减少一半，下面就等着高校联合赛委会出最终的评定结果了。

其实到这里，这场大赛基本就已经结束了，没获奖的自然就更闲，但获了奖的团队在比赛结束之后又进入了一个漫长的等待，等待有科技公司或者其他公司投来橄榄枝。

工作室不用去了，就连之前一会儿不看就有"99+"的微信群聊也安静如初，跟没人一样。杨楚仪偶尔还会往群里发发赛事相关的新闻，但那晚从温泉山庄回来以后，陆时雨就跟消失了一样，也没怎么在群里说过话了。

陈寂怕打扰到她写论文、跟诊，私聊就更没说过几句话，基本都是睡前扯两句。本来他们团队的资料还得持续补充，光有参加比赛的那些远远不够，他俩之前还说有空了就聊两句。

但是现在，唉，没办法，忍忍吧。

所以生活乍一放松下来，大家还都挺无聊的，尤其团队里这几个男生。

大四计算机专业的课程不多，他们每日都在宿舍睡到昏天黑地，晚上睡觉时天是黑的，中午醒来时天依旧是黑的，窗帘严丝合缝地拉着，不见天光。

不过一堆懒虫之间，有两个比较勤奋的身影。

一是沈枭。

有对象的人，"懒"这个字基本就跟自己的生活无缘了。沈枭有杨楚仪的课表和时间表，一有空就往医科大跑，拿医科大当第二个家。虽然已经在一起一年了，但两人仿佛还是处在热恋期一样，每天似乎都腻不够。

二是陈寂。

除了有事耽搁，他基本每天都会起来晨跑，固定时间去健身房锻炼，下午跟系里的教授一起上机房研究几套编程，晚上的时候在篮球馆里叫人一起打几个小时篮球，作息可以说非常规律。得益于好作息，他大学四年没生过病。

自从沈枭搞了对象，陈寂早上都会和沈枭一起出门，他去晨跑，沈枭去隔壁医科大。他也知道沈枭是去找女朋友的，以往还没什么感觉，觉得人家谈就谈，跟他有什么关系，他自己编编程、打打篮球什么的，也挺好的。但现在他心里不再那么平和了，似乎有那么一点酸涩感，晨跑、锻炼、打篮球的兴致都少了一些。

尤其看着沈枭每天美滋滋地打着电话，冲着手机一句一个"宝宝"时，这种感觉就更加强烈了，听着感觉很刺耳，忽然可以理解程周煜想暴打有对象的沈枭的心情了。

这天傍晚，沈枭从医科大回来，陈寂也刚好打完篮球回宿舍，两人在宿舍楼门口碰了头。

走得近了才发现，这人又在煲电话粥。

陈寂默不作声地往前快走了两步，跟沈枭岔开了些距离。可不知道沈枭是个什么情况，他往前走，沈枭也跟着往前走，非得跟他肩并肩。

他们宿舍在六楼，没有电梯，陈寂刚打完球出了不少汗，又懒得再跑了，所以只好让耳朵受了点儿罪，一路上面无表情地听这对小情侣你侬我侬，宝宝长宝宝短。

走到五楼，沈枭手机没电了，打着打着电话就断了。他看了眼陈寂的背包，说："哎，充电宝借我用用。"

都到五楼了，断一会儿能怎么着啊。陈寂瞥了他一眼，手插着兜，没给："没电了。"

"行吧，那待会儿回宿舍里充电。"沈枭也没多想，只是觉得有些奇怪，下午出门的时候这充电宝还是他亲自拔下来的，当时可是满格电，陈寂一下午是吃电了吗？

沉默的这几秒钟里，陈寂想了很多很多，脑子里涌上来许多问题。杨楚仪都有空跟沈枭打电话了，说明她们没上课也没跟诊，可转念一想，没准儿她们的安排不一样，心里似乎有了点儿安慰。但即使这样想着，他还是打开手机看了眼，微信上一条消息都没有，安静得不行，现在都几点了，前两天这时候她准时来说病例了。

陈寂甚至开始怀疑，陆时雨说给他微信置顶，不会过了没几天就取消了吧。

天人交战了一会儿，陈寂偏头看沈枭。

"你俩这才刚分开没一会儿吧，这么点时间都舍不得浪费？还打着电话？有那么多话说吗？"陈寂问他，"而且你女朋友没跟她舍友在一块儿写论文、上课啊？"

沈枭拍了拍陈寂的肩膀，随后勾着他的肩膀，故作高深地笑着说："你看看你说的都是些什么话？现在几点，有什么课吃饭的时候上？而且二十分钟就不是时间了啊？唉，你不懂，没女朋友的人理解不了我们有女朋友的人的快乐。"

这傻子简直抓不住重点，重点是在前半句吗？

看来现在陆时雨应该是有空的，真行，他不找她，她就不找他。

懒得搭理沈枭，陈寂冷哼了声，心道：等我有了女朋友我炫死你。

他肩膀动了动，甩开沈枭的手："行了啊，少在我面前晃悠，篮球脱手砸到你脸上我可不管，别到时候你女朋友认不出来你。"说着一步跨两三级台阶上了楼。

今天宿舍里没人，沈枭又没拿钥匙，怕跟陈寂说他没带钥匙，陈寂把他锁到宿舍外头，最重要的是得赶紧回宿舍给手机充上电打电话听故事，所以陈寂走哪儿他就跟到哪儿。

陈寂掏钥匙的时候他还挺着急的，恨不得自己上去拿钥匙开门："快点儿，这还有女朋友等着呢。"

"就这么几秒钟，等等能少你一块肉？"

陈寂实在受不了了，斜了沈枭一眼，同时心里再次暗暗发誓，等自己有了女朋友，你沈枭就等着吧。

"哎，你理解理解，我女朋友正给我讲到关键地方呢，主要是她兴致太高，谴责那男的谴责得正起劲儿，我不忍心打断她，你懂吧。"

"谴责什么男的？"陈寂抓着上衣下摆，脱下篮球衣，淡声说，"我再不懂你也已经打断了。"

沈枭迅速给手机充电，一边着急忙慌地开机，一边跟陈寂说："就昨天的时候，他们学院里办什么跨年晚会彩排……这事儿好像还是针对陆时雨的，不过已经解决了，我女朋友说那男生还挺过分。"

陈寂手一顿，声线一沉："针对谁？"

沈枭刚准备开口接着说下去，手机开机，"嘀嘀嘀"蹦出来一堆杨楚仪发来的消息。他一看陈寂衣服都不穿了，寡淡着眉眼直勾勾地看着他，整张脸都写了"不高兴"三个字，瞬间就特别有眼力见儿地把手机递了过去。

"你自己看。"

陈寂本来是准备去洗澡的，这会儿也不去了，裸着上半身坐在这里认认真真地看手机，越看脸越黑——

这事儿其实不怪陆时雨，她帮学弟学妹导演跨年晚会，结果麻烦自己找上门来了。

跨年晚会开场之前会放一个小视频，是学院里这一年办过的活动和比较值得纪念的事情，但是视频里出现了一张一对情侣在教室里看书的照片，女生靠在男生怀里，恬淡安静。明明是一幅岁月静好的画面，放到视频里纯属是感叹一下，况且这视频不是陆时雨拍的，跟她没有任何关系，但人家小情侣说陆时雨是导演，非得找她讨说法，最后演变成了威胁，说陆时雨侵犯了他们的肖像权，如果不删除视频里他们两个的照片就要去告她。

杨楚仪说：这对情侣为什么不去找拍视频的人而去找时雨，就是因为拍这视频的女生有男朋友，还是首都本地的，他们惹不起，所以来找时雨的事儿了。恶心死了，不就是欺负我们时雨在首都没人也没男朋友啊！气死了真是！如果时雨也有对象，你看这男的还敢不敢！

陈寂握着手机，绷着一张脸看完了所有消息，简直不可理喻。

这还能忍，欺负人都欺负到头上来了，说她没人没男朋友，那拿他当什么？当他是死的吗？

真行啊陆时雨，这事儿都不跟他说，一个字儿都没说，真行。

半晌，他把手机还给沈枭，默不作声地随手套了件衣服，捞起手机就去了阳台。

他想教育陆时雨两句来着，点开她的微信，"噼里啪啦"打好一段文字又删了，最后发出一句：忙着没？有事儿问你。

陆时雨没有回复，陈寂又一连给她发了一堆消息，复制粘贴过去，接连不断。

陈寂：大事，速回。

陈寂：大事，速回。

陈寂：大事，速回。

…………

今天跑前跑后帮团委老师排练节目，又马不停蹄去医院跟诊，陆时雨腿都要断了，忙得没工夫看手机。

这会儿她买了晚饭回到宿舍，一看这么多条消息，心下一慌，以为陈寂出了什么事，便很快回过去：怎么了？

陈寂当下就给她拨了个语音电话。

陆时雨接起，有些慌张："我在吃饭呢，怎么了？事情着急吗？"

陈寂问她："蒜蓉鸡腿抢着没？"

"没抢到……今天去晚了……"

"酱板鸭不会也没抢到吧？"

"也没……我今天有点忙，凑合吃一顿吧。"

陆时雨低头看了眼自己的晚饭，语气带了些遗憾，食堂的蒜蓉鸡腿和酱板鸭做得一绝，但是很难抢到，每天都限量。

下一刻，她有些奇怪地问："你要跟我说什么着急事儿啊？"

"对了，这确实是个急事儿，"陈寂顿了顿，说，"你生日那天，我给你穿的那衣服你什么时候还给我？"

陆时雨顿时哑口无言。

她无奈地说:"这就是你连发几十条微信要跟我说的大事儿吗?"

陈寂"嗯"了声:"当然啊,我现在都没大衣穿了,真没法儿活了。"

陆时雨显然不信。

她沉默一秒:"你就靠这一件大衣过冬?骗傻子呢。"

"能不能心疼心疼人了你?"陈寂咂嘴,"那天是谁在寒风刺骨的大马路上把衣服让给你的?你不能走路是谁把你抱到车上去的?你好好想想啊,陆时雨。"

他强调:"好好想想。"

电话那头的人又沉默了。

陈寂趴在阳台栏杆上,望着右前方医科大的方向,简直可以想象到陆时雨此时微红的脸颊。他无声笑了下,欠揍地说:"你没失忆吧,失忆了也没事儿,我跟你说,是陈寂。

"你对给你送温暖的人态度好点儿啊,做人得懂得感恩懂得心疼人,知道吗?"

陆时雨妥协,看在他给她披衣服,一路把她抱回车上的份上,她心里一软,心疼陈寂几秒钟:"行行行,我现在给你把衣服送过去行了吧。"

陈寂:"我现在没空。"

陆时雨格外有耐心,柔着声音回他:"那你什么时候有空?我给你送过去。"

陈寂换了个姿势,倚在阳台墙壁上,想了想,拖长声音道:"嗯……我最近好像都挺忙的。"

陆时雨气得不行,只喊了句他的名字:"陈寂。"

陈寂立马不逗她了,嘴边笑意越深:"哎哎哎,行了,看在你态度还算可以,我明天亲自过去一趟,你把你时间表和课表发我一份。"

"所有的都发给我啊,课表、跟诊时间表都要。"陈寂把手机拿下来,凭记忆在地图上搜寻某个店,"咱这忙着呢,我得找找档期。"

陆时雨简直无语,但还是给他发了过去。

她耐着性子说:"陈寂,一般人都不会在饭点安排事情,我饭点都有空的,你饭点的时候也忙吗？"

这话可不能接啊，满满都是坑，他当然不忙。

陈寂忽地感觉被噎了一下。

他愣了愣，还真差点儿被她问住了："那你肯定不知道，我不是一般人，我是二十七班人。"

点开陆时雨的课表看了眼，陈寂说："就明天傍晚五点五十分吧，正好下最后一节课，我去医科大找你，就在你们教学楼底下。

"你别乱跑啊，就在一楼等着我。"

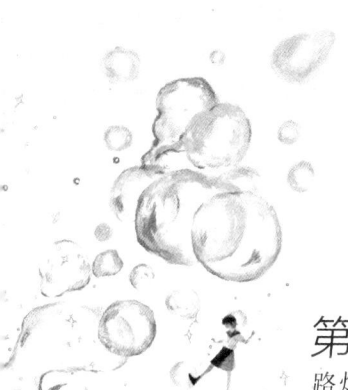

第七章
路灯和鸟窝

　　下午最后一节课是医学伦理学，每周就这一次课，这门课的老师是个老教授，平时说话语速慢悠悠的，有时会拖几分钟的堂，而且这门课刚好在饭点之前，因此每次学习委员基本上都会提醒老师时间到了下课点儿，该下课了。

　　知道教授有拖堂的习惯，陆时雨便提前跟陈寂说，让他不用来那么早，六点钟左右过来就行。

　　陈寂说好，让她别管了，安心上课。

　　马上就要到学期末，这节课教授讲得格外起劲，下课铃响了好一会儿，学习委员提醒了一次，教授还是没有要下课的迹象，只说再等几分钟。

　　也不知道陈寂到了没，陆时雨偷偷在讲台下拿出手机，发信息：我们拖堂了，一时半会儿出不去，你先别等，要不先去吃个晚饭我再去找你。

　　陈寂秒回道：没事儿，你好好上课，等你出来再说吧，我反正也没什么事，等等你。

　　放下手机，陆时雨还是头一回觉得医学伦理学课这么难熬，以往她都听得津津有味的，今天却一会儿看一眼时间，而且已经提早收拾了自己的书，桌上干干净净，握着手机和包蓄势待发。

　　过了一会儿，陈寂忽然发来两张照片。陆时雨打开一看，第一张是教学楼前面那棵光秃秃的枫树，枝丫干枯，看上去萧瑟至极；第二张是一片空旷的天空，应该也是在她上课的教学楼前拍的，此时天色渐暗，灰蒙蒙阴沉沉的，既没星星也没月亮，就连西落的太阳也没有，只有边上亮着的昏黄的路灯。

等得太无聊，他都开始孤孤单单地拍这些东西了吗？

一联想他拍这两张照片时的情景，陆时雨就感觉他好可怜啊，但好像又有些心酸的好笑。

可她心里还挺过意不去的，刚准备安慰陈寂两句，他却紧跟着发来一句文绉绉的话：我抬头往左一看，路灯是两盏，这叫并肩作战。

陆时雨：嗯？

陈寂自顾自道：我抬头往右一看，树上的鸟窝也是两个，这叫双宿双飞。

陆时雨：[省略号.jpg]

随即，他又发了一张照片。照片里，只有他自己这一道被路灯照射到地面的颀长身影，随图发来的还有最后一句话：但是我低头往下一看，我的影子却只有一个，陆时雨你说，这叫什么？

文采还不错，挺会扯的。

陆时雨：[句号.jpg]

教授拧开保温杯喝了口水，这就是他要下课的预兆了。

果不其然，下一秒教授就说"下课"。

陆时雨猛地起身拿上东西，冲旁边的杨楚仪和叶可心说："我先走啦，你们找完教授就先去食堂，待会儿我去找你们。"

叶可心扬声喊了句："帮你买饭吗？"

杨楚仪刚想拦住叶可心，结果没拦住，叶可心的嘴太快了。

陆时雨想了想，说："买吧，你吃什么我吃什么。"说着，便飞快地出了教室的门。

"她今天怎么回事？"叶可心盯着她的背影，诧异道，"怎么窜这么快啊？"

杨楚仪意味不明地笑了下："你没看见她手上拿着的那件衣服啊。"

"什么衣服？我还真没注意，我以为是她新买的外套呢，我还说怎么这么大啊。"

"心心，要不说你注定'母胎solo'，唉！"杨楚仪叹了口气，"那是男士外套啊！男士的！"

叶可心捂着嘴，睁大眼睛看她："谁的啊？"

"还能是谁的，陈寂的呗。"说着，她还摇了摇头，回想起冬至那天，陈寂抱着陆时雨的那幅画面。

天寒地冻间，天色微微泛黑，但路上打着车灯，周围的村庄有农户家冒着炊烟，几盏灯火给此时更添一份岁月静好，灯光也给他们两个人笼上了一层淡淡的光。

两个人身影交叠着，而且还是公主抱，陆时雨还披着陈寂的衣服，她骨架又纤细，整个人都像是蜷在陈寂的怀里，陈寂抱着她几乎毫不费力，就连地上拖出来的人影都在冒粉红泡泡。

前方"记者"胡子奇当时就把这幅人间冬日美景拍下来发到沈枭微信上了，十几张图片，各个角度都有，两人对视的，陈寂看陆时雨的，陆时雨看陈寂的……

想想这些照片，杨楚仪就忍不住感叹，她这个红娘，简直做得太成功了，看看，这两人多配啊！

陆时雨抱着衣服出来时，一眼就看到了陈寂。他站在车前，冲她招了招手，远远看过去，耳朵都冻红了，一看就是在这里等了很久。

陆时雨连忙跑过去，把衣服递给他："等很久了？"

"是啊，"陈寂说，"等你好久了。"他把手贴到陆时雨的手背上停了一秒就收回来，"感受到没？"

"我都跟你说了让你先去吃个饭，而且你怎么不坐车里头等啊？"这么点儿路还开车过来了，开了车不在车里等非得跑下来受罪，不是傻是什么。

陈寂屈指轻轻点了点她眉心，说："还不是为了等你，为了给你拍照片啊。"

他双手扳过陆时雨的身子，让她面朝着路灯和树，又微微弯下身子，在她耳边说："你自己看，路灯是不是两个，你再看看，鸟窝是不是也是两个？"

他的潜台词是：你好好看看，路灯和鸟窝都是成双成对的，就我孤家寡人，孤身一人。

真是够了，跟路灯和鸟窝较个什么劲，幼不幼稚啊，不过幼稚就幼稚吧。

陆时雨笑得不行，被他最后这句话带偏了思路，兀自转过身子，指了指地上的影子，脱口而出一句话："可你现在也是两个了啊。"

陈寂一怔，手还握在她肩膀上，垂眸，毫不遮掩地盯着她嘴边浅浅的弧度。

面上平淡如常，可内心早就已经暗潮涌动，心跳似乎也不太正常了，只是此刻这个场景，他没把过多心思放到自己的身上。

没几秒钟，陆时雨似乎也觉出不妥来，她抿了抿唇，眼底闪过一丝羞赧无措，双手都因紧张而悄悄攥起了拳。

气氛似乎有些许的凝滞，冬夜似乎也不那么冷了，肩膀上，隔着厚重的衣物也能感受到陈寂握着她双肩的力度，不重，但很有存在感，让人无法忽视。

陆时雨只觉得心里有什么东西在缓缓流淌，暖洋洋的。

四目相对，谁也没有先错开视线。

还是一声轻咳，打断了两人之间颇有些奇怪的气氛。

陈寂一瞬间就松开陆时雨，恢复往常的站姿，双手揣到了衣兜里。

陆时雨也不太自然地捋了捋头发，看着不远处看好戏的那两个人，说："你们这么快就出来啦。"

杨楚仪挽着叶可心，揶揄道："哎哟，对啊对啊，我俩出来得就是太快了，该再慢一点出来的。"

陆时雨干笑了下。

"那……那赶紧去吃饭吧。"陆时雨偏头，忽然间有些不敢抬眼看陈寂，只是飞快地与他对视了一眼，"你也快回去吧，外面太冷了。"

陈寂还没说话，叶可心便抢先抬了抬手："哎，别了，食堂现在已经没晚饭吃了，你自己出去吃点儿吧。"

话音刚落，两人便拉着手走了，一边走还一边说："你刚才上课不还一直说饿了吗，赶快去吧，自己出去注意安全啊！"

说完最后一句话，杨楚仪还点头附和了下，视线有意无意扫过旁边的陈寂。

陆时雨内心：别以为我不知道你俩才刚从教学楼出来，别以为我没看见最后看陈寂那眼。

"走吧。"目送她俩走远，陈寂打开副驾驶座的车门，"吃饭去。"

陆时雨犹豫一秒，温声说："正好你也没吃，那就麻烦你捎我一顿吧。"

"我可没有要捎你啊。"

陆时雨扯安全带的手一顿，仰头看他。陈寂弯身，一手扶着车门，一手撑着车顶，猛然间就凑到了她眼前。两人平视着，陈寂说："今晚我本来就是要带你去吃饭的。"

语毕,陈寂关上车门,绕到驾驶座上车。

"你怎么也不提前跟我说一声啊,"陆时雨攥着包带,一脸微愣,显然还没太缓过来,"我下课的时候都让心心帮我买晚饭了。"

陈寂单手握着方向盘打圈,另一只手从车窗把卡递给门口的保安:"惊喜,所以我特意没下课就过来了,就为了防止你吃饭。"

陆时雨沉默了下,此时也懂了他为什么这么短的距离也要开车过来,好像隔了很久她才找回自己的声音:"那我们去吃什么?"

"聚丰楼,去过没?"

陆时雨摇摇头:"听说过,但是太远了,就没去过。"

这是个网红餐厅,她在网上搜了下,好评还挺多的,但是菜式大学城这边基本都有,味道也都还不错。

陈寂看她在搜聚丰楼,便又说:"他们家我吃过两三次,酱板鸭和蒜香鸡腿都做得不错,这两样咱们大学城周围很少有卖的。"

陆时雨指尖一顿,心跳怦然,这两样菜,她只是之前偶尔聊天的时候跟陈寂提起过,说每天都限量,太难买了,却没想到陈寂记了下来。

此刻遇上红灯,她扭头,对上陈寂的双眼。夜色下,他的目光极致温柔,语气虽然很平常,却令陆时雨也品出了一番温柔:"你不是最爱吃这两样吗,今儿晚上就去那儿吃。"

聚丰楼离他们大学城还挺远的,离王竞之他们体大倒是挺近的,此时又赶上晚高峰末尾,陈寂开车走走停停,足足走了四十多分钟才到地方。

停好车,陈寂带着陆时雨往餐厅走,他已经提前订好了位置,就差点菜了。当然,酱板鸭和蒜香鸡腿陈寂已经提前点好了,过去就立马能吃到。

陆时雨什么都不用干,只需要好好享受这顿晚餐就好。

两人一边说话,一边往餐厅里走,还没走出停车场,陆时雨便看到前面一个熟悉的背影。

她高考后做了近视眼手术,现在视力恢复得非常好,这么远的距离,她一眼就看出了那个人是王竞之。他好像跟他同学刚吃完晚饭,已经坐进车里准备走了。

陆时雨猛地拽了拽陈寂的衣袖，指着前面那辆白色轿车说："你看！王竞之在前头呢！"

陈寂连忙看向前面，看侧脸，确实是王竞之。

陆时雨当下就要往前跑："我们快去找他。"

陈寂反客为主，将她抓着他衣袖的手紧紧握在手里，说："车都开走了，你准备追车啊？"

"没几天就月底了，等跨年那会儿再约他出来，反正第二天元旦放假，"他望着王竞之离开的方向，懒洋洋地笑了下，"他想怎么揍就怎么揍。"

陆时雨瞥了陈寂一眼，也忘了他俩现在还牵着手，被陈寂这番吊儿郎当的话激到，心说：你还挺会挑时间，到时候我可不拦着，你失联这么多年，就是该打。

陈寂偏头，率先堵住了她即将说出来的话："陆时雨，好人做到底，你就帮我劝着点儿，别忘了我跟你说的，小心别被那莽夫误伤，顺便再提醒提醒他别打脸。"

他牵着陆时雨的手，出了停车场："我这还没找着女朋友没娶到媳妇儿呢，毁容了可怎么行。"

一出停车场，冬夜凛冽的晚风无所顾忌地朝两个人吹过来，陆时雨打了个哆嗦，垂在身侧的那只手瞬间就凉了，可另一只，却还没有。

她木讷地垂下眼，只看见陈寂裹着她的手，严严实实地握在他的掌心里。

她好像才反应过来这件事，一个劲儿地盯着两人交缠得紧紧的手。刚才，好像是她先抓着陈寂来着。

陈寂牵着陆时雨快步朝餐厅走，她也没挣开他，默不作声地跟着。

不愧是网红餐厅，人潮汹涌，服务台前面还有不少人在等着叫号，幸亏陈寂提前订了位置。

他们跟着服务员的引导往餐厅里面走。

经过较窄的走廊时，某个包间的门忽地打开，里面出来许多中年男人，全都站到了包间门口，似乎是在互相道别，一边穿着外套一边攀谈。

一时间有些挤，这些男人的块头还都挺大的，陆时雨很小心地贴着走廊一侧往前走。

可有个男人似乎是喝多了，走路摇摇晃晃的，眼见就要朝陆时雨撞过来。

陈寂眼疾手快地松开陆时雨的手，转而覆上她腰际，只略微使力，就轻易地把人搂到了自己怀里。

鼻尖猝不及防地磕到了他心口，陆时雨鼻息间满是暖烘烘的香气，像是他衣料上带着的淡淡洗衣液的香味，腰上的手揽她揽得很紧很紧，因此她贴他贴得很近很近。

这令陆时雨的脑子里像是炸开了一朵烟花。

陈寂的下巴轻轻点到了她的头顶，陆时雨胸腔情绪翻涌着，感觉心率也快了一倍不止，感觉心快要跳出嗓子眼。

一秒，两秒，不知道过了几秒，那包间里的男人已经走出了走廊，陈寂却还是没有放开的意思，她双手抬起来，缓缓放到陈寂胸前，微微退开了些。

陈寂低头，扫了眼她放在他胸前白白嫩嫩的手掌，调笑道："哎，陆时雨，别占我便宜啊。"

陆时雨没好气地瞪了他一眼："狗嘴里吐不出象牙来。"说着，便大步朝前走了。

陈寂盯着她的背影，微不可察地弯了弯嘴角，同时，也抑制不住地叹了口气，幸亏她放开了，她可是个医生。

他摸了摸自己心口，天知道，抱住她的那一瞬间，他的心跳得有多快。

按照惯例，元旦一般是放三天假，从12月30日开始，一直放到元旦当天，大多数同学会回家一趟，但孔怡然说要来找陆时雨玩，而且她在校学生会里待过两年，对一些大型文娱活动的举办有经验，今年她得帮着学院里导演跨年晚会，实在有些抽不开身。

再有，陈寂都说了，他月底肯定是要约王竞之出来"认罪挨揍"的，软磨硬泡一定要让她那天也在场劝着点儿。

况且吃人家的嘴短，酱板鸭和蒜香鸡腿还是陈寂带她去吃的，再有就是拿人家的手短，那件原本是要送给陈寂的大衣，稀里糊涂地又到了她的身上。

那晚从聚丰楼出来，外头居然下起了雪，目光所及全是白茫茫的一片，雪花簌簌下落,地上的积雪都快要没过脚面了。陆时雨当天穿得不厚,一出门就结结实实地打了个喷嚏。

见状,陈寂长臂一勾,手搭在她头顶挡着雪花,另一只手揽着她走到了停车场。回到学校下车后,他又把那件黑色大衣披到了她身上。

正因如此,陆时雨就更不打算回家了。

转眼到了12月31日那天。

宿舍里四个人,叶可心回家了,杨楚仪和杨奕情是首都本地的,平常回家回得频繁,姐妹俩在家里时不时因为某件小事闹翻天,还挑三拣四的,杨爸杨妈说看见她俩就烦,让她们元旦别回来。但杨楚仪有沈枭,杨奕情也去找她男朋友了,所以宿舍里就陆时雨一个人。

早上七点半,宿舍很安静,再加上还拉着厚实的窗帘,室内昏暗无光,太适合睡觉了。前一天晚上熬了会儿夜的陆时雨这会儿还睡着,一旁的手机"嗡嗡"响动,把她给吵醒了。

陆时雨困得不行,也没看是谁打来的,直接给挂了。

没想到,那人还挺锲而不舍,她挂了后又打回来了。她迷迷糊糊地接起来,细微的起床气上来,眯着双眼,语气不是很好,嘟囔道:"哪位,干吗?"

那头的人说:"昨天晚上还在微信上夸我,说最崇拜我呢,今天就挂我电话是吧?"

陆时雨清醒了一些,愣神一秒,真是无语他妈给无语开门,无语到家了。

前几天陈寂非得让她点评他们去聚丰楼那天他写的那首"无题小诗",就陈寂这德行,不听句好话不罢休,天天晚上微信见,陆时雨没办法,只好拍马屁说:最崇拜陈老师!你是我的偶像!你是我的神!

自此,"崇拜"就变成了陈寂嘴里常说的话。

陆时雨把手机从耳边拿起来,双眼也不再迷离了,屏幕上"陈寂"这两个大字格外清晰明显。

话筒里传来陈寂浅浅的几声笑:"几点了,小懒猪?"

还是有些倦意,陆时雨坐起来,昏昏沉沉地说:"还早啊……我还是有点困,昨晚睡太晚了。"

"昨儿晚上熬夜了？"陈寂问她，"到几点啊，昨天晚上快十二点你跟我说你要睡了，噢，原来跟我说了晚安，没睡觉，又去找别人说话了是吧？"

这都哪儿跟哪儿啊。

陆时雨瞬间不困了，下床伸了伸腰，一边去拉窗帘，一边反击道："是啊，找完你我又找别人聊天去了，人家对我帮助可不少呢，昨天我俩聊得投机，还聊到挺晚的呢。"

窗帘拉开一个角，窗外刺眼日光肆无忌惮地闯入视线，陆时雨垂了垂头，视线看着下面，飘忽间，却意外地发现一楼门口有个熟悉的身影。

那人穿黑色运动服，外头是件及膝的长款羽绒服，散漫地在那里站着。

一瞬间，陆时雨手上没了动作，电话里陈寂说了什么她也没注意听，只是愣愣地站在原地，盯着楼下的人影看。

电话忽然间没人应了，心电感应一般，陈寂抬头，恰好就看到二楼某个窗户里，有个人在拉窗帘，好像是陆时雨。

他仰着头，看着她，这绝对是刚起床，头发还散着，好像还穿着粉色睡衣。他不自觉弯弯嘴角，冲电话说："你睡醒了没？我都等半天了。"

陆时雨颇有些慌乱，连忙躲开，在宿舍里踱步。

她没洗脸没刷牙，头发乱糟糟的，还穿着睡衣！还是粉红色可爱草莓熊的！

她打开衣柜翻箱倒柜地找衣服，电话里，陈寂又老神在在地说："就这么下来就行，不用躲，我早看见了，挺可爱的。上回那帽子是棕色的熊，这回睡衣怎么变粉色了？"

陆时雨："其实也有棕色的。如果你喜欢的话，我可以把睡衣链接发给你，帽子不行，但是这个，你是可以买的。"

陈寂："……赶紧下来吧你。"

陈寂之前听沈枭无意中说，杨楚仪她们宿舍现在就剩陆时雨一个人在了，一个人孤孤单单的也没个人陪，连个早饭都吃不到，不吃早饭对身体损害多大啊！陆时雨真是格外可怜啊！

也不知道这话是谁让沈枭说给谁听的。

但是陈寂听进去了。

31号早上陈寂一看微信运动，陆时雨的步数还是个位数。

于是晨跑完，陈寂鬼使神差地就进了医科大的校门，又鬼使神差地进了他们学校食堂买了早餐，然后鬼使神差地站到了她宿舍楼底下。等再反应过来的时候，他就已经拨通了陆时雨的微信电话。

回过神来，陆时雨刚好出来，里头还是那件粉红色的可爱草莓熊睡衣，外头套了件肥肥大大的羽绒服，似乎是怕冷，把衣服上的帽子也戴了起来。

远远看过去，还真挺娇憨的，娇憨之中又透着一丝可爱。他很少见这样的陆时雨。

"你怎么过来了，有事吗？"

"没事儿我就不能过来？您还真是日理万机抽不出来空看我啊，也是，我不过是您万千聊天对象之中的一个罢了。"

陆时雨被怼得哑口无言。

陈寂懒懒散散地把手里的早饭递给她，又从兜里掏出来一杯豆浆，插上吸管："暖心大哥陈寂关照留守女大学生，来送爱心了。不用谢啊，继续保持你对我的崇拜就行，虽然我只是你万千聊天对象中的一个。"

有完没完了。

但陆时雨没跟他计较，心里想的全是他居然是来给她送早饭的。

意外之余，陆时雨还有些讶然。豆浆还是温温热热的，恰好此时她胃里空空如也，不得不说，陈寂要是不来，她宁愿选择睡觉也不愿起来吃早饭。

"说说吧，昨晚，跟我聊完你又跟谁聊去了？"

陆时雨呛了一下，陈寂顺了顺她的背："你看你，干吗？心虚啊？你还真背着我搞第二崇拜是吧？"

他原来没这么刨根问底啊，陆时雨无奈地瞪他一下，打开手机翻了翻，给他看："我们班导！我们班导啊！你看看我们聊什么呢！在聊论文和病例啊！"

陈寂扫了眼："噢，男的女的？"

陆时雨气急，差点两眼一翻背过去，呼了一口气，说："陈寂，你睁开眼睛说话。

"你觉得真名叫王美玉，用的微信头像是漂亮小姑娘的人是个男的？"

"那我倒没这么想，"陈寂淡定道，"但也不是没有人这么用过，我就是说万一呢，怕认错咱王美玉老师。"

跟他有关系吗……陆时雨一言难尽地看着他："哪个男的这么变态？"

"王竞之啊。"

陈寂拿出手机，找到王竞之的微信名片。

陈寂给他的备注是"之之"，再一看"之之"的头像，好家伙，还真是个大美女的照片。

但陆时雨莫名觉得他头像上这女生好像在哪里看到过，还挺眼熟的。

真是世界之大无奇不有。好半晌，她才说："你俩居然加上微信了？"

陈寂："前几天就加上了。唉，是真不好哄啊，我打了几天电话，就差去体大堵他了，人家才勉勉强强同意加上微信，我好劝歹劝才约出来人。他还跟我说，让我今天在聚丰楼等着瞧。

"他下午在学校里有场友谊赛，晚上八点吧，我来接你，咱俩一块儿过去。"

陆时雨在手机上告诉孔怡然晚上见面的地址，咽下最后一口奶黄包，说："不用那么晚，晚会七点开始，应该就用不到我了，如果没什么大事我待一会儿就能走。"

"行，那我下午直接到你们学校礼堂等你。"陈寂点点头，忽地伸出了大拇指，覆在她嘴角处轻轻蹭了一下，拇指上沾上了一点蛋黄酱，他扯唇，"等着让谁给你吃呢？"

晚会七点开始，陆时雨下午早早就化了个淡妆去学院大礼堂帮忙了。陈寂也来得很早，七点钟不到就过来了，坐在她的位置上等着她过来。

这么多天对流程和彩排，而且30号几乎在礼堂里待了一整天，学弟学妹们已经完全可以掌控全场，她也就是在后台管理一下秩序，遇到紧急情况处理一下，根本不需要担心什么，便跟学弟学妹们说了一声，而后就跟陈寂一起离开了。

跨年夜，到处都是愉悦的人群，听说今天还有烟花看，零点前，市中心还会有倒计时，总之到处都是热闹。

一路看过去，心情还挺欢欣雀跃的。

但是到了地方停下车，一看"聚丰楼"三个大字，陆时雨莫名开始紧张起来，一时间想象不出来王竞之睽违几年见到陈寂是什么样子。

她当时见到陈寂时，满脑子全是惊讶，随后各种情绪全都涌了上来，那时候都恨不得把手里的蛋糕和奶茶甩到陈寂脸上。最后的最后，等她平静下来，充斥在心里的才是"终于又见到面"的那种圆满。

她扭头一看陈寂，这人一脸平静，根本不像是即将要"挨打"的人，便问他："你都不紧张啊？"

"紧张个什么劲？"陈寂拔下钥匙，熄火，"这不是还有你嘛。"

陆时雨一愣："有我也没用啊，我拦不住。"

"放心吧，"陈寂揉了揉她头顶，开玩笑，"拦不住就拦不住，到时候躲远点儿。"

两人走到包间门口，从开着缝隙的木窗往里看，就能看到一脸阴沉的王竞之，手边还拿了杯喝的。陆时雨一看他的表情，打了个冷战，默默给陈寂点了根蜡烛。

陈寂顿了一秒，手扶上门把手刚要拧开，陆时雨就拉住他："哎，还是我来开吧。"

她主要是真怕王竞之拿什么拍他脸上，毕竟王竞之真有可能干出来这事儿。

陈寂让开。

陆时雨缓缓打开门，还没张口，面前忽地飞来一个玻璃杯，同时还伴随着王竞之的一句："陈寂！你还敢来见我……"

下一秒钟，陈寂就已经把她扯到了自己身前紧紧搂着，手还按着她的后脑勺，而后他身子一转，面朝着门口，把陆时雨牢牢护着。

玻璃杯摔在地上，发出了清脆的声响。

"没事吧？"站定后，陈寂先是垂眼问了陆时雨一句，视线在她身上来回打量。

陆时雨摇了摇头，环着他后腰的手触到一些湿意，好像是玻璃杯里洒出来的水，下一刻也焦急地问他："杯子砸到你了吧，疼不疼？"

陈寂刚想说不疼，可转而又轻轻蹙了蹙眉，咂了下嘴说："哎，他下手还挺狠的，兄弟一场真下死手啊！"

"这么疼啊？砸到你哪儿了？"陆时雨一边问他，双手一边在他后背上按了按，也不敢使力，力道温温柔柔的。

"娇花陈"身子弯了些，朝她压过去，头也往她颈窝里凑，叹了口气说："陆时雨，我也太可怜了吧，你说是不是？"

毕竟这杯子是替她挡的，而且王竞之一个体大的学生，还是个运动员，力气这么大，砸到身上肯定很疼吧。陆时雨更加担心了，已经顾不上此刻要去干什么，似乎也忘记了自己是一个正儿八经的医生，满心满眼全是他后背被砸得怎么样了，温声软语地哄着。

两人在这里你一句我一句窃窃私语，完全忘记了此时包间门还是开着的。里面的孔怡然和王竞之默默看完了一场大戏，惊得下巴都快要掉到地上。

不是……这两人，是个什么情况啊？

刚才从包间的木窗看出去，陈寂明明是走在前头的，王竞之其实在扔杯子那瞬间就后悔了，力道也没太大。

但谁能想到一开门就变成了陆时雨在前头，他这杯子想收也收不回去了，好在力度不大。

但是，陈寂把她拉回去挡着了！

陈寂这人皮糙肉厚的，冬天又穿着厚衣服，无非就是衣服湿了点儿，哪至于将他砸成个走不了路硬贴着人家女生撒娇耍浑的娇花啊，这个陈寂真的是他认识的陈寂吗？

傻子，真傻子，装什么装啊。

而且今天的主角不是本大爷吗？怎么一个配角还抢主角风头？

王竞之原来想的是，今晚保持一个高冷人设，陈寂跟他怎么搭腔他都不回。

结果本来想立的高冷人设被娇花陈这番表演毁于一旦，他实在看不下去了，耷拉着眼皮，皱着眉头说："门口那个傻子，你演够了没？一个破杯子也能将你砸成这样啊？你这身衣服是纸做的？演够了就滚进来。"

陈寂也没扭头，仍旧盯着陆时雨的眼睛，接着演娇花："我真没演。"

陆时雨这会儿也反应过来了，哪至于啊。

她松开陈寂，冷声道："行了，你别演了，赶紧撒手啊。"

没办法，陈寂只好让自己"痊愈"了，默默跟在陆时雨的身后进了包间。

王竞之先是冲陆时雨道了个歉:"陆医生,真是对不住了啊!"

陆时雨摇摇头,坐到孔怡然旁边,刚想说句什么,可看了眼陈寂,最后还是忍住了。

王竞之又斜了眼陈寂。这么些年,这人倒是没怎么变,一脸欠揍样,是他熟悉的陈寂没跑了。

"哟,娇花,几年不见,你怎么这么拉胯了?"王竞之言语间满是阴阳怪气,"约我见面还得找帮手,还找个这么窄的地儿。"

陈寂重新给他倒了杯果汁,嬉皮笑脸地回:"跨年呢,大伙儿开心开心,而且怕你刚打完球体力消耗太大,我这可都是为你着想。"

"滚!等出了门,你看我踹不踹你。"

"行啊!"陈寂大大咧咧,"你想怎么着就怎么着,我绝对不还手,还手就不姓陈,跟你姓王。"

王竞之哑口。

陈寂这么一说,弄得他都没脾气了。

王竞之仰头,喝完陈寂倒给他的果汁,嫌恶道:"我没你这样的狗儿子。"

"啪"的一声放下杯子,他忽地指着陈寂,感觉都要哭了。

都说男儿有泪不轻弹,只是未到伤心处。他是真拿陈寂当兄弟了。这么多年,真就再没遇到过一个像陈寂一样仗义又知分寸的人,有点什么事儿从不藏着掖着,痛痛快快地打场球就都过去了,豪爽,直接,永远像是活在烈日骄阳之下。

"你说,咱俩认识多少年了?初中就在一块儿训练,虽然刚开始没那么熟,但是后来我是真拿你当兄弟。可你呢,不声不响就不接电话不回消息了,我那会儿真以为你出事儿了,提心吊胆怕你升天,恨不得去榆阳郊区的寺里给你上香,晚上做梦都能梦到你……你倒好,一走就是几年,一句话不给留。真行啊,陈寂。"

陈寂没多说什么,端起酒来就要喝。

陆时雨张了张口,刚想说他还得开车,但这场合,说了也不合适,还是算了。

陈寂却把钥匙扔给她,低声说:"等会儿你开。"

随后,他连干了三杯。

他大大方方地承认:"赖我,全都赖我。"他拍了拍王竞之的肩膀,"我也跟你说声，对不住了啊。"

别的陈寂什么也没说，但王竞之多多少少从陆时雨口中知道了些。

他比谁都清楚，陈寂不是什么无情无义的人，在他为陈寂担忧的那些日子里，陈寂也未曾放下过他们。

王竞之真就差点哭出来，他猛地把头侧过去。

孔怡然捋了捋他后背："说开了就行了。不过陈寂，你可别想躲过去，今儿晚上我们就是来对付你的。"

酒过三巡。

除了陆时雨，其他三个人多多少少有点儿醉态，王竞之后面没比赛，喝点酒没事，但他酒量不怎么好。

喝多了酒，桌上的人就开始说胡话，从讨伐陈寂聊到他走以后他们仨在榆阳的事儿，说着说着，就说到了陆时雨。

"考完数学我一出考场就看不见她了，那年的题出乎意料的难，"虽然这事儿都过去了，但孔怡然一提就想笑，"找到她的时候就发现她一个人哭得差不多了，可怜兮兮的。当时我也不敢说话，特别怕她因为这一科失控。高考之前时雨拼了命地刷题，够努力了，她一边抱着我哭，一边说完蛋了。长这么大，我真头一回见她哭那么惨。"

陈寂歪身靠着椅背，闻言，忽地有些遗憾。他当时没在，如果在的话，还会让她一个人哭吗，应该不会的。

可他不仅没在，而且还跟她断了联系，当时走之前，明明是他提出来的，要多联系。

"说我干吗。"陆时雨觉得有些不好意思，转移话题，"你高三的时候拒绝别人，不是还差点把信送到李主任手里啊……"

这时，服务员进来，说他们点的一个菜售罄了，是否要更换一个，陆时雨便跟了出去看了看情况。

"她还说我呢，一说拒绝我就想起来了，"孔怡然心有余悸地回忆，"就咱高二篮球赛时那个瞪时雨的男生，陈寂你不知道，他高中毕业追过时雨一段时间呢，死缠烂打啊，最后带了一堆人去找时雨表白。时雨当然拒绝了，那男的还上手了，拽着她不让她走。要不是王竞之过来给那个男的一点颜色，时雨还真就走不了了。当时我都吓得要死,更别提她了。陈寂,看来你当年那句话还是没把他吓住,要是你那会儿也在,我感觉那男的肯定不会来找事。"

"那傻子我当时就该揍狠点儿。"王竞之愤愤道,"真不是个东西!"

陈寂默不作声地又灌了杯酒,眨眼间,酒瓶又见了底。

最后一个菜上不了,但大家其实也都不想吃了,陆时雨便结了账回到包间:"那个菜退了,咱们走吧,时候不早了。"

孔怡然就在体大附近订了宾馆,陆时雨开车先把她送回宾馆,随后又把王竞之送到体大门口,再侧头一看,陈寂安安静静地躺在椅子上,似乎是睡着了。

他今晚喝了很多酒。

陆时雨把导航定位到工大。

身后,陈寂却忽地开口:"去医科大,先送你回去。"

"你都醉成这样了,怎么开车?没多远,我自己……"

话还没说完,陈寂抓住了她的手,似是喝了酒的缘故,音调低沉,带了一丝醉意的温和:"时雨,听话,我叫程周煜来接我了。"

车稳稳停到陆时雨宿舍楼下,她解开安全带。

陈寂皱着眉,似乎很难受。陆时雨说:"你在这儿等等,我去给你接杯热水喝。"

陆时雨到超市买了个杯子,又在宿舍一楼接了热水,打开车门,拍了拍陈寂。

"你先别睡了,起来喝点热水。"

陈寂照做,拿着杯子喝了口水。

喝完水,他对上陆时雨清澈、充满关切之意的眼睛,蓦然间又想起聚丰楼里,孔怡然说的那件事。

她这样温柔的女孩子,当时该有多害怕多无助啊。

陈寂吐了口浊气,伸手拽了陆时雨一下,于是陆时雨就这么猝不及防地被他拽到了怀里。

陆时雨的鼻尖蹭到陈寂的喉结,手覆在陈寂宽厚结实的胸前,似乎可以隔着卫衣感受到他强有力的心跳。

陈寂愣了愣神,把水杯拿远了些,身子往右偏了偏,"啪"的一声关上车门。

这下子就暖和了。

旖旎气氛悄无声息地蔓延,车里的温度急剧上升,可明明已经熄火了啊。

"你……"

"我喝多了,没太控制好力度,不好意思,"陈寂坦然道,"不是故意的。"

她上半身还趴在他怀里,耳朵紧紧贴着他的肩颈,他说话时的震动很清晰,陆时雨陡然间心跳加速:"噢……没事。"

她想起身,可手臂刚刚撑起,却又被陈寂放到她腰上的手按了回去。

这一下陆时雨更加没有准备,但她还是克制了一下,嘴唇只轻轻划过他的下颌线,而后戛然而止在他颈侧。

广袤天空夜色浓重,不见星光,就连月亮也藏在了浓云之后光晕显得模模糊糊。北风呼啸而起,干枯枝丫老态龙钟地伫立在无边冷寂的夜晚,被风吹得向下压着。

12月31日,一年中的最后一天,这座城市处处彰显着凛冽冬日的冷意,似乎一切都这么没有生机。

但即使一切都这么萧瑟,万家灯火依旧会准时点亮,鸟窝中的喜鹊依旧会相依相偎,就连街边的路灯都是两盏一起照着前路。

医科大宿舍楼前,静静地停了一辆车,尽管车外是这样的寒冷,可车里的气氛却温暖如春夏,温情蜜意一如此时寒风拔地而起,遮不住也盖不住,空气之中满是独属于盛夏夜晚的安谧与恬淡。

对于有情人来说,无论何时,都是良宵美景。

车里的两个人完全没有注意到此时外面起了大风,他们相拥在一起,似乎什么都感受不到,唯一能感受到的就是对方的存在。

明明今晚陆时雨没有喝酒,但她此时靠着陈寂,闻着他身上淡淡的酒气,却像是醉了一样,酒意浓浓,耳垂发烫,红得像是要滴血,脸颊也蒙上了一层淡淡的浅粉色。她整个人僵在了陈寂怀里,脑子晕乎乎的,反复循环着方才她的嘴唇亲到陈寂颈侧的那幅画面。

而陈寂也好不到哪儿去,这种感觉他之前从未体会过,她的嘴唇温热又柔软,下颌连着颈侧的那块皮肤似是触了电一般,一阵酥麻从颈侧传至全身。他喉结上下滚了滚,只觉得干涩,心头像是被一根羽毛刮着,身子也紧绷了一瞬间,仿佛丧失了反应能力。

但是心底,却隐隐有些兴奋在叫嚣着。

陆时雨窝在他怀里一动也不敢动,胸腔情绪不住翻涌沸腾,甚至到现在还不敢相信,后知后觉地也涌上来一丝欢欣雀跃。刚才,她是真的亲到陈寂了,事情发生得让人有些措手不及,虽然只是蜻蜓点水,一触即离,可她嘴唇上仿佛还可以感受到陈寂灼热的温度。

好半晌,搂着她的人没了动作,陆时雨以为陈寂睡着了,她缓缓抬头,却猝然间对上了陈寂墨似点漆的双眼。刚刚平复好的心情又有了乱掉的预兆,陆时雨急切地别开视线,从他身上退离。

这回,陈寂没再阻止,她顺顺利利地脱离了陈寂的怀抱。

空气之中仿若被人打了一针镇静剂,他们两个都太安静了,谁也没有先开口说话。陈寂看上去一脸醉态,可他这人平常说话本来就不怎么靠谱,谁知道喝醉了会怎么样。

毕竟,刚刚是她亲的他,可归根结底,要不是陈寂拉了她一把,她也不会再次摔在他怀里……

思来想去,怎么说这件事情都是棘手又不好解释的,那就别解释了,省得越描越黑,陆时雨忽然间有些想下车了,而且宿舍晚上十点五十分锁门,现在也马上就要到时间了。

"你……"

"你……"

两人同时开口。

陈寂动作没变,仍然没骨头似的靠着汽车后座,歪着头,在狭小而昏暗的车厢里,紧紧凝视着陆时雨。

他此时,远比平时要让人觉得危险。

陆时雨看不太懂这样的目光,看则乱,不看反倒稍好一些,她索性没看陈寂,只盯着水杯。

陈寂说:"你先说。"

陆时雨轻声开口,声线之中还隐隐约约带着些微不可察的颤意:"那个,你今晚回去早点儿睡觉，我们宿舍快锁门了，那我……就先回宿舍了。"

陈寂没作声，只是定定地看着她。陆时雨便转了转身子，手扶上车门把手："我回去了。"

她刚拉了一下车门把手，还没拉到底，陈寂蓦地开口："我还没说呢，着什么急啊。"

他说话也挺正常的，跟平常没什么区别，带了些笑意，乍一听就跟没喝多一样。陆时雨心里"咯噔"一声，生怕陈寂拿刚才她亲他的事堵她，但没办法，只好又坐回去。

"你说吧。"

陈寂懒懒散散地抬起手来，轻轻触上被陆时雨亲到的那块皮肤，眼神绝对不怀好意，恰恰是陆时雨不懂的这种眼神，带着些侵占性。他的目光从她眼睛，缓缓落到她圆润挺翘的鼻尖上，再往下，落在她小巧殷红的嘴唇上。

他脑海中忽地起了些异样的心思，刚才一触即离的吻似乎将他心底藏得很深的某些欲望勾起了一些，像是蝴蝶在海上振翼，随后原本平静的海面上，就掀起了一场狂风巨浪。

陆时雨看着他抚着自己脖子的动作，脸红一阵白一阵，真是要死了，竟然还有些紧张……有话你倒是说啊。

看她泛红的耳尖，陈寂眼底微微含笑，怕什么，看着嘴挺能说的，其实就是只纸老虎。虽然刚才他是故意扯着她不让她走的，可亲上来这件事情他也没有预料到，所以也不能怪他。陈寂收起自己那些不太光明磊落的心思，但今晚，哪里能让她这么快就躲过去。

"你帮我看看。"他出声。

陆时雨攥着自己的衣角，微微疑惑道："看什么？"

陈寂指了指自己的颈侧，说："看看红了没？"

"说你是朵娇花，你还真喘上了……"陆时雨一脸羞赧，一时间又夹杂着无语，满是无奈地回他，"肌肤吹弹可破，也没你这么娇嫩的吧。"

陈寂揉了揉额角，酒意上头，像是有了些倦意："真没红？你可别骗我，我虽然看不见，但是怎么感觉这么疼呢？"

陆时雨瞪了他一眼，到底还是看他醉得不轻，没说狠话："那难不成，我还得给你吹吹吗?"

"这个建议挺不错的,我不介意,"陈寂摊开手,大刺刺地横在椅背上,"你来。"

服了。

陆时雨反手打开车门:"我就不吹,疼死你算了。"

她下了车,还没走出两步,手机却响了起来。

陆时雨拿出来一看,居然又是陈寂。

这才走了没三米远。

陆时雨接起来:"你又想干吗?"

陈寂沉默了一秒,声音喑哑,低沉地喊了句:"陆时雨。"

看来还真是喝多了,话都说不利索了。

不远处,程周煜骑着共享单车到了她宿舍楼下,陆时雨冲他无声地打了个招呼,随后快步走进宿舍楼里,对电话那头的人说:"你舍友来了,赶紧回去好好睡一觉吧,不然第二天要头疼的。"

说完,准备挂断电话,陈寂却阻止她:"别挂电话,行不行?"

陆时雨叹了口气,喝多了,还挺爱耍小孩子脾气的。

"到零点再挂,"陈寂说,"陪你跨年。"

陆时雨愣神间,程周煜已经上了车,拧开钥匙发动车子,带着陈寂走了。等她再回过神时,那里空无一人。

那就别挂了。

电话一直没挂,陈寂那边也很安静,只有细微的电流声划过,间或有几声衣物摩擦的声音,偶尔传来陈寂几声低喃——

"到宿舍没?"

陆时雨:"早就到了。"

"陆时雨。"

"嗯。"

"我也到宿舍了。"

陆时雨无声笑笑:"嗯,我听到胡子奇打游戏的声音了。"

"陆时雨。"

"嗯？"

"没事，怕你睡了，十一点四十五有烟花，你不是说想看？"

"嗯，我知道，现在一直在阳台站着呢。"

"多穿点儿，外头冷。"

"好。"

电话那头忽然间安静了一瞬。

隔壁工业大学，陈寂到了宿舍，也没跟舍友说话，径直就去了阳台，独自酝酿喝多了的人该是怎样的腔调，这会儿冷风一吹，真没有刚才在车里有感觉。

结果说了没几句话，程周煜这个傻子就出来了，拍着他肩膀说："在这儿干吗呢？你这不是没喝多啊，我还以为你是醉得没意识不能走路了呢，没醉就进来再跟大伙儿喝点儿。"

陈寂面无表情地瞥了程周煜一眼，凉飕飕的，但紧接着，脸上挂了一抹张扬的笑意："谁跟你们这帮单身大老爷们儿喝酒啊？"

程周煜惊了一瞬，说道："你说什么呢？你个半斤就别在这儿笑我们八两了行吗？"

陈寂拍了拍他肩膀："你知道半斤跟八两差在哪儿吗？"

程周煜："嗯？"

"就差在，半斤有人亲，"陈寂打开阳台门，把程周煜推进去，"但是八两，没有。"

"啪"的一声，阳台门从外面落了锁，陈寂又趴到栏杆上，模仿着喝醉酒的人的声线，说："看到烟花了吗？"

夜色中绚烂的万千银丝都快要把整片天空染亮了，硕大的烟花绽放在这片高空中。陆时雨也趴在阳台栏杆上，仰头望着天，似乎还可以听到从陈寂那边传来"嘭嘭"的烟花声。

"看到了，很漂亮。"

这是他们第二次一起看烟花，第一次看烟花那次还是高一，陆时雨还记得，她当时许了愿，也半强迫着陈寂许了个愿望。当时陈寂半推半就的，脸上明显不相信，但还是迫于她，许了个不知道是什么的愿望。

如今，时光流转，但先开口说许愿的，也跟着时光的变化而发生了变化。

陈寂温声说:"小陆同学,许个愿吧,来年一定实现。"

陆时雨在原地愣住,但随即,漾出笑容:"那我许了哦。"

"嗯,我把我的愿望也给你,你可以许两个。"陈寂说。

"这哪儿行啊,你就没有想实现的愿望吗?"

陈寂但笑不语:"给你就给你了,听话,许吧。"

她轻轻咬着下唇,嘴角都快咧到后脑勺去了,而后闭眼,双手握拳放在面前,默默把心里的愿望说给这场绚烂的烟花听。当最后一句话落下时,不远处似乎突然热闹起来,怎么也不像是深夜,烟花似乎也更加浩大了。

陆时雨睁开眼睛,耳边刚刚好传来陈寂一声简简单单的:"陆时雨,新年快乐,岁岁常相见。"

此时,零点零分,正式进入了崭新的一年,愿新年胜旧年。

孔怡然一整个元旦假期都在首都待着,元旦当天,一中四人组碰头,带着孔怡然在首都各个景点逛了一圈。

元旦到处人挤人,景点买票还得排长队,有些地方还得提前预约,因此一天下来,他们四个几乎没怎么好好逛景点,只剩下排队了。

晚上,四个人在景点附近找了家海鲜馆吃了顿饭。

孔怡然走得腿肚子打战,又酸又涩,一边吃东西一边说:"咱这约的时间太不对了,我本来还说今天好好转一天呢,玩得不尽兴啊,太累了,照片都没拍几张。"

王竞之替她背了一天的包,又给她拍了一天的照,这会儿也正累着呢,还得给人家剥虾。他舒了口气,说:"你还累?你有我累吗你?"

"你是东道主哎,不该照顾照顾我啊?等你去我大学那边,我肯定也给你拿包!"

王竞之把剥好的虾肉放到她盘子里:"算了吧你。"

"哎,"孔怡然一拍桌子,"真的,咱们可以去我们大学那边啊。S市也特别漂亮,园林一绝,你们说呢?"

"我没意见,"王竞之说,"但是要去就得年前去,我年后得集训。"

"行啊,那咱们就年前去一趟。要不就寒假吧,在那边玩几天,我等着你们。"

王竞之点点头:"行,就这么定了,到时候我们仨一块儿过去。"

两人商量完,才想起来旁边还有两个人,于是孔怡然又问陆时雨和陈寂:"行不行?"

"你俩这不都替我俩做好主了?我俩的意见还重要吗?"陆时雨无奈地看着她,"我俩能不去吗?"

孔怡然一笑,又问陈寂:"陈寂你呢?"

恰好此时服务员上了一道烤鸭,陈寂一边往鸭饼里放肉和配菜,一边往陆时雨的方向点了点,随后,那个包好的烤鸭卷,就放到了陆时雨面前的盘子里。

"她不是都替我做好主了?我能不去?"

一过元旦,距离期末考试就非常近了。

陈寂是大四,即使整个学期下来没有几节课要上,但他平时不是划水摸鱼的人,因此根本不存在期末考试月复习到头秃的事儿。

相较他的平静淡定,宿舍里其他人就稍显慌张了。

沈枭不在,早早就出去了,程周煜正亮着台灯伏在桌上抓耳挠腮地看什么东西,"卷"出新天地。

陈寂走到程周煜背后一看,这人一大早看了半天,教科书却还只是停留在第一页,手边摆着部手机,里面正放着游戏解说。

陈寂打开手机,看了眼微信,说:"你这是复习游戏解说呢?咱考试还考这门?"

"哎,"程周煜震惊地看着自己手里的视频,进度条已经过半了,"我怎么看了这么多了,我原本想着只看五分钟然后就接着复习呢!"

陈寂换了身运动服,打了个哈欠,懒洋洋道:"图书馆又不是没位置给你学,在宿舍复习你还指望着能学好啊?不挂科才怪。"

他指了指沈枭的床位:"你还不如跟人家沈枭学学,出去复习。"

"他学什么啊。你俩平时一个比一个'卷',期末还用得着复习啊?"程周煜瞥了他一眼,"这你就不懂了吧,人家可不是自己出去复习了,是找女朋友一块儿复习去了,医学生期末考试多绝望啊。"

陈寂本来已经准备出门晨跑了,听到这番话后想了想,又把自己的电脑带出了门，路上他给陆时雨发了条微信。这会儿才七点，他以为陆时雨不会醒这么早的，发完微信就想着把手机收了起来，可刚发出去微信，下一刻，陆时雨就回了：刚买了早饭，在食堂吃呢。

小懒猪居然不懒了，陈寂又把手里的热牛奶放了回去，给她打了个电话："起这么早？"

陆时雨吸了口豆浆，微叹了口气："得去图书馆复习啊。"

陈寂看了眼她的课表，这一周她都没课，看来是要常驻图书馆了。他思考几秒："行，那你也帮我占个地儿。"

那头，陆时雨呛了一下，一连咳了好几声。陈寂出声："慢点儿吃，又没人跟你抢。"

"你怎么要我帮你占地儿？"她似是有些不可置信，"我是去图书馆，不是去别的地方。"

"我知道。"陈寂说谎话一点也不脸红，"工大的教室里没几个插座能充电，不太方便，而且大家期末都'卷'起来了，现在图书馆的位置一个不剩，我总不能坐地上吧。"

陆时雨不疑有他："行，那我帮你占一个，可是……你们学校也这么'卷'啊，我以为只有医学生这样呢。"

"你可别瞧不起我们理工学生啊，理工科学生期末月也跟度劫一样，况且大四的还得准备毕业论文什么的。"陈寂潦草地说了两句，准备跳过这个话题，他在电话里喊了陆时雨一声，"哎，你慢点儿吃，等等我，我去你们食堂跟你一块儿过去。"

陆时雨"噢"了下："那你是不是还没吃早饭呢？"

"没呢，你随便帮我买点儿就行。"陈寂又说，"算了，你赶紧吃你的饭吧，等下东西凉了，不用等我，我马上过去，自己买就行。"

陈寂赶来时，陆时雨的早饭都快吃了一半了，她对面还放着给他买好的早餐。他走过去，手先是触了触陆时雨手边的那碗粥，已经不怎么烫了，温热的，他把自己这碗冒着热气的粥推到她面前："不是让你别等我吗，你的粥都凉了。"

"这个还是温的，"陆时雨连忙摆手，"我真喝不下去了。"

陈寂只好作罢，但还是把自己手边的茶叶蛋放到了陆时雨面前："再多吃点儿。"

陆时雨失笑："我已经饱了啊。"

"早吃饱午吃好晚吃少，懂不懂啊你？"陈寂说，"多吃点儿才有劲儿复习啊。"

陆时雨哑然。

"我不怎么爱吃鸡蛋，别浪费了。"他看了眼陆时雨，见她带着些不解，咬了口她给他买的包子，"以前练体育的时候老是吃鸡蛋，天天补蛋白质，但也不觉得鸡蛋有多好吃，不练了以后就更不爱吃了，可能是有点儿吃腻了。"

陆时雨默默记下，点头："行，那我以后不给你买鸡蛋了。"

"除了煮鸡蛋，其他我都可以，不挑。"陈寂垂眸，搅了搅碗里的粥，默不作声地抛了个线，"我听说医科大的鸡蛋饼不错。"

他抬头："我还挺想尝试一下的。"

"好啊，那个确实好吃，"陆时雨顺着线走了过来，"我明天早上给你买。"

如他所愿。

陈寂哑然失笑："行啊。"

"啊，对了，外来人员进图书馆得办一个临时的证件，我跟你说怎么弄。"陆时雨把流程发到他微信上，"你赶紧办一下吧，吃完饭我们就过去了。"

陈寂直接把手机递给她："密码是六个'6'，你帮我办一下。"

陆时雨顿了一秒，又看着陈寂伸来的手确定了一下，才缓缓接过手机，解开锁，点进陈寂的微信。

本着尊重陈寂隐私的原则，陆时雨解开锁之后就没有乱看，直接找到微信点了进去。但一点进去，却在他的聊天对话框发现了一个置顶——

他给这人的备注是"路灯和鸟窝"。

这什么奇奇怪怪的备注名字啊。

可是这个"路灯和鸟窝"微信账号的头像，居然跟她的一模一样？而且，右面居然也有一个小红点显示着"1"，发消息的时间，恰好就是她刚才发给陈寂那条微信的时间。

陆时雨的目光从手机上移开，落到了对面的陈寂身上，忽然间觉得呼吸有些紧促，手心里开始冒着细微的汗意。她迟疑了一下，指尖在屏幕上稍缓，最终，还是点进了"路灯和鸟窝"的对话框里。

就这么一眼，陆时雨整颗心像是被人提了起来，挂在高处，飘飘摇摇寻不到底，"扑通扑通"跳个不停，像是快要跳出来。

陈寂，把她置顶了。

是他所有好友里，唯一一个置顶。

弄完临时证件，陆时雨把手机递给陈寂。

一时间有些搞不懂陈寂的意思，她也很怕是自己自作多情，毕竟现在一个置顶也代表不了什么东西，她给陈寂置顶还都是为了哄他才弄的，可仔细回忆一番，陈寂也没有答应过她类似的事啊。

见她吞吞吐吐、犹犹豫豫，一脸纠结的模样，陈寂接过手机，问她："弄好了？"

"啊？嗯，弄好了。"

她言语间带了些细微的不自然，陈寂听得很清楚，于是把手机放在一边，身子懒懒散散地往前趴了趴，手肘顶在桌沿，直视她："你想说什么？"

她也望着陈寂，放在桌子下的手紧紧揪着羽绒服外套的拉链，指尖泛白。

这会儿食堂里人逐渐多了起来，人影交错，三三两两从他们周围经过，或打着哈欠，或说着些生活琐事，伴随着晨起时大家特有的慵懒嗓音，到处是碗筷与勺子的"叮咣"碰撞声。

在这样喧闹却又让人觉得安心的场景中，食堂一角，陆时雨与陈寂无声对视着，目光交织，直白且热烈，在这冷寂又索然无味的冬日里，比天上寡淡的日光还要浓烈。

这瞬间，陆时雨甚至觉得，此时其他声音都听不到了，唯一可以听到的是表盘上秒针一格一格走动，一秒，两秒……再有就是自己强有力的心跳声，好似密集的音乐鼓点，一下接着一下。

当表盘上的秒针走到第十时，陈寂最先移开目光，败下阵来。

他不清楚陆时雨到底想问什么，其实心底隐隐有几个猜测，可还是没底，

/ 344 /

他这人从不做没把握没准备的事。

陈寂单手把碗端起来，仰头喝光粥，而后放下，半晌，他微叹了口气："什么长篇大论啊，还得酝酿酝酿。"

"也没什么，"陆时雨指了指他的手机，"你怎么给我起了这么个名字啊？"

陈寂偏头，顺着她的手指看着自己的手机，可听到她这问题，却不怎么开心。路灯和鸟窝都是两个，但那天夜里，天凝地闭间，她指着地上他俩的影子温声告诉他："可你也是两个了啊。"

这句话，如同烈日骄阳，一下子就闯入他的心房。

即使早在心里猜到这个答案了，可从她口中亲自说出来，陈寂却依旧觉得很沉闷，以一种无法抵挡的速度和力道向下沉着，无可遏制地冒出一丝失落，在他心里生根发芽，疯狂生长。

但转念一想，他自诩是个认真的人，看准的事情，一定会给它一个完美的开端，而后从一而终。如果她要是真的问他为什么置顶，没准他还真倒会犹豫犹豫，毕竟人来人往的食堂，怎么也显得不那么正式，就跟闹着玩一样，她看上去也还没那个意思，况且他俩也刚刚重逢没多久。

不过来日方长，再等等吧，谁能说清未来会是怎样的呢。

他故作高深地想了想，说："我人生第一次写诗，就是等你下课那天写的那首，多有纪念意义啊，而且你不觉得这名儿很有特色吗？路灯和鸟窝，任谁听了都得说一句高级啊，高级人，就得配高级名儿。"

他一脸"你看我对你怎么样"的表情，冲她嘚瑟地扬了扬手里的手机。

陆时雨怎么也没想到会是这么个结果，颇有些无语："谢谢你还给我抬了个地位。"

"不客气，"陈寂特潇洒地摆摆手，"都是小事儿，不足挂齿。"

复习的这几天，陈寂几乎天天带着电脑往医科大跑，少数时间不来，还是因为他有"早八"的考试，陆时雨也习惯了帮他买早饭占位置。

一般情况下她在图书馆一待就是一天，陈寂也是。他俩在图书馆很少说话，各忙各的事，偶尔，陈寂会给她倒杯水，提醒她站起来走动走动。

那十几天里，一日三餐两人都一块儿吃，医科大的一食堂都快让陈寂转遍了。

陆时雨有时候也疑惑，工大图书馆天天都爆满吗，真就一个座位都占不到？

当然，这话遭到了陈寂同学的强烈谴责。

他说期末考试之前工大图书馆天天都有人占座，大家一占就是好几天，几乎不带挪地的，而且他晚上回去得又晚，早上早早就得来医科大，根本没机会去图书馆占位置。

末了，他撩下眼皮，重重叹口气，一副受伤的样子装模作样地跟陆时雨说："陆时雨你说，你是不是烦我了？唉，你要是烦了，就请直说，我陈寂绝不是狗皮膏药，我绝对立马收拾东西回工大图书馆，坐到地上复习。"

人家都这样说了，陆时雨当然得哄着，于是一哄，就哄了半个月，哄到她开始进行期末考试。

考完当天，就有不少人收拾行李赶车回家，放寒假了。

他们放了寒假得先去趟S市。

收拾了一个晚上，第二天一大早，陈寂就到了陆时雨宿舍楼下，接上她一起去和王竞之会合。

此时是春运期间，赶上返乡热潮，首都各个车站和机场都是人挤人的状态，人流量是平时的好几倍，票也不好买。

他们仨的机票是王竞之负责买的，一说去玩他比谁都兴奋，酒店也已经找好了，根本不需要他们操心。

陆时雨这两天考试没怎么睡好，这会儿赶到机场坐上飞机，困意席卷而来，飞机刚一起飞，她脑袋歪到一侧，不知不觉间就睡着了。

他们仨的座位恰好在一排，陈寂坐中间，陆时雨靠窗，王竞之靠着过道。陈寂叫空姐拿了一条毯子过来，王竞之这会儿恰好也困了，见陈寂要拿毯子，迷迷糊糊地伸手去拿，感动道："陈寂，还得是兄弟你啊！"

陈寂淡淡地拂开王竞之的手，在他错愕的目光中，把毯子盖到了陆时雨的身上。

目睹全程的王竞之，狠狠咬了咬后槽牙，瞥了陈寂一眼，自顾自地抱臂合眼睡了。

陈寂压根儿就没看他，给陆时雨盖好毯子，随后调整了一下坐姿，抬手把陆时雨的头放到了自己的肩膀上。

她头顶的碎发蹭着他的下巴，香香软软的。

陈寂垂眸，盯着陆时雨恬静的睡颜，眼中柔情似水流，绵延不绝，温情脉脉，久久不散。

他伸手，把她脸侧的头发别在耳后。

似是寻到了一个舒适的依靠，陆时雨主动歪了歪身子，双手牢牢抱着他的手臂，脸颊也往他的怀里拱了拱，以一种极为亲昵的姿势，软绵绵地窝在了陈寂怀里，呼吸绵长，红润的唇畔在睡梦之中也挂着舒心浅淡的笑。

她梦见白日旷野之下，她紧紧地抱住了陈寂。那时地阔天长，不远处烈日昭昭，光线洒在这片赤诚的土地上。

她很清晰地感觉到，陈寂将手搭在她腰际，他也在回应她。

S市位于东部沿海，温度比首都高一些。飞机上，陆时雨脱了外套，但里面仍然穿的是在首都常穿的那件厚厚毛衣，身上还搭了一条毛毯，因此快要到目的地时，她被热醒了。

身体像是被一个暖炉近距离烘着，热意从四面八方向她涌来，肩膀上那双强有力的手臂格外吸人注意，带着独属于陈寂的体温，紧紧环绕着她。

有那么一瞬间，陆时雨以为自己还在梦里。但她的脸埋在陈寂颈窝里，可以很清楚地看到他略有些起伏的胸膛。

原来梦里的那个拥抱，真的在现实里发生了。

他们此刻，正以一种过分亲昵的姿势，抱在一起。

陆时雨缓缓抬了抬头，陈寂再度被她头顶的碎发蹭醒了，喉结处痒痒的。他上下滚了滚喉结，微微睁开眼，还没睡醒，身子却仍旧下意识地搂了搂她，嗓音带了些倦意喑哑，另一只手像是在摸小猫一样揉揉她的头："怎么不睡了？"说着，又给她把腿上即将滑下去的毯子往上拉了拉。

"不困了，已经睡饱了。"刚睡醒的缘故，陆时雨音色也软软的，在他怀里趴得有些不好意思，再加上这会儿口干舌燥，感觉自己都出了薄薄的一层汗，脸颊滚烫滚烫，也不知道是因为盖了毯子，还是被陈寂怀里的温度暖的，便把腿上的毯子拿开，想起身："我……"

头顶，陈寂出声，声音慵懒低沉："怎么跟个小孩儿似的？盖好了，睡觉的时候容易着凉。"

陆时雨手一顿，轻声说："别，我不睡了，现在有点热，身上都出汗了。"

陈寂垂眸，看到陆时雨绯红的脸颊，和有些干燥的嘴唇，直接请空姐帮忙拿杯水过来。

陆时雨起身去拿水，结果陈寂却忽地"嗞"了声，眉头微蹙，冲她说："你别动，靠回来，我手麻了。"

陆时雨脑海里天人交战了一秒，到底是接着靠回去，还是直接起身啊？

空姐见状，带着一脸"天啊！我真的嗑到了，我懂你们，继续"的表情，视线在陆时雨和陈寂之间来回打转，而后笑着把水塞到了陆时雨的手上，留下一句"有事儿您再叫我就行，快靠回去吧"就优雅地迈开步子走了。

陈寂说："快点儿啊，让我搭着你点儿。"

陆时雨只好拿着杯子又趴回到陈寂胸前，可是这样，她没办法喝水啊。

结果刚想完这件事情，陈寂就调整了下自己的坐姿，以便陆时雨可以喝到水。他说："喝吧。"

她握着杯子，眨眨眼睛，问他："陈寂，你不是胳膊麻吗，这么动真的没问题吗？"

陈寂捏了捏她的脸蛋，气得不行，但又想笑："小陆医生，我不动你怎么喝水？"

陆时雨尴尬地喝了口水，看看她问的是什么智障问题。

王竞之睡到飞机降落才起来，他梦到自己和陈寂被扔到了北极，陈寂带了条毛毯，他以为陈寂是要和他一起披的，结果这人拿着毛毯就不知道跑到哪里去了。他找啊找，找了半天终于发现了披着毯子的陈寂。他满心欢喜地跑过去，定睛一看，陈寂怀里这只猫哪儿来的啊？

这人拿了毯子不给人披，反而给一只猫披！这还有没有王法了！

此时刺骨寒风呼啸而过，他搓了搓自己的肩膀，想上前踹陈寂一脚，结果脚抬起来大力往前一蹬，倒把自己给蹬醒了。

醒来时他好像跟真的去趟北极一样，身体凉飕飕的，王竞之没好气地去看陈寂，结果就看见那毯子已经被叠得四四方方的，放在陆时雨的腿上。

这两人一个比一个神清气爽，脸色一个比一个红润。

就他一个人抱着胳膊瑟瑟发抖。

三人行必有一人受罪是吗！这是人受的罪吗！

飞机落地时才上午十点钟。

时间尚早，一中四人组在机场碰了头，径直就去酒店放行李了。

王竞之订的两间房是正对面，两个男生一间，两个女生一间。

到房间门口，陈寂先是去女生的房间，来回检查了一遍，确认没什么问题，才反复叮嘱她们晚上别单独出门，要出去也告诉他俩一声。

孔怡然笑得不行，说陈寂还挺谨慎。

放好行李，几人先去孔怡然大学里头转了一圈，又在附近简单逛了逛。

孔怡然把攻略都做好了，陆时雨拿着她做好的攻略认真看了看，而后指着某个地方说："下午去这里怎么样？"

孔怡然的大学靠海，周围还有几座山，不算高，但是陡峭，看上去挺刺激的，当地市政在这山上修了玻璃栈道和景区，而且还搞了一个蹦极。

孔怡然看了眼陆时雨指的地方，讶然道："上来就玩这么刺激？这个地方我去过，特别高，你们刚到，不先玩个别的缓缓啊？"

"我天，陆时雨，以前没发现你胆儿这么大啊，"王竞之只是随手翻了两页攻略，就被蹦极的高度给吓到了，"这些东西一看就很刺激啊，你真想玩啊？要不咱再缓缓？"

"这有什么刺激的，玻璃栈道也没什么吧，"陆时雨说，"我主要是想尝试一下蹦极，但是什么时候去都行的，或者我自己上去跳一次也可以。"

陈寂正在往火锅里放食材，也没工夫抬头，闻言只说："那就去呗。"

几人一齐看向他。

陈寂放完食材，又淡然地给陆时雨手边的杯子倒满水："我觉得我也可以尝试一下。"

下午。

一中四人组早早就到景区买了通票,先是顺着修建的吊桥上到半山腰,仅仅只是到半山腰,风景就已经很秀丽了,从上向下俯瞰,整座城市的车水马龙似乎都尽收眼底。S市不怎么下雪,放眼望去仍是绿意盎然,不远处群山连绵,仿佛一条淡青色的柔纱。云层很厚,但太阳却也极尽耀眼,日光透过云层缝隙争先恐后地钻出来。

陆时雨停在吊桥上,一只手扶着吊绳,另一只手拿相机拍照。

陈寂走到一半,习惯性地往后看了眼,就见陆时雨拿着照相机在那里拍得不亦乐乎。

他只好又返回去,小心翼翼地站在她身后护着,屈指点了点她的眉心:"跟紧点儿,你丢了怎么办?"

闻言,陆时雨背着光,笑眯眯地回他:"丢不了,我看着你们呢。再说我要是丢了,我肯定会去找你们啊。"

她淡淡笑起来时,笑颜明丽夺目,杏眼弯弯,眼底微光昭如日星。

陈寂盯着她看了一会儿,从她手上拿过照相机,酷酷地丢下一句话:"你还是别找了,自己在那儿站着吧。"

陆时雨撇撇嘴:"这么无情啊你。"

他把相机抬起来,对着陆时雨,和她身后那片起伏壮阔的山脉。

山高海阔,满目青山,她背对着日光,无数光线都被她单薄的身体挡住,就像是她被光拢着。

快门键按下,画面定格这一瞬间,陈寂说:"你在那儿站着,等我去找你。"

陆时雨心跳节奏乱了一拍,心头微动。陈寂拿着相机过来:"看看拍得怎么样。"

"哇,你不去当摄影博主真的屈才了!"陆时雨小脑袋凑在陈寂身边,翻看他拍下的她,每一张照片的构图和采光都很绝。

她忍不住夸赞,兴奋道:"太好看了!"

陆时雨:"我也帮你拍一张!"

她拿过相机,指挥陈寂站好,对着他拍了半天。

他个子高，身材高挑板正，长相也不差，非常上相，完全是模特脸，但就是不太爱笑，整个人往那里倨傲地一站，非常冷酷。

"你笑一个啊。"陆时雨的眼睛从镜头后移开，勾着手指对陈寂说，"快！笑一个。"

话说得还挺像调戏人。

陈寂插着兜，看着陆时雨又把手放在嘴边，冲他示范性地弯了弯嘴角，于是心头一转，懒懒散散地说："怎么笑啊？不会。"

"就正常笑啊！"陆时雨一脸恨铁不成钢，把相机挂到自己脖子上，径直走到陈寂身前，仰着头，手指抵着他嘴角两侧，往上抬了抬，"就这样。"

两人之间的距离骤然间拉近了许多，陈寂甚至闻到了她衣服上特有的香气，不免有些心猿意马。

他低头看着她，调侃道："你这给你自己示范呢？"

陈寂往前挪了一小步："我又看不见，你笑一下给我示范一个。"

陆时雨踮着的脚缓缓放下，心里后知后觉地钻出一丝紧张来，这会儿让她笑也笑不出来了，脸好像有些僵。

"怎么不笑了？"陈寂伸手揉着她的脸，"我有这么凶神恶煞？"

陆时雨拍打着他的手，又气又笑地说："你快放开！"

"不放。"

"陈寂，你怎么这么幼稚啊！"

"是吗？跟你学的。"

他俩的笑点很奇怪，明明很普通的对话，却令对视的两个人不约而同地露出笑脸来。

"挺好。"

陈寂不清不楚地留下一句话，而后把自己手机拿出来，对着两人的脸拍了张照片。

"这不笑得挺好看的？"

陆时雨伸手去够他的手机："你给我看看！"

"再来一张，"陈寂把手举高，把她环在臂弯里，"拍完再看。"

"你开美颜相机没？"

"我手机里没有那玩意儿,不用开,你怎么拍都好看!站好啊,咱俩这张把后面的风景也拍上。"

两人正闹着,在一边巡视的工作人员看不下去了。

早早就看这一对在这儿打情骂俏闹着拍照片,闹了半天也才费劲地拍了一张。工作人员阿姨走过来,说:"我来帮你们拍吧,你们不太好找角度。"

陈寂把手机递过去:"谢谢阿姨。"

阿姨拿着陈寂的手机,指挥这两人:"哎,姑娘你再往这小伙子那边凑凑……再凑凑再凑凑,你俩中间这缝给谁留的?哎,对了,再来一张啊……"

阿姨意味深长地说:"最后一张啊,想摆什么pose就摆什么pose。"

快门声落下前,陈寂伸手,把陆时雨揽在怀里,陆时雨愣了一下,脸上随即就浮起了动人的笑容。

照片一拍完,孔怡然和王竞之也找上来了,陆时雨感觉有些不好意思,跑过去给他俩拍照片了。

陈寂上前,阿姨看着照片说:"你俩真上相啊!我还没见过你俩这么高颜值的情侣呢。小伙子眼光不错,女朋友找得好!"

她竖了个大拇指:"般配!"

陈寂接过手机,目光在人群中搜寻那抹倩影,此时眼底带着温柔的神情,夹杂着直白的侵占性。

他附和地点了点头,说:"您说得太对了。"

好不容易爬到蹦极点,王竞之又开始打退堂鼓,一米九的壮汉,此时眉头皱得能夹死一只苍蝇。

孔怡然在一边笑得不行,劝了半天没劝动,便说:"你过来一趟,总不能白来吧。"

王竞之依旧犹犹豫豫的。

见状,孔怡然一拽他:"怕什么!我跟你一起蹦!"

王竞之惊了:"两人怎么蹦?"

"抱在一起往下跳。"

登上蹦极台，抱住孔怡然的那一刻，王竞之似乎没那么怕了。两人酝酿了一会儿，孔怡然说："我数到三，咱就跳。"

王竞之神色凝重地点了点头："行，没问题！"

"一，二。"

话音刚落，孔怡然迈腿，一秒之间，王竞之猛地抱住孔怡然，力道大得跟要把她按进自己身体一样。

两人"噌"地就跳下去了。

陆时雨看得非常兴奋，她之前从来没有尝试过这类型的运动，秦安兰一直不让，但她现在没什么可顾虑的了，想做的事没有不敢做的，即使不敢，迈开腿也就敢了。

"去吗？"陈寂在她身边说。

陆时雨点点头，但下一刻，犹豫了一秒，一个人蹦是挺有意思的，但是看着两人抱着一起跳，好像更有意思。

"你去不去？"

陈寂眉头轻挑："你害怕？"

陆时雨说："不是，我是怕你怕。"

"你别说，我还真挺怕的。"他牵起陆时雨的手往前走，"所以，咱俩一块儿跳。"

工作人员给他俩弄好装备，叮嘱一番注意事项之后，就退开了。

山顶最高处，风景更加惹眼，云蒸霞蔚，似乎稍稍抬一抬手，就可以碰到软绵绵的云朵。这里离太阳也更近了，旷日之宇，光芒万丈。

此时暮色渐起，斜阳余晖很绚烂，陆时雨偏过头去看陈寂，光线悉数洒在他周身。

她上前，紧紧环住陈寂的腰。

陈寂愣了愣，回过神，也跟着紧紧箍着她的身子。

"准备好了吗？"陆时雨问他。

"陆时雨，咱俩现在可是一条绳上的蚂蚱。"陈寂扯唇，肆意地笑了下，"我抱住你，就不会再松开你了。"

陆时雨顿了一秒，陈寂说这话时非常认真，她也温声回应，但字字掷地有声:"我也不会松开你。"

"一言为定。"

陆时雨点头:"一言为定。"

一约既定,那就万山无阻。

身子飞速下落的那瞬间,失重感席卷而来,风声在耳边呼啸,陆时雨真的体会到了那种名为"生死与共"的感觉。

害怕刺激是有的,但她埋首在陈寂怀里,更多的还是天不怕地不怕的无畏,陈寂给足了她安全感。

一中四人组在S市待了一个多星期,除了陈寂,其他三个人一同回榆阳。四个人订了同一时段的票,但陈寂要稍早一些。

孔怡然和王竞之办行李托运排了长队,这会儿还没回来,陈寂快要登机了,所以只有陆时雨一个人送他。

时值寒假过春节,人来人往的机场里,到处是返乡心切的异乡人,只有极少数的人在送别,有对男女离开前互相抱了抱,在大庭广众之下,亲昵地吻了下对方,黏黏糊糊的,不愿意分别。

陈寂和陆时雨恰好经过他俩面前,她没太在意,陈寂似乎也没在意,坐下之后跟她说话说得都忘了时间,最后还是陆时雨听到广播里他的航班该登机了,陈寂才起身,却一步三回头,走得磨磨蹭蹭。

怎么也没点儿表示呢?

这得走到猴年马月去啊,陆时雨无奈地冲他摆了摆手:"快走吧。"

闻言,陈寂把手边的行李箱往原地一放。

他挑了下眉梢,阔步走到她面前,很显然对她的催促不太满意,语气透着些不爽:"干吗?这么想让我走?"

"噢,又烦我了是吧?"他抱臂,垂眸睨着她,"我怎么看你一点儿也没有舍不得我走的意思呢?"

"不是,你整天都在想什么啊?"陆时雨失笑,指了指前面,"你还得排队呢。"

陈寂说:"少来吧你。"

陆时雨没办法，站在原地思考了几秒，而后忽地抬手，鼓起勇气，短暂地环住陈寂的腰，脸颊贴在他硬挺温热的胸膛里，哄着说："行了吧，寂妹妹，你再不走，整个机场就得广播喊你名字了。"

说完，她便缓缓退离陈寂的怀抱，可还没向后退开一步，手还搭在他腰侧，陈寂却猛地弯身，抬手覆在她腰际，把人给揽了回来。

陈寂弯着腰，下巴搭在她肩膀上，这会儿倒是满足了，闻着她身上散发出来的淡淡香气，心满意足地说："陆时雨，我回家得先跟着我爸实习一段时间，白天可能没空，晚上也有可能跟他一块儿出去见见他那些好兄弟，几点回家不一定，但是一般不会太晚，手机全天保持畅通，不会关机。"

陆时雨蓦地收紧放在他腰侧的手，陈寂的衣服都被她抓皱了，她心底倏忽间就软了一片。愣了好半晌，等她细细揣摩完陈寂这番话的意思，才轻声"嗯"了下。

得到回应，陈寂又张口，事无巨细地交代着回江城以后的日程安排："过年那两天我可能比较忙，家里老人也在江城，过年那两天家里人多，年初二我那些姑姑叔叔得来我们家，年初四得跟我妈我爸一块儿去看我姥姥姥爷，初五初六没事，年初七放完年假，就该上班了。"

"好，我知道了。"陆时雨温柔地拍了拍他的背，顿了顿，说，"我过年不实习，除了买买年货，过年那两天走亲访友，其他时间可能就在家里宅着了。"

陈寂直起身子，双手握着她的肩膀，力度不大，但很有存在感。陆时雨稳了稳心神，仰头看着他，颇有点儿小心翼翼，但又透着一股坚定地说："我手机也不会关，二十四小时开着。"

"收到，"陈寂意味不明地笑笑，"好好看着点儿手机。"

意思够清楚明白了。

他确实是在跟她交代。

得知这个结论，陆时雨心头豁然开朗。

"那我走了。"陈寂说。

刚才还没怎么舍不得，但此刻一听他说"走"，陆时雨莫名感觉一股酸涩感涌上来，有些舍不得放开他。

她极力地克制这股酸涩感，抿了抿嘴角："嗯。"

陈寂拉着行李，没入人群中。在登机口前，两人隔着不短的距离，遥遥摆了摆手。

陆时雨似乎有些明白刚才那对情侣"黏黏糊糊"到底是种什么感觉了，即使他们现在不是情侣，但她却有了一种"她跟陈寂仿佛是一对离别的情侣"的想法，也产生了一丝不太确定的疑问。

这么长时间接触下来，她发现她还是对陈寂有种特殊的情感，那种缺失感仿佛正在被渐渐填满。她总以为，高中毕业那几年里，两人分别那么长时间，这种感情会慢慢变淡，可事实上并没有。

再度见到他没多久，这种感情就如同洪水决堤而出，无论如何也收不回去，反而愈演愈烈。

她向来是个极度依靠事实和理论的人，从小到大，没有依据的事情从来不会妄加定论，性格和职业使然，让她早已习惯了冷静理智，没办法仅凭一点点猜测就凭空想象。

但她依旧会忍不住想，陈寂是不是也有点喜欢她了？

目送着陈寂的背影消失，陆时雨才吐出一口浊气。这才不到几分钟，她就已经掏出手机，时不时看一眼，未来的一个月，手机有得用了。

飞机落地，秦安兰和陆兆元早早就在机场等着接陆时雨回家了。

自从陆时雨高中时，母女俩吵完那场架之后，她们的关系越来越融洽，陆时雨会时不时地跟秦安兰谈谈心，秦安兰也不再指手画脚了，无论陆时雨做什么事都没有再发表过什么强加性的意见，只说她过得开心就好。

孩子大了，终究有一天是要离开父母自己生活的，她不可能一辈子对陆时雨管这管那。

几个月没见，乍一见面秦安兰和陆兆元还有些无措，激动得都不知道该说什么好了。

秦安兰问："饿不饿啊，濛濛，咱先找个地儿吃个饭？"

"不饿啊，"陆时雨摆摆手，"不用去外面吃，先回家吧，回家再吃，我想吃饺子了。"

秦安兰点点头："那我跟你爸一会儿回去就包。"

"行，那我擀皮。"她说。

"不用，"秦安兰拒绝道，"我跟你爸包就行，你到家先歇歇。想吃什么馅儿的？"

陆兆元在驾驶座上附和道："对啊闺女，我跟你妈包就行，你等着吃吧。"

"我都行呀，帮你们擀个皮又没什么。"

"那先拐到超市去买个菜，"秦安兰说，"家里没什么菜了，平常我跟你爸也不经常回家，就糊弄一顿，家里没什么新鲜菜了。"

一晃四年，秦医生都升为秦主任了，她头上的白发似乎多了不少，盘起头发也藏不住，眼角还多了几条鱼尾纹。

陆家只有她一个女儿，其实一直以来，秦安兰都拿她当掌上明珠，但她似乎有点疏忽家庭了。

陆时雨在心底叹了口气，搂上秦安兰的胳膊，忽然间很想哭。

医院里直到除夕才放假，家里置办年货的任务自然就落到了陆时雨的头上。秦安兰担心她不懂这些东西，还专门给她嘱咐了又嘱咐，陆时雨只说让秦安兰别担心，这都是小事儿。

年前那段时间超市里人挤人，秦安兰和陆兆元回家时间又晚，陆时雨便按着菜谱做了几个简单的菜，他俩回来立马就能吃上饭。

每次炒菜的时候，陈寂会打来微信电话，陆时雨就一边跟他说着话，一边有条不紊地洗菜，切菜，热油，下锅。

隔着屏幕，陈寂似乎都能闻到香味。

这天，陆时雨正准备做油焖虾，但是缺了个重要的食材，她便下了楼，去小区门口买。陈寂在电梯的墙壁上看到了什么，便问了一句："你家住湘南嘉园啊？"

陆时雨："对啊。"

她买好食材，到家就开始做油焖虾。

陈寂看见了，说："牛啊你，这都会做。"

他意有所指地说："我除了不吃水煮蛋，其他都不挑。你做什么我都吃。"

陆时雨拿着锅铲，故意说："我知道啊，噢，你想吃什么我就能做什么，但是前提你也得能吃到啊。"

她用筷子夹起一只虾，尝了尝味道，冲屏幕竖大拇指："好香啊这大虾！你不觉得吗？"

"……好吃你就多吃点儿。"陈寂放下筷子，敷衍地冷笑了两声，随即就靠在椅子上，问她，"我要是真能吃到，你可不准反悔啊。"

陆时雨："我向来说话算话好吗！"

后来他俩也就没再提过这件事。

陈寂每天都会把一日三餐拍照给陆时雨发过去，他跟他爸实习，多数时候是在外面吃工作餐，有时候赶不上饭点，就吃得稍微简单点。

看着可怜兮兮的。

除夕前两天，陈寂一早就给陆时雨打来视频电话，才七点多钟，陆时雨还没起来，迷迷糊糊地接起电话。

陈寂一见她还没睡醒："吵醒你了？那你再睡会儿。"

"没事，"陆时雨打了个哈欠，"你今天怎么没上班？"

"我被安排了一个艰巨的任务，办年货。"

陆时雨醒了醒神，一看陈寂那边的背景，人声嘈杂，他人在超市里，正到处乱逛。

陆时雨觉得有些好笑，一众叔叔阿姨大爷大妈之间，陈寂显得格外醒目。

"你笑什么？"陈寂看她，把手机镜头反过来，对准超市，"我没什么经验，从哪儿开始买？"

陆时雨还是有些经验的，指挥他往某些地方走。

陈寂拿着礼盒说；"这个行不行？"

"不太好，家里不是有老人吗？这个油脂太大了，"陆时雨跟他说了个牌子，"这个牌子比较好，超市里应该都有，挺适合老人吃的。"

"拿了，别的还有吗？"陈寂告诉她，"过年家里应该还有几个孩子过来。"

陆时雨想了想："那买点儿糖，巧克力或者水果糖都可以，再提前准备几个红包。"

"也对，得给红包，"陈寂开玩笑道，"哎，再过几年咱们就不能收红包了，损失一笔大资金啊。"

"这些红包咱们以后也得给出去好吗，以后就轮到咱们给下面的小辈了。"

陈寂顿了顿，忽地发觉，他们此刻的聊天内容很是温馨，就如同一对新婚夫妻。

他冲镜头笑了下："你说得对，咱们都得给出去。"

他一连往购物车里放了好几包糖，陆时雨连忙制止他："你买那么多干吗，糖吃多了对孩子的牙齿不好。"

"行。"陈寂又把糖放回去几包。

"过年的话不都吃饺子吗，可以买速冻的也可以买肉和菜自己做。"

"吃啊，那先去买些肉和虾在家里存着？"

陆时雨点点头："好，你得看看那肉新鲜不新鲜。"

两人几乎从陈寂开始买年货一直聊到他结账离开，期间，陆时雨一直在跟他说什么该买什么不该买，陈寂十分顺从。

东西一天是买不完的，后面两天陈寂又出来逛，在这时间里，走亲访友需要买的礼盒和年货都跟陆时雨商量着，全部买完了。

除夕那晚，陆家忙到晚上七点多才准备好一桌子年夜饭，陆奶奶和陆爷爷也都过来了，饭桌上的菜一大半是出自陆时雨之手。

一看中间那盘饺子，陆奶奶笑眯眯地夹起一个咬了一口："我大孙女这皮擀得真好，皮儿薄馅儿大，不错。"

陆时雨弯着眼睛，又往她碗里夹了几个："那您多吃几个。"

"以后也不知道谁能娶了我们濛濛，"陆奶奶欣慰道，"长得好看，智商高情商高，脾气也好，还会做饭，不知道哪只猪会来咱们家拱你这棵小白菜呀？"

陆时雨有些不好意思，又很想笑。她绷着唇忍了忍，脑海中闪过陈寂的影子，"哇"了一声，转移话题："奶奶您还知道猪拱白菜这个梗儿呢？"

"你奶奶是个紧跟潮流的老太太，我还知道你们年轻人说的那个什么男人都是大猪蹄子，搞笑女没有爱情。"

陆时雨笑得不行。

陆奶奶精明得很,不给她转移话题的机会,随即就问她:"奶奶觉得你不是搞笑女,你跟我说,有没有小猪来拱你?"

秦安兰也说:"现在可以尝试着谈谈恋爱了。"

陆兆元却反对:"是咱家猪不够吃还是怎么着啊?现在来拱白菜还早了点儿吧。"

陆时雨心想:拱倒是没有,只抱过。

她埋头在碗里,耳尖红了一瞬,嗔怪道:"我没有呢!医学生太忙了!"

"你可别成大龄剩女啊,濛濛,到时候奶奶天天在微信点孤寡青蛙唱歌给你听。"陆奶奶说。

亲奶奶啊!陆时雨慌乱地给老太太夹菜:"不会的不会的,奶奶您就放心吧!"

八点钟,春晚开始,一家人其乐融融地正看着春晚。

口袋里的手机突然响动起来,陆时雨跟做贼一样看了眼大家,起身准备回屋接电话。

陆奶奶问她:"谁的电话啊?"

陆时雨握着手机,心惊了一瞬:"我同学,笑笑的。"

她回屋关上门那瞬间,陆奶奶的老花镜似乎反了下光,她给自己放了首《名侦探柯南》的经典背景音,说:"一看就是个男的打来的。"

过完除夕,初一初二走亲戚,陆时雨也没什么空闲时间给陈寂打电话,他似乎也在忙着走亲戚,两人都是在晚上才找空打个电话。

每到这时,她总是会躲到房间里,刻意压低声音。

但百密一疏,这晚打电话还是差点儿被秦安兰发现,当时她猛地把手机扣在床上,脸上带着藏不住的紧张。见状,秦安兰也没多说话,交代完事情便离开她房间了。

后来越想越不对劲,秦安兰回到卧室,跟陆兆元说:"我觉得妈的话有道理。"

"妈说什么话了?"

秦安兰斩钉截铁道:"给濛濛打电话的好像还真是个男孩子。"

"不能吧,"陆兆元说,"她不是说是笑笑吗?"

"你怎么一点也不关心闺女?她跟笑笑打电话什么时候笑得像朵花儿一样啊,还做贼心虚地不让我看她手机。"

陆兆元一听,瞬间不淡定了。

居然还真有猪来拱白菜啊?

但是两口子商量了一下,还是先静观其变比较好。

这边。

陆时雨缓了口气,再度把手机竖起来,陈寂面无表情地说:"我这么见不得人啊?"

陆时雨难以解释,微微蹙眉道:"哎呀,不是,你绝代风华,你帅得惨绝人寰,你倾国倾城国色天香。"

"敷衍死了你,"陈寂扯了扯唇,懒洋洋道,"几天不见你就这么敷衍?"

说不过就加入,陆时雨顺坡下驴:"哎,可不是吗,隔着屏幕见不到真人,我都快把你多高多重,快把你真实样子给忘了,都不知道该怎么形容你的帅气。"

"行啊,陆时雨,"陈寂不轻不重地笑了下,没由来地甩出一句,"我觉得我是该当面让你近距离观察一下我。"

陆时雨不甚在意地回:"那你可得等等了,还有十多天呢。"

陈寂长长地说了句"是啊",随后支着头,叹口气:"还有十多天呢。"

亲戚走完,家里总算安静下来。

榆阳少见地下了雪,屋外纷纷扬扬飘着雪花,屋内暖洋洋的,窗户上凝了一层水汽。吃过午饭,陆家一家三口好不容易有时间坐在一起,玩起扑克牌。

陆兆元是打牌老手了,三个人斗地主,他总能算出秦安兰和陆时雨手里的牌是什么。陆时雨刚开始还一边刷朋友圈一边打,看到陈寂上午十点多发了个机场图片,王竞之评论他:大过年的你上哪儿去啊?

陈寂回:去你身边啊。

她也没多问,这几局抽到好几回地主,都被她爸这个"农民"给推翻了,偏偏她是个不服输的性子,输了这么多把,总得赢一把吧。

　　打牌正打得在兴头上,手机亮了下,陈寂发来微信,陆时雨把手里的牌给他拍了过去:跟我爸妈打牌呢,这回我终于不是地主了,都输了好多次了。

　　拍照的时候,陆兆元刚好出了个A,陆时雨正犹豫要不要出2拍住他,陈寂便说:别出2,后面应该还有用,叔叔肯定有王等着你。

　　陆时雨将信将疑,没出。

　　秦安兰出了个2,陆兆元"哈哈"笑了一声,立马就把王甩出来了:"压死!"随后以摧枯拉朽之势,出了一个顺子,出了一个三带二,又出了一个对儿。

　　她把场上局势给陈寂发了过去,陈寂秒回:把你这三个2拆开,出一对2。

　　陆时雨照做。

　　陆兆元一拍桌子:"三个2居然都在你那儿呢!我刚才三带二你们都不管,我以为你们手里没有大牌呢!失策失策啊!"

　　陆时雨技术不行,但好在牌运好,之后就没有陆兆元出牌的机会了,她毫无意外地赢了一局。

　　陆时雨:赢了!

　　陈寂:那还不得感谢我?

　　陆时雨:是是是,感谢你!

　　陈寂:光说不做假把式。

　　过了没几秒,陈寂发来一张图片。陆时雨点开,看了一眼,当时就愣在了沙发上,喉头发紧,猛地攥紧手机,心跳忽然间很快很快,她有些不敢相信自己的眼睛。

　　陈寂:点个菜行吗?刚下飞机饿得要死,我要吃你做的油焖大虾。

　　雪花"扑簌簌"地落。

　　陆时雨在客厅里站起身向外看,窗外白茫茫的一片,干枯枝丫上叠着雪,但小区大门口花坛里那棵梅花正开得娇艳,点点粉梅缀于枝头之上,恰到好处地彰显着冬天这一抹生机。

陆时雨左看看右看看，顺着花坛遥遥往前望，似乎真的可以透过纷繁的粉梅，在车来车往的街道上，看到那抹黑色的身影。

原本相隔数百千里的距离，在此刻却已不足几千米。

他辗转几个小时，如天上流星一般惊喜地出现在了她的面前。

原来陈寂之前说的那几句不明不白又莫名其妙的话，都有它的归处，好像都在此刻找到了属于它们的正确答案。

手机再度振动。

陈寂：门口保安大爷一直盯着我呢，他问我来干什么，我说我来吃饭的。他不信，说我一身黑看着不像好人，让我赶紧哪儿凉快待哪儿去，服了好吧……我说我真是，他问我上谁家吃，你说我怎么回他啊，时雨？

身边，陆兆元一直在催促陆时雨坐下，甚至也随着她的目光往那个方向瞧，但他们坐着，只能看到人家窗户上贴着的火红窗花。

他冲陆时雨摆摆手："愣着干吗呢？赶紧再来一盘，爸连胜的纪录都被你给打破了，再来再来！"

陆时雨没有理会爸爸，一边垂首"噼里啪啦"打着字，一边往自己卧室的方向挪动。

陈寂：榆阳这么冷，我又想作诗了，这首诗题目我都想好了。

陈寂：就叫：孤单寂寞冷。

陆时雨：……

发完消息，陆时雨嘴角抑制不住地向上弯着，脚下生风一样，飞速地跑回自己卧室。她先是在屋子里慌乱无措地转了几圈，随后打开柜子找自己新买的那条裙子，同时又打开行李箱，拿出化妆包，把化妆品摆了一桌，挑了支颜色最漂亮的镜面唇釉，朝外喊道："笑笑来接我了，我俩去转一圈儿。"

老两口对视一眼。

秦安兰站到陆时雨卧室门前："这个时间还有哪儿开门啊？"

"哎呀，今天都初几了，勒泰世贸天阶还有什么万达都开着呢，外头热闹得很。"

"你们上哪儿去啊？"陆兆元跟上来，问了句。

秦安兰的胳膊肘顶了下他肚子，用眼神说道：话怎么这么多啊你。

"我们上一中街看看,好长时间没去过了,"陆时雨盖上行李箱,随口胡诌,"我俩想去吃那家麻辣烫。"

"那晚上不回家吃饭了?"

陆时雨思考了几秒,应该是回不来了吧。她起身,臂弯里搭着衣服,点头:"嗯,晚上我不在家里吃,你们别将就啊,我晚上尽量早点回家。"

一家三口一年到头在一起待不了多久,好不容易都有假,陆时雨还往外跑,秦安兰和陆兆元微微叹了口气。

"没事儿,你们好好玩吧,你跟笑笑不也好久没见过面了吗?"

这话说得陆时雨还有点儿心虚,她眼神左右瞟了瞟:"好啦好啦,我要换衣服了!"

匆匆忙忙跑下楼,陆时雨气喘吁吁地在花坛边站定。只见前面保安亭外,陈寂与保安大爷聊得正嗨,跟大爷赶他走的那幅画面完完全全不一样,哪里孤单寂寞冷了啊。

陆时雨心道:居然信了他这张骗人的嘴。

也不怪保安大爷说陈寂不像好人,哪有人大过年的穿一身黑,大冬天的居然穿着一件黑色短款的立领夹克外套,那双笔直的长腿套着工装裤,脚下是一双纯黑色的马丁靴,真不怕冷。

远远看过去,眉眼深邃,脸部线条流畅锋利,似乎瘦了一些,因此这身打扮显得他整个人笔挺又冷硬。

但偏偏跟大爷聊天的时候他脸上那抹笑意却能融化这份冷淡。

一日不见,如隔三秋。

他们只是好多好多日没见了,却让陆时雨觉得有好多好多个秋天没见到。

她缓缓迈开步子走过去。

陈寂正跟大爷说着话,视线从他身后掠过,就看到了一身小香风连衣裙的陆时雨,好看是好看,恬淡温婉的气质全都显出来了,只是不冷吗?

陈寂极轻地蹙了蹙眉。

大爷见状,回头,只见陆医生家那个漂漂亮亮的小丫头出来了。他有些不可置信地回过头，又去看陈寂，一脸讶然："你说的，是她啊？"

陈寂含笑点点头，眼底蓦地多了丝温柔："是，您认识啊？"

"我还能不认识？陆医生一家待人和善，尤其陆家这小丫头。"大爷笑着拍了拍他肩膀，"你这小子眼光不错啊！这小丫头挺好的，好好珍惜吧。"

陈寂手插着夹克外套的口袋，一脸散漫，语气却十分坚定地说道："那是肯定的。"

陆时雨走过去，跟大爷打了个招呼。

大爷在他俩之间来回看了看，笑嘻嘻地点头，赞许地说："好啊，去吧去吧，年轻人在一块儿就是好啊。"而后就背着手回了保安亭。

陆时雨一脸莫名："你不是说大爷撵你走吗？我看你俩聊得挺好啊。"

"交际花·陈"说："是撵了来着，后来我就跟他聊熟了。你别说，大爷跟我还挺投缘，咱这人见人爱花见花开的属性，谁不喜欢啊，你说是吧？"

陆时雨无语道："是啊，车见车都爆胎，世界上谁不喜欢你啊。"

陈寂忽地凝视了她几秒，陆时雨冲他歪了歪头。

他回神瞥了眼她裙子下的小腿："冷不冷？"

"没事。"陆时雨摇摇头，极轻地吸了下鼻子，其实确实有些冷，光腿神器好像买薄了。

她也问陈寂："你冷不冷？"

她这么问，陈寂当然即刻就演上了："冷。"

他把手伸出来，补充："是真冷，不信你摸。"

这两人，一个会装，一个会看着他装，但看着他装也不是无动于衷。陆时雨抬手握住他宽厚的手掌，她手太小，才堪堪覆住他的手掌心，可源源不断的热意从那儿散出来，至少他手掌的温度比她要温热。

陆时雨抬眼，不怀好意地说："你这叫冷啊？"

"跟你比，确实热。"陈寂挑挑眉，十指收拢，极为淡然地反手将她的小手抓住，双手搓了搓，而后牵着她到路边站定打车，"你就嘴硬吧，看看你的腿，还说不冷，鬼都不信好吧。"

陆时雨："你懂什么，这叫光腿神器，其实也很厚的。"

陈寂微微侧头垂眸，盯着近在咫尺的她。

今天陆时雨格外明艳动人，肤白胜雪，眉眼间有藏不住的美，嘴唇亮亮的，唇形勾勒得很好看，冰天雪地的温度也难挡这份娇俏。

他忽而笑了下，笑得陆时雨莫名其妙："干吗？"

"我就是想起来一句话。"

"什么话？"

女为悦己者容。

而他，确实是"悦"她。

陈寂神秘兮兮地望着前方，没去看她："说出来就不搞笑了，我还想接着乐一会儿，就不跟你说了。"

"真是严厉谴责你这种……"

陈寂立马撩了下眼皮，目光缓缓落到她脸上，静默一秒，要笑不笑地说："你想说什么？小姑娘家家，说话文明点儿行不行。"

她小嘴一张一合，不饶人地道："我说，我严厉谴责你这种说话说一半儿的行为。"

陈寂浑不在意地"噢"了声："我饿了。"

真是让人没脾气。

不过陆时雨当然没忘记他落地发的第一条微信是什么，但这会儿可以买到生虾，可是到那儿做啊？

似乎是看穿了她的顾虑，陈寂屈指划过她的鼻梁："放心吧，有地儿做。"

两人先是到超市逛了一圈，购物车里装满了菜，他全程都在问陆时雨这个吃不吃那个吃不吃。

逛完一圈，陆时雨的喜好基本被陈寂摸得差不多了。陈寂推着购物车，拿了两袋火锅底料。

见状，陆时雨问道："咱俩待会儿吃火锅？你买这么多，一顿吃得完吗？"

"晚上叫王竞之和孔怡然一块儿过来，咱俩回去先吃别的。"

"你……要在榆阳待几天啊？"

"晚上就得回去。"

陆时雨一惊，看了眼表，随之而来的就是淡淡的不舍："那岂不是没多长时间了?"

"昨天临时来了个远房亲戚,我本来打算昨天来的,"陈寂叹了口气,言语间也有些不舍,"没办法,明天还得回去接着上班。"

陆时雨皱了皱眉:"那我们快走吧,你晚上几点的票?"

"没事,十一点多的。"

"这么晚?"陆时雨连忙拉着他快步走了走,"你还不着急,那不是就没时间睡了啊?"

两个人走到零食区,陈寂又拿了一个东西问她:"这个喜不喜欢?"

"不要了不要了,"陆时雨拽着他,"你怎么一点也不紧张,赶紧走吧。"

"这么着急干吗?我在飞机上睡就行,碍不着什么事儿。况且今天来找你,我兴奋着呢。"

陆时雨心下一滞,只听陈寂又问她:"你不是最爱吃这个牌子?吃哪个?"

她指了指:"不要五香的,要香辣的。"

陈寂依言换掉。

盯着换回来的香辣味牛肉干,陆时雨愣了瞬:"你怎么问我?"

"因为你傻。"陈寂把东西放到收银台,"问你就是给你吃的。"

陆时雨看了眼购物车,这车里的菜,一大半是刚才陈寂问她吃不吃或者喜不喜欢,然后才决定买不买的。

见她仍然怔着,蒙蒙地盯着购物车,陈寂结完账,一只手提上沉重的购物袋,另一只手熟稔地牵上她,轻声留下一句:"这都想不到,以后习惯习惯吧。"

陆时雨耳尖发热,悄然爬上一丝红。

榆阳这几年大变样,商业圈建了一个又一个,一路去陈寂说的地方时,陈寂的眼神就没从街景上离开过,以前拥挤的小路也不再拥挤了,道路平坦宽阔,市政每到过年的时候都会在全市的主干道上挂满红灯笼,以前可没这样过。

汽车经过一中街尽头,陈寂多看了眼,心情忽然间变得很沉。

他离开这么多年,一中街倒是没怎么变。

三三两两学生模样的人骑着自行车穿梭其中,小路两侧的梧桐树依旧高大茂密,小商店遍地开花,卖红豆饼的阿姨不再推着小推车卖了,而是在街的尽头开了家店面,生意火爆。

"那个阿姨高三的时候就盘了家店,一直开到现在。"

思绪被打断,陈寂回头。

陆时雨红唇轻启,柔声说:"卖汉堡的阿姨也开了个店,你记不记得那个阿姨?现在换成她的儿子当老板了,但是味道没变过。"

陈寂笑出声:"我当然记得,当年我差点儿以为我靠脸刷了个免费的汉堡吃呢,结果你告诉我那天人家店里搞特惠呢。"

陆时雨也笑,说:"2015年的时候开的,还有那个巷子里头的大排档,也还在。"

2015年,陈寂喉结上下滚了滚,恰好是他离开的那年。

"这里其实没怎么变,商户还是原来的商户,一家都没有离开过,无非就是换了新的老板,跟咱们那会儿一样,"她一字一句地说,"好像大家也都不希望离开。"

闻言,陈寂只是无声地紧紧攥了攥陆时雨的手。

此刻他非常非常庆幸,又无比失落、遗憾,但是还好,还好一切都没变,还好他们能兜兜转转再遇见。

四目相对。

半晌,陈寂刚要开口,汽车却猛地踩了下刹车,陆时雨不受控制地向驾驶座的后背上栽过去。

只一瞬间,她整个人便被一股大力拽了过去,而后闷头倒在了陈寂怀里。

"不好意思啊,前面突然有辆电动车闪出来了。"司机说。

"没事儿,"陈寂搂着她,"您开车小心。"

陆时雨这会儿也缓过来了,挣扎着起身,却发现自己的唇釉蹭在了陈寂的衣服上,即使他是黑色的衣服,但那块深色的小小唇印迹依旧很明显。

她抬头:"你外套上……"

陆时雨口中的话忽然止住了。

因为陈寂也在看她。

她嘴唇上不再那么亮了,却还是殷红殷红的,唇周的颜色有些晕染。陈寂眼底墨色愈深,呼吸也跟着深了些。

他们两个凑得很近,陈寂还能闻到从她嘴唇上散发出来的甜甜的水果香气。

让人忍不住很想尝试一下这种甜味。

陈寂指尖微动,喉头也有些发痒,抑制不住地把眼神落在她唇畔上,被这股甜香气息勾得脑子里只有一个念头在疯狂叫嚣——

想亲她。

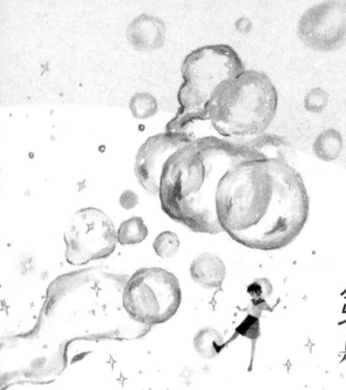

第八章

是的，我有女朋友了

"即将到达目的地，请提醒乘客……"

语音导航的机械女声响起，司机师傅轻咳了声，从后视镜看他俩："快到了，别落了东西在车上。"

这一声呼唤，将后座上两人飘摇许久的神志拉回来。

似是感觉异常燥热，陈寂向下拉了拉外套拉链，在看到陆时雨那种不含任何杂质的目光时，眼底翻涌的某些情绪瞬间褪去，他默不作声地将视线从陆时雨的嘴唇上移开，佯作淡定地扫二维码付车费，而后提起购物袋："走吧。"

动作如同行云流水，一气呵成，半点眼神都没敢再往陆时雨的方向分。

脚刚一落地，寒风猛地就将人吹清醒了，陈寂总算是将自己脑中那些扰人心神的心思一股脑地全都赶出去。

他回头，陆时雨正在四处打量这里，被风吹得哆嗦了一下，鼻尖瞬间就红了。

还说不冷。陈寂抑制不住地朝她走过去，下一刻，却忽地顿了下步子，把左手上的购物袋移了一个到右手上，这样两只手都占上了。

陆时雨直到下车才发现，他们来的地方，居然是以前陈寂家在榆阳的老房子。这个小区的安保做得很好，外来车进不去，出租车只能停在门口。

陈寂提着重物的手朝她抬了抬，往前轻轻推了她一下："这里的房子一直空着，但是该有的东西都有，今儿就在家里吃。"

陆时雨跟陈寂一路步行进了门。

许久没来过，这里的环境跟几年前也差不了多少，两人走到陈寂家门口时，陆时雨惊奇地发现，空了这么多年，但院子一角的盆栽依旧绿意盎然。

她颇有些意外："这里一直有人打理吗？"

"帮我开个门，钥匙在我上衣兜里，左边和右边你都找找。"陈寂侧了侧身，把口袋露给她，同时说，"嗯，时不时会有人过来一趟。"

"毕竟你们都搬到江城长住了。"陆时雨两只手一齐放到他两个口袋里摸索，样子就像是她在揽着他的腰。

她拿出钥匙，轻声说："我以为……你们会卖掉这里，不再回来了呢。"

陈寂微微垂眸，盯着她的头顶，忽地又闻到了一股香气，这次是她常用的那款洗发水的香气，樱花味的，刚刚才平复没多久的心情再度像是坐上过山车，一路飙到了顶。

"谁说搬家就一定得卖房子啊，一开始我爸我妈是要卖的，但是我没同意，我说将来我肯定还是要回来的。"

陆时雨插钥匙的手一滞，扭头，静默一秒才问："为什么？"

陈寂说："先开门，进去说。"

陆时雨拧动钥匙开了门，陈寂跟着进门，他把东西放到置物台上，而后转身，屈腿靠着，双臂支着置物台，问了陆时雨一个问题："你毕了业，打算留在首都，还是回榆阳？"

陆时雨怔了瞬，本想脱口而出"回榆阳"，但她发现，陈寂问得很认真，她便很仔细地想了想，回道："其实我以前没想过这个问题，毕竟得连读八年，以前总想着太早了，但是让我现在说的话，我应该不会留在首都。"

"那就是回来？"陈寂抱臂，开玩笑的语气说，"如果，时雨，我说如果，你未来对象他们家离榆阳很远很远呢。"

这个问题，陆时雨不是没有想过。男朋友家和自己的父母相距很远很远，那该怎么选？

"其实我是一个很恋家的人，也有些接受不了异地，"陆时雨缓缓地说，"我所有最亲近的人都在榆阳。我爸我妈又只有我一个女儿，如果我不在的话，他们会很孤独吧。"

她对上陈寂的目光："无论怎么样，我都不太想离他们太远了。

"但如果我是真的真的很喜欢他的话……"

她刚才那个回答是陈寂意料之中的回答，陈寂直起身子，提上购物袋，打断她："没有如果。你按你自己的想法走。"

仅仅这简短一句，陆时雨喉头发紧，忽然间很心安，被陈寂这个斩钉截铁的态度扰乱了神思。

可是她的问题和他的问题之间，有什么关联吗？

陆时雨疑惑道："你问我这个干什么？"

家里没开暖气，陈寂把电闸拉开，打开客厅的空调，暖风一下子让陆时雨有些冰冷的双腿回温。

陈寂脱下外套，挽起袖子，跟她说："你问我为什么不想卖这房子，其实当初我们家搬走是因为我妹，我妹那会儿还小，她练花滑危险系数又高，我妈实在是不放心她一个人，再加上我妈的身体那阵不太好，所以我爸才想着搬过去。他们走了又担心我自己一个人不行，其实真没什么，我生存能力强着呢，但十几岁的时候父母不在就得靠钱养着。"

他拿着菜到厨房去洗，陆时雨也随着他一块儿往厨房走，陈寂却止了话，把她堵在厨房门口："你来干吗？回去坐着，菜我来洗，这儿没你的事。"

陆时雨没再往厨房走，但也没离开，靠着门框："你接着说。"

"那时候我哪会挣钱啊，全靠我爸我妈。我也在榆阳从小长到大，是真舍不得，整个榆阳市每条街在哪儿我熟得不能再熟了。但是他们让我走，我舍不得又有什么办法？没能力的就得跟着有能力的走，"陈寂关上水龙头，偏头，眼底全是从容和成熟，"以前是没能力，可是现在，我有能力了。

"而且榆阳我还没待够呢，我兄弟，我从小到大的朋友，还有我几个姑姑，我最重要的人——"他忽地看向陆时雨，"都在这儿。

"听到没？"他问她。

以前是单纯的舍不得离开，毕竟在这里待了十几年，这些感情不是一朝一夕就可以磨灭的。

但现在，想回来的原因又多了一个。

陆时雨一时默然。

他们之间讨论的话题好像忽然之间就上升了一个层次，她不想远走，陈寂恰好想回来。

"我……听到了。"陆时雨低下头，心里打着鼓，"你突然间跟我说这么多干吗？"

要不是他现在手是湿的，他早就上手去揉陆时雨的头发了。陈寂咂嘴，扬着声线说："跟你说当然是想让你知道啊。"

"现在我有能力养活自己，也不用再受他们的庇护，男人总得自己出来闯闯。"陈寂笑笑，"我之所以没考研，就是因为我已经拿到了一些录取通知，毕了业就能进公司工作，这儿就更不能卖了，没准儿以后还得回来住，舍不得的东西我会一直念着，无论什么时候都忘不了。"

葱姜蒜都被他处理好了，虾也解冻得差不多，陆时雨便到水池边处理虾线："那你毕业打算在哪儿工作？"

"首都。"陈寂说。

陆时雨垂下眼睑，手里剔着虾线。

"怎么也得在大公司积累积累经验，再自己出来单干吧。"

手上力气用大了，虾线断成了两半，陆时雨别过头，听陈寂狂妄地说："我的目标，可不止一个小小的职员。"

"你还记不记得我们做过的那个项目？在首都开会的时候，我跟你说过我会做出来，等它再完善几年，我就一定会做出来。"他此时语气坚定且确信，强调地说，"在榆阳做出来。"

陆时雨又悄悄弯起嘴角。

剔完虾线，她准备把这些虾清洗一下，陈寂却半道截住她的手，家里没暖气没燃气，待会儿做饭都得用电磁炉做，自然也没热水，水管里的水冰凉刺骨，他抽了张纸巾放到她手里，自己打开水龙头冲洗虾。

"咱们高中的时候，你跟我说可以从另一个方面去接触运动员这个行业，这句话，我一直记到现在。"陈寂温声道，"小陆老师，你这口'鸡汤'灌得不错。"

接下来的半个多月里，陈寂照常跟着他爸到处跑，晚上有了空跟陆时雨打电话说会儿话。

其实他大三时就断断续续地在陈宗铭的公司里待过一段时间，理工科重视实习经验，因此工大对毕业实习这一项看得很重，目前计算机行业还是较为热门的行业，企事业单位的招聘岗位里有很多计算机类的。

陈宗铭他们公司规模虽然不算大，但有部分业务也跟电子科技这方面有关，能学到的东西不少。

得益于这些重要的经验，陈寂在校招里投递了一百多份简历，其中有八十多份都给予了回复，一毕业就能进入首都一家科技公司，过了实习期就可以成为正式员工。

异地这个问题，本不该由陆时雨考虑的，毕竟他们还不是那种关系，原来她会时不时不确定地想，陈寂是不是好像有点喜欢她了，可现在，陈寂对她说的那番话让她不再怀疑，给了她底气，让她有勇气把不确定渐渐变得确定。这个问题似乎逐渐在她心底拨开云雾，答案也慢慢清晰起来。

陈寂是不是好像有点喜欢她了？

问题的答案好像是：是的。

在她意识到自己还喜欢陈寂时，确定了陈寂对自己也有些喜欢。

因此异地也根本不用她考虑了，直到她顺利毕业，陈寂依旧会在首都，或许等她回到榆阳，陈寂也依旧会在她身边。

三月份开了学，医学生又陷入了新一轮的课业和忙碌中，陆时雨每天忙得不可开交。

从家里返校前，秦安兰和陆兆元还反复叮嘱陆时雨，当一个医生马虎不得，必须认认真真对待医学上的问题，甚至还说，让她学习的时候尽量别分心，省得以后进了医院上了手术台两眼一抹黑。

陆时雨又想笑又莫名有些心虚，突然间就想到了那次医学伦理学课走神，而后越想越觉得他俩话里有话，于是上课期间手机时常是静音状态，为此还好几次漏接了陈寂的电话。

陈寂大四下学期开了学就没那么繁重的课业任务了，一方面在找短期实习，一方面准备毕业论文。

忙忙碌碌将近半个月过去，某天晚上，沉寂已久的微信群突然间炸开了锅，他们的项目被一个公司看中了，公司回复邮件现在正安安静静地躺在他们团队的邮箱里。

等陆时雨反应过来看到消息时，陈寂已然将电话打了过来，言语间有藏不住的激动，但张扬又倨傲地说："哎，怎么样，好饭不怕晚啊，信陈哥，准没错。"

"陈哥，恭喜。"

"同喜，陆姐。"

两人不约而同地笑出声。

笑了几秒，陈寂开始说正事："环岛科技不在首都，未来几个月我得在他们公司待着了。"

"去待多久？"陆时雨当下便问，"你们五月份不是还要答辩吗？"

"答辩当然能回来一次，预计六月底会结束，我尽量早点儿赶回来，不然赶不及七月份在首都入职。"

这会儿刚下课，陆时雨带着东西准备去食堂吃个晚饭："行，那你什么时候走啊？"

"通知得有点儿突然，明天下午就得出发。"听筒里传来陈寂的声音，但这声音似乎离她很近很近。

陆时雨一抬眼，陈寂就站在教学楼前，正含笑看着她。

夜色不算太深，但校园里的昏黄路灯已经亮起来了，光影淡淡地笼罩下来，一切似乎都那么温柔，让人忍不住沉醉。

陆时雨一边快步跑下去，一边说："你还不赶紧回去收拾？"

陈寂也往台阶上站了站，扶住她跑得有些急促的身子："着什么急啊，天黑别摔着你，我没什么可收拾的。"

陆时雨故意逗他："什么没什么可收拾的，环岛的规模可不小，万一遇见什么美女……"

"想什么呢你。"陈寂指尖顶了顶她眉心。

陆时雨本以为他要说什么"我才不是那样的人"之类的话，都准备笑了，结果陈寂却懒散道:"你觉得我用收拾吗?"

陆时雨:"嗯?"

"我逗你呢逗你呢。"一见她黑脸,推开了他,陈寂立马正经道,"还早着呢,况且走之前,不得把事儿安排好啊?"

陆时雨眨眨眼:"你找我安排个什么劲?"

陈寂睨着她:"你自己心里没点儿数是吧?也不知道是谁寒假说隔着屏幕不记得我长什么样子,不记得我多高多重的。"

"我那是逗你的。"她无奈道。

"我不管,你就是说了。"陈寂赖皮得不行,"我每天会抽时间给你打个电话,这回应该得去三个多月,如果有空的话,我半个月会回来一次。"

好半晌,不知道过了多久,在"扑通扑通"的心跳声归于平静之后,陆时雨听到自己鼓起勇气问:"回来干什么……见我吗?"

然后,陈寂说:"对啊。"

陈寂离开首都十多天了,他们宿舍六个人里去了三个,沈枭和胡子奇也跟着陈寂一起到环岛科技跟那边的团队对接了。

推出一款全新的软件不是一朝一夕就可以完成的,况且这软件与医学相关,但他们团队已经有了一个雏形,具体细节还得跟环岛一步一步推敲。每次陈寂打来电话时,都是晚上九点多。

即使他还是个大四的学生,但在环岛公司里始终是西装革履,头发微短,镜头里他身上的衬衫和领带显得人格外有精气神。

对比之下,陆时雨的打扮就有点幼稚了,每天接电话的时候都是一身卡通睡衣,头发散着,蓬蓬松松,俨然一个学生模样。

但她之前也不是这样来着。

毕竟有句话叫女为悦己者容。

第一次打电话陆时雨穿的还是白天上课时的衣服,头发也规规矩矩地拢在脑后束成高马尾,从头发丝到脚底板都精致得不行。陈寂一看就笑了:"你在宿舍穿这个睡觉啊?"

陆时雨往自己身后一看,叶可心一闪而过,穿着跟她同款的可爱草莓熊爆款睡衣。

"虽然我挺高兴的，但是你自己怎么舒服就怎么来，"陈寂说，"我又不是没见过你平时什么样儿。"

从那以后，陆时雨也没再计较过自己是个什么打扮，再加上医科大最近搞了一个出诊活动，大四生得提前准备，分配好地址以后得了解了解当地的情况，陆时雨就更没什么时间好好打理自己了。

出诊活动为期十五天，从 4 月 1 日开始，陆时雨被分到了距离首都几十公里外某个村子的养老院里，这村子在山里，信号肯定不太好。

出诊活动每天都很忙，腿脚不能停，再加上信号不好，估计就没什么时间跟陈寂说话了。

三月下旬，陈寂晚上照旧打来视频电话，陆时雨恰好想跟陈寂说这件事，但一接通，手机屏幕晃动了几下，映入眼帘的便是陈寂单手扯下领带的那幅画面，黑色领带被他随手放到桌上，他又把衬衫的扣子解开了两粒。

陆时雨一时间愣住。

他没露脸，只露着侧脸凌厉的下颌线，和上下滚动的喉结，领口敞开着，陆时雨甚至可以看到他胸膛随着呼吸而起伏，袖子挽着一小截，微皱的衬衫袖管却也难挡手臂上的肌肉线条。

陈寂这会儿正跟别人说着话，对话中的专业术语晦涩难懂，陆时雨盯着屏幕听得有些出神。陈寂平时在学校里懒散惯了，在这儿却不是那副吊儿郎当的模样，他都是认认真真地听着别人说，偶尔应答几句，提一提意见，音色低沉，颇有几分上位者的气息。

谈完事情，陈寂把镜头对准自己，陆时雨这才发现，他戴了一副金丝框的眼镜。

陈寂来回转了转脖子，靠在椅背上，还没来得及收回谈事情的那种严肃神色，眉眼沉着，鼻梁上架着的那副眼镜的镜片在灯下有些反光。

陆时雨一时间有些看愣了，这瞬间她只想到四个字：斯文败类。

陈寂忽地笑了笑，右手捏着眼镜腿将眼镜扯下来，调笑道："干吗？不认得我了？"

"你不是不近视吗？"陆时雨意识回归，不可思议道，"干吗还戴副眼镜啊？"

"防辐射的，"陈寂说，"看了一天电脑，眼睛又干又涩。"

陆时雨随即道："你去买个眼药水滴一滴，不然用眼过度会很难受的。"

"知道了。"

他最近好像有些疲惫，脸上也略带了几分倦意。

陆时雨一看他就不会去买，便说："算了，我直接给你叫个闪送吧，你记得收一下。"

见他捏着鼻梁放松，陆时雨还挺担心的："你还是把眼镜戴上吧。"

陈寂放下手，只一秒光景，就不怀好意地缓缓戴上眼镜，把手机往自己面前凑了凑，老神在在又极为大度地说："你看吧。"

陆时雨："我看什么？"

"看来我回去的时候，得把这眼镜也带回去，"陈寂吊着眉梢，嘚瑟道，"我戴眼镜的时候，你看我的眼神都不对。"

被戳穿心思，陆时雨耳尖红了红，后知后觉地觉得羞赧。但跟陈寂互怼，她向来不会甘拜下风。她沉默了几秒，学着他的语气："你别误会，我是觉得你就像是瞎子戴眼镜——"

装什么模作什么样啊你。

陈寂现在还在公司里，可能碍于地点，不好说骚话，被陆时雨这句歇后语噎得一时语塞。

不过饶是这么说，陆时雨还是嘴硬心软了："你最近别老是熬那么晚了，我们也可以有时间再说话，你要是忙的话，不用每天都给我打电话。"

陈寂想也没想，直接拒绝了："这点儿时间我还是有的。"

他看着手机屏幕，一脸"我就知道你是心疼我还嘴硬什么"的表情，看得陆时雨一阵无语。

恰好这会儿办公室又进来了一个人，是环岛科技负责接洽他们的负责人之一，赵总监。

一见陈寂又要忙了，陆时雨便挂了电话，给他打字发消息过去。

赵总监也刚毕业没多长时间，研究生也在工大读的，算是他们的师哥，跟他们还挺聊得来的,他给陈寂送来几份夜宵:"医疗方面就不用担心了,另一个就是公司里已经准备跟专业的医疗团队接洽,运动员这块,我们也在这边的大学和体育训练中心,还有专业的运动员训练营里找了找。等三月底他们就会派代表过来,到时候咱们一起抽时间聊一聊。"

陈寂颔首:"好,那麻烦师哥了。"

再一看手机,陆时雨说他们四月初就得去外地出诊了,3月31日下午集合出发,那里信号不好,收发信息不及时。

陈寂回她"知道了",而后在心里盘算了下时间,最近实在是有些忙,等运动员代表过来了再回去也不迟。

医科大跟外省的某些医科院校都有些合作,杨楚仪被分到的地方离环岛科技所在的地方距离不是很远,她早早就兴奋地收拾了行李提前到了那边的宿舍,紧跟着就给陆时雨发来了她和沈枭他们在一起的照片。

但这照片里没有陈寂。

杨楚仪没等她问,自己就打来电话解释道:"他们这个项目的运动员代表到了,你们家陈寂还忙着呢,待会儿才能从会议室出来,我们打算一会儿一起去吃个饭。"

陆时雨愣了瞬,轻声道:"什么你们我们的……"

"啊?我说错了吗?"杨楚仪弯着笑眼,刻意拖长嗓音,"也不知道是谁天天晚上往阳台跑给陈寂打电话的。"

陆时雨:"你小点声!"

"怎么,你这还怕陈寂听到啊……"

话还没说完,会议室的门被推开了,里面的人鱼贯而出,尽管嘴上吵吵嚷嚷的,但陈寂一出来,杨楚仪就立刻闭嘴了,自觉地把摄像头反转,对准陈寂。

陆时雨从手机里看到陈寂正在门口跟赵总监聊天,她把音量外放开到最大,自己在床上收拾要拿的行李。正往行李箱里叠衣服时,她忽地从手机里听到一个熟悉的声线。

她手上动作顿了下,转头。

陈寂身边站着一个女生，熟悉的短发，熟悉的黑色工装裤，陆时雨忽然间觉得很恍惚，她仔仔细细在脑海之中回忆了几秒。

这女生她曾经在明安见过，也在陈寂很早以前发 QQ 动态的照片里看见过。

是那个跟他一样，在练短跑的女生。

视频画面里，陈寂插着兜侧身站着，那个女生就站在他旁边，一个劲儿地往他那边俯身靠近，脸上的笑意还是那么耀眼夺目。杨楚仪离他们有些距离，听不到他们三个人在说什么，因此画面里只能看到他们三个相谈甚欢的情景。

怎么看怎么刺眼。

女生再度抬手，朝陈寂的肩膀伸过去。

见状，杨楚仪握着手机就过去了。

手机镜头离陈寂的距离猛然间近了些，那女生想像高中时一般拍拍他的肩，陈寂却闪身躲了下，她的手落了个空，陆时雨只听到他的声音传来："哎，不合适啊。"

而后，杨楚仪也站住了脚步。

还挺守"男德"，不错不错。

镜头再度回归平稳。

那女生也不尴尬，若无其事地收回手，跟陈寂说："既然见面了，那咱一起吃个饭？这么多年没联系过，这猛一见面我还真挺想你的！你来这边我这个东道主不能什么都不干吧。"

见状，杨楚仪转身，故意清了清嗓，用很正常但是保证陈寂可以听到的音量，喊了声："时雨，我跟你说！这里的海鲜特别好吃，咱们宿舍有时间可以来这儿旅游。"

听到这个名儿，陈寂立马朝杨楚仪看过来，而后就在她举着的手机屏幕上，看到了陆时雨小小的身影。

杨楚仪立马就挂了电话，想看啊？想看你自己打去。

刚才陈寂就看见了杨楚仪，但没在意她在干什么，没想到她是在跟陆时雨聊天。

"真不巧啊，老同学，今儿晚上我有约了，就不去了。"陈寂撂下这句话，也没看那女生是什么反应,径直掏出手机,给陆时雨拨了个视频过去。

视频接通,陆时雨正叠着衣服,嘴边带着浅淡的愉悦,但怎么看这股愉悦怎么别扭,果不其然,陆时雨下句话就说:"你去跟人家女生吃饭吧。"

陈寂瞥了她一眼:"少来啊你,我不去。"

陆时雨存心想逗逗他:"人家都说见了你想你了,想这个词儿是能随便用的吗?你不去多伤人家的心啊?"

陈寂"哟"了声,简直有苦说不出,不过见招拆招谁还不会了?他说:"伤就伤呗,没伤着你不就成了?我说这楼道里怎么一股酸味儿呢?你今儿吃饺子了?不至于吧,酸味都飘到几百公里以外了。"

"吃你个头!"陆时雨没好气道,但听到他这话也意外地开心。

不过看他这贱嘴,她还是故意气道:"你伤着我了!好不了了!我想静静!"随后,便挂了电话。

医科大那边临时通知,出发时间得提前,因为学校里订好的校车没协调好,出了些问题,去养老院的一共有二十多个人,加上老师有三十个人,大家都是在睡梦之中临时接到的通知,宿管老师一个一个对着名单敲的房门,于是31号早上六点多,大家就迷迷糊糊地拿着行李坐上了校车。

杨奕情跟陆时雨一组,她俩上了大巴就开始睡觉。等醒过来的时候,车子已经在省道上了。周围树木葱郁,不远处就是山,再有十几分钟就要到目的地。

拿出手机一看,居然在这里就没有什么信号了,满格的信号现在只剩下了一格。

微信里,自从她挂了陈寂的视频电话,陈寂还给她打过来好几个,都是她今早睡着的时候打来的。见她不接,陈寂在底下说:*你不是想静静了吗?*

陈寂:*我名字就叫静静,陈静静。*

陆时雨笑得不行,但这会儿信号不好,发个消息都得转半天圈,陆时雨只是简简单单发了一句话,却怎么也发不出去,最终,她那句话旁边显示了一个红色感叹号。

发不出消息了,可能连收也收不到了。

陆时雨微叹口气,也不知道陈寂后面跟她说了什么。

昨晚陈寂其实没想到陆时雨会生气，毕竟他俩这么怼惯了，他以为陆时雨就是闹着玩的，再有，他本来就已经买好第二天回去的票了，这段时间那么累，等的就是这一天。

但谁能想到，第二天给陆时雨打电话，她还是没接。

陈寂难得慌乱，他昨晚说的话过分吗？而且他昨晚也没答应赵冰莹的约饭请求啊。

是他真的说话太过分了？

陈寂一边去换登机牌，一边给陆时雨打电话，始终无人接听。

他也害怕了，不会真把她给逗生气了吧。

人来人往的机场大厅里，陈寂少见地觉得很吵闹，莫名烦躁得很，甚至还伴随着一丝无措。

上了飞机，空姐让大家关机。陈寂惴惴不安地关了手机，所幸没多久就要到了，那就当面哄哄她。

结果紧赶慢赶赶到了医科大，这里早已人去楼空，哪儿还有陆时雨的影子。

她是真的气到不想跟他说话了。

陆时雨原本以为出诊的村子不会有多么偏僻，但是她想错了，既是出诊，那学校挑的地方肯定是交通不怎么便利，亟需医护力量的地方。大巴在盘山公路开了好久，海拔逐渐上升，一行人终于在群山环绕间看见了村口，迎接他们的人就在那里等着。

村子里的公路不太宽阔，路两边都是住户，大巴掉头不方便，于是大家就都下了车，步行进村。村子里大部分都是上了年纪的人，也难怪学校会把地址选在这里。

山上的温度要比城市里稍微低一些，风景却不比城市里差，一路走过来绿水青山，桃花遍野，听人说这儿还有好多名贵的药材。

他们住的宿舍原来是某部队的宿舍，荒废了之后被村子里改成了村委会和临时招待处。陆时雨和杨奕情的房间面朝着一片桃林，一开窗户，空气清新宜人，满目皆是艳丽的桃枝，仔细闻一闻，还能闻到一种极其浅淡的药香。

山上虽然交通不太便利，但基础设施非常完善，但唯一一点比较不便的就是信号不好。

两面环山，手机信号一直在一格两格之间徘徊。

陆时雨早上发给陈寂的那条消息依旧没能发出去，红色感叹号怎么点也消除不了。陆时雨问了村子的负责人，负责人也说没办法，这里基本都是老年人常住，不怎么用智能手机，因此也没有架太多光纤，又因为在山里，信号确实不太强，但电话倒是能用，如果想要找信号，还得跑到山下去。

下一次山得将近四十分钟，没那么多时间让她耗费，也没人有空专门带她下去。这里又不止她一个人不能用手机，除了医科大在这里，还有一个兄弟院校也在，应该是首都中医药学院的，不过那边来的人就少多了，一共十个人，都是学中医中药学的学生，应该是过来跟着老师进山采药学习研究的。

陆时雨一看这段时间的日程安排，一想还是算了，反正待十五天，眨眼就能过去，而且出诊的时候也不允许看手机。

山上偏冷，陆时雨晚上冻醒了好几次，睡得不怎么踏实，最后一次醒来时，她习惯性地拿出手机，她每天都是看着他俩以前的聊天记录睡着的。

点开微信，手机安静如初，一条新信息都没有，已经这样两三天了。她跟陈寂的对话还停留在那句"我名字就叫静静，陈静静"上，往下拉再没有回话。

真的很不习惯。

不信邪的陆时雨又给陈寂打去电话，可以拨出去，但是声音断断续续的，陆时雨也怕打扰到陈寂休息，叹了口气，挂了电话。

睡也睡不着了，她索性给自己贴了几个暖宝宝，而后起床。

六点多快七点的山里依旧是灰蒙蒙的，天没大亮，陆时雨拿着洗漱用品和村子里发的大暖水壶去接热水，但刚一到热水房，发现已经有人在了。

是隔壁首中医的学生。

陆时雨对这个男生有点儿印象，昨天医科大有好多女生在讨论这个人，叫什么名字她忘记了，昨晚听了那么多遍也没记住。

据说他也是大四的学生，医学世家出身，家里多数人是学中医的，而且他还是中医药学院连续四年的绩点第一，才大四就已经跟着教授发表了不少论义，虽然大部分是第二作者，极少数是第一作者，但能在 SCI 上发表论文已经是非常不容易的事情了。

个人履历是真优秀。

当然，这只是陆时雨比较关注的点，其他女生的关注点大都在他的颜值上。在大家的印象之中，学医的男生多多少少有点"憔悴"，甚至掉头发掉得比女生还多，中医文化博大精深，又有些晦涩难懂，年纪轻轻就秃顶的医生有很多。

但不得不承认，这个男生真是精神，身形高大，头发规规整整地梳在脑后，白大褂穿他身上就跟模特一样，完全颠覆了大家想象之中的男中医形象。

他气质温润，一看就是个很温柔的医生，跟人交谈说话也是彬彬有礼的，戴着一副眼镜，又给人一种非常严谨的感觉。

一见陆时雨拿着暖水壶，他便热心肠地说："再等等吧，三四分钟就好，我刚打开设备，水还在加热。"

陆时雨应了声，打算待会儿再来，这男生却忽地再度开口："你是，陆时雨？"

她脚步一顿："你认识我？"

"听说过，昨天好多爷爷奶奶叫你来着。咱们两个今天好像是一个小组的，"他无声地弯了下嘴角，嘴边甚至还浮现出两个酒窝，"名单就在办公室门口贴着，我过来的时候看了眼。"

医科大和首中医有交流合作，借这次出诊，把两个学校的学生分了组，小组成员每天一换，学校还挺不怕辛苦的，会找老师给他们拍照片，然后下山撰稿，而后在学校网站和公众号上同步发出小组的总结推文，总之非常重视这次出诊。

陆时雨还没来得及看今天的分组名单。

她了然般地点了点头，又站回去，拿着暖水壶等着水烧开。那男生开口介绍自己："我是首中医中医学系大四学生，我叫蔺怀瑾。"

哦，想起来了，这个名字她第一次听到的时候还想，不愧是学中医的，连名字都这么有书卷气。

出于礼貌，她也简单介绍了一下自己："你好，我是医科大临床医学大四的。"

"那今天合作愉快吧。"蔺怀瑾笑道。

陆时雨点点头，谈到专业万分认真："没问题。"

恰好水烧开了，陆时雨把暖壶放到水管下接了满满一壶水，正要拎下来时，蔺怀瑾说："我来吧，你还拿着洗脸盆，应该不太方便。"

陆时雨看了眼左手夹在腰间的洗脸盆，婉拒道："谢谢。不过没关系，我自己可以。"

几天了。

整整好几天了。

陆时雨就给陈寂打来一通电话，还是早上六点多打来的，他看见的时候已经过去一个小时了，再拨回去能打通，但总是无人接听，要不就是不在线。

这几天陈寂打电话都快打疯了，即使知道她那边信号不好，但没想到不好到这种程度。

而且他心里还是有些不安，万一她真生他气了呢。

陈寂甚至怀疑自己的判断力是不是出了些问题，也怀疑是不是自己自作多情了。

"你去跟人家女生吃饭吧"这句话，难道不是隐隐有些醋味儿吗？

陈寂工作时还有些心不在焉，原本十分的精力还得分出一半给陆时雨。

沈枭看他这样觉得挺新奇的，嘲笑了他几回，但一看陈寂冷飕飕像是带了针的眼神，瞬间就老实了，他开导陈寂说："不都跟你说了嘛，那边信号不好，你就放宽心吧。"

虽然很不想承认，但是在这方面，沈枭还是比他有经验。

陈寂问他："怎么说？"

"女生吧，大多喜欢说反话，我女朋友就这样，喜欢的东西嘴硬说不喜欢，但其实就是喜欢。"沈枭说，"没生气说自己生气了，她生气了还硬说没生气。尽管这事儿是她的错，但是咱一大男人怎么能跟自己女朋友计较啊。遇到这种情况，给她个台阶下好好哄哄就行。

"再有就是，哪个女生愿意看见自己喜欢的人跟别的女生勾肩搭背说说笑笑啊？虽然你没让她勾肩搭背，但换成是你，看见陆时雨跟别的男生说说笑笑，你舒不舒服？"

沈枭强调:"除了她亲人和老师之外的,所有异性。"

陈寂听完这个问题,脑子里只有一个念头:不舒服,非常不舒服,恨不得把那男生的皮给扒了。

沈枭拍了拍他的肩膀,语重心长般地总结道:"所以啊,沈老师给你总结一下,女生吃起醋来就跟捧着醋缸喝醋一样,她越是不理你,就说明她越是喜欢你,喜欢得不行才吃醋啊,道理就是这么个道理。"

越是不理你,就说明她越是喜欢你,喜欢得不行才吃醋。

那天给陆时雨打去视频电话,她张口第一句真挺让人容易浮想联翩的,这不是吃醋是什么啊?

陈寂忽然间想通了,飘飘忽忽的心神也跟着安定了不少,这么说的话,那是不是就代表陆时雨也对他有点儿意思了?

这个想法令他原本有些阴鸷的心情拨云见日,忍不住雀跃起来。

医科大带来的设备不太够了,这天要派人下山再带一批上来。陆时雨自告奋勇,跟着老师一起下去。她迅速跑回宿舍把手机带在身上,恨不得现在立马就到有信号的地方。

快十天没有听到过陈寂的声音了,陆时雨此时非常兴奋,但碍于老师在旁边,一直忍到下山。

老师去拿设备了,陆时雨跟在身后,步子走得异常缓慢,此时有了信号,微信里"嘀嘀嘀"来了不少条消息。

陈寂这是给她打了多少通电话啊,他原来是怕她生气,特意来哄她了。

陆时雨眼眶忽地有些酸胀。

她并没有生气,吃醋也只是一瞬间,在看到陈寂躲开赵冰莹的手时就已经烟消云散了。走得太突然,这些消息她都没有看到,但她是真的没有想到,陈寂在意"她不回复"这件事。

陆时雨忽然间不知道该说些什么,越来越强烈的感觉占据了她的头脑。她手忙脚乱地给陈寂打去电话,没几秒,电话就被人接起:"时雨?"

音调低沉,通过略微有些电流声的听筒传来,带着几分小心翼翼,又夹杂着一些欣喜。

视线忽地模糊起来，她眨了眨眼，沉声道："我没有生气，陈寂，我没生气。我不是故意不打给你的，这边信号实在是太差了，我现在才看到你给我发的消息，我……"

话还没说完，声音就断了。

陆时雨把手机从耳边移下来，居然关机了。她这几天太忙，把充电这件事儿给忘了。

也不知道陈寂有没有听到她的话。

接到陆时雨那通电话之后，陈寂悬着的心总算放了下来，这两天的心情肉眼可见地由阴转晴。

但是，这种雀跃没有维持多长时间。

陈寂知道他们这次出诊会在公众号上发推文，这几天他就靠推文里的照片看陆时雨了。

每一张照片里的陆时雨总是甜美地浅笑着。她工作的时候格外细心，好像除了自己的病人，身边一切都是不存在的，足够专心。而且她给人看病的时候总是软语温言的，脸上的笑意仿佛一剂良药，恬淡柔和，首先在心理上就让人放松，让人忍不住信服。

这天晚上回到环岛给他们安排的住处，陈寂先是疲乏地靠在沙发上，摘下领带，闭了会儿眼。已将近凌晨一点，他揉了揉眼角，感觉忘记了什么事情。

思索几秒钟，陈寂忽地掏出手机，翻出医科大的微信公众号，昨天的推文还没来得及看。他照常从头翻阅推文，不出意外地又在照片中看到了陆时雨的身影。

他指尖触上屏幕，从未如此温柔地盯着照片露出笑意。不知道是不是山里温度低的原因，她手指尖总是冻得红红的，看起来人也瘦了一圈。

十多天了吧，她应该快回来了。

凡是有她的照片，陈寂都一张张保存了下来。

最后一张小组合照，陈寂想也没想就保存了下来，但是在看的时候，却猝然间发现，站在最右边的那个男生，正在别头看陆时雨。

陈寂霎时就感觉到了浓重的危机感。

寂静万分的深夜，窗外偶尔飘来几声汽车鸣笛的声音，却让陈寂极其烦躁，他现在就恨不得冲到照片里，把这个男生的皮扒了。

这种想法在他过去二十几年的人生之中，从未出现过。

都是男生，陈寂怎么会看不出来这男生的眼神是什么意思。

上次陆时雨过生日，他们一起去温泉山庄时，陈寂和陆时雨去得晚，走在了最后。

山庄的前台以为他俩是单独来的，便随口问了句："二位开个情侣包间吗？"

当时陆时雨肉眼可见地愣了一会儿，陈寂心底也泛起了一丝涟漪，"情侣"这个词很新奇，却带着极其吸引人的气场，令他还有些隐隐期待。

但陆时雨反应过来，摆了摆手，温声说："不是的，我们是朋友。"

他那时从未如此觉得，"朋友"是个让人觉得极其不顺眼的词。

直到现在，看到别人盯着陆时雨看的这张照片，冬至日的场景就在此时见缝插针地纷至沓来。陈寂一晚上都没怎么睡好觉，天色略微泛了些白时，才闭了会儿眼睛。一帧一帧的回忆像是浮光掠影，像放电影一样在他脑海之中闪过一遍。

在这些走马灯似的，又折磨人的回忆过完一遍之后，某个念头深深地被他印到了心里。

他很清楚，他对陆时雨是认真的，不是有点喜欢她，而是非常喜欢她。

为什么会喜欢，陈寂自己也说不清，但就是哪方面都喜欢，暌违四年再度见到她，就好像心底某个尘封已久的罐子被人打开，里面盛满了关于陆时雨的老旧记录，还差一点就要满了。而重逢过后，陆时雨的每一面好像都准确无误地踩在他心尖上，悉数进入了那个罐子里，将他数段关于她的记录改写、更新。

于是陈寂就看到了一个更加真实的陆时雨。

以前的陈寂年轻、骄傲、勇敢且无畏，当然即使到现在，他也不认为自己是一个遇到事儿就退缩的人，习惯于一条道走到黑，颇有些不撞南墙不回头的感觉，看准的事是要走到最后的，没有放弃这一说。如果他真的喜欢一个人，那就是一辈子的事情，他肯定是要与她白头到老的。

可这件事情上，饶是他自我感觉再良好，却还是不能准确揣摩出陆时雨的心思来。

过往的人生经历里，不是没有人追求过他，但大多浮于表面，只是看上了他这副好皮囊，却没有人关注他的灵魂。

陆时雨是唯一一个让他记在心里的女生。所以他总是会有些畏惧，像一个胆小鬼，想着再缓缓吧，再缓缓。

可缓了缓，就看到了另一个男生似乎将要出现在陆时雨的身边。

这就令陈寂有些受不了了，从未如此的酸涩，心乱如麻。

沈枭说女生吃醋像是喝醋，陈寂感觉他吃醋就像是开醋厂的，他本身就是醋的发源，也没个喝完的时候。

他们是认识好多年的老朋友了，好朋友和男女朋友之间的距离，绝不仅仅只是差一两个字这么简单的事情。

四月中旬，医科大一行人圆满完成任务打道回府。

这些天把大家都给憋坏了，除了小组出诊就是跟着老师出诊学习，一点多余的娱乐活动都没有，因此大家都快把来这个村子里比较出众的学生讨论了个遍。其中自然就包括陆时雨，和首中医的蔺怀瑾。

陆时雨小组成绩的平均分是医科大的第一名，处理突发事件很冷静，看病也仔细，再加上态度温和，简直在所有人面前给医科大长了脸。

而蔺怀瑾虽然重心不在出诊这方面，但依旧得到了一波好评。大家都说他不愧是医学世家出身的绩点第一，年纪虽不大，但"望闻问切"四诊法运用得炉火纯青，是有真才实学的。

这样两个优秀的人，难免被放到一起讨论。

临走前，陆时雨把行李箱放好打算上车，蔺怀瑾却忽地叫住她，微笑着问她："可以加个微信吗？"

他俩被放到一起讨论的事，陆时雨多多少少知道一些，此时医科大的大巴上，一众吃瓜群众正一眼不眨地盯着他俩的一举一动。半晌，大家就看见蔺怀瑾收回手机，应该是要联系方式没要成，但脸上仍旧是那副波澜不惊的样子，温文尔雅地冲陆时雨说了句什么，而后转身就离开了。

众人唏嘘不已，这男生条件够不错了。

但这事也没在团队里掀起太大波澜，一下山，大家都被失而复得的网络给吸引住了。陆时雨也拿出手机，打算给陈寂打个电话过去。

自从两个人上次在山下短暂地通过话之后，陈寂也没再给她打电话了，但时不时会给她发几条消息过来，说早安晚安，或是发一些从环岛大楼往外看的风景照，说改天带她来，那边的海上有个挺著名的塔。

陆时雨电话还没拨出去，秦安兰却拨了个视频电话过来，与此同时，杨楚仪也给她发来一张照片。

陆时雨插上耳机，画面里出现秦安兰略带了几分担忧的脸，但在看见陆时雨时，忽地就没了。她说："我给你打了好几个电话你都没接，还以为你出什么事儿了呢。"

"没有啊，我不是在群里跟你俩说了吗，我们学校组织出诊，这个地儿信号太差了，我没收到你跟我爸的消息。"陆时雨一边跟秦安兰聊天，一边点开杨楚仪的微信。

杨楚仪：陈寂挺守"男德"的啊，这点值得表扬，我来找沈枭的时候看见他们这项目那个女运动员来找他了，带了不少这边的特产。陈寂一个没要，全给分了，哈哈哈哈哈哈哈。给那个女生尴尬得不行，不过实话实说，这边特产确实挺好吃的。

陆时雨看完，先是被陈寂的做法取悦到了，然后对这个女生的做法也不能说是无波无澜，至少感觉对方挺狗皮膏药的，有点烦人。

秦安兰："这样啊，我看你不接电话，也不发朋友圈，还以为你心情不好呢。"

陆时雨退出与杨楚仪的对话框，失笑道："哪有啊。我挺好的，你跟我爸放心吧。"

不过嘴上说着挺好挺好，但秦安兰一眼就看出她眼底的言不由衷了。

陆时雨以前每天都有在朋友圈分享歌曲的习惯，秦安兰天天能刷到，那些歌都是偏抒情的，以前她倒没觉得有什么，可自从过年那会儿发现她跟男生聊天的时候，秦安兰就敏锐地察觉到，这些分享的歌可不单单只是分享那么简单。

绝对有猫腻。

秦安兰当下就浮起一层忧愁，女儿别是跟那个男生闹矛盾了。

她旁敲侧击地说："暑假回不回来？咱们楼下李阿姨家的儿子正好要结婚了，请咱们家过去呢。"

"他儿子这么快就结婚了？他好像比我还小一岁呢。"

"缘分到了自然就想结了呗。"秦安兰清了清嗓，犹犹豫豫道，"那你呢？都二十三岁了，现在有没有这方面的想法啊？比如交个男朋友什么的？我跟你爸绝对不拦着。"

陆时雨喉头一噎，一瞬间想到很多，想到给陈寂送特产的他那老同学，她垂了垂视线："哎呀，还早呢。"

秦安兰一看她这表情就暗叫不好，别真是出问题了。

她打着马虎眼儿跳过这个话题："哎，我们也不问你了，你自己决定吧。"

挂断电话，陆兆元也刚好下了班回到家，秦安兰一脸惆怅，思索一番说："你说，咱要不要给濛濛物色物色对象啊？"

"你说什么呢？"陆兆元讶然道，"还早呢。"

"不早了，楼下邻居的儿子二十二岁都结婚了，今天刚来通知我。"秦安兰叹了口气，"咱们以前管她管得那么厉害，她二十三岁了跟男生接触都不敢告诉咱俩，别让她将来什么也不懂就稀里糊涂跟人在一起。我刚才给她打电话，感觉她情绪有点儿不对，万一真让人伤心什么的就不好了。先跟男生接触接触，也不至于什么都不懂。"

这么一说，好像也对。陆兆元皱着眉，想了想："也行，正好我们科室老徐家的儿子跟她差不多大，前两天老徐还跟我说他儿子要在首都工作来着，要不暑假的时候咱让他俩见个面先聊着。"

秦安兰点头："行。"

五月初，陈寂他们请假回来了一趟，计算机学院的毕业答辩时间比较靠前，他们一下飞机就去了学校。路上陈寂跟陆时雨说今天当天就得走，时间比较仓促，待会儿见上面只能待一会儿。

答辩时间不长，每个人也就几分钟的事，但是计算机学院的人多，陈寂的顺序比较靠后，具体什么时候结束他也不清楚。陆时雨怕陈寂来不及，让他就待在工大，她跟完诊会过去。

这么多天以来，他俩又恢复了以前的状态，每天都会视频，但以往到了睡觉的时间，陈寂都会主动催促陆时雨睡觉，这个月却一改常态，挂断视频电话还得打个语音电话。

陈寂说他每天一个人待在办公室害怕得不行，得有人陪着，环岛大楼一到晚上人去楼空，办公室里空空荡荡的。

陆时雨笑他胆子小，这都怕。

没承想陈寂却应下了，说自己就是胆小鬼。

陆时雨也没办法拒绝胆小鬼的提议，于是每天晚上，她都是听着陈寂敲打键盘的声音入睡的，仿佛已经成了习惯。

所以能见一面，陆时雨也很珍惜时间，感觉一分一秒都不想浪费，想要把它用在正确的地方。

到了午饭点儿，陆时雨从医院里出来正准备拿手机扫个单车赶到工大，但视线里蓦地多出一双骨节分明的手盖在二维码上，陆时雨一怔，抬眼。

五月和煦的阳光穿过斑斑驳驳的树叶间隙，树影落在陈寂洁白的衬衫上，他领口微微敞开着，袖管也往上收了收，露出结实有力的小臂。

两人将近一个多月没见过了，陆时雨微仰着头，光影交错，太美好了，像一场梦一样，她鼻尖忽然间有些泛酸。

但下一瞬，她就被陈寂轻轻地拥住了，刹那间心里就满满当当的，全是陈寂的体温。他拧拧她的后背，完完全全把她搂在怀里。

陆时雨听着陈寂沉稳有力的心跳声，缓缓抬手，也环住了陈寂的腰，像是对他的某种回应。

腰上的力度微不足道，不仔细感受甚至感受不到，但是陈寂像是被狠狠揪住，顿了一下。他使了几分力，轻笑了声，开玩笑似的问她："我可是答辩一结束就赶过来了。说吧，你想不想我？好好回答啊。"

陆时雨埋首在他胸膛里："你想听真话还是假话？"

陈寂垂眸看了她一眼："怎么回事儿啊你？这还有假话？"

他气得捏了捏她的脸颊："我刚才的问题，你问我一遍。"

陆时雨老老实实地问了句:"噢,那你想不想我?"

陈寂盯着她,眸似点漆,很认真地斩钉截铁道:"想,每天都想。"

两人目光交织着,如同这耀眼的阳光与葱绿树叶纠缠不清。半晌,她又轻轻靠回去拱了拱,陈寂问她:"不想,是不是假话?"

陆时雨轻轻"嗯"了声。

陈寂笑了:"都会逗我了,跟谁学的啊你?"

"跟你啊。"

"那我能不能听个真话?"

陆时雨深深吸了口气,捏紧了陈寂腰侧的白衬衫,一字一句地说:"陈寂,我也很想你。"

短暂见了一面,抱了抱,陈寂就又踏上了飞往环岛科技所在城市的飞机。他俩见那一面,无论是谁都在眼里藏了不舍,但都非常理智地没有显露出来。

陈寂月底的时候还会回来一趟,拍毕业照,顺便收拾宿舍里的行李,他生日也是在这时候,但跟拍毕业照的时间有些冲突,陈寂一时没想好是再回来一趟,还是干脆就在环岛那边待着。

陈寂没跟陆时雨说生日的事,毕竟那时候她应该也忙着,他不太想让她因此分心。

但是临走前,陈寂把在首都租好的房子的钥匙给了陆时雨。

房子就在他们大学城这条街的小区里,原本是工大给学校里的老师建的,但有的老师没住这里,便把房子租给了学生。陈寂租了套两居室的,签了一年的合同。不过虽是两居室,但有一间卧室被房东改成了书房,书房里只有一张折叠床。

钥匙给到陆时雨手里,陈寂说:"我陆陆续续往里放了点儿东西,但是来不及收拾,你有空的话,帮我布置一下房子,家里现在空荡得很。"

"好,那你喜欢什么类型的?我帮你收拾一下。"

偌大的机场里,无人注意到一个女孩子握着一把钥匙,对着某个登机口弯唇笑了好久。

陈寂刚才看着她说:"你看着来就行,怎么布置我都喜欢,时雨,家里就交给你了啊。"

首都最近烈日高照，气温达到三十多摄氏度。陆时雨买的新桌布和一些乱七八糟的摆件到了，她取了快递，轻车熟路地走在小区里，拿钥匙打开门。

这几天简单收拾了一番，原本空荡毫无生气的房子变得温馨起来，沙发旁边的玻璃圆桌上摆了几个相框，是陈寂的照片，客厅一侧的阳台上被陆时雨放了不少花花草草，郁金香开得馥郁芬芳。

她把买来的桌布铺到客厅的茶几上，又买了一套床上用品把卧室整理了一下，而后给陈寂拍了张照片过去。

陈静静：辛苦小陆医生，但你确定一定要在我的枕头旁边放一个星黛露吗？

陆时雨正打着字，陈寂又发来一条，言语间满是妥协：算了，也不是不行，你喜欢就行。

陆时雨：不是要放你卧室的，我忘了拿出去，是准备放到客厅沙发上的。而且这不是玩偶，是一个小装饰灯，你客厅里的灯泡坏了一个，我还没换呢。

陈静静：你别换了，等我回去再换。

陆时雨就没换，毕竟客厅的天花板还真挺高的，陈寂他们五月底拍毕业照，也没几天了。

临到学期末，许多课程都在这周交论文，考试还有几门，有些看不过来，陆时雨忙了起来，也没再去陈寂租好的房子添置东西。

要不是陈寂打电话让她把时间腾出来，陆时雨差点都要把陈寂月底回来的事情给忘了。

两人约好时间，陆时雨还问了问陈寂当天要干什么，陈寂半天才回了她一句：你好好想想。

但陆时雨也没想出个所以然来，他回来不是拍毕业照收拾行李的吗？

她没多想，那几天忙着看书，后来陈寂也没再说。

陈寂是在拍毕业照前一天晚上到首都的，陆时雨白天的时候在图书馆拼命看书，准备晚上去接他，但秦安兰忽然打电话过来，说要来首都开会，马上就到医科大附近，要跟她见一面。

陆时雨便跟陈寂说了声她要跟秦安兰见面，陈寂还没回，应该是已经上了飞机。

秦安兰晚上还得回榆阳，母女俩就一起到机场附近的饭店里简单吃了个晚饭。

陆时雨正回复老师的消息，班群里，学习委员艾特了一下全体成员，说有门考试改了时间，改到了明天下午。

恰好是跟陈寂约好的时间，陆时雨蹙了蹙眉，最终还是把她跟陈寂见面的时间推了推。

其实秦安兰这次来，不只是为了开会，更重要的是，跟陆时雨说说陆兆元同事那个儿子的事。

两家大人都觉得先让两个年轻人了解了解。

秦安兰也没拐弯抹角，直截了当地说："濛濛啊，你爸他们科室那个徐伯伯，你见过吧。"

"见过啊！怎么了？"

"徐伯伯那个儿子啊，跟你差不多大，人家是学人力资源管理的，也在首都工作。"

陆时雨默默放下勺子，有些不好的预感。

果不其然，秦安兰下一句话就是："要不，你暑假回家的时候跟他见个面，先接触着，年轻人啊话题多，聊聊看看……"

"妈，"陆时雨打断她，"这是要给我相亲吗？"

秦安兰点点头："是这么个意思。当然也不是说非得让你们在一块儿啊，就是先接触着……"

隔壁桌，一个玻璃杯被人重重放到了桌子上，陆时雨身子一颤，只感觉听声音，杯底似乎是碎了。

她转头看向隔壁那桌。

这家餐厅每桌之间都有竹帘挡着，陆时雨侧头望过去，在一片郁郁葱葱的绿意之间，看到了一抹白，那边的人穿着白衬衫，身影看不太真切，竹帘的缝隙太小了。

服务员闻声赶来,那桌的客人起身,整个上半身暴露在竹帘之上。

陆时雨蓦地瞪大眼睛,僵在了座位上。

隔壁桌的人,是陈寂。

陆时雨说今晚不能来接机了,陈寂一天没怎么吃东西,刚下飞机便来到这家店里准备吃个晚饭再回家。

没隔多长时间,陆时雨又发来消息,说明天临时加了个考试,问他约好的时间能不能推一推。

这小迷糊,看她这样子,应该是把明儿什么日子给忘了。他其实不太看重这些,生日什么的无所谓,人在身边就好。

虽然有点儿无奈,但陈寂还是把明天下午的安排往后推了推,给陆时雨回了个"好"。可打好的字还没发出去,就听到旁边座位上,有人喊了句"濛濛",声音虽然不大,但他却听得很清楚。他愣了下,格外敏感地转头看过去,人影也看不真切。

小名叫"mengmeng"的人多了去了,原本以为是巧合,可下一刻,一道轻柔又甜润的声音响起,陈寂捏着杯子,往杯中倒水的动作一滞,又再度不可置信地朝声源处看过去。

看到那个人,奔波劳累一天的疲惫似乎一扫而空,取而代之的是满满当当的喜悦。他嘴边浮起一丝笑来,眼底也带了几分温柔,通过狭小的缝隙,定定地看着那抹鹅黄色。

她好像在跟她妈妈谈什么事情。

陈寂只大概听到了几个关键词:人力资源管理、首都、儿子……

再有就是,陆时雨亲口说的,相亲。

四周忽然变得极为安静,什么杂音都听不到了,陈寂呼吸不可遏止地紧促起来,眉眼神色一瞬间就淡了下去。

他不悦地盯着隔壁,像是要将这碍事的屏障盯穿。

陈寂手掌收紧,玻璃杯被他狠狠攥在手里。脑海中,"相亲"这两个字在不断循环,像是要将他所有理智全都吞噬。

他从未有过如此复杂低落的心情,害怕、生气相交织,又隐隐夹杂着一丝酸涩,浑身像是一股绳被人拧着。

隔壁,陆时雨的妈妈说:"是这么个意思,当然也不是说非得让你们在一块儿啊,就是先接触着……"

脑中绷着的那根弦猝然间就断了,陈寂沉着一张脸,紧紧抿着嘴角,重重地把杯子放到桌上。只一下,玻璃杯就碎了,碎玻璃溅到了他的手上,锋利晶体划过手背,血一下子就冒了出来,点点血滴渗了出来,痛意席卷,朝他毫无顾忌地砸过来。

陈寂却毫无感觉一样,结了账拎着东西阔步走出了餐厅。

秦安兰的航班是晚上九点钟的,自目睹陈寂离开,陆时雨整顿饭都惶惶不安。秦安兰让她先走,但她又不放心,硬是跟秦安兰到了机场。可送秦安兰去机场的路上她也心不在焉,无论给陈寂打了多少电话发了多少信息,那边始终是淡淡的几个字回过来。陆时雨心焦得不行,她知道刚才秦安兰让她相亲的那番话陈寂一定是听到了。

可是陈寂没有听全,她本来就是要拒绝的,即使没有看到他,她也会毫不犹豫地拒绝。

刚才陈寂走时,从背影就能让人觉出一股怒意来,他步子走得很急,付了杯子钱就推开了餐厅的门,根本没再往后看一眼。

陆时雨当时紧跟着站了起来,却没来得及张口,只在陈寂坐过的桌子上看到碎了一桌的玻璃。

担心是担心的,心里像碎掉的玻璃杯一样七零八落,可担心之余,她抑制不住地又有种极不合时宜的雀跃涌上来。

所以,陈寂这是吃醋了吗?

陆时雨把秦安兰送到安检口,秦安兰一看她这副急迫的样子,再一回想起她看着那个男生离开的身影,似乎就明白了什么。

陆时雨的情绪全写在了脸上。

秦安兰赶她走,说:"你有事就赶紧去做,不要拖着,也别考虑那些乱七八糟的事,濛濛,你不是那样磨蹭的孩子。"

是啊,那还犹豫什么呢,为什么不勇敢一些呢?

陆时雨马不停蹄地打了辆车，往回赶。她从未像现在一样，迫切地想要见到陈寂，此时她心跳很快，如同驰骋在高架上的汽车，人虽然老老实实地坐在车上，但一颗心早就已经飘飘摇摇飞走了。

前面下高架的出口堵住了，陆时雨一会儿看一眼手机，一会儿抬眼看看窗外，手心黏黏糊糊的，冒出不少汗。

手机屏幕闪烁一下，陆时雨满怀期待地看过去，却是王竞之发来的微信，他问她：明天要不要一起出来吃顿饭，陈寂不是要回来了吗？

陆时雨回过去：我跟陈寂约了晚上见面。

王竞之：[震惊 .jpg]

王竞之：你俩居然不叫我？怎么回事儿啊，陈寂也太不够意思了吧，我还说给他好好在首都过个生日呢。

陆时雨拿着手机，僵在了汽车后座上。

她视线胶着在王竞之发来的微信上。陈寂明天生日，他只叫了她，但她忘记了，一丝一毫都没有想起来，忘得一干二净。

她都做了什么呢？

她从别人的口中才知道明天是陈寂生日，她还傻愣愣地问陈寂为什么要把明天的时间空出来，她没有任何预兆就把定好的约会推迟了。

而陈寂在百分之百地迁就着她，依旧什么都没有说，只让她专心考试。

甚至在听到她要去相亲，那么生气的状态下，他也还是会回复她的消息，尽管只有寥寥几个字。

陈寂没说去哪里，陆时雨问了沈枭，沈枭说他没回宿舍，她就让司机师傅开到陈寂租房的小区里。

在机场路那里堵车堵了很久，快要到大学城时已经晚上十点多了。天空黑压压的，让人感觉有些喘不过气，此时刮起了风，前挡风玻璃上出现了一些细小的雨丝。

到小区楼下，风更猛烈，天上闪现了几道闪电，似乎是要下暴雨了。无数细小的尘埃刮到了陆时雨的皮肤和眼中，她揉了揉眼眶，视线模糊了一瞬，但此刻也顾不上这么多了，她摸黑往前跑，但小区里的路灯坏了两盏，她被凹凸不平的地砖绊了一下，左脚陷进去，整个人不受控制地摔倒在地上。

也顾不上疼，陆时雨仰头看了眼陈寂的屋子，黑漆漆的不见一丝光亮。可她有种预感，陈寂一定在家里。她脚步没停，一瘸一拐地搭电梯上了十二楼。

电梯飞速上升的几秒钟光景里，陆时雨双手缠绕着，掌心合拢握着手机，说不清道不明的心情如同此时上升的电梯，一路飙高，即将到达顶峰。

十二楼到了，楼道里静悄悄的，陆时雨颤着手把钥匙插进锁孔里，但锁孔像是长了腿，她稳了稳心神，才成功将门打开。

屋子里一如料想之中那样黯淡无光，却飘着一丝酒气。闪电一划而过，陆时雨看到客厅茶几前的地毯上坐了一个人。

陈寂坐在地上，仰靠着沙发坐垫，屈着一条腿，手上拿了罐啤酒搭在膝盖上，另一只手搭在腹部。

陆时雨心揪了起来，她开了桌边的小夜灯，脚步轻轻地靠过去。

地上歪七倒八地扔了好多空的易拉罐，茶几上还有一瓶开了盖子的白酒。

似乎是察觉到光亮，陈寂蹙了蹙眉，但眼睛仍旧紧闭着。随着他身子轻微动了动，陆时雨一眼就看到了陈寂手上的那道血痕，白色衬衫都沾染上了星星点点的暗红色血迹。

很长的一道伤口，现在伤口已经止了血，伤口周围留下暗红的血迹。

这抹红刺痛了陆时雨的眼睛，她猛地鼻头一酸，碰也不敢碰。她是一个医生，这种场景见过很多，可在此时，却生出一丝胆怯。

半晌，陈寂迷迷糊糊地动了动头，脑子晕晕乎乎的，混沌又胀痛。他微微睁了睁眼，不知道是做梦还是真的，他居然在家里看到了无声哭得眼眶红红的陆时雨。

陈寂眯着眼盯着她看了一会儿，片刻，他抬起那只受伤的手给她拭去眼泪，梦呓般地低笑了下："你怎么在我梦里还哭呢？别哭了。"

可他越给陆时雨擦眼泪，她脸上的泪水就越多，到最后，他都有些没办法了。

他叹口气："我都哄你多久了？你再哭我都要哄废了，我都还没哭呢，你反倒哭上了，讲不讲道理啊你。"

即使是半梦半醒之间，醉意上头时，在看到陆时雨流泪时，陈寂依旧可以清醒起来，脑海之中想到的第一件事就是看她哭，他太不舒服，太心疼了。他想把她搂到怀里,手都已经抬了起来,却又放下:"那你说吧,你怎么着才能不哭,你说我就做。"

酸涩感愈演愈烈,陆时雨压了压这种难受,温声跟他说:"你先在沙发上躺着睡会儿,我去给你买药。"

"这样你就开心了?"

陆时雨点点头:"嗯。"

她扶着陈寂的身子,他撑着地板起身坐到沙发上:"好,那我听你的。"

家里没有医药箱,陆时雨抓了把伞就下楼买药。回去时,雨已经下大了,打伞根本没多少用,她裙子已经湿了一大片,湿漉漉地贴在腿上,身上也潮乎乎的。

闪电一道接一道划破宁静的天空,安静如初的房子里,雷电的巨大声响将这份静谧打碎。陈寂睁开眼睛,视线有一丝光亮,他听到楼下有不少汽车被震得响起了警报,紧跟着,大门那边传来窸窸窣窣的动静。

下一秒,陆时雨刚把钥匙插进锁孔里,还没拧,门就从里面打开了。她还握着门把手,此时一下子就被一股力量带到了陈寂温热的怀里。

手上的药"噼里啪啦"滚了一地。

陈寂这才意识到,刚刚那不是梦。

风从楼道穿堂而过,裹挟着这场暴雨带来的湿冷,和暴雨砸在空中的腥气。陆时雨下意识在他怀里瑟缩了一下,裸露着的皮肤凉意很重,陈寂回过神来,关上门,抵着她站到门与置物柜的夹角之间,将他们之间的气氛烘托得极为暧昧。

客厅的灯坏了,还没来得及修,刚才陆时雨只开了一盏昏黄夜灯,但是这些光不足以照到门口。陈寂往后退了几步,但根本无济于事,这里的空间还是那么逼仄又昏暗,她虽没有贴着陈寂,却能感受到陈寂极为强烈的气息。

陈寂没张口,似点漆的眼眸一瞬不眨地盯着面前的陆时雨。

陆时雨呼吸起起伏伏,忽然间有些不敢去看陈寂。

他不说话时,格外让人捉摸不透。

少顷,陈寂终于开口,声音低沉,带了些酒后的嘶哑,他规规矩矩地喊她:

"陆时雨。"

陆时雨抬眼，撞进陈寂暗不见底的眼中。

"为什么过来？"

陆时雨呼了口气，直截了当："我没有要去相亲，我永远也不会去的。"

她在跟他解释。

陈寂站在原地，手背上的痛感还在肆虐，却刺激得他更加清醒了。

今晚他很不爽，非常不爽，他失控地回到家疯狂地给自己灌酒，好像酩酊大醉一场之后，就能忘却心底郁结。但酒没能让他醉，该痛的地方依旧会痛。

可一晚上的大起大落，却在听到陆时雨这句话之后，奇妙地消散，这短短一句话将他心里浓重的躁意抚平了。

"陈寂，那我问你，你为什么生气？"

"我吃醋，我不喜欢你身边有除了我以外的男人。"陈寂也干脆道。

陆时雨身侧的手握成拳："你想不想知道我为什么不去相亲？"

陈寂喉结上下滚了滚，他感觉浑身的血液都在此刻沸腾起来了，像是涸辙之鱼被重新放到了水中，得到了生的希望。他听到自己颤着声问："为什么？"

陆时雨望着他，一字一句道："因为我心里已经有人了。"

闻言，陈寂终于不再无动于衷，他听到了最想听到的答案，于是此时，什么顾虑都没有了，只剩下了对她的占有欲，于黑暗之中喷涌、爆发，渴望有一个宣泄口畅快淋漓地纾解出来。

他紧绷着背脊，朝她逼近几步。

陈寂朝她压过来的同时，陆时雨越过他看到客厅挂着的钟表显示，现在已经快要零点了。

风雨交加的夜晚，一切都是那么不平静，但陆时雨从没有像现在这样冷静过，也从没有像现在这样，如此确定地要去做一件事。

以往她太胆小了，是因为看不到前路，但现在可以看到了，为什么还要犹豫呢？

时针指向"12"，陆时雨抬手，主动环上陈寂的腰："生日快乐，陈寂。"

"陆时雨，你知道你抱我，对我来说代表什么意思吗？"陈寂说，"你今天抱了，就没有松手的机会了，我会亲你，会跟你做一切情侣会做的事，如果你现在松手……"

陆时雨忽地踮脚,攀着他的肩膀,吻住了他喋喋不休的嘴。

唇上覆着两瓣柔软,凉凉的,带着他很早就很想尝一尝的那种水果甜香。

陈寂怔了一瞬,紧跟着就反客为主,单手托着陆时雨的后脑勺,另一只手拥着她的腰狠狠将她按向怀里,不住地索取着。

雨水肆无忌惮地拍打在窗户上,疾风骤雨声势浩大,楼下的树枝刮断了几根,树杈敲打在地上,敲打在门上,落地窗似乎都要被急切的暴雨击碎,一切都是那么疯狂。

屋内如同屋外一般急切疯狂,却比屋外多了一份火热、缠绵。

回来时陆时雨淋了雨,身上湿漉漉的,薄薄衣料被带着些凉意的雨水浸透贴在身上,让人格外不舒服,但她被陈寂抵在墙壁上,只是一个吻之间,身体的温度就在急剧上升,她只感觉衣服干了,但似乎又湿了。

陈寂揽着她的后腰,手掌心的温度像是要将她整个后背融化掉。

树欲静但似乎风不止。

陆时雨心跳得很快,紧闭着眼睛,环上陈寂的脖颈,热烈地回应着他,承受一切独属于这间屋子的狂风暴雨。

陈寂吻她吻得很用力,舔舐又啃咬,如同冰火两重天。

陆时雨从没想过她会与陈寂有如此亲密的一天,她脑海中闪过从前的一帧帧画面,从她高中第一次见到陈寂,到现在于首都重逢。这将近六七年的时间里,这些是她想也不敢想的事情,他们似乎是有缘无分,她曾以为他们不会再遇到,没人可以凭爱意将富士山私有,也曾以为这段割舍不下的感情终将悄无声息地走向无疾而终,只是她人生中轻描淡写的一笔。

但是星河流转,美梦却真的成真了。

陈寂欺负她欺负得太狠,像一匹荒原猛兽,陆时雨有些喘不过气来,脸红得不行,她抬手攀着陈寂的肩膀拍了拍他。双唇分离,陈寂眼底墨色极深,他也微微喘着气,盯着她殷红的唇。

回忆戛然而止,陆时雨眼角不自觉地滑下一滴滚烫的泪,她止不住地低低抽泣,泪水滑落在了陈寂的手背上,灼热温度令他滞了下。

陈寂哑声，言语间划过一丝慌乱："疼了？"

这都什么问题啊，陆时雨摇摇头，破涕为笑，又哭又笑的。她抽噎了几声："没有。"

陈寂沉默了下，沉声说："我不想看见你哭，无论为什么都不想。"

他大拇指轻轻摩挲着陆时雨的眼角，而后追上来，铺天盖地细细密密的吻落在泪滴划过的脸颊，直到一点一点吻上她的眼睛，温柔地停留着吻掉她的眼泪，又将战场转移到柔软的嘴唇上，呼吸缠绵不已，良久，才又恋恋不舍地离开。

陆时雨大口呼吸着新鲜空气，嘴唇似火烧，刚刚陈寂吻过她的唇，一寸不肯放过，霸道地夺走她的呼吸，还咬了她几下，力道像是没克制住。唇上又麻又疼，整张脸上似乎还留有陈寂的温度，想忽略都忽略不掉。

在她主动吻上他的唇之后，脑子里完全就一片空白了，她根本不知道下一步该做什么。可这并不是一时冲动，原本这个吻只是想告诉陈寂，她很确定，非常确定，只需一触即离说出她的想法就可以，但谁能想到这却将陈寂压在心底很久的欲念勾了起来，紧接着，吻如潮水般汹涌。

事实证明，男生在这种事情上，一般都是无师自通的，要不然他怎么……

陆时雨蓦地耳尖发热，浅粉色悄然间又爬上耳郭，腿有些软，颤着眼睫垂眸。

"刚才你都把我给吓着了，招呼都不打一声就亲上来，跟谁学的？都会跟我来这一套了？"陈寂的额头抵着她的额头，手捧着她的脸颊，迫使陆时雨仰起头，他轻轻笑了下，"你对我做了这种事，我初吻都没了，要不要对我负责？"

陆时雨打断他，红唇轻启："已经抱了，也已经亲了，还能抵赖吗？我不是那种流氓。"

陈寂扯唇低声笑了，畅快淋漓，笑意渐浓，到最后一发不可收拾。

"所以，你想当流氓吗？"陆时雨温声问他。

她做事向来是乖乖巧巧的，俨然一个乖乖女，可偏偏长了一副艳丽的容貌，眼尾向上挑着，像一只狡猾的小狐狸。

虽然此刻墙边暗淡无光，但陈寂也可以很清晰地看到陆时雨眼底的光芒万丈，这双眼睛他向来很喜欢，明亮清澈，楚楚动人，只一个眼神，就可以盖过这世上所有旖旎动听的情话。

陈寂敛起笑意，从她温润的眼底看到了自己。他捏了捏她的脸颊，轻柔地拥着她，附在她耳边低低地喊了句："女朋友。"

两个人都没再说话，从拥抱中互相渡着体温。陆时雨恍若过电一样，愣了下，这个称呼像是一个符咒，让她四肢百骸全涌上了一股奇妙的力量。

陈寂又说："你看你男朋友什么时候当过流氓？"

鼻头一酸，泪意好像又有些止不住了，视线渐渐模糊起来，她埋到陈寂怀里，闭了闭眼，缓了好久才说："你好像确实没当过流氓。"

"不过狗倒是当过，"陆时雨细声细语道，"我嘴好疼的……"

陈寂揽着她，一本正经地解释："那不好意思啊，你男朋友没经验，没控制好，以后肯定不会无意再咬你了。

"我只会有意咬。"

陆时雨猛地抬起头，涨红了脸："你怎么……说你胖你还喘上了。"

陈寂细细看过陆时雨脸上的每一寸，现在换了一种心情、换了一个身份看，他觉得怎么看也看不够，甚至想，就算时间暂停在这里，一辈子这样也好。

目光落在她嘴唇上，陈寂停在这儿，她嘴角某处的红色比其他地方都要深，是他咬出来的。

他忽然就觉得自己很不是人，喉头发紧，还想再咬一次。

陈寂答非所问，看着她的嘴唇问："女朋友，你今天嘴上涂的什么口红？"

再次听到这句"女朋友"，陆时雨还是会不争气地脸红心跳，她也忘了陈寂那句流氓话，蒙蒙地回："不是口红，是唇釉，而且……现在不都没有了吗……"

陈寂意有所指地说："女朋友，我喜欢你这个唇釉，很香。"

唇釉是镜面的，有很甜的水果香，陆时雨也比较喜欢这一支，但绝不是陈寂这种喜欢。

她瞥了陈寂一眼："这支快用完了，以后不涂了。"

陈寂不要脸地说道："跟男朋友说这是什么唇釉，男朋友给你买上一箱在家里囤着。"

已经将近凌晨两点，窗外暴雨停歇，雨后清新空气从窗外吹进来，陆时雨洗过澡，穿着陈寂的新睡衣坐在沙发上。

经过刚才那么一折腾，陈寂手背上本来已经止血的伤口又裂开了。她拿着棉签小心翼翼地给他处理。陈寂就坐在她后面，从她背后将她抱在怀里，他喝完她给他冲的蜂蜜水，随后下巴搭在她单薄纤瘦的肩颈间，呼吸落在细嫩颈侧有些痒，陆时雨躲了躲，陈寂却又凑上来，像一只大狗一样在她发丝间闻来闻去，蹭来蹭去。

"你用的是我的洗发水？"

"这里也没别的可以用啊。"

陈寂似乎有些困了，闭着眼说："我这个不好闻，我喜欢你常用的那个，咱俩改天去超市买回来。"

陆时雨扭头看他，笑说："那是女士用的。"

陈寂："那怎么了？"

"你有点儿原则行不行？"陆时雨又无奈又好笑道。

陈寂懒懒散散地说："有女朋友的人还要什么原则啊？有用吗？能当饭吃吗？能让我亲到女朋友抱到女朋友吗？"

陆时雨摇摇头，胸腔翻涌上很多甜意，她连忙回过头赶紧给他把伤口处理完，而后肩膀稍稍动了动："好了，你快回卧室睡觉吧。"

陈寂倏地睁开眼睛，慵懒地看着她："你在哪儿睡？"

主卧收拾好了，但次卧却什么都没有，也只能睡沙发，陈寂当然不想："你去主卧睡。"

"不行，你今晚喝了酒，还是别睡沙发了。"

"那你睡沙发？"

陆时雨点点头，反问："那不然呢？"

陈寂意味不明地笑了笑，陆时雨心里响起一声警报，不太自然道："你给我打住。"

"打住什么啊？女朋友，你一天天的脑子里能不能想点儿正经事儿。"陈寂说，"你睡卧室，我去隔壁酒店凑合一晚。"

也没其他办法，只好这样了。

陈寂看着陆时雨躺到床上，盖好被子，才起身准备走的，但出了门没几秒钟，又折回来，坐在床边从被窝里把陆时雨捞出来。

陆时雨捏着被角，说："你要亲一下再走吗？"

心满意足地离开家里，陈寂越想越兴奋，刚才那股困劲儿也没了，此刻无比清醒。

他拿出手机，微信里有好多人发来的祝福，陈寂先拣着王竞之的消息看了看：兄弟，生日快乐啊，我零点卡着点儿给你发的，哥们儿绝对是第一个，够意思吧！虽然但是，你今天怎么不叫我一块儿出来，就叫陆时雨啊？感情淡了是吗？不在意了是吗？不爱了是吗？

陈寂给他回过去：你不是第一个，我女朋友是第一个。

陈寂：你怎么知道我今天就叫了我女朋友一个人啊，是我女朋友告诉你的吗？

陈寂：你有点自知之明行不行，你能比得上我女朋友？

回完王竞之的消息，陈寂转而点到他们宿舍群里，其他五个人艾特了他好几次，艾特他说什么的都有。

陈寂翻了翻聊天记录，程周煜问他：你今儿不是说回来吗？都几点了？要我们跟宿管说一声给你留个门不？

陈寂回复这条：没办法啊，晚上回不去了，得住酒店，唉，我女朋友太黏人，睡之前非得亲亲我才肯让我走。

这句话刚发出去没多久，群里就炸了，甩出一串问号来，一宿舍网瘾少年除了沈枭都还没睡着，组团打着游戏，然而这会儿也顾不上打游戏了，质问陈寂真的假的，问他是不是做梦做傻了，是不是喝多了神志不清，现在要不要给他点个醒酒汤送到他身边去，还问他旁边有没有人，要是有人的话请人家给他泡个蜂蜜水什么的喝喝。

但陈寂又不会拿这种事随随便便开玩笑。

正诧异间，陈寂一锤定音。他眉飞色舞地打字，指尖都要飞起来：是喝酒了，但是也喝蜂蜜水了，是我女朋友给我泡的蜂蜜水，好甜。

/ 406 /

众人：真服了你了。

胡子奇：你把陈寂还回来！

程周煜：真的吐了！

沈枭被胡子奇捶床的动作吵醒了，他拿起手机一看，睡意全无，"噌"地就坐了起来，弱弱地问了一句：打扰一下，请问这个把你收了的好人是那个陆姓叫时雨的女生？

陈寂：真聪明啊大枭，你连我宝贝女朋友叫什么名儿都知道。[赞][赞][赞]

沈枭：[微笑][再见]滚……

凌晨三点钟。

陈寂更新了一条朋友圈。

一张图片，图片里的天空中冒着细细的雨丝，灯光下雨雾朦胧。

配文只有简简单单的四个字：时雨濛濛。

陈寂自己在这条朋友圈下唱独角戏：停云霭霭，时雨濛濛。我女朋友这名儿起得真好听。

底下评论区炸开了锅，不少夜猫子给他点赞，一连串的"99"发过去，真有些不敢相信陈寂这个"万年寡王"居然有女朋友了，但陈寂一个人一个人地回复，一条都不落。

凌晨三点半。

陈寂又更新了一条朋友圈。

仍是一张图片，拍的他那只已经包扎的手，然后又配了个文案：划破皮了，挺疼的，但是我女朋友给我包扎了一下，马上就不疼了。

底下又是一连串的评论，外加一连串的赞。

后来陈寂再发朋友圈，点赞的人就少很多了，甚至也没人评论了，不知道是睡了还是懒得搭理他，还是他们宿舍最后睡觉的胡子奇私聊告诉他：全世界都知道你有女朋友了，咱们宿舍已经把你屏蔽了，你再发咱就江湖不见。[微笑]

陈寂：注意措辞行吗你？现在谁没女朋友？谁是狗？

胡子奇二话没说，直接把他拉黑了。

第二天陆时雨是被一阵急切的电话铃声吵醒的，昨晚陈寂走后，她在床上翻来覆去怎么睡不着，鼻息间萦绕的全是陈寂身上熟悉的味道。回想起深夜那个缠绵火热的吻，她抱着被子一会儿笑一下，不知道几点钟才迷迷糊糊地睡着，后来连梦里都是陈寂亲吻她的画面，让人舍不得醒来。

电话铃声响起来的时候，陆时雨的美梦被打断，她闭着眼惺忪地喊了声："喂？"

"陆时雨！"孔怡然在那头咆哮，"你跟陈寂什么情况啊？"

一听陈寂这名儿，陆时雨就清醒了，她盯着天花板反应了一会儿才蒙蒙地说："你怎么知道的啊？"

"所以你俩是真的在一块儿了？什么时候？昨天晚上啊？"

陆时雨抱着被子，抿唇甜蜜蜜地笑了下，缓慢又用力地点头："对。"

隔了好几秒钟，孔怡然才回过神来："那……那真的恭喜你俩了！哎呀，我现在感觉我都激动得不知道说什么好了，我的天啊！我感觉我忽然好想哭！

"你俩谁跟谁表的白啊？"

昨晚他们好像没有说过"喜欢"，但似乎也不用说"喜欢"，表白这件事，好像是她先主动的吧。

她先主动抱的陈寂，然后又主动亲的他。

天啊……她昨晚都干了什么。

见陆时雨半晌不说话，孔怡然不可置信地问："是你先表白的啊？"

她给陆时雨竖了个大拇指，更加震惊了。

"你之前还说不想谈呢，怎么一到陈寂就答应了？"她猛地拍了拍大腿，心底冒出一个猜测来，"你不想谈恋爱，不会是因为……"

陆时雨打断她："你怎么知道我跟陈寂在一起了？"

提到这个，孔怡然就很无语，她今儿早上翻朋友圈，点开第一个看到的就是陈寂的朋友圈，整个人就愣住了，以为自己在做梦，关了手机又打开，但朋友圈还在，她往下翻了翻，好像是真的没错。

评论区里，王竞之跟她一样震惊，发给陈寂一长串问号，陈寂：是的，我有女朋友，她叫陆时雨。

秀得不能再秀了。

"你还没看朋友圈啊?陈寂跟疯了一样,昨晚不知道发了多少条朋友圈昭告天下自己有女朋友了,我真是服了他了。"

陆时雨立马切出语音通话,不看不知道,一看吓一跳,才短短几个小时,消息列表全是小红点,杨楚仪、杨奕情、孔怡然、王竞之……还有好多她跟陈寂共同认识的朋友发来微信,她也没空看,径直点开朋友圈。

从昨晚凌晨三点,一直到四点多,陈寂简直霸屏了。她一边翻看朋友圈,一边握着手机在床上打滚,头闷到枕头里,脸颊羞红,喉咙间溢出克制不住的笑。孔怡然听见了,识趣地挂了电话。

不知怎的,知道陆时雨男朋友是陈寂,孔怡然忽然间就把心放下了。他们认识这么多年,陈寂是个什么人大家都清楚,就冲朋友圈这事来看,他真的很喜欢时雨。

孔怡然相信,他们从前是很好的朋友,以后也会是很好的恋人。

关于陆时雨这个名字,在高二分班第一节课做自我介绍的时候她说过一次。

是当时秦安兰生她之前,梦到了下雨,下的是那种蒙蒙细雨,山间雾气四起,云雾缭绕美不胜收。

在梦里秦安兰就想到了这句诗:停云霭霭,时雨濛濛。当时一醒来,秦安兰肚子就开始阵痛了,顺顺利利地在冬至那天生下了陆时雨。

那会儿陆时雨并没有细说,只是简单提了一句,却没想到陈寂记住了,一直记到现在。

陆时雨点开陈寂的微信对话框,心有灵犀一般,对话框顶上变成了"正在输入中",陈寂随即发来:睡醒了?

陆时雨正打着字,陈寂直接将电话打过来了。

"还困不困,怎么不多睡会儿?"

"我有点儿睡不着了。"陆时雨清了清嗓,"你怎么……发那么多条啊……大家到最后都不给你点赞评论了。"

到最后都没什么人理了他还在发。

"噢,我是怕有人看不到,"陈寂理直气壮道,"有女朋友了不该告诉大家一声啊？跟大家宣布一下我已经名草有主，以后一个人的活动就不要叫我了，去也得带着家属去。"

"家属"这个词儿成功将陆时雨取悦到，她笑得不行，嘴角都笑酸了，但心里甜滋滋的，像抹了蜜一样。

"男朋友，打住吧，你不尴尬啊你。"

陈寂浑不在意："那又怎么了？"

"男朋友，那咱们打个商量？来个约法三章？"

"女朋友，你说吧。"

陆时雨下床，拉开窗帘，思索一番道："第一，以后呢，咱俩都会有自己独自的事情，我不会干涉你；第二，咱俩要是吵架的话，不能隔夜；第三，男朋友，别冷战。"

陈寂说："我同意。没了？"

"没了。"

陈寂低笑了下："行，那该我了。咱俩也约法个三章。"

"什么？"

"第一……"

话音刚落，陆时雨就听见门锁响了声，紧接着，门被打开，陈寂站在屋外，意味深长地含笑道："第一，先来个早安吻。"

陈寂张着双臂朝她走过来，走到她面前晃了下手臂："快点儿啊，女朋友，来个简单的早安吻。"

他昨晚好像很晚才睡着，陆时雨看他朋友圈评论，他快五点的时候回的王竞之，现在才七点多，他满打满算也没睡两个小时，但人看着格外精神抖擞。

陈寂见她不动身，自顾白地上前揽住她，埋头作势就要亲下来。

陆时雨连忙捂住嘴，她头向后仰了下，微微瞪着大眼，闷闷地说："你几点睡的？不困吗？"

确实没怎么睡觉，陈寂回完王竞之的消息，把王竞之气走以后，也就睡了差不多一个小时。但他现在确实不困。

"还挺困的，"陈寂看着她捂嘴的动作笑了下，歪头亲到她手背上，而后眉眼沉了一瞬，"酒店我住不习惯，根本就没睡好。"

"啊？"陆时雨一着急，把手放下来，把陈寂往卧室里推，"那你赶紧进去再睡一觉……"

结果话还没说完，陈寂逮住机会，封住了她接下来要说出口的话，喉咙间只剩下了几声细小的呜咽，但紧跟着也被拆吞入腹，给这寂静平淡的早晨陡增一份暧昧。

细细密密的亲吻声在这偌大的房间里显得尤为清晰，陆时雨听得心如擂鼓。

一个折磨人的早安吻结束，陆时雨的脸早就红成了番茄，面红耳赤，气喘吁吁地趴在陈寂胸前平复心情。

"你不是困了吗？"

陈寂假眉三道地打了个不怎么真的哈欠："是啊，我刚才还挺困的，现在亲完你又不困了。"

"就不该信你这张嘴。哪有你这样的早安吻啊？"她抬头，娇嗔道，"人家电视剧和电影里明明都是轻轻亲一下就好。"

"那是电视剧和电影，假的，又不是真的，"陈寂一本正经地说，"咱俩又不是假的，有必要搞那虚伪的东西？"

陆时雨哑口。

"你吃什么了，怎么嘴里一股水果香？"陈寂低头，"让我再看看是什么？"

陆时雨招了他腰一把，气急败坏地说："你闭嘴！"

"嘶……你下狠手啊，女朋友，"陈寂截住她柔软无骨的手捏着，装模作样地拧着眉，"男人的腰不能随便捏，捏残废了怎么办？"

她刚才根本就没使劲儿，况且哪里捏到他了，只摸到了腰侧结实的肌肉。陆时雨哼了哼，见招拆招："男朋友，用我给你打个腰封吗？要是真残了——"

"我真残了，你就养我一辈子。"陈寂接话，"咱俩纠缠到底，你就等着养我一辈子吧你。"

陆时雨调笑道："你还想当小白脸啊？我看你确实挺合适的。"

陈寂垂眼睨着她，她现在嘴上功夫见长，三两句话还真能把人气到，不过说不过他还不会躲吗？

"女朋友，说话注意点儿啊，你男朋友今儿生日。"

说不过就转移话题，陆时雨倒吸了一口气，捂着嘴惊讶道："那我'呸呸呸'，男朋友，你别生气。"

"晚了，已经生气了，"陈寂拿出一种流氓架势，"哄吧，不哄不行。"

"约法三章你还有两条没说呢，"陆时雨眼珠一转，"我再给你加一条！"

"你抠不抠啊，女朋友？"

"再加一条。"

陈寂不屑一顾，懒懒道："你打发叫花子呢？"

"就加两条，不能再多了啊！我太够意思了，男朋友。"陆时雨蛮横地看着他，眼神仿佛在说：给你台阶你就下吧！小心我等会儿反悔。

"勉为其难答应你，"陈寂下了台阶，思索几秒，"我再提个小小的要求。"

陆时雨登时心里一紧，警惕地问他："多小？"

陈寂压着她的后脑勺："你再给我试试是什么味道。"

…………

"牙膏也是我的？"亲完，陈寂不可思议道。

陆时雨紧紧抿着唇，口干舌燥，舌根发麻，她斜了他一眼："今天你不许再亲我！"

陈寂应得很爽快，意味不明地笑了下："行。"

工大计算机系被安排在早上九点半拍毕业照，陈寂的学士服和学士帽都在宿舍里放着，送陆时雨回到医科大，他才回到宿舍里准备换个衣服。

一回宿舍，其他五个人纷纷低头，假装忙着自己的事，生怕再被陈寂硬塞狗粮，昨天半夜已经吃得够多了，再吃就撑死了。

陈寂还真是名不虚传的高调，有女朋友了恨不得昭告天下。沈枭那会儿有了对象之后也只是在宿舍里兴奋了一会儿，程度远远不到陈寂的三分之一。

晚上学院里会办毕业晚会，但少部分学生拍完毕业照就会离校了，应该会多出来好多多余的票。陈寂便问程周煜："晚上的票，你那儿还有多余的没？"

程周煜是他们班班长，自然有多余的票，他一边越过地上满满当当的行李箱去给陈寂找，一边指着他的桌子说："我明明给你放你桌上了啊？丢了？你找找没有？"

"没丢，在这儿呢。"

"那你……"

"哎，大程，"陈寂刻意地说，"你怎么回事儿？我现在是有家属的人了，你觉得我现在能自己去吗？"

程周煜指着门口，面无表情："求求你别去了，别逼我扇你。"

陈寂抬手，压根儿没听见他说了什么似的："替我女朋友谢了啊，大程。"

沈枭拍了怕程周煜的肩，低声道："算了吧，大程，你看他这'恋爱脑'的傻样儿，好不容易有人收了他，咱就让着点儿吧。"

陆时雨晚上那门考试原本时间还比较靠后，有充分的时间复习，因此她几乎就没怎么翻过那本书，但现在一提前，她不得不把复习提上日程。陈寂还专门跟她说，等晚上再联系，让她专心考试。

她在图书馆泡了一天，陈寂拍完毕业照，搬了不少行李以后，来医科大图书馆找她了，陆时雨一直坐的位置他门儿清，轻车熟路就找到了人。

陆时雨做事一向投入，陈寂在她旁边坐了五分钟了她还没发现，陈寂也没打扰她，开着静音跟沈枭他们说话。

毕业晚会今晚八点结束，他们一群人商量着，今儿晚上出去聚个餐，最晚后天，他们这届大四的学生就必须全都离校。

陈寂毕业以后留在首都，沈枭也留在首都读研究生，他俩在环岛科技完成那个项目以后还得回来，其他四个人里，胡子奇考上了他们家那边的公务员，程周煜他哥在海城有个科技公司，他毕了业就去海城跟他哥一起干，剩下的两个人也各自参加国考省考找到了工作。

总之大家都有了好归宿，天涯海角，各自生活。

大学毕业不比高中毕业初中毕业，这一次分别，就说不清什么时候能再见到了。

今晚将会是一个狂欢夜，又加上是陈寂的生日，一群人奔着不醉不归的想法约的，有家属的带家属，也就在一块儿放纵这么最后一次了，以后朝九晚五，都会被现实生活降服。

商量完去处，陆时雨还没有抬头的迹象，这会儿已经中午十二点多了，陈寂刚想叫她，突然陆时雨肚子"咕咕"叫了下。

陈寂忍不住笑出声，陆时雨转头看见陈寂，双眼一瞬睁大，用气声惊喜地说："你什么时候来的？"

陈寂给她把笔盖好，拉着她起身从安全通道下楼："我都坐了十几分钟了好吧，女朋友，我在你这儿存在感就这么低？"

"我那不是没看见嘛，太专注了。"陆时雨晃了晃他的手，"而且你又不是没看到，大家今'卷'，我旁边的几乎都是我们班的同学。"

"再'卷'也没你'卷'，人家早就吃饭去了好吗？"

"啊，我把我的一卡通落在桌子上了，"陆时雨忽地反应过来，"出图书馆不用刷卡，我就给忘了没拿，但是没卡下午进不来。"

陈寂刮了下她的鼻子："等着，我去给你拿。"

陆时雨翻着手机，正想着待会去吃点儿什么，顺便问一问甜品店的师傅她给陈寂做的蛋糕怎么样了，结果刚一出门，迎面就撞上了之前曾追求过她的那个学长，学长身边还站了个熟悉的人——

首中医的蔺怀瑾。

学长和蔺怀瑾看到陆时雨皆愣了一下。

对于学长，陆时雨没什么好说的，选择性忽略了，倒是挺好奇为什么蔺怀瑾会过来。蔺怀瑾非常主动地上前打了个招呼："好久不见了，陆同学。"

陆时雨："你怎么来医科大了？"

"跟轩哥一起做个论文。"

陆时雨了然般地点点头。

"你是在等人吗？"

陆时雨笑了笑："对，我等我男朋友。"

这话刚说完，她便被后面的人扯到了怀里，陈寂强势地牵起她的手，寡淡着眉眼看着面前的两人。

学长和蔺怀瑾还没从陆时雨这句话里反应过来,随后目光不约而同地向下流转,清晰地看到了那两只十指紧扣交缠而握的手。

学长脸色不是一般的僵,刚才那句"男朋友"和现在陆时雨看她身旁男生的目光都带有藏不住的浓烈爱意,他此刻才明白,为什么他会追不到人了。

陈寂压根儿没把学长放到眼里,只是一眼就认出了合照里盯着他女朋友看的蔺怀瑾。

果然啊,真人比照片上看起来更让人觉得不顺眼。

他冷冷地扫过面前两人,也无意与他俩浪费口舌,不经意地把陆时雨往自己怀里揽了揽,而后亲昵地凑到她耳边:"要不咱去家里吃?我买菜,这回男朋友给你露一手,出差这段时间我在那边学到当地不少的特色菜,都是海鲜,你不是说挺想尝尝的?"

"你怎么还学这个了?"陆时雨甜甜地笑了下,"那好呀,不过今天你就别做了,改天再吃,今天我给你做。"

陈寂点头,偏头冲她温和道:"行啊,我女朋友说了算。"

陈寂与陆时雨这些亲密无间的话悉数进了他们耳朵里,令蔺怀瑾把本想"约个午餐"的想法咽回了肚子里。

两人牵着手在学校里走了这么一会儿,路上就碰到不少熟人,陆时雨在学院里人缘很不错,优秀的人总是在各个方面吸引到人,对她有些好感的男生还是有几个的,但是在看到陈寂的那一刻,尤其看见他俩牵着的手时,脸上都是震惊的表情,内心崩溃——

白菜居然被猪给拱了。

也不对,陆时雨不是白菜,她是枝娇艳欲滴的玫瑰花。

虽然他们很不想承认,但她男朋友这模样真的不差,放他们学院也是系草级别的。

大家含泪承认,系花和系草,为什么这么配!

陆时雨也笑着解释了一路,说:"这是我男朋友。"

把陈寂乐得都快找不着北了。

晚上那门考试傍晚六点钟开始，要考两个小时，陆时雨那么拼命地复习，就是想如果可以的话，能提前交卷就提前交卷，毕竟陈寂他们学院毕业晚会八点钟就结束了。

但天不遂人愿，这次考试的题量非常大，陆时雨只提前十几分钟出了考场，随即打了车到附近那家甜品店里去拿师傅最后润色好的蛋糕，而后又取了一早就订好的玫瑰花，紧赶慢赶，还是没能赶上他们的毕业晚会。

晚上八点一到，陈寂问她考没考完试，陆时雨不太想让他再往医科大跑一趟了，便约定好在他们找好的餐厅见面。

工大和医科大离餐厅不远，陈寂他们到得比较早，等了一会儿，杨楚仪都到了，陆时雨还没到，一问，陈寂才知道陆时雨提前交卷了。

他一边打电话过去，一边往门口走，准备去接陆时雨，却忽地闯过来一个不速之客。

这人陈寂有印象，但是忘了叫什么名字，可他宿舍里这五个人对这女生都挺熟的。

这不是那个中文系系花姜妍慈嘛。

姜妍慈也是来这里吃饭的，此时喝了点儿酒，脸颊红扑扑的，透出一丝娇憨来。她堵着陈寂不让他走，陈寂也没再往前走，而是往后退了几步，跟她拉开些距离。

这退几步的动作简直像点了火药筒，姜妍慈更加不爽了，她红着眼眶道："陈寂，我追了你那么久，你真没感觉吗？"

陈寂直截了当："没有。不好意思啊，我已经有女朋友了。"

工大男生多女生少，其中优秀的男生数不胜数，却只有一个陈寂入了她的眼。姜妍慈还记得第一次见到陈寂是在马原公共课上，老师要求他们小组抽签展示，第一次拿到的主题她不满意，找陈寂换了，结果新的主题组员不满意，来来回回换了三次，小组内的意见还是不能统一。

没办法，作为组长的姜妍慈又找了陈寂一趟，按理说换三回，谁都得着急，陈寂却什么都没说，只跟她感叹了一句："组长不好当啊。"

她向来不太会当领导，但是陈寂没有不耐烦，而是贴心地理解了她的难处。

后来她就追了陈寂好久，发现这个人很对她胃口，但就是性子太冷了，说话也太伤人了。

被陈寂用实际行动拒绝了一番后,伤心是真伤心,但她还是存有不服气与一丝丝留恋的。

陈寂后来没怎么在学校里出现过,姜妍慈也无法见到陈寂,此时终于见到了,她非常不想放弃。

但是他说,他有女朋友了。

姜妍慈崩溃了,喝了酒的脑子混沌不清。

她从小众星捧月,大家都夸她长得好看又有气质,成绩还好,连老师都说她办事周全妥帖。骨子里的骄傲令她有些受不了,一瞬间什么话都说出来了,甚至还说了"她有哪点是比我好的?她哪里都比不上我!我喜欢你喜欢好久了,她有我喜欢你喜欢的时间久吗?就算中间被你拒绝过没来找你,但我还是很喜欢你啊"这种话。

陈寂蹙了蹙眉。

这时陆时雨抱着一束火红潋滟的玫瑰花走过来,她手里还提着一个精致的盒子,出声道:"如果你真喜欢他,为什么之前不来找他?为什么直到现在才来说这些话?"

姜妍慈愣了片刻,盯着陆时雨,止了哭泣。

那束玫瑰花将陆时雨衬得皮肤很白,人比花还要娇艳,她未施粉黛,却依旧很美。

"你说你喜欢他很久了,"陆时雨摇摇头,"我也是,或许,时间比你想象中的还要长很多。"

她呼了口气,论时间,好像谁也比不过她,但现在陈寂已经是她男朋友了,她有了底气,不会再当软柿子。

陆时雨轻轻地把东西放下,陈寂顺势覆上她的手,两人十指交缠。

她冲陈寂摇摇头,示意他别说话。

她弯了弯嘴角,温声说:"如果我喜欢一个人,在我不喜欢他之前,我是一定不会放弃的,难道真正的喜欢可以凭借三言两语就消失吗?

"你为什么不来找他,因为在你心里,他只是得不到的永远在骚动,因为你被拒绝过,但胜负心不允许你当那个提前离场的人。说到底,你也没几分真情实意。"

　　话已至此，陆时雨不想再多说什么了，定定地看着姜妍慈："陈寂是我男朋友，请你以后少做些掉价的事，还有，你觉得你比我好？你哪里来的资格跟我比？"

第九章
那我亲你

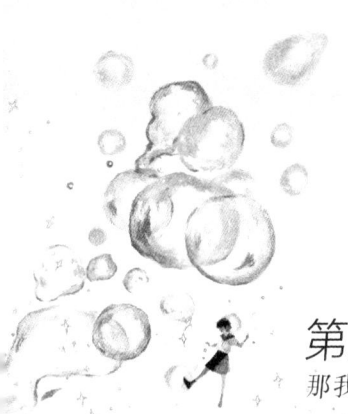

感情上的事，向来谁也说不准是什么情况，也许今天喜欢了，明天就不喜欢了。陈寂拒绝了她，姜妍慈曾发誓与他老死不相往来。但是姜妍慈很不想承认，她还是喜欢他的。

陆时雨说得对，人都会对得不到的东西充满骚动，她无力反驳。

但她也不信，一个人能始终如一，爱意满满地喜欢一个人一辈子。

听陆时雨说完这番话，陈寂心底软得一塌糊涂，他只是垂眸很温柔地看着她淡笑，原来总觉得他有女朋友了，每天都飘飘忽忽的，恨不得让全天下都知道陆时雨是他女朋友，他女朋友有多么好，激动是很激动，但面对她，他老是有些含在嘴里怕化了，捧在手里怕摔了的感觉，感觉怎么宠着都不够，因此先从口头上表达，每句话都叫女朋友，企图借此加深两人之间的关系。

但他们似乎不用这个样子，陆时雨很坚定，而他只会比她更坚定。

"好了，咱们过去吧。"陈寂环过她的肩膀。

本来今天是开开心心来的，却被人横插一脚，陆时雨言不由衷地浮起一抹笑意，无奈地说："怎么办啊，坏气氛了。"

她并不觉得这样做是错的，以前年纪小，所有因素和环境都在阻止她给自己勇气，可现在不同了，已经是了，那为什么不宣示一下主权？

陈寂给她拉开自己旁边的椅子，温声细语，意有所指道："这能叫坏气氛啊？那我恨不得你天天坏气氛。"

他也回到位置上坐好，凑到陆时雨耳边低低地说："听你跟我告白一次，值了。"

两人挨得极近，陈寂只要一别头，就可以亲到她脸颊，他也正想这么去做，但陆时雨推开他，红着脸颊，低头往四周飞快地瞟了几眼，而后轻轻瞪他一下，声若蚊蚋道："点点菜了吗？我去拿蛋糕过来。"

说完，她就捂着脸一溜烟儿跑了。

人没亲到，还差点现场直播了一把，陈寂却丝毫没有羞赧的感觉，若无其事地坐好，一只手搭在陆时雨的椅背上，冲众人挑挑眉："不好意思，我一时没控制住，大家多担待啊，就当没看见，我俩脸皮都薄。"

众人：……服了。

脸皮比城墙还厚的人说自己脸皮薄，真是见了鬼了。原来陈寂是欠，谈了恋爱以后，就变得又欠又狗。

这顿晚饭吃到将近十点半，在场除了陆时雨和杨楚仪，还有两个女孩子，她们都是工大的，跟陈寂那两个舍友看上去有点儿想在一起的意思，暧昧得很。

女生宿舍晚上十点五十锁门，但他们此刻还在兴头上，没人提出要回去，吃过晚饭还有第二场。反正明天没课，就只剩下复习了，杨楚仪问了问陆时雨要不要回宿舍，陆时雨也没扫兴，没说要走，大不了今晚通个宵。

首都春末夏初的夜晚是最舒服的，温度适宜，晚风徐徐吹过来，凉爽舒适，抚平了他们喝过些酒的躁意。大学城的这条街上，充斥着热闹，车水马龙，晚上十点钟也人潮汹涌，小铺子都开着门，客人坐得满满当当，说笑谈话声不绝于耳，烟火气满满，甚至有人身边还放着行李箱，吃完这顿散伙饭，就要各奔东西了。

他们这群人三三两两并排走在街上，步行着往 KTV 里去，大家有说有笑，一点没有即将毕业的感觉，仿佛还是大一第一次团建的时候。

一回忆过去，就打开了话匣子。

胡子奇说头回见程周煜差点儿跟他打架，程周煜是个大少爷，说话气人得不行，看他第一面还挺不顺眼的，还是陈寂出来说了一句话打破了火药味满满的局面。

那时候第一次见陈寂，真不觉得这人好相处，这家伙不笑的时候冷淡得不行，但也就是面冷，实际上人跳脱得很，讲义气，有担当，大小事儿交给他，保准办得妥帖周全，虽然他只有二十几岁，却能将成熟和少年气都拿捏得稳稳的。

所以他一出面，就把胡子奇和程周煜不太对付的场景给翻篇儿了。

说到陈寂，众人四处寻觅着，刚才他跟陆时雨走在最后头，这会儿都不见了人影。

在餐厅的时候，大家给他过生日，但人家的眼神几乎都在陆时雨身上，视线胶着，黏黏糊糊的。可能碍于大家都在，陆时雨那时一直有些躲闪。

现在找不到他俩，大家也都没放在心上，你看看我我看看你，心道能遇见这么多电灯泡也算他俩幸运，指不定又到什么地方腻歪去了，陈寂这个"恋爱脑"啊，真是没救了，可算是栽到陆时雨的手上了。

刚才正在路上走着走着，陈寂就把陆时雨扯到了小区的隐蔽处。

站定后，陆时雨一愣："你干吗？"

"还有一个小时，我生日就过去了。"陈寂蹭了蹭她鼻尖，"我的礼物呢？女朋友。"

"不是都给你了吗？那个蛋糕啊。"

蛋糕是陆时雨自己画好，又专门去甜品店里找师傅学了烘焙之后，给他亲自做的，熬了大夜画的图纸，又趁陈寂在工大的时候自己偷偷跑去学的，不知道做坏了多少材料才把这个做好，现在，那些废掉的蛋糕坯子还在她宿舍里等着被吃。

"我觉得你也不缺什么呀，所以做那个蛋糕花了我挺多心思呢。"

陈寂说："你怎么知道我不缺？"

"你缺什么？"

"缺你。"

两个字，听得陆时雨心跳漏了一拍。

她抬手拍了陈寂胸膛一下，带着些羞赧地笑问："说什么呢，缺我什么？咱俩都在一块儿了。"

"濛濛。"陈寂突然喊她，抓住她撑在他胸膛上的手。

陈寂从未这样喊过她的小名，她身边，只有非常亲近的家人和孔怡然这样叫她，陈寂还是第一次以男朋友的身份这样跟她说话。

陆时雨蓦地心如擂鼓，轻声应了句："怎么了？"

"我好像还没有跟你说过，我喜欢你。"陈寂大拇指摩挲在她脸侧，"我很喜欢你。"

陆时雨忽然鼻头一酸，眼底闪着光，她忍不住回抱陈寂："我也很喜欢你，非常非常喜欢你。"

"认定了啊，一辈子的事儿，不许反悔。"

陆时雨破涕为笑："不反悔。"

"濛濛，我记得我以前跟你说过，就是咱俩蹦极那天，我跟你说，我抱住你，就不会再松手了。那是真的，我从小到大都挺专注的，认准的事儿喜欢一条道走到黑，对你也是，以后我心里只有你一个人，不会再有其他人了。"

虽然刚才在店里她没让他说话，她自己就有很足的底气，但陈寂依旧想给她这份安全感，两个人在一起能走得长长久久，就必须给足对方安全感。

他想要跟陆时雨长长久久。

陆时雨懂他的意思。

她踮起脚，在他脸侧蜻蜓点水地亲了下："我也是。"

陈寂忽而偏过头，直视她。

此时夜色很深，树荫处阴影叠加，不见月光，但陆时雨依旧可以看到陈寂那双亮得吓人的眼睛，眼底藏着浓重的欲念。

半晌，他才出声，一副"你干吗亲我的"样子："你可真行，只许州官放火，不许百姓点灯。"

"我哪有啊。"

"讲点儿道理行不行，"他故意耸了耸肩膀，弄得陆时雨小脑袋一颤一颤的，"你今天早上说的，不让我今天亲你，所以你就可以亲我是吧？"

陆时雨狡黠地笑了笑："对啊，反正你不可以亲我。"

陈寂长长地"噢"了声，说："还没到十二点呢，我还能不能许愿？"

"你刚才不都许完了吗？"

"刚才是刚才，现在是现在，"陈寂懒散地说，"你让不让许？我许完你答不答应？"

"让让让，你许吧，我肯定答应。"陆时雨无奈道。

"那行，我许愿，让我在生日最后一个小时里，亲到我女朋友。"

"许完了。"

陆时雨一急："哪有你这样的啊！"

"你别耍赖啊，你说的全都答应。"

今天他不许亲她，但她可以亲他。

怪不得陈寂早上答应得那么快，原来早就留了这一手了，她挖个坑倒把自己给埋了。

陆时雨咬着下唇，愤愤地看他，心说：你还真是无赖，连自己女朋友都不放过。

不过饶是这么想，陆时雨还是满足了陈寂的愿望。

她叹口气，猛地凑到陈寂眼前："你不许亲我，那我来亲你。"

话还没说完，最后一个字的尾音便被陈寂堵了回去，随即而来的便是他铺天盖地的吻，吻轻轻柔柔地落在她的眼睛上、鼻尖上，仿若珍宝，不敢轻易有动作，最后那瞬间，又重重地落在她的嘴唇上，或舔舐，或啃咬。

她今天没化妆，只涂了陈寂最喜欢的那支唇釉。

大学城小区里，小区一侧花园里昏昏暗暗的树荫下，陈寂搂着陆时雨，与她热烈地交换着彼此的气息，不远处飘来隐隐约约的野花香气，夹着陆时雨拿在手里的那束玫瑰花散发出的香味，悉数钻进两人的鼻息间。

这个吻绵长、赤诚，又急切。

双唇分开的那一瞬间，他抵着她的额头："不是说这支用完了？干吗啊你，故意勾我是吧？"

这话让她耳尖又是一热，她不知道该怎么答，握着陈寂捧起她脸颊的手，喘了口气，说："你别得寸进尺啊。"

陈寂笑出声，捏着她的脸："我就是正经问问，你怎么还狗急跳墙了啊？"

"哎，你别捏我脸。有你这样的吗？说自己女朋友是狗？"

"那我说错了，该罚，该狠狠惩罚，"陈寂低头，清浅呼吸流连在她嘴边，"罚你再亲我一下狠狠惩罚我。"

…………

他俩在这里磨磨蹭蹭亲热了将近一个小时，陈寂非得上赶着让他自己"被狠狠惩罚一下"，但这样他俩也并不觉得烦，反倒乐此不疲。

也不知道几点了，他俩搂搂抱抱亲亲，又时不时说会儿话，就是站着有些累，陆时雨没骨头似的被他抱在怀里。

陈寂吻了吻她头顶，忽然说："濛濛，你喜欢我什么啊？"

陆时雨瞬间就笑了，一般都是女生问这个问题，到他俩，好像全都反过来了。她思索很久，说："都喜欢。"

显然，这个答案在"寂妹妹"这里过不了关，他咂了咂嘴："这么敷衍我？"

"那你喜欢我什么？"陆时雨反问。

这还真倒把陈寂给问住了。

他比陆时雨思考的时间还要长一些，最终得出的结果，居然也是，哪里都喜欢。

怀里的女孩，哪里他都喜欢。

陆时雨："你看，你也得想这么久，那你喜欢我哪儿？"

"哪儿都喜欢。"陈寂妥协道，"你说得对啊。"

他又问："那你什么时候开始喜欢我的？"

这回，换陆时雨被问住了。

"那你什么时候开始喜欢我的？"

陆时雨没立刻回答这个问题，站着没动，她其实也想过这个问题，陈寂是什么时候喜欢她的，想来想去，怎么也不会是几年前。几年前，好像只有她在怯懦地唱独角戏。

但现在也没必要纠结到底陈寂是什么时候喜欢她的，也没必要纠结过去了，人总得往前看，只要现在和将来，陈寂喜欢她就好了。

从前那些日子像是走马灯似的，在她眼前虚浮地飘过一遍，过眼云烟一般。

她在陈寂胸膛微微蹭了下，揪着他腰际的衬衫，渐渐收紧了力气，撒了个谎："不知道，很久了吧。"

"你只要知道真的很久了，就行。"她轻轻呼了口气，半开玩笑地把心里话拿出来说，"你要问我具体是从什么时候开始的，那我还真一时半会儿答不出来。我要是真说了，那还显得有点儿敷衍草率，我感觉你也不会信。"

"陈寂，我不是一个草率的人，咱俩认识这么久，你应该知道吧。高中那会儿做数学题，我老是得先把整道题大概的过程全都一点一点想出来，再动笔写详细步骤。虽然有很多题适合写一步看一步，这儿算算那儿算算，不适合这样做，但我就是改不了这个毛病，丢分也改不了。因为我老觉得没把握的东西让我很没安全感，这是什么毛病啊？"她笑了笑，"哎，我也不清楚。

"当时你们都说我，我还反驳来着，你记不记得？"陆时雨在他怀里仰头，眸光闪闪，跟他交心，"我说我喜欢慢慢积累以后拿到的百分之百，不喜欢走一步看一步，没有一点计划的百分之百。对你也是这样，我从来没想过走一步看一步，感情都是慢慢积累起来的，有把握了，我才会真的说喜欢。陈寂，我是认真的，既然在一起了，那就认认真真在一起，咱俩都好好地往前走。"

正因如此认真，才不想沉溺在过去，才会如此喜欢。

她笑着戳他下巴："你会不会觉得我事儿太多了？"

陈寂抚着她后脑勺，没作声，也不知道在想什么，只觉得心脏像是缓缓揪在了一起。

"不会。"半响，陈寂低声回，吻轻轻柔柔地落在她额间。

原本他问这个问题，也没想着让陆时雨说个所以然出来，无论什么答案，对他来说都是最好的答案，也并不那么重要，因为当下的陆时雨，是真真切切喜欢着他的，他可以感觉到。而且他俩在首都见面之后，这些事发生得还挺出乎他意料的。

这么多年以来，他从没想过要跟人谈恋爱，或许是觉得应先成家后立业，又或许是一直以来都没遇到对的人，总以为自己对这方面清心寡欲无欲无求，却在遇见陆时雨之后，全都一件一件被推翻，原来他也是个极度渴求爱的人，会想拥有陆时雨的一切，会想听到出自她口的所有动人的情话。

而这些，陆时雨好像都在满足他。

陈寂垂眸静静地看着她，胸腔里溢着的全是热意，翻涌来翻涌去。陆时雨也看着他，心跳得也很快："哎，寂妹妹，我跟你交心了啊，以后，你就放一百八十个心到肚子里，你不说放弃，我是不会……"

"你给我把这句话咽回去，"陈寂打断她，很肯定地说，"我不会，绝对不会。"

"我相信。"陆时雨眉眼弯起来，再度笑着贴近他的胸膛，听着他沉稳有力的心跳声。

"哎，但是我给你提个醒儿啊，我这人小心眼儿得很，你得有点儿心理准备啊，我不说，你也不许说。"陈寂的声音从头顶传来，带着些理直气壮的意味。

"你以为我看不出来？"陆时雨憋着笑。

"你还笑？我那都是因为谁啊？"陈寂睨着她，"约法三章第二章，就按我刚才说的办，剩下的以后想到再说。"

"行行行，我服了你了。"

陈寂捧着她的脸，整张脸写满了诚恳，无比认真地说："我也是认真的，将来想花九块钱跟你领证，想跟你在一个户口本上，更想跟你有一个完整的家，有个小朋友喊你妈妈喊我爸爸。对你来说可能有些远了，但我不止一次地想过这些事。"

陆时雨愣了瞬，真倒没想到陈寂会想得这么长远，居然，连孩子都想到了……她轻咳了声，觉得这会儿陈寂的眼神有些危险。

"你躲什么？这就不敢看我了？"陈寂恶劣地迫使她仰着头，"那以后还多的是。"

"你怎么……唔……"话还没说完，唇便被他毫不犹豫地吮住，静谧的花园里，一声又一声亲密无间的亲吻声传来，轻飘飘地随风消逝在空气中。

春末夜晚，室外温度还是不比仲夏夜，陆时雨忽地感觉有些凉意，她浑身颤了颤，皮肤冒起一阵寒。

陈寂察觉到，搓了搓她的双臂，尽可能将她护在怀里："咱们回家？"

陆时雨眼角泛着丝丝红意："不太好吧，说好了今晚不走的。"

"你不冷了？"

"还行，你抱着我，我不冷。"

"那回去找他们？"

陆时雨点点头："赶紧走吧，别让他们等急了。"

"都几点了，要等急了他们早打电话过来了，倒是挺有眼力见儿，"陈寂说，"不着急，再亲一会儿，待会儿回去就不行了。"

工大提前拍了毕业照，不少学院也已经开了毕业晚会，离家远的和已经找到工作的人基本就能打包行李回家了，但校级的毕业典礼还没办，六月份毕业生还得再回来一次参加拨穗仪式，但陈寂他们似乎回不来了。

陈寂和沈枭拍完毕业照就又马不停蹄地赶回了环岛科技，请了两天假已经是那边能批的最长期限了。他们现在算是环岛的合作方，设计的东西虽然已经全卖给了环岛，但也是个需要配合环岛把产品落实成实际 APP 的合作方。说白了就是环岛聘请的工程师，天天都拿工资的，赵总监作为老学长，给他们争取了请假这两天带薪，所以陈寂也没好意思再多耽误，况且程序的算法一直在改，问题不断，工期似乎要拖到六月底。

刚在一起就要异地一个月，换谁都舍不得。送陈寂走的那天，陆时雨早早就到了他家里。陈寂没让她送他去机场，一来浪费时间，二来真要是去了机场，怕是就舍不得走了。而陆时雨也没有要去机场送他的意思，她怕到时候一个忍不住，拽住陈寂不让他走。

两个人默契地选择在家里分别，走之前不可避免地纠缠了一会儿，不知道怎么回事就纠缠到了沙发上。陆时雨靠坐在沙发上，仰着头，陈寂站在她面前一手压着她的后脑勺，一手撑着沙发，半弯着身子压着她，两人默默攫取着对方口中炙热滚烫的气息，恋恋不舍，缠绵悱恻。

陈寂叫好的车给他打来电话了，陆时雨推了他一把，轻喘着呼吸："好了，你该走了。"

"有点儿长进了。"陈寂看了眼手机，莫名其妙地来了句。

"什么？"

他意有所指，意味深长地看着她的嘴："以前我亲你，不到一会儿你就喘不过气了。"

陆时雨脸颊爆红，在身后光秃秃的白色墙面衬托下，显得尤为明显："说什么啊你，赶紧走人吧！"

她又拍了拍他肩颈，但没拍动。陆时雨想也没想，脱口而出："弯腰这么长时间你不累啊？"

陈寂嘴边笑意愈深："我腰还挺好的。刚才司机又发短信说还有五分钟到，我还能再弯腰亲你五分钟。"

但陆时雨也没想让陈寂生生再弯五分钟的腰，她平时弯腰洗个衣服都腰酸得不行，于是整个人往旁边歪了歪，想拉着他坐下来，结果不知道这人是不是故意的，竟然直接压到她身上了。

陆时雨上半身紧跟着倒在沙发上，但还没躺踏实，沙发猛地向下一坠，陆时雨倒吸了口气——

沙发腿好像折了。还没在家里实实在在地住上几天，沙发腿就被他俩给折腾折了。

两人同时停了下来，愣神几秒钟，你看看我我看看你，对望间都颇有些不可思议，而后又不约而同地笑了。

陈寂撑在陆时雨上方，笑得不行，伴作讶然又疑惑："咱俩……这么激烈的吗？"

陆时雨也跟着笑："没有吧，这沙发质量有问题。待会儿我看看能不能补救一下。"

"嗯……那以后得换个质量好点儿的。"陈寂若有所思地点点头，"省得以后沙发腿儿折了坏咱俩兴致。"

"想什么呢你，你就租了一年，还想着给房东换套沙发啊，傻不傻。"

陈寂长长地"噢"了下，说："你说得有道理，那就凑合着坐坐，实在不行，咱俩以后换个地儿，去卧室。

"还有，谁说我只租一年的，他这儿不能短租，最短一年起步，我想着先住住看看，万一这儿不行再换个别的地儿。沈枭就在咱后头那个小区呢，要是可以的话，就再跟房东续约。"

"他找着房子了啊，次卧我一直没给你收拾，我以为你要把这里租给沈枭呢。"

"你傻不傻，"他捏捏她脸颊，"人家有女朋友，犯得着跟我一大老爷们儿一块儿住啊？而且我不是跟你说了吗，家里让你随便布置。"

他近在咫尺地看着她："意思就是这儿现在就是我一个人住，你也可以来，这里是我家，也是你家。"

陆时雨被他这话说得心如擂鼓，又不好意思当着他的面露出来，只好抓着陈寂的衬衫前襟往自己这里拽了拽，躲在他肩颈间无声地偷笑。

陈寂的手用力撑在她身侧，背脊绷得紧紧的，像一张漂亮的弓。白衬衫底下的肩胛骨很明显，常年的锻炼让他整个人力量感十足，肌肉线条很流畅。他尽量不去碰到她柔软的身子，可陆时雨呼吸不稳，起伏间总是会贴上他。陈寂深呼吸几口气，眼底暗了暗，全身燥热，感觉再让她这么闹下去就不行了。他把陆时雨扯开，再度亲上去，重重吮了下又退开："行了啊濛濛，知道你嘴都快咧到后脑勺去了。

"等我回来，咱俩一块儿把家里布置布置。"他压在她身侧，环顾屋子一眼，"现在太空了，没什么人气儿，这儿你随时能来，主卧是给你准备的，我的东西都搬到次卧了。"

随后，陈寂又极为大度地说："当然，你要是想跟我睡次卧，我也没意见，就是次卧的床没有主卧的大，咱俩睡晚上你可能得抱着我。我没意见啊，说真的，我真没意见，你真的不用考虑我，也不用问我的意见。

"反正到时候，我听凭处置。"

六月底，陈寂终于结束了在环岛科技的所有工作，和沈枭一起打道回府。首都此时已热得不行了，暑气难耐，陈寂落地放下行李就赶到医科大附属医院门口等着陆时雨。

陆时雨平常跟诊的时候都会习惯性地把手机调成静音模式，她出了医院大门，明晃晃的日光及炽热的高温让人感觉有些疲乏倦怠。

没带遮阳伞，也没涂防晒，脸颊滚烫，陆时雨揉了揉眼睛，低着头慢慢往前走。刚走了没多远，面前忽地多出一道高大身影，将浓烈日光挡了个严严实实，同时，侧脸被贴上一杯冰冰凉凉的冷饮，令陆时雨一下子就精神起来。

她抬头，倦意一扫而空，惊喜道："你怎么回来啦？不是晚上才能回来吗？"

"天气预报说那边晚上有雨，环岛给我们改了机票。"陈寂揽上她的腰，把冷饮在她脸颊上换了换地儿："还热不热？"

陆时雨摇摇头："不热了。"说着，就去找吸管往杯子里插，想要喝一口。

她靠过来的那瞬间，陈寂就把冷饮挪开，说："没让你喝。"

"现在太热了，我有点渴，"陆时雨嘴上跟陈寂说着话，目光却眼巴巴地盯着他手里的东西，"真的只喝一口，就喝一口。"

陈寂瞥她一眼，把手挪得更远了，非常有原则："不行，亏你还是个学医的，你不知道自己会痛经啊。"

一想到痛经痛得她一步都走不了恨不得升天的时候，陆时雨想喝冷饮的念头就少了一半，但这么一大杯，不喝多浪费啊。

不过她喝不了，总有人喝。

陈寂吸了一大口，店员默认做的是全糖，冷饮又冰又甜，陈寂不太爱喝甜的，轻蹙了下眉，但故意看着她："好甜啊，我感觉你会喜欢这个。"

陆时雨无语。

"里面好像还有草莓果粒呢。"

见陆时雨死死盯着他，陈寂把她往怀里拽了拽，冷饮在手里晃了晃，诱哄道："想喝啊？"

"其实也不是不能。"语毕，陈寂猛地低头亲了她一下。

陆时雨一时没防备，微张着的唇，让他带着凉意的舌尖长驱直入，清爽的果茶香气当下便在口腔里弥漫开来，带着独属于陈寂的气息。

陈寂吮了她一下，陆时雨心头一麻，连忙推开了他。

现在还是大庭广众之下！

陆时雨紧张地环顾左右，好在中午日头正盛，多数人都在家里吹空调吃午饭，没多少人出来。

她瞪了眼陈寂："你……你注意一下行不行？"

"怪我啊？"陈寂满脸无辜，"是你说想喝的。"

陆时雨憋了一会儿，才冒出一句："我没有！"

"你用你的眼神告诉我了。"陈寂不要脸道。

两人一边往家里走，陆时雨一边说："那你也不能在外面……那样啊，万一被人看到怎么办？"

陈寂环着她的肩膀："我看着呢，没人我才亲的，要是有人我就等回家亲了。"

陆时雨看他，陈寂立马就说："当然了，虽然现在亲了，但是等会儿回家该亲还是得亲。"

"你这都是歪理。"

陈寂按下电梯，说："怎么能说是歪理啊？你就说，咱俩多久没见了？快一个月了吧，你好好算算，都欠了多少天了？"

他还真在一边有模有样地算了起来，越算越离谱，陆时雨一阵无语："你还是别说话了……"

照这么算，可就还不完了。

电梯上升，眨眼间就到了家门口，陆时雨打开家门，屋子里较低的温度让人松了口气，总算是不那么热了。可进了家门她还没来得及换下鞋子，腰刚刚弯了一点，陈寂就从身后将她搂了过来，而后天旋地转，她就被陈寂抵在了门上。

站定后，陈寂捏着她腰际，滚烫的掌心温度隔着薄薄衣衫传来，他说话时的气息也跟他手掌心的温度一样滚烫。

"濛濛，想不想我？"

陆时雨抬手，环绕在他肩颈，在他胸膛找了个舒适的位置靠着："嗯，想了。"

都说搞对象是会有热恋期的，她感觉她跟陈寂现在正处在热恋期，而且他俩刚在一起没多久就异地了一个月，这会儿正应该如胶似漆。

她贴着陈寂，瓮声瓮气地说："特别想，你想我没有？"

陈寂由着她安安静静地抱了会儿，有一下没一下地把着她如海藻般垂在肩窝及背后的长发，而后把头发悉数撩开，亲在她肩头："我也想了，每天都恨不得立马放下工作回来见你，赵哥都差点要扣我工资了。"他笑了下，"沈枭还说我'恋爱脑'，你说我到底是不是'恋爱脑'啊？"

他柔软的唇落在她的肩颈上，轻轻柔柔，又有些痒，像是羽毛划过心头，陆时雨身体有些发软，没骨头似的靠着他，也跟着心猿意马地弯了嘴角，调笑说："怎么说呢？寂妹妹，你好像是有点儿。"

陈寂看着她裸露的白皙后颈，上手捏了一下："叫我什么？我这都是因为谁啊，你还笑。"

陆时雨笑着躲了躲，但是没躲开，又被陈寂捏着后颈给拉回来了。她说："那你没真的被扣钱吧？"

"你真是……"陈寂"啐"了声，"现在是关心这个问题的时候吗？"

"怎么不是？你都被扣工资了，那我不成罪魁祸首了吗？钱多重要啊，数钱的感觉不好吗？"

"放心吧你，"陈寂说，"没扣，就算是扣了，将来你男朋友也养得起你，咱这项目的版权费到了，分到每个人手里还有不少。"

陆时雨从他怀里起身，眼中笑意很浓，仰头看着他，兴奋道："真的啊？多少钱啊？"

陈寂睨着她："女朋友，你看看你现在见钱眼开的样子。"

他把手机拿出来，翻到手机银行，给陆时雨看了眼卡里的余额。

陆时雨捂着嘴倒吸了口气，差点没跳起来了："这么多啊！"

小数点前那是多少位来着？六位数？在小城里付个小点儿的房子首付完全没问题。她眨眨眼："这都是你的吗？"

陈寂淡定无比地回："嗯，你的那份我还没来得及转给你，其他人的都已经给他们转过去了。"

陆时雨想了想，还是觉得有些不可思议："那你卡里怎么还剩这么多啊？"

"有以前过年的时候拿的压岁钱，还有我大学四年在各个公司和工作室接零散的活儿，一点一点攒起来的。"

"陈寂，男朋友，你好有钱啊！"陆时雨开玩笑说，"我感觉我傍到了个大款呢？"

"说错了，不是你傍到大款了。"陈寂说着，捏着陆时雨的手指，给她挨个录入指纹。

陆时雨有些莫名："你干吗？"

"记好了啊，我所有支付密码都是咱俩在一起那天的日期。以后你用指纹也可以。"

陈寂有两三张银行卡，但是都把钱转到了这一张农行卡上。他把农行的卡交到陆时雨手上,又把一张新卡给了她:"你那份也在这农行卡上,这张新卡是公司发的工资卡,你都拿着。"

陆时雨随即便摇了摇头,摇得跟拨浪鼓一样,把仿若有千斤重的卡推回去:"不行不行,还是你自己拿着比较好,这都是你的。"

"你的我的不都一样?"陈寂打断她,眸似点漆,握着她的手,"反正以后都是一样的,早点晚点有区别啊?你就当替我保管着,提前熟悉熟悉,找找感觉。"

陆时雨也就接下了这两张卡,一到她手里,忽然间就有了种不一样的感觉,好像真的有点他们已经结婚了的错觉。

陈寂交代完要紧事,又重新扣紧她的腰,说:"搞清楚了啊,现在,是我傍你。"

他懒懒散散地指了指自己的唇,一字一句地说:"求包养啊。"

陆时雨笑得不行,而后主动踮着脚凑上去,吻在他唇畔。

"哪有你这么包养人的?"陈寂嘲笑她。

被包养的说包养的不行,这还是头一回见,陆时雨摊了摊手:"我没经验啊,你有经验?"

陈寂压着她向后退了退,言语间低沉带笑:"怎么没有啊,没有也可以有。"

话说完,陆时雨便被他一使力抱了起来,如熊抱一样抱在怀里。陈寂托着她的双腿,她下意识夹住他的腰,喉间那句惊呼还没喊出来,便被陈寂悉数辗转碾碎,淹没在唇齿之间。

从环岛科技回来,陈寂正式入职,过上了朝九晚五的生活,偶尔加班到晚上六七点钟,但大部分时间还是会准点下班。下了班直接到医科大接上陆时雨,然后两人一块儿去超市买菜回家做个晚饭。

医科大的考试已经考完一半了,他俩晚上一有空就一起逛超市,或者窝在家里上网买买家居用品什么的。这段时间家里该买的东西都买得差不多了,阳台上放了几盆花,陆时雨买的,陈寂天天早上起来的第一件事就是浇水。

次卧也收拾好了,床虽小了点,但陈寂一个人睡没问题。他俩还买了些装饰画挂到墙上，客厅沙发上摆了几个抱枕玩偶，还有屋子里的床单被罩枕套，厨房里的碗筷，餐桌上的桌布，这些都是陈寂陪着她一起挑的，然后两人一起商量放到哪里，怎么放好看，最后再一起摆上去。

这么一布置，家真像是个家了。

陆时雨在家里环顾了一圈，满意道："真不错，比原来看着舒服多了，也像是个家了。"

陈寂从背后抱着她，思索几秒："好像还差点儿。"

"差什么？"陆时雨扶着他放在她腰间的手，往后扭着头，"还有什么没买的？"

陈寂偏头亲在她脸颊，蹭了蹭她的头："差照片。"

"差什么照片啊？"

他在陆时雨耳边轻声说："差你的照片、我的照片，还有咱俩的合照，最重要的是，差结婚照。"

陆时雨愣了愣，结婚照啊。

她没想过这个，也不能说没想过，总是觉得有些不太真实，感觉这个离她似乎还很遥远。

但陈寂这么一说，又让她觉得，这件事不再是遥不可及，而变得触手可及起来。

陆时雨摩挲着他的手背，轻声说："可是咱俩也不在这儿长住啊。"

"对，顶多三年，但我说的是以后。"陈寂嗅着她颈侧的香气，下巴搭在她肩上，同她一起幻想描绘属于他们两个人的未来，"以后咱俩自己的家里，这些都要有。"

陆时雨笑意明媚，转过身子面对着他："你还挺细腻的。"

"我早就想过无数次了好吧，你是不是觉得现在说这些还太早了？其实不早了。"陈寂搂着她，目光直白又坦荡，眼底藏着浓浓的诚恳赤诚，"濛濛，我说过了，对你，我也是认真的。"

一直以来陈寂都是个"直球"选手，但也不是没有过犹豫，可这仅有过的犹豫也都用在了陆时雨身上，但是现在两个人已经在一起了，那就要一心一意爱她到底，也想给她更牢靠的保障。

所以对陈寂来说，结婚，只是时间早晚的事，反正结婚对象也只有她一个。这件事，从他俩在一起那天他就已经想好了。

陆时雨轻轻咬了咬下唇，紧紧环上了陈寂的腰。

"干吗？被我感动了，深深爱上我了是吧。"陈寂调笑道。

"是啊，感动死了，坠入爱河无法自拔了。"陆时雨眼角有些湿润，她极力掩藏着这抹泪意，却还是被陈寂捕捉到。

他抬起她的脸，无奈地笑了声："你怎么还哭了呢？我说这些不是为了让你哭的。"

"陈寂，我好喜欢你啊。"

突如其来的表白让陈寂不由得有些三心二意，他盯着陆时雨湿润的眼角，喉结上下滚了滚，想也没想，径直吻了上去。

意乱情迷间，他俩再度走到了沙发边，即将坐下去的那一秒钟，陆时雨蓦地清醒过来："不行，沙发腿断了，下面我垫了块砖头。"

哪还管得了那么多啊，陈寂当即便把她抱到自己身上，一边吮着她的唇，一边步履不停地托着她的双腿往次卧走。

人被压到柔软狭小的床铺上时，陆时雨还是蒙蒙的，直到腰间一凉，陈寂的手覆上来时，她才找回神志。

手掌心下柔软纤细的腰肢不盈一握，皮肤细腻滑嫩，这股触感令陈寂想要再得寸进尺一些。

但他最终还是停了下来，只覆在她腰上。

两人气喘吁吁地对视着，屋子里安静得很，偶尔能听到楼下草丛里蛐蛐和知了的叫声，再有就是如擂鼓般的心跳声相互交织，也不知道是谁的，一下又一下。

陈寂眼漆黑，眼里像是有个可以溺死人的旋涡，紧紧地吸引着她的目光，近乎一匹狼。陆时雨像是卡了壳，手脚都不知道往哪里放，更不知道此时该说些什么。

"你……流氓……"陆时雨耳根烫得不行，也不敢直视他，目光在他脸上来回乱扫，磕磕绊绊总算说了句完整的话。

陈寂额间冒了些汗，汗滴沿着凌厉的脸颊线条滑下，掉在陆时雨细长的天鹅颈上,最终落到锁骨凹陷处。

他暗自骂了句脏话,喉结上下滚动,哑着嗓音笑说:"这就流氓了?"

夜太迷人了,但也很危险。

这是此刻陆时雨脑子里蹦出来的第一句话,她咽了咽口水,只听陈寂又欺身下来,吻住她的锁骨,说:"那我还有更流氓的。"

夏至以后的首都酷暑难耐,下雨的时日倒是不多,但天气预报向来不准,说今天无风无雨,此时屋外忽地起了大风,静谧的卧室里可以很清楚地听到狂风呼啸而过,楼下花坛中的柳枝"唰唰"作响。

温度瞬间就降了下来。

楼下,不知道是哪层的户主喊了句:"快关窗户啊!待会儿要下雨了!"而后"砰"的一声,窗户就被关上了,周围再度安静如初,除了风声,就是亲吻声。

骤然间,大雨倾盆而下,肆虐而来,次卧的窗户没关,细密雨丝随意透过纱窗吹进屋里,但此时,陆时雨和陈寂谁也没管。

热意被风吹散了些,可陆时雨仍旧觉得浑身汗津津的,尤其锁骨,带着很强烈的湿意和滚烫的触感。

天气真是说变就变,刚才还是平静的夏日夜晚,现在却风雨交加,整座房子似乎都处在风口,雨水随着风一下一下地拍打在窗户上,却让陆时雨感觉,像是一下一下拍打在她的心上,可屋子坚固不可撼动,飘摇无依的只有人。

陆时雨迷蒙又涣散地看着天花板,轻喘着气息,陈寂埋首在她肩颈处,细细密密的吻就落在那个地方,整个人好像被他抛至云端,软绵绵的。

陈寂单手撑着身子伏在她身上,而另一只手却在不老实地掐着她细软的腰肢,很软的一截小腰。

他看了她一眼,什么都没说,眉眼蒙上一层很深重的欲念,循着那滴汗珠滑过的痕迹,最终停留在凹陷处,大拇指覆上去来回摩挲着。

即使现在脑中有一道声音在激烈地叫停,却有另一道比这还要急迫的声音催着他多一点,再多一点。

怎么也停不下来了。

眼睛是心灵的窗户，心里怎么想的，透过眼睛就能倒映出来。

陈寂的视线缓缓又落到陆时雨的脸颊上，再到殷红的唇瓣上，眼低深沉如同这片深不见底的夜空，下颌线绷得紧紧的，像是箭在弦上，不得不发。

陆时雨没说话，陈寂察觉手掌下的身体呼吸起伏却剧烈了起来。

于是这种欲念就再也压不住了，如同休眠火山忽然爆发，给全世界带去一股汹涌澎湃的热潮。

"太瘦了。"陈寂忽然说。

陆时雨磕磕绊绊地说："不瘦了，我这段时间，跟你在一块儿胖了三斤。"

"才三斤？我怎么没感觉到你胖啊？"陈寂不太满意，"你要这么瘦干什么？"

陆时雨颤了下，弓起身子："好……好看啊。"

说着说着话，陈寂再往上探一下，虽然瘦，但也不是那种不健康的瘦，哪里都是软的。

陆时雨半睁着眼睛，抚上陈寂的后腰："我也觉得你太瘦了。"

"为什么这么说？"陈寂一边说话，一边却三心二意地想着别的事——他女朋友身材不错。

陈寂是那种穿衣显瘦脱衣有肉的类型，但陆时雨只见过那么一次，还是高中的时候，不小心看见陈寂撩衣服的那次。那会儿匆忙一瞥，腰腹部位只略略看了一眼，肌肉线条凌厉，没有一丝赘肉，直到现在也是，肩宽腰窄，身段很好。

"你手放错地儿了。"陈寂把她的手移到腹部的位置，手掌心下，腹肌轮廓隔着衣衫也可以很直接地感受到。

"礼尚往来。"陈寂笑道，更加有理由给她回礼了。

慌乱无措间，陆时雨不小心碰到陈寂肩膀，他手臂肌肉鼓起，身上这件黑色衬衫似乎都难挡力量感。柔软的衣料下，却藏着硬如铁的坚实肌肉。

"陈……陈寂。"

陆时雨脸颊滚烫，攥着他衬衫的手指收紧，骨节泛白，身子哆嗦了一下，过电一样。

她想让他停下来。

疾风骤雨总得有个停歇的时候吧。

/ 437 /

但陈寂没想要停。

"濛濛,你知道吗,像现在这样,我想过很多次。"陈寂气息灼热,掠过陆时雨皮肤像是能带起火苗,"每晚每晚,每次都是在梦里。

"你应该懂,会发生些什么吧。"

陆时雨一句话都说不出来。

陈寂极轻地笑了声,声线极具侵略感,在漆黑的夜晚里,伴随着雨打风吹,像是要将猎物拆吞入腹。

"更流氓的事,还多的是,咱们慢慢来。"他嗓音低沉,带着诱哄,"不着急。"

他说一句话,换一个地方,落下一个吻,说到最后一句,刚好回到陆时雨唇边。

陆时雨终于能抬起手,颤颤地抵着他的薄唇,声音低软,没什么力气地难耐道:"我好像……该回去了……真的该回去了。"

陈寂捉住她的手,十指交叉按在床上,像是听到了什么好笑的事,滚了滚喉结,哑声说:"今晚去主卧睡,待会儿我抱你过去,外面下暴雨,不安全。"

所以,她今晚走不了了。

但今晚不能。

陈寂在心底叹了口气,心道真没办法收场了,不结婚,真的说不过去。

陆时雨口干舌燥,无力反抗,只能由着陈寂来,他贴上她的唇,含混不清道:"懂了吗?第二次教你了。"字音像是从亲吻之间蹦出来的,含混不清,"这才叫包养。

"濛濛,你这么聪明,应该不用我教第三次了吧?

"但是也没事儿,教第三次就教第三次,我不介意。"陈寂很善解人意,"多教几次,我也可以。"

昨晚暴雨好像断断续续下了一整夜,迷迷糊糊之间,陆时雨感觉到下雨了,后来雨停了,再后来又开始下了,雨势一波又一波,搅乱了她所有神志。

等她的神思全都飘回来,就是次卧那场慌乱之后了。陈寂给她拽了拽衣服,而后头也不回地去了洗手间。陆时雨颤着手扣上背后的衣扣,坐在床上缓了好久好久。

等他再次出来，好像已经过了一个小时。

陈寂冲过澡，乌黑头发全都软趴趴地搭在额间，身上的水珠还没有擦干。

一见陈寂出来，陆时雨立马就抱着睡衣钻进了浴室，没给他开口说话的机会。

雾气弥漫的浴室里，镜子上清晰地倒映着陆时雨白嫩的皮肤。

陈寂真是属狗的。

陆时雨一阵无奈，想怪也怪不起来，毕竟她也没拒绝就是了，但还是有些羞涩感后知后觉地冒出头来。

真是要死了，她不仅没有拒绝，反倒还挺期待的。

他说慢慢来。

陆时雨捂着脸，弯了弯唇。

洗过热水澡，总算是舒服了些，她把自己裹得严严实实，打开了浴室的门。

陈寂已经吹干了头发，斜倚着门边，懒懒地靠在那里等着她。

陆时雨吓了一大跳，抓着自己衣襟："你怎么还不睡？"

陈寂站直，看着她紧紧抓在一起的衣服，嗤笑说："掩耳盗铃了啊，摸都摸过了，还遮什么遮？"

陆时雨无语。

陈寂净身高一米八六，站直身子在她面前格外有压迫感，而且他俩刚刚才恢复正常……

她稍稍往后退了一步，先发制人："你还说呢。"她把浴袍往下拉了些，露出锁骨上那些红痕，指责道，"你真属狗的？"

陈寂目光在她锁骨上流连一秒，眼皮撩了下，错开视线："没注意，我下次不会了。"

错认得倒是很积极，可能不能做到就不一定了。

陆时雨瞥他一眼："你让开，我要去睡觉了。"

陈寂跟个狗皮膏药似的黏上来。

陆时雨抵着他的胸膛："你干吗？回去睡觉！"

"我给你吹头发！"

说着，他的手臂穿过陆时雨的腿窝，一个横抱便把她抱了起来，放到主卧床上。

陈寂从桌下翻出来刚买的吹风机，拆开之后，插好线："过来。"

陆时雨依言走过去，坐到凳子上，陈寂调了调吹风机温度，一绺一绺地给她吹头发，手上动作轻轻柔柔的。

她发量比较多，而且还是长发，吹干得要一些时间，等陈寂给她吹得差不多，陆时雨的眼睛已经有些睁不开了，倦意正浓。

吹风机"嗡嗡"运转的声音戛然而止，陆时雨迷瞪着眼睛，扭过身子，张开双臂对着陈寂晃了晃："我快困死了，想睡觉。"

"你抱我。"她跟他撒娇。

这套对他非常有用，他把陆时雨抱起来："行，抱你睡觉去。"

把陆时雨放到床上，陈寂亲了下她嘴角。

陆时雨软软地回了句："晚安。"

他给她盖了层薄薄的被子，而后坐在一边，低头看着陆时雨在枕头上蹭了蹭，紧跟着进入梦乡，呼吸绵长起来。

陈寂失笑："睡得还挺快。"

他给陆时雨捋了捋额际和耳边的碎发，看了好一会儿，又轻飘飘地浅啄在她额头上，才恋恋不舍地离开了房间。

医科大放暑假放得比较晚，陆时雨他们学院就更晚了，每次都是最后一批离校的，但以往复习累得不行，她每天都盼着回家，这次倒不同了。

离最后一门考试的时间越近，她就越不想考这最后一门。

陈寂在首都的工作没有暑假，他肯定是走不开的。

没办法，秦安兰早早就问她考完什么时候回家，他们好调整时间去机场接她。而且秦安兰在自家这边的社区医院给陆时雨争取了一个实习机会，帮着社区医院的医生采集采集样本看看病什么的。

饶是她再不期待，最后一门考试还是如期而至了。考完当天下午，陈寂下班送她去机场，路上两个人还挺沉默的，其实该说的前几天就已经说得差不多了，自从陈寂教了第二次，第三次第四次就逃不过去了，他还有些变本加厉，美其名曰未来一个暑假碰不到了，所以得提前找补回来。

听得陆时雨面红耳赤，想躲也躲不过去。

陆时雨订的是最晚的一趟航班，走之前拉着陈寂的手，皱着一张小脸，打心底里舍不得。

陈寂看得也不舒服，忍了一路的话到底还是没忍住："真的要走啊？"

"没办法啊，得回去实习，而且我妈也盼着我回去呢。"陆时雨蹙着眉，低声说。

"行吧，记得每天找我就成，"陈寂叹了口气，把她拉到怀里抱着，"我不跟我未来丈母娘抢女儿了。"

陆时雨拍了他一下，颇有些不好意思道："说什么呢。"

"我说得不对啊？反正以后就是了。"陈寂自顾自地说，"但是濛濛，能不能早点回来？"

陆时雨抬头，陈寂垂头在她唇边浅尝辄止："要不我会很想你的。"

暑假差不多放一个半月，秦安兰便在他们社区医院里给陆时雨报了一个月的实习岗。陆时雨白天跟着社区医院的医生上门给一些腿脚不便的老人看病，积累临床经验，晚上回了家还得教亲戚家的小外甥女写作业。

陈寂几乎每天都会跟她说自己当天都干了些什么，甚至早中晚三餐吃过什么都会跟陆时雨说说。他俩的对话虽然平平淡淡的，但也足够暖人心，就算是这样，也并不觉得烦。平平淡淡的日子里才见真情。

一转眼，社区医院的实习结束了。

晚上，陆时雨教完六年级小学生，照常给陈寂打电话。他似乎在加班，电话响了一会儿才打通，画面闪现，便是他西装革履的样子，黑白拼接衬衫有些皱了，袖管向上卷着，露出修长结实的小臂，领口微敞，胸肌弧度若隐若现，样子说不出的慵懒。

陆时雨轻咳了声："在忙啊？那我先挂了。"

陈寂戴上耳机："不用挂，就差最后一点了。"

陆时雨趴在床上，把手机靠到床头，歪着脑袋盯着屏幕。陈寂工作的时候格外好看，锋芒感少了一半，全是踏实稳重与成熟。

"小姨！"

突然间，房门被敲响，紧接着，小外甥女进来了，她手里拿着一张卷子，想要说什么，便直直地看到了陆时雨手机里的陈寂。

陆时雨都没来得及收起手机。

"哇，这个漂亮哥哥是谁啊，小姨？"小外甥女凑过来，"长得比×××（小外甥女最近刚刚开始喜欢的某个男明星）还帅！"

陆时雨尴尬得脚趾抠地，但注意力还是有些跑偏。

小姨听着比哥哥还要老一些，而且还高了一个辈分，怎么可以这样。

她轻声软语地说："月月，你不可以叫他哥哥，得叫他叔叔。"

"是吗，小姨？可是我觉得他不像是叔叔呀。"

开学就升六年级的小学生，正处在一个颜控的时候，现在的小学生啊……都追星，都看脸看得厉害得不行。

电话里，陈寂笑了下，关上工位上的灯，跟同事打了个招呼，随后走出公司才说："小丫头叫月月？"

月月应了声，双手托着脸，挤出一些肉乎乎的软肉："对呀，我叫沈星月，大家都叫我月月。"

月月爱美，梳着两股羊角辫儿，头发微卷，一双大眼睛扑闪扑闪的，脸上肉嘟嘟，看着非常可爱，跟陆时雨有几分相像。透过月月，他仿佛能看到陆时雨小时候是什么模样，一颗心跟着软了起来。

"好的月月，名字真好听！"陈寂跟她自我介绍，说话调子也变得像个小孩儿，十分耐心，"那认识一下吧，我叫陈寂。"

月月点了点头。

陈寂随即说："你时雨小姨说得对，你不能叫我哥哥——"

陈寂面对手机屏幕，踏着夜色，眼底泛起一阵又一阵波浪，路边光影闪闪，全都倒映在他眼底，显得他神色极为温柔。他视线紧锁着陆时雨，却对着月月含笑说："我是你小姨的男朋友，将来要结婚的，你得叫我小姨夫，月月知道了吗？不然小姨听到会不高兴的。"

小孩总是不太专注，说了没几句话，月月便出去看她最喜欢的男明星演的偶像剧了。家里没人，就她俩，陆时雨跟到客厅叮嘱说："月月，再看半个小时就去睡觉，不能看太晚哦。"

交代完，陆时雨紧跟着回到屋子里，锁上门。

陈寂已经到家了，正在换衣服，她刚把手机拿起来，就看到昏昏暗暗只开着浴室灯的客厅里，陈寂脱下了那件衬衫，露出肌肉紧实的上半身。

每一块肌肉都恰到好处，腹肌微微凸起，线条凌厉又深，标准的倒三角身材。

他朝手机走近了些，画面更清晰了，陆时雨猛地脸红了下，视线飘忽一秒，原本想跟陈寂说的话也给忘了。

"宝宝，我先去洗个澡，等会儿再说？"陈寂懒懒地说。

陆时雨因为这个称呼怔了瞬，而后点头，仍没好意思看他："噢，你去吧。"

沉默了几秒，那边没人吭声了，陆时雨缓缓抬起眼，却撞进陈寂那双漆黑含笑的眸子。他大刺刺地靠坐在沙发上，上半身仍旧是裸着的，看不到下半身。陆时雨一时没控制住自己，不自觉地脑补了一下。

他似笑非笑："不挂电话啊？你要是想看我洗澡，我也没意见。"

只一秒钟，她就反应过来自己刚刚在想些什么，耳尖发热，随后听陈寂又不要脸道："但是我又想了想，我的意见是还是等等，在手机里看有什么意思啊，等你回来，那不更刺激？"

陆时雨骨子里也不是个怕事儿的性子，谁还不会挑火了，她不怀好意地弯了弯嘴角："那要给钱吗？"

在不算太亮的屋子里，陈寂垂了垂头，像是听到了一句极好笑的话，脸上半明半暗，他忽而浅淡地发出一声短促的笑，音色低沉，性感无比，也跟着装模作样地演下去："你打算给多少钱？"

"嗯……"陆时雨拿腔带调地掰着手指头算了算，"以前你身价值十四块钱，现在时代变了，物价也涨了，怎么也得给你涨涨吧。"

陈寂慢条斯理地问："那涨多少呢？"

"涨二百三十六块，恭喜你啊陈寂，你现在值二百五了。"陆时雨像只狡猾的狐狸，"翻了多少倍，你自己算算。"说完，便飞快地挂了电话。

陈寂面无表情地放下手机，还真的在心里算了算。

给他翻了十几倍呢。

真不容易啊。

但是这么算算，鸡鸭鱼猪牛涨得都比他快。

洗过澡出来，陈寂发现陆时雨给他发了几条消息，他点开对话框：你在小孩儿面前乱说什么呀，八字还没一撇呢，你就想占我们月月的便宜？想得美呢你。

陈寂给她拨过去一个电话，陆时雨居然给挂了。他无声地笑了笑：都不敢接我电话了？你心虚个什么劲？二百五就二百五，我没意见。

陆时雨：……你别转移话题。

陈寂：我觉得月月很可爱。

陆时雨：那当然了，你也不看看是谁的外甥女。

陈寂：对，是咱俩的外甥女，不过宝宝，你没懂我意思。

陈寂：我的意思是，女儿很可爱。

陆时雨：[省略号.jpg]

谁要跟你生女儿。

不过陈寂跟小孩子说话，真的有一套，刚才他跟月月说话时好温和，陆时雨总会抑制不住地想，如果他真的成了一个父亲，也会是这样的吗？

榆阳市近几年在改造，老城区得翻新，老旧楼房要不就重新划片整修，要不就给拆了建成新商圈，因此人民医院也得搬走，估计年底就得全部搬到外环那边的新楼里。这样的话，一下子就离湘南嘉园远了不少，上下班通勤很成问题。

秦安兰和陆兆元便商量了商量，打算在人民医院附近买套房子，现在也不需要考虑陆时雨上学放学的问题了，而且外环清静，基础设施一样不差，周围环境也挺好的，唯一就是离市中心远了点儿，但他们年纪越来越大了，也不太喜欢喧闹的地方，年纪越大越喜欢清静。

说去找房子，秦安兰和陆兆元的速度还挺快，没几天就看中了一套合适的，十月底就能交房。

他俩交了定金，打算趁元旦放假那两天就搬过去。

秦安兰让陆时雨收拾收拾她自己房间的东西，到时候他们直接叫搬家公司一起拉走，就不用再等她回来单独搬了。

陆时雨房间里乱七八糟的东西还挺多，他们搬家那会儿，她真不一定能回得来，秦安兰给她找了几个大纸箱，她把一些乱七八糟的东西全都放到了这个大箱子里。

有她高中偷偷买的小说，一直藏在桌子底下，书上蒙着厚厚的灰，书页都有些泛黄。还有其他小玩意儿，各种好看的笔和本子，买来一直没用过，不少当时追星买的海报和贴画都放得整整齐齐，这些她都舍不得扔，一样一样全都宝贝似的放到了箱子里。

甚至小学的时候藏着不让秦安兰看的日记也被她翻了出来，这日记简直就是记仇本，每次秦安兰逼她周末写卷子她就在本子上记一笔，或是秦安兰有什么不讲理的地方也会记一笔，已经记满了厚厚两本。

陆时雨翻开看了两页，笑得不行，又有些尴尬，真不知道自己怎么会写出来这种东西的。

差不多收拾完，陆时雨拉开梳妆台的抽屉，里面还遗漏了那个藏着她高中青涩隐秘心事的手账本。

封皮上那两个跑步的人她不知道看了多少次，都不用想，闭着眼就能立刻画出这两个人的模样。

这个本子，她带在身边有七八年之久，就算是放假也会带回家里来，开了学再带回去。除了刚上大学那会儿，经常会一个人独自翻看手账，后面那几年里，她几乎就没怎么翻过了，偶尔累的时候拿出来看看。总觉得越看越想回到以前，但时间不能倒流，世界上没有后悔药，人也不能总沉溺在过去。

所以她尽量往前看，却感觉还是很迷茫，可自从遇到陈寂，这本子就再也没有翻开过了。

陆时雨轻轻把手账本拿起来，随手翻了几页。

好在这场独属于她的盛大暗恋，终于找到了正确的归处。

她把手账本小心翼翼地放到箱子里，时隔这么多年，第一次让这个手账本离开她身边。而后合上盖子，仔仔细细地给箱子缠满胶带。

过去的事就过去吧，都应该被封存起来。

他们还有大好的未来。

八月二十七号到二十九号返校开学,订票的时候,陆时雨还犹豫了一下,最终还是订了二十七号下午到首都的机票。

但她没告诉陈寂是二十七号的票,只说是二十九号的票。

她知道陈寂二十七号那天应该会准时下班,他们公司二十七号下午是开总结会的时候。陈寂刚到公司,满三个月才能正式转正,开完总结会议就能下班,用不着他留下来。

二十七号下午四点多,陆时雨回到首都。八月底的首都闷热难耐,但还没走出机场多远,天气忽然间就变了,骤然间狂风大作,先是淅淅沥沥地下小雨,而后雨势转大,整个城市都被暴雨笼罩着。司机没敢开太快,路上也堵车,费了好长时间她才回到家里。

这该死的雨,等陆时雨前脚一进家门,后脚这雨就停了。

身上湿漉漉的,陆时雨先去浴室冲了个澡,冲完澡裹着浴巾就出来了。一开浴室的门,就看到陈寂站在客厅里,正举着手机打电话。

两人对视的那瞬间,陈寂也只是眉眼淡淡地看了她一眼,没什么表示,随后快步站到阳台落地窗前打电话。

背影挺拔如松,他一板一眼地说着她听不懂的代码。

本来想给他惊喜的,还说今晚给他做晚饭,但他看到她,怎么一点也不惊喜……

陆时雨心底有些小失望,但他在打电话忙工作,这种小失望很快便被她抛之脑后。在屋里换了衣服,窗外已经放晴了,雨真是一阵一阵的,现在的天跟没下过雨一样好看,橘黄色落日余晖破乌云而出,晚霞灿烂。

她换好衣服准备出去买个菜,可刚一打开门,便毫无预兆地被陈寂捧起了脸颊,惊呼还没溢出喉咙,呜咽一声。像是席卷一切之势,陈寂铺天盖地的吻就朝她狠狠压过来。

他将她抵在墙边,吞没了她所有未来得及说出口的语言,用绵长又霸道的吻,宣泄着他狂喜着的心情。

此时已六七点钟,天色也没有要黑的意思,雨后的天空一会儿一个样,但无论如何都很绚烂,先是浅粉色的晚霞遥遥挂在天边,后来浅粉色似乎变得深了些，显得更加旖旎，不用加任何多余的修饰，就是一幅绝美的场景。

陆时雨的脸色就如同变化着的那幅油画，甚至她就像是那晚霞，紧紧地被雨后热烈耀眼的日光包围着，炽热，飘浮，无处可逃，也无处可躲。

她刚洗过澡，之前跟陈寂一起逛超市的时候，他把家里所有沐浴液、洗发水全换成了陆时雨最常用的那几款。他似乎也很喜欢这个味道，埋在她肩颈处肆意闻着小苍兰的香气，灼热气息悉数喷洒在那里，而后慢慢移到了她耳垂上。

意识模糊间，陆时雨耳根麻了一阵，抓着他腰间衬衫的手骤然收紧，平整衬衫皱得不像样子，她缩了缩头，却又被陈寂追上来。

陈寂总是很有耐心。

他喘着气，一边含着陆时雨的耳垂，一边问："怎么今天回来了？"

陆时雨忍着暗流涌动，轻声回："给你个惊喜。"

陈寂弯了弯嘴角。

"我确实惊到了，也喜到了。"陈寂低声回。

他一点一点细细密密地吻过她小巧挺翘的鼻尖，最后落在殷红的唇上，很温柔很温柔地同她交换着彼此的呼吸。

天色终于暗了下来，此时气氛更为浓烈，好像有什么东西正在碰撞摩擦，迸裂出细小的火花。屋内昏暗一片，但依稀还能辨别出柔软床榻上亲密无间的两道身影。

陆时雨刚洗过澡，但又出了一层汗。

陈寂也是，火力本就旺盛，燥意满满。

很快，似乎有什么东西掉在了地板上，细微的声响在屋子里显得微不足道，亲吻声盖过了所有。

但还是很热，陆时雨额角都出了层汗，她这样不爱出汗的人都出了汗。

掌心下的皮肤细腻白皙，如同上好的羊脂玉，叫人怎么舍得放手。

陈寂摸索着床头，找到了遥控器，"嘀"的一声，空调被打开了，陆时雨半睁着眼一看，26℃。

开不开有区别吗？

遥控器被他甩在一边，发出一声碰撞，他说："不能再低了，你会着凉。"

世间总有一些根本拆不散的搭配，它们本就是天生一对，相克相依，比如

/ 447 /

磁铁南北两极，比如飞蛾与火，再比如，柔软与坚硬。

但是当柔软的一方碰上坚硬的一方，谁输谁赢，还真不一定。

"怎么办啊？"陈寂贴着她的唇，无奈地笑了下，"收不了场了好像。"

陆时雨哪儿知道怎么办啊，她现在脸颊滚滚热浪如潮涌，呼吸恨不得就此停滞，可她根本做不到，随着呼吸身体起伏弧度依旧很大，柔软皮肤依旧可以贴到陈寂衬衫上解开一半的纽扣。

"你就不能忍一忍？"她说。

陈寂仿若听到一句很好笑的笑话："宝宝，我要是忍得住，今儿晚上就得去医院看看大夫了，男科大夫，你觉得合适吗？"

陆时雨僵着身子，也不敢动。

因为很明显，太明显了。

陈寂将身子支起一些，陆时雨总算看到了陈寂现在的模样，比她好不到哪里去，额前细碎的头发有些凌乱，衬衫脱了一半，宽阔肩膀露着，最下面那几颗扣子卡着脱不下来，显得他整个人像个浪荡公子哥儿。

黑暗里，陈寂仍旧可以看到那抹刺眼的白，和点缀在胸前的一抹暗黑色，一黑一白，色差感极强，映在他眼底也跟着产生了极强的化学反应。

一时间，两人都没说话，可此起彼伏的带着些隐忍的呼吸声却总在打破宁静，陆时雨望向陈寂，在他眼底看到了许多许多。

压了好久，还是没能忍过去，陈寂感觉身子紧绷，全身气血都朝向一个方向涌去，真是太考验他耐力了，脑子里那条名为"理智"的弦绷到最紧，已经不能再紧了，他最后吻过陆时雨的唇，力道稍稍比之前重了些，而后手臂发力，远离了陆时雨。

陆时雨却再度收紧了手掌，陈寂没能如愿离开。

他笔直地望着她，眼底氤氲着风雨欲来，眸色深深，黑压压地朝她砸过去，重复之前的话，忍耐至极，却还是带着些玩笑："我说真的，我收不了场了。"

陆时雨只是看着他，明眸楚楚，发丝凌乱，瀑布一般散在床上。

"砰"的一声，弦断了。

后知后觉的，陆时雨有些不自在，反观陈寂倒像个没事人，她没看他，幽幽地说："你怎么这都会？"

陈寂笑得格外灿烂："你觉得我什么不会？"

她愤愤地扭过头去，肚子忽然"咕噜"叫了一声。

陆时雨这才想起来，她去超市是有正事要办的，不过看现在这样，单手端炒菜锅都是个问题。

"饿了啊？再等等，我叫了外卖，你爱吃的那家小炒。"

陆时雨疑惑道："你什么时候点的？"

"你洗澡的时候。"

陆时雨思索一番："那不早该到了？"

陈寂一本正经道："送达时间我选的两个小时以后。"

陆时雨的脸红了一阵又一阵："你狗不狗啊？"

"你给我好好说话啊，"陈寂抖了下腿，把陆时雨颠了下，"想不想吃饭了待会儿？我一进屋，听见浴室'哗哗'响还愣了好一会儿，心道不能吧，家里进贼了？真没想到有个这么大的惊喜等着我呢。吃不上饭，你说怪谁？"

"这都能怪我？"陆时雨指着自己，微微睁大眼睛，眼神谴责。

"行了，咱不说别的，"陈寂老神在在地靠着沙发，嚣张道，"谁拽着我衣服不让我走的？"

恰好门被敲响了，陆时雨选择闭嘴，从陈寂身上下来去拿外卖。

他点的菜都是她爱吃的，陆时雨早就饿得不行了，三两下拆开食盒，也顾不上去厨房拿碗筷了。

陈寂实在没忍住，眉眼染上一层笑，把筷子掰开之后递过去："我喂你？"

"你闭嘴！"

陈寂吃饭比较快，后半程就没再动筷子，全给陆时雨剥虾了。她看来是真的很饿了，腮帮子鼓鼓的像条金鱼。陈寂剥完虾，就在一边看着她吃东西，也不觉得无聊，反而很享受。

沈枭真是说得太对了，女朋友无论怎么样都是可爱的，干什么都可爱。

饭吃到一半，陆时雨开了电视出神地看着屏幕，饭半天没动了，嘴角粘上一粒饭，吃成了一个小花脸，但她没发觉。

他伸手给她把饭粒拿掉，然后把电视关了。

"你干吗？"陆时雨立马瞪他，去抢遥控器，"这部分到高潮了！"

陈寂按着她的手："你看看你这么半天才吃了多少？吃完了再看。"

陆时雨急得不行，跟他谈条件："不行不行，这一集我都等了好久了，我保证待会儿多吃点，你快给我打开呀。"

见他不动，陆时雨软磨硬泡地撒娇："男朋友男朋友……"

简直跟个小孩子一样，陈寂失笑，沈枭真是说得太对了，女朋友无论怎么样都是可爱的，干什么都可爱。

他俩最近胆子都变大了，有一就有二，有二就有三，陈寂也真不是坐怀不乱的柳下惠，火星一撞上地球，那肯定烈火燎原。

有时候下了班回到家，两人都说立个规矩，今天早点送她走，赶在十点五十之前回去。但似乎谁也没能遵守这个约定，十次里面有八次清醒过来的时候一看表，天哪，十一点多了。

经常性的不回宿舍，当然会引起众人的八卦心思，其实杨楚仪有时也不回宿舍，但次数比陆时雨要少些。好不容易有一回，叶可心和杨楚仪在宿舍逮到了陆时雨，说什么也没让她躲，一人在左一人在右，架着陆时雨没让她动。

叶可心一开口就是王炸："你俩，做好措施没？"

陆时雨一口老血差点没吐出来，她戳了戳叶可心的额头，又气又笑："说什么呢？我俩没有。"

杨楚仪当然懂是怎么一回事，了然般地点点头，冲叶可心说："你看我就说你想多了吧。"

"你别打岔，你俩半斤八两好吧。"叶可心怼她。

杨楚仪摸了摸鼻尖，"闭麦"了。

陆时雨重重地应声答："我们真的没有。"

"其实我也没别的意思，就是吧，咱们女生还是得注意点儿。"叶可心说，"万一呢，我说万一，那受伤的还是女生。"

其实陈寂很尊重她了，而且还是她开的头，虽然有时候手不老实，但是她语气一重，他立马就松手了。她还记得某天他俩看法制栏目，讲的就是未婚先孕的事儿，当时陈寂就说，对他们来讲，那还早，他肯定不会当一个不称职、不负责任的男朋友，也不会在没做好准备的时候就迎接新生命的到来，起码得等到他俩生活踏实下来，再考虑这件事。

而且，得先结了婚再说。

陈寂骨子里大概算是个很认死理的人，即使他有时候很跳脱，但这种跳脱不过他自己的界，他自认为自己最大的优点就在这儿了，后来这个界慢慢加上了陆时雨，那就更是了。

所以是认谁的死理，认陆时雨的。

他就像是一块棱角不平的石头，但多了一个边界，于是所有锋芒都随着这个边界走了。在感情这方面，陆时雨喜欢的是细水长流，那么他就愿意陪着她一起细水长流，让陆时雨感觉到的是，他给足了她安全感。

灵魂都是默默契合的，没有一蹴而就的事，她跟陈寂就正处于这个过程，一点一点互相吸引着靠近了，正循序渐进地迈向下一个阶段。

第十章·
她抱住了月亮，也抱住了他

十月份国庆放假，陆时雨得回榆阳一趟，以前她基本上能不回去就不回去，得跟着老师一起搞论文，但这回陆兆元出差了，家里就秦安兰一个人，她让陆时雨回来帮她在市里找找合适的装修公司，榆阳大大小小的装修团队找几天也找不完，而且质量良莠不齐。

前些年湘南嘉园刚买下来的时候，陆时雨强烈要求过自己房间是什么什么风格的，秦安兰也答应了，但是最后嫌麻烦嫌太浪费时间，因此整套房子都是一个风格。放现在来看，这装修样式已经老得不行了。

现在有时间，秦安兰当然想好好装一装，最主要的是那会儿本来答应了陆时雨，可最后却食言了。她面上什么也没说，太乖巧，也太懂事了，贴心又努力地迎合着父母的意思，但其实内心却是失望的，每每想起这件事来秦安兰就觉得不舒服。

所以这回，她得让陆时雨回来当个参谋。

恰好这次陈寂他们公司国庆只放三天假，后面四天他得跟着经理一块儿去趟外省，正好弥补了他不在家那几天留陆时雨一个人。

三十号晚上，陈寂下了班去医科大接陆时雨，她这会儿正在教室里，把行李也一起带来了，下了课就能直接走。他看了眼陆时雨的课表，循着分布图找到了她上课的教室。

这节课是大课，教室里人还挺多的，陈寂站在后门，陆时雨在讲台上跟老师说话，他就没过去，在教室后面找到她的箱子，坐在最后一排等着她。

来上课的人陆陆续续走光了，走廊上行李箱划过地板的声响很大，此起彼伏。老师答完疑收拾好东西，也紧跟着出了门。陆时雨回到位置上迅速收拾书本，但面前蓦地多出一双手，她抬头，眼神跟着冷了下。

是跨年晚会找她事儿的那个男生。

那件事跟她没关系，视频不是她拍的，拍视频的同学之所以不愿意删东西，是因为那片子已经让她男朋友卖了不少钱，如果删改的话，她跟她男朋友是要违约付赔偿金的。

这男生不敢去找那对情侣，所以缠上她了。

陆时雨已经义正词严地告诉这男生要想删照片，去找拍视频的人。这男生也是够傻的，说她态度不好，半威胁着说如果不删，那不介意曝光一下她的姓名、年级和专业。

陆时雨当时都气笑了。

最后这男生说总有一天会来告她。

然而一直到现在，也只是雷声大雨点小。

"你还有事儿？"她冷冷道，"不敢去找拍视频的人，来找我麻烦，你也真是够可以的。"

男生说："你是导演，片子难道不是你负责审核的啊？我们找你有问题？我跟我女朋友只是想维护一下我们的肖像权和隐私权而已，这不过分吧？"

她还从没碰到过这么难缠的人，耐心也快要消失殆尽："你是听不懂中国话吗？'视频原作不是我'这句话，你是真不懂？"

难缠的人都有个特点，就是蛮横不讲理，他才不听她跟他讲道理，只会一味地撒泼耍横："你这什么态度？我还说今天上课大家正好碰到了，那就好好聊聊，你看你什么态度啊？真想让我给你挂校网上面？你不想在医科大待了是吧。"

"你说谁不想在医科大待？"

声线淡淡，音量不大，却掷地有声。

陈寂插着西装裤口袋，缓缓地走下来，环着陆时雨的肩膀，站在上一级台阶上，居高临下地看着这男生，极有压迫感，眼尾下沉，目光凌厉似藏着刀子。

他把陆时雨挡在身后，而后转身，凛冽目光一下子变得温和起来，低声说：

"先去上面等着我,箱子我放到教室门口了,你去看着别给弄丢了。"

陆时雨看了眼他身后的男生,又看了看他,欲言又止。陈寂上下摩挲着她后脑勺柔软的发丝:"听话,快去。"

陆时雨在教室后门等着,隔着遥遥的距离听不到那两人说了些什么。陈寂仍是那副云淡风轻的表情,但那男生的表情可就丰富多了,不到一分钟的时间,他就灰溜溜地跑了。他的箱子也在教室后面,但他拿到箱子,却绕到前门离开了教室,也没敢看陆时雨一眼。

总算是出了口恶气。

陈寂闲庭信步地走过来,陆时雨好奇道:"你跟他说什么了?"

"没说什么,我就是吓吓他。"陈寂笑说,"谁想到他这么不禁吓。"

他也没说别的,先是介绍了一下自己,而后就直截了当地说,看看今天是谁先出不了这教室,再看看是谁先在首都待不下去的。

其实后面还有更狠更扯淡的,但没给他机会说下去。

估计是陈寂气势太强了,找事儿的男生一看陈寂不像是个学生,像是已经毕业了,手腕上那块表更是他一年的生活费,而且刚刚说的那两句话可真不用深思,意思很明显。

他会威胁人,陈寂比他更会,而且威胁得更像,装得脸不红心不跳,那男生一看陈寂说话这么硬,自然就怕了。

"那你怎么吓他了?"

陈寂一手拉着箱子,一手牵着她:"就是放了点儿狠话,他也太尿了。他应该会跟你道歉,不过你别搭理他就是了,他道歉的态度还挺诚恳,篇幅应该不短,你应该会很烦。"

陆时雨看他:"为什么?"

"我说道歉总得有点儿诚意吧,怎么也得发一封不少于三千字的道歉信出来才行。"

陆时雨一个没忍住,笑了出来。

她说:"三千字也太少了吧,怎么也得八千起步,他那三千字连一篇学年论文的字数都不够。"

"说得有道理，"陈寂点点头，"不过我还是希望以后不会再有人给你写三千字的道歉信了。"

他捏了捏陆时雨好似柔软无骨的手："以后有事儿，来找男朋友，男朋友给你撑腰。"

陆时雨与他十指交缠："我觉得你这话好像我小学一二年级的时候，我同桌说的。我那同桌特别可爱，但是有点公主病，她哥是我们小学六年级的学生，每次我们班有人跟她闹着玩的时候她就说'我哥上六年级！他叫×××！我叫他下来教训你们'，后来我们班给她起了个外号，叫'哥哥公主'。"

她笑得不行，仿佛可以看到她说某句话的场景。

陈寂晃了下她的手："想什么呢，这么开心。"

"没有。"陆时雨说，"我就是脑补了一下，我对欺负我的人说'我男朋友已经毕业了！他叫陈寂！我叫他过来教训你们'真像是个小学生了，别到时候他们也给我起个外号，叫什么什么公主。"

"那有什么的。"陈寂一本正经道，"还用得着他们起？你不就是个公主啊？"

他说："陈寂最珍贵的小公主。"

送走了陆时雨，就剩陈寂孤家寡人一个人了。国庆他不准备回去，回去了家里也时常没人，田君如忙得很。自从搬到江城调养好身子之后，她还去考了CPA，在他们小区物业里当了会计，而且平时没事儿的时候还跟小区里的阿姨们建了群，专门调解家庭矛盾，有时候还当当红娘，日子别提多充实了，以前倒是经常发发微信嘘寒问暖一下，最近连嘘寒问暖都很少了。

儿子长大了放养，他们家是真放。

说曹操曹操到，正开着车行驶在高架上，田君如的电话就过来了。

"国庆回不回家？"

"我在田女士心里地位一落千丈啊，这都开始放假了才来问我？我还是不是你亲儿子了？"陈寂笑说。

田君如应了声："那可不，你地位本来也没多高，我长这么好看，你可不随我，不细问还真不知道你是我儿子好吧。"

陈寂无奈："国庆放三天假，但是公司有事儿回不去，四号到七号出差，大概七号下午五点多回来。你有什么事儿啊，妈？"

田君如一下子就来了兴趣："这不刚才阿姨们说到相亲结婚了，都说给你介绍介绍，我说不用，你已经有女朋友了。"她清了清嗓，"那什么时候带过来跟我们见见面？其实国庆这机会多好啊！咱们小区像你这么大的，大部分都已经结婚了！"

陈寂也才二十三岁，田女士不愧是田女士，看来比他这个当事人还着急。

陈寂说："时雨国庆回家了，而且不急，急什么，这不得一步步来啊。"

田君如热情得不行："你不急，我急，咱家都想见见她。"

"我说真的，妈，到时候见了面，你别再把我女朋友给吓着。"

"我尽量克制一下自己，"田君如说，"那小姑娘是叫时雨吗？"

"对，陆时雨，小名儿叫濛濛。"

"行，我知道了。"田君如又问，"你那房子没换吧，还是在大学城那个？"

"对啊，我签了一年的合同，怎么了？"

"没事儿，等我有空了过去一趟，再怎么说，我也是你妈，你也是我儿子。"

陈寂淡声道："妈，你想看我女朋友就直说。"

"噢，那我实话实说，我确实还挺想见见时雨的。"

"时雨是医学生，白天忙得不行，我俩最近见面都是抽晚上的时候见，而且现在她不怎么在我那儿住，家里就我一个人，你来了也看不见时雨。"

现在不怎么在那儿住了，说明以前常住，怪不得租两居室呢。

看他朋友圈的描述，时雨还是一个挺温柔乖巧的女孩子，田君如委婉地说："儿子啊，你别干浑蛋事儿，虽然我跟你爸挺开明的，但是你不能办那些先斩后奏的事。可千万不能干过分的事儿啊！"

…………

十月七日上午，陈寂发来微信，说他的航班因为天气原因延误了一个小时，得到晚上六七点钟才能落地。

陆时雨七号下午四点多就到首都了，下飞机先是回了趟小区，打算把她那些厚衣服带回宿舍一些，国庆之后天儿就变冷了，她宿舍里那些衣服都有些薄。

正往箱子里塞衣服时，门忽地被敲响了，陆时雨看了眼，才六点啊，陈寂不会回来这么早吧。

她一边喊了句"谁啊"，一边到门口打开了门。

门口站着一个打扮精致的女人，第一眼看上去，给人一种精明干练的感觉，嘴唇很薄，一看就很能说。

田君如一看见陆时雨也愣住了，愣了好几秒才歪头看了眼门牌号，又回忆了一下这栋楼的楼号，是这栋这间房没错。

她默默打量陆时雨，忽然间有些搞不清楚了。

陈寂不是说时雨回家了吗？而且不是说她现在不怎么过来了吗？那怎么……现在这个女孩子是谁？

向来自诩"陈家最强大脑"的田君如脑子一瞬间就有些短路，钻进了一个牛角尖里，想法也跟着跑偏，偏得不能再偏了。

"阿姨，您找谁？"陆时雨疑惑地开口，她不认识这个阿姨。

田君如看她的眼神蒙上一层复杂，还挺像个女主人的。她一秒钟之间想了很多很多，怒火涌上来，心道子不教母之过啊。陈寂这个小兔崽子脑子缺根弦吧，居然放着时雨那么好的女生脚踩两条船！玩金屋藏娇这一套！干的什么浑蛋事儿啊！怪不得那天打电话，她说让他别干过分的事，陈寂没吭声！

但她到底是插手呢还是不插手呢，万一她插了手，给这事儿搅和得更乱了怎么办啊？要不插个手？但是万一给人惹急了怎么办啊？这个小兔崽子！就会惹事！打断他一条腿都不为过！

"你是……住这儿啊？"田君如小心翼翼地开口。

疑虑更加深了，陆时雨迟疑地说："是啊，您有什么事儿吗？"

住这里！

陈寂那小兔崽子说时雨不住这里！

气死了！

田君如翻出手机相册看了眼某张照片，演起戏来："哎哟，你看我这眼神儿，找错地儿了你看看，是隔壁那栋楼。没事儿啊，我找错地方了。"

陆时雨没说什么，冲她礼貌地点了下头，而后关上了门。

容量太大的充电宝不能带上飞机，回首都之前陈寂给电脑开了一整天的热点，手机耗电非常快，在飞机上就关了机。

陈寂下了飞机就叫了辆车火急火燎地往小区里赶，有些归心似箭。跟他一起出差的公司里的两个前辈见状还问他怎么不一起去吃饭，陈寂婉拒说女朋友在家里等着，等改天他请客。两个前辈笑着拍了拍他的肩，而后就走了。

拉着行李箱走到小区里，正要进单元楼时，陈寂就被跟个门神一样堵在门口的人吓了一大跳。他愣了几秒，随后一想，先斩后奏，这果然是田女士的作风，果然还是来看人了。

他言语间带着颇为惊讶又有些早有预料的意味："妈？你怎么过来了？怎么也不告诉我一声儿啊？"

逆子！还敢说这种话！

"你手机干什么用的？吃饭用的还是拿着当废铁玩的？"

"没电了啊。"

田君如原本还有些不敢相信自己心底的怀疑，但此时真的气不打一处来，看陈寂这样子，丝毫没有悔改之意，一脸平静，也不知道这跟哪个王八蛋学的，好好的一个孩子，怎么净学"渣男"那套！家门不幸啊！

她紧紧蹙着眉头，着急地拍了拍手，叹了好几口气，咬牙切齿地冲他骂道："小兔崽子！你说你干什么不好！非得干这缺德事儿？你小时候我跟你爸是怎么教你的？你真是气死人！怎么这么不让家里省心啊！"

田君如出门一向打扮得都很精致，虽然人已经五十岁，可保养得依旧很好，陈宗铭快在家里把她宠成公主了，但此时，田女士着急上火到眼角居然多出一条鱼尾纹来。

突如其来的几句骂就令陈寂更加疑惑了，一连串的问号在脑子里循环，他简直不明白自己刚下飞机，什么也没干，为什么就平白无故被骂了个狗血淋头："我怎么缺德了啊？妈你说什么呢？"

"陈寂！我警告你，赶紧给我把上边那个给断了！别给我搞那种败坏门风……"

"不是不是不是，妈你先等会儿。"陈寂抬手打断她，捋了捋思路，忽然间明白了什么，他指了指楼上，瞬间哭笑不得，"上边还有哪个啊？上边那人就是时雨啊。"

田君如脸上所有表情恍然消失，她"石化"了。

认错了人，这不就尴尬了。

"她不在这儿住，但是她宿舍放不下的厚衣服都在这儿，人家总得拿回去穿吧，首都天儿越来越冷了。"陈寂无奈地解释。

"田女士，老妈，我亲妈，"陈寂笑得不行，揽着田君如进电梯，意味深长地说，"你说时雨要是知道了……"

"那你不说清楚！你跟我说的人家不来你这儿住，还说她国庆回家了，那我当然以为那不是她啊！"田君如掐了他一把，"你一会儿不能跟时雨说！你敢毁我形象，陈寂，我要你好看！"

"哒……疼！行行行，我闭嘴。"陈寂躲开，"您不心疼有人心疼好吧。"

走到家门口，见过很多大场面的田君如居然怯场了。当年她在榆阳可是在公司里拿过"超级演说家"的人，上学那会儿还是辩论队的队长，真是笑死了，现在见儿媳妇儿居然会紧张。

她手抬起来又放下，深呼了几口气，刚才她真成一个傻子了，人家时雨别再以为她是个怪阿姨。

正尴尬着，陈寂忽然抬手敲了敲门。

田君如一瞬间就回过神，转身拍了陈寂两下，冲他挤眉弄眼，埋怨他手快。

里面有道温柔甜美的女声传来："哪位？来了。"

陈寂憋着笑，还是头一回见田君如有这样的反应。

正笑她的时候，门打开了。

陆时雨看见陈寂，脸上扬起一抹笑意，但是在看到他旁边的女人的时候，嘴角又扯平了，这……这阿姨怎么又来了？

田君如上一秒还在冲陈寂瞪眼，下一秒就转过头，对陆时雨露出一个最端庄慈祥的笑容，而后温温和和地说："你好，是时雨吧。"

天……他果然是家庭地位最低的，这翻脸翻得比翻书还快。

陆时雨蒙蒙地点了点头，又看了陈寂一眼，后者上前介绍："濛濛，这是我妈。"

田君如握着陆时雨的手:"哎呀,你看我这脑子真是不好用了,我以为陈寂在家里呢,他一点儿也不靠谱,刚才看见你我还以为我找错楼了,让你见怪了啊。"

陈寂内心:服了。

见家长见得猝不及防,以前不是没听新闻里说过什么什么第一次见婆婆就被婆婆给了个下马威,导致陆时雨对"见家长"这事还有点儿慌。但真当见了家长,她完全没有这种感觉,田君如是个豪爽性子,这点跟陈寂一模一样,有话直说,从不拐弯抹角,喜欢谁不喜欢谁,一个表情一句话就能看出来。

"没有没有,"陆时雨乖乖巧巧地笑,"阿姨好,我去给您倒杯热水,外面很冷吧。"

田君如立马拉住她:"不用不用,阿姨不喝。"

陈寂立马识趣道:"你俩都去坐着,我去倒水。"

田君如看了他一眼,心说有眼力见儿,这还差不多。她这回来带了几件礼物,这会儿一股脑地全都摆到了茶几上。

其实她也怕给陆时雨留个不好的印象,但是时雨脾气好,好相处得很。

这趟她就是纯属带着聊聊天的目的来的,也没想着问时雨家庭的一些事。她还是非常相信陈寂的眼光,陈寂跟她说不急,那她也就没必要着急。孩子的事就让孩子们自己解决,他们做家长的就无条件支持,等着他们两个小年轻自己走到那一步。

将来的路还很长,做家长的,就是尽可能给他们指好正确的道儿。

陈寂失笑,抚过陆时雨的脸颊,低声说:"我妈自来熟得很,没吓着你吧?"

"没有,"陆时雨摇摇头,笑意满满,"阿姨很亲切。"

"她那是喜欢你,但是对我可不亲切,"陈寂指了指自己胳膊,"你开门的时候,她还掐我呢,疼死了,公主殿下,待会儿给我吹吹?"

陆时雨也掐他:"……倒你的水去吧!"

送走陈寂,田君如刚好整理完,她把陆时雨拉过去,说:"濛濛?阿姨就跟陈寂一样这么喊你了。"

田君如人很有亲和力,虽然看上去挺干练严肃的,但跟她相处,一点儿也不会有拘谨的感觉。陆时雨弯唇:"行,怎么叫我都行。"

第一次见面就给红包好像不太合适,总得在一个正式点儿的场合再正式地给,不然总有些不尊重她。

这是陈寂选择的人,那未来她就是陈家的一分子了。而且陆时雨也是别人家宠着长大的掌上明珠,不能到了他们家就受委屈,所以田君如想来想去,还是决定送点儿实用的。

听陈寂说,陆时雨冬天喜欢戴围巾帽子,田君如就在江城亲自织了条围巾和帽子,又打了件毛茸茸的线衣,捎带着买了些小年轻喜欢的玩意儿,递给她:"一点点见面礼,我也没跟陈寂说自己突然就冒昧地过来了,东西准备得不是很多,你别嫌弃啊。"

围巾和帽子柔软舒适,样式也很好看,陆时雨收下了,戴在脖子上:"好暖和,我很喜欢,谢谢阿姨。"

"你喜欢就行,可别跟我客气。"田君如说,"陈寂上班,整天吊儿郎当又不会照顾人,缺什么了你就跟我说,别委屈了你就行。"

不会照顾人的陈寂端着热水从厨房走出来:"我听见了啊,妈,你当着你儿子女朋友的面儿说你儿子的坏话,这真的合适吗?"

田君如瞥了他一眼,没搭理他,接着跟陆时雨说:"他从小调皮得不行,小时候把家里的车子都给拆了,家里被他弄得鸡飞狗跳。而且濛濛,我跟你说啊,陈寂小时候干过不少糗事儿,蔫坏蔫坏的,以后他要是惹你生气了,你就拿这个堵他的嘴。"

陈寂觉得好笑:"哎?怎么回事儿啊?怎么越说越起劲了呢?"

陆时雨兴致勃勃,示意他别说话:"阿姨您说。"

"他小时候老给自己抹红嘴唇,说以后要找个抹红嘴唇的媳妇儿,而且以前真被当成过小丫头。我跟他爸带他去看演唱会,人家都说这小丫头长得真俊俏!"田君如笑得不行,"去村里走亲戚被一只鸡给追了一条街……"

陈寂插话,试图挽回一点尊严:"我那是被啄了一下才跑的。"

"你哪是被啄的啊,你要不上赶着找鸡'对线',鸡能啄你啊?"田君如吐槽陈寂,"其实他又菜又欠,还非得上去找事儿。"

陆时雨笑得肚子疼,简直刷新她对陈寂的认知,他小时候可比现在皮多了,却莫名很可爱,原来陈寂还是这样的陈寂。她泪眼婆娑地看了陈寂一眼:"你小时候这么厉害呢。"

兜起老底来没完没了,田君如真是全方位地给陆时雨展示了一遍她男朋友从小到大的幼稚行为,末了还说,要是陈寂欺负你,你就放心大胆地嘲笑他!

陈寂无语,罢了。

田君如很喜欢陆时雨,真正见了面才体会到,她性格好,脾气秉性很稳重,压得住陈寂,而且还是一个值得尊敬的医生,更重要的是,你能从她的眼底看出对陈寂浓浓的爱意。

这足以抵过任何东西。

她叮嘱陈寂跟陆时雨好好的,觉得这是陈寂长这么大,做过的最对的事之一。当然,这句夸赞让陈寂又气又好笑,他在他妈心里的地位,居然因为未来儿媳妇提高了一些。

见田君如的第一面,气氛没有传说之中那样可怕。虽然有些突然,大家也都说婆媳关系难搞,但放在她们这里,就变得非常融洽。田君如不是一个难搞的人,她希望能给子女的另一半百分之百的呵护,所以该由她给陆时雨撑的腰,那就一样也不会落。

能得到对方家长的肯定,陆时雨打心底里开心。

这就像是一颗定心丸,给他俩这段感情源源不断的安全感,足以让他们继续走下去。

亲儿子陈寂甚至像是个局外人,人生经历全被说了个底儿掉,她俩一说话就把他晾到一边了,他想插话有时候也插不进去。

最后两人一拍即合,加了微信,商量着去逛逛街。

当然,没叫陈寂。

没有男人在,女人其实更自在些。

那天田君如和陆时雨逛街,路过一家婚纱店,店员穿着婚纱在路边发传单。人总会被美好的事物吸引,陆时雨多看了一眼,田君如含笑问她:"喜欢啊?"

陆时雨回神,羞涩地说:"还挺喜欢的。"

"天底下没有女生不喜欢婚纱的,毕竟人一生只有这么一次,"田君如拍了拍陆时雨挽着她的手,"所以要穿,咱们就风风光光地穿。"

她看向陆时雨,眼底蓦地多出几分慈爱:"我们等着看你穿婚纱风光又漂亮的样子,很期待。"

田君如和陈寂是一类人,爱意直白,坦坦荡荡,比午后阳光还要炽热耀眼,从不冰冷,让人觉得这冬日冷风也和顺,暴雪也温柔。

十一月底,陈寂突然变得忙了起来,最近几天加班到很晚,有时候晚上十点多他俩打电话,陈寂依旧在办公室里待着。

陆时雨这天恰好不怎么忙,睡在了家里,但等到很晚,陈寂还没回家,她窝在沙发上盖着毯子迷迷糊糊睡着了。

再次醒过来,是被陈寂落在她额间的吻给闹醒的,他蹲在她身边,小心翼翼地亲着她。

陆时雨扎到他怀里,嘟囔着说:"你怎么回来这么晚?"

陈寂把她抱起来,往卧室走:"公司最近有点儿忙,忙过这一阵就好了。"

身子贴上柔软的床,陈寂没有当下就松手,而是浅浅地啄了下陆时雨的嘴唇:"睡吧,我洗个澡也来陪你睡了。"

陆时雨实在是有些困,陈寂回了家她就放心了,懒懒地在他颈窝拱了拱,再度进入了梦乡。

寂寥无声又昏暗的房间里,只有一丝窗外漏进来的寡淡月光。月光照在陈寂周身,他整个人半明半暗,脸侧投下很深的阴影。

最近公司其实不怎么太平,生意场上的事谁也说不准,尔虞我诈,钩心斗角的事儿多了去了,他是才转正几个月的新人,有心防备,却还是被老员工摆了一道,被泼了一身脏水。他问心无愧,但总得证明自己问心无愧,可出卖他的那个人已经走了,找一趟人,不是件容易的事。

这么大的事,他还没想好怎么跟陆时雨说,毕竟不是什么好事,他很不想因此让她白白跟着担心。

手机忽地响起来,公司里现在还有人在加班处理那件棘手的事,陈寂轻轻呼了口气,起身。

他走到阳台上接起电话。

陆时雨其实没怎么睡熟，听到陈寂叹的那口气，她其实就有些醒过来的意思了，随后那声手机铃声更是将她最后一丝睡意也夺走。

现在想想，刚才陈寂好像很疲倦。

她轻手轻脚地披上外套，默不作声地出了卧室。

陈寂刻意压着声音，但还是可以听出那份低沉。她默默在陈寂身后站了一会儿，眼睛适应了黑暗，她看到陈寂抬手捏了捏眉心，气压很低。

陆时雨走到陈寂身边，细微的脚步声还是让陈寂察觉到了。

他还未转过身，陆时雨紧紧环住他的腰，有一下没一下轻柔地拍着他硬挺的背脊。

挂断电话，陈寂也抬手搂住她："吵醒你了？"

"没有。"陆时雨蹭着他柔软的衣料，"你不在我身边，我睡得有些不安心。"

空气安静片刻。

她忽然说："陈寂，还有我在呢，你尽管去做就是了。而且你说过，咱俩将来是要花九块钱领证的，所以不用怕我担心。我喜欢你，也希望跟你分担一切开心的事和一切烦恼的事，这才是喜欢，不是吗？"

他们之间总是很默契，即使对方不说，另一方也可以察觉到。可未来，他们是要一起牵手走的，隐瞒和顾虑，不该出现在如此单纯的爱情中。这么久以来，他们也算是一起遇到过不少事儿了，摸爬滚打跌跌撞撞走过来，对爱情也不再是最开始的那种一腔孤勇，他们还有彼此在。

真正的爱情，有福同享，有难同当。

"我们是情侣，是爱人，说好了有事儿我们一起扛，有什么坎儿，我陪你一起跨过去。"

首都的冬天真难熬，对陆时雨来说是这样的，她从来没觉得有哪个冬天这么难熬过。寒潮自北向南来到这里，风刺骨，初雪也比往年早来了一个月，数日都是雨夹雪的天气，温度断崖式下降。

陆时雨盖着薄毯窝在沙发上，百无聊赖地翻着《死亡如此多情》。夜晚，天空仿佛蒙上一层深紫色的面纱，窗外雪花依旧纷纷扬扬，没有个停歇的时候，让人心情也跟着阴郁了些。

将近快一个月了,陈寂走时是上个月二十七号,到现在,整整二十三天,他一直没有回来。

以往也不是没有过异地的情况,但这次很特殊,她帮不到陈寂任何,就只好当好他的后盾,让他没有后顾之忧,可以放心大胆地走。

这是道坎儿没错,但更是一道考验,如果两个人一起牵手熬过去,那往后遇到的事儿也都不算是事儿了,总得经历些大风大浪,才能更加确定这份感情。

合上书,陆时雨有些看不下去了。她轻轻叹了口气,拿起手机,界面一片宁静。陈寂这几天辗转了许多地方,也不知道事情怎么个进展,她没敢问,同时也会担心陈寂因为工作上的事儿照顾不好自己,怕他因为这件事儿受到坏的影响,倒是陈寂总说让她不要担心,一切都会好起来的。

可是陈寂如果找不到人,就要被扣上一顶"出卖商业机密"的帽子了。

他动身之前还说,会在冬至赶回来给她过生日。

生日不生日的不要紧,她只希望陈寂一切顺利,能平平安安地渡过危机。

陆时雨忽然间觉得,这种担忧和难熬宛如已经刻入她骨子里,一到夜深人静自己只身一人的时候就冒了出来,细细密密的难受。

没有陈寂在的日子,真的太不习惯了,她好像已经没有办法承受这种孤独了,也不忍心让陈寂承受这份孤独。无论干什么都会忍不住往门口看,她就像一个期待丈夫归家的妻子,期待下一秒钟,陈寂就能推开门回来。

这种感觉很不错,但如果建立在一个安安稳稳的环境下,就更加不错了。

再一次盯着漆黑的房门出神地看了一会儿之后,陆时雨回神,犹豫片刻,想说的话其实有很多,但还是只给陈寂发送了一句:照顾好自己,注意身体。

二十号,雪依旧在下,外面的积雪已经很深了,没过脚面,放眼望去白茫茫一片。

晚上陆时雨照常回了小区,晚上七点多给陈寂打电话,但是没打通,她提心吊胆地等了好久,也没见陈寂给她回过来。陆时雨不免非常担心,十一点多,实在有些熬不住了,她握着手机,迷迷糊糊地睡了过去。

屋子里开着盏小夜灯,电视也亮着,正放着新闻频道。零点一刻,新闻频道会准时播放晚间新闻,新闻节目开场那段背景音声音很大,这个频道的所有开场音都是这样,陆时雨有时候趴在陈寂怀里睡午觉时,偶尔还会被陈寂看这频道新闻的声音吵醒。

但这回她倒没有被吵醒,醒过来之后发现,吵醒她的不是这道声音。

窸窸窣窣的声音从大门处传来。陆时雨坐起身,揪着心,一眼不眨地望向门口,门锁拧动的声音在这偌大的房间里,显得尤为清晰。

陈寂推开门,笔挺地站在门口,他那件黑色大衣的肩上还落着星星点点的雪花,头发上也是。屋外冷气见缝而入,但也抵不过此时屋子里暖烘烘的气息。

陈寂眼底带笑,迈进屋子里,漆黑瞳孔中清晰地倒映着陆时雨小小的影子,眼中带着璀璨的光,视线比这屋子还要灼热,像是白日焰火,只看一眼就滚烫。

现在将近零点,他于大雪夜,风尘仆仆地向她而来,冲着她张开手臂。

"濛濛,想你了。"

同时,电视里开始播放晚间新闻,陈寂温声开口,一字一句,极致温柔:"祝陈寂最珍贵的公主,生日快乐。"

他对陆时雨说过的一切,就一定会做到。

他说会赶回来给她过生日,那就一定一定不会食言。

陆时雨鼻头一酸,扔开毯子,猛地扑向他怀里。陈寂都被她冲得身子向后仰了下,他紧紧压着陆时雨的腰,毫不犹豫地对着她的唇吻了上去,舌尖长驱直入,攫取着她的呼吸。

气息如同想象之中那般炽热。

一日不见,如隔三秋。他们谁也没被这场大雪打湿,干柴烈火,一触即燃。

思念这件事太煎熬了,但好在他们已经熬了过去,以后绝不会再有分开的那天。陈寂扣着她的后脑勺,吻得很深很深,不住索取,宣泄着这份汹涌的想念。

换个角度看,其实凛冬雪夜也很美,风与雪花交缠着,旖旎多情。

陆时雨浑身发软,像被抛至云端。

陈寂将她抱起来,往前走了一步,手抵在她的背与墙之间。这个吻绵长至极,温柔又霸道,比这缠绵的风雪还要缱绻。

她抬手环住陈寂的脖颈,却摸到一手雪融化后的湿意。陆时雨心里霎时像被攥了一把,手向下探了探他的背。陈寂的背全是湿的,寒意满满,她更想哭了,没忍住抽泣了一下,泪水夺眶而出。

陈寂愣了愣。

"傻不傻啊你,"陆时雨红着眼眶,陈寂瘦了,她又担忧又心疼,"外面下那么大的雪,你病了怎么办?"

"乖,今儿你生日,不哭。就是外套湿了,但里面没有。"陈寂用指腹拭去她眼角的泪痕,蜻蜓点水般吻了一下,而后笑着把她放到沙发,他脱下大衣坐下,又重新把她揽到腿上,"再说了,任何事,哪有见你重要?"

陆时雨气得拍他,带着哭腔说:"少贫嘴了你!讲点儿道理。"

"我不是在讲道理吗?"陈寂握住她的手,放在唇边轻轻柔柔地吻了吻,"想你就是道理。"

他心道:我讲的道理,我遵循的道理,从头到尾,都只有一个你。

陈寂偏头吻干了她所有泪水,才转而轻轻蹭着她的头,闭着眼睛,附在她耳边轻声说:"结束了,都结束了。濛濛,以后我会一直陪着你,在哪儿咱俩都一起。

"以后,我不会让你再等了。"

陆时雨听到这话,泪意又试图再次冒出来。她无声地笑了下,胸腔里全是暖流,缓慢而有力地点了点头:"好,我相信你。"

这年冬至,陆时雨没跟陈寂过二人世界,大家都觉得陈寂回不来,杨楚仪还说她们宿舍一起出去吃个饭,但陈寂回来了,陆时雨也没推掉她们的约定,大家凑到一起过了个冬至。

白天的时候,田君如还给陆时雨发来好几个红包,说什么也要让她收下,还说等寒假了,上家里来找她聊聊天。

陆时雨以为田君如邀请她去江城,但也没犹豫,应了下来。

大家陆陆续续到了,杨楚仪现在基本不住在宿舍,多半时间跟沈枭一起。生日这天,他俩是一起来的,两个人脸上都喜气洋洋,笑意藏都藏不住,交缠而握的手上还戴着两枚戒指。

陆时雨愣了瞬,抬头看杨楚仪。

杨楚仪只是看向沈枭,目光极致喜欢。

陆时雨没说话，心底泛起一丝涟漪，看他俩的目光也忍不住含着全心全意的祝福。

他俩，是要结婚了吧。

真快。

但陆时雨也没有多惊讶。

给陆时雨过完生日，杨楚仪和沈枭才说，他们两个要结婚了，已经互相见过了父母，婚期就定在来年三月。说这话时，他俩眼中的幸福感都快要溢出来了，在桌下紧紧牵着手，两枚戒指折射着耀眼的光。

在场没有人是不惊讶的，围着杨楚仪问东问西。杨楚仪说，婚礼请她们来当伴娘，一个都不能落。

陈寂也怔了一秒，随后举着酒杯，跟沈枭碰了下："恭喜了。"

沈枭回敬他，目光却在他跟陆时雨之间扫了扫，笑着说："你呢，准备什么时候结婚？"

他跟杨楚仪在一起这么多年，每一步都走得踏踏实实。结婚不是一件小事，他们现在也还年轻，有大把的时间，但他俩都没有犹豫过，一切都是水到渠成，从最开始，他沈枭就是奔着跟杨楚仪结婚的念头去的。

而在沈枭看来，陈寂也是如此。陈寂这个人，向来坦荡，向来明确，对陆时雨的爱从不遮掩。如果不结婚，那真收不了场。

"其实结婚这个事儿吧，爱就够了，真爱她，就会想要给她一个永远的依靠。"沈枭望向杨楚仪，"大家都说我们这么早就结婚，会不会太早太匆忙。"他笑笑，"我只知道，跟她结婚，我已经想了很久了，从来都不是一个凭空而出的想法。"

陈寂默默喝了口酒，他也不是，很早很早，他们刚在一起时，他就已经想到结婚这件事了。

"我等你的好消息。"沈枭说。

陈寂的目光落在自己左手的无名指上，又抬眼看向陆时雨，而后目光缓缓落到她的无名指上。

那里确实有些空了。

他脸上充斥着宠溺温柔，很坚定地说："嗯，一定。"

放寒假之前，田君如跟陈寂说，让他放了寒假先回榆阳一趟，找物业家政把那边的房子好好收拾一下，他们稍后就到。

消息有些突如其来，陈寂当即就顿了一下，只听电话里，田君如说："今年过年，咱们家回榆阳。"

陆时雨听到这个消息，也愣了好久。原来田君如说的那句去家里找她聊聊天儿，是在榆阳，而不是在江城。

那天，陈寂抱着她，压在床上反复吻着，吻过她的眼，吻过她的唇，吻过她细嫩的皮肤。最后他抱着她，说："回了，就不走了。"

现在陈家两个孩子都大了，也不用田君如再操心学习生活了，唯一比较操心的就是陈寂的感情，她怕陈寂夹在江城与榆阳之间两头为难，所以提前给陈寂吃一颗定心丸。

而且他们都是榆阳人，人在外漂泊多年，终归还是要回家的。

近些年榆阳市政大改，每条街道似锦繁华，车水马龙，一路从机场走过来，到处是高楼大厦，处处彰显着新生活的气息。

从机场回去的路程不路过一中街，陈寂便问司机："师傅，一中街现在改了吗？"

师傅说："那块也八九不离十了！原先街上那些推着车的小商贩都走了，很快那块儿也得拆，拆了盖新的。"

旧日回忆在未来的某一天，终将会被新的场景所替代。一中街陈寂已经四五年没有回去过了，这是他跟陆时雨相识的地方，他努力地回想当时高中有关她的一切，却因为时间久远而有些模糊，记不太全了，只是一些连不起来的片段。

他此刻忽然很想很想见到她。

陆时雨比他回来得早，他给她打去电话，很快，那边接起："你到啦？"

"到了，等我安排好家里的事，就去找你。"

"我在整理我的东西呢，我家不是搬家了吗，我爸我妈都不在，我自己慢慢收拾呢，但是东西好像有点儿多，累死了。"

陈寂听着她略带了些抱怨的娇嗔，含笑说："重的东西放着，等我一会儿去给你搬。"

陆时雨这些零零碎碎的东西还真不少，家里头刚刚买好新家具，她卧室的床垫还没有放，整个卧室里乱七八糟的，到处是她的箱子和摆件，衣柜里也放着一堆衣服等着叠。但远远不止这些，秦安兰把她所有的行李都打包搬到这边来了，现在楼下车库里还有不少东西等着往上搬。

今晚就她一个人在家，陆兆元和秦安兰都得值班，她今晚怎么也得把两间卧室的床先收拾出来，好让他俩回来能睡个好觉。

正发愁先从哪儿开始时，门铃就响了。陆时雨连忙开门，只见陈寂手里拎着一堆礼盒，她想接过来一些，陈寂没让。她招呼陈寂赶紧进来："你还拿东西来干吗？"

"这不祝你们乔迁之喜啊！"陈寂四处看了眼就收回目光，落在陆时雨身上，"叔叔阿姨不在？"

他左手拿的东西是送陆兆元的，右手拿的东西一看就是送秦安兰的，怪不得之前旁敲侧击地问她，她爸她妈有没有什么兴趣爱好。

其实是头一回见未来岳父岳母，不可避免地有些紧张，陈寂实在是选不出该送什么好，又怕见第一面就给未来岳父岳母留下不怎么好的印象，犹豫半天，最终还是全都买了。

陆时雨觉得有些好笑："今晚他俩值夜班，不回家。"

她说："我的呢？你来恭祝乔迁之喜，不祝我啊？"

陈寂却放下手中东西，神神秘秘地把她推到墙边，抵着她光洁饱满的额头，低声说："快！趁现在家里没人，咱俩快点儿！"

陆时雨狡黠道："哎，怎么办啊，我有男朋友了！他叫陈寂，你也认识吧，咱俩这样背着他……不太好吧？"

陈寂极轻地"呸"了声，越凑越近，言语间伴着丝丝诱惑："那多刺激啊！"说着，作势便要吻下去。

但在两人双唇贴上那瞬间，陆时雨抬手挡住了自己的唇，陈寂只吻到了她软软的手心。

"我想了想，还是不能背叛我男朋友。"她叹了口气，嘟嘟囔囔，"要不，咱俩还是算了吧！"

他忽而垂了下头，肩膀笑得一抖一抖的，仅仅几秒钟，又重新亲向她的手心，一下又一下。

陈寂在亲她手掌上那条长长的爱情线，气息滚烫，表情虔诚至极。

近在咫尺的深沉眉眼令她一瞬有些恍惚，陆时雨呼吸竟也跟着灼热起来，面红耳赤。她捏着他的下巴，把人推远了些："陈寂！"

陈寂速度极快，猛地咬住她的唇，含混不清地说："怎么不演了？"

陆时雨细碎的回答淹没在唇齿浪潮之间，一浪跟着一浪，永不停息。

"已经七点多了，我今晚要是收拾不好屋子睡不了觉，就怪你！"陆时雨瞪了他一眼。

陈寂跟着她走到卧室里："没事儿，保证能让你睡觉，过去跟我睡就成，我那边都收拾好了。"

"你想得美！"

陈寂笑着给她挪了一下房间的箱子，说："重箱子没拿吧？我去给你搬上来。"

"都在车库里放着，还有四个，都是瓦楞纸箱，有一个箱子里是我的医用模型，你拆开箱子找找看是哪个，模型真挺沉的，而且我也用不着，那个就别搬了。"

说到车库，陆时雨忽而又叹了口气，蹙眉说："啊，对了，车库也还没来得及收拾呢，要不今天先别管那了。"

"嗯，你不用管了，先把重要的东西整理好就行。"陈寂拿走地下室的钥匙，临走前又再次强调，"你卧室的床不收拾也没事儿，真没事儿。"

陆时雨："……赶紧走吧你！"

车库里还真挺乱的，陈寂先把陆时雨那四个箱子找出来放到一边，将车库里的东西整理了一下，随后才一个一个拆开箱子看。

基本都是一些零零碎碎的小玩意儿，第一个箱子里还装着陆时雨以前买的小说，应该是初一那会儿买的，都是些什么《天才萌宝，总裁爹地哪里跑》《新婚夜，瘸子王爷站起来了》《替嫁娇妻，总裁夫人要离婚》之类的霸总文学……

他随手拿起一本，纸页都泛黄了，甚至有本书上粘上个圆形的深深的黑印，像是桌子腿，旁边还有枚鞋印花纹，原来是把书藏到桌子底下了啊，真会找地儿藏。

而且她看这些小说居然还会在书上勾勾画画，有些地方认认真真地点评心得"这个地方景色描写不错"。

而有些地方，就是纯属犯花痴——"啊啊啊啊！他也太会了吧！天啊！好帅啊！好霸道啊！"

陈寂定睛一看，这段描写的是男女主的对手戏，原文是这样写的：

"女人！你知不知道你这是在玩火？"厉霆深红着眼掐着顾暖的腰，低沉地说，"女人！不要再动了！再动我不保证不会发生什么。"

然后书里头，女主角顾暖就动了。

再有：

厉霆深带顾暖回家，厉家用人说："顾暖小姐，您还是厉先生第一个带回家的女人呢！"

陆时雨评论——"好宠啊，天啊！"

这就会了？这就帅了？这就霸道了？这就宠了？陈寂放下书，在空无一人的车库里笑得不行，嗯，原来他女朋友喜欢这样的啊。

太可爱了。从前他就老爱逗她，陆时雨一着急就非常可爱，但他今天知道了，他女朋友是从小可爱到大。

他笑着去拆下一个箱子，心道：陆时雨还有没有什么可爱的性格是他从没发现过的，但这个也不是放模型的箱子，里面放的是她高中的东西。陈寂对这些东西的印象就深刻了些，有些课本她都没舍得扔，还有所有科目的笔记本，她都保存得好好的，封皮完整，跟他高中那会儿见到的一模一样。

陈寂刚准备合上，却在箱子缝隙处，看到一个小小的，用来装巧克力的包装袋。他盯着那个包装袋看了好久，旧日回忆纷至沓来，这个包装袋，是他之前还在体育班的时候，有别的班女生塞到他课桌抽屉里的，这些巧克力送来的时候，袋子上粘了一个便利贴，上面写着姓名和班级。

他向来不收陌生女生的东西，这还是头一回有人没当着他的面儿就送来东西的，目的也太明显了吧，不就等着他亲自还吗？

做什么梦啊。

恰好当天他晚自习迟到，为了"贿赂"陆时雨，就随手把这巧克力假手于人，借花献佛了。

所以，这只是他随手送出去的，不含任何特殊目的。

陈寂心里忽然浮起惊讶，也夹杂着些许不解。迟疑犹豫几秒，他又把盖子打开，仔仔细细看了一眼。只一眼，就在书本之间看到了那个被小心翼翼包裹在袋子里，叠得整整齐齐的纯黑色的护腕带。

临去明安之前，室内选拔赛那天王竞之说，在陆时雨包里看到一条一模一样的护腕带，他也没在意这件事，毕竟她送他护腕的那天就说了，是姑姑买给她的，她用不着了。

但是他那只白色的护腕带去哪儿了？陈寂在脑海之中搜寻了一遍，有些记不清了。

他记不清陆时雨送他的那条白色护腕放在哪里了。

但是陆时雨却好好地放了七八年。

拆开护腕带的袋子，陈寂却发现，这条白色的护腕带，还没有拆吊牌。

眸子闪了闪，心跳猝然滞了一瞬，如果他没记错的话，陆时雨送护腕带那天话里的意思是，这条黑色的她拆开用了，顺便也把白色的拆开了，但是没用白色的。

她说她用过，可是，明明吊牌还没拆啊。

她在骗他。

可是时雨为什么要骗他？

惊讶与不解似乎更严重了，此时又多了一份颤意，无边无际的猜想只是渐渐冒出一个头来。

陈寂手指收力，握着护腕带沉默几秒，埋头去翻这箱子里的东西，而后，看到了一盒藿香正气水，上面用黑笔写着"陈ji"。陈寂攥紧盒子，接着翻箱子，忽然在一摞笔记本的下面，发现了一个再熟悉不过的东西。

是一个加了封皮的手账本。

黄色封皮，上面画着两个正在跑步的人，一男一女，都穿着蓝色运动服，上面写着"别惹我，我跑起步来我自己都害怕"。

陈寂喉间干涩，他缓缓伸手，把封皮摘掉，手账本原本的封面，竟跟外面的封皮图案一模一样。

当时是个什么情况来着？他请她帮忙写总结，买纸笔的时候，他见陆时雨盯着这个本子看了一会儿，但不知道为什么，最终还是没买。

封面上的两个人画得倒挺有意思的，他也没见过有这种跑着步的漫画形象被做成封面。

总不能让她白帮忙吧，他那时也不想欠着她的人情，所以他把手账本买了下来，给她当谢礼，谢谢她帮这个小忙。

他是当谢礼送给她的。

自从这个手账本在他手上短暂待过一会儿，被送出去以后，他的记忆里就再没有出现过这个手账本了，仿佛它只是他生活中极其渺小，极其微不足道，也根本不值得用心记忆的一个东西。

但是陆时雨呢？

她给这手账本加了一层封皮，视若珍宝般，完好无缺地将它保存着。

手账本鼓鼓的，里面夹了很多东西，陈寂拆封皮这会儿，有不少东西掉进了箱子里。他挨个儿捡起来，首先是一张已经泛黄了的照片，照片上那个模模糊糊的人，是他。

是高一那年冬天，在明安的摩天轮上，陆时雨拍的他。

陈寂仿若又回到那个冬季寒冷的夜晚，他们在摩天轮上望着灿烂灯火，她在高空中悄悄把摄像头对准他，偷偷拍了他的照片，却告诉他说没有拍。

却把照片打印了出来，珍藏在了他送她的手账本里。

还有一张，是他从未见过的，他们校园文化艺术节的大合照。合照里，他冲着镜头高呼，而陆时雨在回头望着他，嘴边笑意深深，看他时，眼底全是灿烂。

他从不知道还有这张照片存在,那时他问陆时雨,照片全不全,她说全了,却唯独没说还有这一张。

她藏得太好了,她藏起的心思,谁也不知道。

最后掉出来的,是一张对折起来的 A4 纸,高一年级晚自习纪律检查表,最下面,检查人写着"陈寂 陆时雨"。

一个字迹龙飞凤舞,一个字迹娟娟秀丽。

想起来了,那天他说她特权用对地儿。

陈寂眼角蓦然间泛起一丝热意。

手里的东西似乎变得千斤重,沉沉压在他心上,使他的呼吸猛然紧促起来,颤意更浓,他好像明白了,什么都明白了。

他明白陆时雨为什么会骗他了,也明白陆时雨为什么不买这个手账本了。

所有的东西都与他有关,他是她所有被藏起来的心思中的唯一主角,可在他的世界里呢?

他不知道她的过去,不知道她的所有付出。

他甚至还问她:"什么时候喜欢的我?"陆时雨说:"很久很久了。"

原来很久很久,是从高中就开始了。

陈寂闭了会儿眼,心脏一揪一揪地疼,宛如被扼住了呼吸,窒息感快要将他整个人撕裂成两半。再睁开眼时,眼底都带着极为猛烈的深沉,他缓慢又坚定地打开这个黄色的手账本,就像是打开一个月光宝盒,他也跟着这一页页的文字,再次穿越回了八年前那些看似平凡,却掩藏着不为人知秘密的日子里。

首页,粘着一个醒目的条形码,条形码上黑色粗体字写着"高一(36)班陈寂",再往下,"谢礼,2014 年 10 月 31 日"。

陈寂怔了好久,他从来都不知道,他那一句简简单单的"谢礼",却是开启陆时雨所有悸动的一个开关,也是陆时雨压了八年之久的一句刻骨铭心。

或许这也不是开关,在这个本子出现之前,肯定还有太多太多他不知道的事,那个最开始跟他见面,总是拘谨地把"谢谢"这句话挂在嘴边的女孩子,那时并没有引起他的过多关注。她总喜欢走在他身后,看着他与身边人谈笑风生,偶尔他见到她,也只是淡淡地打声招呼。

时间应该从那时就算起。

陈寂身子脱力，无力地坐到冰凉的水泥地上，无数懊恼与心疼将他层层围住，眼底氤氲着风雨欲来。

他真的真的很不称职，他总以为他已经很爱她了，可她爱他，要比他多得多。甚至他就连高中时有关她的所有都回忆不全。

就算是本子上发生的事，他也不会完完全全记得那么清楚。

比如他第一次邀请她去看他比赛时曾经说过："我说，下周六我在体育馆比赛，来看吗？"

陆时雨在手账下面郑重地回："我会去的，一言为定。"

再比如他加她的QQ，他以为是他主动加的陆时雨，却没想到是陆时雨先申请加的他，但是他当作学校里的骚扰账号拒绝了。

那瞬间她就好像从天堂掉下了地狱，所以陆时雨才会在手账上写："我还应该有勇气吗？"

"不应该了吧。"

那几天她躲着他，她说是因为学业，但是时至今日陈寂才知道，她是真的在躲他，躲他的拒绝，卑微地守着自己那份被水浇熄的火苗，也为了保留自己那份小心翼翼，明知得不到结果却仍旧不想丢的勇敢。

但紧接着，这份犹豫的勇气又回来了，他主动提出加她的好友，令她开心了很久很久，她在本子上写："真不容易啊等你加上我。"

那是他在QQ上对她说的第一句话。

她会为了他的一个动作、一句话，甚至一个表情所影响，明明是属于她的青春，她却好像将自己放到了一个很不起眼儿的位置上。

她去看了《灌篮高手》，本子上画得最多的卡通人物是三井寿，只因他曾提到过一句："最喜欢三井寿，虽然他颓废过放弃过，可依旧没有泯灭对篮球的斗志，这点跟他很像。"

手账本厚厚一摞，每一页都记满了少女那份心酸窃喜，也承载着无数敏感雀跃。

高二艺术节，他一句随口说的"来吧儿子，你妈让我亲你"，也被陆时雨认认真真地写在了手账上。那时候，他只是单纯入了戏，说这话没有别的意思，也不知道自己这一句话会给陆时雨带来如此的天翻地覆。

/ 476 /

后来高二期末考试，他要离开榆阳，走前吃饭时，她跟他说"来日方长"，他那时就应该好好看看她那双眼睛的，藏着心痛、遗憾、不舍的那双眼睛。

他应下了"来日方长"，却没想到陆时雨会把这句承诺当成整个高三的支撑。

她盼着他上线，盼着与他讨论几道晦涩难懂的数学题，仅仅只是为了同他说句话。

再后来他与她失去了联系，却怎么也想不到，失去的那份联系对陆时雨来说，是一件多么可怕的事，足以成为抱憾终生的一个意难平。

可是她有没有想过放弃呢？或许有，但至少在这个手账本上，陈寂看不到。

她句句没提喜欢，却处处都在彰显着满分的爱。

陈寂喉咙哽了下，看到最后。手账的最后一页，刚好记录到高三那年的盛夏，六月八日，高考结束的那天，陆时雨在本子上写：

"一杯奶茶加点糖，夜深人静感受甜，深吸一口气，生活还是要继续。"

"这回真的，来日方长。"

可是"来日方长"这四个字的字迹模糊。

她当时哭了。

陈寂抬手，紧紧按在眼角处，额角胀痛。手账本最后一句话，是她对这场独角戏的独白："我不看月亮，也不说想你，这样月亮和你，都被我蒙在鼓里。"

那场独属于她的盛大暗恋，谁也不知道。她瞒着世上的所有人，瞒着月亮，瞒着他，喜欢了他八年。

如果他当时可以回头看一眼，只一眼就好。

就不会让陆时雨承受那么多，那么久的漫长煎熬了。

陆时雨整理好秦安兰和她的卧室，一看表已经到了晚上九点多，但陈寂还没回来，估计是在楼下收拾车库了，可也不至于收拾这么久啊。她给陈寂打了个电话，铃声响了很久很久，却提示无人接听。

她又打了一个，还是没人接。

奇怪啊。她在家里穿的是家居服，也没换，披了家居服外套就出了门。楼道里温度极低，她猛然间想起来沙发上，陈寂穿的那件羽绒服外套也没拿，又折返回去把陈寂的外套拿上，进了电梯。

小区的车库是地下车库，电梯一到负一层，寒气更重，扑面而来的冷风与她打了个照面儿。这里好冷，而且陈寂也没穿厚衣服，陆时雨抱着陈寂的羽绒服，裹紧毛茸茸的外套，加快脚步往车库里走。

负一层拐角处，陆时雨可以看到家里的车库亮着明晃晃的灯光，在这空荡又黑暗的地下车库里，只有这一间屋子是亮着灯的。

所以也可以借着这灯光清晰地看到仍旧放在门口的，那些乱七八糟的杂物。

陈寂这不也没整理吗？

他那怎么还在楼下冻了两个小时啊。

她又往前走了几步，视线里，就出现了一个瓦楞纸箱，拆开的，里面装着她初中时偷偷买来的所有小说。

陆时雨心跳停滞了一瞬，迈出去的步子也稍带了点儿停顿。她紧紧将陈寂的羽绒服往怀里按了按，呼吸也跟着紧促起来。

她让陈寂拆开箱子看看，所以，他肯定看到了吧。

看到了她高中的书本笔记，看到了那条她给错了的黑色护腕带，看到了他送她的那个手账本。

也看到了她八年未说出口的，他知道的，他不知道的所有。

这一刻，陆时雨反倒释怀了。

现在的日子，她已经非常非常满足了。

从前觉得遗憾，觉得意难平，但好在时间和岁月没有亏待她这个胆小鬼，如今她想得到的已经得到了。

她八年来未曾说出口的所有所有，其实归根结底只有一件事，只围绕着一个人。

而现在，她就住在那个人的心里。

所以过去，其实也没有那么重要了。

陆时雨缓缓往前走了几步，每一步都那么坚定、从容。无论从前的故事怎样，他们还有后来。

走出拐角处，车库完全暴露在眼底。

认识这么久以来，陆时雨从未见过这样的陈寂，就算是他当年因伤退出体育班，放弃拿金牌的梦想时，她也没见过这样消沉沮丧的陈寂。

/ 478 /

陈寂就在那几个箱子旁边，手里还牢牢拿着那个黄色的手账本，单腿屈起，颓唐地瘫坐在地上，目光像是毫无人气，只是一味空洞地盯着手账本发呆，眉眼沉沉，面颊紧绷。

旁边，摊开着几张照片，和几张 A4 纸。

像是陷入泥沼，那个手账本，就是他唯一能够留下来的绳索。

在今天之前，陈寂从不知道陆时雨曾喜欢过他，他讨厌自己没有察觉，厌恶自己这八年来的缺失，更悔恨他没有尽全力，给她再多一点的爱。

原来人是可以在一念之间，就陷入挣不开的深渊的。

她把他当成高中里最耀眼的存在，而他那时候却先是想着短跑拿金牌，后来离开体育班又想着提提成绩，就这么狠心地把陆时雨划在了重心之外。

手账本他来来回回翻了不下三遍，每看一遍，心都狠狠揪一次，浸满了凉意。他忘记的，他记着的，都由陆时雨细心地收藏。

地下室温度低，他穿得又不厚，翻手账本的手指都泛着强烈的涩感，其实手脚早就已经僵了，但身体上的这些不适，都抵不过心里的万分之一。

忽然间，从背后涌来一阵温暖。

陆时雨给他披上羽绒服，轻轻叹了口气，蹲在他身边，故意说："对你提出批评哦，不仅没收拾车库，还弄得一团糟。"

陈寂终于动了动，他目光从手账本上，缓缓移到面前的陆时雨脸上，动作极其缓慢，眼底藏着浓重的愧疚。

他伸手抱住了她，整张脸都埋在陆时雨的颈窝里，力道越来越紧，抱得严严实实，像是要把她揉进身体里，再也不放开。陆时雨不得不半跪到地上，承受他这个过分用力的拥抱。

"陈寂，没事的，"陆时雨环着他的头，轻轻拊着他的背脊，温声说，"我真的没事的，都过去了。"

都过去了。

她能够如此云淡风轻地说出这句话，到底默默承担了多久。在她回忆肆虐的时候，只有她一个人，只有眼泪在陪着她。

无可遏制的刺痛盖过所有，陈寂压了压翻涌着的难受，低沉着嗓音，一次又一次地道歉:"对不起……对不起……"

陆时雨鼻头一酸,眼泪霎时间就涌上了眼眶,不仅仅是因为陈寂低入深渊的低气压,更是因为八年的无疾而终,终于有了好的结果,那么多晦暗又心酸的日子,现在回头望去,好像都变得那样缤纷了。

她擦了擦眼角的泪珠,与陈寂对视,扬着笑脸说:"不用对不起,陈寂,不用说对不起。你现在,已经在我身边了啊。"

陈寂竭尽全力压制着汹涌澎湃,沉默几秒,还是有无数难挡的喑哑,他喉结上下滚了滚,说:"对不起,我让你受委屈了。"

他贴着她的额头,沉沉地吐出口浊气:"我爱你爱得太晚了。"

陆时雨用力眨了眨眼,但眼底还是浮出一层水雾。她拼命地把眼泪收回去,手指覆上陈寂的眼角,逗他:"哎呀,你别哭啊,我都没哭。"

说着,她憋不回去的滚烫泪水就滑了下来,掉在了陈寂的手背上,砸中了他的心。

这滴泪水令陈寂一时间哑了口。

他一下又一下地摩挲着她的脸颊,极致温柔。

"爱没有早晚,对我来说没有,只要爱了就好,缘分都是天注定的,来得早或来得晚,都是一辈子的缘分。陈寂,我们蹉跎那么多年,能重新遇见,爱上彼此,对我来说就是最珍贵的一件事情了。"陆时雨吻上他的眼睛,呼吸流连,一字一句,缓慢而又有力地说,"我一直都不是一个运气好的人,但是我觉得我能遇见你,喜欢你,爱你,就是我这么多年来运气最好,最幸运的一件事。所以陈寂,你不用觉得对不起,你已经是我最大的幸运了。"

爱不分早晚,爱哪里有早晚,只要爱了,那就是爱了。她爱他爱得早了些,可这不代表陈寂爱她爱得少。

过去缺失的那几年里,陆时雨曾经短暂地有过"朝各自人生,好好生活"的想法,但是那么多的不舍却难以放下,她很庆幸自己没有放下,所以现在才能拥有快乐。

他们的相遇相知相爱算不上是一个完美的童话,童话的开始是她一个人,但童话的结束却加上了他。好在属于她的终归是属于她的,尽管那么多年都错过了。

这个属于他们两个人的童话结尾，从不比任何一个童话差。

那天，陈寂在空空荡荡的地下车库里，对陆时雨说了无数句"对不起"。两人在车库里待到很晚很晚才回家，陈寂那天异常沉默，只是无声地抱着她，像一只温顺的大狗狗一样，蹭着她的颈窝，细细密密地吻着她脸上的每一寸皮肤，视若珍宝。

那晚陆时雨没让陈寂回家，她在他强有力的怀抱之中，沉沉地陷入了睡眠，却不知道在她睡着时，陈寂揽着她，一夜未眠。

等第二天早上再醒过来时，已经快要八点了，马上就到她爸她妈下班的点儿，如果真碰上了，那还真不知道该怎么办，倒不是不想让陈寂跟他们见面，其实秦安兰和陆兆元见过陈寂的照片，也还挺想见见陈寂的。

可这么个场景，怎么也不太合适。

陈寂已经不在卧室里了，不知道什么时候走的，身边的床铺温度都冷了下来。

她醒来做了个早饭，但都过了大夜班的下班时间，秦安兰和陆兆元都还没回来，隔了一个多小时，饭都凉了，他俩才进家门。陆时雨问了句："你俩怎么回来得这么晚啊？饭都凉了，我再帮你们热热。"

"不用了不用了，我俩都已经吃过了。"秦安兰和陆兆元看了陆时雨那双泛着红意的眼睛一下，没多问，什么多余的话也都没说。

"那怎么行啊，你们在医院里肯定吃不安生，我再去热热粥，多少喝点儿再睡吧。"陆时雨说。

老两口眼底都划过不可多见的欣慰。

刚才，他俩一到楼下，就看见了坐在门口等着他们的陈寂。

陈寂知道会碰上他们，他早就做好了见他俩的准备，即使这会儿可能有些仓促，但是有些话，不得不说，也不能再等了。

陈寂说，这辈子，他再遇不到一个像时雨一样的女孩儿了，他一定会尽他全力去守护时雨，尽他全力去爱她，请他们放心。

秦安兰看着陆时雨忙碌的背影，忽然间有些感慨，眼眶热了。

从前总担心陆时雨的人生大事，但儿孙自有儿孙福。

陈寂会是那个爱她一辈子的人，会在未来的岁月里，连同他们这份一起，好好爱着陆时雨。

其实这不是秦安兰第一次见到陈寂本人。

高一下半学期期末考试后，陆时雨回学校交分科志愿表，她去接陆时雨，在一中门口，看见陆时雨跟陈寂一起出来。

那时候陆时雨说自己跟陈寂不熟，她信了，但是现在，两个人却成了一对情侣。

她从前不算是一个称职的母亲，不会揣摩女儿的心思，不会考虑女儿的心情，那个时候的陆时雨有多么言不由衷，现在回想，秦安兰一瞬间就懂了。

上天给的缘分，应该是从那个时候，就已经开始了。

暌违五年，一中四人组再度相聚在榆阳一中，是回去探望今年正在带高三生的李杰主任的。

一中还是老样子，倒是桌椅换了新的，教室里的投影仪也换了新的，学生们的校服也不再是他们那个蓝白相间的丑校服了，好像一中创立那么久，就他们那一拨人的校服是最难看的。

李杰也不再是几年前那个年轻的年级主任了，岁月从没有停下过脚步，他的发际线又往后移了不少，四十多岁的人看着像是五十岁的。

当然，除了老师变了，学生也变了不少。

李杰看见陈寂的时候，愣了好长时间才反应过来，噢，这是陈寂啊，是那个老是被他提溜出来罚站，老是插科打诨的陈寂。

本来看见他就已经很惊讶了，在看到他与陆时雨十指交缠而握的双手时，就更惊讶了。他瞪着眼睛在两人之间来回看了看，陈寂跟他不正经地嬉皮笑脸，举着两人握着的手，冲他晃了晃："主任，给您介绍一下，这是我女朋友，陆时雨。"

"哎哟……"李杰一连叹了好几声，不可置信道，"你俩在一块儿了啊？挺好挺好……"

他又一连说了好几声"挺好"，怎么也没想到当时班里最张扬的那个男生，会跟班里最乖巧的女生在一起，于是年级主任的职业病犯了，开玩笑说："你俩不会是高中就偷偷摸摸早恋了吧。"

陆时雨接话："主任，您抓早恋一抓一个准儿，咱们班里谁敢啊？我们就是有这贼心也没这贼胆啊。"

"那还真是，不过现在就不一样啦，现在的孩子们比你们难管多了，也狡猾多了。"李杰叹了口气，"他们现在啊，皮得很，正好你们来了，待会儿去班里给他们放松放松，讲讲道理，作为学长学姐，还是成绩那么好的学长学姐，给你们的学弟学妹们传授传授经验去。"

陈寂先发的言，他没灌什么"鸡汤"，讲了几件高中时比较有意思的事儿，还给李杰兜了个老底。李杰又好气又好笑，干脆进了办公室躲着去了。

老师一走，这群孩子就更放得开了，什么问题都问，问什么的都有。到最后，有个男生，坐在最后一排，举着手高声问陈寂："学长，我还有一个问题。"

他起身，视线掠过前排某个小小身影，说："学长，你高中早恋过吗？"

班里炸开了锅。

陆时雨失笑，无奈地摇了摇头。

陈寂也垂眸浅浅笑了下，复而抬起头，淡声说："我没早恋过。"

底下安静了一会儿，陈寂又缓缓开口："但是我非常遗憾，也很后悔，我那时候因为自己，错过了很多很多。"

陆时雨心跳微微快了些，前面的讲台上，陈寂忽而笔直地望着前面，越过整个教室，对上她的目光。

视线滚烫，胶着，眼中闪烁着细碎的光芒，像是那个意气风发的少年。

他很温柔地看着陆时雨，说："如果再给我一次机会，我会选择回到高中的时候，对她说一句——

"我喜欢你，很喜欢很喜欢。"

过年的时候，陈寂的几个姑姑和叔叔都来家里了，他们一家人已经很久没有在一起吃过一顿团团圆圆的年夜饭了。男人们张罗着包饺子，女人们张罗着煮，几个小朋友穿着火红的小棉衣，打着灯笼在外面放仙女棒。

今年这个年，是陈家近些年最热闹的一个年，搬回榆阳后才有了"家"的感觉，江城很大，很美，很繁华，却不比在榆阳的每一天。

而且这里，除了家人，还有爱人。

饭桌上推杯换盏，酒喝了一瓶又一瓶。陈家的男人酒量都不差，一边聊着天儿，一边酒就下了肚。但人老了怎么也比不上年轻人，陈爷爷酒意上头，被陈奶奶勒令不许再喝了，陈爷爷也就老老实实地坐到沙发上，跟孙子孙女一块儿看春晚去了。

终于得空能跟陈寂说上话，陈奶奶跟陈寂扯东扯西，问到了陆时雨的事儿，眼中充斥着期待："这些个日子光看手机里你发的那些照片，我还拿出去给我那帮老姐妹看过，她们别提有多羡慕了，都羡慕我孙媳妇儿这么漂亮好看。"

陈寂一看她相册，里面除了花花草草猫猫狗狗就是陆时雨，他失笑："奶奶，濛濛是我女朋友。"

"连看都不能看啦？这还是我孙媳妇儿呢！你用得着吃你奶奶的醋？"陈奶奶不屑道，"看看你那个不值钱的样子。"

她推了下老花镜，清了清嗓子，笑眯眯地问他："所以，什么时候带濛濛来家里见见我们？"

陈寂笑得不行："奶奶，快了，您再等等。"

现在是冬天，一切都是那么萧瑟，但一切又是那么有生机，让人感觉现在就是春意盎然，但春天虽和煦，却怎么也不比盛夏灼日那般昂扬。

陆时雨这三年研究生得在医院的每个科室里轮流实习，偶尔跟老师上个课，所以自从三月份返了校，她还挺忙的。

但是她还不算是最忙的，最忙的要数三月底要结婚的杨楚仪。

除了选婚纱，选秀禾服，选造型，其他的沈枭一律不让她管，平常杨楚仪也就去首都的婚纱店里看看婚纱，尽管只是这么几件事，只要一有空她就拉着陆时雨帮她一起参谋，顺带着还给她这几个伴娘也选好了伴娘服，乱七八糟的小首饰和婚礼当天要穿的高跟鞋，甚至于当天要做的美甲也提前一个月就开始挑。

这么些日子下来，陆时雨感觉她都快把结婚要准备的东西给背下来了，到时候不用找婚礼策划，自己就能搞一场。

转眼就到了杨楚仪和沈枭结婚这天。

这天天气格外晴朗,他们在首都郊区的一家庄园里举办了一个温馨的仪式。杨楚仪穿着婚纱款款向沈枭走去时,在场的几个伴娘都没忍住泪意,都挺感慨的,一晃数年,她们之间居然有人都结了婚,嫁做人妇了。

陆时雨也没忍住,悄悄抹着眼角,再一抬头,那边几个伴郎里,陈寂正柔情地看向她。伴郎服是纯黑色的西装,穿在陈寂身上剪裁得体,衬得他整个人肩宽背直,如深海灯塔伫立在那里,清晰地指着她未来的方向。

他示意她:别哭。

后来婚礼仪式到最后一项——抛捧花。

毕业一年了,他们男生宿舍里就剩下了胡子奇一个单身狗,所以他说什么都得拿到杨楚仪的手捧花,兴致勃勃地站到了杨楚仪身后,比画了两下给自己鼓劲,说:"准备好了,扔吧!"

杨楚仪背着身子,抬起手:"那我扔了啊!"

"一、二、三!"

话音落地,原本该落到他手里的捧花却没有落在他手里。

在场所有人都惊了一下,胡子奇整个人都愣住了,他呆呆地看了眼空空如也的手,而后转过身,看向手捧花的归处——

陆时雨的手里。

陈寂第一个拍了拍手,笑得眉飞色舞。陆时雨挺尴尬的,她用胳膊肘杵了杵陈寂,不好意思道:"再来一次再来一次,这回失误了,这回不算啊,我就当没接到。"

"对,那再来一次。"陈寂也附和。

胡子奇皮笑肉不笑:"行!再来一次!"他暗戳戳地看陈寂:看好你媳妇儿啊!

而后他把手捧花又递给杨楚仪:"再来一回再来一回,就这一回了啊!"

杨楚仪"噢"了声:"我这回扔准点儿。"

她又将身子背过去,拿着捧花准备扔的手来回晃了下:"数到三我就扔了!

"一！

"二！

"三！"

手捧花"嗖"的一下，向后扔了过去，却再度直直掠过胡子奇的手，朝后飞去。

而这回，是陈寂接到了。

众人：什么叫天选之子！这不就是啊！

陈寂搂过陆时雨，眉梢挑了挑，带着些理所当然，耸了下肩膀说："哎，这可不能怪我吧。"

老天爷都有选择了，该轮到谁，就是谁。

某些人，也应该好事将近了吧。

在医院实习还算顺利，没什么课要上，但每天在医院的时间都过得奇快，不知不觉间，柳条就抽了新芽，厚厚的毛衣就换成了薄薄的衬衫，后来暑气冒得很快，衬衫又换成了短袖裙衫。

像是在提前预告着夏天的来临。

五月底，陈寂的生日也跟着夏意的到来而来了。

今年他的生日，是在家里跟朋友一起过的，有沈枭、杨楚仪夫妇，王竞之也特意抽身赶到了首都。这个生日人不多，温馨平淡，大家陪着陈寂一起吹了蜡烛，切了蛋糕，就算是给他庆了生。

三个男生酒喝得有些多了，晚上八点多的时候，杨楚仪扶着沈枭出了门，陆时雨送他俩到楼下，上楼时，刚好在电梯口撞见王竞之，他也准备走了。

人一走，家里瞬间就安静了许多，陈寂仰靠在沙发上，轻轻合着眼。

陆时雨轻手轻脚地凑过去，还没走到陈寂身边，便被他拉到了怀里，他揽着她的身子让她坐到了他的腿上。

"刚才其实我还有个愿望没有许。"他埋在她肩颈处，轻声说。

陆时雨环着他的肩膀，蹭了蹭他的头："那你许吧，许了我就满足你。"

陈寂沉默了下："那我要亲你。"说完，一个带着酒香的吻便缠了上来，陆时雨没喝酒，却觉得快要醉了。

"濛濛，我们今年暑假，一起回家吧。"陈寂贴着她的唇，忽然没头没脑地说了句。

陆时雨愣了下："回家？"

陈寂低低沉沉地"嗯"了声，哑声道："我们一起回榆阳。上次回去看老师的时候忘记跟你说，李主任让咱们去给下一届要上高三的打打气。"

"行，"陆时雨说，"那就一起回去。"

七月初，陆时雨和陈寂一同回到榆阳，这会儿高二年级还没有放暑假。李杰带的高三生毕业了，他现在又重新接手了一届毕业班，再度投入到了送考的行列之中。

这回跟学弟学妹们聊完，时间已经不早了，夏日烈阳西斜，远处天边燃起极好看的晚霞。

陆时雨和陈寂走出高二教学楼，在偌大的一中校园里闲逛。没了高三年级，整个学校显得空空荡荡的，除了学校南边这两栋楼里人声鼎沸，就找不到任何人气儿了。

学校北边的那栋楼就更安静，透过窗户往教室里看，只能看到空无一人的教室里，摆在桌子上的那些整整齐齐的凳子。

陈寂忽然偏头问她："高三都要换教室？"

"对啊。"陆时雨指了指北边那栋楼，"所有高三生都得搬到那个楼里去，那栋楼是专门给高三学生用的，特别无聊，离哪里都远，去哪里都不方便。学校好像就是想到这一点，才让高三搬过来的，除了学就是学，没一点儿乐趣。"

似想到了什么，陆时雨笑了笑："但是我们那时候会背着主任偷偷换小说看，笑笑每次都偷带到教室里，那会儿班里几乎每个女生都传着看一遍，看完再换下一本，我还在桌子上记过我看过什么书呢，也不知道还在不在。"

陈寂说："去看看不就知道了？"

两人走进教学楼，陆时雨带着他左拐右拐，走到教室门口，奇怪的是，所有教室都上了锁，但是唯独这间是开着门的。

陆时雨站到教室门口，正觉得奇怪，刚要跟陈寂说些什么，就在自己的位置上，看到了一束火红的玫瑰花。

她一瞬间愣在原地。

空荡又寂寥的教室里，那束玫瑰花很醒目，散发着浓烈的香气。窗外折射进来的橘黄色夕阳悉数洒在玫瑰花上，像是给它镀上一层闪闪的光。

再一回过神来，身边就只剩下了她一个人，陈寂不知道去了哪里。

陆时雨缓缓走到座位前，拿起那束玫瑰花，却发现玫瑰之间，还点缀着几朵白色的小花，她叫不上来名字，不知道这是什么。

玫瑰花束下，还压着一张卡片，卡片的图案她再熟悉不过了，是那个手账本上的图案，一对穿着蓝色衣服，正在跑步的人。

只不过卡片上的这两个人，是牵着手的。

陆时雨眼眶一瞬就红了，她翻开卡片，只见上面，陈寂写着：

别哭，濛濛。

现在，陈寂邀请你参加一次时光旅行，出发站是高三（27）班，这站我不能陪你，就让这束玫瑰花代替我，陪你走到下一站——一中模联大会议室。

陈寂缺席了她整个高三，所以用这一束代表"我爱你"的99朵玫瑰，替他陪着她。

陆时雨瞬间又破涕为笑，抱着玫瑰花，拿着这张卡片，往会议室里走。

会议室也敞开着门，是他们第一次开全体大会的地方。屋子里放着跟他们第一次开会时一样的暖场视频，陆时雨走进去，在陈寂的位置上，看到了他本人，而原本属于她的位置上，搭着陈寂的外套。

见她进来，陈寂把衣服拿开："旅行第二站到了，小陆同学，这里有位置，你坐这里吧。"

那一次开会，她藏着心思给陈寂占了位置，虽然陈寂只待了一会儿就走了，但是这次，他给她占了位置，陪着她听完了整场会议。

"第二站结束了，下一站，是高二（27）班教室。"陈寂牵着她，慢慢走到了二十七班的教室里。

二十七班本来应该是有学生在上课的，但是这会儿教室里一个学生都没有，陆时雨有些惊讶:"为什么都没人了?"

陈寂垂眸看她,耸了耸肩:"请李主任帮了个小忙,他正好要带他的学生去录课,我就借来用一用。"

他带着陆时雨走到她高二坐的那个位置上,而后把最后一排,原来他那个位置的椅子搬到她旁边,打开投影仪,播放《百万英镑》。

高二看《百万英镑》的时候,他们也是这么坐的。

那天她意外地在桌下牵到了陈寂的手。

而现在,陈寂在黑暗之中,主动覆上了她的手背,而后一点一点地分开她的五指,与她十指相扣。

陆时雨扭头看着陈寂,眼底倒映着屏幕上一闪一闪的光,心底泛起一圈又一圈的涟漪。

"小陆同学,偷偷牵会儿手,没意见吧。"陈寂说。

再度听到这个称呼,陆时雨还有阵恍惚,一颗心满满的全是暖意。她那时候想做却没做成的事情,陈寂正带着她一件一件完成。

她轻轻地摇了摇头:"没意见。"

电影放到中途,到"What extraordinary creatures women are"这句台词,陈寂蓦地凑过来:"小陆同学,偷偷亲一下,没意见吧。"

陆时雨微微瞪大了眼,还没说话,嘴唇便被他含住,辗转厮磨。

《百万英镑》放完,陈寂把椅子复位,关了投影仪带陆时雨走出教室:"第三站结束了,下面咱们去第四站——一中操场。"

这会儿大家都在上课,琅琅书声飘荡在校园的角落,原本寂寥的操场上,也多出几分喧闹来。

操场上,不知道什么时候建了一个大舞台,幕布上写着"校园文化艺术节"。

陆时雨颤着手捂上嘴巴。

第四站,是高二那年校园文化艺术节总决赛现场。

舞台前面,孔怡然、王竞之、盛昕至,还有很多参与他们这个节目的同学都到了,正远远朝她招着手。

泪水决堤而出,陆时雨抱着玫瑰花泣不成声,陈寂一直在一边温声哄着,说第四站，可不是为了让她哭的。

他替她擦干眼泪，带着她站到舞台上，《奖惩之后》这一组一起拍了几张照片，每个人都站在跟几年前同样的位置上。

前面，摄影师说，最后一张了，让他们随便摆个姿势。倒计时最后一秒，陆时雨感觉肩膀被人拉了一下，紧跟着，她就贴向了陈寂的胸膛。

陈寂搂着她的肩膀，垂眸看着她，拍完了最后一张照片。

高二那年，她在没人注意到的时候，偷偷看了他一眼，照片定格在那一瞬间。

现在，陈寂在照片定格的瞬间，搂住了陆时雨。

"第四站也结束了，下面跟着我，咱们去第五站。"

第五站很近很近，就在操场外面的花坛处，花坛里的绿植一向长得很好，无论什么时候都绿意葱葱，可现在，却多出几束纯白色的小花。

陆时雨猛地看向怀里那束玫瑰。

回忆纷至沓来，她曾在这里，跟陈寂一起种下了不能发芽不能开花的金橘。

可现在，那几束洁白的花朵开得正艳，馥郁芬芳，向阳而生，一簇又一簇。

"什么……时候种的？"陆时雨带着哭腔，仰头问陈寂。

陈寂轻声说："寒假回首都之前来种的，又找李主任帮了个忙，可真是太麻烦他了。"

高一那年，她为了鼓励陈寂，把他送给她的几个小金橘种到了土里。谁都以为这注定是没有结果的一件事。但现在，陈寂用这几簇金橘花告诉她，一切都是有结果的，一切都会发芽抽枝，最后酿出最甜美的果子。

"第五站也结束了，"陈寂很认真地看向她，"小陆同学，咱们去这次时光旅行的最后一站。"

最后一站，是陆时雨第一次正式见到陈寂的地方——

一中的小卖部。

货架上摆着稀稀落落的小瓶矿泉水，孔怡然走过来，从陈寂手中把她拉过去，说："热死了，去拿冰的。"

身后的门帘响动，一群穿着运动服的人，越过她们两个走到冰柜前，拿走了所有冰水。

陆时雨愣着没动，回忆被一点一点唤醒，她胸腔里控制不住地开始翻涌着，快要吞没她的所有。见她不说话，孔怡然主动带着她转身："咱们去拿常温的吧。"

而后，王竞之站到了常温水这里，往怀里一瓶又一瓶地塞着矿泉水。

小卖部里，上演着与高一军训会演那天同样的对话。

陆时雨深深吸了口气，垂在身侧的手攥起拳头，下一刻，就听见身后有道熟悉的声音说："哎，你们都拿了，人家喝什么？"

但是陈寂却没有往前走。

身后安静了几秒钟，陆时雨下意识转头。

陈寂笔挺地站在她眼前，眼中柔情似水，这瞬间，全世界似乎都安静了，只剩下了他们两个人。

他一直在等她回头。

从前都是她默默跟在他的身后，他从没回过头。

而如今，他选择站在她的身后，等着她回头。

"时光旅行结束了。"陈寂朝她一步步走过来，"但是濛濛，这些不及过去那八年的几分之一。"

陆时雨随即摇了摇头，那些遗憾、胆怯的瞬间，他带着她一起找回来了。他用这趟时光旅行告诉她，她的遗憾，她的胆怯，她的独角戏，件件有回声，件件有回音。

他回应了所有，回应了一切。

"不够，远远不够。"陈寂弯起嘴角，眼底折射着昏黄的落日余晖，无比绚烂，"濛濛，你相信我吗？虽然我们在彼此的世界里缺失了好久，但是余生的时间里，我会把我所有爱弥补给你，尽我所能，竭尽全力，好好地爱你。"

陈寂单膝下跪，手上蓦地多出一个盒子。他打开，里面悄然躺着一枚戒指。

陈寂呼了口气，把戒指拿出来："所以，濛濛，你愿意给我一个尽余生去爱你的机会吗？"

时间仿佛在这一刻静止了，无数片段像是过电影一样，在她脑海之中闪过一遍，最后，定格在他们第一次在这里见面，她的目光追随着陈寂的那幅画面。

2014年，陆时雨在盛夏，见到了一个干净恣意又潇洒的少年，自此，瞒着所有人偷偷喜欢了他好多年。她数次因为这份压在心底的爱意而跌入地狱，也数次因为这份爱意升入天堂。

2016 年,陆时雨在盛夏,与那个少年失去了联系,茫茫人海中,再没有哪个少年可以让她跌入地狱,又升入天堂了。

她曾以为,他们有缘无分,暗恋也会无疾而终,月亮和他,都不会属于她。可是人总是会执着于第一眼就喜欢的东西,就比如,她喜欢他。

第一眼就喜欢的人,是最难忘的,是不论时间多么久远,怎么也忘却不掉的。会在夜深人静时想起,而后盯着伸手不见五指的天空想起他的模样,会在人潮汹涌中停下脚步,盯着某个地方,自以为是终于窥见了天日。

可这一切的一切,都只是因为,她喜欢他。

榆阳市的夏日从来都是炽热的,盛夏暑气肆无忌惮地侵占着各个角落,蒸干了所有精气神。但总有某些东西,顶着灼日,张牙舞爪地蔓延着,生长着,就像是陈寂眼中流连着的满分爱意。

陆时雨伸出手,说出了极为重要的三个字:"我愿意。"

泪眼婆娑间,眼前的少年扬起了好看的眉。

日光彻底落下,天边摇摇挂起一弯镰月,少年伴着无数柔和朦胧的光晕朝她而来。

而后,她抱住了月亮,也抱住了他。

——你不看月亮,也不说想我,但总有一天月亮和我,都会属于你。

番外一

陈太太

　　求婚成功当天，当时在场的人无一例外，全都全程举着手机录像，一脸艳羡地看着那对眷侣。女孩子们更是泣不成声，陈寂有多么爱陆时雨，陆时雨有多爱陈寂，在这场惊喜之中全展现得淋漓尽致。来帮陈寂策划这场求婚之前，他们都以为陈寂和陆时雨是刚刚才开始爱，却没想到，爱已经悄无声息地开始好久了。

　　人这漫长的一生之中，会遇到成百上千个面孔，有些是过往云烟，但总有一个是刻骨铭心，有缘人，是无论兜兜转转多久，再回到原地，还是可以见到对方的人，感情或是气场，有缘则合，能在这成百上千张面孔之中，找到对的他，相约一辈子踏入婚姻殿堂，就已经非常非常不容易了。

　　爱意随风起，可跨山川，可越湖海。

　　朋友圈里有不少人发了他俩求婚的照片和视频，随之而来的就是满屏的祝福。

　　两家大人自然都看到了，田君如先看到的，她性子急，风风火火的，早就在等这么一天了，看见视频当晚就恨不得直接到陆家去跟陆时雨的父母见个面，再正式把亲提了。

　　彼时已是晚上九点多了，陈宗铭好劝歹劝，才把人劝住。

　　陆时雨和陈寂正式见对方家长时，距离求婚结束没过多少天。

　　陈寂先跟着陆时雨去的陆家，那天是阴历十五，月亮高悬，天朗气清，他特意挑好的一个大晴天。

这回去算是正式的第一次见面，虽说以前见过秦安兰和陆兆元，但这次真不一样，毕竟身份不同，有底气了。

陆时雨提前给他打过招呼，提了个醒："老陆主任那边好多关等着你呢。"

"你不给我撑点儿腰啊？"陈寂笑道。

"看情况吧，"陆时雨顿了会儿，"谁让你来拱我们家白菜了呢。"

"行吧，"陈寂笑着接下了这些关卡，"那也没事儿，我能受得住。其实能理解咱们家陆主任。"

"换位思考一下，我只会比他做得更厉害。"他说，"我应该会是个很难缠的老丈人。"

陆时雨笑得不行："你这样难搞的坏老头可不招人喜欢。"

陈寂捏起她的脸，嘴唇重重地压过去："你喜欢不就行了？"

其实上次在小区楼下见过陈寂之后，陆兆元就有些抓狂，虽说有点马后炮的感觉，是等到陈寂走了好久他才反应过来"噢，猪来了，来拱小白菜了"，但是心里真是不大舒服，他养了二十多年的女儿，养到亭亭玉立，居然就要被人拐走了。

这搁谁谁心里都不舒服。

秦安兰都笑他一大把年纪了，还挺矫情。

陆兆元据理力争，说这都是正常反应。

最后两人打赌，看谁会在时雨的婚礼上哭。

陈寂要来，陆兆元准备了好多考验，但这些考验，全都在看到陈寂背着陆时雨的那刻，烟消云散了。

这两天下了暴雨，楼下地面还是湿的，还有不少水洼，陆兆元不经意从阳台朝外看了眼，而后就看到陈寂自进了小区的门，就牢牢背着陆时雨，缓慢而又有力地走在路上，手上还挎着不少东西。

陈寂背着她，她就跟个小孩儿一样，腿还在陈寂身侧一晃一晃，陈寂也没制止她，手臂收紧了些，无奈却又纵容道："不怕摔啊你。"

"这不是有你嘛，"陆时雨揽着陈寂的脖颈，腿踢到了陈寂手上的礼品盒，她问了道送命题，"我沉不沉？"

"不沉。"陈寂弯了弯嘴角，轻轻松松地回。

天哦,她男朋友也太太太有力气了!

陆时雨甜滋滋地看了眼陈寂,他提着那么多东西,背上还背着她,但步子依旧沉稳有力,而她在他背上,几乎感受不到颤动。

她家楼层不高,他俩走近了,陆兆元还可以看到陆时雨脸上那抹灿烂的笑意,和陈寂表情里的万分宠溺。

这一瞬间,陆兆元忽然想起来,五六岁的时候,陆时雨最喜欢他背着她在外面散步,那会儿她也是这么笑的,灿烂,明朗,像一朵明媚的太阳花。他记得他还承诺过小陆时雨,说会天天这么背着她,背到他背不动为止,后来那么多的时日里,这句承诺再也没有兑现过,他也没再看到过陆时雨的脸上有那种笑容。

即使这件事情,陆时雨肯定已经不记得了,但他却一直记在了心里,因为觉得很亏欠。他是一名医生,随叫随到,救死扶伤是一名医生的使命,他和秦安兰都是一样的,为了工作失了家庭,给了陆时雨过多的压力,导致她缺失了很多的爱和安全感,而这份爱和这份安全感,陈寂恰恰可以给她。

沉默地站了一会儿,陆兆元听到门外有说话声与脚步声,打开门,陆时雨和陈寂刚好要掏钥匙进家门。

陈寂的手腕上有一圈重物勒出来的红痕。

东西很重很多,但也有轻的,但他就是没让陆时雨拎任何一样。

有时候,小事儿最能见人品,小事儿最能说出关键,也是小事儿最能彰显蓬勃热烈的爱。

陈寂和秦安兰、陆兆元的第一次正式见面,如同一家人一般温馨自然,他都已经做好接招的准备了,但陆兆元一个没使,整顿饭下来慈祥得不行,熟稔地拉着陈寂喝酒,后来还拉着他一块儿看《新闻联播》,去书房讨论时事政治,天南地北,哪里都说到了,俨然一对无话不说的父子。

临走前,陆兆元还挺舍不得,拍了拍陈寂的肩膀,说下回来家里接着讨论。

小区里灯光绰绰,树影斑驳,月光洒在小路上,知了藏在树枝上孜孜不倦地叫着,永不休止的蝉鸣像是一首奏鸣曲,反倒给此刻静谧的夏夜,陡增一番恬淡。

两人牵手走在路上，有着说不出的安心。

"你在家里跟我爸说什么了？"陆时雨问他，"他原本还说要刁难你呢。"

陈寂捏了捏她的手，指腹轻轻划过她的手背，像是羽毛轻轻划过心尖，酥酥痒痒的。他耐人寻味地看着她笑："怎么听着你这话还挺幸灾乐祸啊？"

陆时雨也笑："没有啊，我随我爸，脾气倔，他说要刁难你，那我就真信，但这回他倒是颠覆我的想象。"

陈寂没说话，回想起刚才，他俩在书房里说话，然后说着说着，就提到了陆时雨。

陆兆元说，他们就这么一个女儿，从小她虽说不上是娇生惯养的小公主，但也是他们捧在手心里的明珠，她很懂事，心里非常能盛事，当年上高中的时候，在陆兆青家里受了姑父的白眼也没跟他们说过，每次一见他俩疲惫的脸，就什么都说不出口了，所以他们很愧疚。

他拜托陈寂好好对她。

她是整个陆家，唯一的骄傲。

所以现在想想，似乎就能明白了，当时的陆时雨胆怯，总是束手束脚，其实一多半都来自生活环境。寄人篱下，因此不得不"安分守己"，否则会招人烦，更会给人添麻烦。

与其说她本性文静，倒不如说是那时的文静掩盖住了所有的一切，她其实也可以勇敢，但需要有人给她足够的信心与安全感。

陈寂偏头看向陆时雨，心疼之余，又很庆幸，他庆幸自己爱上陆时雨，爱上那个最真实的陆时雨，也庆幸余生会有她。

"没什么，叔叔夸你来着，"陈寂缓缓道，"他说，你是家里的小公主，无论多大都是，他还说，你是陆家的骄傲。"

陆时雨鼻头猛地一酸，眨了眨眼，她爸也真是的，在她背后偷偷煽什么情啊。

他手指插在她发间，有一下没一下地捋着，轻声抚慰，神色认真："能娶到陆家的小公主、陆家的骄傲，是我的福气。濛濛，你不只是陆家的小公主、陆家的骄傲，你还是陈寂的小公主、陈寂的骄傲。"

陈寂轻轻柔柔地揽住她，吻落在她额头，而后一手捧着她的脸颊，同她细细密密地接吻。旷野之下，蝉声似乎停了，一切都是那么恬静，只剩下几声让人面红耳赤的亲吻声,就连月光也温柔,唯有呼吸滚烫,彰显着几分狂躁。

后来两家人就顺理成章地在暑假结束前见了面,定下了陆时雨和陈寂的婚约。陈奶奶和陆奶奶还专门找人算了算,选了个良辰吉日举办他俩的婚礼。两家人选好日子,便开始紧锣密鼓地给他俩的婚礼做准备。

在榆阳这边,订过婚就该改口了。订婚宴上,陆时雨一喊田君如"妈妈",田君如的泪"哗啦"一下就下来了,拉着陆时雨的手轻轻拍了拍,说:"我特意去庙里拜过了,你俩一定会长长久久的。"

轮到陈寂改口,他一叫"爸爸",自诩"不会掉一滴眼泪"的陆兆元眼眶一红,狠狠眨了几下眼睛,把泪意憋了回去,缓了几秒,才应了陈寂这声"爸爸"。

陆时雨又想哭又想笑,后来一边哭一边笑,被陈寂给哄住了。

如果说几年前,只是她一个人在奔赴,但现在,所有人都是这段感情坚实的靠山。

陈寂看着陆兆元,开玩笑说:"哎,陈太太,我以后要是这样,你不能笑我,你得在咱闺女和女婿面前给我找补点儿面子。"

"陈先生,我可管不了你,"陆时雨叹了口气,"我估计比你哭得更厉害。"

"那要不还是算了吧。"陈寂给她拭去眼泪,惆怅地说,"生闺女就这个缺点,到时候是真舍不得,咱还是生个儿子吧,好养活。"

陆时雨无语。

"你说呢?"他征求她的意见。

怎么就扯到这个话题了啊?

"……你自己生去吧!"

返校回首都以后,陆时雨就很少在宿舍住了,她这一年在医院里跟诊,小区离医院还稍微近些,而且现在她也不是没有身份的人。

但原来陆兆元和秦安兰不知道陈寂和陆时雨会住在一起,还是有天打视频电话的时候才知道,两人已经同居了。

自那以后,陆兆元和秦安兰老是时不时地给陈寂打电话,有时候田君如也会打过来,而且每次掐的点儿还挺准。

这天,陈寂正跟陆时雨腻歪着呢,外头,手机突然就响起来了。

陈寂听见了，有种想笑的冲动，但依然没有起身。

屋子里没开灯，黑黢黢的，唯有白皙皮肤醒目刺眼。

她腰侧弯曲线条被他慢慢勾勒着，像是他拿着画笔，在黑暗之中描绘一幅绝美的油画。

陆时雨推了推陈寂埋首在她胸前的头，心跳得极快："你手机响了。"

"绝对是两个爸两个妈里头的一个。"陈寂抬起头，陆时雨只感觉胸前一片凉意，他在屋子里环顾一圈儿，说，"你说，他们是不是给咱俩在屋里装监控了？不然怎么每次都这么准啊。"

"屁话多，"陆时雨仰躺在他身下拍他，"赶紧去接吧！"

电话接起来，是田君如打来的，她一脸审视，眼睛往陈寂身上瞟了瞟，又去找陆时雨的身影，拖着声音说："有事儿啊，这么半天才接，要是有事儿就先挂了。"

陈寂哪敢说有事儿啊，笑着回："刚才手机一直在包里，我跟濛濛都看书工作呢，没听见。"

身后，陆时雨洗了把脸，穿好衣服出了门，一听这话，直翻白眼。

真能编。

刚才他俩是在客厅里看书工作来着，后来看着看着就亲到一起去了，当时陆时雨凑在他身边看书，脑袋在他颈窝里一会儿蹭一下，搞得陈寂心猿意马，然后两人不知道什么时候转移到卧室里了。

电话没打多久，田君如跟陆时雨说了两句话，陈寂就以"耽误濛濛学习"的理由挂了电话。

番外二
所谓三则

【1. 所谓攀比】

作为全宿舍"唯二"戴上戒指的人,陈寂和沈枭没少暗戳戳地在暗中跟对方互呛。其实陈寂压根儿就没有想要跟沈枭互呛,完完全全是沈枭单方面乐意跟他"卷"。

杨楚仪是首都人,沈枭干脆也在首都定了居,他俩现在是正儿八经的夫妻,每天同榻而眠,怎么搂搂抱抱卿卿我我都不会有人站出来反对的那种。

沈枭刚跟杨楚仪谈恋爱那会儿,真是够骚包的,他以为自己已经够骚包了,但没想到遇上个陈寂。

他不仅会在刚谈恋爱那阵嘚瑟,正式在一起那天朋友圈霸屏一晚上就算了,现在都一两年了,陈寂还是那么嘚瑟。

自从订了婚,据说陈寂社交平台的个性签名差点儿变成"爱我老婆……",肉麻得不行,但是最后让陆时雨给严厉拒绝了。不让写这句话,他就把所有个签和个人简介全都写上"停云霭霭",非要跟"时雨濛濛"来个情侣款。

每次他们四个出来见面,陈寂都能成功给他和杨楚仪塞满嘴狗粮,也不是刻意塞的,就是有那种感觉。他俩只要一对视,那种气场就来了,很契合,很般配。让人感觉他俩不亲一下不抱一下都不合适,但他俩没亲也没抱,甚至有时候沈枭还会觉得,无意识地当个电灯泡真是遭罪作孽。

而且陈寂有点小事儿就发朋友圈,什么昨天和濛濛一起干这个了,今天和濛濛一起干那个了……连一日三餐也得发出来，好像做的都是陆时雨喜欢吃的东西，就算不配文案，但每张照片都有她一只手出镜。

这么些日子下来，陈寂都能去米其林当个大厨了，搞得杨楚仪一刷到陈寂的朋友圈就喊肚子饿，说时雨好有口福。

除了那些，陈寂所有社交平台账号的头像也都变成了陆时雨，一周以内头像不带重样的，最主要的是每张拍得都非常好看。杨楚仪每次看见陈寂在朋友圈发的九宫格，都得感叹一句："哇，陈寂拍照拍得挺好看啊，时雨找对象找得也太合适了！"

不止杨楚仪这么说，现在他们朋友圈的共同好友一提起陈寂都说，噢，陈寂啊，"二十四孝"模范好男友，对陆时雨好得不行，陆时雨说一他不会说二，都宠上天了。

沈枭之前也不会做饭，原来只会炒几个杨楚仪喜欢的简单菜，但自从看见陈寂那些饭菜的照片，必然每天都亲自下厨。虽然他真没什么做饭天赋，但依然每天不间断地在朋友圈分享，好像在互相较劲一样。

一连好几天，陆时雨刷朋友圈都能看到沈枭发的照片，这晚吃过晚餐，她再次看见了沈枭分享的厨艺展示，把手机递到陈寂眼前，笑说："沈枭怎么也开始了？"

"幼稚得不行，跟我在这儿攀比呢。"陈寂随意扫了眼照片，"头两天还没头没脑地说要跟我单挑。"

"为什么啊？"

陈寂点开他俩微信对话框，给陆时雨看："杨楚仪稍微夸了我两回，一回说我挺会做饭，一回说我挺会拍照。这人不服气，找我下战书来了。"

"真有意思！"陆时雨翻了翻聊天记录，笑得不行，没想到还有比陈寂更会制造醋的人，"那这战书你接了没？"

陈寂："我接这干吗？无不无聊啊。我宠我自己的人，还用得着跟别人比啊？不至于。"

虽然嘴上这么说，但没过几天，陈寂他们公司和沈枭他们公司合作，他俩碰上头以后，沈枭一脸愉悦地说："咱俩那战书，就撤了吧。"

陈寂瞥他："我本来也没说要接好吧。"

"行行行，算你没接，"沈枭说，"不过攀比之风确实要不得，我媳妇儿哄了我好几天，唉，原来被媳妇儿哄就是这种感觉啊。说真的，你以前没体会过吧。"

沈枭没具体说是怎么被哄的，但是他尾巴都快要翘到天上去了。

绕了一大圈，最后不又开始攀比了吗……

不过确实是，他跟陆时雨没吵过架，他也从没体会过什么叫作"被哄"。

【2.所谓吃醋】

后来陈寂不经意在沈枭发的某条朋友圈下，看见陆时雨评论了句：哇，你这张拍得真不错啊。

这条发的是沈枭和杨楚仪一块儿去看演唱会，沈枭给杨楚仪和她偶像拍的合照。

陆时雨还没有跟偶像合照的机会，难免羡慕。

发完评论，杨楚仪就来找她：陈寂这么会拍照，你也让他给你拍呀，过两天岑野不是要开签售会和演唱会了嘛！

陆时雨：唉，别提了，陈寂已经给我把票订了，但是我软磨硬泡他才答应订的。醋劲儿大得不行，合照我估计又得磨一会儿。

当时她说要去看演唱会和签售会的时候，陈寂真就差点儿没松口，他说他可没忘高中那会儿去看演唱会，她盯着台上的岑野犯花痴，一会儿尖叫一会儿蹦跶的画面。

现在想想，他那会儿真是酸啊！

杨楚仪：不会吧，他那么宠你，这点要求肯定不算什么。

陆时雨：……那可不一定。

杨楚仪：你信不信，我赌一百块钱，你撒个娇给点儿好处，他那么疼你，肯定立马倒戈。不然你以为沈枭为什么会给我俩拍照片啊。[苦笑][苦笑]前两天他可没少因为你们家陈寂吃醋，我是付出不少代价才哄回来的！

沈枭那两天天天积极备战，猛地不战了，陆时雨还真挺好奇，傻傻地问她：你怎么哄的啊？

杨楚仪：还能怎么哄啊……身体力行呗……

身体力行还能这么用啊？

陆时雨：……我傻了，当我没问。

回完杨楚仪微信，陆时雨正琢磨着怎么撒个娇，给陈寂多少好处呢，陈寂就回来了。回来之后他二话没说，好像与沈枭"角色对调"了似的，指着她的那条评论，没什么表情地说："我拍得好，还是他拍得好？"

陆时雨内心：果然是醋的发源地。

她笑着推开陈寂的手，跨坐在他腿上，好笑道："怎么了呀？我就是单纯点评一下而已，没别的意思。"

陈寂靠在沙发上，也不动弹，不咸不淡地看着她，腿稍稍颠了颠，晃了陆时雨一下。

显然对这个答案很不满意。

"你不是说不用跟别人比啊？"陆时雨故意说。

陈寂捏着她的脸，恨铁不成钢道："这么半天，你是真看不出来我什么意思是吧？"

陆时雨眨巴眨巴眼，摇了摇头，还说了句："你怎么这么幼稚啊？"

"行，真行。"陈寂扯唇，皮笑肉不笑，扯了把她的胳膊。

陆时雨又收紧了些，问他："哎哎哎，你干吗？"

"我未婚妻连我心思都猜不透了，"陈寂蹙着眉，"你说这还叫爱吗？"

"哇，你扯这么远啊，那让我好好想想。"陆时雨停顿了一会儿，还真的在仔仔细细地思考。

陈寂将她从他身上扯下来，陆时雨一边笑一边制止他的动作，身子紧贴上去："我想清楚了，那咱俩之间，难道是亲情吗？"

眼见陈寂越来越不高兴，她也不逗他了，捧着他的脸亲上去，一连亲了好几下："好了好了，是爱情，更是亲情。寂妹妹，你怎么这么好玩啊，我真是太爱你了。"

她哄他："全世界，最最最爱你了。

"我就是看见楚楚跟她偶像合照，有点儿羡慕了。我不是从来没有跟我喜欢的歌手合过影吗，羡慕不是应该的？

"楚楚还说你那么疼我,签售会那天肯定会给我拍的,对吧?"

陈寂:"你还说我幼稚?"

"我惯的,那都是我惯的,有人惯着才会幼稚,因为喜欢因为在意才会这样啊,我都知道的,而且我也很喜欢你的幼稚。"她又凑了上去,软软的唇压着陈寂的。

原来在这儿等着他呢。

陈寂无声地冷笑了下,这点儿糖衣炮弹也想哄到他?

他立马反客为主,扣住了陆时雨的后脑勺,反复辗转,亲密厮磨,亲吻声不绝于耳。陆时雨坐在他腿上,比他稍微高一点,还得低着头,没一会儿颈椎就酸了,陈寂起身,抱着人往卧室走。

陆时雨趴在他怀里,心道这娇总撒够了吧。她也是付出了不少代价的!

结果陈寂拿腔带调地回了句:"行啊濛濛,再看你表现。"

陆时雨又扑上去,揪着陈寂半敞着的衬衫,恶狠狠地说:"你……怎么这么不讲理?"

"濛濛,你第一天跟我在一块儿啊?什么时候见我讲过理?"

"哎哎哎,别拽了,再拽我就真'赤果果'了。"他给她裹住被子,掩盖住裸露着的细嫩皮肤,"你离我远点儿啊宝贝儿,我现在还有火儿没下去呢。"

话虽是这么说,但陈寂还是没让陆时雨走,拉着胳膊一使劲儿就又把原本要走的她拉回到自己怀里头了。

【3.所谓热恋】

陆时雨在医院里实习,什么病人都见过,什么奇葩事儿也都了解了不少。那会儿在妇科实习的时候,见到一对年轻小夫妻来检查身体,说想怀孕生个孩子,她老师以为他俩是怀不上,想找医生来调理调理身子的,结果一问才知道,人家才结婚两个月,而且是闪婚。

这对夫妻跟她年纪差不了多少,陆时雨一听就惊了,才结婚两个月,还是闪婚,这热恋期还没过呢。

不过人家愿意，千金难买人愿意。

她老师给这对夫妻提了提建议，两人高高兴兴地怀揣着生个崽崽的想法走了。这事儿也就没在陆时雨的记忆里占据过多的位置。忙了没几天，她转到了内科，也就把这对小夫妻给忘了。

结果再次见到小夫妻里的女方，恰恰就是在内科。她因为哮喘病住了院，这回身边没有她老公。

后来陆时雨才知道，他俩离婚了。闪婚闪离。

三个月的热恋期一到，感情就进入下个阶段——平淡期。他俩很不幸运地没有挺过这一关，这段婚姻永远停留在了热恋期，他们只是很短暂地爱了一下对方。

陆时雨唏嘘不已，在家里跟陈寂说这事儿时，还顺带着想了想她跟陈寂。

他俩在一起这么久，没怎么吵过架，好像还没进到平淡期里，也压根儿没有平淡的迹象。

好几年了，每每见到他，她还是会觉得心花怒放，每每与他接吻拥抱，还是会觉得心跳像是濒临失控，就算是一起做件最简单的事，也会感觉异常满足。

彼时陈寂正在阳台上一件一件取下给她洗好的衣服，他穿着简单的居家服，跟她是情侣款，板正身形将灰色的衣服完全撑了起来，毛茸茸的灰色穿在他身上，显得人莫名温和，丝毫不见工作上的凌厉。

如果放以前，她很难想象到在外头那么狂傲，说话又不着调的陈寂，现在会给她洗衣服，会仔仔细细地叠着她那一堆五颜六色花花绿绿的衣服。

衣服叠完，他又蹲下身给她买的那几盆花草浇水，修剪。

见她突然安静下来，不说话了，陈寂转身："怎么不说了？"

陆时雨走到阳台上，坐在他身边，搂着他一只手臂。陈寂说："地上凉，去沙发上坐着。"

"有地暖嘛，不凉的。"

他箍着她的腰，把她往上抱了抱，而后往她屁股底下放了个软垫。陆时雨靠着他，蹭了蹭他手臂，笑眯眯地说："我刚才忽然间想到咱俩了。"

"想到咱俩什么？"他偏头，亲了下她的额头。

"我觉得咱俩在一起这么久，还在热恋着呢。你说咱俩什么时候进到下一个阶段啊？"

陈寂放下手里的剪刀，回身正对着她。

他轻轻抚着陆时雨额角的碎发，一点一点划过她好看的眉眼。无论何时，当他看见陆时雨这双眼睛时，都会克制不住地陷入、沉溺，总感觉看一眼，这辈子就陷进去了。

一眼就是一生，看准了这一眼，那就是一生的事了。

从前或许不懂这句话的含义，但是现在懂了。世间的一眼万年，是真的存在着。原来爱意可以持续千年万年，贯穿岁月长河。所以也不存在感情会不会平淡，他们永远会热烈地爱着对方。

他虔诚地吻上她的眼："我觉得不会了，咱俩会一辈子热恋。

"二十多岁的时候热恋，三十多岁的时候还热恋，到七老八十咱俩头发花白，你说一句'哎，陈寂，你来亲我一下'，我到时候就算是拄着拐，也会过去亲你。

"七老八十的陈寂，也会像二十多岁的陈寂一样爱着陆时雨。"

番外三·
新婚快乐

一年又一年，春去冬来，时光流转，时间如流水一般过得很快，转眼就又到了陆时雨放寒假的时候。今年是她在医科大连读的第八年，意义非凡，等过了这个年再回来，就是最后一个学期了，她即将步入社会，步入下一个人生阶段。

除了这一点，更重要的是，这年回家，她跟陈寂是要一起去花九块钱领证的。

医科大八年制的医学生毕业文章需要达到学校要求，至少得发表 SCI 系列文章一篇，完整的病理报告也得写六篇以上，这些毕业要求也是最后一年才发了通知，而后开始着手仔细准备，陆时雨上半个学期过得还挺忙碌的，除了在医院里规培，就是在家里看文献写论文。

陈寂也挺忙的，他在首都这边的科技公司参与了几个大项目的编程，主打的依旧是 APP 这方面，手游编过，日常社交软件也编过，他在专业这方面不用挑，绝对是一等一的编程高手，在业内也算是小有名气了。

他目的就在这儿，在大公司得好好历练历练，好给自己累积累积经验，不至于以后万一跳个槽或是自己单干，没有一个响当当的名头。

他们大学那会儿在环岛参与设计的那个 APP 已经上市了，软件在市面上反响还不错，首轮投放还算顺利，虽然这软件的主体已经被环岛购入了，但当时编程设计的时候，陈寂还是保留了几个点子没放，一来是来不及了，二来如果放上，工期又得拖长，况且程序的算法和编程他自己也在慢慢琢磨。

APP 内测当天，陈寂跟赵师哥打了通电话，师哥在电话里头说那个 APP 有继续做大的意思，而且环岛也有开分部的想法，前两年就有了，但是具体地点一直还在观摩，最近公司那边才彻底决定要开分部，把分部选址定在几个城市里，最后选一个出来。

这几个城市里头就有榆阳市。

其实两方都有试探的感觉，师哥在探陈寂的口风，他知道陈寂后面是要回榆阳的，当时离开环岛的时候，他们不是没给陈寂抛过橄榄枝，但他只说了一句话：以后得按时回家陪陪家人，首都还有他喜欢的人在等着他回去。

从前他是一个人，但现在不一样了。

也就是那时候吧，师哥觉得他特有人情味儿，不是什么利益至上的人。据说他爸也开了个公司，但是主要方向不在 IT 跟科技上面，他以后就算是不在这行干了，学个金融经济也能回去管理公司。

而且跟陈寂接触下来，他似乎对钱看得并不太重，他有能力，自己在哪儿都能赚。但你最好也别惹到他，他是个刺儿头，浑身刺竖起来，碰一下就钻心疼的那种，这样的人，最适合带团队了。于是师哥忽然间就有种陈寂越是拒绝，越觉得他是个挺好的 IT 人才，挖不过来可惜。

对爱人能全心全意付出的人，人品不会差，尤其最近几年他在首都也历练了不少，在 IT 圈子里头完全可以叫上名字，能力不输他们环岛科技里的任何人。

陈寂也在听环岛那边的想法，大学那会儿他在首都已经有 offer 到手了，况且也不太想跑那么远去上个班，一心就只想着赶紧回首都见到陆时雨，但环岛的环境确实不错，公司很有潜力，即使那时候规模不算太大。

最近一段时间陈寂早就已经在物色榆阳那边的科技公司了，近几年 IT 行业发展得很迅速，网络几乎贯穿日常生活，他出去开会的时候也见过不少其他公司的负责人，偶尔那边会给他递几张名片，意思很明显。

跳槽挖人才这事，在商场里很常见。

榆阳不是个小城市，经济排名也非常靠前，如果过去开个科技公司的话，市场这方面是完全没问题的。首都这边是很好，但是竞争也强，人才济济，他就算再奋斗个四五年，也就是一个听指挥的小喽啰，不一定能随心所欲地设计自己想设计的东西，而且最主要的是，"异地"这个想法，他一早就持拒绝态度。

爱人在哪儿，时雨在哪儿，那哪里就是家。

所以师哥一跟他提环岛确定要开分公司，预备名单里还有榆阳，陈寂就一直留意着,时不时跟他通个话。一直到陆时雨放假离校前不久,环岛那边才拍板,说定了,要在榆阳开分部,当天,师哥的电话就过来了,直截了当地说:"想不想过来当分公司部门经理。"

话是肯定句。

陈寂当然不会拒绝。

每每陆时雨放寒假回家的时候,陈寂是走不了的,首都这边过年那会儿才能给假,以往的几次假期都是陆时雨先回家,她本以为这次也不例外,学校和医院里没什么事儿以后,她自己回了家在卧室里收拾行李,叠衣服时,陈寂回来了。

他朝屋里喊了句:"濛濛,我回来了。"

陆时雨正弯着腰往箱子里放东西,自腰后伸来一双强有力的手臂,把她揽到了怀里。

她直起身子,后背贴着陈寂温热的胸膛,她向后仰着头:"你回来啦。我在收拾行李呢,明天就正式放假了。"

陈寂蹭着她的侧脸,说:"寒假我跟你一起回去。"

"你们不是不放假吗?"

"我要辞职了。"

陆时雨怔了几秒,缓慢而又郑重地环视了一眼屋子,眼底染上一层不舍,紧接着就说:"那你这个月的工资还能拿到吗?不能给他白干这么多天吧,那多亏啊。"

陈寂真是气乐了:"关键问题是工资吗?你还真是小财迷啊你。"

"难道关键问题不是工资吗?我这是替你算好每一分钱,每一分都不能让它浪费。"

"行,你最勤俭持家,我娶到宝了。"陈寂说,"放心吧,白纸黑字合同在那儿摆着,工资不会少了你的。"

他捏了捏她的鼻尖:"你还真不问问我为什么辞职?"

陆时雨转身,无声地环住陈寂的腰,抱得紧紧的,头埋在他心口处。其实她什么都懂,情侣之间总是有一种莫名的气场,相契相合。早几天,她见到陈寂在看榆阳那边规模比较大的科技公司。陈寂也曾跟她说过，他会在榆阳，把他们共同奋斗的东西做大做强。

他一早就给过她承诺了，很早很早，在她没意识到他喜欢她的时候，他就已经在为他们的未来考虑了。

他眼里一直都有她。

他那么热烈蓬勃的爱意，从头到尾只属于她一个人。

陈寂说，他会尽他余生去爱她，那就一定会做到。

陆时雨温声说："这还用问吗？难不成你辞职等我养你啊？"

"其实我感觉当你的小白脸儿也挺不错的，"陈寂低头，在她耳边低声厮磨："不仅有钱拿，而且身心愉悦啊。"

"呃……"

"我可不找值二百五的人当小白脸儿，给自己提提身价再说吧你。"

"那我怎么提啊？不得靠你啊？"

"靠我干吗？我不知道，你自己想办法去。"

"也对，靠人不如靠己，那我就自己发挥了，你可别后悔啊。"

这话不太对劲，陆时雨猛地抬头，手抵着他的胸膛："你别，你先等等……"

陈寂恶劣地挠了她一把，手溜进她衣服里，顺着她深陷下去的脊柱线上下流连着。陆时雨有些心猿意马，后背像是被撩起火。

他笑得还挺混账，又带着一脸遗憾："啧，你说晚了啊。"

被陈寂推到床上的时候，陆时雨一颗心还在狂跳着，偏偏陈寂这人就爱好折磨人，似乎对她那句"你自己想办法去"深表同意，手慢条斯理地在她腰上游移着，这里蹭一下那里摸一把。

这么长时间以来，陈寂对这种事已经非常娴熟了，手指灵活地去解她背后的扣子，两指一捏，"啪嗒"一下，陆时雨就觉得，松开了。

屋子里暖气打得很足，但陆时雨还是下意识地瑟缩了一下，随后，陈寂灼热滚烫的呼吸就落在了颈侧，落在了裸着的皮肤上。

等再回神一看，陈寂还是衣冠齐整的，领带都不带歪一下。

陆时雨忽然间就有些不服气，他每次都这么"道貌岸然"，于是手抓着他的领结,"嗖"地就把领带抽了出来,甩在了地上。

而后目标就是他身上那件纯黑色的衬衫,干净平整,不见一丝褶皱,陆时雨一边享受着陈寂的亲吻,一边笨拙地去解他衬衫的扣子,衬衫下摆被她抽了抽,但没完全抽出来,一半塞在腰里,一半浪荡地搭在了外头。

陈寂也不阻止她,就这么任由她对他胡作非为,坦坦荡荡地承受着。

她去剥陈寂的衬衫,手顺着他的肩颈线一点点往外扯着,肌理分明的肌肉很漂亮。

这么几下,陈寂心痒难耐,直接起身,把衬衫给拽走,扔到了床下。

陆时雨的行李箱收拾到一半,箱子还是敞开着的,旁边还放了不少准备叠起来的衣服。

这会儿多了条领带,多了件衬衫,多了件毛茸茸的灰粉色家居服,旁边还挂着件黑色的内衣。

满地凌乱,热火朝天。

"还满意吗?你觉得我这符不符合二百五?你不亏吧。"

这让人怎么答啊,反正陆时雨答不出来,她说:"你闭嘴吧,话太多了。"

陈寂真的就老老实实地闭上了嘴,低头看着她。

他俩的目光交织着,直白,热意滚滚,但就在这时,电话又不合时宜地响了。

陈寂一脸"我就知道",下巴朝外点了点:"你看,我说什么来着。咱这屋别真是被装监控了。"

"哎,不受法律保护就是不行啊,寸步难行,真难行。"

陆时雨无语。

放寒假回到榆阳时,已经是元旦之后了,榆阳市下了几场不小的雪,冷空气逼得人不愿出门。

但就是在这样寒冷的天气里,陆时雨和陈寂去民政局领了证。

陆、陈两家的两个奶奶特意算好的黄道吉日。领证那天,下着雪,整个世界银装素裹,白雪皑皑,美不胜收,但没点儿暖暖的日光,感觉还是不大舒爽。

那天民政局的人还挺多,准备领证的队伍都排满了整个大厅。

当爱意涌起之时,风雪难挡,也无畏寒冷,因为一颗心是滚烫的,像是冬日里不可多见的太阳，永远在严寒之中，氤氲着暖暖的光亮。

他俩一路牵着手，从初审到填表，再到登记，最后两个小红本本盖上国家认证的戳交到他俩手上的时候，陆时雨最先红了眼眶，澎湃情绪在心里毫无章法地游荡。

陈寂也盯着他俩的照片看了好久好久，眼角也那么炽热滚烫，凛冽的风雪也难挡。

工作人员一看这对新婚夫妻宝贝似的盯着结婚证看，两人除了签字还全程牵着手，笑着说："恭喜你们了，你们正好是第九个登记的，老天都在祝贺你们，你们将来一定会长长久久的。"

陆时雨和陈寂对视一眼，也笑着回："谢谢，我们肯定会的。"

小小的一个本子，却好像有千斤重，这承载着属于他们两个人的未来。

结婚证的照片上，她与陈寂头挨着头，冲着镜头浅浅笑着，怎么看怎么有夫妻相。

陆时雨以前就知道，她从来都不是一个幸运的人，小时候考试蒙选择题，蒙五个错五个，别人怎么也得至少对那么一两个，但她就是不幸运的全错。抽签永远抽不到最好的那个签，永远是下下签。唯有一次，祈祷能与爱人长长久久，但这次，运气终于降临在她身上了。缘分，真是妙不可言。

她把未来交给了年少时最爱的那个人。

两人走出民政局时，风雪交加的天气突然就变了，久违的太阳破云而出，毫不吝啬地把阳光洒在大地上，天空霎时绚烂无比，霞光高照。

这个冬天，赛过任何一个春朝，赢过任何一个夏夜。

"这回国家认证了啊，"陈寂舒了口气，轻轻牵起陆时雨垂在身侧的手，钩着她的小拇指，宽阔手掌一点一点与她的手交缠，十指相扣。

他眉眼极致温和，定定地看着她，这个世界很大，但又很小，但无论怎样，他眼中只装得下她一个人："老婆，祝你新婚快乐。"

陆时雨握紧了他的手，眼中泛起泪意，整个世界，她同样只看得见他。她含笑说："老公，也祝你新婚快乐。"

他俩领完证，陈寂当下就在朋友圈把两本结婚证发出去了，这回终于有底气说自己"已婚",也终于有底气当着两对父母的面儿亲陆时雨,喊她媳妇儿了。

在民政局门口,陆时雨哭那一阵的时候,陈寂破天荒地没说让她别哭了,他只是默默将她搂在怀里,一下又一下地抚着她的后背,什么也没说,任由她把眼泪全蹭在他衣襟上。

他知道陆时雨为什么哭,回望过去,他们前些年,蹉跎太久了,她曾经或许都不敢想象她会与他走到领结婚证的这一步,对于那时的陆时雨来说,这似乎只是在梦里才会出现的画面。

但终有一天,美梦会成真的。

一个人只要真心喜欢一个人,无论来得早或是来得晚,无论是现实还是虚幻,心诚了,爱意一定会被感知到。

后来陆时雨哭够了,从陈寂怀里抬起头,发现他正在垂首盯着她,目光温柔,夹杂着暴烈汹涌的爱意。

这一瞬间,她心里就踏实了。

陈寂牵起她的手,大拇指摩挲着她无名指上那枚戒指,说:"媳妇儿,咱们回家。

"回咱俩的家。"

陈寂悄悄在榆阳买了套房子,但他目前的存款还稍稍差一点,因为之前在首都买了辆新车,买完车以后存款就不那么充裕了,他还特意跟陈宗铭借了一点,陈宗铭和田君如原本说是要给他们买的,但是陈寂执意没让。

临近年关,榆阳到处车水马龙,年味儿十足,主干道上张灯结彩,人潮汹涌,到处都是"恭贺新春"。

新年胜旧年,年年都在往最好的结局发展。

陈寂开着车去他们新家的时候,一路上全是火红的灯笼,给冬日寂寥的景色添了不少暖意,去民政局领证的那会儿还没有,但回来时路上却已经挂满了。

一路灯笼高高挂,虽然没有繁花,但依旧锦簇,就像是特意为了庆祝他们新婚而挂上的。

汽车走走停停,驶到一个小区门口。

一看到这小区,陆时雨愣了几秒,而后看向驾驶座。陈寂单手打着方向盘,另一只手伸出窗外,给保安亭的保安递证件。

保安往车里探了一下头,一看是陈寂,态度瞬间和蔼起来,跟陈寂攀谈了两句,从谈吐之间看,他俩好像还挺熟悉的。

这个小区是当时他们放假回榆阳,陈寂送她回家的时候路过的一次。那次这里的楼盘还有几栋没有完全竣工,但是也有不少住户住进来了。她那会儿也没多想,就是跟陈寂随口提了一句,说这儿环境还不错,感觉挺舒服的。

后面她没把这件事情放在心上,陈寂也没再说,所以她压根儿不知道陈寂买了这里。

前段时间他俩还斗过两句嘴,就因为买车和买房子的事儿,陆时雨觉得买车没太大必要,骑单车一会儿就能到家,也不算太远,就算碰到雨雪天气,大不了等停了再动身。买辆车还得考虑维护和加油的问题,这又是一笔不小的开销。

陈寂还是第一回跟她唱反调,他不同意,因为她淋雨病过,让他心疼得不行。

陆时雨只好跟他讲道理,说:"咱俩上班的地儿都不远,其实真用不着,首都堵车堵得又厉害,还不如骑个单车回家。再说了,咱俩将来用钱的地方多着呢。"

"又不是不能挣了,先把当下解决了再说。"

"那也没你这么祸祸的啊,几十万的车,说买就买了,都快顶一套房子了。"

几十万啊!她肉疼得不行。

他把她抱在腿上,笑说:"你说说你,怎么越来越财迷了?都快成咱们家守财奴了,你未婚夫陈寂也不是那么穷好吧。"

"我就财迷了,那你省省行吗?"

"钱不就是花的?"

"……那将来咱俩住车上?"

"合着你考虑咱俩住哪儿的问题呢,这你用不着担心啊,我这不在努力挣钱呢。"

"等你先挣到了再说吧!"

陈寂笑得不行,语气也莫名轻松,揉着她的脸:"房子会有的,我怎么也不可能让你睡车上,那干点儿什么多不方便啊。"

车最后还是买了,陈寂买车也是为了她,她能理解。

婚姻和感情,不就是互相理解和柴米油盐酱醋茶啊,意见不一,总得磨合磨合。

当时她没搞懂陈寂最后那句话的语气,但现在懂了,那时候,他就已经在规划一切了。

停好车,陈寂带她站到门前,拉着她的手放在门口的指纹锁上,"嘀"一声,指纹录入,门开了。

屋内热烘烘的空气朝她扑面而来,霎时间将她包裹住。

陆时雨站在门口,缓慢地环视了一眼屋子,目及之处是能看出的用心,她喜欢暖色调,但陈寂喜欢冷色调,可他们的家,哪里都是暖的。

阳台上摆满了花花草草,绿意葱茏,花朵在冬日里开得馥郁芬芳。桌上摆着她的照片,都是陈寂手机里的她。

地上铺着毛茸茸的地毯,她老是喜欢往地上坐,陈寂说地上凉,不让她坐,但每次她坐下去就懒得动弹了,陈寂都得亲自动手把她抱上沙发。那会儿她还跟陈寂吐槽,要是有个地毯就好了。

还有阳台上那个藤椅,之前在首都逛家居城的时候她就想要一个,午休可以睡在上面晒晒太阳,累了就当秋千稍晃两下,还挺有童真的,但是首都那边的房子太小,放一个藤椅太拥挤,也只好作罢。

客厅里还放着她很喜欢的那些玩偶,从高中起就喜欢,一直到现在,以前在首都装饰家的时候,陈寂还说她幼稚。

但现在,一切的一切,都是他提前为她布置好的。

她说过的每一句话,他看似不在意,却都在认真地回应着。

屋子里的摆设已经很整齐了,他似乎从很早之前就已经开始着手装修这里。陆时雨一时无言,心里软下去一块,眼角也蓦地多出一丝红意。

"哎,喜欢不喜欢?"陈寂从她背后轻轻拥住她,极为温和道,"以后这儿就是咱俩的家了。"

陆时雨眨了眨眼睛,泪意稍稍退散了些,开玩笑:"喜欢,但是好像还缺了点儿什么。"

陈寂想了想，浅浅笑了下，对她说："濛濛，你去书房里看看。"

陆时雨身子偏转了几度，回过身仰头看着他，目光带着些疑惑，但也顺着陈寂的目光，走向书房。

屋子里满是书香，架子上都是医学类的书，还有陈寂高中的笔记，书房的桌子上，散着一桌子的草稿纸，陆时雨走近，看了一眼。

只一眼，汹涌澎湃的浪潮再度涌起，她猛地捂住嘴巴，眼底泪光闪闪。

陈寂从来都不会画画，以前也没有学过。

而这些草稿纸上面，画的是一件件漂亮的婚纱，婚纱栩栩如生，像是真的摆在她眼前。

他曾经说，他们缺婚纱照，现在，拍婚纱照的人已经有了，婚纱也在这里。

陈寂靠在门口，含笑看着她："选选吧。"

陆时雨拿起一张，手指收力，捏紧了些，泪中带笑地说："哎，老实说吧，你偷偷学了多久？"

"不许哭啊。没多久，我学什么不快啊。"他斜倚着门槛，懒懒散散地回她，样子还挺自豪。

"喊，别那么骄傲行吗？"陆时雨说，"画出来是画出来了，可找谁做啊？"

说完，她立刻愣了愣，看向他："你不会也去学做衣服了吧？"

陈寂抱着臂走过来，单手撑在她身侧，眉间带着稀疏浅淡的几分志在必得："别小瞧人啊，我要是学，真能学会。"

真没谁比他更狂了，但是他学习能力强，说出就能做到，陆时雨也愿意相信。但是一想到陈寂一边拿着图纸看，一边动手给她缝婚纱的那幅画面，就觉得挺搞笑的，也莫名觉得有些暖流仿佛在身体中流淌，像一条潺潺小溪，有着源源不断的水，源源不断地奔向它应去的位置。

陈寂看上去真不像是会做这些的人，但他就是做了。

为了她。

"算了吧，裁缝陈这个名儿听上去跟你不搭。"陆时雨靠在他怀里，闭着眼，瓮声瓮气地喊了句，"老公。"

陈寂抱她的手顿了一下。

"谢谢你。"她温声说。

"不客气，老婆，那你再叫我一声。"

"老公。"

"再叫一声。"

"老公。"

"哎，有点儿没听清啊。"

"老公。"

陈寂咂了咂嘴，语气略带了些遗憾，但面上是十足的心神荡漾："哎，我刚才心跳得太快了，而且心跳声太大，还是没听见你说什么，老婆，你再喊我一句听听。"

"真耳背啊？那我让爸妈赶紧给你在耳鼻喉科挂个专家号，咱们现在就去看看，拿点儿药什么的？"

"你怎么回事儿啊？上赶着送你老公上医院？"他一本正经道，"我头回听你这么叫我，想多听几遍还不行了？"

陆时雨拍了他一下，没好气道："你就装吧！没听见就没听见吧！我不叫了！"

陈寂只是意味不明地看着她，大度地说："行吧，你说不叫咱就不叫。"

陈寂差不多画了六七幅完整的设计稿，最后陆时雨跟他一起选中了其中一套作为主纱。他还真打算自己做出来，但是陆时雨没让。

他为了画这些瞒着她偷偷熬了好几回通宵，况且那些设计师拿针线之前都得学好久，中间又得去选布料选配饰，经常一弯腰就是一天，费时费力，她不太想让陈寂也这样，有些心疼。

陈寂请了个比较有名的设计师专门负责这套婚纱，花了不少钱，免不了又跟陆时雨掰扯了一会儿，但最后还是他把她给说服了。

真的用嘴说服的。

婚纱做好当天，摄影团队选好地点跟他们一起去拍婚纱照。在这之前，陆时雨和陈寂都没见过婚纱做出来到底长什么样子，他俩中间只是去找设计师测量过几次身材尺寸，设计师也没给他们看，说要保持神秘感。

所以当设计师带着衣服过来时，陆时雨真的有些惊到了。

很美的一条白色蓬蓬裙，缎面丝绸质地，双肩与领口相连的位置巧妙地设计成了一朵蝴蝶结，倒真像是她身上蝴蝶在振翼。裙摆很大，上面还点缀着细碎的钻，折射着耀眼的光，仿若童话故事里的公主裙，满足了她少女时期的一切幻想。

设计师带她去更衣室，一路上不住地赞叹说："这件绝对适合你，穿上你就是这里最美的新娘，保证让你老公眼前一亮！"

陆时雨和陈寂一到拍摄地就分开了，陈寂也得去换西装，陆时雨在更衣室里还时不时地想，待会儿陈寂看到她穿这件婚纱会是什么样子，只是一想，她眼底就忍不住浮现出深深的笑意。

后背的设计是拉链款，方便新娘自己穿，陆时雨利落地换好婚纱准备出去，但这会儿，屋子里格外安静，她以为没人，却在拉开门的一瞬间，在外面休息室的正中央，看到了陈寂。

他远远站在那里，一袭纯黑色西装剪裁得体，款式经典简洁，恰如其分地彰显着笔挺颀长的身材，额间的头发全都向后拢着，一双深邃眉眼暴露着，长相十分周正，却依旧有些压不住那股熟悉的桀骜气。

黑色西装裤管下是一双笔直修长的腿，再往上看，腰线，肩膀，每一处都那么板正，熨烫平整的西装之下，却还能隐隐可见藏不住的力量感。

而在看到陆时雨的那瞬间，陈寂也愣住了，那刻，他眼底只看得见她。

那件纯白色的婚纱穿在她身上太美了，细腰不盈一握，肩颈线弧度流畅，她就站在灯光下，光晕环绕，朦胧又真实，裙摆上闪着星星点点的光芒，比银河还要耀眼，像一个坠落凡间的天使。那双眼睛清澈含水，是他在梦中百转千回见到的那副模样。

他最爱的人，此刻穿着他亲手设计的婚纱，站在他的眼前，带着无数光，向他款款而来。

这是他的公主，他的天使，他的爱人。

陆时雨提着裙摆，刚笑了笑，还没张口说话，陈寂眼底暗潮汹涌，先提步朝她走了过来，步履匆匆，带着急迫感。

她还未反应过来，便被陈寂单手扣着腰，又带回了更衣室。

"砰"的一声，门被人从里面大力关住了。

同时，陈寂紧紧将她抵在门后，捧着她的脸颊，手指插进她发间，扣着她的后脑勺，毫不犹豫地吻了上去，吻如潮涌般热烈地在唇边辗转着。

浪潮永不息，热烈永不止。

长久的安静之中，夹杂着细细密密的亲吻声。

陆时雨仿佛被抽干了力气。

他双手托着她的腰，把她往上抱了抱，吻停了一瞬，但力度丝毫不减，宛如要将她揉进骨血。

陈寂此刻像是什么都忘却了，忘了他力气太大，她的腰会不会痛，忘了此时他是要来干什么的，也忘了这里是更衣室。

他根本不给她说出一句完整的话的机会。

也不知道过了多久，门外的休息室传来一阵响声，陆时雨心里一惊，想推却推不开，只好轻轻咬了下陈寂的下嘴唇。

嘴唇麻了一阵，陈寂退开了些，抵着她的额头，眼底墨色极深，盯着她殷红的唇珠看："咬我？"

她气息不稳，身子发软，话也发软："外……面来人了。"

"噢，那又怎么样？"他追上去，再度贴上她的唇。

"陈寂！"

陆时雨推开他，心"扑通扑通"地跳着，脸颊绯红，用气声焦急道："真的有人！你别这样！"

被三番五次打断，陈寂有些不耐烦，这才说："我锁门了，而且我进来之前提前说过，半个小时以后准时过去，他们进不来。"

陆时雨："……吓死我了。"

陈寂笑她。

"你别笑！"她后知后觉地在更衣室找表，但没找到，"那我们是不是快到半个小时了？"

陈寂复而笑了笑，看了眼手表："小迷糊虫，咱俩才亲了五分钟。"

"……你别骗我！"

"我是那种人吗？我在你心里地位就那么不行啊？"陈寂低声短促地笑了声，慢条斯理地说，"行了啊，咱俩暂且先不谈别的，就说说你刚刚咬我那一口，怎么算？"

他视线掠过她的眼睛，往下到嘴唇，再到她胸前那个蝴蝶结上，最后又回到她嘴唇上。

目光直白，带有很明显的侵占性。

陈寂声线低低沉沉，滚烫呼吸流连在她唇边，在她脸颊，他说话语气明明很平常，却让她听出一丝危险的感觉："你是让我咬你一口还回去，还是让我干点儿别的？"

陆时雨："我要走……"

后面的话还未说出口，被陈寂不讲理地堵了回去，蛮横又无理。

"陈寂，你……唔……"

他就没想让陆时雨就那个问题做出选择，他是个很守信用的人，说好了半个小时，那就得半个小时。

更衣室里严丝合缝地拉着窗帘，顶上的吊灯也没开全。

屋子里半明半暗，暗处仿若不见一丝天光。

黑暗之中，视觉好像都被剥夺了，但其他感觉反倒非常明显，被无限放大。陈寂流连在她耳畔及颈侧的灼热呼吸极为明显，烫得人心尖儿发颤，心跳声也在被无限放大，像是鱼儿跃水，不知道什么时候就会跳出水面了。

陆时雨觉得唇舌干燥，微张着唇，不自觉地向上仰了仰头，漂亮修长的天鹅颈完全暴露在陈寂眼前。

她身后是那道漆黑的门，雪白颈项就更加惹眼了。

于是，陈寂的呼吸转移，悬在陆时雨的脖颈上，而后，吻便落了下去。

细微的濡湿感接踵而至。

"啊……陈寂！你是狗吗？不许咬我！"陆时雨声调拔高，一瞬间吓得魂儿都跑了一半儿，又羞又恼，"待会儿还要拍照片呢！"

这会儿她一慌，手胡乱地在陈寂身上乱挥了两下想要阻止他，却摸到了陈寂凸起的喉结。

手掌下，喉结上下滚了滚。

他没再咬她，但是缠在她腰上那只手移开，抓着她的手往自己领带处放："领带帮你老公拿下来。"

陆时雨依言解开，领带"咻"地被抽了出来，被陈寂拿在手里，扔到了地上。她手上空空，指腹摩挲着陈寂的耳尖，发觉他的耳尖也很烫。她蓦地浅浅笑了下，陈寂抵在她颈窝前，含混不清地说："笑什么？"

锁骨凹陷处多了一抹温热，她闭了闭眼："不告诉你。"

陈寂抬眸，眼底带笑，看她这架势，是打定了主意不说了，他也不着急再问，恶劣地在她腰上挠了一把。

他有的是办法。

"咱们……到时间了吧？"陆时雨简直欲哭无泪，她即使被陈寂一只手架着，一只手箍着腰，浑身也没什么力气，感觉后背都起了层薄薄的汗。

陈寂低声说道："还早着呢，咱俩刚才那笔账还没算清楚呢，别着急啊，媳妇儿。"

"是你不让我说的，"陆时雨委委屈屈道，"我一张嘴你就……你就耍流氓！"

"我没有不让你说啊。"他狡辩，在逼仄的角落里贴着她无声笑着，肩膀笑得一颤一颤，还挺小人得志。

陆时雨捂着自己的嘴唇，把陈寂的头从自己锁骨上推开，闷闷道："那我说了噢，你不许靠近我。"

陈寂亲了下她的手背，哭笑不得，这都亲出 PTSD 了，那可怎么行："手放下来，我保证，真不干坏事儿。"

陆时雨迟疑着放下手，眼尾泛红，犹疑着开口："你不可以咬我。"

"所以呢？你想我干什么？"

陆时雨揪着他颈后的衣领，指尖泛白，声若蚊蚋道："我不知道，但是，我们回家，回我们的家再说，好不好？"

陈寂挑挑眉梢，装聋："媳妇儿，我没听清啊。"

陆时雨顿了几秒，对上他的视线。随即她主动伏在陈寂肩头，软软地趴在他颈窝间，低低呢喃了句。

末了,她还没什么威力地软声威胁他:"陈寂,你要是再装聋,晚上我就把你关在咱们家门口,你就准备在楼道打地铺吧。"

从更衣室出来时,陆时雨是被陈寂裹着衣服抱着出来的。到休息室门口,陈寂还要接着抱她出去,她说什么也没让,脚刚一落地,隔壁那间屋子的房门打开,化妆师从里头出来,狐疑地看了眼陆时雨,说:"哎,你这怎么还捂着个外套啊?"又看了眼她身后的陈寂,"你领带呢?怎么还没系上啊?待会儿咱就开拍了。"

陆时雨看向陈寂的领口处,他衬衫的扣子没扣,松松垮垮地露着一小片胸口,浪荡公子哥儿一样。

刚才她折腾出一身汗,出来的时候陈寂愣是给她穿了件外套,说什么外面开空调,她刚出了汗不能着凉。

这还不都怪他。陆时雨干巴巴地笑了下,往里推他:"就是,你领带呢?放哪儿了?赶紧回去找找啊,待会儿就开始了。"

陈寂"啧"了下,懒洋洋道:"媳妇儿,你把我领带摘下来的,扔哪儿了你不知道啊?"

化妆师内心:噢,我多嘴了。

他俩都挺上相的,而且那种爱意很自然很熟稔,甚至在场的人都在无形之中被撒了全程的狗粮,因此拍婚纱照的过程极其顺利。

摄影师还打趣说,都想把他俩的婚纱照当他们馆里的宣传照了。

陆时雨一想,这也没什么啊,刚想说可以,但陈寂抢先就说不行,斩钉截铁地拒绝了摄影师。

陆时雨悄声问他为什么,陈寂理直气壮地说:"我自己媳妇儿,我自己还看不够呢,凭什么给别人看啊,想得也太美了吧。"

小气得不行。

他老公该吃醋的时候真是一点也没少吃,太可爱了,陆时雨笑着哄了哄他:"好吧,那只给你看。"

婚纱照拍完,陆时雨和陈寂一起选了底片,过两天那些选好的婚纱照就能做出来，陈寂非得让摄影馆加了急，差点儿没让人家当天就给送到家里去，给人家摄影馆的老板和员工弄得一愣一愣的，还真是第一回遇见有顾客提这样的要求。

最后还是陆时雨跟人说正常速度做就行，把陈寂拽了出来："你这么猴急干吗？"

"这还急啊？沈枭他那照片上午选的，下午就给送到家里去了。"

陆时雨笑他幼稚："这你也比？"

"这我当然不比啊，就是单纯地说一下，主要是我等着往咱家里放呢。"

他俩的家再通通风散一天味儿就能往里住，除了婚纱照，其他什么都不缺。

以前他俩就说，以后他们的家里该有的都得有，所以没有婚纱照，总感觉缺了点儿什么。

"等装好所有的东西，"陈寂牵上她的手，紧紧握着，"咱俩就搬过去住。"

陆时雨挽上他的胳膊，笑说："好啊。"

他俩领了证之后，两家父母没少在一块儿吃饭，无论是节假日还是周末休息日都是一样的。

正因如此，两家的大人熟得不能再熟了，陈奶奶和陆奶奶还成了广场舞和老年文化艺术团的固定搭档，陈爷爷和陆爷爷就更别提了，整日在一块儿下象棋，约着杀个你死我活。

八月底赶上陈奶奶生日，两家便又凑到了一块儿。

环岛科技在榆阳的分公司9月1日正式成立，拍完婚纱照后，陈寂就一直在忙公司里的事儿，陈奶奶生日当天他还特意打招呼说晚来一会儿。

为此就遭到了陈奶奶的强烈谴责，陈寂在一边嬉皮笑脸地赔不是，后来实在顶不住，把陆时雨拉过来，陈奶奶立马就变了脸。

老人家不喜欢太铺张，两家人在家里做了桌菜庆祝了一下，陈寂还喝了点儿酒。给奶奶切完蛋糕唱完生日歌，一群小朋友就围上去叽叽喳喳地要给老奶奶老姥姥送礼物，陈寂这才有机会把陆时雨拉过来，从背后揽着她低声说："我自己媳妇儿我都抢不到，奶奶跟我抢你一晚上，你说我还有没有地位了？原来可能稍微还有那么一点儿，咱俩一结婚我就更没有了。"

两人站在落地窗边，窗外是万家灯火，这个世界大得很，街上人潮如织，烟火气满满，虽喧闹，但让人心安。

因为身边，有人在。

陆时雨笑得不行，拍拍他的胳膊："放心吧，你在我心里永远是第一位。"

"真的假的？"陈寂附在她耳边，"我刚叫你好几声媳妇儿你都不理我，光顾着出去跟奶奶说话了。"

一提这个陆时雨就没好气："你自己说说，你刚才是怎么喊的？你都把我堵到卫生间里喊去了！"

她刚刚去卫生间洗了个手，推开门刚要出来，结果就被陈寂给推回去了。

隔着一道门，门外是其乐融融的生日宴会，门内，他们在静谧之间交换着彼此的呼吸，弟弟妹妹们时不时还会吵吵嚷嚷着从门口经过。

弟弟还说："怎么用完洗手间不关灯呀。"

而后，卫生间的灯就灭了，他吻着她的唇喊了好几声"媳妇儿"，但陆时雨愣是没回一句。

陈寂一本正经道："噢，就那么几分钟还不让我抓着点儿机会啊？"

"再说了，我刚才叫你那么多声媳妇儿，你都没理理我。"

陆时雨："你那么无赖，我才不理你。"

陈寂不轻不重地笑了下，在她脸侧亲昵地蹭了蹭，叹了口气，随口说："行吧，不理就不理。"

"哎，咱俩照片什么时候到啊？你问他们了吗？"

陈寂说："最近应该就做好了吧，到时候我往家里好好装一下。"

"那我还挺期待的。"陆时雨微微扭着头，看着陈寂的眉眼浅笑，"这回什么都不缺了。"

"终于不缺了。"陈寂沉默了几秒，"我也很期待你看到屋子的样子。"

手机响了下，陈寂松开陆时雨走到一边接起，没一会儿就又回来，说："公司有点儿事需要我过去一下。"

陆时雨环着他的腰："你喝酒了，别开车去。"

陈寂亲了下她的唇："放心，我去跟奶奶说一声，等我电话。"

晚上八点多，家里还是热热闹闹的，陈奶奶精神头足得很，陈家的小辈多，这些孩子让陈奶奶无心去休息。后来几个大人怕这些孩子让老人家累着，便往一边赶了赶，陈奶奶忙说："用不着，我看见孩子就高兴。我这些孙子孙女我看着喜欢。"

她看向陆时雨："哎呀，要是能再看到一个小娃娃，那就再好不过了。"

陆时雨一愣，随即有些不好意思："奶奶……"

"濛濛啊，奶奶不催你们，"陈奶奶说，"二人世界，要小孩子干什么啊？我懂我懂。小孩子闹腾又不懂事，也就刚生出来那会儿看着喜人，怎么摆弄都没事儿，一旦长大了就上天入地掀桌子，陈寂以前就那样，小时候安静，一大就费劲，还把家里自行车全给拆了，难管得不行。"

陆时雨含笑听着，只听陈奶奶又说："以后你跟陈寂的孩子，可不要像他一样费劲调皮，还是生个小丫头好，全家都宠着。"

听奶奶这么一说，陆时雨也不自觉地就想了想未来，想到他们以后的孩子，会像谁，或许模样像她，性格像陈寂，又或许是反过来。

她嘴角向上弯着，正出神地在想这些事，冷不丁接到一个电话，是陈寂打来的，他说有个文件落到了家里，想让她给他送到公司里去。

陆时雨随即便赶回家里拿文件，但刚一打开门，就被眼前的景象定在了原地。

屋子里没开灯，亮着几盏蜡烛，屋子正中央摆了不少装饰物。

烛火荧荧，清晰地映着墙上的照片。

玄关处，是一面照片墙，挂满了她与他的照片，他们高中时候参加艺术节的，她在摩天轮上拍的，还有他们在首都重逢之后，一起出去玩的时候陈寂拍下的她，在这面墙的正中间，是手账本封面的插画。

陆时雨盯着那张照片看了好久。

再往前走，客厅的桌上，卧室的走廊里，全都是她与他的回忆。

原本空空荡荡的房子，此刻又多了一抹人情味儿与一份沉甸甸的爱，到处都是他与她。

陆时雨站到客厅正中央，眼底浮出一层水雾，一点一点仔细地环视着整间屋子，身后的卧室里，陈寂缓缓走出来。

她转身，看见陈寂眼底万分的温柔和煦。

他也环视了一圈整间屋子，同她一起，将目光放到对方的身上，沉默地对望着，没说话，没什么多余的表情，随后心照不宣，不约而同地笑了下，说："这下不缺了。"

家，终于可以称得上是家了。

"什么时候装好的？"

陈寂走过来："今天白天。"

陆时雨想了想，了然般地笑了下，目光璀璨："哇，好大的惊喜啊！"

"那不准备谢谢我？"陈寂按着她的后腰，往自己的方向压了压，眼中的侵略感冒出头来，"这可是咱俩第一晚在家里住。"

陆时雨稍稍仰着头，眼中倒映着橙黄色的火光，也映着他的面庞。

陈寂说："媳妇儿，你好像还欠了我不少，我一直都没找你要，总觉得时机不行，"他抵着她的额头，低哑着说，"你准备什么时候还？"

陆时雨却没回他这话，答非所问道："刚才你走了以后，奶奶旁敲侧击拐弯抹角地跟我说，想抱抱重孙。"

陈寂扯唇笑出来："咱家老太太还真是厉害啊。"

"你不想知道我是怎么想的吗？"

陈寂敛起笑意，漆黑的瞳孔在这一瞬间变得更幽暗了，他定定地看了她许久："那你怎么想的？"

"奶奶说，你小时候太调皮，希望我们的孩子以后不要像你。所以我就在想，以后我们的孩子到底像谁，或许长得像我，性格像你，又或者是反过来，"她抱住他，促狭地说，"你觉得呢？"

陈寂低沉的声音从她头顶传来："我觉得……"

他垂头，她仰头。

话全在唇齿相交之间。

他一遍又一遍地吻着她柔软的嘴唇，温柔又缱绻，他撬开她的齿关，柔软缠绕柔软，轻轻地吸吮着，耐心十足。

在这场热浪中,陈寂是主动的那一方,陆时雨只觉得唇瓣滚烫,酥麻感像是一股电流,从心脏流向四肢。

四肢百骸,全是独属于陈寂的气息。

他喝了酒,她感觉她也跟着一起喝了,脑子晕晕乎乎的。

烛光灭了一盏,屋子里暗淡一分。

陈寂推着她,往后走了几步。

烛光再灭一盏,蜡烛心燃烧着,火光潋滟,坚固的蜡烛固体软成了一摊,随后又凝固成坚硬。

体温急剧上升,就像是烧着的蜡烛心,使人身子发软,但被强有力的手臂禁锢着。

"还债吗?"他又问了她一次。

陆时雨踮起脚亲他的喉结,也纠正他:"陈寂,收钱吗?"

"这你还记着呢?给我涨价没?"

陆时雨没说话,陈寂嘴角微不可察地弯了瞬,褪去她裙子的肩带:"真没给我涨啊?合着我以前白费劲儿了是吧?"

"我不跟你计较,"他吻上她的肩头,"还喊名儿?叫老公。"

"老公是那么轻易就喊的?"她抽出他的衬衫。

陈寂猛地把她抱了起来,手臂架在她大腿下:"你真不喊?"

她喘了口气:"我总得先把钱交出去吧。"

他抱着她往卧室走:"行,那咱不着急,一样一样来。"

陆时雨觉得屋子里又干又燥,她指挥陈寂:"我们打开空调吧。"

"你还是个医生呢,不知道出了汗不能立马吹空调啊?"

"开26℃,可以的。"

陈寂起身去找遥控器,黑暗之中,"嘀"的一声,空调运作。

她被这温度稍微低一些的风吹得身子颤了下,捏紧了陈寂的手臂,用力推开他几分,却摸到鼓着的手臂肌肉,掐也掐不动:"你真属狗的啊?"

空调风徐徐拂来,散去几分炽热,但也无济于事。

他耐心哄着她:"不是故意的,我待会儿注意。"

陈寂总是很有耐心。

"少来吧你，你不是属狗的，你就是狗，"陆时雨呛声，"够了没？"

"怎么说话呢？说你老公是狗你觉得合适吗？"

这种耐心，有时候也很折磨人，她难耐道："那你觉得你不是吗？"

"我应该觉得我是吗？"

"应该。"

"那你就开心了？"

"对。"

"噢，那我就当狗吧。"

…………

没营养的对话进行了没几句，陈寂话头一转，低声说："我算了算，现在的价钱，已经快到二百五的一半了。"

陆时雨带着哭腔："才……一半？"

陈寂吻过她的眉眼，认真道："嗯，一半。"

"陈寂……我不想给你掏二百五了行不行？或者你直接让我一次性付完行不行？"她的手在空中乱摆，却直接贴上了陈寂的嘴唇。

"你怎么一点儿也不注重体验感？"陈寂低头，亲了亲她的手指，用实际行动拒绝她，"上回你还说我收二百五不厚道，气得吹胡子瞪眼，那我这回怎么也不能让你吃亏，你觉得我是那种不讲信誉的人吗？"

"你强词夺理！有你这样的人吗？"

陈寂短促地笑出来，插科打诨道："我不就是一个？"

客厅的所有蜡烛已经全灭了，霎时间，屋里陷入了深深的黑暗。

陆时雨可以很清晰地感觉到自己的头顶与床头来了个亲密接触，发出闷闷的"咚"的一声，在寂静的房间里非常明显。

这一声也让陈寂倏地回过神，他揉了揉陆时雨的头顶："是我的错是我

/ 527 /

的错,对不起啊,媳妇儿。"

她软着声音撒娇道:"我不管!我的头撞到了!会脑震荡的!我头晕我想吐!"

陈寂笑得不行,贴在她耳边:"都脑震荡了说话还这么中气十足啊?那说明你没事,而且你付的这二百五还没到时间呢。媳妇儿,我再跟你强调一遍——"

他吊儿郎当地笑了下,不正经地说:"在你面前,我是个有底线的小白脸儿。"

就这晚,陈寂是不是人陆时雨不知道,但她可以完完全全地确认,他真的是狗。

坠入新世界的夜很漫长,每一秒好像都被拉得很久很久,陆时雨总觉得一秒钟都可以当两秒钟用。不怎么存在的雨好像还在不停地下着,感官被无限放大,她只感觉雨在毫无顾忌地朝这个世界砸过来,雨势浩大,却并不让人觉得那么凉爽,屋外的凛冽南风也抵不过相契相合的燥热,反倒让人身子更加战栗了。

她抬脚踹他,却被陈寂顺势捉住脚踝,腿窝贴着肘心。

她起身咬他,却被陈寂趁机勾住舌尖,互相渡看彼此的呼吸。

无论怎么样,陈寂好像总能见招拆招,遇山架桥。

后来,她捂眼抽泣,却让陈寂变了本还加了厉。

抽泣抽到一半,陆时雨想起什么。

"你不是说不想看见我哭吗?"她指腹蹭上一滴晶莹泪珠,朝他晃了晃,"骗子!狗男人真说话不算话!你不爱我了就直说行吗,为什么让我哭?"

胡搅蛮缠的劲儿出来了,什么话都往外冒。

"哎哎哎,瞎说什么呢你。"他使了几分力,治了治她刚才短暂的口无遮拦。

陈寂是说过那句话,他不希望看到她哭,任何时间都不希望,那会是他一辈子的信条。他原以为他看见她哭会心软得不行,但此情此景却不同,低低糯糯的哭声令他渐渐暴露了原始"习性",同时交织着纷繁的欲念,哪还管得了别的。

他吻干泪珠,实话实说:"别哭了媳妇儿,再哭我会更来劲。"

…………

千万句堵不住的短促声音比以往任何一场大雨还要激烈几分,后来大雨似乎变成了丝丝细雨,逐渐慢了下来,窗外天空深如墨,不见月也不见星。

空调被关上了,被风吹动的窗帘停止晃动,月亮好像隐隐约约冒出了头,悄悄地看向屋内,又被屋子里的场景羞得躲到了云后,时不时地又探出头来看一眼。

当陆时雨仰着颈项攥紧陈寂的手臂时,迷蒙的目光重新聚焦,她看到银白月光透过窗帘缝隙照进屋子里,听到窗外风声依旧。

虚虚幻幻的雨彻底停了,但又没有完全消失。

耳畔有水流划过的声音,是真正的水流声,陆时雨缓过神,再度反应过来之时,发现人已经被陈寂抱到了浴室里。

热水兜头而下,舒缓了满身的疲乏,陆时雨没骨头似的被陈寂抱着,靠在他温热的胸膛中,任由他替她捧起一抔水,温柔地抚在身上洗去汗意。

渐渐地,好像就不止洗澡这么简单了。

浴室玻璃上雾蒙蒙的一片,但很快,被小小的手掌心一道道抹去水雾,紧接着,水珠又落在了玻璃上,周而复始。

不知道过了多久,陆时雨闭着的眼睛又睁开,欲言又止。隔着水雾,她看到水柱从陈寂头顶而下,依次滑过英气的眉眼、高挺鼻梁,顺着宽阔肩膀下坠,落到腹部凌厉又明显的肌肉线条上。

"你知不知道现在几点了?"从浴室出来,陆时雨已经没有时间观念了,浑身没了力气,蔫得不行,陈寂怎么摆弄都没事儿。

屋子里有些昏暗,钟表看不太清,时针似乎是指向"4",他给她倒了杯温水递到她唇边,说:"快四点了。"

四点了?

陆时雨抿了口温水,润了润嘴唇,冒烟的嗓子总算恢复了一些。她按住他的手,讲道理:"老公,通宵对身体造成的损害是很难补回来的,咱俩才二十多岁,得惜命。"

"我还不至于那么禽兽好吧,给你换个衣服再去睡。"陈寂反手握着她的手腕,假眉三道地说,"小陆医生,你脑子里能不能别那么多黄色废料?"

陆时雨也没精力跟他动手了,趴在他怀里迷迷瞪瞪的,没什么好气地说:"废你个头,我是劝你惜命。过十一点就已经算是熬夜你知道吗,咱俩今儿真的相当于通宵了。"

陈寂轻抚着她柔软的长发,温声说:"好了别喊了,睡吧,这回真不动你了。"

意识涣散,快要深深陷如梦境之时,额头覆上一片温热,一触即离。

随即,她听到了深夜里最美的一句话,陈寂抱着她,无比缱绻地说:"咱俩都得惜命,一辈子对咱俩来说太短了。媳妇儿,你跟我都要长命百岁,我一定陪你白头到老。"

得亏现在是在假期里头,不然按照他俩这没办法克制的势头,第二天起床就真成了个问题。

夏日里昼长夜短,每天天色黑得很晚,天亮得很早,但早上醒过来时,屋子里严严实实地拉着窗帘,昏暗无比,好像分不清到底是昼还是夜,唯有顺着窗帘缝隙溜进来的几声汽车喇叭声彰显着现在是什么时日。

原来已经是第二天白天了啊。

陆时雨稍微扭了扭身子,后背贴着陈寂,热意源源不断地朝她而来,横在她腰上的手臂察觉到,一使力,把她揽得紧紧的。

"刚才你手机响了好几声,奶奶给你打的电话,响了几声就挂了,"陈寂说,"你昨天走的时候没跟她说晚上不在他们那边睡啊?"

"我忘了跟她说了,"昨天奶奶本来是说让她睡在他们那边的,但后来被陈寂一通电话叫走了,本来以为能回去的,但谁知道惊喜来得这么快,她没能回去啊,"我现在给她回一句。"

"不用了,我回过微信了。"说到这个,陈寂就有些无奈,"奶奶给你打都不给我打,我这个孙子真是没地位了,奶奶还骂我浑蛋,让你多睡会儿。"

陆时雨猛地扭头看他:"你都说什么了?"

"我说你还睡着呢,别的什么也没说。"陈寂乐得不行,"咱家老太太理解能力太强了,但嘴上骂归骂,你信不信,她连咱俩孩子名儿都起好了。"

陆时雨无语。

陈寂看了眼手机,时间还不算太晚。

"不再睡会儿了?"这会儿没彻底睡醒,他说话时声线还有些慵懒,也带着些低沉嘶哑,磁性十足,意有所指地问,"还疼吗?"

大腿有些泛酸,她都这把老骨头了,平常又不锻炼,上回专门出去锻炼跑步还是大三体测那会儿,昨晚被迫搭着陈寂的手臂,真是非常非常难为她。

"还行吧……"

"什么叫还行吧?"他轻轻揉着她的腰,"说准确点儿。"

陆时雨有些说不出口,这会儿后知后觉地涌上羞赧,昨晚没有来得及生出的害羞,全在这时候冒出来了。她犹豫半天,吞吞吐吐道:"跟你商量件事儿,你以后……能不能别老掰我腿?"

身后,陈寂懒洋洋地短促笑出声,陆时雨胳膊肘朝后杵了他一下,气急败坏地说:"你还笑?"

"我不笑了,"陈寂将头抵在她肩颈处,一本正经地说,"我不那么着也行,那你以后别老想着踹我。"

陆时雨睁大了眼,肩膀抖了抖,扭头看他:"怪我了还?"

他把她的身子扳过来,搂在怀里,模样还挺理所当然,好像就是怪她,她要不想着踹他,他也不会那样,那现在她也就不会大腿根发酸了。

"你说话!装什么哑。"说着,陆时雨又踢了他一脚。

"哎,注意点儿吧,脚疼不疼?"陈寂说,"好了好了,都怪我,下回我尽量轻点儿,我那不是老想着不能让你这二百五十块钱白掏啊。"

话头一拐,他又说:"不过,你平常要不也跟我一块儿出去锻炼锻炼身体吧,我真没怎么用劲儿,就是战线拉得长了点儿。"

他想要爱她多一些,希望以任何方式表达出自己这份实心实意的赤诚与爱意,他想让她知道,往前只有她自己,但往后她身边就有他了。

所以当陆时雨攀着他的脖颈吻上他的时候,他确确实实就没有理智了,但也不是什么都没顾忌,奈何他媳妇儿身娇体软,平常就是不爱锻炼的纯正宅女一个，真禁不起他的折腾。

他是怎么说出这种话的！

坦诚相见那么久，她才不信他的鬼话："前半句说得不对吧，你没用劲儿？骗傻子呢？你是真疯，我发现了。"

"离疯还差得远呢啊，别老瞎叨叨，不用这么早就往我脸上贴标签。"这都什么破形容啊，他笑得一颤一颤的。

"这么长时间，你就对我得出这么一条不着调又不准确的评价？没点儿真实体验了？"

但仅仅一秒钟之间，陆时雨却想到很多很多，昨晚那一幅幅缠绵悱恻的画面像是在她眼前重播，所有感觉都很真实，她脸颊"噌"地就红了，往陈寂怀里躲了躲，嘴硬地闷声说："你觉得我还能得出什么别的评价吗？"

她身上那件睡衣随着她的动作往上窜了窜，露出一截细腰，陈寂修长的手指就在腰后来回游移着，从腰窝沿着脊柱线轻轻摩挲，他不怀好意地说："好像是，你应该得不出什么别的评价了，昨晚光跟我提抗议撒娇来着。"

陆时雨好像又被带到了一个陌生的境地，呼吸颤起来，她掐着陈寂的大臂："别。"同时，转了身子，背对着他。

却忽然间感受到了什么不同。

陈寂侧身躺着，手支着头看她，她也拉着被子看着陈寂。

半晌，陆时雨先发制人，抵住他压过来的胸膛，只触着他鼻尖："我是医生，专业的，你给我少来啊。"

她无语地看着他："你以为我不知道什么是正常的生理现象？少给我干别的。"她刻意咬重了"正常"这两个字。

忘了这一茬儿了。

他低下头，在她唇上辗转着深吻了一下。

吻毕，陆时雨推开他，打算起身下床。

陈寂重重叹了口气。

她起身，他也跟着坐了起来，靠在床头，在她后头装模作样地摇着头说："好狠的心，好狠的女人，你怎么可以做到这么绝情？"

陆时雨又回来，跨坐在他腿上："我饿了。"

陈寂挑挑眉。

她瞪他一眼，抓着他的手往平坦干瘪的肚子上放，是真的饿了："我想吃鸡腿。"

一句话就让陈寂缴枪投降，他一边揉了揉她的小肚子，一边说："你看我像不像鸡腿儿。"说完认命地掀开被子，心底盘算着冰箱里的鸡腿到底是放烤箱烤了还是做成蒜蓉的。

番外四·
新婚夜

一出三月，柳条抽了新芽，家里的阳台上种着的郁金香也尽数盛开，夜晚隐隐可以听到几声蝉鸣，离最美好的夏日和她与陈寂的婚礼就越来越近了。

在医科大的最后半个学期里，一切都很顺利，陆时雨的规培和论文全都如期结束，而且都拿到了比较不错的成绩，等六月初毕了业，她就会正式成为一名临床医生。

陈寂下半年的工作已经全部挪到了环岛科技在榆阳市开的分公司里，环岛那边把医疗科技APP的那个项目全权交由他负责，现在，APP不仅仅只是一个APP了，陈寂会把它规模化、扩大化，通过越来越流行的电子科技与互联网IT产业将其形成一个稳定的产业链。扩规得四处调研，他这半年也是跟着团队全国到处飞，最后一站，特意定到了首都，来陪着陆时雨毕业。

这段时间唯一的缺点就是他俩都有些忙，有时候在手机上都说不上几句话，而且一说话就不着调，主要是被陈寂带的。

人的瘾一旦上来就很难下去了，陈寂就这样，自从在家里头收了二百五，他寒假里没别的话，天天逮着陆时雨问要不要给他掏钱。那会儿弄得他俩在那方面默契得不行，陈寂一张嘴，陆时雨就抬手："不掏。"

陈寂又问："服务得不好？"

陆时雨没好气地瞥他："我破产了，本人不是很喜欢欠债。"

陈寂堵着她的去路："你光临了那么多回，我总得给你点儿福利免费几次。"

再后来，陈寂还没说话，只是看了她一眼，陆时雨就无比自然地蹦出来三个字，手都懒得抬了："破产了。"

陈寂挑挑眉梢，再重复："那要福利吗？"

这两个词都快成他俩的口头禅了。

在首都最后这三个月几乎就是两点一线，直到拍毕业照那天，陆时雨才有机会重新见到了宿舍里的其他人。大家分在不同的医院规培，每天都忙忙碌碌的，一直没什么时间见面聚一聚，猛地再见上面就要走向分别，搞得大家都还挺难过的。

医科大都是四人间的宿舍，除了叶可心，剩下的三个人要不就结了婚要不就有对象了。陆时雨有陈寂陪，杨楚仪有沈枭陪，杨奕情也有她男朋友陪。叶可心给自己买了束花抱在怀里，看看这对看看那对，孤零零的一个人，别提有多酸了。

全宿舍，只剩下她一个单身狗在拍毕业照当天惆怅。之前其实也不是没有过合适的机会，但交往了没两天，因为性格不合适就分手了，或是因为一方成熟、一方不成熟，一方贪玩但一方喜欢稳定，相处久了，价值观和婚姻观就出现了分歧。

见叶可心落单，陆时雨挽着她，让陈寂给她俩拍了张合照。叶可心一低头，便看到了陆时雨无名指戴着的那枚钻戒，六月份日光和煦，钻戒上折射着闪耀的光。

叶可心老是觉得，爱情是有保质期的，没有人会一辈子持续不间断地爱着对方，两个人在一起久了，爱情或许会变成亲情，不合适了甚至会走向分离，那种最纯粹的爱似乎会跟着时间的变化而发生变化，会由一心一意爱着对方，到分散给生活中的柴米油盐酱醋茶，这些都会一点一点将爱情消磨。

但所有的所有，她在陆时雨和陈寂的身上根本看不到，他们在一起这么多年，依旧像一对热恋情侣。

原来爱意也是可以时时刻刻如此纯粹。

叶可心无意识地盯着钻戒看了会儿，陆时雨弯唇，拍了拍她的手背，温声说："心心，缘分急不得，该来的总会来的，无非就是让你多等等。"

"我现在倒是不着急，顶多就是有点儿羡慕，人一闲下来就爱多想，等我上了班可能就不想搞对象了，说不定还会嫌他烦人，每天忙自己的事儿还忙不过来，还得分出来时间去哄他，"叶可心笑了声，"其实以前我还有点儿恐婚，但现在好像没有了。"

陆时雨偏头看她。

叶可心揽住她的肩膀，开玩笑说："你俩真该去拍个纪录片，模范夫妻啊，肯定能提高咱们国家结婚率。"

陆时雨在她的夸赞里，笑着去人群中寻找陈寂的身影。

首都的六月份最美，一切都是那么有生机，枝繁叶茂，绿意浓浓，耀眼夺目的日光穿过树叶间隙，斑驳树影落在地上，也落在陈寂洁白的衬衫上。

远远望去，光似乎将他颀长高大的身段环绕着，他此时正微微侧着身子跟沈枭说话，手上拿着送给陆时雨的花，背影笔挺宽阔，侧脸线条宛如雕刻品，长身直立在那里，白衬衫、黑色西装裤勾勒出身体流畅又锋利的线条，挽起的微皱袖管也挡不住手臂上轮廓明显的肌肉。

不知道沈枭说了句什么，陈寂眉梢向上扬了扬，脸上带着他一贯有的漫不经心与恣意。

成熟稳重之中，仍旧可以看到那份独属于十几岁时的少年气。

陆时雨凝视着陈寂的侧影，心跳渐起。

"哎，你俩是不是快办婚礼了？"叶可心说，"我这个伴娘一直也没什么机会问，准备得怎么样了？"

陈寂转过身子，目光笔直明确地落在陆时雨身上，笑意浅淡温和。

他同她隔着熙熙攘攘的人群无声对视着，陆时雨觉得无论再过多少年，无论他俩是什么年纪，她还是会像高中那样，匆匆一眼就动心。

陆时雨含笑说："他没怎么让我费心思，一切还挺顺利的，到时候记得准时来参加我俩的婚礼啊。"

陈寂把细小烦琐的事情一件件都捋清楚了，全是按着陆时雨的喜好和风格来的，陆时雨几乎没怎么插手，顶多就是跟陈寂一块儿写写请柬，而且家里的大人也都不让她插手，婚礼头几天，她听到最多的一句话就是"好好吃饭好好睡觉，婚礼那天当一个全世界最美的新娘子"。

转眼就到婚礼那天，早上热热闹闹地在家里闹完，给两家父母敬了茶，中午宴会又挨桌敬了敬酒，一整天下来，还挺忙碌的。

陆时雨穿着高跟鞋站了一天，还顶着重重的头饰一早上，浑身早就酸得不行了，尤其是脖子。

陈寂老说让她把高跟鞋换下来，但穿平底鞋哪儿能显出裙子的好看啊，她今天还是主角，所以她愣是没换。

后来婚礼到最后的时候，她半个身子都靠在陈寂怀里，陈寂给她按着腰和后颈，她都是被他搂着腰，借着他的力气走的。

晚上，他们这些年纪小的一帮人又一起吃了顿饭，伴郎伴娘都是他俩从小到大最好的玩伴，大家都熟得不能再熟了，没那么多礼节讲究，陈寂在桌下给陆时雨轻轻柔柔地捏着小腿肚，舒缓了不少倦意，陆时雨疲惫的身体总算稍稍缓解一些。

等最后一场散了，跟陈寂回家的路上，陆时雨在车上迷迷糊糊地睡了一会儿，车停了都没感觉到，还是陈寂把她从车里抱出来上楼的时候，陆时雨迷迷瞪瞪地醒过来了。

陈寂抱着她上楼，步履稳健，沉稳有力，呼吸都不带喘一下的："睡吧，咱们到家了。"

"不困了，"陆时雨打了个哈欠，彻底清醒了，"我头发还盘着呢，而且妆也没卸。"

到家，陆时雨先到洗手间去卸了妆，准备回卧室换衣服洗澡时，看见陈寂在客厅里收拾东西。

秦安兰和田君如把婚礼上用到的所有东西都放到家里了，收上来的礼金自然也在，一摞又一摞厚厚的红包那么扎眼，陆时雨顿时忘了自己要干什么了，一屁股坐到沙发上，来回翻着那些红包。

她记得杨楚仪结完婚以后还跟她说，新婚夜就干了两件事儿，一件事是数礼金数到手抽筋，一件事是扎气球扎到手抽筋。

这会儿轮到她，她感觉她才数了一个红包就已经开始手抽筋了。

陈寂也坐在沙发上,从她背后搂着她,双腿放在她身侧将她整个人圈起来,默默看着她数红包,笑得不行:"哎,媳妇儿,你这个属性什么时候能改改?"

"我什么属性啊?"陆时雨头也不回地点着钱,嘴角向上勾着。

陈寂下巴搭在她肩膀上,说话时头在她身上一点一点的:"你说呢?小财迷。这些咱以后都得还回去的好吧。"

"还回去时再说还回去的事儿,那都是以后要考虑的,不是现在需要考虑的。"陆时雨笑道。

"你这会儿不吵嚷着累了啊?"陈寂也没辙了,"这么多红包,你得数到什么时候去啊?今儿晚上不睡了?"

"数完再睡呗,我刚才睡了一会儿,其实精神头缓过来了,"陆时雨随意道,"而且咱俩卧室的床还没收拾呢,上面还有不少'早生贵子'四件套,而且地上的气球也没弄完。"

陈寂沉默了下:"弄完就睡?"

陆时雨应声:"对啊,弄完再睡吧。咱俩明天不还有事儿吗,楚楚和沈枭就是当晚弄完才睡的,就干了这么两件事儿。"

陈寂没再说话,松开她往卧室走了。没几秒钟,陆时雨就听到卧室里传来"噼里啪啦"的响声,是陈寂在扎气球。

好像才没多久,陆时雨才数了两个红包,陈寂就又回来了:"走吧媳妇儿,睡觉去,卧室都收拾好了。"

陆时雨讶然:"这么快?我红包还没数完。哎,你别在这儿打岔,我刚数了多少来着?又乱了。"

陈寂站在她面前,垂眸淡淡地看着她,不轻不重地笑了下:"可以。"

陆时雨念叨着"12345……"也没作声。

他坐到陆时雨身边,还是没说话,只是一个劲儿盯着她的侧脸看。

察觉到一道灼热的目光,陆时雨才缓缓转过头:"哎,你怎么在这儿坐着呢?快来帮我。"

"噢,在你眼里,我还没钱重要是吧?"陈寂假眉三道地叹了口气,伤心地说,"用完就扔是吧?"

陆时雨觉得好笑,拿腔带调地回了句:"对啊,我破产了,你忘了?"

陈寂蓦地凑上来，长臂揽过她的腰，把她带到腿上跨坐着，意有所指地看了眼她数的钱："这么多钱，不够你使？"

她纤细修长的腿暴露着，一点也没意识到身上衣服已经窜到大腿根了。

婚礼她一共换了三套衣服，早上在家里穿的是秀禾服，到酒店就换上了婚纱，后来宴会又换了一身红色旗袍，一直到现在，穿的还是那件旗袍。

旗袍很修身，显得她腰细腿长，背薄肩瘦，前凸后翘的身材彰显到极致。

陆时雨还想再说两句废话，不住地回头盯着红包看，陈寂也懒得再跟她打游击战了，直截了当地开口提醒："今晚，是咱俩的新婚夜，还用得着我提醒你新婚夜是什么意思啊，媳妇儿？"

这会儿，陆时雨终于觉出不对劲儿了，陈寂这种眼神她已经见过很多次，次次都是在进行"金钱交易"的时候。

她装模作样地打了个不怎么真的哈欠，窝在他怀里："哎呀，忽然困了。"

陈寂也没戳破："那先去洗个澡再睡？"

"好啊，我先去洗澡，红包不数了，明天再说。"

她刚准备从陈寂身上下来，腿还没挪几寸，一下子又被陈寂勾回来，他起身，带她往浴室里走。

陆时雨下意识紧紧抓着他的衬衫："你干什么？"

"还能干什么？你不是说想洗澡？"

"我自己来吧还是……老公，你也挺累的吧。"

陈寂拿腔带调地回了句："哎，怎么说呢，得分情况，新婚夜就不那么累了。"

陆时雨："呃……"

陈寂把她放到浴室的洗手台上，掌心下的细腰不盈一握，腰肢柔软好似无骨，让人爱不释手。

旗袍是陆时雨自己选的，综合了秦安兰和田君如的意见，两个妈妈都还挺时尚的，旗袍嘛，好看就行，管那么多干什么，所以这件旗袍真的非常显身材，衣料是缎面的，还挺薄，可以轻易感受到她身体的温度。

当然，陆时雨也可以很轻易地感受到陈寂手掌心的温度。

进了浴室，他也没动作，眼神在她身上睃着。陆时雨推了推陈寂的肩膀，但没推动:"你不出去吗?我要洗澡了。"

"我好像还没跟你说过,你今天很美,"陈寂弯唇,轻轻吻了下她的唇,目光放在她脖颈处的盘扣上,"是最美的新娘。"

多好听的情话今天婚礼的时候都说过了,他与她在所有人面前宣誓,一生一世一双人,白首不相离。但唯独忘了这句。

陆时雨攀着他的脖颈,开玩笑说:"是旗袍美吧?妈妈们给我挑了好几条呢,都是特意找师傅做的,很难买到的。"

"旗袍美,"陈寂低声说着情话,也不觉得害臊,"人更美。"

话头一转,他附在她耳畔,说了一句话。

霎时,陆时雨整张脸腾地就红了。她羞着一张脸,捂上陈寂的嘴:"你说什么话呢?"

他亲她的手心,软软的触感惹得人神经末梢泛起一阵酥麻感,她猛地撤回手,陈寂的吻紧跟着追上来。

唇齿厮磨间,他含混不清地说:"还洗澡吗?"

"你出去啊……"

陈寂不要脸道:"我替你做好准备工作。"

说着,盘扣一粒粒被解开,紧接着,后背的拉链"唰"地被拉到底,大片雪白的背贴上化妆镜,凉意令陆时雨颤了下身子。

"我警告你啊,不能扯我的旗袍!"

力度一下子轻了些。

"扯坏了再赔你。"

陈寂的手钻到她后背与化妆镜之间,将她抱了下来,身上一空,旗袍堆到腰间,而后被他放到洗手台上。

衬衫随手被他扔在了地板上。

那件旗袍是缎面的,很轻薄,陆时雨愤愤地想,旗袍要是废了,得找他明明白白地算一笔账。

一件纯手工的定制旗袍少说也得一个月才能做好,工期很长,陆时雨新婚夜穿的那件就更复杂了,旗袍不只是印花的,上面还有田君如特意找绣工师傅绣的苏绣，平常她连试都舍不得试，如果不是办婚礼，那件旗袍可能被她压箱底珍藏了。

但是，旗袍居然因为陈寂在浴室对她办的那些荒唐事而卷得不像样子。

她还说要找陈寂算账，口出狂言说未来几天绝对不再跟他一起睡觉，但是最后也没算成账，狂言还没开始兑现，进了卧室反倒被人收拾得一句话也说不出来，只会本能地呜咽着。

他俩是当天下午的飞机，直飞到洲山，环岛科技总公司就在这里，以前陈寂在这儿工作的时候就觉得这里风景很不错，依山傍水，四面环海，而且洲山还有好多景点非常适合夫妻和恋人一起打卡。

榆阳离这里不远，陆时雨在飞机上睡了一觉，醒过来时飞机刚好就落地了，到洲山的时候正是傍晚六点多。陈寂叫好的车载着他俩去住处，天色还没有彻底黑下来，但这会儿城市里的灯已经悉数亮起了，霓虹街灯五彩缤纷。街上人潮如织，汽车喇叭声、自行车铃声一下接一下，虽喧闹，但烟火气满满。

凉爽微风吹拂时还能闻到咸咸海风的味道，不远处的海边，有几处荒废了的灯塔，闪着不怎么明亮的指明灯，可也在黑暗中指引着方向，发挥着最后一丝作用。其中有一座灯塔，应该是被打造成了景点，塔身从上而下都蜿蜒着浅黄色的彩灯，像是从天空下坠到凡间的无数星辰。不少情侣牵着手从塔上走下来。

陆时雨握了握陈寂的手，指着塔说："哎，那个塔你是不是给我拍过照片来着？"

陈寂顺着她的目光望过去："提到这个塔我想起来了，上回我自己去了一回，人家工作人员愣是没让我上去。"

"为什么啊？"

"那个塔只有情侣才能上去。"陈寂微微摇了摇头，叹口气，"我刚走到塔下还没往上走几级台阶就让人给拦住了，他们那儿的管理员一边往下拽我，一边还特别有礼貌地说'不好意思啊帅哥，你没看指示牌和登塔要求啊，我们这儿不接待单身人士'。我没想到逛个景点还能被人歧视单身，当今社会居然还有单身狗不能去的地方，我还真是开了眼了。我说我没看见牌子，上都上来了看一眼再走不行？那个大爷义正词严地告诉我，不行，单身就不能上。"

陈寂也觉得挺有意思的，讲到最后都无奈了："那会儿周围一堆人盯着我看，丢人得不行，关键是我都往上走了几级台阶了还叫人给扯下去了，这不就尴尬了啊。"

陆时雨笑得身子一颤一颤的："这么有意思的事儿你怎么没告诉我啊？"

"我告诉你？告诉你干什么啊？让你也来嘲笑我单身？"他捏了捏她的脸，睨着她，"而且媳妇儿，你还记不记得你当时在哪儿呢？手机能打通吗？我跟你说了你当时能来吗？"

她当时在山里出诊，电话不通短信不回，打了也是白打，而且他还以为她生气不理他了，实在算不上是什么美好的回忆，但又不能说不重要，这一路走过来，每件事都不能少，每件事都在他俩的感情里占据着举足轻重的位置。

如果没有那几次的低迷转折与考验，他们也不会真正认识到对彼此真正的感情是什么，或许，走到一起的时间会更晚，甚至，也有可能就此错过了。

但是幸好。

陆时雨凑到陈寂身边，一口亲在他侧脸上，温声哄道："没事儿啊老公，这次再去他肯定不会拦你了。"

"哎，再亲一下。"他主动贴上陆时雨的唇。

"也不知道以前拦我那个管理员还在不在那儿，"陈寂小气又记仇，"上回是真没辙，毕竟没办法啊，当时就我一个人去了，但是这回就不一样了。"

他勾过陆时雨的肩膀，把玩着她的小手，两人指间一对银白色钻戒格外明亮："现在我怎么也算是个已婚人士了吧，总得给他留个深刻的印象。"

语气听着还挺骄傲的。

陆时雨："行了吧你，多大了，这还至于在人家面前晃悠去啊？是不是有点儿太幼稚了你？"

"这就幼稚了啊？"陈寂破罐子破摔，低声笑了下，"那我就幼稚吧，反正关于你的事儿，我觉得幼不幼稚都无所谓。"

第二天一大早，陈寂喊了陆时雨五分钟才把人喊醒，昨天晚上他俩熬了会儿夜，陆时雨浑身乏力，觉还没完全补回来，起床气一上来，就闭着眼冲陈寂哼唧了两声，翻了个身接着睡了，压根儿没搭理陈寂，最后还是被他用特殊手段给叫醒了。

他给陆时雨穿好衣服，简单吃了个早饭后，就带着她一块儿到那塔那边去了，没想到，还真的碰上了上回拦他的那个管理员大爷。

那管理员大爷对陈寂也有印象，主要是他长得还不错，颜值气质绝对打眼，那张脸放到人群里非常吸引人，是个帅哥没错。但帅哥居然不看登塔要求，横冲直撞就那么上去了，最后还是他亲自给拽下来的。

这塔开放这么久，这帅哥虽然不是第一个只身来的，却是第一个被管理员拉下来的。

噢，没想到还是个笨蛋帅哥。

大爷一看到陈寂，还愣了一秒。没等他开口说话，陈寂把他与陆时雨十指交缠的手举起来，冲着大爷晃了晃，郑重其事又带着些炫耀意味地说："这回带人来的啊，这是我媳妇儿，已经有国家法律认证了。"

陆时雨在陈寂身边低了低头，险些没绷住笑，无奈却又觉得如此甜蜜。

大爷也背着手笑了，还真是头一回遇到这么会炫耀的小伙子，人挺精明的，也会说话，但是一对上他媳妇儿，妥妥的就是一个笨蛋帅哥。

陈寂跟他在塔下扯了几分钟的闲篇，上塔之前，大爷给了他俩一对红符，说是在庙里求的，为祝良人结好姻缘，百年好合长相厮守，塔上每个月都限量，不可多得，想拿到这对红符还挺不容易。

大爷在这儿守了这么多年，什么情侣没见过啊，甚至还见过有情侣在塔上就开始吵架的，仔细观察观察就能看出来两个人到底合不合衬，有时候觉得，感情也并不是无坚不摧。

但今天来的这对，都不用观察就能看出来，爱很坚固很辽阔，那么坚固，又那么辽阔。他们对彼此的感情都氤氲在那双眼里，从他俩看对方的目光中就能感觉到，一定能长久地走到白头。

这对红符算是对他俩的祝福，被系在一起高高挂在塔顶，他们在旷日之宇下，在无垠广袤的大海朝霞间，热烈地拥着彼此，唇齿相交。

红符就在头顶，随着猎猎海风在空中张牙舞爪地飘，永不褪色，永不坠落，相连处打好的同心结永远不会散开，一个红符向哪里扬，另一个一定会跟着一起向哪里扬,永远朝着同一个方向飞。

就像他永远会向着她的方向而去,向她而生,至死不渝。

洲山靠海,沙滩上有不少人在晒日光浴,浅海处还有人提着冲浪板等着海浪。放眼望去,全是壮硕的肌肉,甚至还有不少男的穿了条薄薄的泳裤就在岸上晃荡,陈寂心道也不害臊。

他俩往沙滩边上一凑,陈寂就把人按到了怀里,扣着她的后脑勺不让动。

"咱俩换个地儿?"陈寂凑到她耳边说。

"你干吗?"陆时雨仰头看他,"来都来了不去海边逛一圈?"

"大太阳风吹日晒的,还不如找个室内看看,你说呢。"

陆时雨硬是往后瞄了下,看到不少赤裸着上半身的人,忽然间就懂了,她瞥了他一眼,笑道:"哇,老公,你迂腐不迂腐啊?"

陈寂揽着她的后腰,弯唇说:"那这样吧,咱俩角色对调一下,你觉得现在要是一堆穿着比基尼的女人在我面前晃,你说说你会不会不让我看?"

"我当然不会啊。"陆时雨说。

"噢,行,那我听你的现在就去看一眼,反正沙滩上的人不都是这么穿的啊?都不用刻意去找。"

"陈寂!"她气得拍他,这人怎么不按常理出牌!

陈寂乐了:"开玩笑开玩笑,有你不就够了?你我怎么都看不够。"

"那你觉得,是她们好看还是我好看?"

"这个问题不用问,压根儿就不成立,"陈寂捧着她的脸,斩钉截铁道,"根本没有可比性好吧,你穿什么都好看——"

他作势要吻上去,嘴唇却忽然间停留在她唇上,呼吸流连,滚烫灼热,低声说:"但是不穿,更好看。"

洲山的昼夜温差还挺大的,白天里日光很足,他俩逛到一半,忽然觉得越来越晒。沙滩上,大家穿的都是漂漂亮亮的吊带小裙子,但陆时雨穿的还是半袖长裤,身上捂出来一身汗,吵着要回去换衣服。

出发去洲山的当天早上,他俩起得也不早,磨蹭半天才开始收拾行李,收拾得有些匆忙。但其实她都没怎么动手，行李都是陈寂张罗收拾的，所以陈寂给她带了什么衣服，她还真不清楚。

婚礼之前，她和秦安兰、田君如一块儿出去逛街，两个妈妈给她挑了不少衣服，长裙短裙都有，短裙到膝盖以上，搭配的短T露着一截小细腰，可以展示出一双笔直修长的腿，细腰盈盈一握，好身材一览无余。

两位家长都说这几套裙装好看，还说到时候过来玩多拍两张照片发在家族群里。

陆时雨就等着出来玩的时候穿，本想着能穿件裙子跟陈寂一块儿出去，结果到酒店一翻行李箱，居然就只有那么四五件裙子短T恤，剩下的基本都是比较宽松的运动裤。

她又翻了翻陈寂的行李箱，结果也没有。

陆时雨蹲在地上，盯着行李箱疑惑道："我那些裙子跑哪儿去了？怎么就这么两件啊，其他的你给我装到哪个包里了？怎么一件也看不到啊？"

"这叫两件啊？"陈寂冷静地说，"这不是五件吗？"

陆时雨往他怀里扔了件外套，气愤道："少在这儿油嘴滑舌的，你没给我带啊？"

陈寂一口应了下来："没带。"

"啊？"陆时雨抬头，满脸讶然，蹲久了腿还有些麻，索性一屁股坐到地上，"你没逗我吧？"

陈寂靠在门边，双手交叉环抱着臂，样子还挺理所当然。

他走近拉了拉她的胳膊："起来，别往地上坐。"

陆时雨轻蹙了眉，坐在地上跟他拧："你怎么不给我带过来啊，我专门为了这几天买的！"

"这不是有几件嘛，"陈寂没办法了，也随之蹲下身子，箍着腰把她抱了起来，又往她身下垫了件他的外套，"这还不够？"

噢，知道了，这又是陈寂干的好事。

其实之前他俩也不是没有因为衣服的问题拌过嘴，之前她过生日的时候，孔怡然送了她几件JK，一入夏她就经常穿，结果反倒便宜了陈寂。

连衣服都不用让他脱，很方便。

陆时雨大概数了数箱子里这几件裙子，而后拎起一件长裙："烦死了你，一共五件，一天一件都不够，你打算让我两天穿一件是吧？你还挺会算计啊。而且你说这跟穿裤子有什么区别啊，不还是一样的热？"

"那不是有短的吗？"他下巴往那件红色的吊带裙上点了点，"这不够凉快？"

陆时雨急得不行："这还叫短啊？到膝盖这儿叫短？"

陈寂把她抱到腿上，理所当然地说："当然短啊，这还不叫短？"

"不叫！"

"我觉得叫。媳妇儿，你确定你还要跟我讨论讨论长短的问题？光用眼看可看不出来，你得穿上试试。"

陆时雨一时无言，论嘴贱她比不过陈寂。

陈寂低声笑了一下，非常直接地开始吐槽："你那些露半截肚子半截腰，裙长到大腿的衣服都是些什么玩意儿，那叫衣服吗？那么几片布，能顶什么用啊？"

"……好看啊！而且那是咱妈给我挑的，她们都说好看！"

"对，是咱妈给你挑的，好看确实是好看，但是穿上之后肚子着凉，受罪的不还是你跟我？你老了是想得老寒腿、风湿病啊？"陈寂捏了捏她的脸颊，"就你这种大夏天喝口凉水都肚子疼的人，还想着露个肚子出去？而且咱俩过来玩，舒服最重要，你就别想美事了，媳妇儿。"

陆时雨盯着他，眨了眨眼，倒没想到陈寂会想这么多。

他眉梢挑了下，问她："哎，你是不是以为我不想看你穿那么短的衣服出去，所以才不给你带的？"

"难道不是吗？"陆时雨瞥他。

陈寂哂笑："我还不至于这么小气好吧，你这小脑袋里坏水怎么这么多？赶紧往外倒倒吧。"

后来他俩也没再去沙滩上。

沙滩上太热，穿个长点儿的运动裤一分钟也待不住，洲山这里有座特别著名的湘山,陈寂便直接开着车带她往山上走了。

刚走到半山腰就起了风,盘山公路周围树木环绕,漫山遍野全是茂密的枫树林,风一吹过来,全是清新的草木香。这块开了个农家乐,越往山顶走,那些人工种植的果棚就越多,仔细听还能听到几声动物叫。

陈寂在这儿订了一套民宿,环境还挺不错的,房间里是榻榻米,而且每个房间都有一个温泉室。到民宿那会儿天色刚好黑了,民宿的老板说房间里有厨房,可以自己去隔壁的农家乐找食材回来自己做,他俩就先去了趟农家乐,拿了些晚上要吃的菜。

湘山晚上的温度低,陈寂准备做个热汤给她喝,拿了些排骨和山药就开始收拾。陆时雨先去洗了个澡,换好衣服从浴室出来就接到了孔怡然的视频电话,刚一接通,就看到孔怡然皱着眉的一张脸。

"你这是怎么了?怎么愁眉苦脸的?"

孔怡然叹了口气:"唉,我没打扰到你跟你家老头度蜜月吧。"她看了眼陆时雨湿漉漉的头发,倒吸了口气,不怀好意地笑笑,做贼一样低声说,"哦哟,不得了了,你怎么刚洗澡啊?不会是刚……"

"行了啊你,"陆时雨一脸无奈,"说正事好吧,我俩刚从外边回来。"

"噢,其实也没大事,就是……就是我实在是想不清楚了啊,才想来问问你,没别的意思。"孔怡然清清嗓,顿了几秒,"那什么,那个,就是……"

陆时雨一字一顿:"你快说话,别吞吞吐吐了!"

孔怡然闭了闭眼,豁出去似的道:"哎呀,就是如果,有个男生每天都来找你,接你上下班,给你带一日三餐,还每天跟你说早安晚安,这代表什么?"

"第一,他想泡你;第二,他想追你。"陆时雨笑了一会儿,"谁想追你啊?"

孔怡然没正面回答,转移话题道:"那个谁,陈寂呢?他居然没在你身边跟你一块儿?"

"行吧,有点分寸啊你,"她不想说,陆时雨也就没再问,把镜头转了转,对准厨房里忙碌的陈寂,含笑道,"正做晚饭呢。"

电话里,孔怡然艳羡道:"居家好男人啊真是,陈寂这样的老公可太不好找了,你俩在家里,你是不是就没下过厨房啊?"她开玩笑说,"你家陈寂都

/ 547 /

快把你宠成小孩儿了吧，他怎么跟养了个闺女一样啊？"

陆时雨咂了咂嘴："说什么呢你！"

孔怡然笑着挂了电话。

这会儿屋子里静了下来，水池里的流水声和锅里浓汤沸腾的声音变得极为明显，陈寂正侧着身子处理晚饭的食材，头顶洒下的柔和夜灯在他眼睫投射出一片阴影。他模样认真，衣袖挽起半截，露出结实有力的小臂。

"刺啦"一声，牛肉下了锅，香味飘出来，陈寂拿着锅铲翻炒着。

好像，孔怡然说得也没错，自从他俩在一起，陈寂真就万事以她为先，她也真的越来越依赖陈寂，感觉如果没有他在身边，非常不习惯。

在家里头秦安兰还说她现在越长大越懒，越活越年轻，但其实所有坏毛病都是被陈寂惯出来的。

"有没有需要我帮忙的？"

陆时雨轻手轻脚地靠过去，环住陈寂的腰，脸颊抵在他后背上，轻轻地蹭着他身上柔软的衣料。

"出去等着吧，这儿油烟大。"陈寂手上的动作没停，有条不紊地处理着菜，刀与菜板的碰撞声一下接一下，反倒让人如此安心。

陆时雨摇摇头："不要，我就要在这儿跟你一起。"

陈寂停下手，转过身子，环上她的肩膀："洗了个澡，怎么还变黏人了你？"

她靠上他的胸膛："怎么，你不乐意啊？"

"我当然乐意，就是这会儿还不是时候，咱俩晚饭还没做好呢，你不饿啊？"他短促地笑了声，垂头靠在她耳边，故意低声说，"媳妇儿，还是晚一会儿再黏我比较好。"

屋外头的温泉池全天都能用，陆时雨早就等不及了，吃过晚饭换上房间里准备好的泳衣就急匆匆地跑到了外头。

陈寂在厨房刚洗完碗，再一扭头，屋子里就没人了。

他往外头找了找，隔着竹青色的帘子，果然在院子里的温泉池里看到了陆时雨的身影。

这会儿倒是不黏他了，还真是该黏人的时候不黏人。

湘山海拔高，空气向来很好，云层稀薄，半轮明月高高悬在空中，漫天星河闪烁，似乎触手可及，温泉池水面清晰地倒映着一切美景，仿佛真的置身于银河。

美轮美奂的月光与星光毫不吝啬地洒向院子里的每一个角落，也照在陆时雨裸露着的白皙皮肤上。

她坐在池边，身上那件泳衣露着整片背，只有一条细小的黑色衣带横在蝴蝶骨下，脊柱沟深深陷下去，陈寂心道还是有点儿瘦，得想办法再让她多吃一点。

她的脚尖不住地点着池水，像是在试探温度，觉得温度还挺合适，便把双脚一起伸到了水里，两只脚交替着在水里踢，池边霎时间水花四溅，蝴蝶骨突出来，随着脚上的动作一张一合。

她一个人玩得不亦乐乎，像个小孩子一样。

水面不住地散发着薄薄雾气，一切都是那么朦胧又美好。

陆时雨盯着雾气缭绕的温泉池，陈寂盯着她纤瘦的背影，扬起一抹温和的笑，眼底闪着微光，比明晃晃的月光还要温柔几分。

整个身体都被热意包裹住，陆时雨舒适地靠在温泉池边，轻轻闭着眼睛，感觉浑身轻飘飘的，倦意一扫而空。

夏天泡温泉不能泡太久，第一回差不多十分钟就可以，等适应了温泉温度再延长时间，陆时雨在水里待了不到十分钟就觉得身子舒服多了，这会儿还有点困也有点渴，便裹着浴巾起身，打算回房间喝口水再回来。

她推开竹帘，陈寂恰好拿着杯水走过来，上半身没穿衣服，肩宽背直，腰腹部肌肉线条深刻明显，胸肌不薄不厚，恰到好处。

他把水杯递给她："怎么不泡了？"

陆时雨的眼睛控制不住地一个劲儿往他上半身瞥："我有点渴了，正好想去喝口水。"

陆时雨慢吞吞地喝完一杯温水，陈寂接过空杯子："那再陪我泡会儿？"

没等陆时雨张嘴说话，他的手穿过她的腿窝，一使劲儿便把人抱了起来，重新下到了温泉里。

此时多了一个人，池子里的温度似乎更高了。

他从她背后把人牢牢圈在怀里，与她一起望着远处的连绵群山，在月影下，虽然山被黑夜偷偷藏了全貌，但山的轮廓依稀可见。

"哎，咱俩可以考虑以后在这儿长住，或者找一个也这么安静的地方待着，"陈寂说，"没人打扰，也没那么多乱七八糟的事儿，就只有你，只有我。"

陆时雨笑了下："那咱爸咱妈呢？"

"给他们在隔壁买，离咱俩不要太远，但也别太近。"

"你真是够了。"陆时雨歪了歪头，又问他，"那万一有了孩子呢，孩子怎么办？"

陈寂微微叹了口气："要不，咱俩当'旺仔夫妇'吧。"

陆时雨笑着掐了他手臂一把，这会儿站得有些累，她带他一起坐下："少来吧你。"

陈寂张开手臂，陆时雨就靠在他肩膀处，他亲了亲她的侧脸，说："反正，这辈子我就跟定你了啊，你走到哪儿我跟到哪儿。"

"你怎么回事儿啊？你说的怎么是女主角的台词？"陆时雨眼睫弯弯，偏头，看到了陈寂上下滚动的喉结，她指着他说，"说我黏人，你怎么比我还黏人？咱俩到底谁是黏人精？"

陈寂握住她纤细的手，放在心口处："我这才叫对的时间黏对的人，你懂不懂？"

"歪门邪道！"

"这叫至理名言。"

陈寂忽然又开口："媳妇儿，你刚才说，我说的是女主角的台词，那你是不是该说男主角的台词儿了？"

"我又没当过男主角，我哪儿知道说什么啊？"

"你不是看过不少啊？还评价男主角很宠很会。"

"……我看过什么？"

陈寂拿腔带调地说："女人！你别再动了！"

陆时雨无语。

"你再动，我不保证我会干什么！"

陆时雨更无语。

陈寂看她："知道没？你该说这个。"

陆时雨羞得不行，以前十几岁的时候觉得霸总小说是这世界上最好看的小说，几千章都看得下去，各种狗血桥段看得津津有味，但现在回想起来就只剩下了"油腻"二字。

她早就忘了自己当时还看过这种书，也没想到陈寂会亲口说出这两句经典台词。

"我说不出口，"陆时雨脸红得不行，"你怎么不学点儿好？"

陈寂一本正经地说："这怎么就叫不学好了啊？你不是还在那些小说上写评语说回头有机会想试试吗？我这不给你机会呢？"

陆时雨抿了抿唇："我用不着！"

"你记不记得，你那几本小说上还标着一句话。"

直觉不是什么好话，陆时雨咽了咽口水，捂着耳朵。

"我不想听！我不要听！"

陈寂弯下身子，扯开她的手，在她耳边一字一句地低声重复："你标的是，女人都是口是心非的人，嘴上说不要，但心里想的就是——"

"要。"

话音刚落，她的嘴唇就被人含住，气息蛊惑人心，清澈又干净，细细密密的亲吻声好像被山谷无限放大，不加任何掩饰，完完全全环绕在陆时雨的耳边，有着极致的刺激感。

他俩好像都被温泉的雾气蒸得热意葱茏，又好像是两块火石，稍稍一碰就冒火星。

火星停一会儿，再冒一会儿，后来索性一直没再停，任由点点星火变成一簇猎猎鼓动的熊熊烈火。

池面泛起一层又一层的波澜，潺潺水声划破这世间所有的宁静，月光也荡漾着，好像天地万物都在颤。

小夫妻两个人一共在湘山待了一周多的时间，却没有来得及把湘山逛个遍，活动范围仅仅只是从农家乐到民宿，再到周围的几百米地区。

中途奶奶还打来电话，问他俩怎么一点儿动静都没有，搞得陆时雨脸色青一阵红一阵，也不知道说句什么。

当时打来电话的时候，他俩还在沉睡着，现在都已经日上三竿了，但房间里头依旧拉着厚厚的窗帘，遮住了一切山林美景，也挡住了无数明媚阳光。

床头柜上，手机"嗡嗡"响着，一直在闪着电话通知，但床上没人动，陈寂从背后把陆时雨圈在怀里，屏幕微光照在相互搭着的两条胳膊上。

陈寂先被手机铃声吵醒了，长臂一伸，打算悄悄掀开被子下床去接电话。陆时雨整晚都是躺在他怀里睡着的，猛一被挪地方，身子一空反倒还有些不习惯，嘟囔了句话，手臂在身前挥了挥，闭着眼睛微微抬着上半身去找他。

昨晚陈寂抱她洗过澡以后，陆时雨没让他给她穿上睡衣，一沾枕头就睡了，一晚上，身子早就适应了卧室里的温度，这会儿也没发觉被子早就随着她的动作不在自己身上了，春光遮不住，全然暴露在人眼前。

陈寂叹了口气，撇过视线，给她把被子往上拉了拉，挡住所有引人遐想的美好。

陆时雨拽着他的胳膊，身子往他那边靠了靠，蹙着眉头，轻声说："老公，我还没睡够呢。"

没办法，他又靠回去，温声道："我等会儿就回来，奶奶打过来电话了。"

陆时雨静了几秒钟，忽然间睁开眼睛："奶奶打的？那快接！"

"你不睡了？"

她看了眼手机，都上午十一点多了，再睡成何体统，便摇摇头："都几点了，你别说咱俩还在睡觉呢啊。"

陈寂笑笑，接通电话："奶奶？"

奶奶说："怎么是你接的电话呀？濛濛在哪儿呢？"

陆时雨连忙凑过去："在这儿呢，奶奶。"

隔着手机跟他们家老太太说了几句话，说得陆时雨挺不好意思的，陈寂居然还在一边笑。挂了电话，陆时雨气得就想捶他："你还有脸笑？咱俩这几天连这山长什么样儿都不知道，到底是来玩的还是来睡觉的啊？"

"我怎么了？你怎么净往我身上推啊？"陈寂握着她的手，不正经地说，"一个巴掌拍不响好吧。"

…………

其实最主要是温泉太好泡了，周围环境也太好了，没人打扰，怎么折腾都没事儿。温暖的山泉水浸泡着身子，热气蒸得人浑身发软，就算是累了，在水里头泡一会儿也能缓回来，再不济就回床上睡觉。

他俩这几晚都没特意克制自己，小年轻干柴烈火，一触就烧得火红。

他隔着被子把手放到她肚子上："快十二点了，饿不饿？"

陆时雨拍开他的手："你往哪儿放呢？"

"我放哪儿了你就拍我？"陈寂冤枉得不行，"手大还不行是吧？"

陆时雨无语。

明天就要下山了，他俩下午也没在房间里窝着，开着民宿老板家的观光车到周围逛了逛。民宿开在半山腰，但风景就已经很惹眼了，再往上，有不少游客开着车往山顶去，听老板说山顶有座寺庙，来这儿的人大部分是为了上寺里求个好运的。

他俩一直想看日出，但这几天也没看成，最后一天了，陆时雨严厉警告陈寂，今晚早早睡觉，明天一定起来看日出，顺便去山顶的寺庙逛上一圈。

甚至，为了能顺顺利利九点钟上床，陆时雨还提出让陈寂睡沙发，但被陈寂一口拒绝了，没给他气个半死。

早上四点多，陈寂把陆时雨叫醒，她赖床，陈寂叫了半天也没把人彻底叫醒。后来没办法，怕耽误看日出，他给陆时雨穿好衣服把人抱到了车上，到山顶又把人从车里抱下来，坐到石亭里。

坐稳后，陆时雨迷迷糊糊地醒过来了，在他怀里蹭了蹭："太阳出来没？"

"还没呢，"他偏头，吻着她的额间，"你睡吧，到时候我喊你。"

陆时雨便又睡了过去。

隔了一会儿，陈寂轻轻晃了晃她肩膀："媳妇儿，太阳快出来了。"

陆时雨睁开眼睛，只见眼前，天破晓，橙红色的云层里，金光渐渐在眼前清晰起来，朦胧柔和的日光洒向整个世界。

"我去拿相机拍照片！"她站起身子，从车里把相机拿出来。

转过头时，一轮浑圆的朝阳恰恰破云而出，从无边的夜中脱身，刺破昏黑的缝隙，一切暗处都被霞光笼罩着，粉色朝霞异常灿烂，还能看到云层随着和煦的风移动着。

陈寂就站在耀眼的光前，长生直立在那里，周身笼着淡淡的金色，像是簇拥着火热的太阳。

少年永远迎着光，逐着热。

陈寂回头，撞进陆时雨含着笑，盛满日光也盛满他的那双眼中。

他朝她张开双臂，背靠广阔的青山万壑，满脸温和笑意比这骄阳还要夺目。

太阳总是从东高高升起，而后逛遍人潮拥挤，最终回到人海最西处，落下帷幕。

但他们的爱永远不会。

即使从东到西，即使从南到北，他也永远会伴着日出，随着日落。

陈寂的爱意，永不落幕。

后来的日子就是平平淡淡的，间或有那么些激情与活力，但陆时雨在医院里比较忙，其实哪个科室都不轻松，但她刚参加工作没多久，一切都还不那么熟悉，工作的时候难免得下些功夫。

陈寂也一样，环岛科技在榆阳刚起步，IT部门的单子都得重新拉，还有最主要的那个业务，他有时候也早出晚归的，两人见了面儿也就只是抱一抱，然后两人里头的某个人就累到睡着了。

日子一天天照常过，生活逐渐步入正轨。八月初，杨楚仪给他们发来一个好消息，说她要升级当妈妈了，预产期在来年四月。

彼时陆时雨和陈寂好不容易凑到一起休个假，他俩吃过晚饭正一块儿在外头散步，看到这条消息，两人不约而同地看了眼彼此，眼底都有藏不住的惊喜，一同坐到了公园的长椅上。

陆时雨还说："真快啊，楚楚居然都要当妈妈了，我感觉，我们刚毕业没多久，好像才刚刚参加完毕业典礼。哎，我跟楚楚以前就商量好了，上大学那会儿我们就说，以后结了婚，那我们就互相是对方孩子的干妈。"

她拍了拍陈寂："所以，咱俩就是孩子的干爹干妈，明年等楚楚生了宝宝，咱俩一定得过去看看。"

陈寂"哇"了声："头一回当爹，这感觉还挺神奇的，虽然只是个干爹。"

手机里，沈枭更新了一条朋友圈，照片里的两个人笑得都快没眼了，他就说了三个字：当爹了。

陈寂留了句：恭喜。

沈枭回复他：哎，不好意思啊兄弟，身份升级得比你快了点儿。

陈寂笑得不行，搂着她的肩膀，把手机给她看："你看，这人嘚瑟不嘚瑟？"

"真行，"陆时雨也笑，"他怎么还在跟你'卷'呢？"

"那谁知道啊，"陈寂说，"不过这个我可不想跟他'卷'。"

陆时雨抬头看他。

八月份正值盛夏，晚上有风拂过，气候凉爽，不少人在晚上出来散步，公园小路上，好多家长带着孩子出来玩，有小朋友穿着轮滑鞋从他俩面前经过，小一点的白白胖胖，被爸爸妈妈抱在怀里，手里头或是举着根雪糕，或是举着个闪着五颜六色缤纷灯光的小玩意儿，嘴里还"咯咯"地笑着，笑声如银铃一般，特别可爱。

有时候，家里多个孩子也挺好的。

"哎，你怎么不说话啊？"陆时雨戳了戳他的脸。

陈寂回神，攥紧她的手指，温声说："咱俩就顺其自然吧，给家里添一个小朋友不是什么小事儿，需要考虑的事儿也不少。在准备好当一个合格的爸爸之前，我觉得咱俩不用着急，而且，其实我真有点怕。"

"为什么啊？"陆时雨顿了顿，她从来没在陈寂的口中听到过"怕"这个字，他向来坦荡，遇到什么事儿咬咬牙就挺过去了，他好像永远不会把什么坎儿放在眼里。

陆时雨轻声笑了下："你害怕什么？"

陈寂默了几秒，揽着她的手臂蓦然间收紧了几分："还能害怕什么？怕你受罪啊。所以咱俩不用着急。"

陆时雨神色稍微凝滞了下，又恢复原样，忽而短促地弯起嘴角，环上他的腰："老公，你别怕。"

她笑说："那咱俩不着急，等我准备好当一个妈妈，也等你准备好做一个爸爸，咱俩再等着迎接小朋友。"

陈寂点头，懒洋洋道："况且咱俩二人世界的日子正美着呢，二人世界多好啊，多个小灯泡出来打扰咱俩干什么？你说是吧？媳妇儿。"

陆时雨："……有你这样的爹，也是咱孩子的福气！你以后不能随随便便对他啊。"

陈寂捏了捏她的脸蛋："你这话说得，我怎么也是他老子，那肯定不能随随便便的啊？不过他在我心里，也只能排第二了，这个没办法，变不了。"

"第二？"

"嗯。"陈寂应声，偏头看她，眼底光芒璀璨，"你永远是第一。"

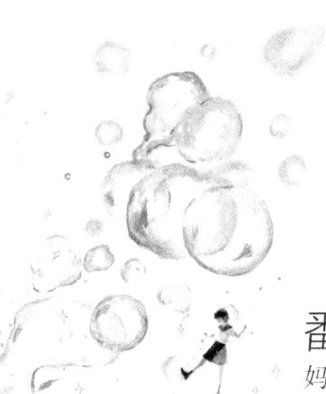

番外五·妈妈是超人

结婚第二年开春以后,他们回了首都一趟,彼时已经是五月份了,首都最近春雨连绵,阑风伏雨之间,倒也不缺郁郁苍苍的生机。

沈枭和杨楚仪生了一个白白胖胖的小子,满月酒这天,作为孩子干爹和干妈的陈寂、陆时雨早早就到他们家里去了。孩子刚好醒着,小小一个白团子,穿着火红的小衣服,小脚丫连陈寂一个手掌心都不到,看着非常讨喜。

但是根据孩子的亲爹亲妈说,这么点儿的小屁孩管起来特别费劲儿,特别能吃,有时候吃着吃着还吐奶,吐完接着又吃,不给就哭,搞得他俩这对新手爸妈都不知道是喂还是不喂了,而且一晚上不知道要醒多少次,一醒也哭,哭得整栋楼都能听到。所以每次一到晚上哄他睡觉的时间,杨楚仪就抱着他许愿:"宝贝,你今天晚上多睡会儿啊,别闹爸爸妈妈啦。"

正吐槽的时候,孩子要吃奶,被沈枭抱了回来。沈枭跟陈寂一块儿到书房说话去了。杨楚仪把孩子放到床上,给他拿奶瓶喝奶,但孩子喝了两口就把奶嘴吐出来了,"哇哇"哭了两声。

陆时雨好奇道:"他怎么不吃啊?"

杨楚仪见怪不怪,把手放到孩子胸前轻轻拍着:"他想让人哄着吃呢,一般这么哭不是真的伤心,多半是演的,是等着我跟沈枭逗他呢。儿子啊,小小年纪,你这心眼儿也太多了吧。"

果然,她一上手,孩子立马乖乖抱着奶瓶喝奶了。

陆时雨觉得特别新奇,笑着说:"哇,你现在当了妈,我感觉你整个人都不一样了,他怎么哭还有说法呢?"

"等你当了妈也就知道了,哭也分种类的。"杨楚仪如数家珍一样,给她介绍,"闭着眼扯着嗓子大喊,就是饿了;要是哭得一断一续的,那就是拉臭臭了;如果是哼哼唧唧的那种哭,那说明孩子想睡觉;像刚才那种哭,就是没安全感了。"

陆时雨鼓掌:"太厉害了!"

杨楚仪笑得不行:"他一张嘴我就知道他要干什么。"

"都说妈妈是超人,"陆时雨夸她,"我感觉你现在就是个会预知未来的超人。"

"别光说我了,你以后也一样。"杨楚仪揶揄道,"你跟陈寂打算什么时候当爹当妈啊?"

奶喝完,小朋友一边吃着手,一边转着眼珠朝屋里看,看得陆时雨心底软得一塌糊涂。她逗着孩子,眼底含笑:"我俩还早呢,陈寂说顺其自然。"

想想就觉得好笑,陆时雨说:"来之前我俩还讨论过这件事儿,你不知道,他居然有种跟一个小孩儿争风吃醋的意思,我真是服了……"

杨楚仪笑了一会儿,感觉这还挺符合陈寂本人人设的。

这么久以来,陈寂是怎么对待陆时雨的,她看得清清楚楚,猛地一想,也想象不出陈寂当爸爸是什么样子的。她笑得眼泪都出来了:"沈枭也有过类似的问题,这都是正常操作,不过他没陈寂这么能争风吃醋,陈寂看你看得太重了。唉,说真的,陈寂是不是心疼你,所以现在才不想啊?我怀孕的时候,沈枭比我还焦虑,我胖了他瘦了。"

陆时雨点了点头:"有点儿。"

陈寂怕的东西不多,陆时雨占了一大部分。

还没来得及接着说下去,陈寂和沈枭从书房回来。这时恰好到了饭点,沈枭准备带着大家一块儿出门了,杨楚仪去给孩子收拾东西拿奶粉,陆时雨便抱着孩子往外走,但身子就像是装了发条一样,走起路来跟个机器人没什么区别。陈寂还笑她,陆时雨也没心情跟他斗嘴,这才抱了没一会儿,手臂好像就有些酸了。她瞪了他一眼,说:"你来抱抱试试。"

陈寂小心翼翼地把孩子接过来抱在怀里,刚一接到手里,动作居然也很僵硬，孩子简直太小太软了，没骨头一样，真当她把孩子抱在怀里的时候，他整颗心都是吊着的，七上八下，怕用劲儿大了，而且也有些手足无措道："我这么抱他没抱错吧？"

陆时雨："是这么抱没错，老公，你现在是可以走路可以呼吸的。"

当天从首都回来以后，陆时雨简直要累虚脱了，主要是头一回抱这么小的孩子，生怕给磕着碰着，她胳膊的酸劲儿现在还没缓解，说："我是真佩服楚楚，她以前搬自己的大行李箱下宿舍楼都成问题，但是现在抱孩子抱一上午完全没事儿，但是我抱一会儿就觉得累得不行。"

"习惯了就好，"陈寂微微一笑，"而且如果是咱俩的孩子，你可能也就不觉得累了。"

虽然带孩子确实很辛苦，但是也肯定会乐此不疲，因为那是从她身上掉下的肉，是他与她爱情最美好的见证。

"这就叫为母则刚是吗？"陆时雨说。

陈寂揉揉她的头发，耐心道："你用不着刚，有我在呢，当了妈妈你也会是咱家的头号小公主。"

陆时雨甜甜蜜蜜地扬起嘴角，其实有时候，圆满和幸福就是那么简单且容易，只用一句话就可以做到。

他俩结婚第三年，七月底，正值榆阳天气最炎热的时候，医院里最近来了不少中暑的病人，有的甚至发展成了热射病，那几天医院里非常忙，陆时雨每天穿着个白大褂，腿脚不停，有时候忙的时间一长，饿过了劲儿，再加上天气又热，食欲饿没了，饭也不怎么老老实实地吃了。

而且有时候晚上陈寂接她回家，她直接在车上就能睡着，如果调休在家，如果不叫她，她可以断断续续睡上小半天。

陈寂没多想，以为是这几天她太累了，需要休息，也就没再怎么折腾她。还是某天，田君如打电话让陆时雨到家里来吃饭的时候，她掏钥匙晕倒在家门口，被紧急送到医院之后，大家才知道，原来她已经怀孕了。

一觉醒过来，房间里围了不少人，秦安兰和陆兆元还穿着医院里的白大褂，甚至就连一直在外头出差的陈宗铭也回来了。见她醒过来，大家都赶紧凑上前。

陆时雨蒙蒙地问："爸，妈，你们怎么都过来了？我怎么在这儿躺着呢？"

田君如把她扶起来，笑着说："濛濛，你怀孕了。"

闻言，陆时雨愣了好久，脑子蒙了一会儿。她最近没感觉身体有什么异样，就是觉多了些，不怎么爱吃东西，可以前每到夏天她基本也都是这个样子，所以她压根儿就没往那方面去想。

等反应过来，她才缓慢地抬手，轻柔又郑重地覆在此时平坦的肚子上，还有些不太敢相信，这里，居然悄无声息地，已经有一个属于她和陈寂的小生命了。

忽然间，病房的门再度被人推开，陈寂风尘仆仆地跑进来，额间挂着明晃晃的汗珠，大口呼吸着，领带也没系好，甚至还戴着他们公司的工牌就过来了，目光笔直地望着她。

他紧绷着身子站定，喘了两口气，浑身的紧张感在看到陆时雨的那一瞬间，全都消失不见了踪影。

落日西斜，挂在天边一角，橘黄色的余晖全都洒到了屋子里，也全都被陈寂挡在了身后。

他的视线蓦地炽热起来，就像是盛夏里那一抹骄阳，放到哪里，哪里就有如此明媚的光。

四个家长识趣地退出病房，陆时雨朝他微微张开双臂，含笑说："来抱抱我们吧。"

她说的是"我们"。

陈寂眼睫颤了颤，提步向她走去，每走一步，心里就软下去一块。他三两步走过去把她抱到了怀里，但又不敢太使力气，只敢轻柔地扣着她的后脑勺，一下下地捋着她的长发。

她搂着他，眉眼一点一点染上笑："哎，说实话，我刚刚都被吓了一跳，还没点儿心理准备呢，这孩子就来了。"

"咱妈咱爸给我打电话的时候，我正开着会呢，手机必须静音，后来散了会我一回电话才知道这事儿。你不知道，我从公司出来的时候，差点没把我们部门摆着的绿植给踢坏，从办公室一直踢到电梯口，还差点儿进了往楼上走的电梯里，幸亏同事把我给拦住了。"

陆时雨笑出声："真的啊？那踢坏没？"

"不知道坏没坏，我没注意看。"

陆时雨又往他怀里窝了窝。

"怪我，是我疏忽了啊。"陈寂叹口气，"媳妇儿，这段时间你辛苦了。"

"不辛苦啊，"陆时雨摇摇头，"没什么不舒服的地方，就是感觉有点没劲儿，休息一会儿就好了。"

"几个月了？"陈寂越来越觉得不舒服，这么长时间，他居然都没有察觉到。

陆时雨弯唇："不到两个月。"

"不到两个月？"陈寂重复了一遍，心里松下一口气，还好最近他俩没折腾。

他俩对视着，往前算算日子，好像想到了什么，又不约而同地笑了下。

陆时雨揪了揪他的衬衫："看来侥幸心理，还真要不得。"

陈寂挑挑眉梢："要怪就怪东西买得不行，回头我立马打消协的电话投诉。"

孩子非常听话，孕期没怎么折腾陆时雨，一直到月份大了显了怀，陆时雨都没有孕吐过，每天能吃能睡，一点儿也不难受，但月份大了就有一个坏处，会变胖，行动也不太方便，为此，陆时雨还把头发剪了。

自从怀了孕，她就没怎么测体重，这会儿自己在家里心血来潮，想测测自己的体重，一测才发现自己胖了好几斤。不上秤还好，一上秤才发现，自己胳膊变粗了，腿也变粗了，脸也变圆了，而且直着身子低头往下看，也看不到自己的脚尖了。

虽然是肚子的缘故，不能这么想，但她就是一时间没转过来弯儿。

杨楚仪说孕妇情绪反反复复的，这倒是常事，总是会因为一些小事儿觉得不开心，但陆时雨以前从来没有过这些烦恼，陈寂在家里百般顺着她，她说东他绝不往西，天天跟她插科打诨，一有空就带她出门玩，也没什么烦心事儿闹她。但一看到自己的体重，再一看到自己剪去的长发，她忽然就有些不舒服，看哪儿都不顺眼。

她盯着体重秤看了一会儿，觉得自己不能天天胡吃海塞了，得出门走走，便打开衣柜，打算换个衣服出门。

可是一看自己那些漂漂亮亮的小吊带，那种难过瞬间达到了顶峰，她撇着嘴，将衣服往自己身上比了比，都穿不了了。

陆时雨没想哭，但是眼泪好像不受控制一样。她知道孕妇不能总是乱想，陈寂也跟她说过。她擦掉眼泪，随随便便拿了件孕妇裙，脱下睡衣换上。

可刚把睡衣揪起来一点露出凸出来的肚子，在看到肚子上多出来那几条妊娠纹的时候，泪意再也绷不住了，陆时雨眼眶一红，眨眼间泪如雨下，哭得一抽一抽的。

长头发没了，养了八九年呢，吊带裙也不能穿了，就连光洁的肚皮也变丑了……

陆时雨瞬间觉得很委屈，很委屈很委屈。

陈寂晚上下班，特意给陆时雨买了不少草莓回来，但一进门，家里意外地安静，他朝屋子里喊了声，没人回应。

关上门，陈寂正打算给陆时雨打个电话，忽然隐隐约约听到几声抽泣。

他眉头蹙了蹙，立马循着声音走到房间门口。

打开门，看到的就是陆时雨"呜呜呜"抹着眼泪的样子。

孕妇情绪容易大起大落，这他都知道，所以他前几个月一直哄着她，好在陆时雨情绪不错，但今天却是个例外。

一看到旁边那些小裙子，陈寂忽然就懂了。

他蹲到陆时雨身前，揉着她的脸，开玩笑地说："哎，怎么还趁我不在开始掉金豆了呢？"

陆时雨泪眼婆娑地看了他一眼，没说话。

陈寂坐上床，把她搂到怀里，亲了亲她的额头，轻声哄着："你老公最近拿下好几个大单子，奖金分红多得是，而且可能还会升职。"

陆时雨顿了顿，哭声渐小。

"所以啊，公主殿下，你不用专门给我掉金豆补贴家用，你的驸马还不至于那么穷，别瞧不起人啊。"

话刚说完，陆时雨笑出了声。

"公主的眼泪最金贵了，可不能随随便便就掉啊。"

陆时雨就没再哭了,她搂住了陈寂的腰,发现他的衣服也晃晃荡荡的。

她怀孕头几个月,陈寂比她更辛苦。她但凡有一点东西不爱吃,陈寂就绞尽脑汁给她做别的,晚上但凡有一点儿动静,陈寂立马就醒了。

"老公,我不是故意想哭的,就是有点没控制住。"

"没事儿啊,想哭就哭,想笑就笑,反正有我呢。"

陆时雨叹了口气:"我是不是胖了很多?"

"你现在是两个人,你要是还跟以前一样,那不就坏事儿了?"

陆时雨立马开心了些,她还有个小宝贝呢,她是妈妈。

"我那些衣服都穿不了了。"

"你现在是两个人,"陈寂耐心地重复,"肯定穿不了一个人的衣服啊。"

"我的肚子也长了几条妊娠纹,我才发现,它有些丑丑的。"

陈寂摸了摸她的肚子:"那咱们换种东西抹,现在抹的护理油可能不适合你这个月份了,待会儿我去买个新的,晚上给你抹。"

陆时雨点点头,吸了吸鼻子,又委委屈屈地说:"我的长头发没了,你最喜欢我留长发的。"

陈寂愣了愣,仔细在脑海里回忆了一番。

"我长这么大就剪过两次短发,一次是高中,一次是现在,两次都好难看啊。"

陈寂想起来了,陆时雨高中剪短发那次,他说,她还是适合长发。

他没想到她会记这么久,也没想到她的长头发是为了他留的,更没想到,那句话在她的回忆里占着举足轻重的位置。

陈寂微叹了口气,揽着陆时雨的手臂紧了紧,低头看了她一眼。

这一眼包含许多,懊悔,庆幸,又坚定。

懊悔着错过。

庆幸有现在。

坚定着未来。

他捧起她的脸,定定地看着她:"不难看,你是我心里最美的女孩儿,从之前到现在,甚至到未来,一直都会是。你现在是一个伟大的妈妈,比任何人都要伟大,因为你在孕育我们共同的生命,你怎么能觉得自己不美呢?"

他的语气像是和煦的春风,刮过脸颊柔柔的,好似能看到繁花似锦:"媳妇儿,你知道吗,你是我见过的最美好的人了。我有时候其实一直都很感谢你,感谢你会一直记得那个屁话多,一点也不着调的陈寂,感谢你成了我的女朋友,感谢你成了我的妻子,我孩子的妈妈,你本来可以不这样的,但是你偏偏就选了我,所以我很珍惜,很珍惜任何时间的你。

"在我眼里,你比任何人都要让我值得付出一辈子。"

一辈子不长,但也并不短,他们任何人都会做那么几个美梦,但有的人美梦不会成真,但有的人会,陈寂就是一个,陆时雨也是一个。

美是什么,应该是有一个幸福的小家,应该是疲惫难过时,可以牵到对方的手,应该是与对方长长久久,幸福厮守。

他的濛濛,现在,比任何人都要美。

十二月份,陆时雨在家里休产假,但陈寂需要出差。他们部门出差还跟其他部门不太一样,需要接洽的东西很复杂,时间长,怎么也得十天,多了就得半个月。他便把她送到了田君如那里,这样多多少少他会放心些。

因为陆时雨最近很黏人,尤其黏着他,晚上必须得他在旁边才能安心睡觉。

孕妇爱胡思乱想,是真的,很没安全感也是真的。八月的时候榆阳下暴雨,市里头出了事故,有人驾车下地道桥的时候,被雨水拍在桥洞里了,等发现的时候,雨停了,人也已经没了。

那会儿陈寂偶尔会加班,虽然次数一共没两三次,但每次陆时雨都是提心吊胆的,但又怕打扰到他工作不敢给他打电话,每次都是硬生生等到陈寂回来她才会放心大胆地去睡觉。

后来陈寂就不敢再让她等了,每天拼命赶进度按时按点下班回家。

但这次是没办法的办法,他是部门领导,一切事儿都得靠他做决断。陆时雨也明白,她见陈寂犹豫,还主动说:"没事儿,你去吧。孩子生出来总不能没饭吃。"

陈寂笑着掐了掐她的脸。

陆时雨在他怀里躲开:"我胖了好几斤,现在脸上肉正多着呢你还掐我,掐成大饼脸我看你怎么办。"

其实不胖，完全是孕妇的正常体重，自从上回她自己偷偷哭过以后，陈寂就想办法缓解她这焦虑了，专门给她报了孕期瑜伽的课，陆时雨每天按时上，所以现在四肢依旧挺纤细的，走路也很轻盈。

"哪儿肉多了？我觉得这样挺好，你之前太瘦了，身上没多少肉，抱着都硌人。"陈寂手贱，又掐了几下，"我告诉你啊，在家里头不能老吃乱七八糟的东西，回来之后我立马抱你上秤看看你体重多少。"

"我在妈那儿，能少吃到什么地方去啊？妈恨不得我一天吃四顿。"陆时雨接着躲他的手，从他身上下来，歪着头瞪他，"你别老掐了！"

陈寂不动了，他再怎么着，也是个身心健康的男人。

陆时雨也不动了，眨眨眼睛盯着陈寂。

"还有几个月来着？"陈寂自言自语，"噢，还有五个月……"

陆时雨笑着去亲了亲他，一触即离，笑得无比狡黠。

陈寂护着她的肚子又把她拉回来抱到腿上，吻跟着凑上去，唇齿相依。

陈寂出差的城市在三亚，那边四季如夏，即使是十二月份，也依旧挂着大太阳。

接连多日盯着电脑看，陈寂的眼睛疲劳得很，他从工位上起身站在办公室落地窗前，眺望着远方的绿树碧海。不远处的沙滩上，还有好多人在欢天喜地地打着沙滩排球，似乎是两家人一起在玩，小点儿的孩子们就在一边堆沙子。

陈寂忽然间想到了陆时雨和孩子，思念疯长。

马上就到冬至，也不知道能不能顺利回去。

他走的这几天，陆时雨都没给他打过几回电话，他怕她会受辐射影响，以前在家里的时候都不允许她玩太久的手机，那时候她还强烈抗议过，但没什么成效，到头来不仅没有农奴翻身把歌唱，还把自己给赔进去了，衣服掉了一次又一次，被人教训得唇舌发麻。

可是现在他出差了，她反倒不玩手机了。

每次他打过去视频，陆时雨要不就是在和田君如一块儿聊天，要不就是在睡觉，迷迷糊糊之间哼唧着就给他把电话挂了。

还说黏人，他一走，立马就不黏了。

这怎么可以。

陈寂掏出手机，看了眼时间，估摸着陆时雨这会儿应该没在睡觉，又给她打过去一个电话，那边倒是很快就接了。陈寂定睛一看，陆时雨穿了条水蓝色的亮片裙，脸上化着明艳的妆，大眼睛像块黑黢黢的宝石，小脸被勾勒得异常动人。

"干吗呢？拍照片去了？"

陆时雨正调整着自己的裙子，头也不抬地说："两个妈妈带我来拍母女照了，我刚换好衣服，妈妈们还没出来呢。"

她整理好拉链，把手机拿到手里站到全身镜前，扬着笑脸问他："好不好看？"

陈寂柔声回："好看。"

她又把手机镜头调回来正对着自己，近距离观察，陈寂这才看见她衣服上的玄妙，将身材刻画得如此紧致。

就算是怀了宝宝，她的身体曲线依旧很明显，而且好像是即将成为一个妈妈，她的目光都变得那样温和，看他时眼里像是带着万丈柔情，就更加让人觉得一眼万年，陷进去肯定会出不来的。

陆时雨对着镜头，给自己抹了奶茶色的唇釉，嘴唇润润的，手指上那枚戒指在灯下折射出斑斓的光。

那时候他是真的很想回去，那种名为"想家"的感觉忽然间就冒出了头。

他以前不是一个这样的人，可能从小就很独立，家里也放养他，他在外头野惯了，自由散漫惯了，并没有生出过"想家"的念头。

可时至今日就觉得，"想家"这个词竟也能那么温柔。

陈寂也抬手，看了眼无名指上的戒指，紧跟着轻轻叹了口气，恨不得现在立马就赶紧飞回榆阳市好好抱抱她。

母女照的成片出来那天，陆时雨当即就把照片给陈寂发过去了。其实当时陈寂已经在回来的飞机上，没有及时看到，等下了飞机才看见那几张写真。

三个女人，三个妈妈。

这一瞬间，陈寂忽然间有些感慨，这种奇妙的感觉持续了将近五个月，从她检查出怀孕那刻就开始了,他简直不敢想象,那个在他看来还像个小朋友一样需要宠着的陆时雨,居然也要变成一个妈妈了。

时间好像过得很快,但又不那么快,回首望去,他好像还能清晰地看到医科大里,那个抱着书本、电脑行走在图书馆的背影。高中时小陆同学穿着校服在楼道里检查纪律的画面,此时好像也历历在目。

他下了飞机本来应该回公司整理资料,准备第二天往董事会上交的,但这会儿也顾不上那么多了,直接打车回了家,准备开车去田君如那边把陆时雨接回来。

结果下了出租车进了小区走到家附近,他就看到屋子里的光影绰绰,隔着白色的柔纱窗帘,似乎还可以看到屋子里陆时雨来回走动的身影。

从前上高中的时候,家里也经常是他一个人,有时候回到家,屋子里总是黑漆漆的,后来田君如搬到江城,留他一个人在榆阳的那段时间就更是了。再后来,他也搬到江城,那时候每次回到家里,家里就总是灯火通明的。

年轻的那个阶段,不觉得家里有人或者家里没人有什么不一样,反正对他来说,一个人可以,多一个人也无所谓,没区别。

但现在不同了,他觉得现在眼前的灯光,是整个世界最有吸引力的,原本平静的一颗心像是被捏了一下,呼吸也不再沉寂了。

一年又一年,他越来越离不开这束灯火了。

陈寂轻轻推开门,陆时雨果然在家。

她正靠在沙发上,电视亮着,她半晌没动作,陈寂以为她睡着了,便放轻脚步,轻手轻脚地走过去,结果一凑近,从陆时雨身后就看见她正低着头翻看着写真。

她给他发的微信他还没回,陈寂这会儿才想起来回一句:妈妈是最漂亮的妈妈。

陆时雨很快就回过来:很神奇,今天我跟妈去取照片的时候,宝宝还在肚子里踢我来着,因为我说了句:"妈妈都这么好看,那宝宝肯定也漂亮可爱。"他(她)感觉到我夸他(她)了,长大了肯定是个小颜控。

这话发出去,陆时雨就感觉到身后有手机在振动,她福至心灵一般转过身,眼底有藏不住的惊喜。

"你怎么回来也不跟我说一声？"她起身，连拖鞋都忘了穿。

他将她打横抱起来："我还说去妈那边接你呢，你怎么回来也不跟我说一声？自己在家无不无聊？"

陆时雨晃了晃脚丫子："不无聊，我今天听了一天的胎教音乐，而且我有一种感觉，总觉得你今天会回来，所以我就回家等着你啦。"

陈寂小心翼翼地把她放下，刮了刮她的鼻尖："咱俩还挺心有灵犀。"

他埋头，吻上了她的眼睛，而后火热的唇舌渡着彼此的呼吸，宣泄着几日不见的纷繁想念。

等他俩收拾好回到床上，时间已经不早了。陆时雨今天格外精神，他出差这几天，她在妈妈家天天睡，嗜睡得厉害，好像把未来几天的觉也一并睡完了。

她睡不着，陈寂便陪着她聊天。

他俩聊到孩子，陈寂隔着衣服亲了亲她圆鼓鼓的肚子，说："你很听话，是个乖乖的小朋友，希望你出生以后也不要累到妈妈，知道吗？"

孩子最近胎动很频繁，可以听到爸爸妈妈说话似的，此时陈寂一说这话，小朋友立马踢了陆时雨一脚，肚子鼓起来一块。

陆时雨"哇"了声，眼底带笑，惊讶道："真有劲儿啊，这小家伙不会是个男孩子吧？"

陈寂趴在她身边，语气似乎变得严厉了些，指着肚子说："那要是个小伙子，就更得给我老老实实的了，不然等出来，我真打你屁股，踢妈妈一脚，我打一下。"

陆时雨拍他："有你这样的爸爸吗？那万一是个小女孩呢？"

"女孩儿那就不打了，小小公主怎么能挨打呢？"陈寂说，"好好跟她讲讲道理，我觉得咱闺女不是个叛逆的小孩儿。"

冬至那天，一中四人组重新聚到了一起给陆时雨过生日。榆阳降了温，室外正在下雪，大雪纷纷扬扬，冬意渐浓。

他们在家里头一起包了顿饺子吃，陈寂他们仨喝了些酒，后来酒意正浓之时，电视里头播本地新闻，说一中街要拆了。

前几年就说要拆，但是一直没动工，一直等到一中的新校区建好了，政府才准备把那块拆了重建。

一晃都已经离高中毕业快十年了，中途上大学的时候回去过几回，但后来大家都忙了，工作的工作，学习的学习，能凑到一块儿的时间不多，基本也就过年那两天才有些时间，但都跟老师们上班的时间冲突了，也就没再去过一中，没再看过那条街。

那里怎么也算是承载着他们整个青春的地方，嬉笑怒骂酸甜苦乐，一中街见证了全部，突然说要被拆了，大家心里都还挺难受的。孔怡然便提议着，趁街道还算完整，再最后去看一趟。

说走就走，王竞之和孔怡然开着车先走了，陆时雨还怀着孕，但陈寂也没拦着，给她换了件长长厚厚的羽绒服，裹了条围巾就牵着她出了门，她执意要走过去，陈寂也就迁就她了。

一中街向来是学生们最爱来的地方，不只是一中的学生喜欢在这儿逛，其他学校的学生也经常骑着自行车从这儿过。大家放学回家时，先背着书包去礼品店转一圈儿，然后再兜一份麻辣烫回家，那这一天就很充实了。

自打一中在这儿，这条街就有了，经历了数十年的变迁，从满是小摊与苍蝇小馆的街道，变成了文具店、礼品店和小吃店的天堂，到现在，一切似乎又重新回到了原点。

快走到一中街拐角，就能感受到那份萧条，原来在这个拐角都得看着点儿路，不然冷不丁地从街里拐出来几辆自行车，还挺危险的。

拐过弯儿，路两侧的梧桐树依旧笔挺地伫立在那里，但是街边的小店已经关得差不多了，几年前人潮如织的地方，此刻变得空荡无比。

偶尔有学生们骑着山地车响着车铃从这里经过，但是他们都不会在这里停留了，会骑着车子，飞快地驶向新的目的地。

他们也会有属于他们的一中街。

卖红豆饼的阿姨不在这里开店了，店招牌拆了一半。

路过那家汉堡店，店里头也已经搬得差不多了，店主正在往外搬东西，人还是原来的人，就是地方不再是原来的地方了。

再往前走就到了他们以前常去的那家苍蝇小馆的巷子了，巷子里大门紧闭，狭窄的巷道里堆满了石板，和生了锈的广告牌，牌子颜色全都掉光了，往里探头，依稀可以看到那顶破败的篷顶，绿色青苔布满墙角，潮湿的环境更给此处增添了一抹寂寥意味。

陆时雨拽了拽陈寂的手："你还记不记得你在那家馆子里办的会员卡？"

"记得，"陈寂偏头看她，"我一直也没问过，你们最后花完了没？"

"没花完，还剩下一部分，后来高三太忙了，时间紧张，我们都没再吃过。"陆时雨说，"老板从一中街搬走之前还给王竞之打过电话，给他把卡里的钱退了。"

陈寂问她："那卡呢？"

"老板收回去了。"

陈寂笑了笑："连个纪念也不给留啊。"

"人家可能觉得小小一张卡，对我们来说没什么用了吧，毕竟钱都没了，要一张空卡干什么？"

陈寂没作声，他俩正好牵着手走到了饮品店门口。从前这家店是一中街最火的一家店，虽然果茶做得不好喝，但是奶茶一绝，老式奶茶尤其好喝。关于这里，她也有很多回忆，以前体育班打篮球，她们才有机会排到队，不然平时每次来都得等好久，而且也是在这里，她在电话里，无意之中跟陈寂说了句"要啵啵"。

见店还开着，陈寂便问她："我去看看还营不营业，想不想再喝一次？"

陆时雨点了点头："想。"

陈寂说："你在这儿坐一会儿等着。"

陆时雨左右转了转头，看到一中大门开着，就说："我去学校里头等你。"

一中现在已经空了，只剩了几座待拆的教学楼和宿舍楼，空荡得很，可陈寂也没拒绝："别乱走，注意安全。"

门口保安也没有了，似乎是等着建筑队来拆，这里连锁都没上，陆时雨站在一中门口，环顾着整座学校。

每一处，他们都存在过，闭上眼睛，仿佛还可以听到琅琅的读书声，可以看到到操场上的同学振臂高呼，但再一睁眼，又全都变成了风声。

身后响起脚步声，陆时雨转过身，看到陈寂穿着一身黑色的大衣长裤，朝她信步而来，眉眼无比漆黑深邃，宛如雕刻一般，样子逐渐与十几年前那个少年重合。

陈寂端着奶茶走过来:"老板在一中街做的最后一杯,看看是不是那个味道。"

陆时雨吸了一口,含笑说:"是,好好喝啊。可惜以后喝不到了。"

"不会,我偷了个师,请老板把配料告诉我了,以后想喝,我给你做。"

陆时雨握着暖暖的奶茶,感觉四肢百骸全都热了起来。

陈寂也看了眼学校,略带了些遗憾:"这儿一没人,还真挺荒凉的。"

旁边的一中家属院也要拆了,住户陆陆续续搬了出来,陆时雨看到陆兆青家的窗户,忽然说:"其实小卖部那次,不是我第一回见到你。"

陈寂看向她。

陆时雨指着那扇窗户:"军训会演当天,我就在那里,第一次看到了你的背影。"

陈寂眸光闪了闪,握着她温热的手,只听她又说:"那应该才是我第一次见到你,虽然只有一个背影,当时你们班主任还踹你来着,我心说:怎么会有这么调皮的学生啊。"

任何时候的一眼,都可能是一生。

所以啊,你千万别忽略任何一眼。

"然后在小卖部再见面,我才发现那个挨踹的人是你,当时我见你的第二面,又感觉你不那么调皮捣蛋。"

陈寂温声问:"为什么?"

"因为,你的校服穿得很整齐啊,上衣的扣子都扣满了三颗。"

陈寂垂眸笑了下,而后抬起头,看向她:"我第一次见你,是在小卖部,当时你那个一升的大水杯给我留下深刻印象,我还没见过有女生拿么大水杯来学校的。"

"你居然看上了我的杯子?"陆时雨顿了顿,无声地笑了会儿,"咱俩真是没谁了,一个看上对方的杯子,一个看上对方的校服。"

她又问他:"那你对我就没别的印象了吗?"

陈寂点头:"有啊,第二次见你,是在操场上,会演当天大家都在说话,就你在操场上背书,我还说这小同学也太乖了吧,是个好同学。"

陆时雨扯着嘴角，望向操场，忽然间没头没脑地问了句话："你说，我要是不跟笑笑去小卖部，咱俩对彼此的印象会不会就不是那样了？"

"可能会吧，"陈寂说，"但是结局不会变。"

他牵着她的手，轻轻摩挲着，话比春风还要温暖，复苏万物，斩钉截铁道："我还是会爱上你。"

"有件事你可能不知道，"陈寂环住她的肩膀，替她挡去半数寒风，"咱们高二分班的时候，去二十七班，是我的主意。"

陆时雨忽而怔了怔，仰头看着他，眼底颤动。

"我一开始确实不是二十七班的，后来在补习班你说你还在二十七班，我就也转到了二十七班。"

陈寂的目光像是可以掐出水来："因为你。

"我以前是个事不关己高高挂起的人，王竞之老说我跟个和尚一样，那时候跟我没关系的事儿我碰都不会碰，但是现在想想，我很庆幸跟你在一个级部，庆幸跟你一起补习，跟你在一个班，庆幸给你拿了包，庆幸跟你一起种了小金橘，庆幸跟你一起参加艺术节……

"一切的一切，我都很庆幸。"

感情有迹可循，循着时间长河，总有一天会展现在他们眼前，以任何方式。他并不是对她毫无感觉的，上天从他们第一次相见，从她看到他背影的那一刻开始，就已经牵好红线了。

所以他才会跟她一个级部，一起补习，一起种金橘，一起参加艺术节……

他们是双向奔赴着。

眼底蒙上一层水雾，陆时雨眼睫颤抖着，挂上些湿意。

他与她无声对视，什么也没说，就只是抱着对方，用目光诉说着满腔情谊。

一是感激，感激他们可以在人海中遇到彼此，感激会演那天，他去了小卖部，她也去了小卖部。

二是畏惧，畏惧他们万一真的错过彼此，畏惧没在一个班，畏惧没在首都重遇。

天色渐渐暗了下去，一中街泛黄的路灯一盏盏亮起来，天边挂起无边的黑暗，间或点缀着几颗星辰。

一中街很长，长到走完全程，需要花上十几年的时间，但又很短，眨眼间，陆时雨和陈寂就牵着手，从街东头走到了街西头。

记忆里永远车水马龙，永远充斥着叫卖声、读书声与喧闹声的那条街终将会离他们远去，变成一条空无人烟，满是落叶的无人街。

但回忆依旧会在。

最后回头望了眼整条街，陈寂跟陆时雨说："媳妇儿，咱回家吧。"

他朝她张开手，手掌心宽阔温热，五指修长，缓慢而又坚定地牵住她的手指，而后他捏了捏她的手掌，与她十指相扣。

两枚金属质地的戒指碰撞，给彼此带去一些凉意，但很快渡上了手指灼热的温度。

"回去我还要再喝一杯，这个奶茶真的太好喝了。"

"行，咱俩回家的时候先去一趟超市，家里没木薯粉，哎，你累不累？要不先回家我自己出来买？"

"不要，今天吃得太撑了，那一盘饺子都让我吃了，得消消食。"

"咱们今天包的饺子确实是好吃。"

"我皮擀得好。"

"我包得也不错。"

"……喊，好自恋啊你，不过我以前找男朋友的要求就是他得会包饺子。因为我只会擀皮。"

"那你嫁我就嫁对了。"

"啧……"

"怎么不说话了？哎，好吧，是我娶对了，是我陷进去了。"

是他，陷入了以她为名的爱恋。

天空中再度飘下鹅毛大雪，纷纷扬扬的雪花盖住了渐渐远去的两道身影，盖住了一中街倒着的广告牌，盖住了一中街池边的落叶，也逐渐盖住了一中的操场、教学楼。

最后，皑皑白雪落在了"榆阳市一中"五个大字上。

这一场大雪，挥别了过去，迎接着往后的新篇章。

一生之中，我们会无数次看到太阳，会无数次望见月亮。
有人向往追赶太阳，因为太阳发光发热，永远滚烫，晒一下就热烈张扬。
可是极少人会追赶月亮，因为月亮在晚上升起，在黑暗中渡着微弱的光。
但是，总有人会追到月亮，让它成为，属于自己的光。
比如你，比如我，比如少年，比如暗处的四面八方。
只要你走下去，千万别放弃啊。
总会有那么一天，你会在漆黑里窥见万丈的光，会深深陷入，属于你的无尽美好。

番外六·
我爱你

part1·希望你永远开心

离预产期越来越近的那几个月春雨连绵,陆时雨被陈寂惯得犯懒,小朋友在她肚子里却格外活跃,力气特别大,经常把她肚子踹得鼓起来一块,有时候陈寂看见了都心疼得不行,也隐隐有些担忧。他晚上下了班就经常什么也不干,只待在陆时雨身边,和她一起跟这个即将见到世界的小朋友说话。

时光岁月沉淀下来,陈寂越发像一个沉稳的丈夫与爸爸了,偶尔不着调,但也是为了逗陆时雨开心。

这晚又下起了雨,陆时雨窝在陈寂怀里看脱口秀,看到最后被逗笑了,乐得身子一颤一颤的。忽然间,肚子又来了感觉,她"哎哟"一声,陈寂立马放下平板,条件反射地去护她的肚子,眼神都变了变。

这么长时间以来,陆时雨都习惯了,陈寂却还是绷得紧紧的,尤其现在月份大,她稍有些风吹草动,他这根弦就有断开的意思。虽然他面上不显,不想给她压力,但陆时雨心里无比清楚。

她轻笑着往他肩膀上蹭了蹭,温声哄着:"你别紧张呀,宝宝只是又踢了我一下。"

陈寂默不作声地将她揽紧了些:"肚子疼不疼?"

"不疼啊,"陆时雨看着他,安抚道,"你别担心。"

陈寂没说话,一颗心还是沉了几分,女人怀孕危险,半只脚踏进鬼门关,她半夜腰疼得睡不着觉，翻身都困难，脚上浮肿起来一按一个坑，生了病也不能吃药，只能硬扛着，她是在拿命给他生宝宝，他怎么能不担心。

见他如此沉默，陆时雨从他怀里微微退开些，关掉电视，惊喜道："老公，我忽然反应过来一件事情。"

她指着自己肚子，细细回忆一番，笑着说："宝宝每次踢我的时候，都是我大笑或者特别开心的时候，真的，其他时候都特别安静，我一笑就有反应，都说母子连心，所以宝宝也是在替我开心吧，你说呢？"

陈寂知道她想让他放松，便也跟着笑了出来："这么说，你肚子里这个还挺喜欢笑的，喜欢笑是好事儿，证明你也开心，那我希望这小屁孩永远开心。"

说着，陈寂抬手，轻轻柔柔地放在她圆滚滚的肚子上，顿了顿，来了一句："媳妇儿，不如孩子就叫'欢欢'吧。"

"欢欢？"

陆时雨低低呢喃了几遍"欢欢"，伴着窗外的潺潺雨声，竟觉得越念越好听。

自打她怀了孕，陈寂一直叫孩子"你肚子里这个"，要不就是"这小屁孩"。他俩有时候也讨论过孩子到底叫什么，想起个好听又有寓意的，但是讨论半天想到头秃也没讨论出个所以然，可把他俩给愁坏了。

直到刚才，陈寂忽然就有了一个想法。

"不管是男孩还是女孩，都叫欢欢，人生得意须尽欢，咱俩的欢欢要一辈子快快乐乐的，做一个无忧无虑的人。"

陈寂吻住她的眉心，像春雨一样柔和："欢欢开心了，你就开心了。

"我希望你永远开心。"

四月中旬，谷雨时分，陆时雨在手术室里整整熬了一个通宵，陈寂也跟着熬了整夜，一身干净整洁的装束皱得不像样子。

天光大亮时，他看到窗外粉红色的曙光带来了绚烂的朝霞，欢欢宝宝也平安地在这个世界降生了。

母女平安。

那一瞬间，陈寂眼眶滚烫。

Part2·永远朝着你的方向

陆时雨醒过来时,发觉整只手被紧紧攥着,睁开眼睛最先闯进她目光里的,便是陈寂如水般那双笑眼。

他眼尾染着一抹红意,陆时雨竟也有种想哭的冲动,可实在没力气哭,连忙撇过头:"你别看我啦,我现在很难看。"

陈寂吻上她的额头:"不难看,你永远是最美的濛濛。辛苦你了,媳妇儿。"

陆时雨捏了捏他的手掌:"欢欢呢?"

"爸妈看着呢,这小公主见人多也不睡觉,大家都稀罕她。"提到欢欢,陈寂眼底又柔和了些,"我怕吵到你,睡吧,等你再睡一觉醒过来,我把她抱过来。"

陆时雨摇摇头:"我不困了,就是有点儿没力气。你看过欢欢没有?"

陈寂点头:"是个漂亮的小丫头,长得很像你。"

孩子生下来之后,医生抱到陆时雨眼前,她强撑着精神看了欢欢一眼,皱皱巴巴的,皮肤又红,而且还皱着脸使劲儿哭,身上也没洗干净。明明她跟陈寂长得还可以,怎么欢欢一点都不像他俩。

"喊,哪里像我了,你是不是没仔细看?我觉得咱闺女好像丑丑的。"她盯着他的脸看了几秒,"你说实话老公,你小时候有没有动过脸?打篮球被球砸到也算。"

然而他也确实没仔细看。

欢欢只分到她爹一个眼神,她爹目光全在她妈身上。

"我纯天然的好吧,咱闺女的眼睛跟你一模一样,"他慢慢抚过她的眼睛,长而卷翘的睫毛在他手指上舞动,"而且白白净净,跟剥了壳儿的鸡蛋一样。"

陆时雨笑出来:"你这什么破形容。"

正说着,田君如抱着欢欢进来,陆时雨要起身,陈寂把她按了回去。

田君如把欢欢放到她身边,笑得合不拢嘴,秦安兰在一边说:"欢欢像你,跟你小时候长得太像了。"

陈寂看她一眼,像是在说:"你说咱俩谁被篮球砸了?"

陆时雨回瞪他,转而去看女儿。换上漂亮的小衣服,洗了个澡,果然就像是剥了壳儿的鸡蛋。欢欢皮肤又白又嫩,小小一个白团子,这会儿被哄睡了,闭着眼睛,睫毛甚至比她的还要长。

她轻轻戳着欢欢的脸蛋,软绵绵的,爱不释手。欢欢动了动身子,陆时雨立马不敢动了,结果欢欢只是吧唧吧唧嘴又接着睡了,睡梦之中,还咧嘴笑了下。

即使知道欢欢还不会笑,但陆时雨和陈寂还是惊喜一番,她去钩欢欢的小手,刚触到欢欢的手心,欢欢便攥住了她的手指。

这感觉很奇妙,陆时雨扭头,冲陈寂激动道:"你快看!"

陈寂也稀罕得不行,把他的手指塞到了欢欢的手里,同样的,也被欢欢握住了。

欢欢抓着爸爸妈妈的手指睡得昏天黑地,然而被她抓着的陆时雨和陈寂就激动多了,都是刚当爹当妈的人,各种感觉一齐涌了上来,恨不得一刻不离开这小家伙,手指头捂出汗了都不舍得松开。

但最主要是不敢松,这对小傻子父母都觉得她这么软,力气大了弄疼她怎么办。

欢欢一睡就睡了好几个小时,陆时雨和陈寂也在一边看了好几个小时。中途欢欢醒了几次,又哭又闹,他俩完全乱了阵脚,之前做过的准备全忘光了。

"她怎么这么能哭?我小时候可不爱哭,是随了你吧。"

陆时雨摸摸鼻尖,心里感叹闺女怎么不遗传她点儿好:"我……也没这么能哭啊,她小小年纪青出于蓝胜于蓝了。"

陈寂笑得不行,给陆时雨揉揉胳膊:"抱她累不累?要不睡一会儿?"

"不累,"陆时雨说,"她还真挺有劲儿,小脚丫那么能踹,小手儿攥得也挺紧。"

"有劲儿好,以后不会被欺负,我还想让她以后学个跆拳道当兴趣呢。"

"……你这是养闺女还是养儿子啊?养成假小子怎么办?"

"假小子就假小子,多酷啊,她愿意怎么样就怎么样。"

陆时雨简直无语:"万一没人娶呢?"

陈寂狂得不行,掀起眼皮看了她一眼,满脸骄傲:"咱俩的闺女,怎么可能没人娶?"

陆时雨对他的自信无语了。

"不过还是先别说嫁不嫁人了，"陈寂叹了口气，"真舍不得，现在就舍不得。"

"舍不得什么？"

门忽然被推开，王竞之走在前面，等他进来，陆时雨和陈寂才发现他还牵着一个人——孔怡然。

当年青涩的四个人，终于成长成自己想要的样子，并找到了属于自己的良缘。很圆满了。

陆时雨调侃道："哟，这是干爹找了干妈，干妈找了干爹啊，但是给我女儿的红包还是得给两份，这可不能省。"

"不用你说也少不了我们欢欢的，"孔怡然直接冲着孩子过去了，弯着眼睫，软声道，"这谁的干女儿啊？怎么这么可爱呀，小欢欢，跟干妈回家吧，干妈太喜欢你啦！"

陈寂出声："哎，喜欢自个儿生去，别打我闺女主意啊。"

"你看你那不值钱的样儿，"王竞之揽上孔怡然的肩膀，"咱不稀罕，回头咱也生一个，生个男孩儿把欢欢娶回家！"

陈寂脸绿了，孔怡然脸红了，她胳膊肘顶了王竞之一下。

不说人话。果然跟陈寂蛇鼠一窝。

她轻声咳了咳，转移话题："欢欢大名儿起了没？"

陆时雨摇摇头，看向陈寂，陈寂也看着她。

他一只手被欢欢抓着，另一只手找到了陆时雨的，分开她的五指，紧紧扣住，而后脱口而出一个名字："陈朝陆。"

陆时雨一愣，眼底浮动，孔怡然笑道："你俩虐狗都虐到孩子名儿上啦？"

陈寂只是看着陆时雨，温声说："你在产房里熬了一夜，出来的时候天亮了，雨也停了，外头特别漂亮，花瓣上都是露珠。朝陆，也是朝露，朝阳的朝，露水的露，她应该永远这样清澈漂亮，像个刚升起来的小太阳。"

还有。

这两句话不用说出口，陆时雨明白，陈寂也知道她懂——

我永远朝着你的方向。

陈寂永远朝着陆时雨的方向。

Part3·爱是你一回头，就想牵上她的手

相较于孩子刚出生那时的生疏，现在的陆时雨和陈寂已经是个合格的爸妈了，但有时还会累一点——
因为欢欢太能闹了。

陆时雨还好，她没陈寂累，欢欢是真的应了这个名儿，欢腾得不行，哭的时候惊天动地六亲不认，但她只要吃着小手一笑，她爸她妈保准什么脾气都没有，这一笑笑得人心都化了，哪还顾得上别的。

会爬会走之后，她胆子也变大了，毛茸茸的娃娃不喜欢，喜欢会发光会说话的奥特曼，而且跑得特别快，一会儿没看到就迈着小短腿去搞破坏了。

每每到这时，陆时雨就故意板着脸喊一句陈朝陆。一看妈妈不高兴，她也知道自己做错了，因为爸爸说过，不可以惹妈妈生气，妈妈是用全力保护她来到这里的，所以她才能和奥特曼一起玩。

欢欢似懂非懂，但记住了一句话，不可以惹妈妈生气。

小人精不闭着眼使劲哭了，会撒娇，每次掉眼泪都噘着嘴，委委屈屈地看着你用小奶音"呜呜呜"。

陈寂可舍不得看这个，欢欢简直就是缩小版陆时雨，她一噘嘴，陈寂立马搂到怀里，每次都把她宠到天上去。

刚出生时，她是长得像陆时雨，性格也像陆时雨，可一点点长大以后，长得还是像陆时雨，但性格逐渐向陈寂靠拢——会哄人，嘴似抹了蜜一样甜，但也会捣乱，蔫坏。

陈寂一护她，陆时雨就咬牙："真是你亲闺女！简直就是缩小版的你！"
陈寂跟养了两个闺女一样，哄完小的又去哄大的。

陆时雨靠在他怀里，看着女王陈朝陆穿她的高跟鞋，披陈寂的黑色外套，手里拿着一把扫把满屋子乱窜就觉得又好气又好笑："你闺女怎么这么捣蛋？"

"大了就好，大了就懂事了，"陈寂抱着她，含笑看着欢欢抓坏蛋，"活泼一点多可爱啊，而且她也不是什么都不懂，我们跟她讲道理，她还是听的。"

陆时雨往他怀里窝了窝:"希望如此吧。"

虽然欢欢调皮,但是有正义感地调皮,陆时雨和陈寂教她慷慨大方、乐于助人,她在幼儿园里是个小大哥,大班的小朋友都喜欢跟她玩。每次陆时雨和陈寂接她回家时,她都会叽叽喳喳地讲幼儿园发生了什么有趣的事。

可这天却有些例外,回家的时候,欢欢也不说话,拧眉抱着瓶子喝水。陆时雨怕她在幼儿园发生什么,便将她抱到腿上,柔声问:"欢欢在幼儿园吃的什么?"

"米饭和南瓜粥,肉肉没有妈妈做得好吃,南瓜粥特别甜,我还找老师多要了一碗,都吃完了哦。"

"这么棒啊,那你跟其他小朋友玩得好不好?"

"好呀,老师教我们跳摆摆舞,洲洲不会跳,我和妮妮拉着手给他跳了一遍,后来洲洲就会了。"说到这儿,欢欢小脸一皱,"可是洲洲问我一个问题,我不知道,没有做一个帮助别人的好孩子。"

陈寂与陆时雨对视一眼:"欢欢教会洲洲摆摆舞,已经帮到洲洲了,是个好孩子。"

"真的吗?"欢欢眼睛一亮。

"真的,欢欢非常厉害。"他俩一人一边,亲了亲欢欢的脸蛋。

陈寂抱着欢欢下车,陆时雨在车里收拾东西,他问欢欢:"那洲洲问了什么问题?"

"洲洲说,他听到他爸爸跟他妈妈说'我爱你',他问我爱是什么?爸爸,爱是什么呀?"

陈寂沉默了下,忽而短促地笑了下,眼底盛满了璀璨耀眼的日光云霞。

爱意每天都在增加,深情也不会泯灭一分。

他想起第一眼见到陆时雨时,就是这样的天气,他那时一往无前地朝前走,身后的女孩儿,也看着他的背影迈着阔步。

可这总归缺了点儿什么。

于是他转过身站在原地,看到那个有着全世界最温柔眉眼,最触动他心弦的女孩儿,直面骄阳,一步步走到他眼前。

"欢欢,爸爸告诉你,爱就是你一回头,就想牵上她的手。"

欢欢低声糯糯地重复着这句话，陆时雨走到陈寂身边："你俩说什么悄悄话呢？"

陈寂单手抱着欢欢，另一只手拉着她将陆时雨箍在怀里，笑着开口——

"在说，我爱你。"